ジェイムズ・ジョイス全評論

ジェイムズ・ジョイス
James Joyce

吉川　信　訳
Shin Kikkawa

筑摩書房

目次

目　次

目次

ジェイムズ・ジョイス全評論

序[1]

ジョイスがかなりの量の批評を書いていたことは、はじめて知る人には驚きであるかもしれない。批評が他の作家たちの作品と混じり合う営みであるとすれば、事実これは彼の性分に適うものではなかった。だが批評には別の側面もある。芸術と芸術的人格に関する新たな理論を作り上げること、同時代人の拒絶、芸術的ヒロイズムを完遂した現在や過去の数少ない人物たちを選り分けること、自己自身の正当化——これらであれば、ジョイスの才能にとって異質であるわけがない。ジョイスは批評能力を軽視してはいなかった。むしろ逆で、自身の小説の領域を押し広げ、それが批評をも包含するものにしようとした。『若き芸術家の肖像』は美学体系を含んでいる。『ユリシーズ』はある章のなかにシェイクスピアの生涯と作品に関する斬新で精緻な理論を含んでいる。ほかの章にはまた、英語散文の一群のパロディ——これ自体が批評の一形態だ——が含まれている。『フィネガンズ・ウェイク』はこのパロディを継承し、さらにイェイツ、シング、エリオット、ウィンダム・ルイス、その他の作家たちの実例を用いて、これを更新しているのである。こういった素材のいくつかは、自身の小説でそのまま利用されたが、いっぽうで、少なくとも美学体系とシェイクスピア理論は、重要で独立した存在意義を具えている。ジョイスが自らを批評家と呼ばなかったとしても、それは選択によるのであり、不適正によるものではない。

本書には五七篇(2)の批評、講演録、書評、プログラム解説、新聞記事、編集者への手紙、詩が収められている。いずれもが、筆者の評価を語るという一般的な意味において、批評的な著作である。すべてがというわけではないが第一級のものもあり、またいずれもがジョイスの成長を辿る手助けとなる。巻頭はジョイスが一四歳の頃に書いたものであり、巻末は五五歳のジョイスによる。初期のものはある種の手腕と文体に対する拘りを示しているが、この書き手が後になんらかの重要な作品を物す、と納得させるものではない。それはある種の若者たちを思い起こさせる——芸術の不滅を立証せんと自らの書き方を探求し、だがいまだ多くの発見はできずにいる若者である。しかし一八九九年、論調は突然に変化する。若者は主題を見出す。劇《ドラマ》という主題である。自身の発見に満たされた若者は、それ以外のことをほとんど語れなくなる。一幅の磔刑の図像〔ただしジョイスが論じているのはピラトの前に立つ裁判の図像である〕に劇を見出し、またイプセン『あたしたち死んだ者が目覚めたとき』について論説を書き始める。自身の発想と情熱を結び合わせ、ひとつの意思表明という形で完成を見るのが、「劇と人生」を論じた一篇である。

この熱烈な論文は本書で初めて公開されるもので、『スティーヴン・ヒアロー』に記されている同じタイトルの論文と混同されてはならない。後者は実のところ、これに続くマンガン論を再編したものである。「劇と人生」は、あるいはジョイスの芸術信条とも呼ぶべき、もっともあからさまな声明文と言えよう。ギリシア演劇は「演じ切られてしまった」もの、シェイクスピア劇は「詩文の対話篇」、として一蹴し、現代演劇の偉大さのみを論じ立てている。過去のものは終わったのだ、過去の因襲に従って博物館に委ねられればよい。現代演劇が偉大なのは、人間の行ないに関する永遠の法則に、より近づいているからであり、その法則は場所や時間に関係なく不変である。『フィネガンズ・ウェイク』と『ユリシーズ』はこの前提に基づいて執筆されることになる。現代という時代にヒロイズムが欠如していることは、慨嘆したところで意味がない。「われわれは、人生をこの眼で見ているがままに受け取らねばならず、また男を、女を、この現実世界で出会うがままに受け取らねばならない」。自明の理とも聞こえる文だが、やがては自身の小説が、この言を活き活きとしたものに変えることになる。

このエッセイ、およびこれに続く一九〇〇年から一九〇四年の間に書かれたエッセイで、ジョイスは自身の武器庫を整えることに精進した。同国人に向かっては、地方的であること、フォークロア蒐集者であること、単なるアイルランド人であることをやめ、ヨーロッパを受け入れよと語る。アイルランド的情念にはアッティカ様式〔古代ギリシア的美学様式〕を課すことを要求し、キリスト教芸術の限界を乗り越えるために世俗の美学を構築し、文学は人間の魂の喜ばしい肯定である、と宣言する。だが文学がそうであるためにはまず、作家は偽善を打ち破り、身体の獣性を認識し、自身が描く情念の戯れに（教訓的な党派根性ではなく）「冷淡な共感」を保持し、勇ましい牡鹿のように低地人の間を動き回るのでなければならない、とも宣言するのである。この時期彼が注文に応じて執筆した多くの書評は、上述の問題に関してほんの束の間触れるに留まるが、そこに現れる語句――たとえば、「われわれをこうまで不幸にしているあの大きな言葉」の拒絶――は、スティーヴン・デダラスという名の若者の横顔を窺わせる。最上の作品群はもっとも手の尽くされたものであり、糾弾と大志に溢れるこの一群のエッセイは、ブロードサイド詩の「ザ・ホーリー・オフィス」という形で頂点に達する。このなかでジョイスは攻撃の矛先を見出す。それまで以上に多大な皮肉を駆使し、一篇の詩を作り上げる。そこではスカトロジーが、並々ならぬ自尊心をもっぱら高揚させるのである。彼が正確に見て取っていたのは、ひとつの時代が終わったということ、霊妙な、だがいささか民族主義的な精髄を志向する、ジョージ・ラッセルや初期のイェイツが先導した運動は、役割を終えた、ということである。そしてジョイスは、彼らとも、彼らの追随者たちとも、可能な限り暴力的に絶縁したのだった。(3)

「ザ・ホーリー・オフィス」を書いて後、ジョイスはノラ・バーナクルとともにダブリンを捨て大陸に向かう。つぎの一〇年間は『室内楽』以外英語ではほとんど何も出版していない。この詩集は出国前に書かれたものである。この間彼が自らをじかに、公に語ったのは、トリエステの新聞『イル・ピッコロ・デラ・セラ』に寄せた九つの記事、およびトリエステの大衆に向けて行なわれた講演においてのみであった。これらの著作では、皮肉ははるかに緩和され慎重なものとなり、いまだ鋭くはあっても大衆迎合的なものとなる。これらの講演においてデフォーとブレイクは意想外の敬意をもって扱われているが、後に彼はこの敬意を、自身の先祖〔アイルランド人〕の肖像にこそ与えることになる。新聞記事のほうは、すべてで一個の複雑な作品を構築している観があり、アイルランドに対して、あるときは不信感を、あるときは郷愁を表明している。故国を糾弾しているときの彼こそがもっともアイルランド人的であり、絶え間ない裏切りの歴史としてアイルランド史を暴き立てた後、彼は英国の抑圧に面と向かったアイルランドの、その固有の美と真価を想起せずにおれない。『ユリシーズ』の「市民」は、アイルランドの過去の栄光と英国の不正をあれほどまでに吹聴していたが、その姿はジョイスの諷刺の的であると同時に、ジョイスの精神の一面でもあったことが明らかとなる。ジョイスはけっして国籍離脱者とはならない。自身と祖国を罰してやまない、亡命者という性格を執拗に保持しようとするのである。一九一二年、彼は「火口からのガス」において、今一度アイルランドに対する精神の戦闘開始を宣言する。自らがダブリンの出版社から被った虐待に、アイルランドが人間の精神に加えた屈辱の象徴を見て取るのである。

一九一二年以降、ジョイスはパウンドの努力に抗った。パウンドは、文学記事を書くことで即金が稼げる、と説いたのだった。ジョイスは書くネタがないと弁解していたが、おそらく、自分の批評は自分の経験に発する強い動機付けがないことには効力を発揮しない、と認識していたのであろう。もはや記事を書くことはなかったが、時折批評的な意見を表明した。この第一次大戦の期間中もっとも重要な発言は、「ドゥーリーの分別《ドゥーリーズブルーデンス》」である。ジョイスは一九一五年、トリエステからチューリッヒに移り住んだが、スイスは彼にとって、単なる避難所である以上に、実に好都合な場所であることが判明した。スイスの中立性は、芸術的不偏性の完璧な類似物であったのだ。「ドゥーリーの分別」は、「ザ・ホーリー・オフィス」の英雄的に肩を怒らす牡鹿に、ドゥーリー氏という飾らない僚友を附与する。これはつまり、ジョイスの内部で、『若き芸術家の肖像』におけるスティーヴン・デダラスの公的・ルシファー的物腰が、『ユリシーズ』におけるレオポルド・ブルームの私的・家庭人的人生にすっかり取って代わられたことを暗示するものである。

人生最後の二〇年間を過ごすパリで、ジョイスは同時代人に関し、内輪では折に触れ十分辛辣に論じていたものの、公式なコメントを拒否することにかけては達人となった。もはや文人《マン・オブ・レターズ》という役割からは遠く身を引き離すことになったが、それというのも彼は、この役割に常々疑念と嫌悪の眼差しを向けていたからである。しかし、ほかの芸術家を論じた二つの秀作はこの時代のものだ。第一は「禁制の作家から禁制の歌手へ」で、これは『フィネガンズ・ウェイク』の文体で書かれている。ここでジョイスは、見るからに歓喜と友情を滲ませながら、テノール歌手ジョン・サリヴァンの歌唱力を峻別している。サリヴァンの声量と多様な表現力に、そしてまた自身に見合った名声を得られずにいることに、ジョイスは自らの境遇と相似するものを見出した。そして最後に書いたのが「イプセンの『幽霊』に附すエピローグ」である。ジョイスは、はじめて公刊された著作物の主題であったこの劇作家に、今一度回帰する。一八歳で書いたイプセン論の論調は、師に対する弟子のものとして、正しくは追従であったが、いまやジョイスはイプセンを、芸術上の僚友として剽軽に語るのである。彼は『幽霊』を書き直し、アルヴィング大尉は結局のところさほどの悪人ではない、と仄めかしている。以下の結びの行には、享楽家《ボン・ヴィヴアン》のパリジャンとしての、ジョイス自身の人生に対する申し開きを見て取ることも難しくない。

　またもし、わたしがあれほどの
　優柔不断で淫乱な、濫費家でなくいたならば、
　この世の拍手喝采もなかったろうし、そもそもが
　書くべきことさえあるはずもなし。

この態度は「ザ・ホーリー・オフィス」のそれと同じである。だが今ではそこにしかるべき荒々しさが加わり、成功を収めている。

ヘンリー・ジェイムズやトーマス・マンのような作家の批評は、おもに彼らがほかの作家に関して明かしてくれることゆえに、われわれ読者を惹きつける。ジョイスの批評は、それがジョイスに関して明かしてくれることゆえに、重要なのである。必然的にすべての作家は自己中心的なものだが、ジョイスは大概の作家以上にそうである。これらの著作は、ジョイスが繋ぎ合わせて完成させるに生涯を費やした、ドラマ化された自伝の一片一片、と解するのがもっとも相応しい。

＊

以下に収録されているもののうち、1、2、3、4、5、20、35、36、43〔本書では44の後半「ウィリアム・ブレイク」のこと〕、49〔本書では53〕の一部は、本書ではじめて公刊される。45〔本書では48〕は、トリエステの『イル・ピッコロ・デラ・セラ』にイタリア語で発表されただけである。6、7、8、33、47〔本書では50〕、49〔本書では53〕の大部分、50〔本書では54〕、51〔本書では55〕、52〔本書では56〕、53〔本書では57〕、54〔本書では58〕、55〔本書では59〕、56〔本書では60〕、57〔本書では61〕は、（いくつかがゴーマンによる伝記で読めるものの）これまで

一冊に編纂されたことがなかった。9、10、11、12、13、14、15、16、17、18、19、21、22、23、24、25、26、27、28、29、30、31、32（以上、書評集）はこれまで、スタニスロース・ジョイスとエルズワース・メイスン編の小著、コロラド・スプリングズのママルージョ・プレスで私的に印刷された版でのみ、閲覧可能であった。

以下の方々の専門的な御助力に感謝を申し上げる――アイルランド国立図書館館長Ｒ・Ｊ・ヘイズ博士、同図書館管理人パトリック・ヘンチー氏、ウォルター・Ｂ・スコット・ジュニア教授、ベントリー・ギルバート氏、カール・キラリス氏、ジョン・トンプソン氏、ノースウェスタン大学図書館館長ジェンス・ニホーム氏ならびに有能なスタッフ諸氏、イェール大学図書館のマージョリー・ワイン女史、ジョン・Ｊ・スローカム氏、Ｈ・Ｋ・クロースマン博士。またジェイムズ・Ｆ・スポーリ氏には複数の蔵書をお借りした。メアリー・ボルトン夫人、ロイス・レンツ夫人には、手書き原稿をタイプに起こす労を取って頂いた。コーネル大学図書館館長スティーヴン・Ｊ・マッカーシー博士、およびイェール大学図書館には、蔵書からの出版を許可して頂いたことに、またＣ・Ｇ・ユング博士には、ジョイス宛ての手紙の一部を公にすることを許可して頂いたことに、さらにラインハート社には、ハーバート・ゴーマン著『ジェイムズ・ジョイス』に収録されている文献の再版を許可して頂いたことに、感謝申し上げる。原資料を本書で公刊するにあたっては、ジョイス・エステイトの許可を得た。またジョイスの遺著管理人ハリエット・ウィーヴァー女史の多大な御好意に感謝申し上げる。

註で引用されているジョイスの文献は以下の通りである。『書評集』――*The Early Joyce: the Book Reviews, 1902–1903*, edited by Stanislaus Joyce and Ellsworth Mason, Colorado Springs: The Mamalujo Press, 1955.『エピファニー集』――*Epiphanies*, introduction and notes by O. A. Silverman, Buffalo, N.Y.: Lockwood Memorial Library, 1956.『フィネガンズ・ウェイク』――*Finnegans Wake*, New York: Viking Press, and London: Faber and Faber, 1939.『書簡集』――*Letters*, edited by Stuart Gilbert, New York: Viking Press, and London: Faber and Faber, 1957〔ただし、書簡集はその後第二巻と第三巻が出版された。*Letters of James Joyce*, vol. 2 & 3, edited by Richard Ellmann, London: Faber and Faber, 1966. したがって本書では、『書簡集』〔第一巻〕、第二巻、第三巻、と表記してある——訳者〕.『肖像』(=『若き芸術家の肖像』)——*A Portrait of the Artist as a Young Man*, in *The Portable James Joyce*, New York: Viking Press, 1947, and London: Jonathan Cape, 1924.『スティーヴン・ヒアロー』——*Stephen Hero*, New York: New Directions, and London: Jonathan Cape, 1944.『ユリシーズ』——*Ulysses*, New York: Random House, 1934(ページ番号は以下の版と同じである。New York: Modern Library, and London: John Lane, 1936). アメリカ版とイギリス版でページ番号が異なる場合、最初にアメリカ版のページを記し、括弧内にイギリス版のページを附した〔ただし本書では、『ユリシーズ』『肖像』『ダブリナーズ』の場合、ガーランド版(New York & London: Garland Publishing——それぞれ1984, 1993, 1993)に基づく統一表記法(『ユリシーズ』の場合「挿話番号」と「行数」、『肖像』の場合「章番号」と「行数」、『ダブリナーズ』の場合「短篇名」と「行数」)を用いている。また『スティーヴン・ヒアロー』のページ数は、同じJonathan Cape版ではあるが、1956年以降の改訂版によっている——訳者〕。

E. M.〔エルズワース・メイスン〕

R. E.〔リチャード・エルマン〕

註

(1) "Introduction," in Ellsworth Mason and Richard Ellmann ed., *The Critical Writings of James Joyce*, New York: Viking

Press, 1959.

（2） このメイスン＝エルマン編の『ジェイムズ・ジョイス評論集』は五七篇からなるが、本書には全六一篇を収めている。詳細は「訳者あとがき」を参照のこと。

（3） 彼はポーラで印刷した諷刺詩「ザ・ホーリー・オフィス」を弟に送り、諷刺の対象となる人びと全員に送るよう依頼した。

1　外見を信じるなかれ[1]（一八九六年？）

【ベルヴェディア・カレッジで毎週課せられていたエッセイにおけるジョイスの手腕は、クラスメイトや教員たちも認めるところであった。[2]彼は一八九七年と九八年、全国中間試験において、同学年の英語作文最優秀賞を勝ち取り、全国的に表彰される。[3]「外見を信じるなかれ」は、毎週の課題作文のうち唯一残存するものであり、一八九六年頃、すなわちジョイス一四歳の頃まで遡る。したがって彼の執筆として知られているもののなかでは最初期のものである。】

AMDG[4]

外見を信じるなかれ

良きうわべほどに人を惑わし、またそれにもかかわらず魅惑的なものはない。夏の日の、温かい日差しのなかで眺められた海。そして秋の太陽の淡い琥珀色で煌めき渡る青い空。これらは目に快いものだ。しかし、自然の激しい怒りが今一度「混沌」の不協和音を目覚めさせれば、場面はどれほど異なったものとなろうか。水泡、潮泡でむせかえる大洋は、日の光で陽気にきらきらと小波を立てる、穏やかに静まりかえった海とどれほど異なっていようか。だが外見の変わりやすさとして最上の例を挙げれば、それは「人間」と「富〔命運〕」（Fortune）である。ひとにへつらう卑屈な様子にせよ、高飛車で横柄な物腰にせよ、一様にその人柄の無価値さを包み隠す。「富」はぴかぴか光る安物のように、その目もあやなゆらめきは奢れる者も貧しき者もともに魅惑し弄んできたが、風のように定まりのないものだ。そうは言っても、「あるもの」が、その人柄を教えてくれる。目である。それは、非道の悪党のもっとも峻厳な意志でさえ打ち負かすことのできない、唯一の裏切り者だ。有罪であるか無実であるか、魂が悪に汚れているか廉潔であるかを、ひとに明らかに示すものは目なのだ。「外見を信じるなかれ」という格言の唯一例外となるのがこれである。それ以外の場合ではつねに、真の価値は探し求められねばならない。王族の装いか民主主義のそれかは、「人間」が背後に残す影に過ぎない。「ああ、王侯たちの寵愛次第で生きるあの哀れな男の、なんと不幸なことか[5]」。つねに変化し続ける「富〔命運〕」という気まぐれの波が、それとともにもたらすものは、善と悪である。それは善の先触れのように、いかに美しく見えることか、そして不吉の伝令のようにいかに残酷に見えることか！　王の機嫌にかしずく者は、大海に浮かぶ小舟に過ぎない。かくしてわれわれは、外見のうつろさを知る。偽善者は最低の種類の悪人だが、さらにその美徳の装いの下には、最大の悪徳を隠している[6]。富裕（fortune）の祠《ほこら》（fane）に過ぎぬ朋友（friend）は、富者の踏処（feet）にへつらい（fawn）ひれ伏す。しかし、野望を抱かず「知足」（Contentment）以外富も奢侈もない人間は、澄んだ良心と安らかな精神から溢れ出る幸福の喜びを、隠すことができない。

LDS[7]

ジェイムズ・A・ジョイス

註

（1）このエッセイは、コーネル大学図書館所蔵「ジョイス資料集」内の自筆原稿（コーネル原稿）である。『ジェイムズ・ジョイス・アーカイヴ』第二巻一—三ページ所収。

（2）ジョイスが一八九三年から九八年まで通ったベルヴェディア・カレッジでの毎週のエッセイについては、『肖像』Ⅱ・六六五行以下も参照のこと。

（3）賞金はそれぞれ三ポンドと四ポンドであった。

（4）イエズス会のモットー「大いなる神の栄光のため」（Ad Majorem Dei Gloriam）の略。『肖像』Ⅱ・三五七行以下でスティーヴンが詩を書く場面にもつぎのようにある。「習慣の力は大きいもので、彼はページの頭にイエズス会のモットー、A. M. D. G. と書いてしまった」。

（5）シェイクスピア『ヘンリー八世』第三幕第二場三六六—六七行。ジョイスはわずかに間違って引用している。

（6）fで頭韻を踏もうと努めたためいささか無理な表現となっている点は否めない。

（7）「とわに神に讃美あれ」（Laus Deo Semper）の略。「この後、ページの裾にはL. D. S. の文字が書き込まれた」（『肖像』Ⅱ・三八七—八八行）。

2 〈暴力〉(1)（一八九八年）

【『ユリシーズ』においてレオポルド・ブルームは、キュクロプス的「市民」に向かい、「でも無駄なんです。暴力、憎しみ、歴史、みんな同じなんです」と語る。「憎しみの反対」である愛を擁護し、それが「真の生命」であるとまで言う。ユニヴァーシティ・カレッジ・ダブリンの予備コースに入ったばかりのジョイスは、一八九八年九月二七日、若さに溢れた長く回りくどい筆致で、ブルームと同じ立場を貫いた。エッセイの最初のページとその後の数ページは失われているが、彼が主題としていたものは明らかに〈暴〉力であり、その論旨は、力は優しさによる支配をもたらすために用いられるべきだ、という逆説的なものである。

この態度は後の作品とも矛盾がなく、また文体のリズムは一六歳の少年にしては驚くべきものであるけれども、言葉遣いはいまだ成熟していない。ジョイスはこの時点ですでにイプセンやその他の作家たちの解放精神を感得していたが、いまだ自身の言語を解放するには至っておらず、教室で教わる因習的なレトリックを駆使できるのみであった。】

《手書き原稿巻頭の半ページは欠落》

(2)——ともに現在の問題であり、答えるのは困難である。また概して、なるほど正義の戦争で達成された征服は、それ自体が正義であるというのははっきりしているけれども、かならずしもそれが政治経済学等々の領域へと逸脱する必然性はない。むしろつぎの点を心に留めておくほうがよかろう。暴力による征服はすべて、それが暴力によって成し遂げられ追求されたものである場合、これまでのところ、人間の精神と覇気を打ち砕くことのみに成功してきたに過ぎない。またそれは、極端な場合悪意と暴動を生み出すのであり、またしても神聖ならざる戦争の始まりから、究極的な闘争の印（stamp）で踏みつけにされる（stamped）のだ、ということである。しかし実際のところ、抑圧的な力という点でのみ征服なるものを考えるのは、野蛮であるように思われる。というのも、それはしばしば積極的な力の行使であるよりも、ひとつの影響力／威力（influence）である、という場合が見て取れるからだ。征服には、虚しい流血よりももっと良い用いられ方を目にすることがある。

人生の様々な段階においては、その行使について――もちろんそれが激情や悪評と無縁というわけではけっしてないが――多くの素朴な実例がある。もっとも卑近な場所にも実例が見出せるのだ。大地に鋤を入れ「頑固な畑地」[3]を突き崩しながら進む耕墾者もそのひとりだ。伸び放題の蔓を刈り込み、あるいは野生の生垣を見苦しくない程度に抑え込む庭師も、「整然たる庭園」[4]のために野蛮な要素を征服するという点で、同様の例である。いずれの場合も力による征服を意味している。だが、船乗りの用いる方法はもっと外交的だ。彼は抗う颪を切って進むのに鋤を用いることはない[5]。嵐という激しい暴力を食い止めようとして刃物を用いることもない[6]。船乗りは、自身の不完全な腕前をもってしてその荒れ狂う嵐を乗り切ることはできない。アイオロスが一旦厳命を下せば、その命令を直接撤回する方法はない[7]。したがって船乗りは彼を打ち負かすことはできない。しかし、舵を切り、忍耐強く試みを重ね、ときにはその「風の神」の力自体を借り、ときにはそれを避け、あるときは前進し、あるときは後退し、ついには直進のために帆を上げる。やがてはそれに続く凪に身を任せ、船は港へと漕ぎ出すに至るのだ。粉挽き屋の水車も良い例である。川の流れを抑制するものではあるが、川が自らの道を進むことを邪魔しはしない。そうなることで、水車はその役割を果たすのである。流れの速い川の水は、高い山々では恐ろしい力を持ち、見る者を震え上がらせ、野に洪水をもたらす。しかし魔法の粉屋はこの気質を変えることができ、水が己の水路を流れるようにさせる。もつれた髪のような水は、整然たる襞の間を流れ、波を折りたたみ、穏やかな諦めをもって、郊外の住宅地からなだらかに傾斜する土手へと、流れ込むのである。さらに、その水力は商業的な目的にも役立つのであり、小麦やパンを作り、もはや詩的なる者にではなく飢えたる者に、糧を与えるのである。

こうした自然力の征服を見た後は、動物の征服について考えてみよう。昔エデンの園で責任を負っていたアダムは、素晴らしい時を過ごした。空を飛ぶ鳥と野を駆ける獣は彼の慰めとなる役を務めた。彼の足元には従順なライオンが眠り、いずれの動物も喜んで彼の下僕となった。しかしアダムの中に罪が湧き起こり——それは潜在的な悪に過ぎなかったが——彼の偉大な性質が堕落し崩壊すると、いまだ知られざる獰猛さの澱が、獣たちの間でも攪拌され浮上し始めたのだった。獣たちの間で同様の謀反が人間に対しても起こり、獣たちはもはや友好的な下僕ではなく、人間にとっての、憎悪に満ちた敵となったのだ。その時から、程度の差こそあれ、また土地の差もあるが、彼らは人間と戦うようになり、人間に仕えることを拒絶するようになった。しばしばその大いなる強靭さに助けられ、彼らは人間たちと首尾よく戦うことができた。しかし、ついにはより秀でた力によって、そしてまた相手が人間であり彼らは獣に過ぎなかったがゆえに、完全にとは言えないまでも、彼らは打ち負かされたのである。人間はその一部を、たとえば犬がそうであるように、自分の家の警護役にした。また別の一部を、たとえば牛馬がそうであるように、人間の労役の協力者とした。さらに別の一部は、人間にも征服することができず、人間は単に彼らから身を守るしかないという場合もあった。だが一つの種は、とりわけその数と力において、人間を征服するほどの脅威となった。そしてここでは、その運命の成り行きというのみならず、人間が嘲笑されずに被造物の主という称号を保持し、マンモスやマストドンの恐怖から安全でいられるよう、超越的な力が介在したということを、見て取っても良いかもしれない。動物園の象は、かつて煙る町々をのし歩いていた力強い怪物たちの、哀れな子孫である。彼らは群れをなして歩き回り、手なずけることができず、恐れを知らず、自らの力を誇りとし、果実の溢れる地帯や森林を巡った。その地には今日、多忙な人間たちの印と、その熟練と苦役の記念碑が建っているのだが。怪物たちは全大陸にくまなく広がって行き、北へ南へと恐怖を運び、おまえにわれわれを征服することはできないのだと、人間に公然と反抗していた。そしてついに彼らの時代が衰えると——彼らはそうとは知らなかったのだが——、より高緯度の極地帯へと行進し、彼らに命じられた運命に従ったのだ。そこにおいて、人間には征服できなかったものらが征服された。というのも彼らは、地球を襲った恐るべき変化に耐えられなかったのである。花々に輝く土地は次第に、一切の美と希望を失っていった。鬱蒼と茂った木々や豊富な果実も徐々に遠ざかって行き、そして潰えた。発育不全の低木と、太陽がもはや熟させることもない萎びたベリーが、彼らの居場所には見出された。マンモスの種族は不穏な驚きで寄り集まり、この荒廃がいっそう彼らを密に寄り添い群がらせるに至った。彼らの前から消え去ったかつてのオアシスで、彼らは迫り来る波を眺めやる。それは彼らを不毛な故国へと閉じ込める波である。緩やかに押し寄せる氷と水に囲まれて、彼らは虚栄の日々の生活を切り詰めて生きることを選び、やがて死以外残されていないとなると、この惨めな動物たちは延々と続く冬の厳しい寒さで、死に絶えた。そして今日彼らの巨大な牙や象牙の骨は、ノヴォシビルスク諸島の、追憶の土塁の中に埋もれているのである。彼らのうちで残されたものはこれだけであり、彼らの死によって人間は恩恵を被った。生きている間は、人間が奴隷とすることのできなかったものたちである。それが今では人間の貪欲さをそそり、危険なる北極の海を渡って、過ぎ去った時代の財宝の宴へと向かわせる。それは荒涼たる空の下にばら撒かれそして漂白され、変わることのない波の歌に囲まれて、白く静かに、永遠の水底の淵に横たわっている。これはなんという征服、なんと恐ろしく、なんと完璧なる征服であったろうか！　マンモスの記憶はほとんど残っておらず、その毛に覆われた偉大な象の恐怖はもはや、巨大である以外とりえのない不恰好さに対する、軽蔑以上の何ものでもないのである。

一般に、動物は人間との交わりによって飼い慣らされてきた。そして飼い猫や蔑まれる豚は、遠い異国では、生まれつきの獰猛さと力強さを精一杯発揮して暴れまわっているというのは、注目に値する。これらも他の動物とともに、絶え間ない戦闘によって征服され、あるいは馴染みの生息地から追い立てられ、やがてはその種族も、アメリカのバイソンのように死に絶えるだろう。普通の動物はすべて、徐々に人間の支配に屈するようになり、今一度人間の下僕となり、忍耐強い馬や忠実な犬に見られるような、かつての自発的な従順さのごときものを再び獲得するであろう。ときには、三本の槍による虚栄の誉れと勝利感だけ(8)、といった例も見られる。たとえば、南米の沼沢地では、毒蛇が死んだように手懐けられ、魔術師の唸り声によって、見世物やサーカスにおいて、群衆の前で、無益にして無害な状態でうずくまるのだ。意気阻喪したライオンたちや、街なかで見られる見苦しい熊たちも、人間の力の証明である。

何かを克服したい、支配したい、といった欲望は、人間の進化の歴史の中に見られるものだが、これは人間の覇権にかなりの責任を負うものであるかもしれない。もし人間がそのような欲望を持っていなかったならば、樹木や草花は人間から日の光を遮り、すべての道を塞いでいたことだろう。山々や海洋が人間の住処の境界となっていたであろうし、堰き止められることのない川の流れは人間のあばら家をつねに押し流し、略奪をこととする飢えた獣たちが人間の焚き火を踏み消していたことだろう。しかし人間の秀でた精神はすべての障害を克服した。もっとも、全世界あまねくというわけではないけれども――というのも、人間がめったに訪れない場所では、下等な生き物が人間の王国を簒奪することもあったからだ。そして、人間の労力は、インドの林やのである。

密林のなかで獰猛な虎を狩ることに、またカナダの森で木を伐採することに、あらたに費やされねばならない

つぎなる重要な征服は、人種の人種による征服である。人間という種族のなかでも、白人は運命づけられた征服者である。黒人は白人に道を譲り、赤色人種〔アメリカ先住民の意〕は白人によって土地を追われ故郷を追われた。はるかニュージーランドでは、怠惰であることを認められたものぐさなマオリ族が、白人に父祖たちの土地を分配し所有することを許している。大地と空が許すかぎり、白人はどこへでも出かけて行く。白人はもはや、征服者の悪習、すなわち奴隷制を実行することはないし、それが許されることもないであろう。これは少なくとも征服のなかではもっとも下劣な形態であり、概して一般的にもそうである。だが、実に卑しく非人間的でお粗末な罪でさえ人間を悩ませることのなかった時代には、奴隷制度も単に、人間の良心に訴えかけるのみであったようだ。幸運にもこれは存続することができないし、今では他者の自由に対するいかなる侵害も、それが厄介なトルコ人によるものであろうとなかろうと、断固たる反対と公正なる怒りを招くことになる。権利が侵され、制度が無視され、人権が軽視されれば、こういった一切は、きまり文句や鬨の声としてではなく、確固たる全き現実として、人間を保護し防御するために、幸いにもつねに、人間のエネルギーと同情を呼び起こすことになるであろう。愚かしいロマンティックな狂乱においてではなく、また熱情的な破壊のためでもなく、屈することなき抵抗の決意をもってして、そうなるのである。

これまでのところわれわれは、人類の征服についてのみを扱ってきた。

《半ページが欠落》

……その広大さゆえに書き手の努力をほぼ完全に飲み干してしまう話題に、いざ取り掛かろうとすると、しばしばその主題は、書き手を萎縮させてしまう。あるいは、ひとりの論法家が、安定した理論を引き出そうとし

て、大きな主題を扱わねばならない場合、彼は当初の発想を捨て、入念な論考へと逸脱して行き、より魅惑的な議論に取りかかることになる。また空想の作品の場合、あまりに豊富な想像力が、作者とともに文字通り宙を舞うこととなり、言いようのない素晴らしさを備えた地帯へと作者を着地させる。それは作者の能力ではとても到達できなかったものであり、彼の五感を眩惑し、ことばを寄せつけないほどで、かくして彼の創作物は実に美しいものとなるのだが、それは幻視者特有の模糊とした夢心地の美しさを備えることになる。こういったことはしばしば、シェリーのような高度に空想を好む気質の詩人に訪れ、その詩を曖昧で不明瞭なものにする。(9) しかしながら、詩的感性の偉大にして驚くべき天分が、視覚的にもことば遣いにおいても感情においても、警戒と注意深さによって緩和され、極端に走ることが阻止された場合であれば、その真の秀でた魂は、崇高にして高貴な場所へと、さらに油断なく貫入して行く。より大いなる恐怖、より大いなる驚愕、より大いなる敬意をもってしてその場所へと足を踏み入れ、つつましくそのおぼろげな地帯を覗き見れば、いまやそこは光に満たされており、魂は神秘なしに、人間にとっての偉大なる事柄を解釈することとなる。それは樹木の葉や花々のなかで、人間の目からは隠されていた事柄であり、人間を慰め、人間の崇拝の一助となり、人間の畏怖の念を高めるものなのである。こうした結果は、偉大なる天分を征服することから生ずる。実際、人類の遺産すべてについて、これは言えるのである。力は、われわれがそれを有効利用するときに、それを高めることとなる。健康は、われわれがこれに注意を払うときに、増進する。精神の忍耐力は、われわれがそれを酷使しないときに、高まるのである。さもなければ、芸術において、彫刻や絵画において、芸術家の注意を捉えて離さない大いなる出来事は、巨大な不恰好なもの、粗暴な塗りたくりという形でしか表現され得なくなるだろう。また恍惚の演奏家の耳では、もっとも愛らしいメロディさえ、テンポもリズムもなく狂乱状態で、混沌の迷路のなかを、「ジャラジャラと、調子はずれで耳障りな、優しい鐘の音のように」(10) 響き渡ることだろう。

この打ち克ちたいという人間の欲望が、動物や植物の王国に対して行使されたとき、どれほどの影響力を持ったか、そして、それが単に悪しき特質を破壊し征圧したのみならず、良きものをさらに改良し改善した、という点は、これまでにも指摘されてきた。この地球上には、放縦な成長に完全に支配されてしまった場所がある。たとえば葉が光を遮り、蔓延った植物が土を枯らしている場所、危険な爬虫類や獰猛な獣が存在する場所である。彼らはまったく飼い慣らすことができず、色においても肥沃さにおいても大いなる美に取り囲まれてはいるけれど、そこには野蛮な無法という恐怖の影が差している。しかし前進を続ける人間の到来は、事態の容貌を改変することだろう。善である人間が自らの領土を善に変えるのである。これまで言われてきたように、「天の真の下僕たちがこれらエデンの園に入り、神の霊が彼らとともにあるとき、もうひとつの霊もまた、物質界の大気のなかに吹き込まれるであろう。そして刺す虫も毒蛇も毒を持つ樹木も、生まれ変わった人間の魂の力を前にしては退いて行く」――これはやがて訪れるはずの望ましい征服である。いっぽう、これまでわれわれは、世界の下等な種族を打ち負かしてきた人間の力について、そしてまた自身の精神力を征服できる威力について、考察を加えてきたが、われわれにはまだ考察すべきことが残っている。人間の本能に、労働や仕事に、そして理性に、打ち克ちたいという欲望の、多種多様な威力についてである。

ノルウェーのサーガや、「勇ましい騎士と豪族」[11]の物語を語る古代の叙事詩、あるいは今日ホール・ケイン[12]の描く物語を読めば、人間の情念が生み出す荒廃に関しては豊富な例に出会える。彼らは狂戦士的な自由奔放さ[13]で自分の力を行使することが許されている。もちろん月並みの人生を送っていれば、トール〔北欧神話の雷神〕やオスパカル[14]、イアーソーン〔ギリシア神話の英雄〕、ミルレイ[15]といった人物に出会うことはまずない。それはかつて彼らの故国であった、あの野蛮な場所でのことである。現代の文明は、当時の状況が許容したような、あの掛け値なしの放縦さといったものは許さないであろう。人間という種族はいまや、町に住み都市に住み、荒々しい情念なるものを失っている。少なくとも、自らの激情の促進に寄与し得るほどまでには、失っている。普通の人間は、悪魔の怒りという発作に、さほど頻繁には身構える必要がない。なるほど「血の復讐」(16)なるものはいまだに南欧では一般的であるが、人類は昔から自己を征服する実に多くの機会を持っているものだ。腹を立てやすい気質、下衆の勘繰り、愚者のうぬぼれ、世紀末的冷笑、ゴシップ、助力の拒否、人を傷つける言葉、そしてつまらない嘲弄、さらには忘恩や友への非情――こういったものはすべて、日々われわれが征服せねばならないものである。なによりも、これまでさんざんに中傷されてきた、もっとも偉大なる慈悲は、動物的な惜しみなさや無謀な気前良さとは異なるものであり、慈善の行ないが完全にはなし得ないものである。それは穏やかさや善良さの内的な源泉から湧き上がるものであって、帰すべき動機というものを欠いている。それは「すべてを善意に解釈するもの」であり、天からの贈り物である情動から、あらゆる大切なもの、差し迫った必要にあるもの、その存在と美しさが天上からもたらされたものを、犠牲に供することを命じるのである。それは思想という大気のなかに生息し繁茂し、あまりに高尚で晴朗であるため、地に引きずり下ろされ人間たちに紛れることを潔しとせず、独自の優美なる風格のなかにあって「自らの存在を告示し、沈思内省する」。一切の事物におけるこの完全なる没我状態は、なんとも対照的なことに、絶え間ない実践と価値ある実現を呼び求めるのである！

エデンの門より出でし人間に運命づけられたる使命、すなわち労働と労苦の場合にもまた、世界と人間の両者にとって有利なことに、征服は直接的な影響力を持つことはなかった。カーライルは言う(17)、「腐敗の密林は切り拓かれ、代わりに播種すべき畑が現れ、堂々たる町が起こる。そのうえ人間は

《半ページが欠落》

……ある者にとっては、情念よりも理性を征服することのほうがはるかに難しい。というのも彼らは、人間の

知性と理性を、虚しい理論化によって、信仰という超人的論理と競わせるからである。事実、正しく形成された精神にとって、背信という化け物は恐怖を煽ることなどなく、軽蔑以外の感情を掻き立てることがない。人間には情念と理性がある。そして放縦の原理は自由思想の原理と正反対のものである。人類の理性は、かの霊感を受けた書き手の言う三つの属性すべてを実現しないのであれば、叡智に貢献することはない。すなわち「プディーカ（pudica）、パーシフィカ（pacifica）、デースルスム（desursum）」——慎み深い、平安なる、天からの、という属性である。[18]理性は、神の叡智の座でなく別のどこかにその源泉を持っているとしたならば、いかにして栄えることができようか？　また地上の知性は、もし叡智の形容辞「プディーカ、パーシフィカ、デースルスム」に対し盲目であったならば、アベラール[19]にとって躓きの石となり転落の原因となったものから、いかにして逃れることが望めようか。

征服の本質は、より高きものの征圧にある。他よりも高貴なるもの、良きもの、あるいはより堅牢な土台の上に築かれたものは、何であれ、特定の時間が過ぎれば特定の勝利に到達する。権利が権力へと道を踏み外したとき、あるいはもっと適切な言い方をすれば、正義がまったくの力に姿を変えたとき、征服が始まる。ただしそれは束の間であり長続きはしない。過去において実に頻繁に起こった通り、それが不法である場合、いつの時代も闘争のなかで処罰がそれに続く。いかなる征服によっても抑圧できないいくつかのものが存在する。そしてもしそれらが、これまでもそうであったし今後もそうであろうが、善良なる人間、聖人のような人生のなかに、高潔さの萌芽を保持し続けるならば、それらはまた、付き従う人々に対し、やがて訪れる勝利の約束と、意欲的な期待に満ちた慰藉と慰安を、保持することになろう。征服とは「ほぼ帝国の本質と言ってよく、それが征圧することをやめるとき、存在することもやめるものである」。それは人性の生得的な部分であり、人間の居場所に大いに責任を負っている。政治的には顕著な要因であり、民族国家間の問題においては強い力となる。人間の能力のなかでもそれは偉大なる威力であって、それが世界の諸法の、変え難い永続的な部分を形作る。征服には、同時にまた自由も存在しているのであり、たとえそれが目に見える形で、すべてのものに対する権力を絶えず誇示している場合でもそうなのだ。すべての事物を統治下に置き、確固たる制限や法をもってして、また公平なる規制によって、徘徊は許可し

《半ページが欠落》

……暴力の代わりに力を、そして赤い勝利の代わりに説得を[20]——は、新しい征服にあっては、予言された不朽の支配をもたらした。それは永久に続く、善きものすべてに対する「優しさ」による支配である。

完

Jas・A・ジョイス　著

九八年九月二七日

附記——鉛筆書きの部分は、おもに清書の際の遺漏を加筆したものである。

註

（1）　このエッセイは、コーネル大学図書館所蔵「ジョイス資料集」内の二四ページ半からなる自筆原稿である。スタニスロース・ジョイスは兄の原稿の裏を日記として用いたため、このエッセイと以下に続く三つのエッセイが保存されることになった。『ジェイムズ・ジョイス・アーカイヴ』第二巻五—三一ページ所収。なお、梗概に述べられているように、メイスン＝エルマン（および『アーカイヴ』）は「(暴）力」（Force）を仮題として掲載しているが、ケヴィン・バリー編オックスフォード版でのタイトルは、「キーワードと主題に合わせ」て「征服」（Subjugation）に変えられている。確かに、様々な力——「暴力」（force）、「権力」（power）、「影響力／威力」（influence）——が語られてはいるが、若きジョイスの主

題は、バリーの言うように人間の「征服」――帝国による植民地支配も含む――のあり方であったかもしれない。巻頭部分が失われているため、原稿自体のタイトルは不明である。

(2) 現存の原稿はダッシュから始まっている。

(3) パーシー・ビッシュ・シェリー(一七九二―一八二二)、「クイーン・マブ――哲学詩」(一八一三)Ⅲ、一一一行。

(4) ジョン・ミルトン(一六〇八―七四)、「沈思の人」(一六三一)五〇行。

(5) 英語では「鋤ですく」「うねを作る」という意味のfurrowは、帆船が「風を切って進む」という比喩的な意味でも用いられるため、ここで鋤ploughという語が用いられている。

(6) 原文は"nor no knife to check the rude violence of storm"と、二重否定の誤りがあるが、翻訳では修正した。ジョイスの指導教師はこの語句nor noに下線を引き、余白に縦線のマークを入れている。手書き原稿にはこの種の修正が多く入っている。

(7) アイオロスはギリシア神話の風の神。ホメロスの『オデュッセイアー』に登場する。ジョイスは『ユリシーズ』第七挿話に当初「アイオロス」というタイトルを附していた。

(8) 「こけおどし」の例として挙げられたものであろう。ギリシアの詩人アルカイオス(前六二〇頃―前五八〇頃)の抒情詩「武器庫」の一節――「そして彼らは壁から三本の槍を下ろし、互いに凭せ掛けて立て、その天頂に兜を置き、その下には深紅のマントを着せた。するとどうだ、遠くから見れば立派な英雄の姿ではないか」――への言及と思われる。この詩は以下の書に収められている。Frederick Tennyson, *The Isles of Greece: Sappho and Alcæus*, London: Macmillan and Co., 1890, 279.

(9) シェリーに関するスティーヴン・デダラスの考察については、『肖像』Ⅱ・一二六九―七五行、Ⅲ・三五―三九行、Ⅴ・一三九七―一四〇五行も参照のこと。

(10) シェイクスピア『ハムレット』第三幕第一場一六〇行。この段落は、古典的芸術と対照させて象徴的芸術を論じたヘーゲルの考え方に負っているかもしれない。ジョイスはバーナード・ボーザンケト訳の『ヘーゲル美学概説』(*The Introduction to Hegel's Philosophy of Fine Art*, trans. Bernard Bosanquet, London: Kegan Paul, Trench & Co., 1886)を読んでいた。とくに145では、未だ曖昧模糊とした概念は、粗削りな「象徴的芸術」を生み出すに留まる、と論じられている。

(11) ミルトン、「快活の人」（一六三二）一一九行。
(12) トマス・ヘンリー・ホール・ケイン卿（一八五三―一九三一）はイギリスの小説家・メロドラマ作家。ケインに対するその後のジョイスの成熟した評価については、「ジョージ・メレディス」（本書一二八ページ）を参照のこと。
(13) 原稿ではBersirk freedomと綴られているが、（おそらくは教師により）Bersarcと修正が入れられている。北欧神話に登場する異能の戦士たちベルセルク（ノルウェー語berserk／アイスランド語berserkr／英語berserker）の意であろう。小文字berserkであれば英語でも形容詞として用いられる。
(14) オスパカルの物語は「団結した勇者たち」（Banded Men）を巡る北欧神話に語られている。
(15) ダニエル・ミルレイは、ホール・ケインの小説『裁判官』に登場する。
(16) subserve their ragesとなっているが、これは「激情を抑え得る」subdue their ragesという意味での誤りであろう。
(17) トマス・カーライル（一七九五―一八八一）はスコットランドの文筆家・歴史家。
(18) 『新約聖書』「ヤコブの手紙」第三章一七節。
(19) ピエール・アベラール（一〇七九―一一四二）はフランスのスコラ哲学者で、フュルベールの姪、弟子のエロイーズ（一一〇一―一一六四）の恋人となった。
(20) red conquestは、共産主義革命の勝利を意味していよう。

3　言語の学(1)（一八九八年もしくは九九年?）

【「言語の学」もまた、一八九八年から九九年にかけての、ユニヴァーシティ・カレッジ予備コース在学中に書かれたものであることは間違いない。ジョイスの文体はさらに活力に溢れたものとなっているが、美しさは減退している。メンミのフレスコ画への言及(2)は、暴力論に見られる以上に入念な技巧となっており、またマシュー・アーノルドに関するコメント（指導教師はこれに赤鉛筆を入れた）はさらなる強情さを示している。言語の学はジョイスが生涯に亘って専念したものではあるが、ここで彼が展開している議論は、彼の文学的力量を十全に結集させるには至っていない。】

サンタ・マリア・ノヴェッラ教会には、七つの地上の「学問」（Sciences）と題された、メンミによる七つの図像がある。(3)右から左に見れば一番目は「文字（読み書き）の術」（'Art of Letters'）で、七番目が「算術」だ。第一のものはしばしば「文法」とも呼ばれる。そのほうが率直に、それが「文字」からの分枝であることを示すからである。さて、この順番で配置するという画家の思いつきは、「学問」から「学問」へ、すなわち、「文法」から「修辞」へ、「修辞」から「音楽」へ、等々を経て最後に「算術」へ至るという、段階的な発展を示すこととなった。画題を選択するにあたり、画家はつぎの二つの前提を立てている。第一に、彼は最初の

「学問」が「文法」であるとしている。すなわち、この「学問」が人間にとっては最初に来るもっとも自然な学問であり、また同時に、「算術」は最後に来るもの、かならずしもほかの六つの上に位置するというわけではなく、むしろ人の一生を表現するものを数え上げれば最後に来るもの、と前提されている。第二に、あるいはひょっとするとこちらが第一かもしれないが、画家は「文法」もしくは「文字」が、「学問」であるとしている。彼の第一の前提は、人間の知において、「文法」と「算術」を、ともに最初であり最後であるものとして分類——単なる分類でありそれ以上ではないとしても——していることになる。第二の前提は、前述の通り、「文法」を学問としていることになる。これら二つの前提はともに、「算術」に追従する多くの著名な人びとの意見に、真っ向から反対するものである。彼らは「文字〔読み書き〕」が学問であることを否定し、それを「算術」とはまったく異なるものと見なしているらしい。あるいはそう見なすそぶりである。「文学」は、その根幹においてのみ、学問である。つまりその「文法」と「綴り字」(Characters)においてのみということだ。だがこうした考え方は、算数家の側にしてみればほとんど意味のないものである。

彼らに是非認めて欲しいことは、人間が同胞と通常のコミュニケーションを図りたいと望むなら、まずは話し方を知らなければならないのであり、これは本質的な事柄だ、という点である。われわれのほうとしては、知的な人間の育成にもっとも重要な学問は数学である、ということを認めるのに吝かではない。それは精神の精度、正確さをもっとも向上させるものであり、慎重で規律正しい方法に対する嗜好を育て、何よりもまず知的なキャリアを積む備えをさせる。このように語るわれわれ、複数化されたエッセイスト(4)は、けっしてこの教科〔数学〕の熱心な信奉者ではない。それはなにもこれに対する根強い嫌悪感があるからではなく、骨の折れる仕事に気乗りがしないだけなのだ。上述の意見においては、われわれは時代の大いなる光明に支えられている。もっとも、マシュー・アーノルドは、他のことについては多くを語るものの、この問題についてはほとんんど意見を持っていないようであるが。(5) さて、より想像力に富む営みを唱道する者たち〔文学者〕が、数学教育の卓越した重要性を十分認識しているのにひきかえ、より厳格な道を歩もうとする実に多くの人びと〔数学者〕が、その道の厳格さの一部をわがものとし、またその妥協を許さぬ定理の一部をもわがものとしながら、言語の学をそれよりもまったく下にあるもの、単に無作為で副次的な学と見なしがちである、というのは嘆かわしいことだ。言語学者はそのような扱いに対して抗議することが許されるべきであるし、確かに彼らの抗弁には一考の価値がある。

というのも、賢者の目に数学という学を気高く見せているものは、これが規則正しい道を進んで行くものであること、つまりは学問であり、事実に関する知識である、ということだ。これは文学とは正反対であって、より優雅な外観を呈している後者は、想像的かつ観念的なものである。この点が、両者の間に厳格な境界線を引くことになる。とはいえ、数学や数の「学問」は、あの美という遍在する性質に与っている。その美は数学の秩序や均斉のなかで、ほとんど雑音を生じさせずに表現される。まるで文学の魅力のようにである。したがって、文学のほうもまた、数学の持つ手際の鮮やかさや規則性に与っているのだ。(6) しかも、われわれはけっして、こういった前提が問題なく通用するとも思ってはいない。むしろ、言語と文学のために敢然と闘おうとするよりも前に、われわれはつぎの点を理解して欲しいと願うのである。すなわち、精神にとってもっとも重要な学は数学であるということをわれわれは認めているのであり、その点では、われわれの文学擁護にせよ、数学の前に敢えて文学を置こうとするものではない、ということである。

言語の学が蔑まれているのは、それが想像的なものであり、事実を扱うことなく、概念を正確な方法で扱うこともないからだ、と述べるのは不合理である。第一に、いかなる言語の学びも最初は初歩から始めねばならないものであり、その後ゆっくりと注意深く、確かな土台のうえで進められねばならないものだからだ。ひとつの言語に文法があり、正字法があり、語源学があることはよく知られている。これらは度量衡表と同じく確実に、正確に行なわれる学である。ひとによっては、なるほどこの点までは認めるが、言語〔の学を「学問」と呼ぶこと〕が是とされるのはここまでであって、統語や文体や歴史という高度な部位になると空想的で想像的なものになる、と言うことだろう。さて、言語の学は数学的な土台に基づいており、したがってその基盤は確かなものであるから、その結果、文体にせよ統語にせよ、そこにはつねに几帳面さがある。それは最初に埋め込まれた精密さから生まれる几帳面さだ。したがってそれら〔文体や統語〕は、単に粗野で美しい概念の繁茂というのではなく、ときには事実という、またときには概念という、明確な規制によって統御され導かれる、正確な表現のための方法論なのである。そしてそれが概念という規制によっている場合、その表現は、「平たく凡庸な」[7]言明には十分であった手堅さから、一段高みへと引き上げられたものとなる。これは、感傷的な言葉遣いや尊大な言い回し、あるいは毒舌の奔流において、また文彩や言い換えや比喩表現において、美しい、とされるものから過剰な影響を被ってのことではあるけれども、情緒が最大限に高まった瞬間においてさえ、元来の本質的均斉を保持しているのだ。

　第二に、たとえわれわれが数学者の用いるあの不当な「よって」（'since'）の用法を認める気になったとしても[8]――実際これはとてもありそうにないことなのだが――、われわれは、詩や想像力が、たとえさほど知性に溢れたものではないにせよ、まったく軽蔑すべきものであるとか、その名声はまったく捨て去られるべきであるといった意見を、認めるべきではない。われわれの図書館は、「学問《サイエンス》」の著作のみを収めるべきであろうか？　ベーコンとニュートンがわれわれの書棚を占有すべきであろうか？　シェイクスピアやミルトンのための場所はあってはならないのだろうか？　神学はひとつの「学問」である。しかし、どれほど深遠にして学識豊かであろうとも、カトリック教会と国教会のいずれかが、学のなかで詩を禁制にするであろうか？　一方は、その教会の、生きている不変の要素を消し去ろうとし、他方は、「キリスト教暦年」(9)を禁じるであろうか？言語のより高い段階、すなわち文体、統語、詩、雄弁術、修辞学はやはり、なんらかの形で、「真実」の王者であり解説者なのである。したがってサンタ・マリア教会の「修辞」の図像では、「真実」が一枚の「鏡」に映し出されている。悪しき動機のなかにも真の雄弁はあり得る、というアリストテレスと彼の学派の意見は、まったく虚偽である。最後に、「学問／科学《サイエンス》」は世界の文明をいっそう進歩させると彼らが主張するのであれば、ここではある種の限定を加えねばならない。「学問／科学」は改善をもたらすかもしれないが、道徳的に堕落させもする。ベンジュリア博士(10)の例を見よ。「生体解剖学」という偉大なる「学問／科学」は、彼を改善しただろうか？「心と科学《ハート・アンド・サイエンス》」！　そう、心無い学問／科学には大きな危険が伴うのだ。非人間性に至るのみの、実に大きな危険である。われわれは彼の二の舞になってはならない。打ち砕かれ破滅した男――同情とは無縁の彼が実験室のドアに立つと、不具にされた動物たちは恐怖のあまり彼の脚の間を抜け暗闇へと逃げ去る(11)。人間の「学問」であれ神の「学問」であれ、それが一方では人間や事物を実質的に大いに改善する効力を持つ、と考えてはならない。仮に、学問に利する目的で行なわれることが、単に人間の利益を顧慮したものであり、また現に人間に利益をもたらすものだとしても、それは自身のために行なっているのであり、あらゆる点において、あの第一に来るべき人間のもっとも自然な局面、すなわち生きている存在としての人間を、無視するかもしれず、人間を限りなく小さな役者、世界という舞台でもっともつまらない役を演じているに過ぎない者、と見なすかもしれないのだ。あるいはまた、他方でその「学問」が、神聖なる目的に向けられ、堅牢で理に適った推論を引き出すために有効な考案物として進歩して行き、人間のなかにつねに、信用と崇拝の念の向上を促すとしてもである。

　不快な数学者たちをかように排除しておけば、言語の学びには、そしてわけてもわれわれ自身を学ぶことにおいては、何かしら言うべきことが存在することになる。第一に、言葉の歴史のなかには、人間の歴史を伝えるものが数多く存在している。今日の話し言葉を何年も前のそれと比較すれば、ある民族の言葉自体に、外的な影響が加わったことを示す有効な具体例が手に入る。ときには、たとえば'villain'という語のように、今では失われた慣習ゆえに意味が大きく変わってしまった、という言葉もある。[12] またときには、通用しなくなった言い回しや、もともとの言語が——悲しみや喜びのなかで自発的に発せられる、単独で存在する貴重な語句は別にして[13]——まったく使われなくなってしまうことで、圧倒的な力の到来が証明される場合もある。第二に、この〔言語に関する〕知識は、われわれの言語をより純粋で、より明快なものとし、それゆえ文体や文章構成を改善することにも繋がる。第三に、われわれの言語の文学作品においてわれわれが出会う名称は、由緒ある名称としてわれわれに継承される。それは軽々しく扱われるべき名称ではなく、われわれが敬意を払うべきものとしての資格を、あらかじめ与えられているのだ。それはひとつの言語の推移における標識なのであり、その言語を犯すべからざるものに留め、いわば進歩の道程に沿うようまっすぐな道へと導くのである。前進しながら道を広げ改善しつつ、それでもつねに主要街道を進むよう促す。たとえあらゆる箇所で数多くの脇道が枝分かれし、その脇道が進み易そうに見えたとしてもである。したがってこれらの名称は、英文学の巨匠たちの名のように、模倣と参照の規準であり、また価値あるものである。彼ら巨匠たちの言語の用法は、彼らの言語の学びに基づいているからこそ価値があるのであり、またそれゆえ、真摯な注意を多大に払うに値するのである。第四に、これがもっとも重要なのであるが、そうした人びとの用いる言語を注意深く学ぶことは、一言語の諸要素に存在する力と威厳について完璧な知識を獲得するための、ほとんど唯一と言っていい手段である。しかもそれは、自然が許容する限り、偉大な作家たちの感情を理解するための、彼らの心と魂に分け入って行くための、そしてまた彼らならではの思考の内奥へ特権的に導き入れてもらうための、唯一の手段である。また彼らの言語を学ぶことは、単にわれわれの学識や思考の蓄えを増やすのみならず、われわれの語彙を増やし、われわれが彼らの繊細さや力強さの分け前に、わずかでも与れるようにしてくれる。人が興奮し、あらゆる言語感覚に見放され、それでも支離滅裂に息せき切ってくどくどと同じことを繰り返しているとき、その人の語句が、より深い意味を持っているかもしれない、といった場合がどれほど多いことか。考えてみるがいい。もっとも平凡な概念を正確な英語で表現することに、多くの人がどれほど大きな困難を抱えることか。われわれが日常的に犯す誤りを正すというだけのためであっても、言語の学はわれわれに任されてしかるべきである。ましてやそれが、その種の瑕疵を正すのみならず、単に良質な言葉遣いと接するだけでわれわれの話し言葉に素晴らしい変化をもたらし、われわれに美を教えてくれるというのなら、なおさらそうではないか。この美については、ここでは偶《たま》さかに触れるのみで詳細に述べることはできないが、われわれのこれまでの無知や無頓着では、到底これに踏み込むことなどできないのである。

われわれ自身の言語にあまりに長いことかかずらっているように見えてはなるまいから、ここで古典語の場合を考察することにしよう。ラテン語では——というのも筆者はここで自らのギリシア語に関する無知を慎ましく認めるからであるが(14)——、注意深い、正しく方向付けられた学習が、極めて有効である。というのも、これを学ぶことは、英語のなかに強い要素を残している一言語を習得することになるからだ。かくしてわれわれは多くの語の語源を知ることができるようになり、そうなればわれわれはその語をもっと正確に使えるようになり、したがってわれわれには、その語のより厳密な意味がもたらされることになる。またラテン語は、学者や哲学者の間で認められている言語であり、学識ある者らの武器である。彼らの本や思想は、〔ラテン語からの〕翻訳を通してはじめて切り開かれる。さらに驚くべきことに、ラテン語は、まるでシェイクスピアのように、誰もがまったくそれとは知らずに口にしている。引用句はラテン語学者でない者によってさえ頻繁に用いられるし、その公共の利便性はわれわれにその学習を促す。そしてまたラテン語は、教会の儀式における一定不変の言語である。さらに、ラテン語はこれを学ぶ者にとって知的な助けとなる。というのも、ラテン語は簡潔な表現を備えており、それらは、英語の似たような表現の多くよりも、説得力を持つからである。たとえば、ラテン語の一句もしくは一語は、大変複雑な意味を備えており、大変多くの語の性質を共有し、しかもそれ独自の繊細なニュアンスをいまだに留めているため、英語の一語で適切に置き換えることができない。したがってウェルギリウスのラテン語は翻訳を寄せ付けないほどに独特であると言われるのである。このような言語を適切な英語に注意深く移し替えて行くことは、明らかに、判断力と表現力――これら以外は数え上げないとしても――の鍛錬に大いに役立つはずである。しかしラテン語は、その退化した形態としては学校教師の言語であるが、これに加えて、優れた形態としてはルクレティウスやウェルギリウス、ホラティウス、キケロ、プリニウス、そしてタキトゥスの言語であり、高名なる彼らは何千年もの間、その高座から追い落とされることに抵抗してきた。この事実だけでも、彼らは十分一読に値する。しかも彼らは、広大な共和国――世界史上もっとも偉大にしてもっとも広大なる共和国――にあって、作家としても面白いのである。この共和国はその時代、五百年間に及んでほとんどすべての偉大なる行動人たちの祖国であった。それゆえこの名は、ジブラルタルからアラビア、さらには異人嫌いのブリトン人の間でさえ知れ渡るものとなり、至るところで強国の名となり、至るところを軍の馬車が占領したのである。

《原稿はここで終わっている》

註

（1）原題は"The Study of Language"。このエッセイは一〇ページ半の自筆原稿であり、スタニスロース・ジョイスはこの裏を日記として使った。現在ではコーネル大学図書館所蔵「ジョイス資料集」内に収められている。『ジェイムズ・ジョイス・アーカイヴ』第二巻三二一―四一ページ所収。

（2）リッポ・メンミ（一二九一？―一三五六？）はイタリアのシエナの画家で、シエナ派の代表者シモーネ・マルティーニ（一二八四？―一三四四？）の義弟であり弟子であった。

（3）これについてはジョン・ラスキン（一八一九―一九〇〇）『フィレンツェの朝』「第五の朝」（John Ruskin, *Mornings in Florence*, Orpington, Kent: George Allen, 1875-77, 'The Fifth Morning', 125）に語られている。ジョイスはこの本の一八九四年版を持っていた。このフレスコ画はフィレンツェのサンタ・マリア・ノヴェッラ教会のスペイン聖堂にある。この聖堂は聖トマス・アクィナスに捧げられたもので、一連の「自由七科」の図像は、「神の七つの御業」の図像の対面にある。この作品はメンミによるものではなく、アンドレア・ディ・ブオナユーティ（一三二〇？―七七）によるものである。

（4）手書き原稿ではWe, the pluralised essayist, となっている。指導教師はここで（the pluralised essayist）と括弧に入れ、横に×印を附している（同種の訂正はほかにも複数見られる）。ここでジョイスは、エッセイを書く場合の主語がweと複数形になること、もしくはそのように指導されることを、「数学」的に皮肉っているのかもしれない。「数学は好きな教科ではない」という言辞の主語を「われわれ」とすることに、ユーモラスな躊躇いを示したのだろう。

（5）マシュー・アーノルド（一八二二―八八）の「文学と科学」（一八八一年にケンブリッジ大学で行なわれたリード講義）への言及。これは以下に収められている。*The Works of Matthew Arnold*, 15 volumes, London: Macmillan & Co., 1903-04, iv. 279, 317-48.

（6）イギリスの観念論哲学者バーナード・ボーザンケト（一八四八―一九二三）の『美学史』（Bernard Bosanquet, *A History of Aesthetic*, London: Swann Sonnenschein & Co., New York: Macmillan & Co., 1892, 33）に、類似した記述がある。

（7）シェイクスピア『ヘンリー五世』「プロローグ」九行より。

（8）数式で用いられるこの接続詞の用法を揶揄した言い方であろう。

（9）『キリスト教暦年』（*The Christian Year*）（一八二七）は、イギリス国教徒のジョン・キーブル（一七九二―一八六六）による一巻の聖歌集。キーブルはオックスフォードで詩歌教授《プロフェッサー・オブ・ポエトリー》（一八三一―四一）を務め、オックスフォード運動で中心的な役割を果たした。

（10）ウィルキー・コリンズ（一八二四―八九）の小説『心と科学』（一八八三）の主要人物で、心無い生体解剖学者。

（11）コリンズの小説では第六二章にある場面。

（12）villain は本来「農奴」の意であったが、現在では「悪者」の意味で用いられる。

（13）たとえばアイルランド語の感嘆詞は、ウィリアム・カールトン（一七九四―一八六九）のような一九世紀の作家の作品にもしばしば現れる。

（14）「古典語」と言えばおもにギリシア語とラテン語を指すので。

4　王立ヒベルニア・アカデミーの「この人を見よ《エッケ・ホモ》」(1)（一八九九年）

【ジョイスは一八九九年六月に予備コースを修了し、同年九月、ユニヴァーシティ・カレッジ・ダブリンに正規学生として入学した。「この人を見よ《エッケ・ホモ》」を論じたこのエッセイは同月、「暴力」論のおよそ一年後に執筆されたものである。その論調は前作のエッセイと大いに異なっており、これはジョイスが、読者を感じ入らせたい、説得したいと望むのではなく、むしろ自身の立場を表明したい、と望んだことによるものであろう。ジョイスはそれまでになかった精密さを画し、新たな確信を抱いてこれに取り組んでいる。

絵画と彫刻に関するジョイスの言及は素朴に聞こえるが、劇に関する概念はそうではない。それは彼を解き放ち、純粋に美学的な見地から宗教画という主題にアプローチすることを可能にするのである。こうした芸術と宗教の分離は、彼が後に聖トマスの理念を、不遜とはいえ自身の文学的用途に適合するよう展開して行くことを予想させる。ムンカーチが劇作家《ドラマティスト》(2)として成功を収めたのは、キリストをひとりの人間として扱ったからである、と言う。だがキリストが単なる人間に過ぎなかったか否かについては、そつなくも言及していない。とはいえ、ムンカーチが題材を扱うに際して最上の方法を選択した点は、明確に語っている。】

これまでヨーロッパの各主要都市で展示されてきたムンカーチの絵画が、現在、王立ヒベルニア・アカデミーで公開されている。それはほかの二作、「ピラトを前にしたキリスト」および「カルヴァリの丘のキリスト」とともに、受難の終盤を描いた完璧な三部作を成す、とも言い得る。おそらく、当該の絵のなかでもっともひとの心を打つのは、その生命感、ありのままの現実と思わせる幻覚的手法であろう。男も女も血肉を具え、それが魔術師の手によって、無言の忘我状態に留め置かれた、とも空想できるほどだ。それゆえこの絵画は、欠点のない形式が実現されたものでも、また心理がカンバス上で再現されたものでもなく、まず第一に劇的《ドラマティック》なものである。劇《ドラマ》という言葉でわたしが考えているのは、情念《パッション》の相互作用だ。つまり劇とは、どのように展開されようとも、相克であり、進化であり、動きである。劇は独立したものであり、場に条件付けられていても場に支配されてはいない。牧歌的な人物像や乾し草の背景画が田園劇を作り出すのではないのと同様、大言壮語や、親しげに話しかけて欺く退屈な策略が、悲劇を作り出すわけではない。大概の場合、第一のものには静謐さだけはあり、第二のものには俗悪さがあるとしても、いずれにおいても、真の劇の調べは一瞬たりとも響き渡ることがない。情念に満ちた抑揚がどれほど抑えられていようと、演技がどれほど整然としたものであろうと、あるいは言葉遣いがどれほどありきたりであろうと、ひとつの戯曲が、あるいは楽曲が、あるいは絵画が、人間の抱く永久不変の希望や欲望や憎しみに関与するものであるならば、つまりは、われわれ人間のあまねく語られてきた本性の、象徴的な描写を扱うものであるならば、たとえその本性の一面に過ぎなくとも、それは劇なのである。メーテルリンク(3)の登場人物は、あの尊い光、良識という名の探照灯に晒されれば、わけのわからない、成り行きまかせの、運命に追い立てられるだけの被造物と見えるかもしれない。実際、われわれの文明が不気味と称するところのものである。だがどれほど発育不全で操り人形的な造形であろうとも、彼らの情念は人間のものであり、したがって彼らの姿の開示は劇となるのだ。この点は、舞台の問題にあてはめてみれば実にはっきりしているのだが、いっぽうこの劇という言葉を、同じようにムンカーチにあてはめるとなると、おそらくはいささかの説明を加えねばなるまい。

彫像の芸術において、劇へ向かう第一歩は、足が台座から離れるときである。それ以前は、彫刻は身体の模造に過ぎない。ただ最初の衝動によってのみ動きを与えられ、型どおりの作業によって完成される。命を吹き込むこと、あるいはそれと似たようなことが起こると、芸術家の作品には直ちに魂がもたらされる。その形を生き生きとしたものにし、主題を明確にする。彫刻家はブロンズや石で人間の像を造ることを目指す以上、当然のことながら、その衝動は芸術家を、一瞬の情念の描出に向かわせることになる。その結果、彫刻家は、最初の一瞥で人目を欺き得るという点で画家よりも有利なのだが、劇作家となり得る器量という点では、画家よりも劣っている。彫刻家の造形力に匹敵するものは、画家の描く背景や巧みな陰影の配置であり、そのような方法で平面のカンバスに自然らしさ《ナチュラリズム》が生み出されるいっぽう、別の生命を附与するものである色彩が、画家の主題を表現する助力となり、はるかに完成度の高い明晰な全体像を生み出す。さらに、これはとりわけ当該の事例にあてはまるのだが、主題がより高尚に、より幅広いものになれば、その主題は、無色のモデルそっくりの影像が複数ひしめき合うひとつの情景においてよりも、大カンバスにおいてのほうが、明らかにより適切な処理を施され得る。したがってこの相違は、七〇人あまりの人物がひとつのカンバスに描かれている「この人を見よ」の例において、歴然としてくる。劇を舞台に限るのは誤りである。劇は歌われ、演じられるのと同様、描かれもするのだ。「この人を見よ」もまた、ひとつの劇なのである。

さらに付け加えれば、これは劇場で劇評家の注目を直接浴びる大概の〔戯曲〕作品以上に、はるかに劇評家のコメントを受けるに値する。このような芸術作品に技法的な問題を語ることは、わたしにしてみると、どことなく表面的に思えるのだ。もちろん、衣の襞、掲げられた両手、広げられた指は、批評の及ばないほどの技と熟練の度合いを示している。狭い中庭に押し寄せる群衆の姿は、いずれも巨匠の誠実さによって描き出されている。ひとつだけ欠陥をあげれば、奇妙に伸ばされた総督〔ピラト〕の左手の位置である。マントがこれを隠しているが、その隠し方ゆえに、不具であるかのような印象を与えてしまう。背景は、傍観者に対して開かれている回廊であり、ベランダを支える複数の柱が見える。ベランダの上の東洋の低木は、瑠璃色の空と対照的だ。絵に向かって右手の一番端には、二続きの階段があり、全部で二〇段ほどの石段が、複数の柱の並びとほぼ直角を成す演壇に通じている。激しい日の光は直接演壇に降り注ぎ、中庭のほかの部分はところどころで陰になっている。壁には装飾が施されており、広間の奥には狭い戸口があって、ここにはローマ兵が群がっている。群衆の前半部、つまり演壇の真下の人びとは、奥の複数の柱と、これと平行を成している、一番手前に張られた鎖の間に、囲い込まれた形である。この絵のなかで唯一の動物である、一匹の老いぼれた野良犬が、この群衆の傍にうずくまっている。演壇の上、兵士たちの前に立っているのは、二人の人物である。ひとりは両手を前で縛られ、烏合の衆に向き合って立ち、指はわずかに欄干に触れている。肩には赤いマントがあり、これが背中全体と、両腕の肩から肘までをほぼ覆っている。したがって体の前面は腰のあたりまで露出している。均斉を欠いた黄色がかった茨の冠が、額の上方からこめかみにかけてを包み、縛られた両手は、軽そうな長い葦の茎を、おぼつかなげに握らされている。これがキリストである。もうひとりの人物はいくぶん群衆に近く、欄干越しに群衆のほうへ少し身をかがめている。この人物はキリストを指差し、右腕はこの状況を示すのにきわめて自然な位置にあるが、左腕は先述したとおり、一種独特な、不具を思わせる恰好で差し伸べられている。これがピラトである。この二人の主要人物の真下、舗装された中庭には、どよめきのたうちまわるユダヤの烏合の衆がいる。様々な顔、仕草、手、あんぐり開いた口——こうした方法での表現には、驚くべきものがある。麻痺した、くたびれきった体つきの卑俗な男がいる。顔は獣性を刻みこまれ、かすかににやりと歯を見せている。また広い背中と強壮な腕、固く拳を握り締めた男の姿もあるが、この筋骨たくましい「プロテスタント」(4)の顔は隠れている。その足元、階段が折れ曲がる角には、女がひとり跪いている。不安で高ぶる顔は不健康な蒼白さだが、激情に打ち震えている。彼女の美しく丸みを帯びた腕は、群衆の野蛮さとコントラストを成して、いたたまれない憐憫の情を示している。豊かな髪の乱れ毛は腕の上にかかり、植物の巻きひげのように腕に絡みついている。表情は敬虔で、眼は涙に抗して精一杯見上げようとしている。彼女は痛悔の象徴であり、厳格な、通俗的な人物像とは対照的に、哀悼を表す新しい種類の人物である。涙し、悼み、けれども慰めを得る、悲しみに打ちひしがれた者たちのひとりである。ひるんでいる姿勢からして、彼女はおそらく悔い改めた娼婦であろう。彼女の近くに野良犬がおり、その近くには浮浪児がいる。浮浪児は背中を向けているが、若々しい歓喜に溢れながら、両腕を高く広く掲げ、両手を開き硬く力を込めている。

　群衆の中心にはひとりの男の姿があり、ひとりの着飾ったユダヤ人に押されて激怒している。怒りで眼を細め、口角に泡を浮かべて罵っている。彼の怒りの対象は裕福な男で、それは現代のユダヤ人の労働搾取者によく見られるように、恐ろしい顔立ちである。つまり、その顔の輪郭は、大きな額から鼻の頂上まで一本の上昇して行く線であり、その鼻から今度は顎の先まで、同じカーブを描きながら下降している。その顎は、この例では、わずかな先細りの髭に覆われている。不恰好に上唇を上げ、二本の長い白い歯が見え、いっぽう下唇は全体が垂れ落ちている。これは悪意を抱く動物のうなりである。嘲りながら片腕を前方に伸ばし、上質の雪のように白いリンネルの肌着が前腕に垂れ下がっている。その真後ろには大きな顔がある。目鼻はぶざまに伸び広がり、顎を引き裂かれたように開き、粗野な喚き声をあげている。また勝ち誇った熱狂者たちの姿や横顔がある。ゆるやかな長い上着の裾からは素足が見え、首をすっくと擡げ、勝ち誇って腕をまっすぐに上げている。一番奥には、愚かな物乞いのぼんやりとかすんだ顔がある。いたるところに新しい顔がある。黒い頭巾のなかに、円錐形の被り物のなかに、こちらでは憎しみが、あちらでは限界まであんぐりと開いた口が、そしてまたうなじのほうまで仰け反った頭が、ある。恐怖のあまりこの場から逃げ出そうとしている老婆もいれば、端正な顔立ちだが明らかに最下層階級の女もいる。この女は、美しい、物憂い眼をし、顔立ちも体つきも立派だが、卑俗な愚かさと、忌まわしいとまでは言わないにしても完璧な獣性によって、ひどく損なわれている。膝には子どもがまとわりつき、肩には赤子を抱きかかえている。この者たちにしても、この場全体に広がる反感の情から自由ではなく、その小さいビーズのような眼のなかにも、拒絶の炎、己が民族の苦々しい無智が、煌いている。すぐ傍には二人の姿がある。ヨハネとマリアだ。マリアは気を失っている。顔はまるで日の昇らない夜明けのように灰色で、表情はこわばっているが歪んではいない。髪は漆黒で頭巾は白い。ほとんど死んでいるように見えるが、苦悶の力が彼女を生き延びさせているのだ。ヨハネは両腕で彼女を抱きかかえ、倒れないように支えている。彼の顔は半ば女性的に描かれているが、それも意図されてのことだ。鉄さび色の長い髪は両肩にかかり、表情には憂慮と哀れみが現れている。石段にはひとりのラビがおり、驚きに捉われている。信じ難い出来事だが、中心人物の異様さには引き寄せられずにおれないのだ。その周りには兵士たちがいる。冷静に軽蔑を滲ませる物腰だ。彼らはキリストを見世物として眺め、烏合の衆を小屋から放たれた一群の動物として眺めている。ピラトは、この動物たちを鼻であしらうに足るほどローマ人らしくは見えないせいで、彼の地位ならば具えていて良いはずの威厳から、免れている。丸顔で頭は小さく、髪は短く刈られている。体の向きを変えながらも、つぎの動きを決めかねており、心中は熱に浮かされ眼を大きく見開いている。彼は白と赤のローマ人のトーガを着ている。

以上のことから、その全体が、素晴らしい一幅の絵画を形作っていることは明らかであろう。強度に、無言のうちに劇的となっており、魔法の杖がひとたび触れれば、たちまち現実となって生命を獲得し相克が始まる、そんな杖のひと触れを、ただ待っているのである。こうした作品であるからには、いくら讃辞を捧げても良い。

というのもこの絵は、人間が具えるあさましい情念の一切を、恐ろしいほどリアルに描写しているからだ。そこでは男も女も、いかなる階級の人間も、奮い立ち、悪魔的なカーニバルに駆り立てられている。さて、この程度の賞讃は与えられてしかるべきであるが、以上のことから明らかになるのは、この画家の目指す方向が人間的だということ、強烈に、力強く、人間的だということである。こういった群衆を描くには、人間性に対し大胆にメスを入れていかなければならない。ピラトは利己的であり、マリアは母性的であり、涙を流す女は悔悛者であり、ヨハネは大きな悲しみに胸を引き裂かれた強い男であり、兵士たちは征服という頑迷な非観念性《アンアイディアリティ》を刻印されている。彼らの誇りは妥協を許さない。というのも、彼らこそ勝利者ではなかったか？　マリアを聖母に、ヨハネを福音者に描くことは簡単であったろうが、この画家はマリアを母親として、ヨハネをひとりの男として描いた。わたしはこうした扱い方こそが、みごとである、巧妙であると思う。たとえばピラトがユダヤ人たちに向かって「この人を見よ」と語った瞬間、マリアを一種の献身の祖形、われらが教会〔カトリック教会〕の恍惚の聖母として描いて見せることは、敬虔なる誤りとは言えようが、それはやはり疑う余地のない誤りとなっていたことだろう。宗教画において二人の姿をこのように描いたことは、それ自体が最高の天才の証しである。この絵に何か超人的なもの、人心を超えた何ものかを登場させようとするなら、それはキリストの中に現されよう。しかし、このキリストをどう眺めようとも、彼の容貌にそのような形跡はいささかも見当たらない。表情に神聖なものは何もなく、超人的なものも一切ない。これは画家の側の技量の欠如ではけっしてない。彼の手腕であればいかなることも成し遂げたであろう。これは画家が主体的に選んだ立場なのだ。ヴァン・ルース[5]は数年前、キリストと神殿で商売する者たち[6]の絵を描いた。彼が生み出そうと意図したのは、気高い叱責と神の懲罰であったが、自身の技量が画家を裏切り、結果的に生み出されたのは弱々しい打擲と、優しさと安息の奇妙な混合物であった。この出来事にはまったく似つかわしくないものである。これとは対照的に、ムンカーチは自身の筆の力にけっして圧倒されることなく、出来事の見方は人間的なものとなる。結果的に、彼の作品は劇となる。仮に彼がキリストを、侮辱と憎しみを被りながらも、自身のあっぱれな意志により被造物たちの罪を贖う、受肉した神の御子として描いていたならば、それは神の掟を描いたものとはなっても、劇とはならなかったであろう。というのも、劇は人間を扱うものだからである。これは芸術家の意想からもたらされたものであるがゆえに、力強い劇となった。偉大なる師に対して、三たび嘯く人間性からの叛乱、という劇なのである。

キリストの顔は、忍耐と、熱情／受難《パッション》――わたしはこの語を厳密な意味で使っている――と、そして不屈の意志の、目もあやな研究の成果である。ここにいる群衆が彼の頭を悩ますことなど一切ないことは明らかだ。同じ民族であることを示す容貌以外、彼にはこの群衆と共通するものを一切具えていないように見受けられる。口元は茶色の口髭に隠れ、顎から耳にかけては、切り揃えられてはいないが程好く伸びた、同じ色の顎鬚に覆われている。額は狭く、いくぶん眉の上に突き出ている。鼻はわずかにユダヤ的だが、ほとんど鷲鼻と言ってよく、鼻翼は薄く敏感そうに見える。眼の色は、どちらかと言えば淡い青に見える。顔を光の方に向けているため、眉の下で両眼がわずかに上を向き、激しい苦悶のうちにあることはこの正しい配置以外では示しようがない。その眼は鋭く、しかし大きくはなく、半ば霊感を受け、半ば苦しみに耐えながら、大気を劈いているように見える。顔全体は、禁欲的で、霊感を与えられた、完全な精神を具えた、素晴らしく熱情的な男のそれである。これが「悲しみの人」(7)としてのキリストである。その衣は葡萄絞り桶を踏む者のように赤い(8)。これが文字通りの「この人を見よ」である。

わたしがこの絵を劇として評価するに至ったのも、このような主題の扱い方ゆえである。それは壮大で、高貴で、悲劇的であるが、このキリスト教の創始者は、単に偉大な社会改革者、宗教改革者として描かれているに過ぎない。威厳と力の混じり合った人物、世界劇の主人公として、描かれているだけなのである。その点に関し、大衆からこの絵に異議が唱えられることはあるまい。この題材に意を向ける大衆の一般的な態度は、いささか壮大さと面白みには欠けるものの、画家のそれと同じだからである。ムンカーチの意想が大衆のそれよりもはるかに偉大であるのは、平均的な芸術家が平均的な青果物商人よりも偉大であるのと同じだ。しかし、その意想は同種のものである。ヴァーグナーの言を悪用して言えば、それは土着民の態度なのである。[9] キリストの神性に対する信仰は、世俗のキリスト教徒の顕著な特徴とはなっていない。けれども真理と誤謬の、正と邪の、永遠の相克に対して時折起こる共感は、たとえばゴルゴタの丘の劇で具現されたように、世俗の賛同からかけ離れているわけではない。

註

(1)　このエッセイは一四ページ半の自筆原稿であり、スタニスロース・ジョイスはこの裏を日記として使った。現在はコーネル大学図書館所蔵。『ジェイムズ・ジョイス・アーカイヴ』第二巻四二—五五ページ所収。「イエスは棘の冠を被り深紅のマントを羽織って出てきた。〈この人を見よ〉とピラトは言った」(「ヨハネによる福音」第一九章五節)。

(2)　ムンカーチ・ミハーイ(一八四四—一九〇〇)は、イングランドで人気を博したハンガリーの画家。当時オーストリア帝国の支配下にあったハンガリー王国内のムンカーチ(現在はウクライナのムカチェヴォ)に、入植ドイツ人の子として生まれる。本名ミヒャエル・フォン・リープ。ロイヤル・ヒベルニア・アカデミーで行なわれた彼の展覧会には、『この人を見よ』(一八九六)をはじめキリストの受難を描いた絵画が展示され、ある種の論争を呼んだ(たとえば『ザ・リーダー』*The Leader* 一九〇〇年一一月二四日号に掲載されたサラ・パーサー Sarah Purser のコメントなど)。ムンカーチのキリスト三部作は現在、ハンガリーのデブレツェンにあるデリ美術館で観ることができる。ジョイスの脳裏にはまた、当初匿名で出版された、ジョン・ロバート・シーリー著『この人を見よ』(John Robert Seeley, *Ecce Homo: A Survey of the Life and Work of Jesus Christ*, London: Macmillan, 1866)を巡って、当時も続いていた論争が過ぎったことだろう。

(3) モーリス・メーテルリンク伯爵(一八六二—一九四九)はベルギーの詩人・劇作家。

(4) たとえば英国の牧師・小説家チャールズ・キングズリー(一八一九—七五)は、筋骨たくましいプロテスタントを理想とした。彼の説教集『戒律、その他の説教集』(*Discipline and Other Sermons*)は一八七二年の初版であるから、ジョイスが読んでいた可能性はある。

(5) ホーラス・ヴァン・ルース(一八三九—一九二三)は象徴的なイタリア風の主題を好んだイギリスの画家。一八八八年から一九〇九年にかけて、ロンドンの王立アカデミーに自作を出品した。

(6) 「マタイによる福音」第二一章一二—一三節、「マルコによる福音」第一一章一五—一七節、「ルカによる福音」第一九章四五—四六節。

(7) 『旧約聖書』「イザヤ書」第五三章三節。

(8) 『旧約聖書』「イザヤ書」第六三章二節。

(9) リヒャルト・ヴァーグナーは、「未来の芸術作品」という散文で、土着民(the folk/das Volk)の精神構造と芸術との関係を論じている。つぎの書を参照のこと。*Richard Wagner's Prose Works*, translated by William Ashton Ellis, vol. I, "The Art-Work of the Future," &c, London: Kegan Paul, Trench, Trübner & Co., 1895, 73-82. また「文学の劇」(Literary Drama)が「実際の活きている劇」(actual living Drama)に変わる点については144-45に言及がある。

5　劇と人生(1)（一九〇〇年）

【ユニヴァーシティ・カレッジ・ダブリン在学中、ジョイスは大学の「文学・歴史協会」で二つの論文を朗読している。最初が「劇と人生」であり、芸術家の意思表明としてもっとも重要なもののひとつである。彼はこれを一九〇〇年一月二〇日に発表した。事前に論文を読んだ学長のウィリアム・デレイニー神父は、これが劇の倫理的な内容に無関心であることに対して異議を唱えたらしい。神父は数箇所の訂正を提言したが、ジョイスは断固これを受け入れず、結局デレイニー神父の側が折れることになった。学長との面会については、多くの改変は明らかだが、『スティーヴン・ヒアロー』九五―一〇三ページに語られている。(2)

弟スタニスロースの証言によれば、ジョイスはこの論文を「語気を強めることなく」朗読した。あるいはまた、自身『スティーヴン・ヒアロー』で述べている通り、「彼はこれを物静かに、明瞭に朗読した。思想や表現の大胆さはすべて、低音の無味乾燥な旋律の中に包み込んだ」。そして終盤のいくつかの文を、「金属的な明るさを具えた口調で」読み上げた。数人の学生は彼の論旨に盛んに異議を唱え、議長もまた、論文を要約しながらこれに反論した。『スティーヴン・ヒアロー』で、スティーヴンは返答を試みない。だが実際のところ、判事ユージン・シーヒーの回想によると、「ジョイスは一〇時頃、そろそろ議事を締め括るべき時間であることを告げる鐘が外の踊り場に鳴り渡ったとき、立ち上がって返答を始めた。彼は原稿も見ずに少なくとも三〇分間は語り、すべての批判者をひとりひとり処理して行った。名人芸的なみごとなパフォーマンスであり、彼が意見を述べるたびに、後方の座席からは拍手喝采が起こった」。議論終了後、ひとりの学生がジョイスの肩を叩き叫んだ、「ジョイス、実にみごとだったよ。でもおまえは完全に頭がいかれてるな！(3)」】

劇と人生の関係は、きわめて重大な性質を備えたものであり、またそうでなければならないはずなのだが、劇自体の歴史を顧みると、いつの時代も一貫して考慮に附されてきたとは思えない。カフカス山脈のこちら側で〔西欧で、の意〕もっとも初期の、もっともよく知られた劇はギリシアのそれである。わたしはなにも歴史的な概略を述べようというつもりはないが、これにまったく触れないというわけにも行かない。ギリシア演劇はデュオニソス崇拝に始まった。この実りの神、歓喜と古代芸術の神は、自らの生き様によって、悲劇と喜劇の劇場建立に、実践的な見取り図を提供してくれた。ギリシア演劇を語る場合、その起源がその形態を支配している点は、心に留めねばならない。アッティカの舞台の諸条件が、楽屋での作法や作者への注意の大要を決めていたが、その後長年の時を経て、愚かにもあらゆる土地において舞台芸術の規範とされてしまった。かくしてギリシア人はひとつの法典を後代に伝え、後代の人びとはかすみ目の分別で、これを神霊の勅詔という一大権威にまで祭り上げてしまったのだ。これ以上は語るまい(4)。粗野な言い方かもしれないが、ギリシア演劇は演じ切られてしまった、というのが文字通りの真実である。良かれ悪しかれこれは自らの役割を終えたのであり、金無垢の作品ではあっても、永久不変の柱石上に留まるものではない。その再演は、劇としての意義ではなく、教育上の意義を持つに過ぎない。たとえ自らの陣営内にあっても、それは廃れ始めていた。聖職者たちの庇護を受け、儀式の形態で長らく繁栄していた時代に、アーリア人の気風にとっては食傷気味なものとなり始めた。必然的に、反動が起こった。つまりは古典劇が宗教から生まれたように、後続のものは文学運動から発生した。

その反動のなかで、イングランドは重要な役割を演じた。というのも、すでに死にかけていた演劇に致命的な一撃を加えたのが、シェイクスピア派の徒党が持つ力であった。シェイクスピアは、何にも増して文学における芸術家である。つまり、ユーモア、雄弁、天使のような音楽の才、舞台本能——これらの豊かな資質を生まれながらに具えていた。彼があれほどみごとな衝撃力を附与し得た作品は、それに先行する作品よりも優れた性質を持っていた。それは単に劇であるのではなく、対話による文学であった。ここでわたしは、文学と劇との間に、一本の境界線を引いておかなければならない(5)。

人間社会とは不変の法則が体現されたものであり、男と女の様々な境遇や気紛れがこれを複雑に巻き込み包み込んでいる。文学の領域とはこれら偶然の習俗や気質の領域、つまりは空間的な広がりを持った領域だ。したがって真の文学的芸術家は、おもにそうした習俗や気質に関与する。劇は、第一にその底流にある法則に関与し、そこでは一切の法則が赤裸々に、神聖な厳格さをもって扱われる。法則の確証となる種々雑多な作用因には二次的にしか関与しないのである。以上のことが理解されたときに、劇芸術に関するより合理的で厳密な評価への一歩が踏み出される。こういった区別が何らかの形でなされない限り、結果は混沌となる。単なる抒情というだけで詩劇としてまかり通り、心理的な葛藤を表す会話というだけで文学劇としてまかり通り、伝統的な笑劇が、喜劇というレッテルを貼られて舞台上を動き回ることになる。

上記二種の劇〔ギリシア劇とシェイクスピア劇〕はいずれも、壮大極まりない芝居にうってつけの幕開きとして(6)己が役割を終えたのだから、文学骨董品の部局に移管されても良いだろう。新しい劇などないと語ったり、新しい劇を宣言することなど一時のブームに過ぎないと主張することは、意味がない。ここでは時間も限られているのでそのような主張と一戦を交えることはできない。しかし、わたしに明々白々と思われるのは、劇らしい劇は先人たちの劇よりも長く生き残るであろうということ、そして先人たちの劇の生命は、巧妙極まる処理法と慎重極まる庇護によってのみ長らえ得る、ということである。「新派」については、これまでいくつかの手酷い攻撃がなされてきた。大衆は真理を把握するに鈍重であり、指導者らはこれを罵るに迅速である。昔ながらの料理に慣れてきた舌の持ち主たちは、多くの場合、食事の変化には気難しく反対を叫ぶ。このような人びとには慣習と欠乏が至福の第七天なのだ。コルネイユのそつのない露骨さ、丹念に艶出しが塗られたトラパッシの敬神、カルデロンのパンブルチュク的木偶の坊[7]――これを彼らは声高に賞讃する。その子ども騙しの奇術的展開で彼らはあっけに取られるので、それはそれで極上品なのである。このような批評家たちを真面目に受け取る必要はない。ただの道化に過ぎない！　もちろん、「新」派が自らの得意な分野で腕を揮っていることは自明である。ハッドン・チェンバーズとダグラス・ジェロルドの手並みを、ズーダーマンとレッシングのそれを比較してみよ。[8]芸術のこの領域でも、「新」派のほうが優れている。はるかに度量の大きい作品を伴っているのであるから、この優越性は至極当然なのだ。ヴァーグナーのもっともつまらない部分――すなわち彼の楽曲――でさえ、ベッリーニを超えている。[9]過去の愛好者たちの怒鳴り声にもかかわらず、大邸宅が「劇《ドラマ》」のために複数建てられつつあるのであり、広く高く聳えるその館では、薄暗がりに光が投じられ、跳ね橋と本丸にはいくつもの広い柱廊が取って代わることだろう。

　この偉大なる来訪者〔「劇」のこと〕に関しては多少附言させて頂きたい。[10]劇という言葉でわたしが考えているのは、真理を描こうという情念《パッション》の相互作用である。つまり劇とは、どのように展開されようとも、相克であり、進化であり、動きである。それは形を成す以前に、独立したものとして存在している。つまり、場に条件付けられていても場に支配されてはいない。幻想的な言い方をさせてもらえば、男と女がこの世に生を受けるや否や、彼らの頭上に、あるいは身の回りに、ひとつの精霊が現れ、これを彼らはぼんやりと意識し、本来ならもっと親密に、自分たちの真ん中に滞留させていたものであったと感じ、以後彼らはその真実の姿を追い求め、それに手を触れることを切望する。というのもこの精霊は、あたりに漂う空気のようにほとんど変化を被ることなく、けっして彼らの視界から消え去ることはなかったし、また今後も、蒼穹が巻物のように巻き取られてしまうまで、けっして消え去ることはない。時には、この精霊もあれやこれやの姿を借りて、住居を定めてきたように見受けられよう。だが誤用されると、たちまちこの精霊は逃げ去り、後には空家が残される。どこかしら小妖精のような性質を持つもの、水の精《ニクシー》のような、あるいはあのエーリエルのようなもの、と思われるかもしれない。したがってわれわれは、この精霊とその家を区別せねばならない。牧歌的な人物像や乾し草の背景画が田園劇を作り出すのではないのと同様、大言壮語やくどくどとした説教が悲劇を作り出すわけではない。静謐さも俗悪さも、劇を映し出すものではない。情念に満ちた抑揚がどれほど抑えられていようと、演技がどれほど整然としたものであろうと、あるいは言葉遣いがどれほどありきたりであろうと、ひとつの戯曲が、あるいは楽曲が、あるいは絵画が、われわれの抱く永久不変の希望や欲望や憎しみを提示するものであるならば、つまりは、われわれ人間のあまねく語られてきた本性の、象徴的な描写を扱うものであるならば、たとえその本性の一面に過ぎなくとも、それは劇なのである。わたしはここでその数多くの様式について語るつもりはない。自らに相応しくないいかなる様式においても、劇は爆発を起こす。それは最初の彫刻家〔ピュグマリオンのことか?〕が彫像の足を土台から切り離したときのようだ。道徳劇、神秘劇、バレエ、パントマイム、オペラ――こういったものすべての様式を、劇はたちまちのうちに走り抜け、捨て去った。自らに相応しい正しい様式を、「劇なるもの《ザ・ドラマ》」はいまだ経験していないのである。「たとえ一本の蠟燭が消えても、主祭壇には多くの蠟燭が灯っている」(11)。

　劇がどのような様式を取ろうとも、それは後で重ね合わせただけの様式や因襲的な様式であってはならない。文学であればわれわれは因襲を許容する。文学は比較的低級な芸術様式であるからだ(12)。文学とは、強壮剤によって生かされており、あらゆる人間関係、あらゆる現実における、因襲によって栄えるものである。劇とは、真に自らを実現するためには、将来、因襲と闘うことになろう。劇の身体なるものを明確に捉えることができれば、どのような衣服がこれに相応しいか自ずと明らかになろう。全霊を傾けた、あっぱれな性質を備えた劇であれば、見世物的なもの、大仰なだけのものから人びとの心を引き離し、自らのほうへ引き寄せざるを得ない。その調べはあらゆる点で真であり、自由なのである。トルストイの言葉を借りれば(13)、われわれは何をなすべきか、と問われるかもしれない。第一に、われわれの精神から偽善的な言葉を一掃し(14)、われわれがこれまで支持してきた欺瞞を改めることだ。体罰の鞭や定則などものともせず、自由な民族として、自由民のやり方で、批評しようではないか。土着の民《ザ・フォーク》とは、たいしたことができるものだ、とわたしは思う(15)。「心乱されることなく《セークールス・ユーディカト・》、世は裁きをくだす《オルビス・テルラールム》」(16)――これは、人間の生み出すあらゆる芸術作品にとっては、それほど高邁にすぎるモットーではない。弱き者らを威圧することはやめておこう。あの無類のまじめで滑稽な連中、すなわち「文人たち《リテラチュール》」の公式発言であれば、寛容な笑みをもって扱おうではないか。仮に健全さが劇世界の精神を支配することになれば、今日では少数者の信仰であるものが受け入れられ(17)、『マクベス』と『棟梁ソルネス』のそれぞれの評点を書き連ねた過去の議論が立ち現れることだろう。三〇世紀の気取った批評家であれば、両作品について、「自分とこれらの作品との間には、頑として巨大なる溝が横たわっている」と語るのも、無理からぬことではあろう。

劇と芸術家の関係には、われわれが見過ごすことのできない、いくつかの重大な真実がある。劇は本質的に、共同体の芸術であり、広大な領域に及ぶものである(18)。そのもっとも相応しい媒体である実際の演劇は、あらゆる階級からなる聴衆を前提としていると言ってよい。芸術を愛し芸術を生み出す社会にあっては、演劇は自ずとあらゆる芸術施設・機関の頂点に立つこととなろう。さらに劇は、なにものにも揺り動かされることのない、不屈の性質を具えているものであるから、その最高の様式においては、批評をほとんど超越している。たとえば、『野鴨』を批評することはまず不可能である。ひとはこれを、自身の悲痛な想いと同じようにしか思い抱くことができない(19)。実際イプセンの後期の作品の場合、厳密な意味で劇の批評と呼び得るほどのものでも、無礼なものとなりかねない。他のいかなる芸術においても、〔作者の〕個性や作風や地方色は、装飾的なもの、魅力を付加するものと見なされる。だがここ〔劇芸術〕では、芸術家は自己自身をも差し控え、ベールに覆われた神の貌の御前で畏れ多い真実を仲介する者、という立場に立つのである(20)。

何が劇を引き起こすのか、あるいは、そもそも何が劇にとって必要なのか、と尋ねられれば、わたしは「必《ネセ》要性《シティ》」だ、と答える。それは単に、人間の精神に割り当てられた動物的本能に過ぎない。炎に包まれた城壁から逃げ出したい、という世界と同じくらいに古い欲望は別にして、人間には、創造者、造形者に成りたい、という遥かなる切望がある。これがあらゆる芸術における必要性である(21)。劇はまた、ほかのいかなる芸術よりも、その材料に依存するところが少ない。こねる土や彫る石の供給がなくなれば、彫刻はただの記憶となり、植物顔料の産出が終われば、絵画も終わる。だが大理石や絵の具があろうとなかろうと、劇のための芸術素材はつねに存在する。さらに、劇は生から自発的に湧き起こり、生が存在する限り存在するものである、とわたしは信じる。いかなる民族も自らの神話を作り上げてきた。そして神話のなかにこそ、古代の劇はしばしば自らの発露を見出してきた。パルジファル(22)の作者はそのことを認識していたからこそ、その作品は厳のように堅固なのだ。神話が境界を越え、礼拝の叢祠《ほこら》にまで侵入してしまうと、その劇としての可能性はかなりの程度減少してしまう。そのときでさえ、劇は本来の正しい場所に戻ろうと奮闘し、垢抜けない会衆の不興を大いに買うこととなる。

劇の起源に関して様々な意見があるのと同様、劇の目的に関してもまた様々な意見がある。旧派の信奉者たちが大概主張するのは、劇には特別な倫理的目的があり、彼らのお決まりの言い回しを借りれば、教え、高め、楽しませなければならない、ということである。これが、看守たちの与えたもうひとつの足枷だ。わたしはなにも、劇がそのような機能をどれひとつ果たさなくても良い、と言っているわけではない。だが、それを果たすことが劇の本質だ、という考えは否定する。芸術は、宗教という遥か彼方の領域に高められてしまうと、概して澱んだ静けさのなかで、自らの真の魂を失ってしまうのだ。この定則があてはまる低級な様式となると、まさに滑稽としか言いようがない。立ち回りのたびに「反歌の終わりにぐさっと行くぞ」と繰り返すシラノの向こうを張って、(23)どうか教訓を述べて頂きたい、と劇作家に丁重な要請をするとなると、これはまさに驚愕である。人当たりの良いちまちまとした気質に育て上げられたとはいえ、これにはもはや意見を差し控える以外ない。ストリキニーネをもられたベオアーリー氏(24)や恐怖に駆られたクーポー氏(25)は、いずれもサープリスとダルマティカ〔いずれもカトリックの司祭服〕に身を包み、悲惨この上ない姿である。だがこの種の馬鹿馬鹿しさであれば、物語の虎のように、自らを尻尾から食べ始め、さっさと食らい尽くしてしまうことだろう。

さらに警戒を要する主張が、美に関する主張である。これを主張する人びとの考えるところでは、美とは、しばしば頑強な獣性と同じくらい、気の抜けた精神性ということになる。したがって、人間にとって美は恣意的な性質を持つものであり、しばしば形式以上の深みにまでは至らない、というおもな理由から、劇は美を扱うものだと決め付けてしまうことは危険である。(27)美は審美家のスウェルガ(26)だ。しかし真理はそれ以上に確かめ得るものであり、それ以上に現実的な領域である。芸術は真理を扱うとき、己に忠実である。(28)世界改革といったような手におえない事態が万一地上に発生したならば、真理こそが、まさに美の家の入り口となることだろう。

聴衆の皆さんの忍耐を涸らすほどの危険を冒しても、いまひとつの主張をここで論じておきたい。ビアボーム・トリー氏の言葉を引用しておく。「信仰が哲学的な懐疑に染められている昨今では、われわれに、闇ではなく光を与えることが、芸術の機能であるとわたしは思う。芸術は、われわれ人類のサルとの類縁を指摘するのではなく、天使との類似をわれわれに思い出させるべきである」(29)。この言明にはそれなりの真理があるけれども、留保が必要となる。トリー氏は、男も女もつねに、自分たちの姿が理想的に映し出される鏡のように芸術を覗き込むものだ、と檄を飛ばしている。だがわたしはむしろ、男も女も、芸術に対する自らの衝動を深刻に考慮することはめったにない、と考える。因襲という拘束は彼らをあまりにきつく縛りつけている。しかしトリー氏に言わせれば、結局のところ芸術は、群れをなす大衆の不誠実に支配されることはなく、芸術を原初より支配してきた、永遠の諸条件によって支配されるものである、ということになる。わたしもこの点は反駁不可能な真理であると認めよう。だがその永遠の諸条件は、現代の共同体が備える諸条件ではない、ということを心に留めておくべきだったのだ。芸術は、宗教的、道徳的、美的、理想的方向に向かうべしという、これほどまでに誤った強要により、損なわれているのである。たった一枚のレンブラントは、ヴァン・ダイクがずらりと並ぶ画廊に劣らぬ価値がある(30)。そしてこの、芸術における理想主義の教義こそが、いくつかの顕著な実例に見られるとおり、果断な努力を歪めてきたのであり、またリアリズムという幽霊の名が口にされれば毛布の中にもぐり込む、子どもじみた本能を培ってきたのである。それゆえ公衆は、女が短剣と酒杯をガタガタ震わせないことには「悲劇」でないと言い、韻律の法則に従順でない「ロマンス」を忌み嫌い、不運な英雄の流した血からたちまち悲しみの花が咲き誇るのでなければ、これは芸術上の悲しむべき欠陥である、と考えることになる。まさにこうした有様が生み出す狂気や逆上に見られるとおり、人びとは劇に愚弄されたがっているのであり、御用商人は富豪に人生のパロディを提供し、これを富豪は暗い劇場でありがたい薬として服用する。こうして舞台は文字通り、パトロンたちの精神的腐肉で肥え太るのである。

さて仮にこれらの見解が時代遅れのものになるとして、何が目的に適うこととなろうか？　われわれは生を――真の生を――舞台にかけることになるのだろうか？　否、と蒙昧なペリシテ人〔俗物〕は声を揃えて言う、それでは人目を引かないから、と。なんとひねくれた見方と狭量な商業主義の混淆であろう。パルナッソス山〔詩神の霊地〕と町の銀行が行商人どもの魂を分け合っている。事実生は今日、しばしば悲しい退屈に過ぎない。多くの者があのフランス人のように、あまりに年老いたこの世界には、あまりに遅く生まれ過ぎたと感じ[31]、己の絶望と無力な非英雄主義は、つねに厳めしく最後の無を、広漠たる虚しさを指し示し、かたや重荷を背負い続けること[32]をよしとするのである。叙事詩的野蛮は不断の警備体制により不可能となり、騎士道精神は広い並木街路からの流行の託宣により殺されてしまった[33]。もはや鎧の鳴る音もなく、武勇の暈輪もなく、帽子を飛ばすこともなく、浮かれ騒ぎもなくなってしまった！　ロマンスの伝統はボヘミアにおいてのみ維持されている。それでもわたしは、存在のこの荒涼たる同質性のなかから、ある程度の劇的人生は引き出し得ると考える。もっとも陳腐な者たち、生者のうちでももっとも枯れ果てた者たちでさえ、偉大なる劇においては役割を演じ得る。古き良き時代を懐かしみ嘆息すること、飢渇したわれわれに冷たい石を給餌することは、罪深い愚行である。われわれは、人生をこの眼で見ているがままに受け取らねばならず、また男を、女を、妖精の国で感知するようにではなく、この現実世界で出会うがままに受け取らねばならない。誰もが分かち合う偉大な人間喜劇は、昨日までの過ぎ去った年月と同様、今日でも、真の芸術家に無限の領野を提供するのである。地球の表面同様、事物の形は変化する。タルシシ[34]の船はばらばらの木材となり気紛れな海に飲み込まれた。時は力あるものの迅速さに身を委ねた。アルミーダ[35]の庭は木の生えぬ荒野と化した。しかし、死ぬことのない情念――当時そのように表現された人間の真性――は、英雄の時代にあっても、あるいは科学の世代においても、事実上不死なのである。ローエングリン[36]――その劇は薄明かりのなか、隔離された場所で展開されるが、これはアントワープの伝説ではなく、世界の劇である。『幽霊』[37]――その芝居はありふれた居間での出来事だが、これは普遍的意義を持つ。それはイグドラシルの木[38]の強固な枝であり、その根は大地に植えられていても、この木の遥か高みの葉を通してはじめて、天空の星々は輝きさんざめくのである。多くのひとはそのような作り話とは無関係であるかもしれない。自分にはいつもの出し物があれば十分と考えるかもしれない。しかし、今日われわれが山の頂に立ち、前後を見渡してそこにないものを切望しているとしよう。彼方には青空のかけらも見当たらず、突き出た若枝が行く手を阻み、道には棘が生い茂っているとしよう。そこでわれわれの手に、登山杖の代わりに雲模様のステッキ[39]を渡されたところでなんとしよう？　刺すような高地の風を前に、優美な絹のガウンを持っていたところでどうなるというのか？　真にわれわれの置かれている状況を、早く理解したほうがよい。それが早ければ早いほど、われわれは忙しく立ち回り、前進することが可能になる。いっぽう芸術は、そしてとりわけ劇は、優れた洞察と優れた先見の明をもって、われわれが安らぎの場所を作り上げる手助けとなろう。そこは剛毅に積み上げられた石壁と、大きく美しい窓を具えるかもしれない。「……わたしたちの社会に、あなたは何をなさるおつもりですか、ヘッセル嬢？」[40]とレールルンは尋ねた。「新鮮な空気を入れるつもりです、牧師さま」とローナは答えたのだった。

Ｊａｓ・Ａ・ジョイス
一九〇〇年一月一〇日

註

（1）このエッセイは一六ページ半の自筆原稿であり、スタニスロース・ジョイスはこの裏を日記として使った。現在はコーネル大学図書館所蔵。『ジェイムズ・ジョイス・アーカイヴ』第二巻五六―七三ページ所収。一九〇〇年一月一〇日という日付は、ユニヴァーシティ・カレッジ・ダブリンの学長ウィリアム・デレイニー神父がこれを読み、非とした日である可能性がある。その後ジョイスは一月二〇日に、大学の文学・歴史協会の集会においてこれを朗読している。ジョイスは『スティーヴン・ヒアロー』一六章、一八章、一九章、二〇章においてこの出来事を詳述している。ここでジョイスが日付を三月末に変えたのは、四旬節の「四〇日間」を経た後、復活祭の生贄として自身の講演を捧げたことを表すためである。この論文執筆に纏わる経緯については、リチャード・エルマン『ジェイムズ・ジョイス伝』（改訂版・オックスフォード大学出版、一九八二年）七〇―七三ページ（邦訳（宮田恭子訳、みすず書房、一九九六）七九―八一ページ）も参照のこと。

（2）邦訳は海老根宏訳『筑摩世界文学大系68――ジョイスII／オブライエン』筑摩書房、一九九八年、三九―四三ページ。

（3）シーヒーの言については以下を参照のこと。Eugene Sheehy, *May It Please the Court*, Dublin, 1951, 12-13. また以下にも彼のエッセイが収められている。*Centenary History of the Literary and Historical Society*, Dublin, 1955, 84-85.

（4）『スティーヴン・ヒアロー』一〇六ページ（邦訳四四ページ）では、ひとりの学生が反論する、「デダラス氏はアッティカの舞台の美しさが理解できないのだ。アイスキュロスは不滅の名である、とこの学生は指摘し、ギリシア人の演劇は数多の文明よりも長く生き延びるであろう、と予言した」。

（5）前出（「言語の学」の註6）のボーザンケト『美学史』（Bernard Bosanquet, *A History of Aesthetic*）にはつぎのようにある。「シェイクスピアはあらゆる点で、ひとつの時代の始まりではなく終わりを画している。彼以降、国民演劇は失われた。今日のイングランドで、詩文学である舞台演技、という意味での劇は存在しない」（162）。文学と劇の区別については、前出（「王立ヒベルニア・アカデミーの『この人を見よ』」の註9）のリヒャルト・ヴァーグナー「未来の芸術作品」（144-45）も参照のこと。このジョイスの論文は、タイトル、発想、論調という点で、ヴァーグナーのそれに負うところ大である。たとえばヴァーグナーは「劇の〈動き〉《アクション》とは、したがって〈生命の木〉から折り取られた枝である」と断言している（「未来の芸術作品」197）。なおこの箇所について、エルマンはつぎのように註釈を加えている――ジョイスはヴェルレーヌの「詩法」にある一行、「その他もろもろは文学である」に感銘を受けた。ジョイスがここで「文学」を、言葉による表現形態としては劣るものとして斥けている点は、本書「ジェイムズ・クラレンス・マンガン」の一〇八ページ以下、「あるアイルランド詩人」の一三六ページ以下、および『スティーヴン・ヒアロー』八二ページ（邦訳三二ページ）でも繰り返されている。しかし『肖像』においてはこの区別を取り下げ、スティーヴンには、文学が「もっとも高度にしてもっとも精神的な芸術」であると言わせている――。だがこの指摘には問題がある。後述の註12を参照されたい。ジョイスはここで「文学」を劣ったものとしているのではなく、まったく斬新な「劇」概念を生み出そうとしている。

（6）シェイクスピア『マクベス』第一幕第三場一二七行より。

（7）ピエール・コルネイユ（一六〇六―八四）はフランスの劇作家。ピエトロ・トラパッシ（一六九八―一七八二）は、イタリアの詩人で多くのオペラセリアを書いたピエトロ・メタスタージオの本名。ペドロ・カルデロン・デ・ラ・バルカ（一六〇〇―八一）はスペインの劇作家・詩人。パンブルチュクはディケンズ『大いなる遺産』に登場する卑屈な人物。

（8）チャールズ・ハッドン・チェンバーズ（一八六〇―一九二一）は喜劇やメロドラマを書いた劇作家。ダグラス・ウィリアム・ジェロルド（一八〇三―五七）は文筆家で、喜劇やメロドラマも執筆した。ヘルマン・ズーダーマン（一八五七―一九二八）はドイツの小説家・劇作家。ゴットホールド・エフライム・レッシング（一七二九―八一）はドイツの劇作家・批評家。ジョイスのズーダーマンに対する反応は、スタニスロース・ジョイス『兄の番人』（リチャード・エルマン編、フェイバー社、一九五八年）一〇二ページ（邦訳〔宮田恭子訳、みすず書房、一九九三〕一一二―一一三ページ）に見られる。

（9）ヴィンツェンツォ・ベッリーニ（一八〇一―三五）はイタリアの作曲家。彼のオペラ『清教徒《イ・プリターニ》』（一八三五）では、ジョージ・リンリーの抒情詩「婚礼に装いて」に曲が付けられており、ジョイスの「死者たち」ではジュリア伯母がこれを歌っている。

（10）以下に続くこのパラグラフでは、前項「王立ヒベルニア・アカデミーの『この人を見よ』」の冒頭から第二パラグラフまでの記述が再利用されている。

（11）W・B・イェイツ『キャスリーン伯爵夫人』（一八九二）における、伯爵夫人の死に際してのセリフ――「あまりに長いこと泣いていてはいけません。たとえ一本の蠟燭が消えても、主祭壇には実に多くの蠟燭が灯っているのですから」――より。この場面での伯爵夫人のセリフは『肖像』（V・一八一七―三〇行）にも引用されている。「喧騒の時代」の文脈から判断すれば、ジョイスはここで、自分以外多くの聴衆が批難を浴びせたこの戯曲から故意に引用することで、聴衆を挑発している。

（12）この箇所について、ケヴィン・バリーはつぎのように註釈を加えている（先述の註5にあるエルマンの註釈と比較・対照されたい）――「ジェイムズ・クラレンス・マンガン」の第一パラグラフ終盤にはつぎのようにある。「文学とは、一過性の書き物と詩（哲学はこれとともにある）の間に横たわる広大な領域を意味している」。ここにはある種の混乱が生じた。とりわけエルマンは、ジョイスが『肖像』を書く頃には、この考えを捨て去った、と言及しているが、そうではない。『スティーヴン・ヒアロー』八二ページでは、（音楽や絵画等々と比較して）「もっとも素晴らしい芸術様式としての文学」という区別がなされており、『肖像』では、スティーヴンが彫刻を、「最高の、もっとも精神的な芸術である文学」（Ｖ・一四四三行）と対照させ、同種の比較を行なっている。このような芸術の序列化は、言語による芸術をもっとも秀でたものとする、ポスト啓蒙主義の決り文句という域を出ない。このような概念が、『スティーヴン・ヒアロー』の以下のような考え方と矛盾を来たすように見えても、それは表面上のことに過ぎない。すなわち、「〈文学〉という言葉が、今では軽蔑の言葉と彼には思われた。そして彼はこれを、頂上と麓の間、詩と混沌とした忘却に附される書き物との間に横たわる、広大な中間領域を指すものとして用いた」（『スティーヴン・ヒアロー』八二ページ）。ポール・ヴェルレーヌ（一八四四―九六）の「詩法」（この詩では「何にも増して音楽こそが肝要だ」と歌われている）にある一行、「その他もろもろは文学である」は、ヴェルレーヌがフランス語のイディオムと戯れているのであり、「その他すべてのものは絵空事《リテラチュール》である」、すなわち、「その他すべてのものは筋違いだ」ということを意味している。

（13）ロシアの小説家・劇作家レフ・ニコラエヴィチ・トルストイ（一八二八―一九一〇）の『われら何をなすべきか――モスクワの民勢調査によって喚起されたる思考』は、一八八七年、Ｉ・Ｆ・ハプグッドによって英訳が公刊された。

（14）ジェイムズ・ボズウェル『サミュエル・ジョンソン伝』一七八三年五月一五日、「親愛なる友よ、君の精神から偽善的な言葉を一掃したまえ」より。

（15）ヴァーグナー「未来の芸術作品」（78-82, 144-45）。

（16）Securus judicat orbis terrarum ――ヒッポの聖アウグスティヌス（三五四―四三〇）『パルメニアーヌス書簡への反駁』（三・二四）より。ジョイスはこの語句をジョン・ヘンリー・ニューマン（一八〇一―九〇）の『己が人生に関する弁明』（一八六四）の中に見出した。ニューマンはカトリック・ユニヴァーシティの創立者であり、これが後にユニヴァーシティ・カレッジ・ダブリンとなる。『フィネガンズ・ウェイク』五九三ページ一三行にも、Securest jubilends albas Temoram なる語句がある。

（17）『棟梁ソルネス』（一八九二）は、ノルウェーの劇作家ヘンリック・イプセン（一八二八―一九〇六）の晩年の作品。ジョイスはここで、一八九九年二月一一日に文学・歴史協会で発表されたアーサー・クレアリーによる論文「劇場、その教育的価値」に返答している。この論文は後に『ダブリン評論』*Dublin Essays*（一九一九）に掲載された。クレアリーは『マクベス』と並んでギリシア演劇に軍配をあげ、「ヘンリック・イプセンの影響は悪しきものだ」と主張した。

（18）「劇芸術作品に対する衝動を共にできるのは、実際に芸術作品を共に演じている人びとに限られる」――ヴァーグナー「未来の芸術作品」(140)。またヴァーグナーは、悲劇を共同体の芸術と見ている (136)。

（19）イプセンの『野鴨』は一八八四年の作品。『スティーヴン・ヒアロー』九一ページ（邦訳三六ページ）にはつぎのようにある。「しかし彼女〔スティーヴンの母〕がほかの何よりも好んだ戯曲は『野鴨』だった。……とっても悲しいお話。読むだけでも辛くなる……イプセンが素晴らしい作家というあなたの意見にはまったく賛成よ」。

（20）ヴァーグナー「未来の芸術作品」(198-201)。

（21）「したがって劇の〈動き《アクション》〉において、芸術作品の〈必要性《ネセシティ》〉が明らかになる……〈芸術〉の第一にして真なる源泉は、〈生《ライフ》〉から芸術作品を生み出したいという衝動のなかで姿を現す。〈生〉の無意識的・本能的原理を了解にまで導き、〈必要性《ネセシティ》〉として認識させるに至るのが、この衝動だからである」（ヴァーグナー「未来の芸術作品」197）。

（22）ヴァーグナーの遺作『パルジファル』は一八八二年の作品。

（23）フランスの劇作家エドモン・ロスタン（一八六九―一九一八）の『シラノ・ド・ベルジュラック』（一八九七）では、シラノがこのセリフを繰り返す。

（24）不詳。

（25）エミール・ゾラ（一八四〇―一九〇二）の『居酒屋』（一八七七）に登場する、おぞましいアルコール中毒者。

（26）ヒンドゥー教ではメール山にある地上の楽園。

（27）この箇所は、「美学」の〈ポーラ・ノート〉に見られる真と美の扱いと比較してみるのがよい。

（28）「美の家」'The House Beautiful' は、スコットランドの作家ロバート・ルイス・スティーヴンソン（一八五〇―九四）の詩のタイトルであると同時に、人気を博した室内装飾の雑誌名（クラレンス・クック編集、ニューヨーク、スクリブナー社発行、一八八一年）でもある。

（29）ハーバート・ビアボーム・トリー（一八五三―一九一七）はイギリスの俳優兼監督で、ロイヤル演劇アカデミーの創設者。著書に『現代演劇の興味深い誤謬』（*Some Interesting Fallacies of the Modern Stage*）（一八九二）がある。

（30）レンブラント・ハルメンス・ファン・レイン（一六〇六―六九）はオランダの画家。アントニー・ヴァン・ダイク（一五九九―一六四一）はフランドルの画家。

（31）フランスの詩人アルフレッド・ド・ミュッセ（一八一〇―五七）の長詩『ローラ』（一八三三）にある句、「あまりに年老いたこの世紀に、わたしはあまりに遅くやってきてしまった」より。

（32）『ハムレット』第三幕第一場七八行、ハムレットの独白「誰がこの重みを背負おうというのか」（Who would these fardels bear?）より。

（33）流行に対する類似の攻撃は、ヴァーグナー「未来の芸術作品」（82-88）。

（34）『旧約聖書』に現れる都市の名。「ヨシャパテは金を求めて、タルシシの船をオフルに行かせた」（「列王記上」第二二章四八節）。

（35）イタリアの詩人トルクァート・タッソー（一五四四―九五）の『解放されたエルサレム』（一五七五）に登場する好色な魔女。

（36）リヒャルト・ヴァーグナーの『ローエングリン』は一八四七年の作品。

（37）ヘンリック・イプセン作『幽霊』（一八八一）のこと。

（38）北欧神話の大樹で、その枝は宇宙に延び広がり、その根は宇宙を支えている。

（39）アレグザンダー・ポープ（一六八八―一七四四）の『髪の毛盗み』（一七一二―一四）第四歌一二三―二四行「琥珀の嗅ぎ煙草入れを自慢し、雲模様のステッキを恰好良く回転させる」より。

（40）ヘンリック・イプセン『社会の柱』（一八七七）第一幕より。

6　イプセンの新しい劇(1)（一九〇〇年）

【ジョイスの最初の正式な出版物は、イプセンの最終作『あたしたち死んだ者が目覚めたとき』（一八九九）を論じたエッセイであった。一八歳になる前から、ジョイスは大胆にも、著名な『フォートナイトリー・レビュー』の編集者W・L・コートニーと文通を開始していた。コートニーはこの戯曲に関する記事を一考に附することに同意し、そこでジョイスは戯曲のフランス語訳から夥しく引用しつつこれを執筆した。ウィリアム・アーチャーによる英訳が出版されようとしていたため、引用を英語にするよう記事の掲載はしばし延期された。「イプセンの新しい劇」は、『フォートナイトリー・レビュー』一九〇〇年四月一日号に掲載され、ジョイスはこれで一二ギニーを受け取り、教授陣やクラスメイトを驚嘆させた。この金で彼は一九〇〇年の五月か六月、父を連れロンドンに赴いた。コートニーを訪問したが、彼は独断的な批評家がこれほどまでに若いことを知って驚いた。

この記事はイプセンの注目するところとなり、イプセンはアーチャーに、この「実に善意に溢れた」賞讃者に礼を述べて欲しいと依頼した。アーチャーがそうすると、その後三年に亘って、アーチャーとジョイスの間で文通が続いた。ジョイスはアーチャーの意見を尊重し、自身の初期の詩や初めて書いた戯曲を彼に送り批評を求めた。またジョイスはアーチャーに、デンマーク＝ノルウェー語〔いわゆるブークモール〕の勉強を続けるよう励まされた。やがて自信をつけたジョイスは、一九〇一年三月、この言語でイプセンに手紙を書いた。この手紙で彼は、自分のかつての記事が「未熟で性急」なものであったことを悔やみ、師は多くのことをなしたが弟子はそれ以上のことができるだろう、と仄めかしている。(2)

一八九〇年代のイギリスの新聞では、イプセンに関する記事は不足していなかった。もっとも、『アセニーアム』のような文芸誌は相変わらず、彼の作品は過激であると眉を顰めていた。いっぽう、当時ダブリンにアイルランド人のための劇場を作ろうとしていたイェイツにとって、イプセンは中流階級の、すでに過去の人物であった。しかしジョイスの熱情はショーのそれと同じであった。ジョイスはショーの『イプセニズムの真髄』(一八九一)を読んでいた。イプセンとジョイスの繋がりが密であることは、『肖像』にも暗示されている。スティーヴン・デダラスは、まるで『あたしたち死んだ者が目覚めたとき』のルーベックのように、魂の経帷子を脱ぎ捨て、海に脚を浸して進む若い女に引き寄せられて、生と自由の探求を開始するのである。】

ヘンリック・イプセンが『人形の家』を執筆してから二〇年が過ぎた。これはほとんど、劇史上に新時代を画したと言ってよい作品である。この二〇年間で彼の名は海を渡り、新旧両大陸の津々浦々でも知られるようになり、ほかのいかなる生者の名よりも、議論と批評を引き起こしてきた。宗教改革論者として、社会改革論者として、ユダヤ的なほどに正義を愛する者として、そして偉大なる劇作家として、支持されてきた。おせっかいな乱入者として、欠陥のある芸術家として、不可解な神秘主義者として、そしてイギリスのある批評家の雄弁な語句を借りれば、「糞を掘り返す犬」(3)として、厳しく糾弾されてきた。こうした様々な批評の紛糾を通して、偉大な天才の姿は日に日に明らかとなってきており、それはひとりの英雄が、地上の試練のなかから姿を現すかのごとくである。不協和の叫びは徐々に弱まり遠退いて行き、時折起こった任意の賞讃は徐々に安定した声となり、より唱和した歌声となりつつある。無関心な傍観者にとってさえ、このノルウェー人に向けられた関心が四半世紀以上もの間けっして衰えなかったことは、意義深く思われるに違いない。現代にあって、ほかのいかなる人間が、思想の世界をこれほどしっかりと牛耳ってこれたか、と問うてみてもよい。ルソーも、エマソンも、カーライルもそうではなかった。ほとんど人間の知力の限界を超えたと言ってよいこれらの巨人たちのうち、誰ひとりとしてそうはなり得なかった。二世代に及ぶイプセンの支配力は、自身の寡黙さによって高められてきた。わざわざ身を落としてまで敵との戦闘を開始するなど、めったなことではあり得なかった。あたかも、荒々しい論争の嵐は、彼の奇特な静穏さを乱し得なかったように見えよう。争い合う声も、彼の作品にはほんのわずかな影響さえ与えることがなかった。彼の劇は、時計で計られた日課のごとくに極めて秩序正しく産出されたが、これは天才にはめったに見られないことである。一度だけ、『幽霊』に対する激しい攻撃を受けて、彼は攻撃者に返答した。しかし『野鴨』から『ヨーン・ガブリエル・ボルクマン』まで、彼は機械的と言ってよいほど二年に一度劇を発表している。このような戦略がどれほど持続的なエネルギーを要するか、ひとは看過しがちである。しかしこういった驚きでさえも、この非凡な人物が漸次の抗し難い前進を続けている、という感嘆のほうに凌駕されてしまう。これまでに一一の戯曲が発表されており、いずれも現代の生活を扱ったものである。(4) 以下に列挙しておく――『人形の家』『幽霊』『民衆の敵』『野鴨』『ロスメルスホルム』『海の夫人』『ヘッダ・ガーブレル』『棟梁ソルネス』『小さなエイヨルフ』『ヨーン・ガブリエル・ボルクマン』、そして最後が、一八九九年一二月一九日、コペンハーゲンで出版された最新作『あたしたち死んだ者が目覚めたとき』である。この戯曲はすでに一〇カ国以上の言語で翻訳が進行中であり、作者の影響力の大きさを物語っている。これは散文で書かれた劇であり、三幕からなっている。

イプセンの戯曲の説明を始めることは、もちろん容易なことではない。主題はある意味限られたものであり、また別な意味で広大なものである。この戯曲の広告パンフレットなら十中八、九以下のように始まるだろう、という言い方が無難だ――「幕開け、アルノルト・ルーベックとその妻マーヤは、結婚して四年が経っている。しかしながら二人の結びつきは不幸だ。お互いに対して不満を抱いているのである」。この限りでは、説明としては申し分ない。だがそこから先が問題なのだ。これだけでは、ルーベック教授とその妻の関係について、もっとも曖昧模糊とした観念さえ伝えてはくれない。無数の漠然とした複雑さを、味も素っ気もなく事務的に要約したに過ぎない。あたかも悲劇的な人生の歴史が、一方では賛意を、他方では反対を表す、粗雑な二行の箇条書きで記述できるかのような書き方である。この三幕劇には劇にとって本質的なものの一切が言明されている、と語ることさえ、文字通りの真実を言っているに過ぎないのである。最初から最後まで余計な語句はほとんどない。それゆえこの戯曲自体が、自らの諸概念を、劇という形式によって表現し得る限りの簡潔さ、直截さで、表現している。したがって、パンフレットがこの劇の観念を十分に伝えきれないことは判然としている。この点は、十分な賞罰がごく限られた行数に割り振られる、数多くのありふれた戯曲には、あてはまるものではない。その種の戯曲は大概の場合、温めなおしの料理――英雄的な洞察にはいそいそと真面目そうな顔をして、ずけずけと場当たり的な言葉を吐くだけで生きる、独創性を欠く合成品――一言で言えば芝居じみたものである。もっともおざなりな簡略な紹介文が、そういった戯曲には一番相応しい褒賞となる。だがイプセンほどの人物の作品を扱うとなると、評者に課せられる任務はあまりに大きく、その意気は阻喪させられることになる。評者に望み得るのは、せいぜいのところ、いくつかの顕著な特質を繋ぎ合わせ、筋の複雑さを指摘する、というよりむしろ暗示する、といった程度のことである。イプセンは、すでにこの作品よりも前に、自らの芸術を統御し得ていたから、一見気安い会話を通して、男女の様々な魂の危機を提示することができる。かくして彼の分析的な方法は最大限に力を発揮し、すべての登場人物の生活の核、すなわち生そのものが、二日間という比較的短い時間のうちに、凝縮されることになる。たとえばわれわれは、ソルネスの姿を、一晩とその翌日の夕方までしか見ることはないけれども、事実上、ヒルダ・ヴァンゲルが彼の家に入ってくる瞬間までの、彼の人生の全行程を、固唾を飲んで見詰めることになるのである。当該の戯曲についても同様で、われわれが初めて目にするルーベック教授は、ガーデン・チェアに坐り朝刊を読んでいるのだが、彼の人生絵巻の全容は徐々にわれわれの目の前で明らかになって行く。そこでわれわれが得るのは、これを読み聞かせられる喜びではなく、われわれ自身で読み解く喜びである。様々な部分を繋ぎ合わせ、少しでも羊皮紙上の筆跡が霞んでいたり読み取りにくかったりすれば、さらに近づいてこれを凝視することになる。

上述のとおり、幕が上がるとルーベック教授はホテルの庭で朝食を食べている。あるいは食べ終わったところ、と言うべきか。もうひとつの椅子には彼とぴったり並んで、教授の妻マーヤ・ルーベックが坐っている。場所はノルウェーの、海岸に近い人気のある保養地である。木々の間からは町の港が見え、岬と中洲を越えて大海に延び広がるフィヨルドが見え、蒸気船が行き交っている。ルーベックは中年の、著名な彫刻家であり、マーヤはまだ若く、きらきらと輝く眼差しにはわずかに悲しみの翳が射している。静穏な朝、二人はそれぞれに別な新聞を読み続ける。不注意な目にはすべてが実に牧歌的に見える。夫人は、疲れきった、だだっ子のような態度でこの沈黙を破り、あたりを支配する深い静穏に文句をつける。アルノルは新聞を置き、穏やかな諫めの言葉を発する。それから二人はあれこれの話題について会話を始める。まずは静けさについて、つぎはこの土地と人びとについて、そして前夜二人が通り過ぎたいくつかの鉄道駅について――どこもポーターたちは眠そうで、あてどなく角灯を移動させていた――。ここから二人の話題は、人びとの変わりよう、結婚以来生じたあらゆるものに及ぶ。ここまで来れば主要な難問にはもう一歩で辿り着く。二人の結婚生活が話題となってたちまち明らかとなるのは、二人の関係の内実が、外見から期待されたこととは裏腹に、理想とはかけ離れているということだ。二人の人物の内奥がゆっくりと攪拌される。世紀末の一場面で、今後ふくらみをもたらすであろう劇のパン種が作用していることは、徐々に明らかとなってくる。この夫人は気難しい、つまらない女と見える。かつて夫が彼女に大望を抱かせたいくつかの約束が、今では反古となっていることに、彼女は不平を言う。

マーヤ　あなたはあたしを高い山に連れて行って、この世のすべての栄光を見せてやろうと言った。
ルーベック　（少し驚いて）きみにもその約束をした？

ようするに、彼らの結びつきの根底には、何かしら真ではないものが横たわっている。いっぽう、沐浴にやってきたホテルの顧客たちは、ホテルのポーチから下手へと消えて行く。ぺちゃくちゃとしゃべり笑い合う複数の男女である。彼らを気さくに先導しているのは浴場の視察官で、この人物は紛れもなく、因襲的な役人の典型だ。これがルーベック夫妻に挨拶し、昨夜は良く眠れましたかと尋ねる。ルーベックはこの男に、昨夜公園で白い姿が動いているのを見たが、このホテルの顧客で夜海に入ったひとはいるか、と尋ねる。マーヤはこの問を鼻であしらうが、視察官は、不思議な御婦人がひとりいて、上手にある別館を借り切り、マーシー修道会の修道女ひとりを付添い人として滞在している、と答える。彼らが話していると、その不思議な婦人と付添い人がゆっくり公園を通り過ぎ、別館に入って行く。この出来事はルーベックを動揺させたように見え、マーヤは好奇心を掻き立てられる。

マーヤ　（少し傷つき苛立ちを見せながら）その御婦人はあなたのモデルだったの、ルーベック？　想い出を探せばいいわよ。
ルーベック　（相手を鋭く見据えて）モデルだって？
マーヤ　（挑発的な笑みを浮かべて）あなたが若かった頃の、という意味よ。あなたには数え切れないくらいモデルがいた、って言われてるじゃない。もちろん遠い昔のことだけど。
ルーベック　（同じ口調で）ああ、いやそうじゃないよ、かわいいマーヤ夫人。実のところ、わたしにはたったひとりしかモデルはいなかったよ。ひとりだけ、それもわたしの作品すべてが、そのたったひとりをモデルにしたものだ。

こうした誤解が先程来の会話に出口を提供するいっぽう、視察官は突然、ある人物が近づいて来ることにぎょっとする。視察官はホテル内に逃げ込もうとするが、近づく人物の甲高い声に引き止められる。

ウルフヘイムの声　（戸外から）ちょっと待て、おい。ちきしょうめ、止まれんのか？　どうしてあんたはいつも、おれから慌てて逃げ出そうとする？

耳障りな口調で発せられるこの言葉とともに、第二の主役が登場する。偉大な熊殺しという評判で、瘦せた、背の高い、年齢不明の、筋肉質の男である。従者ラルスと二匹の猟犬を連れている。ラルスはこの戯曲で一言もセリフがない。ウルフヘイムはその場でこの男を一蹴するように下がらせ、ルーベック夫妻に近づく。夫妻と会話を始めるが、それというのもルーベックが著名な彫刻家であることを知っているからである。この野蛮な猟師は、彫刻に関して独創性に富んだ意見を述べる。

ウルフヘイム　……わたしらは二人とも、硬い材料を相手に仕事をしてるんですよ、奥さん、あなたの旦那さんとわたしの二人ともがね。旦那さんは大理石の塊と格闘する、ってところでしょう。わたしのほうは、ピンと張った、震える熊の筋肉と格闘する。で、わたしらは二人とも、最後には勝つんです。自分の材料をおとなしくさせ、征服するんです。わたしらは勝つまでやめない。もっとも相手もそれほど激しく闘い抜くことはありませんがね。

ルーベック　（深く考え込みながら）きみの言うことには大変な真実がある。

この奇矯な男は、おそらく自らの奇矯さを力として、マーヤに魅惑の術をかけ始めている。彼の吐く言葉はどれも、自身の個性という網を、女の回りにいっそう密に張り巡らそうとするものとなっている。マーシー修道会の修道女の黒い衣服に、男はにやりと嘲弄的な笑みを浮かべる。男は近しい全友人たちのことを穏やかに語る。彼がこの世から一掃した友人たちの話である。

マーヤ　で、あなたはその一番近しい友人たちに何をしてあげたの？

ウルフヘイム　撃ってやりましたよ、もちろん。

ルーベック　（男を見詰めて）撃ったたって？

マーヤ　（椅子を後ろに引いて）撃ち殺したの？

ウルフヘイム　（頷いて）わたしゃ確実に仕留めますよ、奥さん。

だが男の言う一番近しい友人というのが犬のことだとわかり、聞き手たちはいくぶん気を楽にする。彼らが会話を交わしている間、マーシー修道会の修道女は別館の戸外にあるテーブルのひとつに、女主人のためのわずかな食事を用意する。その食事のあまりの少なさを、ウルフヘイムは大いに面白がる。なんと柔弱な食物であろうかと高飛車に貶す。彼は食欲についてはリアリストなのだ。

ウルフヘイム　（立ち上がって）気骨のある女といった話し振りですな、奥さん。じゃあ、わたしと一緒にいらっしゃい！　やつら〔犬のこと〕はどでかい骨付き肉をまるごとごっそり飲み込みますぜ。吐き戻してはもう一度がぶりと飲み込むんでさあ。そりゃもう、いつだって見てて楽しいもんです！

こうした半ば身の毛のよだつ、半ば滑稽な誘いに応じて、マーヤは男とともにこの場を去り、残された夫は、別館から出てきた不思議な婦人と一緒になる。教授と婦人はほぼ同時に、お互いを認め合う。婦人は、ルーベックの代表作「復活の日」において、主要人物のモデルを務めたのだった。モデルの仕事を終えると、女は何の跡形も残さず、実に不可解な流儀で姿を消した。ルーベックと女は、いつの間にか親密な話題に入って行く。女は、たった今出て行った婦人は誰か、と尋ねる。ルーベックは躊躇いがちに、自分の妻だと答える。つぎに彼のほうが、きみは結婚しているのか、と尋ねる。女は結婚していると答える。ルーベックは女の夫が今どこにいるのか尋ねる。

ルーベック　で、今はどこにいるんだい？
イレーネ　ああ、どこかそのへんの教会墓地よ。立派な美しい石碑の下にね。頭蓋骨のなかで弾がカラコ口鳴ってるわ。
ルーベック　自殺したのか？
イレーネ　ええ、いい人だったから、あたしの手を煩わせまいとしてくれた。
ルーベック　失ったことを、悲しんでないのかい、イレーネ？
イレーネ　（理解できずに）悲しむ？　何を失って？
ルーベック　そりゃもちろん、ヘール・フォン・サトーをだよ。
イレーネ　名前はサトーじゃないわ。
ルーベック　違うの？
イレーネ　二番目の夫の名前はサトー。ロシア人よ。
ルーベック　じゃあ今どこにいるの？
イレーネ　遥か遠くのウラル山脈のなか。すっかり金鉱に囲まれて。
ルーベック　じゃあ、そこに暮らしてるんだね？
イレーネ　（肩をすくめて）暮らしてる？　暮らしてるですって？　本当はね、あたしが殺したの。
ルーベック　（驚いて）殺した……？
イレーネ　殺したの、あたしがいつもベッドに隠しておいた鋭い短剣で……

ルーベックは、こうした奇妙な言葉の背後に、何か意味があると理解し始める。自己と自己の芸術、そしてこの女について深刻に思いを巡らせ、傑作「復活の日」を創作して後の自分の人生について、再検討を開始する。自分がその創作での約束を果たしていない、と考え、自分の人生には何かが欠けていた、と認識するようになる。彼はイレーネに、最後に別れて以来どのように暮らしてきたのかと尋ねる。この問に対するイレーネの返答はきわめて重要である。この戯曲全体の基調に触れているからである。

イレーネ　（ゆっくりと椅子から立ち上がり、震えるように言う）あたしはもう死んで何年にもなるの。あのひとたちがやってきてあたしを縛り上げた。両腕を後ろ手に縛ったのよ。それから地下墓地のなかに押し込めた。抜け穴には鉄格子が嵌ってて、壁には詰め物が張り巡らされていて、だから地上を歩くひとには誰も、墓地の中の叫びは聞こえなかったの。

偉大なる肖像のモデルという自分の立場についてイレーネが暗示する言葉のなかには、イプセンが、女たちに関してとてつもない知を具えていた証しを見ることができる。彫刻家とそのモデルの関係については、仮に誰かがそれを思い描いたとしても、その本質をこれほどまで繊細に表現し得た人間はほかにいない。

イレーネ　あたしは自分自身をすっかり無条件にあなたの眼差しに晒して、（優しい口調になって）それでもあなたはあたしに一度も触れたことはなかった……

＊

ルーベック　（感銘を受けながら彼女を見詰めて）わたしは芸術家だったんだ、イレーネ。
イレーネ　（陰気に）まさにそれ。まさにそれなのよ。

自分自身について、そしてこの女に対する以前の自分の態度について、いっそう深く思いを巡らせていると、彼は突然、さらに力強く、つぎの思いに襲われる――自己の芸術と自己の人生の間には大いなる深淵が穿たれているということ、そして、自己の芸術においてさえ、自身の技と才能は、完璧とはほど遠いということである。イレーネが彼のもとを去って以来、彼は町の住民の胸像を塗装する以外何もしてこなかった。ついに、ある種の決意が彼のなかに燃え上がる。自分のぶざまなやり方を償おうという決意である。というのも、これについてはまだ完全に諦めきってはいなかったからだ。以下の行には、まさにあの『ブラン』(5)における意志の賞讃を思い出させるものがある。

ルーベック（自身と格闘しながら確信が持てずに）もしわたしたちに可能なら、ああ、もしできさえすれば……

イレーネ　あたしたちが望むことを、どうしてできないはずがありましょう?

結局二人は、現状が絶え難いものであると考えることに同意する。ルーベックが彼女に対して重大な責任を負っていることは、彼女にとって自明のことであるらしい。この点を二人が認め合い、ウルフヘイムに魅了されたことで活き活きとしているマーヤがやってくると、第一幕は終わる。

ルーベック　いつからわたしを探し始めたんだい、イレーネ?

イレーネ（おどけた辛辣さを込めて）自分になくてはならないものを、あなたにあげてしまったと気づいたとき以来。ひとがけっして手離してはならないものを。

ルーベック　（頭を垂れ）そう、それは痛ましいほどに真実だ。きみは青春の三年か四年をわたしに捧げてくれた。

イレーネ　もっとよ、それ以上のものをあたしはあなたに捧げた。あの頃はあたしも浪費家だったけど。

ルーベック　そう、きみは放蕩者だったよ、イレーネ。きみはわたしに自分の裸の美しさすべてを捧げてくれた――

イレーネ　見詰めるために――

ルーベック　そして讃美するために……

*

イレーネ　でもあなたは一番貴重な贈り物を忘れてる。

ルーベック　一番貴重な……どんな贈り物だい？

イレーネ　あたしは若い生きている魂をあなたに捧げた。その贈り物を捧げてから、あたしのなかは空っぽになった――魂を失ってしまって（男をじっと凝視する）。そのせいであたしは死んだの、アルノル。

以上の断片的な説明からでさえ、第一幕が名人芸であることははっきりとわかる。目立った努力もなく劇が立ち上がり、整然とした自然な緩やかさで展開して行く。一九世紀のホテルのこざっぱりとした庭は、徐々に高まる劇的相克の場に、ゆっくりと変貌して行く。すべての登場人物に対して興味が湧き、易々と次の幕に観客の思いを馳せさせる。愚かしい説明など加えなくとも、すでに動き《アクション》は始まっている。そして幕の終わりで、戯曲は明確な発展段階に到達しているのである。

第二幕は山間のサナトリウムに近い場所で始まる。小さな滝が岩から飛沫を上げ、絶え間ない流れとなって下手に注いでいる。川岸では子どもたちが遊び、笑い、叫び声を上げている。時は夕暮れ。ルーベックは上手の土手に寝そべっている。ほどなくしてマーヤが、登山の装備をした姿で現れる。杖の助けを借りて川を渡り、ルーベックに呼びかけてから近づいてくる。ルーベックは彼女と連れに、楽しんでいるかと尋ね、狩猟について彼女に質問する。絶妙なユーモアが彼らの会話を活気づける。ルーベックは彼らに、周囲の土地で熊狩りをする気かと尋ねる。マーヤは大いなる優越感に包まれて答える。

マーヤ　こんな裸の山で熊が見つかるなんて、思ってないわよねぇ？

次なる話題は無骨なウルフヘイムだ。マーヤは、彼があまりに醜いから賞讃している、と言う。そして突然夫のほうを向き、物思わしげに、あなたもまた醜い、と言う。こう批難された夫は、年のせいだと抗弁する。

ルーベック　（肩をすくめて）人は年を取る。人は年を取るものなんだよ、マーヤ夫人！

この半ば深刻な冗談が二人をいっそう由々しい問題に導いて行く。マーヤは柔らかなヒースの上に長々と体を伸ばし、それから穏やかに教授を罵る。彼女は芸術の神秘や芸術の主張するものを、いささか滑稽だと軽視している。

マーヤ　（いくぶん馬鹿にした笑い声を上げ）でも、あなたはいつもいつも、芸術家よね。

そしてまたこうも言う――

マーヤ　……あなたは自分のことは自分だけにしまっておく傾向がある。そして自分の思考だけを大事にする。だから、あたしはもちろん、あなたのことについては、ちゃんとあなたに話し掛けることができないの。あたしには芸術だとかその種のことなんて、何ひとつわからない。（いらいらした仕草を見せ）それにほとんど関心もないの、そういったことには。

彼女は例の不思議な婦人を話題にして彼をからかう。そして意地悪に、二人の間に共感があることを仄めかす。ルーベックは、自分はただの芸術家に過ぎず、彼女は自分のインスピレーションの源であったと語る。五年間の結婚生活は自分にとって知的飢饉であったと告白する。自分の芸術に対する自分自身の感情を、真の光のなかで眺めた結果である。

ルーベック　（微笑みながら）でもわたしが考えていたのは、正確にはそれじゃないんだ。
マーヤ　じゃあなんなの？
ルーベック　（もう一度深刻になり）つまり――芸術家の使命だとか任務だとか、そういった話はもう全部、実際は虚しくて空ろで意味がないことだ、と心底思えてきたんだ。
マーヤ　じゃあその場所には、代わりに何を入れようというの？
ルーベック　人生だよ、マーヤ。

二人の互いの幸福というきわめて重要な問題が言及され、きびきびしたやり取りの後、別れようという無言の了解がもたらされる。事態がこうした幸福な状態に収まると、遠くにイレーネがヒースを越えてやってくるのが見える。彼女は陽気な子どもたちに囲まれ、しばらくそこに留まっている。マーヤは草むらから飛び起きて、イレーネのほうに行き、夫は「貴重な小箱を開ける」ために援助が必要だ、と謎めいた言い方をする。イレーネは会釈してルーベックのもとへ行き、マーヤは嬉しそうに例の猟師を探しに行く。これに続く会話は、舞台効果という点からしても、実に目を見張るものがある。事実上これが第二幕の実質を形作っており、誠に興味深い。同時に、こうした場面はそれを生み出す役者の力を酷使することになる、と言っておかねばならない。二人の役柄を完璧に認識していないことには、この会話に含まれている複雑な概念を表現することはできない。これを試み得る知性を備えた、これを実演し得る力量を備えた舞台芸術家〔役者〕が、いかに少ないかを考えるとき、われわれは憐れむべき事態を目の前にする。

ヒースの上で交わされるこの二人の人物の会話では、彼らの人生の全体像が、大胆かつ落ち着いた筆致により概括される。導入的な最初の言葉のやりとり以後、いずれの語句も様々な経験の一章を語っている。イレーネは、どこへ行くにも彼女について回るマーシー会修道女の暗い影を、アルノルについて回る、穏やかならぬ良心の影に譬えてみせる。彼が半ば不本意に多くのことを告白すると、二人の間に立ちはだかっていた大きな障壁のひとつが崩れ落ちる。お互いへの信頼が、ある程度までは回復され、二人はかつての親密さに立ち返る。イレーネはあからさまに、自分の感情、彫刻家への憎しみを口にする。

イレーネ　（再び激しく）そうよ、あなたのためよ。一個の芸術作品のために必要だからって、あんなにも軽々しくぞんざいに、温かい血の通った肉体を、若い人間の生命を、手に取って、そこから魂を絞り取った、そんな芸術家のためだったのよ。

ルーベックの犯した罪は実際に多大なものだった。単に彼女の魂を自分のものにしただけでなく、彼女の魂の子どもを、正当な玉座につかせなかったのだ。自分の子ども、とイレーネが呼んでいるのは、その彫像のことである。彼女にしてみればこの彫像は、まさに真の、まさに現実の意味で、彼女から生まれたものであるらしいのだ。彼女は毎日、それが熟練した造形者の手のなかで大きく育って行くのを目にしながら、内面ではそれに対する母性が、母としての権利が、愛が、日増しに強まり確固たるものとなって行ったのだ。

イレーネ　（温かみと感情のこもった口調に変わって）でもあの濡れた彫像、生きている粘土を、あたしは愛した――大きくなるにつれて、その生《なま》の形のない塊から、活力に満ちた人間の姿が立ち現れてきた――だってあれはあたしたちが作ったもの、あたしたちの子どもよ。あたしとあなたのものよ。

実のところ、彼女がルーベックから五年の間遠ざかっていられたのは、その強烈な感情ゆえである。だが今、彼がその子ども――彼女の子ども――に何をしたかを聞くと、彼女の力強い性質の一切が、彼に対する憤りで燃え上がる。ルーベックは精神的な苦痛を覚えながらなんとか説明を試みるが、これに耳を傾ける彼女は、子を盗人にもぎ取られた雌虎のようである。

ルーベック　あの頃わたしは若かった――人生経験というものがなかった。「復活」は、若い無垢な女、人生経験など一切ない女が、醜いもの、不純なものの一切から自らを解き放つ必要さえなく、光輝と栄誉に目覚める姿を、もっとも美しく、もっとも精妙に描いたものとなるだろう――わたしはそう考えていた。

彼は人生経験を積むにつれ、自分の理想をいくぶん変更する必要に気づき、彼女の子どもを、もはや枢要なものではなく、媒介的な存在としてしまった。女のほうを振り返ると、ルーベックは彼女が今まさに自分を刺し殺そうとしているのを知る。恐怖に駆られたルーベックは、わが身を守る必要に迫られ、自分の冒した過ちを半狂乱で弁護する。イレーネには、男は自身の罪を詩的なものに変えようとしている、後悔はしていても自らの嘆きを享楽している、と思える。自分は偽りの芸術が命じるままに、自らを、自身の全生命を捧げたのだ、という思いは、彼女のなかで恐ろしいほど執拗にうずいている。彼女は自分に向かって、声は荒げず、だが深い悲しみに沈みながら、叫びを上げる。

イレーネ　（自制した様子で）あたしはこの世に子どもを生んでやるのだった――たくさんの子ども、本物の子どもを。地下墓地に隠されてしまうあんな子どもたちではなく。それがあたしの使命だった。あなたなんかに尽くすべきじゃなかった――詩人なんかに。

詩的瞑想に耽っているルーベックは返答せず、昔の幸福な日々を思い巡らす。かつての死んだ喜びが彼を慰藉する。だがイレーネは、彼がうっかり使ったある言い回しについて考える。彼は自分の作品における彼女の助力に礼を言わねばならない、と言明していた。これは自分の人生で真に神聖な挿話《エピソード》だった、と語っていた。

責め苛まれたルーベックの心は、もはやこれ以上の批難には耐え切れない。あまりにも多くのものが彼の心を押し潰している。過ぎ去った日々、タウニッツの湖で二人そうしたように、彼は川の流れに向かって花を投げ入れ始める。二人して葉で舟を作り、ローエングリンの舟を真似てこれに白鳥を縛り付けた頃のことを、彼は彼女に思い出させる。ここではこうした慰みのなかにさえも、隠れた意味がある。(6)

イレーネ　あなたはあたしがあなたの舟を曳く白鳥だと言った。

ルーベック　そんなことを言ったっけ？　そう、おそらくそうなのだろう。（この遊びに夢中になって）ほら、ごらんよ、カモメたちが川を下って行く！

イレーネ　（笑いながら）そしてあなたの舟はぜんぶ岸辺に乗り上げた。

ルーベック　（さらに葉を小川に投げ入れて）舟ならまだまだたくさんある。

自棄を起こした子どものように、二人して意味もなくこうした遊びに耽っていると、ウルフヘイムとマーヤがヒースの向こうから姿を現す。こちらの二人は冒険を求めて高原に行こうとしている。マーヤは陽気な気分で作曲した短い歌を、夫に歌って聞かせる。小ばかにしたような笑い声を上げげて、ウルフヘイムがルーベックに今晩はの挨拶をし、連れとともに山のなかへ消える。突然イレーネとルーベックは同じ考えに飛びつく。だがその瞬間、マーシー修道女の陰気な姿が黄昏時の薄明かりのなかに浮かび上がる。その重苦しい眼差しが二人を見詰めている。イレーネは男から飛び退くが、今夜ヒースで会おうと約束する。

ルーベック　で、来てくれるね、イレーネ？

イレーネ　ええ、きっと行く。ここで待っててね。

ルーベック　（夢見心地に繰り返して）高地での夏の夜。きみと一緒に。きみと一緒に。（二人の視線が重なる）ああ、イレーネ、それがわたしたちの人生だったのかもしれない。わたしたちが喪失してしまったもの、わたしたちが二人して。

イレーネ　取り返しのつかないことに初めて気がつくのは（言葉が途切れる）。

ルーベック　（問い詰めるように彼女を見詰め）気がつくのは？

イレーネ　あたしたち死んだ者が目覚めたとき。

第三幕は山々に囲まれた高地の広々とした平原で始まる。台地にはいくつもの大きく開いた裂け目がある。下手には山脈があり、流れる霧の間から半ば頂きを覗かせている。上手には、古い壊れた小屋が建っている。早朝、空は真珠色に染まっている。夜が明けようとしている。マーヤとウルフヘイムがこの平原に降りてくる。最初のセリフで二人の感情は十分に説明されている。

マーヤ　（身を振り解こうとしながら）離してよ！　離してって言ってるでしょ！

ウルフヘイム　さあさあ！　嚙もうってんですかい？　あんたはすぐに嚙みつきたがる狼みたいだ。

ウルフヘイムが執拗にやめようとしないので、マーヤは、近くの尾根から飛び降りる、と脅す。ウルフヘイムは、飛び降りたら粉々に砕け散るぞと言う。ウルフヘイムは、前もってラルスに猟犬たちを追わせ、邪魔されないように仕組んでいた。ラルスはそう早くは犬たちを見つけられないだろう、と彼は言う。

マーヤ　（怒って相手を見詰めながら）ええ、そうでしょうね。
ウルフヘイム　（女の腕を摑んで）だってラルスのやつは、わかってるんですよ、わたしの狩りのやり方をね。

マーヤは無理に冷静を装い、相手をどう思っているかあけすけに語る。その歯に衣着せぬ意見は猟師を大いに喜ばせる。マーヤは精一杯機転を働かせ相手をおとなしくさせようとする。ホテルに戻ると言い出すと、男は慇懃に負ぶってやろうと言う。この提案は即座に斥けられる。二人は猫と鳥のようにじゃれあっているのだ。こうした小競り合いを続けるうちに、ウルフヘイムが突然注意を惹きつけるセリフを吐く。彼のそれまでの人生に光を投げかけるセリフである。

ウルフヘイム　（苛立ちを押し殺して）昔、若い娘をひとり、運んでやりましたよ――街の泥濘のなかから拾い上げ、両腕に抱えて運んでやりました。大事に運んでやったんです。そうやって一生涯運んでやるつもりでした。うっかりその娘が脚を岩にぶつけないようにね。……（唸るような笑い声を上げ）で、そのお礼にわたしが何をもらったかわかりますか？
マーヤ　いいえ。何をもらったの？
ウルフヘイム　（女を見詰め、微笑んで頷き）角《つの》でさあ！(7)　あんたの目にゃはっきり見えるっていう角。面白い話でしょ、熊殺し女の奥さん？

打ち明け話のお返しに、マーヤは彼に自分の人生をかいつまんで語る。それは主としてルーベック教授との結婚生活の話である。その結果、この二人の気紛れな魂は互いに惹かれ合い、ウルフヘイムはつぎのような彼らしい言い方で自分の境遇を述べる——

ウルフヘイム　わたしら二人して、みすぼらしい人生のぼろ布を、繋ぎ合わせてみるべきじゃないかね？

ウルフヘイムが、地上の素晴らしいものすべてを見せてやるとか、彼女の住まいを芸術で満たしてやるとかいう約束は一切しない、と誓約したことに満足して、マーヤは、彼が自分を抱えて山を下ることを許す。これで彼女は、ウルフヘイムに半ば承諾を与えたわけである。二人が歩き出そうとすると、やはりヒースで一夜を過ごしたルーベックとイレーネが、この平原に近づいて来る。ウルフヘイムがルーベックに、婦人と二人で同じ山道を登ってきたのかと尋ねると、ルーベックは意味深長に返答する。

ルーベック　そう、もちろんだ（マーヤをちらりと見る）。これからは、この不思議な婦人とわたしは、行く道を分かつつもりはない。

彼らが互いに機知の小銃射撃を行なっている間にも、自然は、直ちに解決されるべき重大な問題があること、そして偉大なる劇が速やかに終わりに近づいていることを、感じ取っているように見える。嵐の兆しを前にして、マーヤとウルフヘイムという小さな人物はいっそう小さくなって行く。この二人の運命は比較的穏やかに決定され、したがってわれわれも彼らには大した興味を抱かなくなる。だがもういっぽうの二人はわれわれの眼を釘づけにする。山上に静かに立つ二人の姿は、人の心を奪う中心的な存在であり、人間の無限の好奇心の的となるからだ。突然、ウルフヘイムは高台に向かい片手を振り上げ、強烈な印象を与える。

ウルフヘイム　でもあんたはあの嵐がわたしらのすぐ真上にいるのがわからんのですか？　吹き荒れる風が聞こえんのですか？

ルーベック　（耳を傾け）「復活の日」の前奏曲のようだ……

＊

マーヤ　（ウルフヘイムを引き離して）急いで降りましょうよ。

一度にひとりまでしか運べないので、ウルフヘイムは、ルーベックとイレーネには助けを呼んでくると約束し、マーヤを両腕に抱え、急ぎ足で、だが慎重に、山道を降りて行く。荒涼とした高原、だんだんと強くなる光のなかに、男と女が取り残される。それはもはや芸術家とそのモデルではない。そして朝の静けさのなかで、大いなる変化の影が忍び寄ってくる。そこでイレーネはアルノルに言う、自分は捨ててきた男たち女たちのほうに戻る気はない、救出されたくもない、と。彼女はまたこうも語る――今ならもう言ってもいいでしょう、あなたが二人の関係を、自分の人生の挿話《エピソード》と語ったときには、逆上してあなたを殺したくなった、と。

ルーベック　（ぼんやりと）で、どうしてその手を止めたんだい？

イレーネ　はっ、と気づいたの、あなたはすでに死んでいたんだと。突然の恐怖に襲われた、もうずっと前に死んでいたんだって。

だが、とルーベックは言う、わたしたちの愛は、わたしたちのなかではまだ死んではいない、それは生きて燃えている強いものだ、と。

イレーネ　地上の生に属していた愛——美しい奇蹟のような地上の愛、計り知れない地上の愛——それはわたしたち二人のなかで死んでしまった。

そのうえ、二人のそれまでの生活には数々の難問がある。ここにおいてさえ、つまりこのイプセンの戯曲でもっとも崇高な箇所においてさえ、イプセンは自身と自身の扱っている事実を統御し得ている。その芸術家としての天分は、すべてを正面から受け止め何ものをも回避しない。『棟梁ソルネス』の結末においても、何より偉大な一筆は、外に居る者の恐ろしい叫び声——「ああ！　頭が完全に潰れている！」——である。これほどの芸術家でなければ、建築士ソルネスの悲劇には、精神的な妖しさを添えたことだろう。同様の方法で、ここではイレーネが、自分は卑俗な眼差しに自らの裸を晒したこと、「社会」が自分を放逐したこと、すべてが手遅れであることを言い募る。だがルーベックはそのようなことはもはや考えたくない。彼はそれらすべてを風に任せて一掃し、決意を述べる。

ルーベック　（両腕で荒々しく女を抱きしめ）ならば死んだ者二人で、わたしたち二人で、もう一度思い切り生きようじゃないか、再び墓穴に落ちて行く前に。

イレーネ　（金切り声で）アルノル！
ルーベック　だがこんな薄暗い場所ではだめだ。このおぞましい湿った経帷子が、わたしたちの周りではためいている、こんな場所ではだめなんだ！
イレーネ　（熱情に駆られて）そう、そうよ、光の中、きらめく栄光の真っ只中に上って行くの！「約束の頂」に上るのよ！
ルーベック　そこでわたしたちは婚礼の宴を開くのだ、イレーネ――ああ！　わたしの愛しいひと！
イレーネ　（誇らしげに）太陽は自由にあたしたちを見下ろすでしょうね、アルノル。
ルーベック　あらゆる光の力が自由にわたしたちを見ることだろう――あらゆる闇の力だってそうだ（女の手を取り）――そうしたら、きみはわたしについてきてくれるね、ああ、恩寵溢れるわたしの花嫁！
イレーネ　（変貌したかのように）ついて行くわ、自由に、喜んで、わたしの御主人様、わたしの師！
ルーベック　（自分のほうに引き寄せて）まずは霧の中を通り抜けなければ、イレーネ。それから――
イレーネ　そうね、すべての霧を通り抜けて、それから夜明けの日の光に輝いている塔の天辺までまっすぐ上って行くの。
［雲のような霧がこの場を包む。ルーベックとイレーネは手を取り合って下手の雪原を上り、やがて低い雲の中に消える。暴風が激しく吹きつけ、ヒューヒューと唸りをあげる］
［マーシー修道女が上手の荒石の斜面に現れる。立ち止まり、静かに、探るようにあたりを見回す］
［マーヤが遥か下の谷間で勝ち誇ったように歌っているのが聞こえる］
マーヤ　あたしは自由！　自由！　自由！
監獄暮らしはもうおしまい！

あたしは鳥のように自由！　あたしは自由なの！

［突然雷鳴のような音が雪原の上方から聞こえ、雪原が地滑りを起こし、雪崩となって猛スピードで下ってくる。遠くにぼんやりと姿の認められたルーベックとイレーネは、雪崩に巻き込まれ埋もれてしまう］

マーシー修道女　（金切り声をあげ、二人のほうに両腕を差し出し、叫ぶ）イレーネ！　（一瞬立ちすくみ、それから中空に十字を切って、言う）汝らに平安《パークス・ウオービースクム》あれ！

［マーヤの勝ち誇った歌声が、さらに下方から聞こえてくる］

粗雑で支離滅裂な書き方になってしまったが、以上がこの新しい劇の粗筋である。イプセンの戯曲に対する興味は、その動き《アクション》や出来事には依存していない。登場人物でさえ、過誤なく描かれてはいても、彼の戯曲では第一の要ではない。裸の劇《ドラマ》――大いなる真理の知覚、大いなる問の開示、役者たちの相克からほとんど独立していると言ってよい大いなる相克――それこそがこれまで遠大な重要性を具えてきたし、今も現に具えている。そしてこれこそがまず、われわれの眼を釘づけにするものなのである。イプセンは、後期の戯曲のすべての土台として、平均的な人間の生を選び、その妥協を許さぬ真理を捉えてきた。韻文劇の形式を捨て、自らの作品を、けっして因襲的な様式で飾り立てようとはしなかった。自身の劇的な主題が絶頂に至ったときでさえ、そこにけばけばしい装飾を鏤めようとはしなかった。『民衆の敵』を、見掛け倒しにもっと高尚なレベルで描くこと、たとえばブルジョアの代わりに正統的な英雄を据えることのほうが、どれほど容易であったろうか！　そうすれば批評家たちも、あまりにしばしば凡庸と批難してきたこれを、大作だと言って激賞していたことだろう。だがイプセンにとって周囲のものなどどうでもよい。肝心なものは戯曲である。自身の天分と紛う方ない技倆を最大限行使することによって、イプセンはもう何年もの間、洗練された人びとの世界で注目を独占してきた。だが彼が、自身の王国に歓呼の声で迎え入れられるまでには、さらに多くの歳月が必要となるに違いない。彼のほうは、今日でさえそこに入る資格を確かなものとする、一切のことを成し遂げたというのにである。ここでわたしは、この戯曲に纏わるドラマツルギーの、すべての詳細にまで立ち入るつもりはない。単に人物造形の概略を示すに留めておく。

登場人物に関して、イプセンが同じことを繰り返すことはない。この劇――長い目録の中で最後にくるもの――においても、彼はいつもの技倆で人物を描き出し、差異を生み出している。ウルフヘイムはなんたる新奇な被造物であることか！　この男を描き出した手は確かに、その狡猾さをいまだ失ってはいない。思うにウルフヘイムは、この戯曲においてもっとも新しい人物である。一種のびっくり箱だ。最初の紹介の一文でたちまち肉体を具えて躍り出るのも、この新奇さのゆえである。(8)華麗なほどに野性的で、原始的なほどに印象深い人物である。その獰猛な眼差しは、イエゴーフやヘルネのそれのように、ぐるりと動きねめつける。ラルスについては、一度も口を開かないのだから、触れなくともよいだろう。マーシー修道会の修道女は、戯曲ではただ一度口を開くに過ぎないが、それが優れた効果を発揮する。この女は懲罰のように無言でイレーネに付き纏う。それは自らの象徴的な威厳を具えた声なき影である。

イレーネもまた、仲間たちの居並ぶ画廊のなかで、その場を占めるに相応しい。イプセンの人間性に対する知は、女たちを描くときにもっとも明らかとなる。(9)彼は痛ましいほどの内省によってひとを驚かす。つまりは、女たちのことを女たち以上に知っているように思える。実際、きわめて男性的な男に関してこう言ってよければ、彼の本質には奇しくも女が混在しているのだ。彼の驚くべき正確さ、かすかな女性性の痕跡、速やかな筆致の持つ繊細さは、おそらくこの混在に帰することができよう。だが彼が女をよく知っている、ということは、議論の余地がない事実である。イプセンは、ほとんど計り難い深みに至るまで、女たちを調べ上げたように思われる。彼の描く肖像の隣に並べれば、ハーディやツルゲーネフの心理学的研究も、あるいはメレディスの網羅的な詳述も、生半可な知識の域を出ないように見えてくる。(10)ほんの一句、ほんの一語の巧みな一筆で、イプセンは彼らが数章をかけて描いたことをやってのけ、それも彼ら以上にみごとにやってのけるのである。したがってイレーネは、数多の比較に直面せねばなるまい。だが彼女であれば、誰と比較されようとも立派に太刀打ちできる人物であることは認められねばならない。イプセンの女たちは一様に真であるけれども、彼女たちはまた、当然のことながら様々な光のなかで自らの存在を露にする。たとえば、仮にこのような古風な言い方をして場違いにならなければの話だが、ギーナ・エクダル(11)は何より喜劇的な人物であり、ヘッダ・ガーブレルは悲劇的な人物である。しかしイレーネはこのような分類にはそぐわない。情念に対しまさに超然としていられる点が彼女の特質であるが、それが分類を寄せ付けない。彼女は奇妙にわれわれの興味を引く。性格の持つ内的な力ゆえに磁石のように引きつけるのだ。これまでイプセンが作り上げた人物がどれほど完璧であったとはいえ、いずれかの女がイレーネの魂の深みにまで到達し得るかは疑問である。彼女は己が知性の全き力量ゆえにわれわれの眼を見張らせる。そのうえ彼女は、極度に精神的な被造物である――もっとも真なる、もっとも広範な意味でそうなのだ。時折彼女はわれわれを凌駕しそうになる。ルーベックに対してそうであったように、われわれの頭上を越えて高く舞い上がって行きそうだ。優れた精神性を具えた彼女が、ひとりの芸術家のモデルであったという点は、あるいは欠点と考える向きもあろう。そのような挿話は劇の調和を損なう、と遺憾に思う者さえいるかもしれない。わたしはこのような主張には説得力を認めることができない。まったくの見当違いと思われる。しかし、たとえこの事実がどう判断されようとも、その処理の仕方にはほとんど文句のつけようがない。実際イプセンはあらゆる事物の処理においてそうなのだが、この件についても、多大な洞察力と芸術的抑制、および共感をもって処理している。彼はその事実をしっかりと、全体として見据えている。(12)それはまるで、完璧な視界と天使の冷静さをもってして、目を見開き太陽を見詰め得る者の視力をもってして、遥かなる高みから見据えているかのようである。(13)イプセンは小賢しい御用商人とは違うのだ。

マーヤは、その個性とは別に、この戯曲ではある種の技巧上の機能を果たしている。緊張が長引くと、彼女が息抜きとして登場してくる。彼女が漂わせる新鮮さは、潑剌とした風のそよぎのようだ。派手と言ってよいほどの自由な人生観が彼女の基調となっているが、それがイレーネの厳粛さやルーベックの重苦しさの埋め合わせとなる。この戯曲でマーヤは、事実上『棟梁ソルネス』のヒルダ・ヴァンゲルと同じ効果を持っている。だがノラ・ヘルメル(14)ほどわれわれの共感を捉えることはない。彼女が共感を得ることは意図されていない。

ルーベックのほうは、この劇の主人公でありながら、奇妙なことにもっとも因襲的な人物である。実際、ナポレオン的前身であるヨーン・ガブリエル・ボルクマンと比較すれば、彼は影に過ぎない。しかしながら心に留めておくべきは、ボルクマンは生きているということ、戯曲の最初から最後まで――最後に死に至るまで――、活動的に、精力的に、休むことなく活き活きとしているということである。これに対し、アルノル・ルーベックは死んでいる。最後までほぼ絶望的に死んでおり、そしてその最後で、息を吹き返すのだ。それにもかかわらず、彼はこのうえなく興味深い。彼という人物ゆえにではなく、その劇上の意義ゆえに興味深いのである。すでに言った通り、イプセンの劇はその登場人物から完全に独立している。彼らは退屈な人びとであるかもしれないが、彼らの生きて動いている世界、すなわち劇は、つねに力強い。いや、いかなる意味においても、ルーベックは退屈な人間ではない！　彼自身、トルヴァル・ヘルメルやテスマン(15)以上に、果てしなく興味深い人物である。この二人はともにある種の顕著な性格を有している。いっぽうアルノル・ルーベックのほうは、おそらくエイレルト・レーヴボルク(16)がそうであるのと比べて、天才として描かれてはいない。もし彼がエイレルトのように天才であったならば、己が人生の価値をもっと真なる方法で理解していたことだろう。(17)だが推測できる通り、彼がかつては芸術に身を捧げ、芸術において巨匠の域——思想の限界と結び合う熟練の域——にまで達したという事実は、彼のなかにより大きな生を送り得る力量が眠っているかもしれない、という可能性を語っている。その生は、死者である彼が死者のうちから蘇ったときに、実現されるかもしれないのだ。

ここまでわたしが扱いを疎かにした唯一の人物は、沐浴場の視察官であるから、ここで遅ればせながら、とはいえごくわずかな言及を急いで付け加えよう。彼は平均的な浴場の視察官であり、それ以上でも以下でもない。だが、まさにその通りに描かれている。

人物造形については以上とするが、これはつねに深遠で興味深い問題である。しかし、戯曲の登場人物とは別に、頻繁に現れしかも広範囲に及ぶ、思考経路という副次的な問題には、いくつかの注目すべき点がある。これらのうちもっとも顕著なのは、単なる偶然で現れたに過ぎない舞台設定、と当初は思われたものである。わたしが言っているのは、この劇を取り巻く環境だ。イプセンの後期の作品には、閉ざされた部屋から外へ出ようという傾向があることに気づかざるを得ない。『ヘッダ・ガーブレル』以来、この傾向はことに目立っている。『棟梁ソルネス』も『ヨーン・ガブリエル・ボルクマン』も、終幕は野外が舞台となる。だが当該の戯曲では三幕ともが戸外だ。この劇のこういった細部に拘るというのは、超ボズウェル流の熱狂と思われるかもしれない。(18)実際のところ、その種の熱狂なら、偉大な芸術家の作品に対しては相応しくないことである。だがこの特徴はきわめて顕著なものであって、わたしには、まったく無意味とは思えないのである。

また、最近のいくつかの社会劇は、人間に対する繊細な哀れみを欠いていない。これは八〇年代初頭の妥協を許さぬ峻厳さにおいては、(19)どこにも聞き取ることのできなかった調べである。たとえば、自身の傑作「復活の日」の女性像に関してルーベックが自分の意見を変えることにも、包括的な哲学、人生における食い違いや矛盾に対する深い哀れみが見られる。それというのもそうした矛盾は、希望に満ちた覚醒と両立し得るかもしれないからだ。そのとき、われわれの貧しい人間性が被る多種多様な労苦は、輝かしい結末を迎えるかもしれないのである。この劇自体に関して言えば、これを批評しようという試みが、何らかの成功を収め得るかは疑わしい。[20] 多くのことがこの点を証明しよう。ヘンリック・イプセンは世界の偉人のひとりであり、これを前にしては批評も弱々しい虚飾に過ぎなくなる。真価を認め傾聴することが、唯一真の批評となる。さらに、劇評を自称する類の批評は、彼の戯曲にとっては不必要な添加物である。ひとりの劇作家の芸術が完璧であるとき、批評家は余分なものとなる。生とは批評されるべきものではなく、直視され生きられるものだ。また、舞台にかけることが是非とも必要な戯曲があるとすれば、イプセンの戯曲こそがそれである。これは単にイプセンの戯曲が、ほかの作家たちの戯曲と多くの共通点を持ち、やはり書棚に並べられるために書かれたものではないから、というだけでなく、思想がぎっしりと詰まっているからなのだ。何らかの予期せぬ表現のために、精神は何らかの疑問に苛まれることになり、そしてあるとき、長い人生の行程が瞬時にして広い展望のもとに開けることがある。だがこの展望は、立ち止まって熟考しないかぎり、束の間のもので終わる。まさにそうした過度の熟考を防ぐためにも、イプセンの上演が必要なのである。最後に、これまでほぼ三年の間イプセンを悩ませてきた問題が、一度か二度読んだだけでわれわれの目の前で滑らかに溶解して行く、なとど期待するのは愚かである。したがって、劇が自らを弁ずるに任せたほうがよい。だが少なくともつぎの点は明らかだ。すなわち、この戯曲においてイプセンは、自らのなかでもほぼ最上と言ってよいものを、われわれに差し出してくれた。『社会の柱』のように、動《アクション》きが多くの複雑さによって妨げられることもなければ、『幽霊』のように、単純さゆえに痛ましいものとなることもない。野性的なウルフヘイムには、まかり間違えば放縦ともなりそうな奇行を目にするし、ルーベックとマーヤが互いに対して抱いている陰険な軽蔑には、微かなユーモアが見て取れる。だがイプセンは、劇にまったく自由な動き《アクション》を持たせようと努めた。そのため副次的な登場人物には、あのいつもの痛みを附与しなかった。イプセンの多くの戯曲において、そうした副次的な人物は無類の被造物である。ヤーコップ・エングストラン[21]を、トェーネセン[22]を見るがいい、そしてあの悪魔的なモルヴィク[23]を見るがいい！　しかしこの戯曲においては、副次的な人物がわれわれの注意を逸らすことは許されていない。

総じて、『あたしたち死んだ者が目覚めたとき』は、この作家の作品のなかで、仮に最高の作品でなかったとしても、最高の作品に匹敵するものとなろう。『人形の家』に始まった連作の最後に来るもの、先行する十作品への壮大なエピローグと言える。これら連作劇はドラマツルギーの技倆、人物造形、無上の感興、いずれの点においても秀でており、これら以上に優れたものは、古代から現代に至る長い劇の歴史においても、滅多に姿を現すことはない。

ジェイムズ・A・ジョイス

註

（1）一九〇〇年四月一日、ロンドンの『フォートナイトリー・レビュー』（新版第67巻575–90）に掲載された。初版のファクシミリ版は *The Works of James Joyce*, 6, Minor Works, Tokyo: Hon-No-Tomosha, 1992, 5–20 に収録されている。パラグラフの組み方もこの初版に従っている。

（2）この手紙ではほかに、ジョイスが大学の「議論好きの連中の集まりで」イプセンを擁護したことを述べている。「しかし、わたしたちはつねに、互いにとって一番大切なものであり続けましょう」と語り、またつぎのようにも述べている。「わたしは、何がわたしをあなたに結びつけているか、彼らには語りませんでした……人生から秘密をもぎ取ろうというあなたの強情な決意は、わたしに勇気をくれました。芸術に関する公衆の規範や、友人や、通念に対して、あなたはまったく無関心のまま、自己の内部のヒロイズムという光のなかを歩まれたのです。そしてこれが、今のあなたに対してわたしに書けることです」（『書簡集』［第一巻］五一―五二ページ）。ジョイスがこのエッセイを出版する経緯については、『ジェイムズ・ジョイス伝』七三―七四ページ（邦訳八三―八四ページ）。

（3）ジョージ・バーナード・ショーは『イプセニズムの真髄』(George Bernard Shaw, *The Quintessence of Ibsenism*, London: Walter Scott, 1891) において、『幽霊』が上演された当時の辛辣な劇評を収録しているが、そのなかの「イプセンの崇拝者たちに関する描写」と題された一節には、崇拝者たちを「教育のある、糞を掘り返す犬たち」と呼んだ記事が、雑誌『真理』(*Truth*) から抜粋されている (92)。

（4）ジョイスはイプセンの戯曲のうち、一八五〇年代のもの、諷刺劇『愛の喜劇』（一八六二）、韻文劇の『ブラン』（一八六六）と『ペール・ギュント』（一八六七）、および『皇帝とガリラヤ人』（一八七三）をここに含めていない。

（5）『肖像』の物語は、このイプセンの戯曲に類似している。

（6）ローエングリン（白鳥の騎士）は白鳥に導かれ妻を発見するが、ドイツ語版のこれは二つのモチーフをもとにしている。すなわち、人間が白鳥に変身するというモチーフ、および妻の質問が破滅をもたらす、というモチーフである。

（7）寝取られ亭主には角が生えると言われる。

（8）いずれも北欧神話の「幽霊猟師」に登場する。

（9）ユングがジョイスに宛てた手紙で、『ユリシーズ』に関して語っている内容を彷彿とさせる。「最後の四〇ページにおよぶ留まることのない言葉の流れは、一連の真に心理学的な絶品です。女の本当の心理をこれほどよく知っているのは悪魔の祖母くらいでしょうし、わたしには知りようがありません」。

（10）トマス・ハーディ（一八四〇―一九二八）はイギリスの詩人・小説家。イワン・セルゲーエヴィチ・ツルゲーネフ（一八一八―八三）はロシアの小説家。ジョージ・メレディス（一八二八―一九〇九）はイギリスの小説家・詩人。

（11）『野鴨』（一八八四）の登場人物。

（12）マシュー・アーノルドは、「ある友人に」('To a Friend') において、ソポクレスは「生をしっかりと、全体として見据えている」と論じている。*The Works of Matthew Arnold*, i. 4.

（13）芸術家の超然性に纏わるイメージは、その後フローベールの言にも助力を得て、スティーヴン・デダラスの芸術家像へと成長を遂げる。すなわち、芸術家とは「創造の神のように、……己が創作物の内部もしくは背後に、あるいはその向こう側ないしその上空に、姿を隠し、存在を削ぎ落とし、無関心に、爪でも切っているものだ」。

(14)『人形の家』(一八九七)のヒロイン。

(15)それぞれ『人形の家』と『ヘッダ・ガーブレル』(一八九〇)の登場人物。

(16)『ヘッダ・ガーブレル』の登場人物。

(17)ジョイスはレーヴボルクという人物に興味を抱き、後にアイルランド文芸劇場に対し、もし『ヘッダ・ガーブレル』を上演するのなら自分がこの役を演じよう、と申し出た。

(18)サミュエル・ジョンソンの伝記で名高いジェイムズ・ボズウェル(一七四〇―九五)は、細部に拘る忠実さの代名詞である。

(19)『幽霊』(一八八一)と『民衆の敵』(一八八二)を指している。

(20)「劇と人生」(本書五三ページ)でも、ジョイスは『野鴨』を批評することは不可能である、と語っている。

(21)『幽霊』の登場人物。

(22)『社会の柱』(一八七七)の登場人物。

(23)『野鴨』の登場人物。

7　喧騒の時代(1)（一九〇一年）

【後にアビー劇場となるアイルランド文芸劇場は、一八九九年五月、イェイツの戯曲『キャスリーン伯爵夫人』の上演によって柿落としとなった。観客のひとりであったジョイスはこれに熱心な拍手を送った。戯曲の異端性に抗議する同級生たちには、加担することを拒んだ。ジョイスはまた、この劇団の第二作、エドワード・マーティンの『ヒースの野』も気に入った(2)。一九〇〇年二月には、ジョージ・ムアとエドワード・マーティンによる新作『大枝の撓み』を観劇し、これを痛く気に入ったジョイスは自分でも戯曲を書こうと思い立ち、『輝かしい経歴』を執筆した。おそらくアイルランド文芸劇場での上演を期待していた。しかしこの手書き原稿を読んだウィリアム・アーチャーは、これに由々しい欠陥があることを指摘し、そのためジョイスもこれを断念した。

いっぽうこの劇場は、はっきりとアイルランド色を打ち出すようになり、ジョイスにとっては不快なほどであった。一九〇一年一〇月、ジョイスはつぎの出し物が、ダグラス・ハイドによるアイルランド語の戯曲『縄ない』と、非現実的な戯曲『ディアミッドとグラーニャ』であることを知り、落胆する。後者はイェイツとムアがアイルランドの英雄伝説を素に仕上げたものである。一九〇一年一〇月一五日朝、ジョイスは憤怒に満ちた論説を即座に書き上げ、この劇場の偏狭な地方根性を批難した。

彼はこれを『セント・スティーヴンズ』の編集長〔ヒュー・ケネディ〕に送った。当時ユニヴァーシティ・カレッジの学生有志が始めたばかりの雑誌である。論説は、編集長ではなく、顧問ヘンリー・ブラウン神父によって掲載を拒否された。ジョイスは学長に訴えたが、学長は掲載拒否についての責任は自分にないと言い、ブラウン神父の決定を覆すこともなかった。いっぽう、ジョイスの友人フランシス・スケフィントン[3]も、自分の書いた「大学問題の忘れられた側面」という小論で、同様の掲載拒否を被っていた。これは大学が女性にも同等の身分を保証すべきと主張するものであった。ジョイスは二人の共同出資で自費出版することを提案した。ともに検閲には憤っていたものの、互いに相手の立場には同意できなかったため、二人は以下のような前口上を加えた。「これら二つの小論は、『セント・スティーヴンズ』の編集長に、同誌掲載のために委託されたものであるが、その後検閲によって掲載を拒否された。よって両筆者はここに、これらを原文のまま発行するが、いずれの筆者も、それぞれ己が記名のもとにある小論についてのみ、責任を負うものである。F.J.C.S.／J.A.J.」彼らがスティーヴンズ・グリーンの文具店ジェラード・ブラザーズにて八五部前後を印刷したのは、おそらく一九〇一年一一月である。作者二人のほか、弟スタニスロース・ジョイスも配布を手伝ったが、スタニスロースはジョージ・ムアの家の女中に手渡した想い出を語っている[4]。『セント・スティーヴンズ』は一二月、このパンフレットに関する論評を掲載したが、ジョイスの立場には激しく異を唱え、一年半前にジョイスが、『キャスリーン伯爵夫人』への異議申し立て書に署名を拒んだ件についてまで、苦々しく言及している。】

群衆を忌み嫌わないことには、誰も真や善を愛する者とはなり得ない、とかのノーラン〔＝ノーラ人〕は言った[5]。芸術家は、大衆を利用することはあっても、きわめて慎重に自らを孤立させるものだ。この過激な芸術的倹約の原理が適用されるのは、とりわけ危機の時代においてである。そして芸術の最高形式〔劇のこと〕が、命懸けで支払われた数々の犠牲によって辛うじて保護されている今日、芸術家が衆愚の喧騒を甘受するのを目にするとは、奇妙な話である。アイルランド文芸劇場は、現代演劇の不毛と欺瞞に対する抗議運動としては、一番最後にやってきたものである。(6) ノルウェーではこの抗議の声が半世紀前に上がった。そしてそれ以来いくつかの国において、偏見と誤解と嘲笑の大群を敵に回した、意気阻喪を伴う長い闘いが繰り広げられた。あちらこちらで収められた勝利は不屈の確信の成果に他ならず、英雄的に開始された運動はすべて、些かの達成を見た。アイルランド文芸劇場は自らが前進の闘士であると公言し、商業主義と俗悪に対する宣戦を布告した。この言の一部は実行に移され、古の悪魔は今にも駆逐されるところであったが、最初の敵との遭遇で民衆の意に屈してしまった。いまや貴下の民衆という悪魔は、貴下の俗悪という悪魔以上に危険なものとなったのだ。大群衆の罵声は何らかの成果を上げるものであり、この悪魔も己が言辞を器用に粉飾する。この悪魔が今一度勢力を盛り返してしまい、いまやアイルランド文芸劇場は、ヨーロッパでもっとも遅れを取った民族のための、喧騒の具に堕したと考えざるを得ない。

ここでつぎの点を検討してみるのが面白かろう。この運動の正式な機関誌はヨーロッパの傑作を上演すると語っていたのだが、実際はそれより先には進めなかった。そうした企画は実に必要不可欠なものである。(7) 検閲などダブリンでは無力なのだし、演出家は、やろうと思えば『幽霊』や『闇の力』を上演できたはずだ。大衆の判断を牛耳る権力には沈着冷静に対峙しなければ、何ごともなし得ない。だが、『キャスリーン伯爵夫人』でさえ不道徳で言語道断と言われてしまうくらいだから、当然のことながら演出家たちは、イプセンやトルストイやハウプトマンの上演には尻込みする。(8) 技術の向上という点からしても、この種の企画は必要だった。中世の奇蹟劇以上には進歩していない国民であるから、芸術家には文学的な模範が提供されるはずもなく、したがって芸術家は海外に目を向けざるを得ない。真摯だが二流の劇作家たち、ズーダーマン、ビョルンソン、ジヤコーザ[9]にしても、アイルランド文芸劇場が舞台にかけるものより、はるかに優れた戯曲を執筆できる。しかしもちろんのことながら演出家たちは、無教養な烏合の衆の喧騒を恐れて――いわんや教養ある人びとの喧騒はなおさらであろう――これら不穏当な作家たちを上演したがらない。その結果、穏やかにして一心不乱に道徳的である喧騒の族《やから》が、ふーむと賞讃の鼻息を漏らしながら劇場の枡席や天井桟敷に坐することになる。まさに勝ち誇る野獣《ラ・ベスチア・トリオンファンテ》どもだ[10]。そして、エチェガライ[11]は「病的」だと言い、メリザンド[12]が髪を解けば顔を赤らめ忍び笑いを漏らす人びとが、われらはすべての知的・詩的宝庫の管財人である、と確信するに至るのである。

いっぽう、芸術家についてはどうか？　目下のところ、イェイツ氏が天才であるか否かを語ることもまた危険である。意図および形式という点で『葦間の風』は最高の部類に属する詩であり、『三博士の礼拝』（偉大なロシアの作家が書いたかと思われるほどの物語）はイェイツ氏が〔ケルトの〕半神たちと決別すれば何を為し得るか、を示すものである[13]。だが唯美主義者の意志は浮遊性を具えており、イェイツ氏のあてにならない本能的順応性が咎められてしかるべきなのは、かつては自尊心までもがそこに立つことを彼に拒ませた、かの演壇と、昨今関わりを持っている点である。マーティン氏もムア氏も、さしたる独創性を具えた作家[14]ではない。マーティン氏は救い難い文体ゆえに無能であるばかりか、氏が折に触れて仄めかすストリンドベリの、あの荒々しいヒステリックな力にしても、微塵も具えてはいない。氏については、いくつかの高貴な一節を帳消しにしてしまうほどに、幅がなく際立った個性もないと感じざるを得ない。だがムア氏には素晴らしい現実模写の才があり、数年前であれば彼の作品も、著者を英国作家の間で名誉ある地位に就かせたかもしれない。しかし、『虚しき運命』（あるいは[15]『エスター・ウォーターズ』の一部もここに加えるべきだろうか[16]）が優れた独創性に富む作品であるとしても、ムア氏は実のところ、フローベールに発しヤコブセンを経てダヌンツィオに至る、かの潮流の引き波に揉まれ奮闘しているに過ぎない。『ボヴァリー夫人』と『炎』の間には、まる二世代が横たわっているからである。『独身者たち』[17]や最近の小説からして、ムア氏がこれまでの文学的預金を精算し始めていることは明らかである。新たな衝動の追求は、昨今の氏の驚くべき転向を説明するものであろう。現在、転向は時流に沿うものであり、ムア氏と彼の島は時宜を得て賞讃の的となっている。[18]だが、自己弁護のためにペイターやツルゲーネフを誤って引用するムア氏がどれほど率直であろうとも、氏の新たな衝動は、芸術の未来とはなんの関係もないものである。

　このような状況下では、立場を明確にすることが緊急の課題となる。もし芸術家が群衆の機嫌を伺うようなことをすれば、芸術家は、避けがたく群衆の物神崇拝と意図的な自己欺瞞に感染してしまう。芸術家が大衆の運動に参加するのであれば、芸術家は自らを危険に晒すことになる。かくしてアイルランド文芸劇場は、トロール[19]の族に屈することで、自ら前進の経路より逸脱することとなった。アルコール混じりの熱狂、如才ないあてこすり、虚栄と低俗な野心をくすぐるあらゆる阿諛——人はこの種の卑しい影響力から自らを断ち切らないことには、誰ひとり芸術家とは成り得ない。だが真の隷属とは、猜疑心に引き裂かれた意志と、愛撫を求めてあらゆる憎しみを放棄する魂を、受け継ぐことである。そしてうわべだけもっとも独立を果たしているように見える者たちは、率先して結束を取り戻そうとする者たちでもある。しかし、「真実」は寛大にわれわれを処遇する。他所の地であれば、クリスティアニア〔ノルウェーの首都、オスロの旧称〕で死を迎えつつある老匠〔イプセンのこと〕に発した伝統を、受け継ぐに足る者たちが存在する。老匠はすでにして自らの後継者を、『ミヒャエル・クラマー』の作者のなかに見出した。そして時が来れば第三の使徒にもこと欠きはしない。今でさえ、その時は戸口の前で待ち構えているかもしれないのである。[20]

一九〇一年一〇月一五日

註

(1) 初版ファクシミリ版は *The Works of James Joyce*, 6, Minor Works, 23-28 に収録されている。このパンフレットには多くの誤植が見られる。現在イェール大学のスローカム・コレクションに収められている原物は、いくつかの誤植に修正が書き加えられ、その後一九三〇年にジョイスの署名が記されたものである。『ジェイムズ・ジョイス・アーカイヴ』第二巻七六—七九ページ所収。

(2) ジョイスは一九一八年にこの戯曲のプログラム解説を書いた。「イギリス俳優劇団のためのプログラム解説」本書四六〇ページ以下を参照のこと。

(3) 後のフランシス・シーヒー=スケフィントン(一八七八—一九一六)。

(4) ジョイスは『エピファニー集』の中で、学生たちの冗談が自分には愉快であったことを語っている。「ハンナ・シーヒー——ああ、きっと大変な人だかりでしょうね。／スケフィントン——ほんと、われらが友人イヨカクスJocax呼ぶところの、喧騒の時代ってところだろうね。／マギー・シーヒー——(熱弁をふるって)今このときでさえ、喧騒はドアの向こうに立ってるかもしれないのよ」(『エピファニー集』一一、『ジェイムズ・ジョイス・アーカイヴ』第七巻二一ページ)。なお、ブラウン神父が拒否したのは、ジョイスがガブリエーレ・ダヌンツィオ(一八六三—一九三八)の『炎』(一九〇〇)に言及していたからである。ベニスを舞台にしたこの小説はバチカンの禁書目録に入っていたが、スタニスロースによると、ジョイスは「現在までのところで小説の成し得ることを最大限成し遂げた小説、と考えていた」(『兄の番人』一五四ページ〔邦訳一七八ページ〕)。パンフレットは一九〇一年一〇月二一日、二ポンド五シリングで印刷された。スタニスロースはつぎのように回想している。「結局のところ、ジムの論説は……検閲にかかったせいでかえって注目を集めることとなった。……というのも兄と私は、兄が読んでもらいたがっていた、ダブリンの新聞社や一般の人びとに配布したからである。『ユナイテッド・アイリッシュマン』紙でも取り上げられたし、今でもイーリー・プレイスまで行きジョージ・

ムアの可愛い女中に手渡したことが思い出される」（『兄の番人』一五二ページ〔邦訳一七六―七七ページ〕）。ジョイスの自費出版に纏わる詳細については、『ジェイムズ・ジョイス伝』八八―八九ページ〔邦訳一〇〇―〇一ページ〕を参照のこと。

（5）ノーラ近郊に生まれたジョルダーノ・ブルーノ（一五四八？―一六〇〇）のこと。ジョイスがブルーノを好んだことは『フィネガンズ・ウェイク』でも頻繁に言及されることからわかる。スタニスロース・ジョイスは『兄の番人』（一五三ページ〔邦訳一七七―七八ページ〕）でつぎのように述べている。「ジムは、彼の言う〈疑い深いトマ〉である私の反対を押し切って、ブルーノを故意に「ノーラン＝ノーラ人」“the Nolan”と呼び続けた。自分の論説の読者が、最初は筆者がどこかの無名なアイルランド作家から引用しているもの、と勘違いすることを目論んだのだ。旧家の名に定冠詞“the”を付けることは、アイルランドでは敬称となるからである。かくして読者が間違いに気づけば、ひょっとするとジョルダーノ・ブルーノという名から、人びとはその生涯と作品に興味を抱くことになるかもしれない。兄は繰り返し、平信徒は思考するように促してやる必要があるから、と語っていた」。なお、このブルーノからの引用は、I・フリス著『ノーラ人ジョルダーノ・ブルーノの生涯』(I. Frith, *Life of Giordano Bruno, the Nolan*, revised by Professor Moriz Carriere, London: Trübner & Co., Ludgate Hill, 1887, 165) ――「群衆を激怒させない者は、善と真を本当に愛してはいない」――によっている可能性がある。

（6）アイルランド文芸劇場は、W・B・イェイツ（一八六五―一九三九）とオーガスタ・グレゴリー（＝グレゴリー夫人）（一八五二―一九三二）、エドワード・マーティン（一八五九―一九二三）によって一八九八年暮れに創設された。イェイツは当初、アイルランドの劇作家のみならず、ヨーロッパの作家の作品も上演することを意図していた。この劇場は、D・P・モラン（一八六九―一九三六）の主導するアイリッシュ・アイルランド運動やカトリック教会からの攻撃を被ることになる。ジョイスの擁護したイェイツの『キャスリーン伯爵夫人』（一八九二）は、この劇場の柿落としとして一八九九年五月八日に初演されたが、ヤジと罵倒に包まれる。枢機卿マイケル・ローグ（一八四〇―一九二四）はこれを異端と批難し、敬虔なカトリック信者であったエドワード・マーティンは、文芸劇場への資金援助撤回を言い出すほどだった。スケフィントンを中心に学生たちはこの戯曲に対する抗議の手紙を書いたが、それはこの戯曲が「忌まわしい背教者どもをわが民族の典型として描いている」ゆえであった。ジョイスはこれに署名することを拒んだ。ジョイスは、文芸劇場がつぎに上演したエドワード・マーティンの『ヒースの野』を大変気に入り、一九一九年、チューリッヒにおいてイギリス俳優劇団での上演を図ることとなる。ジョイスが一九〇〇年二月下旬に観た『大枝の撓み』はエドワード・マーティンとジョージ・ムア（一八五二―一九三三）の共作であったが、ジョイスは後者を「転向者」と呼んだ。ムアは一九〇一年にイングランドから帰国し、文芸劇場の演出家として文芸復興運動に復帰したからである。

（7）アイルランド文芸劇場の「正式な機関誌」は『ベルタン』（*Bealtaine*）誌であった。イプセンの『幽霊』とトルストイの『闇の力』（一八八六）はイングランドの宮内長官によって禁圧処分となったが、この長官の検閲はアイルランドの劇場には適応されなかった。「バーナード・ショーの検閲との闘い」（本書三四〇ページ）でジョイスは、イングランドで禁じられた戯曲を上演する、というアビー劇場の決定を褒め讃えている。

（8）ゲアハルト・ハウプトマン（一八六二―一九四六）はドイツの劇作家、小説家、詩人。一九〇一年夏にハウプトマンの『日の出前』（一八八九）と『ミヒャエル・クラマー』（一九〇〇）を英訳したジョイスは、おそらくこれらをアイルランド文芸劇場で上演させようと考えていた。だが実際はその三年後の一九〇四年、W・B・イェイツにアビー劇場での上演を持ちかけることになる。イェイツは一九〇四年一〇月二日付けの手紙で、つぎのように説明しこれらの翻訳をはねつけた――「われらが大衆の耳を捉えるには、アイルランドの作品をもってせねばなりません」。なお、『ダブリナーズ』の「痛ましい事件」（ガーランド版二―一二四行）でも、主人公はハウプトマンを翻訳している。

（9）ビョルンスティエルネ・ビョルンソン（一八三二―一九一〇）はノルウェーの小説家、劇作家、詩人、ジャーナリスト。ジュゼッペ・ジャコーザ（一八四七―一九〇六）はイタリアの劇作家、オペラ台本作家。ジョイスは後にこの作家について、「太鼓腹の俗物で、スパゲッティをたらふく食うことが人生最大の理想になっているやつ」と怒りのコメントを残している（『兄の番人』二五二ページ〔邦訳三〇一ページ〕）。

（10）ジョルダーノ・ブルーノの『勝ち誇る野獣の追放』（*Spaccio della Bestia Trionfante*）より。ただしブルーノの言う野獣は烏合の衆ではなく、人間の諸悪のことである。

（11）ホセ・エチェガライ・イ・エイサギレ（一八三二―一九一六）は、スペインの数学者、政治家、劇作家。

（12）モーリス・メーテルリンクの『ペレアスとメリザンド』（一八九二）の登場人物。

（13）後にイェイツに会ったジョイスは、この物語と『掟の銘板』を大いに賞讃した。そのためイェイツはこれらを再版する際、序文でつぎのように述べた。「もしあの日アイルランドでひとりの若者に出会わなければ、わたしがこれらを再版することなどあり得なかったと思う。彼はわたしが書いたほかのどれよりも、これらが気に入ったとのことである」。
(14) ヨハン・アウグスト・ストリンドベリ（一八四九―一九一二）はスウェーデンの劇作家、小説家。
(15) 『エスター・ウォーターズ』（一八九四）は概してムアの最高傑作と考えられており、これに比べて『虚しき運命』（一八九一）はさほどの評価を得ていない。
(16) イエンス・ペーター・ヤコブセン（一八四七―一八八五）はデンマークの小説家。
(17) ジョージ・ムアの『独身者たち』は一八九五年の作品。
(18) ジョージ・ムアの島は、一族の屋敷ムア・ホールに近い、メイヨー州のキャラ湖上にある。ジョイスが「ムア氏と彼の島」と言ったのは、ムアの作品『パーネルと彼の島』（一八八七）との地口である。
(19) 北欧伝説に登場する奇怪な種族。転じて「浮浪者」の意味も持つ。
(20) 「第三の使徒」とはジョイス自身のことを指す。彼は自らをイプセンとハウプトマンの後継者に位置づけている。ここではイプセンの『棟梁ソルネス』第一幕にあるつぎのセリフが援用されている。「いいですか、いつの日か若い世代がやってきて、わたしの家の戸を激しく叩くことでしょう」。このセリフは『エピファニー集』一一にも響いていよう。

8　ジェイムズ・クラレンス・マンガン(1)（一九〇二年）

【ジョイスのマンガン論は、当初ユニヴァーシティ・カレッジ・ダブリンの文学歴史協会における講演として、一九〇二年二月一五日に発表され、その後同年の五月に、この大学の非公式な雑誌『セント・スティーヴンズ』に掲載された。新たにマンガンを発見した、といったその口ぶりには、いささかのはったりもある。イェイツとライオネル・ジョンソンはジョイスより先にマンガンの詩を具に読み賞讃しており、またマンガンの作品を編纂した書籍も、ジョイスがこれを書く以前の一〇年間で、すでに数冊を数えていた。この論文を難解にしているのは、ひとつには大いに飾り立てたリズミカルな文体である。そしてまた、ジョイスは共感を込めてマンガンの不幸な経歴を語るのだが、同時に、アイルランドには想像性と芸術性が必要である、とする自身の理論も構築しようとしており、この点が難解さを高めている。したがって、一方ではマンガンの想像力を讃美するが、他方では、この詩人がアイルランドの悲哀を永遠に続くものとしてメランコリーに受け入れている点を遺憾に思う。イェイツのように、その不毛な侘しさは拒絶するのである。強烈なロマン主義的想像力に、古典主義的強靭さと晴朗さを混ぜ合わせること――ジョイスが序論と結論で呼び求めているのは、どうやらこれであるように思われる。

『スティーヴン・ヒアロー』のなかで、ジョイスはこのマンガン論における美学理論を厳密に言い換え、マンガンへの言及の一切を削除し、その論文を「劇と人生」と名付けた。つまりジョイスは、二年前同じ大学の協会で読み上げた原稿〔本来の「劇と人生」〕が、このマンガン論と混同されることを、意図的に目論んだのである(2)。】

「記念碑がほしい……わたしを愛してくれる人びとが、つねにわたしとともにあるように(3)」

古典派とロマン派の論争が静かなる芸術都市で始まって以来、実に多くの歳月が流れた。それゆえ、古典的気質は年老いたロマン派的気質である、などという誤った結論を下してしまった批評も、いまでは、両者がともにつねに変わらぬ精神のあり方である、という認識に至るほどまでとなった(4)。この論争はしばしば粗暴な（とまでは言ってよかろう）ものとなり、ある人びとには名称に関する論争と思われたし、時とともに混乱した闘争となって、いずれの派も敵陣の境界にまで進軍したため内部の相克収拾に忙しくなり、古典派は自身に仕える物質主義《マテリアリズム》と闘う羽目になり、ロマン派は首尾一貫性を保持しようと躍起になった。とはいえこの種の不穏情勢はあらゆる成就の条件であるから(5)、それはそれで良いものであるし、ゆっくりとではあれ両派をひとつにする、より深い洞察に歩を進めるものである。いっぽう、労を惜しんで成熟という基準を打ち立て、それによって両派を判断しようとする批評は正しい批評ではない。ロマン派はしばしば嘆かわしい誤解に晒されるが、それも他者によるよりは自らによる誤解である。というのも、その性急な気質は、自らの理想に相応しい住居がここにはないと見切ってしまうため、目には見えない姿のなかにその理想を見詰めることを選び、いくつかの限界を無視することになる。そしてそういった見えない姿は、これを生み出した精神によって上へ下へといかようにも吹き飛ばされてしまうため、性急な気質は時として、それが光の周りをあてもなく彷徨い、光を覆い隠すだけのか弱い影、と考えるようになる。[6] そしてこの同じ気質は、確かに忍耐を身に付けるまでには成長していないため、現前の事態に専念するいかなる方法によっても、光は影よりも悪しきもの、すなわち闇にさえも、変えられてしまう、と主張する。いかなる方法であれ現前の事態に働きかけ、これを形作って行くのであるから、鋭い知性こそがこの事態を乗り越え、そのいまだ語られぬ真の意味に到達できるかもしれぬ、と主張するのである。しかし、自然界においてはこの場所がわれわれに与えられている以上、たとえ芸術が、自らが愛するもののためなら星を越え波を越えて突き進めるにしても、その与えられたものに対しては暴力を振るってはならない、というのは正しい。それゆえ、ロマン派に関しては、最大の賞讃は保留せねばならない（とはいえそうすることで、西欧でもっとも啓かれた詩人は見落とされることとなるが）[7]。そしてこの性急な気質の原因は、個々の芸術家とその主題にこそ探求されねばならない。また芸術家を判定するにあたっては、その芸術固有の諸法も忘れてはならない。というのも、詩を律する至上の法によって文人を判定するというのは、もっとも一般的に見られる過ちだからである[8]。実際、韻文は律動《リズム》を表現する唯一のものではなく、いかなる芸術にあっても詩《ポエトリー》こそが、表現の様式を超越する。つまり、ある種の芸術については「文学《リテラチャー》」[9]なる用語が用いられているようだが、芸術において詩に劣るものを名付けるには、新しい用語が必要である[10]。文学とは、一過性の書き物と詩（哲学はこれとともにある）の間に横たわる広大な領域を意味しているため、韻文の大半が文学でないのと同様に、独創性に富む作家や思想家たちでさえ、しばしば嫉妬深い警戒心から、その栄誉ある称号〔「詩」という呼び名〕を剝奪されることになる。たとえばワーズワースの大概の作品、ボードレールのほとんどすべての作品は、単に韻文の文学であり、したがって文学の諸法によって判定されねばならない。最後に、すべての芸術家に関してはつぎの点が問われねばならない。すなわち、芸術家は最高の知〔「哲学」のこと〕、および芸術の諸法と、どのように関わるのか、という問題である。芸術の諸法は人間や時代が忘れ去ったからといって無効になるものではないのだ。この問いは、メッセージを捜し求めるものではなく、祈りを捧げる老婆の姿であれ靴の紐を締め直す若者の姿であれ、およそ芸術作品なるものを作り上げた気質に近づくためのものであり、そこで成し遂げられたものは何か、そしてそれがどれほど重要な意義を持つかを、見極めるためのものである。シェイクスピアやヴェルレーヌの歌は、庭に降り注ぐ雨や夕暮れ時の光のように、自由で活き活きとしており、いかなる目的意識からも遠ざかっているように思えるが、その実ほかの方法ではとても伝えることのできない、あるいは少なくともこれほどぴったりと感じられることはない、律動的な語り口《リズミック・スピーチ》であることがわかる。(11) だが芸術を作り出す気質に接近することは敬愛の行為なのであって、多くの因襲は最初に除去しておかねばならない。えてして内奥の領域なるものは、不敬の網に絡め取られている者には、けっして譲歩しないからである。(12)

それはあの無垢なパルジファルが問う奇妙な問い——「誰が善人であるのか？」(13)——であり、ひとがある種の批評や伝記を読むときに思い出されるものである。これについては、まるで高級黒ラシャであるかのごとくに崇拝されてしまったある近代作家(14)の影響に帰することができる。こういった批評が不誠実な場合は滑稽なだけだが、できるだけ誠実であろうとした結果である場合は手に負えない。したがって、マンガンが己が祖国で思い出されるとき（というのも彼は時折文壇で話題に上る）、同国人は、これほどの詩的才能が廉直なる振舞いをほとんど伴わなかったことを嘆き、異国風の悪徳を為し愛国心をほとんど持ち合わせていなかった男に、これほどの才能を見出しては驚愕するのである。彼に関して筆を執った者たちは、(15) 大酒飲みとアヘン常用者の間でバランスを保とうと細心の注意を払ってきたし、「オスマントルコ人の作品より」とか「コプト人の作品より」といった語句の背後にあるのが、(16) 学識であるのかペテンであるのかを見極めようとしてきた。そしてこうしたささやかな追憶を除けば、マンガンは己が祖国でも知られぬ人物であり、街では稀代の好ましくない人物であった。古の罪の償いをしている者のように、(17)街をひとり行く姿が目にされた。確かに、ノヴァーリスが魂の病弊と呼んだ人生は、(18)彼にとっては重たい償いであった——償いが彼に科されているその罪を、彼のほうではひょっとすると、忘れてしまっていたかもしれない。また彼のなかの洗練された芸術家は、行く手を阻む人びとの顔に、残酷さと弱さの輪郭を正確に読み取っていたから、人生は一服の悲しみでもあった。大概彼はこれに良く耐えた。彼を怒りの器〔「神の怒りにあうべき者」の意〕とした裁きに黙従した。だが狂乱の瞬間、彼は沈黙を破る。そのためわれわれは、友人たちが邪気と悪意でどれほど彼の人格を貶めたか、いかに粗野で惨めな幼年時代であったか、そしてまた、彼が出会ったのは皆奈落から出てきた悪霊であったこと、父親は獲物を絞め殺す大蛇であったことを、知ることができる。(19)なるほど、不正と呼ばれるものにせよ公正の一面なのだと考え、自身に不正を働く者を誰ひとり咎めない人間は、より聡明なる者である。だがこうした悲惨な物語が狂人の絵空事だと考える人びとは、敏感な少年が粗野な性質の人間との交わりでどれほど辛い思いをするかが、わからないのである。とはいえ、マンガンに何の慰めもなかったというわけではない。苦しみは彼を内面へと追いやったからだ。そこは幾世代にも亘って、悲しみの人や聡明の人が住まうことを選んだ場所である。誰かが彼に向かい、おまえの幼い頃についての物語——まさしく悲しみの始まりであったあまりにも多くのこと——は、ひどい誇張であり、ところどころ嘘もある、と語ったところ、彼は「たぶん夢にでも見たのだろう」と答えた。(20)人が目にしているこの世界は、彼にとってどこかしら真実味に欠けるものとなって行き、やがて彼はそれを、結局のところ多くの過ちのきっかけとなるものとして軽蔑するようになった。若い無邪気な心を具えた者たちにとって、夢がそれほど貴重な真実味を持つようになれば、どういうことが起こるだろうか？(21)あまりに敏感な性質を具えた者は、揺るぎのない、奮闘を要する人生にあっても、その夢を忘れることができない。彼はその夢を疑い、しばしそれを自身から遠ざける。だが人びとがそれを断じて嘘だと言い出せば、彼は誇り高くそのことを認める。そして敏感さが弱さをもたらす場合、あるいはこのマンガンのように、敏感さが弱さに磨きをかける場合、彼は世界との妥協も辞さない。そして代わりに世界のほうからは、せめて沈黙という代価は得ようとするのである――それはあまりにか弱過ぎて激しい侮蔑には耐え切れぬものであるかのような、あのあまりに声高に嘲笑されてしまった心の望みへの、あの粗暴に扱われた観念への、沈黙である。彼の態度は、そのぼんやりとした顔つきに現れているのが、誇りであるのか謙虚さであるのか誰にもわからない、といった体のものだ。その顔はただ、あの明るく輝く目と、その上の、彼がいささか誇りにしていた絹のような金髪によってのみ、生きているように見える。この純粋に保身的な慎みは、彼にとって危険を排除するものではなかった。そして最終的に彼を無関心から救ったのは、彼の行き過ぎた行ないのみである(22)。ドイツ語を教えていた女生徒との間の恋愛事件については、これまでにも何らかのことが言われてきた(23)。そして、どうやら彼は、その後三人による恋愛喜劇にも出演した(24)。とはいえ、男たちに対して打ち解けなかった彼は、女たちに対しても奥手だった。彼はあまりに自意識が強く、あまりに批判的であり、伊達男になるには、物柔らかな会話といったものにあまりに無知であった。そして、ある者は奇矯さを見、またある者は気取りを見たその奇妙な衣装――高い円錐形の帽子、何サイズも大き過ぎるダブダブのズボン、バグパイプを思わせる古い雨傘――、こうした衣装も、半ば意識的な表現だと考える者もいよう(25)。数多くの土地の伝承が、つねに彼とともにあった。東方の物語や、不思議な印字の中世の写本の記憶が、彼を同時代から運び去った。日ごと蒐集されたそれらは、ひと機の織物のように刺繍を施された。彼は二〇カ国語に通じ、折に触れてそれを気ままにひけらかした。そして数々の海を渡り、人跡未踏のペリスタンにまで入り込み、無謀にも数多の文学を読み耽った。彼が誹謗を寄せつけない魅力的な慎ましさで打ち明けるところによると、(26)ティンブクトゥ語はいささか苦手とのことだが(27)、これは遺憾とするに足るまい。彼はまた、プレフォルストの女見霊者の生涯に興味を抱き、また、中間的自然と現世で起こる、あらゆる現象に興味を抱いた。そこは何より魂の柔和さと堅固さが力を持つ場所であるから、彼は世界のなかに――その世界はワトーが探求したであろう世界と大いに異なってはいたが、両者はともにある種の優雅な気紛れを具えていた――、「まったく不満足な程度にしか存在しないもの、あるいはまったく存在しないもの」を探し求めたのである。(28)(29)

彼の作品は、二冊のアメリカ版の詩選集とダフィーの出した散文集を除けば、これまで編まれることなく、知られてもいなかったが、そこには秩序のかけらもなく、ときには思想さえ見当たらない。多くのエッセイは一度読めば実にふざけたものだとわかる。だがその冗談の裏には、ある猛々しいエネルギーを認めざるを得ない。どこまでも空言を重ねるその冗談は、けっして善意によるものではない。そしてこの絶望的な作家、あまりに巧妙な責め苦の犠牲となった男と、その捻じ曲がった筆致の間には、ある種の類似が存在する。忘れてならないのは、マンガンが、己を導いてくれる土着の文学伝統など何もないところで書いていたということ、しかも、日々の暮らしの瑣末事にしか頓着しない大衆、せいぜいのところそんな瑣末事を説明してくれる詩にしか興味を抱けない大衆に向かって、書いていたということだ。彼は書いたものをしばしば書き直すということはできなかった。そしてしばしば同じ土俵でムアやウォルシュと張り合った。だが彼が書いたもののうち最上の作品は、確かに訴えかけるものを持っている。なぜならそれは、想像力によって孕まれたものであったからだ。この想像力を、彼は事物の母と呼んでいたように思う。その母の夢がわれわれであり、その母がわれわれを自らに似せて作り、またわれわれに似せて作る。そして自らのイメージをわれわれのなかに作り出すのである。その力の息吹を前にすれば、創造の精神は(シェリーによるイメージを用いれば)消え行く炭火のように美しく燃え上がる。マンガンの最上の作品においてさえ、ときとして異質な情緒の存在が感得されるが、想像的な美の光を映し出す想像的な個性の存在は、なおいっそう活き活きと感じられる。その人格のなかで、東洋(30)(31)(32)

と西洋が出会う（どのように出会うのかをわれわれは知る）。つまり、そこではイメージが柔らかな光沢のあるスカーフのように織り合わされ、言葉は燦爛たる鎖帷子のように鳴り響き、その歌はアイルランドのものであろうとイスタンブールのものであろうと、同じ繰り返し句《リフレイン》を持ち、平安を失った女──彼の魂である、月のように白い真珠、エイミーン[33]──に再び平安が訪れんことを、という祈りを具えているのである。音楽と芳香と光が彼女の周りに鏤められ、そして彼は彼女の顔のそばにさらなる栄光を添えようと、露と砂を探す。いかなる顔の周りでも、愛を抱いた目が見詰めればそうなるように、ひとつの背景、ひとつの世界が、彼女の顔の周りに育って行く。ヴィットーリア・コロンナ、ローラ、ベアトリス[34]、あるいはモナリザさえもが[35]──遠くにある恐怖や暴動の夢を思い抱くひとのように、その顔には、数多の生命によって、あの翳りの多い繊細さが刻み込まれたのであり、そしてその奇妙な静けさを前にすれば、愛も黙りこくってしまう──、この世の死すべきものとは異なる、騎士道の理念を体現している。それを、欲情や不実や倦怠といった偶発事など超えたところに、勇ましく掲げている。その白い聖なる両手は、魔法にかけられた手の具える美徳、彼にとっての処女の花、花のなかの花を、抱いている。彼女はこうした騎士道の理念の体現にほかならない。いかに東洋が彼女への貢とされていることか。いかに東洋はその宝の一切を彼女の足元に供えねばならぬことか！　サフラン色の砂のうえで泡立つ海、バルカン諸国の寂しいヒマラヤスギ、黄金の月がいくつも象嵌された大広間、そして薔薇園《ガリスタン》[36]からのバラの息吹──これらすべてが、彼女のいる場所では喜んで彼女に奉仕せねばならない。崇敬と平安をその心に仕えるものとせよ。これは以下の「ミーリーへ」という詩でも同様である。

わが星の光、わが月の光、わが真夜中、わが真昼の光、
ベールを取り給うな、ベールを取り給うな！[37]

そして「モーリス・フィッツジェラルド卿を悼みて」や「ダーク・ロザリーン」[38]のように、音楽がその倦怠を振り払い、闘いの恍惚に満ち溢れるとき、彼の詩は、ホイットマンの音色を獲得するとまでは言えないにしても、シェリーの詩が響かせる移り気な和声の一切とともに、声を震わせるのである。時折この調べはしゃがれ声になり、一群の無作法な熱情で嘲笑的に響き渡るが[39]、少なくとも二つの詩は、その音楽を乱れぬものに留めている。「シュヴァーベンの流行歌」[40]と、ヴェッツェルによる二つの四行連の翻訳である[41]。小さな花を作り出すのは長年の労働、とブレイクは言った[42]。ダウランドを不滅にしたのもたったひとつの抒情詩だった[43]。その他の詩に認められる無類の楽節も、マンガン以外には書き得なかった素晴らしいものだ。彼であれば詩という芸術に関して一篇の論文を物していたかもしれない。音楽的反響の用い方という点では、現代のほとんどの詩派にとって大祭司と言えるポー[44]以上に、狡猾であるからだ。彼の詩には統御力があり、それは内的要請に応えるものであって、いかなる流派もこれを教えることはできない。たとえばそれは「キャサリーン・ニ・フーラハン」に跡づけることができよう。そこでは繰り返し句が、強弱格から突然に、力強い、堂々と行進する弱強格の一行に変化するのである[45]。

彼の詩はすべて、虐待と大志を記憶している――あの悲しみの時間が胸に押し寄せたとき、苦しみに耐えながら、大きな叫び声を上げ身体を震わせる者の、大志である。これは百を数える歌の主題となっているものだが、そのうちのどれひとつをとっても、高貴な悲惨のなかで生み出された彼の詩――マンガンの好んだスウェーデンボリの言葉を借りれば、魂の荒廃から生み出されたその詩――ほどに、強烈なものはない[46]。ナオミがその名をマラに変えたのは、彼女が苦しみに襲われたからである[47]。ならば彼が我を忘れようと没頭した翻訳への熱狂、彼の詩の数々の名前や表題を説明してくれるのは、悲哀と苦痛の深甚な感覚ではないだろうか？　というのも、彼は自らのなかに孤独への信仰を見出してはいなかったからだ。この信仰は、あるいは中世であれば、天にもとどく尖塔を作り出していたものである。だが彼は最後の場面が償いを終わらせてくれることを待ち望むのである。彼はレオパルディよりも弱い[48]。自らの絶望を受け入れる勇気は持たず、好意を示されればあらゆる不幸を忘れ軽蔑を捨て去るからである。おそらくはこの理由からであろう、彼は持ちたいと望んでいた記念碑——すなわち、愛してくれる人びとと共にあること——を持つこととなり、もっと英雄的なペシミストであれば己の意志に反してでも人間性の穏やかな気丈さを証言するところなのだが、健康に不安のない人間にはめったに見られることのない、健康と歓楽に対する繊細な共感を証言するのである。したがって彼は、女たちの敵意に満ちた眼差しや男たちの厳しい眼差しほどには、墓地からも、またこの世での慌しい労働からも、さほど尻込みすることはない。実を言えば彼は、あのもうひとりの詩人のように[49]、生涯に亘って死に恋していたのであり、女に恋をしたことはなかった。そして老人と同じ穏やかな態度で、アザレルという名の、雲に顔を隠した者を迎え入れたのだった[50]。地上であまりに激しい恋の炎に焼き尽くされた男たちは、死後、欲望の風に揺れる青白い亡霊となる[51]。ならば、地上で平安を求める熱情に駆られた悲惨な男は、今では平安の風に吹かれながら、安らいでいるかもしれない。もはや身体というこの苦しみの衣装など、覚えてはいないかもしれない。

*

詩とは、もっとも幻想的に見えるときですら、つねに技巧に対する叛乱であり、ある意味で事実性《アクチュアリティ》に対する叛乱である。それは、現実性《リアリティ》の試金石である純然たる直観を失った人びとに、幻想的で非現実的に見えるものを語る。そして、詩がしばしば時代に逆らうものであることからもわかるように、それは記憶の娘たちによる捏造である歴史を重視するものではなく[52]、動脈の拍動よりも短い一瞬一瞬——数々の直観が始動し、その期間と価値においては六千年にも匹敵する時間――を重んじる。[53] 時代の連続性を言い張るのが文人たちだけであることは疑いを容れない。そして歴史すなわち現実性の否定は――というのも、両者は同じものを指す二つの名前に過ぎないのだから――全世界を欺くものだと言って良かろう。その他の点においてと同様この点でも、マンガンは己が民族の典型であった。[54] 歴史は彼をあまりに窮屈に囲い込んでしまったので、烈火の瞬間でさえ彼を歴史から解放することはない。彼もまた、人生において、また哀悼の詩文において、略奪者たちの不正に対しては叫び声を上げた。だが格子縞の肩掛けや装身具を失うこと以上に深く喪失を嘆くことはない。彼が継承しているのは、そこから一行の詩も生み出されることのなかった伝説、様々な伝承を生み出すにつれ図らずも枝分かれして行く伝説の、最新にして最悪の部分である。[55] そして彼にはこの伝統があまりに大きなものであったから、彼はこれを、その一切の悲痛と失敗もろとも受け入れることとなり、強靭な魂であれば知っていようものの、それをどう変えるかも知らず、そのまま遺贈しようとする。つまり、専制君主に怒りをぶつける詩人は、未来に対し、より根深い、はるかに残酷な専制を築き上げるものなのである。[56] 最終的には、彼の崇拝する人物は卑屈な女王であったことがわかる。自らの為した血腥い犯罪と、自らに対して為された血腥い犯罪ゆえに、この女王には狂気が訪れ、死が訪れつつある。だが彼女は、自分に死が近づいているとは信じようとせず、単に、自分の神聖な庭と美しい背の高い花々に挑む声がある、という噂を思い出すだけである。その花々はすでに、イノシシの餌食となっているのだ。ノヴァーリスは愛について、それが宇宙のアーメンであると語った。[57] マンガンであれば憎しみの美について語ることができる。純粋な憎しみは純粋な愛と同じくらい素晴らしいものだからである。熱意溢れる魂であれば、マンガンの民族に存する高尚なる伝統――すなわち、悲しみのために悲しみを愛し、絶望を愛し、恐るべき威嚇を愛する伝統――など、力ずくで振り捨てようとすることだろう。だが彼らの声が、どうか耐えてくださいという至上の嘆願であるなら、忍耐もほんのわずかな美徳とは見えよう。大いなる信仰ほどに、礼儀正しく辛抱強いものはない[58]。

いかなる時代であれ、その時代への認可はその時代の詩と哲学に求められねばならない。人間の精神は、過去を振り返り未来を臨みながら、詩と哲学においてこそ、ひとつの永遠の状態に到達するものだからである。哲学的な精神はつねに、精巧に練り上げられた生に向かう傾向がある。ゲーテやレオナルド・ダ・ヴィンチの生がそれである。だが詩人の生は、ブレイクやダンテの生に見られるように、強烈なものであり、自己の生を取り巻く生を自己の中心に取り込み、今一度それを天球の音楽のなかへと解き放つ[59]。マンガンによって、狭量でヒステリックな国民性は〔これぞまさしくアイルランド人であった、という〕最終的な証拠を認めることになる[60]。というのも、この身体虚弱な人物が立ち去ると、暗闇が降り神々の群れを覆い隠し始めるからである。耳を澄ませば、神々がこの世界から遠ざかって行く足音が聞こえるだろう。だが、いくつもの神々しい名前の幻影《ヴィジョン》である古代の神々は、何度も死しては甦る。そして、彼らの足元を暗闇が包み、虚ろな眼差しには暗黒が映るだけであろうとも、光の奇蹟は想像的な魂のなかで永遠に更新されるのである[61]。不毛で不安定な秩序が解体するとき、ひとつの声が、あるいは一群の声が、最初はほんのかすかに、穏やかな精霊——森のなか、町のなか、そして人びとの心のなかに入り込む精霊——を歌うのが聞こえるだろう。そして、美しい魅惑的な神秘的な地上の生——「この美しい、素晴らしい地上の生《デ・ダイリエ・ヴィドウンネルリーエ・ヨールリーヴ》、この謎めいた地上の生《デ・ゴーデフレ・ヨールリーヴ》」[62]——を歌うのが聞こえることだろう。

美、すなわち真実の輝きは[63]、想像力が己の存在の、あるいは目に見える世界の真実について、一心不乱に瞑想するとき、優雅にその姿を現す。そして真実と美から生じる精霊こそが、喜びの聖なる精霊《ホーリー・スピリット》なのである。これらが現実なる《リアリティーズ》ものであり、これらのみが生命を与え、生命を維持する。人間の恐怖や残忍性が、驕りによって孕まれるあの怪物が、しばしばこぞって生を貶め陰鬱なものとし、死を悪し様に語るのと同様、ひとりの小心者が地獄の鍵と死の鍵を引っ掴み、それを遥かなる深淵に向かって投げ捨てるときもまた、訪れるのでである。そのとき男は、高らかに生を──真実の永続的な輝きが神聖なものとしてくれる生を──称揚し、死を──生のもっとも美しい形態である死を──称揚する。[64] われわれを包み込むあの広大な過程、われわれの記憶よりも偉大で寛大なあの大いなる記憶においては、[65] いかなる生も、いかなる高揚の瞬間も、けっして失われることはない。そして、絶望し疲れ果てた者たちは、けっして叡智のさんざめく笑いを耳にすることはないけれども、気高く書き記した者たちは皆、その筆を無駄に費やすことはない。いや、彼らが傷ましい回顧によって、あるいは預言によって明確にしようとした、あの高潔なる本来の目的ゆえに、このような人びとは、魂の不断の肯定に参与するのではなかろうか？[66]

ジェイムズ・A・ジョイス

註

（1）一九〇二年五月、『セント・スティーヴンズ』第一巻第六号（116-18）に掲載された。初版のファクシミリ版は *The Works of James Joyce*, 6, Minor Works, 30-32 に収録されている。パラグラフの組み方もこの初版に従っている。ジェイムズ・クラレンス・マンガン（一八〇三―四九）はアイルランドの詩人で、一八三〇年代に十分の一税に反対を唱えた新聞『ザ・コメット』、トーリー党のユニオニストの雑誌『ダブリン・ユニヴァーシティ・マガジン』、ヤング・アイルランドの雑誌『ザ・ネイション』──これは一八四二年、サー・チャールズ・ギャヴァン・ダフィー（一八一六―一九〇三）、ジョン・ブレイク・ディロン（一八一六―六六）、トマス・デイヴィス（一八一四―四五）の三人によって創刊された──、『ユナイテッド・アイリッシュマン』──一八四七年、ジョン・ミッチェル（一八一五―七五）によって創刊された──に寄稿した。

（2）「丹念に目論まれた美学理論の、丹念な開示。書き終えると、彼はそのタイトルを〈劇と人生〉から〈芸術と人生〉にあらためる必要を感じた」（『スティーヴン・ヒアロー』八五ページ〔邦訳三三ページ〕）。スタニスロースによればこのマンガン論は、「兄を取り巻く、希望もない歪んだ生活に、優雅な思考を押しつけようという、決然たる努力の証し」であった（『兄の番人』一六八ページ〔邦訳一九七ページ〕）。このコメントは何より、当時彼らの弟ジョージが腹膜炎で亡くなったことを意味しているように思われる。ジョイスがマンガン論を朗読した頃の状況については、『ジェイムズ・ジョイス伝』九三―九六ページ〔邦訳一〇六―一一〇ページ〕に詳しい。

（3）　どこからの引用であるかは不明。

（4）「古典主義は特定の時代や特定の国の様式ではない。それはつねに変わらぬ芸術的精神のあり方なのだ」（『スティーヴン・ヒアロー』八三ページ〔邦訳三二ページ〕）。

（5）「多くの傍観者にとってこの論争は名称に関する論争と思われたし、基準がどこにあるのかさっぱりわからない闘い、と思われた。これに加えて内紛まで起こった。古典派は自らに仕えるべき物質主義を敵に回し、ロマン派は首尾一貫性を保持することに躍起となる。かくして、あらゆる成就の現れを識別するに、批評がいかに粗暴なやり方をもってせねばならぬかは、推して知るべしである」（『スティーヴン・ヒアロー』八三ページ〔邦訳三二ページ〕）。

（6）　ここには、シェリーの「星を求める蛾の願い」というイメージがあろうか。「ロマン派の気質は、あまりにしばしば、あまりに嘆かわしく誤解されており、それも他者によるよりは自らによる誤解である。これは不安定で満たされていない、性急な気質であって、自らの理想に相応しい住居はここには見当たらないため、目には見えない姿のなかにその理想を見詰めることを選ぶ。この選択の結果、それはいくつかの限界を無視することになる。その見えない姿は放縦な冒険のほうへと吹き飛ばされる。確固たる身体の重力を欠いているからだ。そしてこれを生み出した精神は、最後にこれとの縁を絶つ」（『スティーヴン・ヒアロー』八三ページ〔邦訳三二ページ〕）。

（7）　スタニスロースによれば、これはウィリアム・ブレイク（一七五七―一八二七）に対する意図的に謎めかした言及である（『兄の番人』一七一ページ〔邦訳二〇〇―〇一ページ〕）。

（8）　ジョイスが「文人」"a man of letters" という言葉をネガティヴに使っている点は、本書エルマンの序文でも触れられている。また以下の「ジョージ・メレディス」にもはっきりと現れている。

（9）　ジョイスは軽蔑的な意味でこの語を用いている。

(10) 本書「劇と人生」の註5および註12を参照のこと。

(11) 『肖像』V・一四四四行以下で語られる抒情詩の形式に関する定義を参照のこと。

(12) 「批評家とは、芸術家が提供する暗号によって、作品を作り出したその気質に近づき得る者——そこで成し遂げられたこと、それが意味しているものを、見極め得る者のことである。彼にしてみればシェイクスピアの歌は、庭に降り注ぐ雨や夕暮れ時の光のように、自由で活き活きとしており、いかなる目的意識からも遠ざかっているように思えるが、ほかの方法ではとても伝えることのできない、あるいは少なくともこれほどぴったりと感じられることはない、律動的な語り口であることがわかる。だが芸術を作り出す気質に接近することは敬愛の行為なのであって、これを執り行なう前に、まずは多くの因習を除去しておかねばならない。えてして内奥の領域なるものは、不敬の網に絡め取られている者には、けっして己が秘密を明かさないからである」(『スティーヴン・ヒアロー』八三—八四ページ〔邦訳三二—三三ページ〕)。

(13) この問いはリヒャルト・ヴァーグナー『パルジファル』第一幕で繰り返される。

(14) スタニスロースによれば、これはロバート・ブラウニング(一八一二—八九)に対する意図的に謎めかした言及である(『兄の番人』一七一ページ〔邦訳二〇〇—〇一ページ〕)。

(15) ジョイスはここで、マンガンを「呪われた詩人」と見る無節操な神話を作るに貢献してきた、様々な人物を思い浮かべていたことだろう。C・P・ミーハンは、ジェイムズ・クラレンス・マンガン訳『マンスターの詩人たちと詩——前世紀の詩人たちによるアイルランド語の歌』第三版を再編し(ダブリンのジェイムズ・ダフィーによって出版された。出版年の記載はないが一八八四年)、その序文で、マンガンの弱さはアルコールによるものであるとし、「西国のアヘン常用者」という言い方をしている(C.P. Meehan ed. *The Poets and Poetry of Munster: A Selection of Irish Songs by the Poets of the Last Century*, trans. James Clarence Mangan, 3rd edn. Dublin: James Duffy, n.d. [1884], x)。ケヴィン・バリーによると(James Joyce, *Occasional, Critical, and Political Writing*, Edited with an Introduction and Notes by Kevin Barry, Oxford: Oxford University Press, 2000)、D・J・オドノヒューは『ジェイムズ・クラレンス・マンガンの人生と作品』(一八九七)(D. J. O'Donoghue, *The Life and Writings of James Clarence Mangan*, Dublin: M. H. Gill, 1897)で、彼をアヘン常用者として描いているらしい。オドノヒューはその後『ジェイムズ・クラレンス・マンガン詩集』(一九〇三)(D.J. O'Donoghue ed. *Poems of James Clarence Mangan*, with biographical introduction by John Mitchel, Dublin: O'Donoghue,

M.H. Gill, 1903）を編み、ジョン・ミッチェルの伝記的序文を掲載しているが、このなかでもミッチェルは、マンガンが「終始アヘンの奴隷であった」と語っている（xxxv）。チャールズ・ギャヴァン・ダフィーは『ヤング・アイルランド——一八四〇年から一八五〇年までのアイルランド史断片』（一八八〇）（Charles Gavan Duffy, *Young Ireland: A Fragment of Irish History, 1840-1850*, London: Cassell, Petter, Calpin, 1880; New York: D. Appleton and Company, 1881, 297）において、マンガンは「政治的なプロジェクトには一切関心がなかった」と断言している。しかしながらバリーによると、ジョン・ミッチェルは『ジェイムズ・クラレンス・マンガン詩集』（一八五九）の伝記的序文（John Mitchel ed., *Poems by James Clarence Mangan*, New York: Haverty, 1859）で、マンガンをナショナリストの叛逆者、「時代の大英精神全体に対して、全身全霊をもって叛逆した人物であり」（8）、かつまた、「時折パンの代わりにアヘンを、水の代わりにブランデーを口にすることで、意識から逃亡しようとした」（12-13）人物、と語っている。

（16）バリーによると、ミッチェル（一八五九）もオドノヒュー（一八九七）も、マンガンによる「翻訳」とされる詩を、「出典の疑わしいもの」や「虚託」の部類に入れている。

（17）伝説の「さまよえるユダヤ人」のイメージがあろうか。

（18）ノヴァーリス、本名フリードリッヒ・レオポルド・フォン・ハーデンベルク男爵（一七七二—一八〇一）はドイツの哲学者、詩人。この言葉は彼の「断章」に見られる。Novalis, *Fragmente I*, Heidelberg: Verlag Lambert Schneider, 1957, 286, no. 1038.

（19）ジョイスは『アイリッシュ・マンスリー』誌の第一〇号（一八八二、678）に掲載された、マンガンの「未刊の自伝の断片」から引用している。この自伝の断片はまた、前述のミーハンの序文（xxi-lvi）でも扱われており、ジョイスはこれを利用することも可能だった。デイヴィッド・ロイド『ナショナリズムとアイルランドの文学——ジェイムズ・クラレンス・マンガンとアイリッシュ・カルチュラル・ナショナリズムの発生』（David Lloyd, *Nationalism and Minor Literature: James Clarence Mangan and the Emergence of Irish Cultural Nationalism*, Berkeley and Los Angeles: University of California Press, 1987, 162, 167, 178）も参照のこと。実のところマンガンは、「蛇蠍の類」を語っていたのだが、ジョイスはこれを「友人たち」と誤解した。ジョイスがここでマンガンの偏執症を、自身の父親観と重ね合わせていることは明らかである。『フィネガンズ・ウェイク』一八〇ページ三五行でも、シェムは「我が父は締めつけ大蛇施工人であった」Mynfadher was a boer constructor（獲物を締め殺す大蛇 constrictor = boa と建設者 constructor の地口）と語っている。

(20) ミーハンの序文 xli。

(21) 「芸術家は、経験の世界と夢の世界の仲介者という位置に立っている、と彼は想像した」（『スティーヴン・ヒアロー』八二ページ〔邦訳三二ページ〕)。こういった原理は、W・B・イェイツのそれ——「詩は夢においてのみ満たし得る願望の表白である」——に反対を唱えるものである。『兄の番人』一六九ページ〔邦訳一九八ページ〕ではこのイェイツの言葉が引かれている。

(22) 『ザ・コメット』誌（一八三三年一月二七日号、319）に掲載された「人目につかない異常な冒険」で、マンガンは以下のようにダンディズムの戦略を語っている。「ひとが大地をのしのしと踏み歩こうと、天分以外何物も持ちあわせていない不憫な男にとっては、まるで意味のないことだ。やつはわれわれが踏みつける泥濘〔mud は「中傷」の意味もある〕と、混じり合うべく生まれついたのだ。そしてやつが公衆の面前に現れれば、いつもそうして踏みつけにされることだろう。この男に、それなりの量の型《マンネリズム》を注入してやるがいい。変貌は驚くべきものだ。やつはすっくと立ち上がり、トランペットを吹き鳴らし、その音はわれらが格調高い世界の、最果てにまで響き渡ることだろう。……型《マンネリズム》！ それが奪われてしまえば、われわれはいわば歩く木偶の坊だ……」。『ジェイムズ・クラレンス・マンガン詩集』（一九〇三）の編者D・J・オドノヒューによれば（xxv）、チャールズ・ギャヴァン・ダフィーは、マンガンの髪が「女のように美しく絹のようであった」と回想している。

(23) マンガンの詩「愛する友の死に」'On the Death of a Beloved Friend'（一八三三）は、教え子キャサリン・ヘイズの死に際して書かれたものである。

(24) D・J・オドノヒューはその伝記（一八九七）で、マンガンの名高い大恋愛に関してこの推測を加えているが、その典拠はミッチェルの伝記的序文（一八五九）である。「それはひとつの真空、どれほどの深みであるかは目測不可能な、薄暗い深淵である。この中に、輝く髪をした若者は入って行き、出てきたときはしおれ打ちひしがれた男となっていた。……彼は愛し、そして裏切られたのだ」(11)。

(25) ミーハンの序文 xv–xvi。

(26) フレデリケ・ハウフェという名の一九世紀初頭の女性で、心身症の幻覚を見た。マンガンの詩「死の床に横たわるプレフォルストの女見霊者に」'To the Spirit-Seeress of Prevorst, as She Lay on Her Death-Bed'（オドノヒュー編〔一九〇三〕では281）を参照のこと。

(27) middle natureは、外的自然（＝外界）と内的自然（＝人間）の中間に位置するもの、と考えられる。

(28) アントワーヌ・ワトー（一六八四―一七二一）はロココ時代のフランスの画家。

(29) ウォルター・ペイター『想像の肖像』（一八八七）所収「宮廷画家の寵児」の最後の一文。

(30) マンガンが無名であったことを語るジョイスには誇張がある。ジョイスが言及しているのは、前述のジョン・ミッチェル編の詩集（一八五九）と、ルイーズ・イモジェン・ガイニー編『ジェイムズ・クラレンス・マンガン詩選』（一八九七）(Louise Imogen Guiney ed., *James Clarence Mangan, His Selected Poems*, Boston: Lamson, Wolffe, 1897)、およびC・P・ミーハン編『散文と韻文によるエッセイ集』（一八八四）(C. P. Meehan ed., *Essays in Prose and Verse*, Dublin: James Duffy, 1884) である。

(31) トマス・ムア（一七七九―一八五二）はアイルランドの詩人。エドワード・ウォルシュ（一八〇五―五〇）はアイルランドの詩人、フォークロア蒐集者。

(32) パーシー・ビッシュ・シェリー『詩の擁護』（執筆一八二一、出版一八四〇）より。『肖像』V・一三九七―九八行、『ユリシーズ』第九挿話三八一―八二行も参照のこと。

(33) マンガンの詩「アルハッサンの最後の言葉」'The Last Words of Al-Hassan'より。この詩は、オドノヒュー編（一九〇三）では200ページにある。――Even she, my loved and lost Ameen, /The moon-white pearl of my soul, /Could pawn her peace for the show and sheen/Of silken Istamból!

(34) それぞれ、ミケランジェロ、ペトラルカ、ダンテの、理想の恋人。

(35) 以下はウォルター・ペイター『ルネサンス』（一八七三）の「レオナルド・ダ・ヴィンチ」におけるモナリザ論の筆致を思わせる。ジョイスはおそらくこの文体に範を取った。

(36) ペルシアの詩人サーディ（一二一三？―九一？）の『薔薇園』(*Gulistan*) は一二五八年の作品。

(37) ガイニー編（一八九七）263、オドノヒュー編（一九〇三）216。

(38) ウォルト・ホイットマン（一八一九―九二）はアメリカの詩人。

(39) バリーによると、ジョン・ミッチェルは以下のように述べている。「マンガンの情念は実に純粋であり、笑いは虚ろで痛ましい。いくつかの詩では突然一種のユーモアを溢れさせる。それは温かで陽気なものではなく、むしろグロテスクで苦々しい下品な戯言である。それはまるで彼が、自らと世界を冷酷にあざ笑っているかのように、不愉快な印象を残す」(ミッチェル編〔一八五九〕23)。

(40) 当時のジョイスの好みをよく示しているこの詩は、つぎのように始まる。「どこにいるのだろう、恋人たちは/あの喜ばしい者たちは皆?/どこにいるのだろう、恋人たちは/あの喜ばしい者たちは皆?/彼らは祝祭の炉辺と広間を捨てて/われらから遠く離れた異郷の空に焦がれる。/ああ、誰が彼らを今一度、われらのもとに連れ戻してくれるだろう?/誰が取り戻してくれるだろう/人生の陽気な花のようなときを?/取り戻せるだろうか/人生の陽気な花のようなときを?」

(41) バリーによると、これはコンラート・ヴェッツェルの「おやすみ」'Good Night'という詩だが(ミッチェル編〔一八五九〕333-34)、翻訳したのは三つの四行聯である。「おやすみ、おやすみ、わたしの琴座!/長い、最後の、おやすみだ!/灰の中に横たわる炎が/わたしを温かく、明るく照らしてくれる。//愛とともに、命も逃れ去ってしまった。/わたしの胸の血は冷たく、/わたしの頭は死人同然、/わたしの心は年老いて行く。//やがてわたしの悲しい眼は閉じ、/ああ、琴座よ、大地もお前も見ることはない!/わたしは安息に向かおう、/神の永遠の中での!」

(42) ウィリアム・ブレイク『天国と地獄の結婚』(一七九三)プレート九、五六行。

(43) ジョン・ダウランド(一五六三―一六二六)はイングランドの作曲家、詩人。スタニスロースによれば、ジョイスがダウランドの『歌集』の中で一番好きだったのは、「泣くのはおやめ、悲しみの泉よ」であった(『兄の番人』一六六ページ〔邦訳一九五ページ〕)。

(44) アメリカの作家、詩人エドガー・アラン・ポー(一八〇九―四九)は、複数の詩論を残している。

(45) マンガンの詩の最後の一行はつぎの通り――May he show forth His might in saving Kathaleen Ny-Houlahan!(キャサリーン・ニ・フーラハンを助けるために、神よ力を示し給え!)オドノヒュー編(一九〇三)16-17。

(46) エマヌエル・スウェーデンボリ(一六八八―一七七二)はスウェーデンの哲学者。「魂の荒廃」vastation of soulという言葉は、スウェーデンボリを論じたラルフ・ウォルドー・エマソンの『代表偉人論』(Ralph Waldo Emerson, *Representative Men*, London: Bohn, 1850, 328)で用いられている。

(47)「ナオミ」はヘブライ語で「喜び」を意味し、「マラ」は「苦しみ」を意味する。飢饉の後、男手を失ったナオミはベツレヘムに戻る。「そして女たちは言った、〈これはナオミですか〉。しかし彼女は女たちに言った、〈わたしをナオミとは呼ばずに、マラと呼んでください〉」(『旧約聖書』「ルツ記」第一章一九―二〇節)。

(48)ジアコモ・レオパルディ伯爵(一七九八―一八三七)はイタリアの詩人、哲学者。

(49)ジョン・キーツの「ナイチンゲールへの頌歌」(一八一九)にはつぎの一節がある――「長い間/わたしは安楽な死神を半ば恋していた」。

(50)アザレルはイスラム教の死の天使であり、マンガンの詩「死の天使」という表題はこれに由来する。

(51)ダンテ『地獄篇』第五歌より。

(52)「幻想《ヴィジョン》もしくは想像《イマジネイション》とは、真に、そして不変的に、永遠に存在するものの表象である。物語や寓話は記憶の娘たちによって形造られる」(ウィリアム・ブレイク『最後の審判の幻想』〔一八一〇〕プレート六八)。「記憶の娘たちによる捏造」という語句は、『ユリシーズ』第二挿話七行にも現れる。

(53)「動脈の拍動よりも短い一瞬一瞬は、/その期間と価値においては六千年にも匹敵する。/というのもこの期間のなかで、詩人の仕事がなされるからである」(ウィリアム・ブレイク『ミルトン』〔一八〇九〕プレート二八、六二―六四行)。また『ユリシーズ』第九挿話八六―八八行も参照のこと。同様の言い回しは、本書のブレイク論三七ページにも現れる。

(54)バリーによると、ミッチェルはつぎのように述べている――「彼の歴史と運命は、実のところ、彼があれほどまでに愛した土地の典型であり、影であった」(ミッチェル編〔一八五九〕15)。

(55)『肖像』のデイヴィンに関する記述を参照のこと。学生たちは彼を「若いフィニアン」と考えている。「乳母は彼にアイルランド語を教え、アイルランド神話の断片的な知識で彼の粗削りな想像力を形作った。いまだかつて一個の独立した精神が、そこから美しい詩を一行たりとも生み出したことのないこの神話――様々な伝承を生み出すにつれ益々枝分かれして手に負えなくなるその数々の物語――に対して、彼はまるでローマカトリックの教えに対すると同じ態度、頭の鈍い忠実な農奴の態度で向き合った。いかなる思想や感情も、それがイングランドから来たものであれば、あるいはイングランドの文化を経由したものであれば、彼の精神はこれに対し戦闘の構えを見せた……」(『肖像』V・二四七―五六行)。なおバリーによれば、ミッチェル(一八五九)はつぎのように語っている。「二〇年間の文壇生活を通して、彼〔マンガン〕はけっしてイングランドの批評を容認することはなかった。イングランドの雑誌、イングランドの出版社には、一行たりとも寄稿しなかった」。

(56) 「専制君主」については、本書「あるアイルランド詩人」一三六ページも参照のこと。

(57) 註18と同じく、ノヴァーリスの「断章」(前掲書 484, no. 1801) に見られる。エジプト神話のアーメンはテーバイの多産の象徴である羊頭神。

(58) バリーによると、ミッチェルはマンガンを、アイルランド民族の特徴を典型的に示す者としてつぎのように語っている。「彼の歌は、ほかのどのような雰囲気にも増して、情熱的な悲しみを表現することに耽っている、といったふうである。……過度に飾り立ててはいるが無益である情熱、といったこの性格は、いつの時代のものであれアイルランドのバラッド全体にあまねく浸透しており、そこで表現されているのは、長年の責め苦と屈辱によって生み出された悲惨のみならず、ゲール民族の過度に感受性の強い気質である。それは、暗黒の落胆と支離滅裂な怒りに容易に落ち込むかと思えば、易々と勝利の歓喜に酔い痴れるといった気質だ」(ミッチェル編〔一八五九〕20, 22-23)。またガイニーはつぎのように言う。「彼に敗北という碑銘を添えるのは公正ではないだろう。彼はけっして闘わなかったのだから」(ガイニー編〔一八九七〕5)。

(59) 「いかなる時代であれ、その時代への認可はその時代の詩人と哲学者に求められねばならない。詩人は自分の時代の生の強烈な中心であり、詩人とその時代との関係は何にも増して重要である。ひとり詩人のみが、自らを取り巻く生を自らのなかに吸収できるのであり、それを今一度天球の音楽のなかへと解き放てるのである」(『スティーヴン・ヒアロー』八五ページ〔邦訳三三ページ〕)。

(60) ここで「証拠」と訳した語は justification であり、これは「義認・義化」も意味する。キリストの贖罪により義人と認められることを言うが、ここでは、十字架上でキリストが絶命するとき、あたりが突然暗闇に包まれ、神殿の天幕が裂け、百人隊長が「確かにこの人は義人であった」と語る場面(「ルカによる福音」第二三章四四―四七節)を連想させる。

(61) ここに現れている循環論は、正統的な神智学のものである。ジョイスは神智学に大いに興味を抱いた。それはフィネガンの死とイアウィッカーとしての復活を準備するものである。

(62) イプセン『あたしたち死んだ者が目覚めたとき』第三幕より。

(63) 「美、真実の輝きが、誕生したのだ」（『スティーヴン・ヒアロー』八五ページ（邦訳三三ページ））。「プラトンは、美とは真実の輝きである、と言ったのだとぼくは思う」（『肖像』V・一二〇七―〇八行）。「真実の輝き」とは、ラテン語の *splendor veri* であり、プラトンに帰せられているこの定義は、フローベールがルロワイエ・ド・シャントピー嬢に宛てた一八五七年三月一八日付けの手紙に語られている。本書「美学」註1も参照のこと。

(64) この箇所でジョイスは、ハウプトマンの『ミヒャエル・クラマー』における、父親の最後の言葉を翻訳している。また『ユリシーズ』では帽子がこのセリフを語る。「死は生の最高の形態だ。バー！」（第一五挿話二〇九九行）。

(65) ジョイスがここで利用しているのは、イェイツが、ケンブリッジのプラトン学者ヘンリー・モア（一六一四―八七）やその他神智学者たちから借用した、「世界霊魂《アニマ・ムンディ》」なる概念である。

(66) 「かくして人間の魂は不断の肯定を行なう」（『スティーヴン・ヒアロー』八五ページ（邦訳三三ページ））。「ブルームは文学において人間が永遠に肯定されるというスティーヴンの見解に暗黙の不同意を示した」（『ユリシーズ』第一七挿話二九―三〇行）。

9　ジョージ・メレディス(1)(一九〇二年)

【若き日のジョイスはメレディスの小説を好んで読んだ。『スティーヴン・ヒアロー』でのこの作家に対する執拗なコメントといささか庇護者気取りの口ぶりは、おそらく何らかの点でメレディス自身を模範としたものであろうし、『肖像』第四章でスティーヴンの浸っている恍惚が、『リチャード・フェヴェレルの試練』における同様の恍惚に負っていたことは十分にあり得る。『ユリシーズ』でスティーヴンは、バック・マリガンを論破しようと、センチメンタリストに関するメレディスの定義を借用しているし、またジョイスは、メレディスのもっとも過激な技法を採用している。すなわち、主題となる複数の語が繰り返されるたびに枝分かれして行き、ついには合体してある重要な言明となる、という技法である。また、この書評にも含意されている通り、ジョイスはメレディスが、揺らぐ時代における俗世の肯定という問題に、精力的に取り組んだ点に興味を抱いたのだった。

ジョイスはまた、メレディスにいくつかの留保も示している。その一部はこの書評でも言及されている。弟スタニスロースが『兄の番人』で明かしているように、ジョイスはメレディスの王党派の詩「オフルへの旅」に嫌気がさした(2)。この詩は一九〇一年に英国皇太子夫妻が行なった帝国領周遊旅行を祝賀するものであり、ジョイスはスタニスロースに、自分の短篇「ある邂逅」はこの詩の作者に捧げたい、と語っている。おそらくはその独善的な気取りに対する攻撃であったろう。概してメレディスの詩は、ジョイスには、「散文作家によるあまり価値の認められない詩」(3)と思われた。ジョン・クウィンが一九二四年に『ユリシーズ』の手書き原稿をA・S・W・ローゼンバックに一九七五ドルで売り、メレディスの詩の二つの手書き原稿を一四〇〇ドルで買い戻した際、ジョイスは憤慨した。】

George Meredith: An Essay towards Appreciation.
By Walter Jerrold. London: Greening and Co. 3s. 6d (4)

ジョージ・メレディス氏はこれまでにも『イギリス文人』シリーズに収められてきたし(5)、そこではホール・ケイン氏やピネロ氏(6)と居並ぶ栄えある地位に置かれているとも見えよう。今日の価値観に対してあまりに鋭い嗅覚を持っている世代は、しばしば誤った判定を下すものである。それゆえ、ある作家が、彼を無条件で賞讃することなどない人びとからでさえ真の文人と呼ばれるほどである場合(7)、それがこのように奇妙な形で真価を認められることになっても、文句を言ってはなるまい。ジェロルド氏は著書の伝記的記述の箇所で、尋常ならざる大衆の悪趣味を記録せねばならない。そして仮にこの著作がこれのみを記録したものであったならば、何かためになることをしたとも言えただろう。というのも、大衆の趣味が批難されるべきであるのは確かだが、メレディス氏が殉教者であったかどうか(8)はけっして確かなことではないからである。

ジェロルド氏は小説も戯曲も同様に素晴らしいものだと言っており、『現代の愛』(9)は『新生』(10)に匹敵するものとさえ言いたげである(11)。時折メレディス氏が、人に直接呼びかけ感動させずにおかない演説の力量を示すことは、誰にも否定できまい（飢饉の様子をありありと描き、「飢えに苦しむ地主たちはスズメバチや蛾に等しい」と語っている[12]。しかし氏には、優美なしなやかさ、抒情的な衝動といったものが明らかに欠けている。これはしばしば賢人たちから愚者たちへの贈り物であったと思われる。誰であれ文学の伝統を信じる者にとって、この資質が何ものにも代え難いことは明らかである。

詩人となることを許さないはずのメレディス氏の鋭い知性は、しかしながら彼が小説を書くことには役立った。それはひょっとすると、現代ではユニークな小説と言える。ジェロルド氏はすべての小説に皮相な分析を加えているが、思うに彼はそうすることで、読者のためにある種の誤謬を提示したのだ。というのも、これらの小説は大概、叙事的な芸術作品としては無価値であり、メレディス氏は叙事的芸術家としての本能は持ち合わせていないからである[13]。だが小説は哲学論文として明確な価値を持っており、ひとりの哲学者が極めて厄介な問題に、実に愉快に取り組んでいる姿を示してくれる。われわれが、世の過度なる気取り[14]に故意に没頭してきたというのでないなら、この哲学者に関する本はいかなるものであれ読む価値がある。そしてジェロルド氏の著書は、たとえ優れた本でないとしても、読む価値はある。

註

（1）ウォルター・ジェロルド（一八六五―一九二九）著『ジョージ・メレディス』（一九〇二）の書評。一九〇二年一二月四日に執筆され、一二月一一日、ダブリンの『デイリー・エクスプレス』に掲載された。初版のファクシミリ版は *The Works of James Joyce*, 6, Minor Works, 41-42 に収録されている。初版では一パラグラフだが、本書では『書評集』（*The Early Joyce: the Book Reviews, 1902-1903*, ed. Stanislaus Joyce and Ellsworth Mason, Colorado Springs: The Mamalujo Press, 1955）に従う。

（2）『兄の番人』九五ページ、二〇四―〇五ページ（邦訳一〇四ページ、二四二―四三ページ）。オフルという地名については「列王記上」第一〇章一一節。

(3)『書簡集』〔第一巻〕二一一ページ。

(4) 以下、「32（ボーラスと息子）」まで（ただし「20 帝国の建設」はどこにも掲載されることはなかった）は、上記（註1）の『書評集』にも収録されている。冒頭には、このように書評された書名や価格等の情報が記されているが、『書評集』もこの体裁を踏襲している。なお、メイスン＝エルマン編『ジェイムズ・ジョイス評論集』では、「ジョージ・メレディス」と「あるアイルランド詩人」の順番が入れ替わっている。いずれも同じ紙面に連続して掲載されたものだが、本書では『書評集』の順に従う。

(5) 正しくは『今日のイギリス作家』（*English Writers Today*）というシリーズである。

(6) アーサー・ウィング・ピネロ（一八五五―一九三四）はイギリスの劇作家。

(7)「この言い方には多少の悪意が込められていた」とスタニスロースは言う。「これこそ、兄が英雄的な努力によって、そうはなるまいと努めていたものだった」（『兄の番人』二〇四―〇五ページ〔邦訳二四三ページ〕）。W・B・イェイツもまた、初対面でのジョイスの批難を回想している。「あなたの話し方は詩人らしくありません。まるで文人のようです」（『ジェイムズ・ジョイス伝』一〇一ページ註〔邦訳一一六ページ〕）。

(8) ジョイスはここで「詩」を「戯曲」と言い違えている。

(9) メレディスの詩集 *Modern Love, and Poems of the English Roadside, with Poems and Ballad*（一八六二）のこと。

(10) ダンテの『新生』（一二九五頃）のこと。

(11) ジョイスは「カティリナ」においても、同時代人が行なうダンテとの比較を揶揄している（本書一五九ページ）。「ザ・ホーリー・オフィス」一五―一六行（本書二四五ページ）にはつぎのようにある。「由緒正しき神秘家は、／誰もがダンテさながらに、偏見などは持ちもせず、……」。

(12) メレディス作「デメテルの慰撫」。

(13) ジョイスがこの書評で「抒情的」と「叙事的」という語を用いていることは、彼が抒情的、叙事的、劇的という区別を考え出そうとしていたこと、これを三カ月後の一九〇三年三月六日の日記に書き留め、後に『肖像』で用いたこととも関係していよう。こうした区分を確定したいという思いは、一九〇二年に出版されたグレゴリー夫人の戯曲『ミュルヘヴェ

ネのクフラン』に附した序文で、イェイツが、劇的、抒情的、叙事的、ロマン的という気質を論じていることに発している

るかもしれない。

(14) シェイクスピア『リア王』第一幕第二場一一六行。

10　あるアイルランド詩人[1]（一九〇二年）

【アイルランド文芸復興運動は、ジョイスが『ユリシーズ』で言及している通り、つねに「あまりにアイルランド的」なものとなる危険があった。文学は国民的《ナショナル》であるべきだが愛国《パトリオティック》的なものであってはならない、というイェイツの主張が通っていなければ、おそらくは無に帰していたことだろう。こういった区別はきわめて微妙なものであるから、厳密に遵守させ得るものではなかったし、ウィリアム・ルーニーも、その詩が愛国的な熱情だけで傑出している類の三文詩人のひとりであった。ルーニーは、アーサー・グリフィスが「シン・フェイン」（＝「われわれ自らの手で」）運動を創始する手助けを行ない、その機関紙『ユナイテッド・アイリッシュマン』[2]の主要な寄稿者となった。このため、ルーニーが一九〇一年、二七歳の若さで亡くなったとき、この新聞社が彼の詩集を発行したのである。弟が言明している通り、ジョイスはシン・フェインの目的と手段には共感を覚えていたものの、詩人としてのルーニーには遠慮なく攻撃を加えた。『デイリー・エクスプレス』（これが親英派の新聞であることはよく知られていた）に発表されたジョイスの無記名の書評に対し、グリフィスは一九〇二年一二月二〇日、『ユナイテッド・アイリッシュマン』にルーニーの本の広告を掲載することで辛辣に応酬した。紙面でグリフィスはこの敵意ある書評の多くを引用し、自身の唯一のコメントとして、次のジョイスの一文に括弧付きの一語を挿入した。「しかし、もし彼が、われわれをこうまで不幸にしている、あの大きな言葉のひとつ［愛国主義《パトリオティズム》］に苦しめられていなかったならば、良い詩を書いていたかもしれない」。「死者たち」において、同様にゲイブリエル・コンロイも、愛国者のアイヴァーズ嬢から、「ウェスト・ブリトン」(3)の『デイリー・エクスプレス』に書評を書いたことでなじられている。】

Poems and Ballads of William Rooney, "The United Irishman," Dublin.(4)

これは最近亡くなった詩人の詩集である。多くのひとは彼のことを、昨今の国民運動におけるデイヴィス(5)と考えている。党本部の発行した詩集であり、添えられている二つの序文では、労働者、相互改善、お偉方、いかがわしい歌劇、等々に関して多くのことが言われている。国民の気質を具体的に語る詩集であり、またそうであるからこそ、序文の書き手たちも、詩集に最高の栄誉を附与することになんら躊躇いを感じていない。だがこういった主張は、文学的誠実さという観点からの確証によって支えられない限り、許されるものではない。いやしくも本を書く者は、自身の善良な意図や道義的性格を申し訳にしてはならないからである。文学という領域が狂信者や空論家による激しい攻撃に晒されている現在、この点は心に留めておいてよい。

　ウィリアム・ルーニーの詩とバラッドを吟味してみれば、それらにいと高き栄誉を授けるべしという主張には合点がいかなくなる。主題は一貫して国民的《ナショナル》であり、それも実に強硬で妥協を許さないものであるから、読者は一一四ページでダーシー・マッギーという名に出会うと、目を見開いて得心がいくこと間違いなしだ(6)。だがこの主題の扱い方となると、同様の賞讃すべき一貫性は見当たらなくなる。「聖パトリック祭」や「ドラムシート」〔アイルランドの地名〕という詩を読めば、人はデニス・フローレンス・マッカーシー(7)やファーガソン(8)のつまらない模倣と思わざるを得ない。T・D・サリヴァン氏(9)やロールストン氏(10)でさえこの本の完成には一役買っている。しかし「レリグ・ナ・リー」は、「クロンマクノイズの死者たち」にあるひときわ優れた美質を、まったくもって欠いている。(11)ロールストン氏は確かに、詩的衝動に衝き動かされることなく詩を書く。だがそれは、まさにその詩的衝動の欠落こそが、碑銘体の詩においては心地好いものとなるからなのである。筆致の注意深さが成し遂げることは大きい。そしてこの詩集において、成し遂げられたことがほとんどないというのは疑いようがない。筆の運びはあまりに不注意で、そのくせ考え抜いた挙句の陳腐さがあるからだ。というのも、不注意がどこまでも徹底されれば、それがプラスの美徳に転じることもあり得るが、並みの不注意さは、誤った陳腐な概念を伝える、誤った陳腐な表現としかならないのである。(12)

事実ルーニー氏は、その「文体」においてほとんど達人と言ってよい。それは良くもなければ悪くもない文体である。彼がメーブ〔妖精の女王〕を歌った詩にはつぎのようなものがある。

風雨をしのぐ山中の、枝分かれする川のそば、
皆は彼女を横たえて、その石塚は持ち上げた、
エリンの娘たちのなかで、一番獰猛なる者を。
いついつまでも燃え続く、もっとも勇敢なる造化。

ここで書き手は、陳腐な表現を考案したのではなく、単にそれを受け入れただけである。だから優れた表現を受け入れた場合でさえ、彼はそれを用いたことに関して、自分で正当性を主張することはできない。マンガンによるホメロス風の形容辞「ワイン・ダーク」という語も、彼の詩のなかでは色あせた無意味な形容辞となってしまい、色のスペクトルのいくつかを、あるいはそのすべてを、覆い尽くしてしまいそうだ。これがマン

ガンの手にかかるとどれほど異なっていたことか。

汝は知っていよう、その城郭が
ワイン・ダークの海に突き出たる様を!(13)

ここでは精神にひとつの色が立ち上がり、後に続く詩行では、黄金の輝きとはっきりした対照を成すことになる。

しかし、書き手が愛国心に捉えられている場合、こういったことは望むべくもない。彼は文学という芸術に沿う何ものかを創造したいなどとは、まったく考えていない――実際、文学は芸術のなかで最高の様式というわけではないけれども(14)、少なくとも背後に明確な伝統を備えた芸術である以上は、明確な形式というものを持っているものである。ところがここに見られるのは、疲弊した一続きの詩、それも最悪なことに「入選」詩の数々である。毎週毎週、何某新聞や何某協会のために書かれた詩であるらしく、ある種の自暴自棄で疲弊したエネルギーを証言している。だが魂のこもった活き活きとしたエネルギーは備えていない。魂が死んだ状態にある書き手、あるいは少なくとも、魂が地獄のなかにいる書き手によって、書かれたものであるからだ。疲弊した愚かな魂は、贖罪と復讐を語り、専制君主を罵り、涙と呪詛を湛えながら、地獄の勤労に赴くのである。宗教や宗教と手を組むものの一切は、あからさまに人間を大いなる悪へと引き入れ得る。なるほど序文の書き手たちが考えているように、この詩集がアイルランドの若者たちを鼓舞し、希望と行動に燃え立たせるものだとしても、それを書くことでルーニー氏は、大いなる悪へと引き入れられてしまったのだ。

しかし、もし彼が、われわれをこうまで不幸にしている、あの大きな言葉のひとつに苦しめられていなかったならば、良い詩を書いていたかもしれない。[15] ここに収められた詩はどれをとっても、第一級の美質、高潔さ、独立独歩の全一性といったものさえ見当たらない。[16] だが一篇のみ、自己の個人的な生を意識したところから生み出されたらしい作品がある。それはダグラス・ハイドの詩集からの翻訳で、「ひとつの要求」（'A Request'）と題されている。しかしそうは言っても、この詩がその主題以上のものを原作に負っているとは思えない。[17] これはつぎのように始まる。

わたしがベッドに横たわる最後の漆黒の時間、
わたしの狭いベッドは剝き出しの樅材、
親族と隣人がわたしを囲んで立ち、
濃化する空気のうえには大きな死の羽根が広がる。

読み進むにつれ荒涼感に包まれて行く。真に迫った詩行ではこのようなことが起こるものだが、以下に続く詩行でもそれは変わらない。第三行はあるいは貧弱かもしれないが、第四行は目を見張るほど素晴らしく、いくら賞讃してもよい。

夜の帳が下りわたしの日が尽き
死の青白い印がわたしの顔を冷たくすることだろう、
胸も手ももはや震えて返答することはない、
ああ主よ、救い主よ、わが事例を気に留め給え。

そして一切が荒涼のイメージに包み込まれると、神の荒野の試みが思い出され、神の慈悲を請う祈りが捧げられる。これは己を認識し始めた個人的な生から生み出された詩と思えるが、死とその認識は、この生に、ともに訪れるのである。このようにして、同志たちの一切の過ちと自身の演説の咎を回顧する者の重力により、この詩は沈黙に至る。

註

（1）ウィリアム・ルーニーの詩集『詩とバラッド』への書評。一九〇二年一二月一一日、ダブリンの『デイリー・エクスプレス』に掲載された。初版のファクシミリ版は *The Works of James Joyce*, 6, Minor Works, 35-38 に収録されている。初版では引用箇所以外パラグラフの区切りがないが、本書では『書評集』に従う。

（2）この『ユナイテッド・アイリッシュマン』は一八九八年の創刊であり、ジョン・ミッチェルによって一八四七年に創刊されたもの（本書一一八ページ）とは別。

（3）West Briton とは、「西国の英国人」すなわち親英派のアイルランド人を指す。『ダブリナーズ』の掉尾を飾る中篇「死者たち」では、モリー・アイヴァーズが、ロバート・ブラウニングの詩集の書評を『デイリー・エクスプレス』に掲載したゲイブリエルに、この言葉を投げつけている。

（4）ここでジョイスは、書名表示に際して、「〈ユナイテッド・アイリッシュマン〉のウィリアム・ルーニー」と記している。

（5）トマス・デイヴィスのこと。『ザ・ネイション』誌ではもっとも傑出した詩人であり、今日でもナショナリストたちにとっては文学的な英雄である。

（6）トマス・ダーシー・マッギー（一八二五―六八）は、一八四八年の蜂起に加わった『ザ・ネイション』誌の詩人であり、首に賞金を懸けられたままカナダに逃げるが、後に大臣となる。フィニアン運動盛んな頃アイルランドを再訪し、大いに熱を込めてこの運動を糾弾したため、一八六八年、オタワでアイルランドのゲリラ党員に暗殺される。

（7）デニス・フローレンス・マッカーシー（一八一七―八二）は詩人・学者で、『ザ・ネイション』や『ダブリン・ユニヴァーシティ・マガジン』に寄稿した。

（8）サミュエル・ファーガソン卿（一八一〇―八六）のこと。詩人・学者で、『ダブリン・ユニヴァーシティ・マガジン』の寄稿者。『ザ・ネイション』にも一度だけ寄稿した。

（9）ティモシー・ダニエル・サリヴァン（一八二七―一九一四）は「禁制の作家から禁制の歌手へ」（本書四七四ページ、および註22を参照）にも登場する。詩人でヤング・アイルランドの一員。『ザ・ネイション』に寄稿し、その編集も行なった。パーネルを排斥した第一次アイルランド議会党の一員であり、「バントリー団」（「禁制の作家から禁制の歌手へ」の註16を参照）のリーダーであった。バラッド「アイルランド万歳」（'God Save Ireland'）の作者でもある。

（10）トマス・ウィリアム・ロールストン（一八五七―一九二〇）のこと。学者・詩人で、ダブリンの『デイリー・エクスプレス』の主幹執筆者であった。

（11）「レリグ・ナ・リー」（'Roilig na Riogh'）はルーニーによる作品で、『詩とバラッド』（16）に収録。「クロンマクノイズの死者たち」（'The Dead at Clonmacnoise'）はロールストンの作品（Thomas Rolleston, *Sea Spray: Verses and Translation*, Dublin: Maunsel and Co., 1909, 47）。

（12）この一見混乱した箇所に関するスタニスロースのコメントについては、『兄の番人』二〇三―〇四ページ（邦訳二四二ページ）を参照のこと。一九〇二年、スタニスロース・ジョイスは、パリにいる兄に向い、不注意――この語でジョイスが言おうとしていたのは向う見ずさであったらしいが――は文学上の美徳となることはほとんどあり得ないけれども、いっぽうで「考え抜いた挙句の陳腐さ」（studious meanness）であれば、作家の役に立つかもしれない、と書き送っている。一九〇六年五月五日の、グラント・リチャーズに宛てた書簡で、ジョイスは『ダブリナーズ』を擁護しながらつぎのように述べている。「わたしはこの大部分を、几帳面な陳腐さ（scrupulous meanness）を備えた文体で書きました」。

（13）シェイクスピアとホメロスを混ぜ合わせるマンガンの手法をジョイスが好んでいたことは理解しやすい。ワイン・ダークの海と突き出た城郭はともに『ユリシーズ』で言及されている。

（14）本書「劇と人生」の註5および註12を参照のこと。

(15) 「そういった大きな言葉は、とスティーヴンは言った、わたしたちを大変不幸にするものだと思います」――『ユリシーズ』第二挿話二六四行。

(16) 「アクィナスはこう言ってる、〈アド・プルクリトゥーディネム・トリア・レクィールントゥル、インテグリタース、コーンソナンティア、クラーリタース〉。ぼくならこう翻訳しよう、〈美には三つのものが必要だ、全一性、調和、そして光輝〉」(『肖像』V・一三四五―四八行、『スティーヴン・ヒアロー』一〇一ページ〔邦訳四二ページ〕)。

(17) ダグラス・ハイド(一八六〇―一九四九)は学者・政治家で、ゲール語連盟(一八九三―一九一五)の創始者・代表者。彼の作品は『コナハトの恋歌』(*Love Songs of Connacht*)(一八九四)に収められている。

11　アイルランドの今日と明日[1]（一九〇三年）

【スティーヴン・グウィンは、アイルランドの民族運動に従事した、傑出したアングロ＝アイリッシュの知識人である。[2]ジョイスは、グウィンが新進のアイルランド作家とアイルランドの産業に興味を抱いていたことを歓迎したのだったが、ここでは機に乗じて繰り返し持論を披瀝している。すなわち、以前「喧騒の時代」と「ジェイムズ・クラレンス・マンガン」で表明したように、アイルランドの作家ではマンガンとイェイツ以外見るべきものはない、と主張するのである。彼らの加持祈禱が惨めであっただけに、自身がなんらかの形で面目躍如を果たせる、と踏んでいたことは疑いを容れない。】

"Today and To-morrow in Ireland." By Stephen Gwynn.
Dublin: Hodges, Figgis, and Co. 5s.

現代アングロ＝アイリッシュ文学のすでにして厖大な集積に、最近新たに加わることとなったこの本は、グウィン氏が様々な評論・雑誌に発表した一〇のエッセイを集めたものである。エッセイの関心事は多岐に亘るものだが、その主題には統一がある、と氏であれば主張することだろう。いずれも直接的・間接的にアイルランドを扱ったエッセイであり、英国の文化と英国の思考様式に対する明確な告発を、系統立てて述べているという点で、いずれも一致協力しあったエッセイである。というのも、グウィン氏もまた、現在流行のナショナリズムに転向した人であり、自ら「ナショナリスト」(3)を標榜している。もっとも彼が言うには、自分のナショナリズムは一切矛盾を抱えていないものであるそうだが。仮にアイルランドにカナダと同じ地位を与えれば、グウィン氏は即座に帝国主義者となろう。グウィン氏がどの政党に与することになるかは難しい問題だ。議会派にとっては矛盾のなさ過ぎるゲール派であるし、真の愛国者にとっては穏やかに過ぎる。真の愛国者たちは、ここのところフランス人という友人たちについてさえ、いささか曖昧な物言いをするようになってきている。(4)

とはいえ、少なくともグウィン氏は、アイルランド文学とアイルランド産業を確立しようと努力する一派に属している。この書の最初に収められている複数のエッセイは文学批評であり、もっともつまらないもの、と即座に言ってしまって構うまい。いくつかは出来事の単なる記録であり、またいくつかは英国の読者に「ゲール復興運動《ゲーリック・リヴァイヴァル》」とは何かという一般概念を提供するために書かれたものと思える。グウィン氏が現代アイルランド作家に共感を覚えていることは明らかだが、彼らの作品に対する氏の批評は、とても優れたものとは言い難い。巻頭のエッセイでは、どうしたわけかマンガンを発見したかのような口ぶりで、(5)しかも「オハッシーがマグワイヤーに捧げる詩」からほんの二、三行を、いささかの驚愕を込めて引用している。グウィン氏が真正のケルティシズムの声と見なす現代作家たちであるから、ほんの少しの詩行であれ、彼らの作品の真価を示すには十分だ、と言いたげである。彼らの価値は様々であって、(イェイツ氏の場合を除き)ある種の流暢さとたまに垣間見せる非凡さ、という域を出ることは決してない。しばしばあまりに低俗に堕し、文書記録としての価値があるのみ、という場合も少なくない。今日的な意味では興味ある作品だが、概してマンガンのような詩人の作品に比べれば三分の一の価値もない。稲妻から生まれたような男マンガンは、自身が気高くしてやった人びとの間でもよそものであり続けたし、現在でもそうである。だがそれでも彼は、抒情詩の形態を用いる詩人のなかでもっとも偉大なロマン派詩人として、本領を発揮することだろう。

そうは言ってもグウィン氏は、現在アイルランドの様々な地域で動き出している産業を具体的に語るエッセイでは、はるかに成功している。アイルランド西部における漁業の確立に関する氏の記述はきわめて面白いもので、旧式と新式の酪農業や、絨毯製造業に関する記述も同様である。これらのエッセイは実利的な筆致で綴られており、多くの新聞記事や数字の引用で補われているものの、逸話も満載されている。グウィン氏には明らかにユーモアのセンスがあり、〔ゲール〕復興派のなかにもこれが見出せるというのは喜ばしいことだ。たとえばつぎのような逸話を語っている。ある日釣りをしていて、彼は幸運にも老齢の農夫に出会った。祖国の伝統的な物語や偉大な一族の歴史に終始心を奪われている老人である。グウィン氏の釣師としての本能はしかし、自身の愛国心を凌駕してしまった。釣果の思わしくない日にようやく大物を釣り上げたというのに、農夫からは一言の賞讃も聞くことができず、がっかりした、と告白しているのである。一連の思いに心奪われていた農夫は口を開く、「クランカティ一族もすごい連中だったなあ。まだ誰か生き残りはいるかね？」。装丁も印刷も見事なこの本は、これを企画したダブリンの出版社にとって、誉れとなるものである。(6)

註

（1）スティーヴン・グウィン（一八六四―一九五〇）著『アイルランドの今日と明日』（一九〇三）の書評。一九〇三年一月二九日、ダブリンの『デイリー・エクスプレス』に掲載された。初版のファクシミリ版は *The Works of James Joyce*, 6, Minor Works, 45-46 に収録されている。初版では一パラグラフだが、本書では『書評集』に従う。

（2） 詩人であり、また一九〇六―一八年、アイルランド国民党の国会議員であった。

（3） 一九世紀のアイルランドにおけるナショナリズムには多少の説明が必要であろう。土着のゲール民族（カトリック）は一七世紀以来「被差別民族」として扱われてきたゆえに、宗主国イギリスからの独立運動・ナショナリズムを主導したのは、つねに、元をただせばイギリスからの入植者であった、アングロ＝アイリッシュ（プロテスタント）であった。イェイツをはじめ、多くの知識人・文人たちはこの民族に属する。だが一九世紀前半にカトリック差別が撤廃されると、その後徐々にゲール民族（カトリック）の中産階級も出現することになり、やがて一九世紀末（ジョイスの少年・青年時代）には、宗主国からの独立を唱えるナショナリズムのなかでも「ゲーリック・ナショナリズム」と呼ばれる動向が顕著となる。以前からの知識人階級である「アングロ＝アイリッシュ」に代わって、「ゲーリック＝アイリッシュ」のナショナリストたちが力を得てくるわけである。こうなると、以前から宗主国に対しアイルランド自治を主張してきた「アングロ＝アイリッシュ」のナショナリストたちは、それまでの政治的貢献にもかかわらず、微妙な立場に置かれることになる。「ナショナリスト」であるならば、土着のゲール民族の解放に力を尽くして当然であり、それまで自らが享受してきたヘゲモニーを疑問視すべき、ということになろう。市民権、さらには資産を獲得し始めたゲール民族による〈真〉の「ナショナリズム」が横行し始めれば、彼らかつての「アセンダンシー」は、「アイルランド民族の独立」にとって、不要なものとならざるを得ない。「アングロ＝アイリッシュ」はこの時代、いわば斜陽の民族として、自らのアイデンティティに矛盾を感じざるを得なかったのである。その代表的な文人がイェイツであった。「アングロ＝アイリッシュ」にして「ナショナリスト」であることに、彼らがなんらかの「矛盾」を感じるのは当然の時代であった。「ゲーリック＝アイリッシュ」であるジョイスは、この点を指摘せざるを得ない。「アングロ＝アイリッシュ」の「ナショナリズム」は、所詮は自身のそれと本質的に異なる、アセンダンシーによる「ナショナリズム」である、との皮肉がここには読み取れる。

（4） 『スティーヴン・ヒアロー』六六ページ（邦訳二四ページ）では、アーサー・グリフィスに関してつぎのような記述がある。「妥協を許さぬ党（＝シン・フェイン党）の週刊誌の編集者は、パリの新聞に少しでも親ケルト派の兆候を見つけるとこれを報告した」。ボーア戦争（一八九九―一九〇二）の期間、カナダはイギリスを支持するために帝国擁護を表明した。この戦争はアイルランドの反帝国主義を大いに和らげることとなった。カナダの問題は「植民地の詩集」一五二ページ、ボーア戦争の話題は「アイルランド――聖人と賢者の島」二六六ページにも現れる。

（5）マンガンの名はアイルランドではよく知られており、一九〇三年と〇四年には、D・J・オドノヒューの編集により散文集と詩集の二巻が出版されている。だがおそらくジョイスは、なによりも自分がグウィンの本よりも八カ月早く、マンガンを賞讃するエッセイを発表していた事実を思い浮かべていたことだろう。

（6）ジョイスが弟に宛てた手紙でわかる通り、この最後の一文は編集者による加筆である。「ところで、印刷や装丁については、……ぼくは自分の書評では一切触れてない。小心なる編者氏が付け加えたに違いない」（『書簡集』第二巻二七ページ。一九〇三年二月八日、スタニスロース宛て書簡）。ここに言われる「ダブリンの出版社」とは、Hodges, Figgis & Company のことである。

12　心地好い哲学[1]（一九〇三年）

【若きジョイスは、東洋の神秘主義と神智学に関するかなりの数の本を買って読んでおり、一九世紀末の欧米を席巻したこの動向には、一時的にせよ興味を傾けている。ホールの本に関するこの書評を見れば、戦争を見当違いの方向として斥ける仏教のような哲学に、ジョイスがどれほど好意的であったかがわかる。暴力への憎しみは『エグザイルズ』にも『ユリシーズ』にも見て取れるものであり、『肖像』におけるスティーヴン・デダラスの武器、沈黙と亡命と狡知は、まさしくこの非暴力にあたる。】

"The Soul of a People," by H. Fielding Hall.
London: Macmillan and Co. 7s 6d.

この本でわれわれが出会うのは、信仰と思いやりに従って自らの人生を律する人びとであり、これはわれわれの目には奇異なものと映ることだろう。著者は実に適切なことに、そういった生を解説するにあたり、まずは仏教を簡潔に説明することから始めている。そしてその歴史の多くを語るとともに、主要な原理をも具体的に説明している。仏教の伝説のなかでもっとも美しいと思われる事柄はいくつか省略されている――たとえば情け深い提婆達多が馬の下に花を撒いた話や、仏陀が妻と出会う物語など――。だが著者は仏教の哲学（という呼び方が相応しいか否かはともかく）の解説に相当のページを割く。(2) ビルマの人びとは、この種の賢明にして受動的な哲学に、自然に適応しているように見える。彼らの間では五つのものが至上の五悪とされている。すなわち、火、水、嵐、盗人、統治者だ。(3) 人間の平安をかき乱すものは一切が悪なのである。仏教は本質的に、有為の悪に対して打ち立てられた哲学であり、個々の生や個々の意を滅却することをその目的としているのだが、ビルマの人びとはそれを、人生のための簡素にして賢明なる掟へと変換する術を知っていた。

獰猛な山師どもや肉食者や狩猟者たちによって、現代まで伝えられてきたわれわれの文明は、狂騒の戦乱に溢れ、おそらくはまるで意味のない数多くの事柄に忙殺されてきた。そのせいでわれわれは、戦場を優秀さの試練場とすることを笑顔で拒絶する文明には、どこかしらかよわいものを見てしまうことになる。ビルマ人の間には「己が心を思索すること、それこそが人の富」という言い習わしがある。ビルマで長年暮らしてきたホール氏は、ビルマの生活を一幅の絵のように描いているが、これを見れば、どのような暮らしであっても精神の平安の上に築かれる幸福こそ、ビルマの価値基準では高位にある、ということがわかる。また幸福も、人びとの間に留まっている。黄色いローブを羽織った僧侶は御布施を乞い、信者は寺院で数珠をまさぐり祈りを唱え、祭りの夜は小さな筏舟が川面を下り、誰もがその上に小さな明かりを灯している。夕暮れどき娘がひとり軒下に坐れば、若者たちが「求愛」にやってくる。(4) ――これら一切が、涙や悲嘆を義とする物が存在することなど知らぬ、心地好い哲学の一部なのだ。日々の暮らしで礼儀が軽んじられることはなく、怒りや無作法な挙措は禁じられている。家畜たちも喜んで飼い主に従い、飼い主もまた彼らを、哀れみと寛容を受けるに値する、命あるものとして扱う。

ホール氏は、この民族を征服した者たちのひとりである。そんな氏から見て、これは戦闘的な民族とも思えないので、彼らに政治上の大いなる未来を期待することはできないと言う。だがホール氏は、彼らの前には平安があることを知っている。だから極めて晴朗で秩序を愛する民族の気質が、ひょっとすると文学において、あるいはなんらかの芸術において、成功を収めるかもしれない。ホール氏は「マ・パ・ダ」(Ma Pa Da) ——彼はこれを「死なる救い主」と呼んでいる——の物語をあげる。あまりにかわいそうな物語であるから、ひとはさらに多くのビルマの民話を知りたいと思うことだろう。またビルマの恋歌を散文にかえて紹介してもいる。以下にあげるように、音楽性が失われていることは明らかだが、ある種の魅力を留めている。

月は夜、蓮に言い寄り、蓮は月に言い寄られ、だからわたしの愛しいひとは彼らの子ども。その花が夜に開くと、あの娘が現れ出たのだ。花弁が動いてあの娘が生まれたのだ。

あの娘はどんな花よりも美しい。顔は黄昏のように繊細。髪は山々を包む夜のよう。肌はダイヤモンドのように煌めいている。健康に満ち溢れ、どんな病もあの娘に近づくことはできない。

風が吹くとわたしは恐れる。風がそよぐだけでわたしは怖くなる。南風があの娘を連れて行ってしまうのではないかと怖くなる。夕暮れの吐く息が、あの娘をわたしから引き離そうと誘うのではないかと、わたしは震える。それほどまでにあの娘は軽く、それほどまでにあの娘は優雅。

あの娘の服は金。絹と金。ブレスレットは純金。両耳には宝玉をつけている。でもあの娘の目は、どんな宝石とも比べようがない。

あの娘は高慢、わたしの恋人。あまりに高慢で、どんな男もあの娘を恐れる。あまりに美しくあまりに高慢なので、どんな男もあの娘を怖がる。

世界中どこを探しても、あの娘と比べられるひとはいない。(5)

ホール氏はやさしい穏やかな文体で最高に楽しめる本を執筆した。興味深い風習や物語に溢れた本である。宗教的かつ煽情的な小説がもてはやされる昨今でさえ、この本が四版を重ねているというのは喜ばしいことだ。

註

（1）ハロルド・フィールディング＝ホール（一八五九―一九一七）著『ある民族の魂』の書評。一九〇三年二月六日、ダブリンの『デイリー・エクスプレス』に掲載された。初版のファクシミリ版は *The Works of James Joyce*, 6, Minor Works, 49-51に収録されている。初版では一パラグラフだが、本書では『書評集』に従う。『ある民族の魂』は、一八九八年初刊、一九〇二年には第四版が出ている。ジョイスが書評したのはこの第四版である。

（2）「仏陀を哲学者と呼び、仏教を哲学と呼ぶことほど真実から遠いことはない」とフィールディング＝ホールは記している（H. Fielding, *The Soul of a People*, London: Richard Bentley and Son, 1898, 25-26. 初版の著者名はFielding-HallではなくFieldingとなっている）。

（3）本来仏教の五悪とは「殺生」「偸盗」「邪婬」「妄語」「飲酒」である。

（4）フィールディング＝ホール、初版（163）には、第一二章のエピグラフとして「仏陀の言」――涙や悲嘆を義とし得る、なにがあるというのか？――が掲げられている。

（5）初版では210に掲載されている"From a Man to a Girl"と題された散文詩。ジョイスは原文のblossomを二カ所flowerに、hathをhasに変え、若干の現代化をはかっている。

13 思考の厳密さへの努力(1)（一九〇三年）

"Colloquies of Common People," reported by James Anstie, K. C. London: Smith, Elder and Co. 10s 6d.(2)

この書のなかで議論を交わしている人びとが一般大衆であると主張するのなら、この著者は大胆な人物であるに相違ない。人間という動物たちの平安にとっては幸いなことに、この人びとは一般大衆からかけ離れている。というのも、一般大衆というのは、仮象の継起が継起の仮象以上のものであるか否かについてを、長時間かけて論じ合おうなどとは思わないものであるから。しかし、アンスティー氏によっていささか苦痛となるほどの長さでその対話が記録されている、この一般からかけ離れた人びとは、見掛け倒しの厳密さで、この種の微妙な問題を論じ合っている。話者たちは実際以上に厳密と見えるかもしれない。というのも、彼らはあるときには、思考の確かさを熱心に論じ合っているのだから。もっとも、確かさというのは精神の習慣などではさらさらなく、命題の質によるものなのだが。実際話者たちは確実性について議論を交わし、一度ならずつぎの点に同意を見る。すなわち、感覚印象は知の限界を印づけるものだ、という点、そして「理に適った信仰」なるものは撞着語法だという点である。哲学者でもなんでもない大衆のひとりが、声をあらげて賛同を表明するのが、これらの結論である。しかしながら、本書は思考の厳密さへの努力の賜物である。たとえ鼓舞された注意力なるものを、つねに呼び覚ますとは限らないにしてもである。ひとりの話者はこの注意力を、行動の一形式と呼んではいた。

註

（1）ジェイムズ・アンスティー著『一般大衆の会話集』（一九〇二）の書評。一九〇三年二月六日、ダブリンの『デイリー・エクスプレス』に掲載された。初版のファクシミリ版は *The Works of James Joyce*, 6, Minor Works, 55 に収録されている。

（2）オリジナルの『デイリー・エクスプレス』の紙面では、本文内でも、著者名が Austie と綴られているが、これはジョイスの手書き文字が誤読されたためである。

14　植民地の詩集(1)（一九〇三年）

"Songs of an English Esau," by Clive Phillips-Wolley.
London: Smith, Elder and Co. 5s.

ここに収められているのは植民地の詩だ。三ページでは、植民地のエサウが、そのあつものをヤコブの生得権と交換する気はないか、と尋ねられる。この問いには明らかに、「ノー」という返答が期待されている。(2)「カナダは王に忠実か?」と題された詩もあり、ここでウリー氏は、忠実である、と宣言している。彼の詩は大概忠実であるし、そうでないところではカナダの風景を描く。ウリー氏は自分が野蛮人であると言う。彼は聖歌隊の「ざわめく混乱」を欲しない。彼が欲するのは「明確な信条《クリーンカット・クリード》」、「平凡な人間《プレイン・メン》のための平明な法《プレイン・ロー》」である。「活人画《タブロー》」と題された詩は、画廊で夢を見る少女を歌っている。この詩はつぎのように始まる――「ほんとうかしら、あなたが絵に過ぎないというのは」。

（1）　クライヴ・フィリップス＝ウリー（一八五四―一九一八）の詩集『イングランドのエサウの歌』（一九〇二）の書評。一九〇三年二月六日、ダブリンの『デイリー・エクスプレス』に掲載された。初版のファクシミリ版は *The Works of James Joyce*, 6, Minor Works, 59 に収録されている。短いものではあるが、当時自治権は認められていたもののイギリスの植民地であったカナダの、イギリスへの忠誠心が皮肉に（とはいえ親英派『デイリー・エクスプレス』に掲載可能な程度の寡少さで）語られている。

（2）　エサウはイサクとリベカの双子の息子（兄）であり、弟はヤコブ。ヤーウェは妊娠中のリベカにつぎのように言う。「おまえの子宮には二つの民族が宿っている。おまえの子孫は二つの反目し合う民となる。一方の民族は他方の民族の支配者となろう。兄は弟に仕えるであろう」。ヤコブは物静かな男で、エサウは猟師である。エサウが疲れて腹を空かせて帰宅すると、ヤコブは兄の生得権（＝長子相続権）と引き換えに、あつもの――レンズマメの煮物――を与える（『旧約聖書』「創世記」二五章二一―三四節）。フィリップス＝ウリーはこの創世記の物語を改変した。エサウとヤコブの物語は、『フィネガンズ・ウェイク』でも葛藤のモチーフとして繰り返し現れる。

15　カティリナ(1)（一九〇三年）

【イプセンがこの最初の戯曲『カティリナ』を執筆したのは二一歳のときであり、ジョイスは同じく二一歳でそのフランス語訳の書評を書いたことになる。ジョイスは、作品の未熟さは認めながらも、むしろ『ペール・ギュント』で開花するイプセンの初期の技法を予感させるものに、強い興味を抱いている。ジョイスは向こう見ずで法外なカティリナという人物に惹きつけられる。彼は愛する女たちよりも、自分自身に情熱的に捉えられている。救い手であると同時に破壊者であり、無慈悲と哀れみ深さの間で引き裂かれている。カティリナが宣言するつぎの言葉は、ジョイスの注意を喚起したに違いない。

わたしが夢みたのは、古のイカロスのように翼を生やし
蒼穹のもと、天高く飛翔することだった。

『カティリナ』に映し出されている初期のイプセン像は、若き日のジョイスに自己像の形成を促した。イカロスではなくデダラス〔つまりはダイダロス〕と呼んだことも、ひとつには、主人公を勇敢な行為者よりも勇敢な造物主として描き出したい、というジョイスの欲望の現れである。しかし、『ユリシーズ』において明らかにな

るように、『肖像』では、誇り高き堕天使スティーヴンが、同時にイカロスであることも暗示されている。

この書評は、筆が進むにつれ、雄弁さを増すと同時に的外れなものになって行く。これはジョイスが、わずかな口実で喧嘩を売る気満々であったことを示すものである。その相手は、イプセンを十分に評価していないプロの批評家たちや、信念を曲げ正確さも切り捨てている若い同時代人たちであった。荒れ狂う魂の砦として皮肉な冷静さを備えるイプセン、というイメージが、ジョイスのイマジネーションを捉えていた。後の作品に見られるように、ここでもジョイスは、戦争や政治や宗教を、芸術家がそこから穏やかに退散しようとしているときに、ヒステリックな要求を重ねるもの、として描いている。】

Catilina. Drame en trios actes et en vers de Henrik Ibsen, traduit du norvégien. Nilsson, Paris.

この戯曲のフランスの翻訳者たちは、その序文において、イプセン自身が一八七五年のドレスデン版に寄せた序文を抜粋している。この抜粋は初期のイプセンの人生をどことなくユーモラスに語るものである。戯曲が書かれたのは一八四八年、イプセンが二〇歳の頃であり、貧しい学生だった彼は、昼間薬屋で働き夜勉強するという精一杯の生活だった。カティリナの性格に興味を抱かせたのは、サルスティウスとキケロだったように思われる。そこで彼は、歴史的にして政治的な、当時のノルウェーの事情を反映した悲劇を書こうと思い至ったのだ。戯曲は、クリスティアニア劇場の演出家たちからも、またあらゆる出版業者からも、丁重に断られた。だがひとりの友人がこれを自費で出版した。これはこの作家の名声をたちまち世界的なものにするだろう、と確信してのことだった。戯曲はほんの少しだけ売れた。イプセンと友人は金に窮していたから、残部は喜んで豚肉専売業者に売った。イプセンの書いているところでは、「数日間、わたしたちは生活には困らなくなった」。以上は十分示唆に富む物語である。彼が出版した戯曲を読む際、それは完成された作品なのだということを、率直に思い出してみるのが良い。というのも、『カティリナ』の作者は、社会劇の作家イプセンではなく、[3]フランスの翻訳者たちが喜ばしげに宣言している通り、満ち溢れるレトリックに身を隠しながらも苦境のなかで小躍りしつつ堅苦しい法規制を逃れ出ようとする、熱烈なロマン主義者だったのだ。この点は、若き日のゲーテが錬金術の研究に熱を上げていたらしいことを思い出せば、さほど驚くには値しないだろう。ゲーテ自身の言葉を使えば、消え行く者の取る姿は後代の間で語り継がれる姿であるから、[4]おそらく後代の者らは、ゲーテと彼の燃料自給式消化炉〔錬金術で用いられる〕をすっかり忘れてしまったのと同じように、ロマン主義者イプセンをすっかり忘れてしまうことだろう。

とは言え、この初期の技法はどことなく、後期の技法を示唆するものではある。『カティリナ』において不安に満ちた停滞した社会を背景に映し出されているのは三人の人物、カティリナ、彼の妻オーレリア、そしてウェスタの乙女フルヴィアである。[5]イプセンは一般に、三人の人物、それも大概は、ひとりの男と二人の女をめぐる戯曲を書くことで知られる。[6]そして、イプセンの「無条件の客観性」を口を揃えて絶賛する批評家たちでさえ、彼の描く女がいずれも同じで、ただノラ、レベッカ、ヒルダ、イレーヌ、とつぎつぎに名前を変えるだけだ、ということに気づいている。言い換えれば、イプセンには客観性という力は皆無であることに気づくのである。批評家たちは観客の名を借りて語る――一般常識を崇め、あらゆる微賤の者を鏡のごとくに映し出す明快な芸術作品を自らの苦悩の慰めとする――わけだが、彼らもときには、三者の関係からなる構造を理解できない、と正直に白状することもあった。『カティリナ』の登場人物が、自分たちと同じくらい目もあてられない窮状に立たされるのを見て、喜びもするだろう。以下には、カティリナの若い親族キュリウスが、カテイリナのフルヴィアおよびオーレリアとの関係が理解できない、と告白する場面を引いておく。

キュリウス　あんたは彼女たち二人を一度に愛そうってわけかい？
　実際、わたしにはまったく理解できないよ。
カティリナ　もちろん奇妙なことだし、自分でも理解できないんだ。(7)

だがおそらく、彼が自分でも理解できないことが、悲劇なのである。この戯曲はたしかに、オーレリアとフルヴィアの葛藤を描いている。前者は幸福や不干渉の方針を意味し、後者もまた当初は不干渉の方針を意味していたが、フルヴィアが自らの罪で追いやられた墓場から逃れ出てくると、カティリナの運命を表す姿となる。この戯曲においては、突然の恐怖も、闘争も、ほとんど用いられていない。したがって作者が、ロマン主義の通常の道具立てに興味を抱いていないことが見て取れる。彼は自らのロマン主義の気質を、それがもっとも激しいはずの時期に、すでに失い始めていた。そして若者はふつう止めても聞かないものであるから、彼は全力で世界に立ち向かい、傲然とそこに自らを打ち立てようとし、その後ついに自らの真の武器を手に入れることになる。ひとは、オーレリアへの思い入れから、この劇の結末をあまりに深刻に受け取ってはならない。というのも、最終幕に至る頃には、人物たちが互いに何ものをも意味しなくなってしまい、実際に舞台で演じられれば、生との関わりは俳優たちの身体によるのみ、となるであろうからだ。そしてこの点こそが、イプセンの初期の技法と後の技法の、ロマン主義の作品と古典主義の作品の、顕著な差異である。ロマン主義の気質は、不完全で我慢のならないものであるけれども、これは怪物的な姿もしくは英雄的な姿を取らないことには、自らを適切に表現することはできないのだ。『カティリナ』において、女たちはまったくもって類型的であり、このような芝居の結末は教義の趣きしか持ち得ない。これは司祭にはもっとも相応しいものだろうが、詩人にはもっとも相応しくない。さらに、伝統の破壊——これは現代という時代の務めである——は絶対的なるものに反対を唱えるものであり、またいかなる作家も自身の時代精神を逃れることはできないのであるから、劇作家なるものは、今こそいかなる時代よりも、すべての長命にして完璧なる芸術作品が抱く原理を、思い起こさねばならない。そのような芸術作品が、作家に自らの物語を自らの創作人物によって表現するよう命ずるのである。(8)

一個の芸術作品として、『カティリナ』にはほとんど長所がない。しかしこのなかには、クリスティアニア劇場の演出家たちや出版人たちが見逃したものを見出すことができる。すなわち、独創的で有能な作家が、自分のものではない形式と格闘する姿である。この技法は時折喜劇に堕するものの、『ペール・ギュント』まで継続して行く。後者にあってその技法は、自らの限界を認識し法外さをその限界まで推し進めた挙句、これを傑作として生み出すこととなった。これ以後その技法は姿を消し、第二の技法が生まれてくる。それは一作ごとに前進を続け、しなやかなリズムのなかで結構と発話と行為を益々緊密に結びつけ、ついには『ヘッダ・ガーブレル』において完成を見るのである。こういった作品の驚くべき勇敢さを認め得る者は極めて少ないし、後期の技法よりも初期の技法のほうを賞讃するというのは、われらが転換期の時代の特質である。なぜなら、想像力というものは流動体の性質を帯びており、それを曖昧なものとしないためには、しっかりと捉えておかねばならないからである。それが魔術的な力を失わないよう、細心の注意をもって捉えておかねばならないのだ。(9)そしてイプセンは、心に浮かんだ事物に没頭するその専心に、この強烈で豊かな想像力を結び合わせたのである。ひょっとすると、やがてはプロの批評家でさえ、それらの真の姿——熟練と知的冷静さの最上の例——ゆえに、社会劇の最上の作品を受け入れ、この結び合わせを、プロの批評にとっての自明の理とするかもしれない。だがいっぽう、信念を放棄しその後正確さも捨て去った若い世代――彼らにとってはバルザック[10]こそが偉大な知識人であり、自身の無定形な地獄と天国を彷徨することを選んだ見本検査人、自身の不運な偏見を免れたダンテである[11]――ならば、この専心には困惑し、まさに良心の呵責から、これほどまでに穏やかで皮肉に満ちた方法を糾弾することだろう。こういったヒステリーの叫び声は、その他多くの叫びと混淆し合う――戦争、政治、宗教の声、まさに発酵する大桶のごとくだ。だが確信してよい。牛飼い座はそのような叫び声など一顧だにせず、古来からの勤めにこれまで通り熱心に励むものだ。すなわち、「恒星の炎からなる鎖にて」猟犬を導き、天頂を渡るのである[12]。

註

（1）イプセンの戯曲『カティリナ』のフランス語訳についての書評。一九〇三年三月二一日、ロンドンの『ザ・スピーカー』（新版第7巻615）に掲載された。初版のファクシミリ版は *The Works of James Joyce*, 6, Minor Works, 63-66 に収録されている。初版と『書評集』でパラグラフの組み方に異同はない。

『ザ・スピーカー』の編集者にジョイスを紹介したのはW・B・イェイツであった（『書簡集』第二巻一九ページ）。また一九〇三年二月八日のスタニスロースに宛てた手紙でジョイスはつぎのように語っている。「ここのところとても知的な気分なものだから、アリストテレスの心理学（『霊魂論』）にまで目を通している。だからもし『スピーカー』の編集者がぼくの『カティリナ』の書評を採用してくれたら、きみもその成果のいくばくかを目にすることになるだろう」（『書簡集』第二巻二八ページ）。『カティリナ』の仏訳はド・コルヴィーユとド・ゼペランによるものであり、パリで一九〇三年に出版された。イプセンの『カティリナ』は一八五〇年初刊である。

（2）ルキウス・セルギウス・カティリナ（前一〇八頃―前六二）はローマの没落貴族の子息。彼の市政に対する陰謀事件はマルクス・トゥリウス・キケロ（前一〇六―前四三）の演説およびガイウス・サルスティウス・クリスプス（前八六―前三四）の歴史書において批難されている。

（3）「イプセンの新しい劇」六四—六五ページを参照のこと。

（4）何からの引用であるか不明。

（5）ジョイスの誤り。イプセンの戯曲に登場するのはフューリアである。

（6）ジョイスはイプセンとほぼ同様、この三人という定式が気に入った。「死者たち」、『エグザイルズ』『ユリシーズ』『フィネガンズ・ウェイク』に見られる通りである。

（7）引用はフランス語。

（8）この箇所でもまた、ジョイスがアリストテレスの美学に傾倒していたことが見て取れる。

（9）想像力には「魔術的」な力がある、というジョイスの発想はおそらく、イェイツに負っていよう。イェイツはしばしば「魔術的」なる語に固執した。

（10）オノレ・ド・バルザック（一七九九—一八五〇）はフランスの小説家。

（11）「ザ・ホーリー・オフィス」二四五ページにはつぎのようにある。「由緒正しき神秘家は、／誰もがダンテさながらに、偏見などは持ちもせず、……」。

（12）トマス・カーライル『衣装哲学』（一八三六）第一巻第三章より。「これら灯火のふさべりは、煙と何千倍もの水蒸気のなかを通り、もがきながら上昇し、幾尋も夜という古の権勢下に入り込むが、牛飼い座がそれをどう思うというのか？牛飼いは恒星の炎からなる鎖にて猟犬を導きながら天頂を行くのである」。

16　アイルランドの魂(1)（一九〇三年）

【一九〇二年一一月、医学を学ぶためパリに旅立とうとする際、ジョイスは複数のアイルランド作家に援助を求めたが、グレゴリー夫人もそのひとりである。彼女は親切にも、『デイリー・エクスプレス』の編集者ロングワースを説得し、ジョイスを書評士に据えさせた。おそらくこのコネクションのゆえであろう。ロングワースはジョイスに、『詩と夢想家』を書評用に送っている。「土着の民衆」（'folk'）に酔いしれるイェイツとグレゴリーの歓喜は、一九〇三年の段階では、いささか人々をうんざりさせ始めていたに違いない。いずれにせよジョイスは、フォークロアというものに我慢がならなかった。ジョイスは出国する直前、イェイツの複数の農民劇に関して彼を批難していた。そして無謀にも、今回この機会を捉えてグレゴリー夫人を批難したのである。彼女には嬉しくない書評であった。

今日読み直せば、彼女の快活な作品に対するジョイスの酷評は揚げ足取りに見える。だがそれも、彼が芸術的自律を求めて戦闘を開始するための、予備的な小戦であった。『詩と夢想家』をイェイツの『ケルトの薄明』と侮蔑的に比較したことはいわれのないものだが、この比較は、ジョイスにとって芸術家の構成力がどれほど重要なものであったかを暗示している。自身の最終作品においてアイルランドのフォークロアをすすんで題材に用いたとき、彼は自分がグレゴリー夫人やイェイツに劣らず、それらの題材といかに融和しているかを示したのだった。

グレゴリー夫人の本は、ロングワースがジョイスに送った他のどの本よりも、ジョイスに私的・個人的な書評を書かせる効果があった。最終段落に含意されている密かな民族感情は、当時のジョイスの評論にしては稀である。これは、後に『ピッコロ・デラ・セッラ』におけるアイルランド関連記事や、トリエステで行なわれた講演で、顕著なものとなってくる。】

"Poets and Dreamers: Studies and Translations from the Irish." By Lady Gregory. Hodges, Figgis, and Co., Dublin: John Murray, London.

アリストテレスは、あらゆる思索の始まりには驚きの感情がある、と考えた。(2) これは子ども時代には相応しい感情である。そして思索を人生の中期に相応しいものとするためには、当然のことながら人は、人生の最上の時期において、思索の果実たる叡智そのものを探し求めるべきである。しかしながら今日では、子ども時代と中期と老年期が大いに混同されてしまっている。つまり、文明をものともせず老齢に達し得た人びとには、だんだんと叡智が少なくなっているように思えるし、いっぽう、歩き話せるようになるや否や何らかのビジネスに従事させられるのが常である子どもらは、ますます「良識」を備えるようになってきたらしい。ひょっとすると将来は、長い顎鬚を生やした小さな男の子たちに側で見守られ喝采を送られながら、半ズボンを穿いた老人たちが家の壁を相手にハンドボールゲームに興じているかもしれない。

グレゴリー夫人が祖国の古の時代を本気で陳述したのだとしたら、上記のことは現にアイルランドで起こっているのかもしれない。新刊の著作で彼女は、伝説や若き英雄たちを置き去りにし、悲哀と老齢のうちにあるほとんど架空と言える土地を探索している。この本の半分がアイルランド西部の老いた男女たちが語る話だ。この老人たちには巨人や魔女の物語、犬や黒柄の刃物の物語が充満しており、彼らは暖炉の傍や作業場の中庭で自分の知る長大な物語を次から次へと、多くの反復を重ねながら（というのも有閑の人々であるから）語ってくれるのである。彼らの呪術や薬草療法に適切な判断を下すことは難しい。というのも、それはこういった事柄を学んだ人々、国々の風習を比較できる人々の、研究分野であるからだ。実際、こういった魔法の術は、知らないほうがよかろう。というのも、野草のカミツレを切っているときに風向きが変われば、人は発狂してしまうのだから。(3)

しかし彼らの物語ならばもっと容易に判断できる。一群の物語はある種の感情に訴える。それはたしかに、あらゆる思索の始まりにある驚きの感情ではない。(4)語り部たちは老人で、彼らの想像力は子どものそれではない。語り部は妖精の国の奇妙なメカニズムは保持しているが、彼の精神はか弱く活力がない。ひとつの物語を始めるとやがてそこから逸脱して行き別の物語に入る。そしてどの物語も、想像力に富んだ完結性という点では満足のいかないもので、いずれも、結びの句でチリンと響き渡るジョン・ドー卿の詩に及ばない。(5)グレゴリー夫人はこの点を意識している。というのも、夫人はしばしば質問を投げかけて話し手を語っていた物語に引き戻そうと努めるし、物語があまりにも入り組んでくると、混乱の少ない部分のみを繋いで何らかの完結性を築こうと努めるからだ。彼女はときとして「半ば興味深く、半ばいらいらしながら」耳を傾けている。ようするにこの本は、「土着の民衆」を扱っている場合はつねに、かつてイェイツ氏が提示したものと同じ種類の精神を、その老齢の極みにおいて提示したものである。イェイツ氏のもっとも幸福な本「ケルトの薄明」(6)において、氏はその精神を、実に微妙な懐疑主義を込めて提示したのであった。

しかしながら健康さと自然さを備えたものが、詩人ラフテリーとともに登場する。(7)彼の詩はまったく酷いものに見えるし、諷刺詩を書いてもほんの少しの人を怒らせたに過ぎない。恋愛詩も作れたし（もっともグレゴリー夫人は西部の恋愛詩にある種の虚偽を見出しているが）、悔悛の詩も書けた。ケルト吟遊詩人の列に加えるには相応しくないものの、ラフテリーは吟遊詩人の伝統を思わせる雰囲気を大いに漂わせている。彼はある日低木の下に雨宿りした。当初低木は雨を凌いでくれた。それで彼はこの低木を讃える詩を書いた。だがそのうち低木の間から雨が滴り落ちてくるようになった。すると彼はこの低木を貶す詩を書いた。

グレゴリー夫人は彼の詩のいくつかを翻訳しているし、またアイルランド西部のバラッドやダグラス・ハイド博士の詩もいくつかを翻訳している。夫人がこの本の締め括りに収めたのは、ハイド博士による四つの一幕劇であり、そのうち三つは、浮浪者であり詩人でありときには聖人でもあった、あの伝説の人物を主人公に据えている。いっぽう四番目のものは「降誕」劇とされている。寸劇（と呼んでよければだが）というのは、不適切で無益な芸術形態だが、それがある時代——「夜景画」という絵画と、マラルメのような作家と、ソナタ形式の「再現部」を作曲した者の時代(8)——に人気を博した理由は容易に理解できる。したがって寸劇は娯楽と解釈されるべきであり、ダグラス・ハイド博士はたしかに、「縄ない」においては愉快だし(9)、グレゴリー夫人も、ここでは他のどこよりも、詩の翻訳において成功を収めている。たとえばつぎの四行に見られるとおりである。

わたしはハープの美しい旋律を耳にした、
コークの路上、われわれに向かって奏でられていた。
それよりはるかに美しい旋律は、あなたの声だと思ったが、
それよりはるかに美しい旋律は、あなたの唇だった。

この書物は、現代のほかの多くの書物と同様、ひとつにはピクチャレスクであり、ひとつにはアイルランドに関して主に信じられていることを間接的もしくは直接的に語るものである。これまで非常に激しく繰り広げられてきた物質的かつ精神的戦闘のさなかから、アイルランドは、数多くの信念の記憶とともに立ち現れる。そのひとつの信念は、祖国を打ち負かした諸力の、癒し難い下劣さに対するものだ。(10) そして、グレゴリー夫人の描く老爺・老婆らは、踏み迷う物語を語るとき、ほとんど自らの裁き手であるように思えるのだが、夫人はそこにホイットマンからの一節を付け加える。(11) 彼女の献辞を形作るそれは、征服された者たちのための曖昧な言葉である。――「闘いに敗れるものの魂は、勝利するものの魂と同じ(12)」。

J・J・

註

(1) グレゴリー夫人の『詩と夢想家』(一九〇三)への書評。一九〇三年三月二六日、ダブリンの『デイリー・エクスプレス』に掲載された。初版のファクシミリ版は *The Works of James Joyce*, 6, Minor Works, 69-71 に収録されている。初版では引用箇所以外パラグラフに区切りはないが、本書では『書評集』に従う。

スタニスロース・ジョイスが指摘するように、この書評の最後にはジョイスのイニシャルが記されている。編者E・V・ロングワースが、これについては一切の個人的責任を持ちたくないと望んだためである。「死者たち」において、ゲイブリエル・コンロイは、イニシャルのせいで、自分が『デイリー・エクスプレス』の書評者であることをミス・アイヴァーズに知られることになる(『ダブリナーズ』「死者たち」四一二―一七行)。ジョイスは一九〇三年三月二〇日、母に宛ててつぎのように書いた。「一週間前グレゴリー夫人の本の書評を送りました。ロングワースがこちらが書いたままを掲載するかどうかはわかりません。書評はとても手厳しいものだからです。グレゴリー夫人には近いうち一筆したためるつもりです」（『書簡集』第二巻三七―三八ページ）。またマリガンも、スティーヴンに向かってつぎのように声を上げる。「ロングワースはひどくふさぎこんでる……ペチャクチャばあさんのグレゴリーについておまえが書いたのを読んだせいでな。あーあ、異端審問官的泥酔ユダヤのイエズス会士め！　彼女がせっかく新聞に仕事を見つけてくれたってのに、それをおまえはタワゴトだとさんざんに酷評しやがった。イェイツばりの手並みで行けなかったのかよ？」（『ユリシーズ』第九挿話一一五八―六〇行）。

（2）アリストテレス『形而上学』第一巻第二章第九節。

（3）ギリシア古来の迷信で、悪夢除けに枕の下に入れられた。

（4）ジョイスが後に「アランの漁夫の蜃気楼」（本書四二三ページ）で、農夫の知性と威厳を評価していることとは対照的である。

（5）ベン・ジョンソン（一五七二―一六三七）『エピシーン』（一六〇九）第二幕第二場。パリにいる間ジョイスはジョンソンの作品を通読した。

（6）W・B・イェイツ『ケルトの薄明』（一八九三）。

（7）ラフテリー（Raftery）ことAntoine Raifteraí（一七七九―一八三五）は、アイルランドの詩人・音楽家。この書評と同年に、ダグラス・ハイドはラフテリーの詩集 *Songs Ascribed to Raftery*（一九〇三）を編纂した。

（8）ジェイムズ・アボット・マクニール・ホイッスラー（一八三四―一九〇三）はアメリカの画家で、彼の「夜景画」"Nocturnes"（一八七七）というタイトルは、同時に音楽用語の「夜想曲」も意味している。ステファヌ・マラルメ（一八四二―九八）はフランスの詩人。「再現部」はフランスの詩人カテュール・マンデス（一八四一―一九〇九）の作品。ジョイスの頭のなかでこれらが結びついたのは、いずれの芸術も音楽の状態を志向したもの、と思われたからであろう。メイスン＝エルマンは、「マンデスの凡庸な詩はほとんど注目に値しない」と言いながら、この「再現部」を引用している。

再現部

ローズ、エムリン、　　　アルテミドール、

マルゲリデット、　ミルラ、ミユリーヌ、
　オデット、　ペリーヌ、
アリックス、アリーン、　ネーイス、ユードール。
ポール、イポリット、　ズルマ、ゼリー、
ルーシー、ルシール、　レジーヌ、レーヌ、
　セシール、　イレーン！……
ダフネ、メリト。　そして私は皆を忘れた。

(9)　本書「喧騒の時代」九七ページを参照のこと。

(10)　態度と言葉遣いにおいて、ジョイスはここでイェイツに接近している。イェイツもまた、自らのナショナリズムを、イギリス人の俗悪な物質主義に対する反動として位置づけ、それに対抗するものとして、迷信をも含むあらゆる形態に見られる、アイルランド的理想主義を褒め讃えている。

(11)　グレゴリー夫人が引いたのは、ウォルト・ホイットマンの『草の葉』（一八五五）に収められた「職能の歌」第六聯――「はるか遠くを探すのか？　あなたはついにはきっと帰ってくる／あなたがもっともよく知るもののなかに、最上のものを見出して、あるいは／最上と思えるほどに良いものを見出して。／あなたにもっとも近い民衆のなかに、あなたは一番優しい、一番強い、／一番愛しいものを見出す。／この場所以外のいかなる場所にも、幸福や知識は見出せない――／この時間以外のいかなる時間にも」――である。これらの詩行はおそらく、パリに去った若きアイルランド人青年にとっては、警告と響いたことであろう。

(12)　グレゴリー夫人の引用に対して、ジョイスは同じくホイットマンの「ぼく自身の歌」第一八聯を引く――「勝利を得ることが良いことだと、君は聞いたことがあるか？／ぼくはこうも言おう、敗れることも良いことだと。闘いに敗れるものの魂は、勝利するものの魂と同じ」。ジョイスは、ホイットマンの意味を歪めている。つまり、アイルランドが征服者たちと同じレベルの下劣さに至った、と言いたいのである。二つの詩に見られる対照的な態度は、いずれも「死者たち」において劇化されているもの、と見ることができる。

17　モーター・ダービー(1)（一九〇三年）

【パリで金を稼ぐための最後の手段としてジョイスが思いついたのは、フランスのレーサー、アンリ・フルニエとのインタビュー記事を『アイリッシュ・タイムズ』に寄せることだった。フルニエは第二回ジェイムズ・ゴードン・ベネット杯に出場するため、ダブリンには七月にやってくることになっていた。おそらくは四月五日に行なわれたこのインタビューの数日後、ジョイスは「ハハキトクカエレ。チチ」という電報を父親から受け取る。ジョイスは四月一二日の聖金曜日にダブリンに戻っている。弟によれば、ベネット杯の当日、ジョイスがこれをわざわざ見に行くことはなかった。だが彼は、フルニエとの想い出を短篇「レースの後」に利用した。ジョイスはこの短篇をけっして高く評価しなかったが、ここでは、「死者たち」や「小さな雲」同様、土地の人間と外来者の葛藤という、彼お気に入りの主題が展開されている。そしてフルニエとのインタビューでの皮肉なまでの率直さには、同じ葛藤らしきものが萌芽状態にあるのを容易に見て取ることができる。】

日曜・パリ

アンジュー通り、マドレーヌ教会からさほど遠くないところに、アンリ・フルニエ氏(2)のビジネスの拠点はある。「パリ自動車」――フルニエ氏の経営する会社の本部がここだ。門を潜ると大きな四角い有蓋の中庭があり、その床の上と、床と天井の間に広がる巨大な棚の上には、いろいろな大きさ・形・色をした自動車が並んでいる。午後になるとこの中庭は騒音で満たされる。従業員の声、五、六カ国語で飛び交う買い手たちの声、電話のベル、出入りする車の「おかかえ運転手《ショーファー》」たちが響かせる警笛——こうなると、自分の番がくるまで二、三時間は待つ覚悟でないとフルニエ氏との面会は叶わない。だが「クルマ《オート》」の買い手たちは、ある意味で有閑の人々なのである。とはいえ午前中ならまだましで、筆者も昨日の午前、ようやくフルニエ氏にお会いできた。二度の失敗を経て後のことである。

　フルニエ氏は、痩せ型の活発そうな若者で、暗い赤茶けた髪をしている。インタビューはまだ朝も早い時間だったのに、しつこい電話のせいで中断されることしばしばだった。

「ゴードン・ベネット杯の出場レーサーのおひとりですよね、フルニエさん？」

「ええ、フランス代表に選ばれた三人のうちのひとりです(3)」

「それに、マドリッド賞にも、出場されるのではありませんか？(4)」

「ええ」

「先にあるのはどちらです？　アイルランドのレースとマドリッドのレースと」

「マドリッドのレースです。五月初旬。国際杯のレースは七月までお預けです」

「レースには精力的に準備を進めておいでだと思いますが？」

「まあ、今はモンテカルロとニースのツアーから戻ったばかりですから」

「あなたご自身のレーシングカーでですか？」

「いいえ、もっと馬力の小さい車で」

「アイルランドのレースではどの車に乗るか決めていますか？」

「ほぼね」

「名前を伺ってもいいでしょうか——メルセデスですか?」

「いいえ、モルスです」

「それは何馬力ですか?」

「八〇」

「で、その車だとどのくらいで走れます?」

「最高時速のこと?」

「ええ」

「最高で時速一四〇キロですね」

「でもレースの間じゅうその速度で走り続けるわけじゃないですよね?」

「ああ、そりゃそう。もちろん平均時速となればもっと下がりますよ」

「平均時速はどれくらい?」

「平均で一〇〇キロくらいかな。あるいはもうちょっとあるかも。だいたい時速一〇〇から一一〇の間ってところでしょうかね」

「一キロはおよそ半マイル、でしたっけ?」

「もうちょっとあると思いますよ。あなたのおっしゃるマイルは、何ヤードに相当しますか?」

「一七六〇ヤード、だったでしょうか」

「じゃあ、あなたの言う半マイルは、八八〇ヤードだ。こっちで言うキロメートルってのは、一一〇〇ヤードに相当します」

「ちょっと待ってください。じゃあ、あなたの最高時速は、約八六マイルってことですか。で、平均時速が、六一マイル(5)？」

「だと思いますよ、計算が合ってれば」

「ものすごい速さですね！　うちの道路じゃ焦げちゃうほどだ。走る道はもう、見てきましたか？」

「いいえ」

「えっ？　じゃあ、コースはまだご存知ないんですか？」

「ちょっとは知ってますよ。ええ、つまりその、パリの新聞に出てた見取り図みたいなのから」

「でも、実際は、それより詳しく知りたいところでしょう？」

「ああ、そりゃそうです。実のところ、今月中に、コースの下見に、アイルランドに行くつもりなんですよ。おそらく三週間後になるでしょう」

「アイルランドには、何日か滞在されますか？」

「レースの後？」

「ええ」

「残念ながら。そうしたいところですがね、無理だと思います」

「レース結果の予想を、尋ねられるのはお嫌でしょうね？」

「ぜんぜん」

「とはいえ、どの国を一番恐れてますか？」

「全部恐いですよ。ドイツもアメリカもイギリスも。みんな恐るべき連中です」

「で、エッジ氏についてはどう思いますか？」

無返答。

「前回は、彼が優勝したのでしたよね?」

「ああ、そうでした」

「じゃあ、彼があなたにとってはもっとも手ごわい敵でしょうか?」

「ああ、そうですね……でも、いいですか、エッジ氏は確かに優勝しましたよ。でもね……一番優勝しそうにない男だった。だから、勝ち目のない男だって、他の車が故障すれば、勝つ見込みはあるわけですよ」

この発言をどう見るにせよ、言われている真理を疑うことは難しかろう。

註

(1) サブタイトルとして「フランスのチャンピオンとのインタビュー(通信員)」と記されている。インタビュー自体はフランス語で行なわれた。一九〇三年四月七日、ダブリンの『アイリッシュ・タイムズ』に掲載された。初版のファクシミリ版は *The Works of James Joyce*, 6, Minor Works, 75-78 に収録されている。ジョイスはこの新聞のフランス通信員になることを望んでいたが、うまく行かなかった。パリから『アイリッシュ・タイムズ』に記事を二つ送ったが、パリのカーニヴァルを語った二番目のものは掲載されなかった。モーター・ダービー、すなわちゴードン・ベネット杯は、アメリカの新聞主ジェイムズ・ゴードン・ベネットの名に由来しており、彼は一連の国際自動車レースに、自分の名前を記したトロフィーを授与した。第四回のレースは一九〇三年七月二日にアイルランドで行なわれることになっていた。これが『ダブリナーズ』「レースの後」の素材となる。

(2) フルニエはフランスのタイトル保持者であり、当時では最高のレーサーだった。だがアイルランドでのレースでは優勝しなかった。

(3) ゴードン・ベネット杯のルールでは、一国が一チーム車三台をエントリーしてよいことになっていた。車はどの部品もその国の製品でなければならなかった。

（4）　パリ―マドリッド間のレースのこと。多くの不幸が重なりボルドーで中止となった。

（5）　アイルランドのコースは三七〇マイルで、これが六時間三六分九秒で走破された。優勝したのはベルギーのカミーユ・ジュナツィで、メルセデスを運転していた。フランスは二位と三位に入った。

18 (ろくでなし)[1](一九〇三年)

【四月にダブリンに戻ったジョイスは、母が癌に冒されゆっくりと死に向かいつつあることを知る。もはやアイルランドが彼を満足させることはなく、つぎにやるべきこともはっきりとしなかった。八月一三日に母が亡くなると、突然湧き起こった勤勉さゆえか、あるいは金銭の必要ゆえか、彼は八月末から一四の書評を書きまくる。が、一一月後半にはこれをぴたりとやめてしまう。

「ヴァレンタイン・キャリル」ことヴァレンタイン・ホートリーによる『ろくでなし』の書評について、スタニスロース・ジョイスはつぎのように述べている。「この小説をぞんざいに片付けつつ、兄はペンネームというものを批難している。もっとも、その一年後に自分の最初のいくつかの短篇が新聞に掲載されると、提案(わたしのではない)[2]に従って〈スティーヴン・デダラス〉というペンネームを用いることになる。だが兄はその後、自己を隠蔽したことを痛く後悔した。兄は、恥じてしかるべき悪しき文学作品を書いた、とは感じていなかったからだ。小説『スティーヴン・ヒアロー』の主人公の名前を用いたわけだが、兄はすでにこの小説にとりかかっていた。この名をペンネームに用いることにわたしはかねてより反対していたが、無駄だった。しかし、兄が最終的にこの名を〔小説に〕用いることに決めたのは、ひょっとするとペンネームとして用いたことが理由だったかもしれない。兄は時折起こる優柔不断を埋め合わせたいと願っていた。実際、自分をなお一層こ

の主人公と同一化するために、小説の終わりには「スティーヴン・デダラス作」と書き加えるつもりだ、とも語った(3)」。】

"A Ne'er-Do-Well." By "Valentine Caryl."
Fisher, Unwin, London.

結局のところ、ペンネームによる双書にはそれなりの利点がある。署名によって悪しき文学作品であることがわかれば、ある意味、悪にも備えができる。「ヴァレンタイン・キャリル」の本は、ひとりの天才ジプシーの物語で、その独白はバイオリンの伴奏で補足される。つまりは凡庸な散文で綴られる物語だ。新たにこの一冊も含むこととなったシリーズ全体が、そしてこういった本を出版すること自体が、またその内容の希薄さが、自惚れという雰囲気を湛えており、それは熟読によっても正当化されるものではない。

註

(1) 一九〇三年九月三日、ダブリンの『デイリー・エクスプレス』に掲載された。初版のファクシミリ版は *The Works of James Joyce*, 6, Minor Works, 85 に収録されている。書評にタイトルはない。ここでも、メイスン=エルマン編では、「ろくでなし」と「アリストテレスの教育観」の順番が入れ替わっている。先述の通り『書評集』の掲載順に従う。なお、ジョイスの書評している本のタイトル『ろくでなし』は、*A Ne'er Do Well* ではなく *A Ne'er Do Weel* が正しい。

(2) 最初の三つの短篇を掲載したのは『アイリッシュ・ホームステッド』だが、この編集者ジョージ・ラッセル(一八六七—一九三五)は、ジョイスに宛てた日付のない手紙で、「たまに一般読者の理解と好みに阿る」ことを厭わなければ、ペンネームとして好きな署名を用いてもいい、と提案している。この手紙は、一九五一年一月二八日『ニューヨーク・ヘラルド・トリビューン・書評』所収、ジョン・J・スローカム「一〇年後のジョイス覚書」に引用されている。

（3）『書評集』二五ページ。

19　アリストテレスの教育観(1)（一九〇三年）

"Aristotle on Education." Edited by John Burnet. Cambridge: At the University Press. 2s 6d.

この本は、『倫理学』の最初の三巻、および第一〇巻から集められたもので、これに『政治学』からのいくらかの抜粋が加わっている。不幸なことに、この寄せ集めは教育論としては不完全だし、今のところ網羅的でさえない。『倫理学』は、賞讃者からも敵からも一様に、逍遥学派哲学の虚弱な部分と捉えられている。彼を生物学者と考える現代のアリストテレス観(2)――「科学」の擁護者の間では人気のある考え方だ――はおそらく、形而上学者と見る古い考え方に比しても、真実味が劣る。自身の厳密な方法論を高水準で適用していくその方法こそ、アリストテレス自らが達成したものであるのだから。とはいえ、彼の教育の理論は、興味の持てないものではない。それにこれは、彼の国家の理論に従属するものでもある。個人主義というものは、ギリシア人の精神には容易に推奨できるものではなかったように思えるし、自らの教育論を提示することでアリストテレスが尽力したのも、ギリシアというひとつの国家に資することを目したからであり、最大の興味をそそるこの問題に、最終的で決定的な解決を与えることを目したわけではなかったのだ。結果的にこの本は、哲学叢書への価値ある寄与とはほとんど見なせないものとなっている。しかしフランスにおける昨今の研究の観点からは同時代的な価値が見出されているところでもあり、(3) また科学の専門家や唯物論者の一団が揃いも揃って哲学という名声を安売りしている現代でもあるから、「物知る人々の師」(4) と賢明にも名付けられた人物に心を留めてみるのも大変有益である。

註

(1) スコットランドの古典学者ジョン・バーネット(一八六三—一九二八)による、アリストテレスの著作の編集・翻訳『アリストテレスの教育観——倫理学と政治学からの抜粋』(一九〇三)に関する書評で、一九〇三年九月三日、ダブリンの『デイリー・エクスプレス』に掲載された。初版のファクシミリ版は *The Works of James Joyce*, 6, Minor Works, 81-82 に収録されている。

(2) ここでジョイスはバーネットのことを仄めかしている。バーネットはアリストテレスを、「最初の第一級の生物学者」(2, 129) と呼んでいる。

(3) この意見はジョイスのものではなくバーネットのものである。「ここでアリストテレスが掲げている種類の問は、実のところ、現在フランスを二分している問題と同じである。宗教的秩序を教えることへのフランス政府の反対は、それが民衆のなかに『共和主義者の精神』を生み出すことがないから、そして、アリストテレスの言葉を借りれば、憲法に沿った教育ではないから、というものである」(106, footnote 2)。バーネットが言及しているのは、フランス教育の脱宗教化を目指したコンブの努力である。フランスの政治家エミール・コンブ(一八三五—一九二一)は教会と国家の厳然たる分離を推し進めた。

(4) ダンテが『地獄篇』第四歌で用いたアリストテレスへのこの呼び名を、ジョイスは『ユリシーズ』第三挿話「プロテウス」冒頭において今一度用いることになる。ここでスティーヴン・デダラスは、アリストテレスの『霊魂論』にある問題と格闘している。この書評が明確に示しているように、人間を政治的動物と捉えるアリストテレスの人間観は、その形而上学や美学ほどにはジョイスを惹きつけなかった。

20　帝国の建設(1)（一九〇三年）

【一九〇三年八月一三日に母が亡くなり、そのおよそ一カ月後にジョイスはこれを書いているが、アイルランドの新聞の編集者宛ての手紙を意図していたようである。このなかでジョイスはジャック・ルボディに言及している。(2)フランスのこの若い裕福な探検家は、夏季に自身のヨット「フラスキータ号」で北アフリカの沿岸を周遊し、自分はサハラ砂漠に新しい帝国を築き上げ、初代皇帝ジャック一世となった、と公表した。ルボディはユービ岬からボハドル岬にかけての領域を掌握するまでに至ったが、当時この地域には明確な統治権が存在しなかったからである。フランス政府はルボディの行ないに対していかなる関与も否定したが、九月初旬、五人の乗組員が原住民に拿捕されると、これを救出するため、ジョレス船長の指揮する巡洋艦「ガリレー号」を送らざるを得なくなった。一九〇三年九月八日の『ザ・タイムズ』紙の特報はつぎのように伝えている。「事件の全容を伝えるパリの新聞の口調からして、当初から予想された印象は確かなものとなった。すなわち、取るに足りない事件である」。ジョイスは乗組員に対する〔ルボディの〕残酷な扱いに不快感を覚え、以下の皮肉なコメントを執筆したが、この事件については『ユリシーズ』においても別な文脈で言及されている。】

帝国の建設は、南アフリカとは異なり、北アフリカではうまく行かないらしい。従兄弟たちは空中散歩でパリの公衆を驚かせたが、(3)サハラ砂漠の新皇帝ジャック・ルボディ氏は、政庁《パレ》〔裁判所の意〕のより重くより危険な大気圏にあえて突入する準備を進めている。彼は、以前フロスケッタ号の乗組員であったジャン・マリー・ブルディエとジョゼフ・カンブレーの二人に訴えられ、アンドレ氏の前に召喚された。(4)二人は、ルボディ氏の指揮のせいで被った虐待と疾病に対し、一〇万フランの損害賠償を要求している。新皇帝は、どうやら臣民の身体的福利厚生に関しては、細心の注意を払わなかったように見受けられる。彼はその備えなしに二人を砂漠に放置し、自分が戻るまで待機せよと命じた。二人は土着民の一団に捕らえられ、その間飢えと渇きの苦悶を味わう。二カ月近くも捕虜の状態にあり、その後ようやく、ジョレス氏の指揮するフランスの軍艦によって救い出される。その後二人のうちひとりはルアーブルの病院に収容され、一カ月の治療を経ていまだ回復の途上である。二人が賠償を要求してもことごとく無視されたため、今回法廷に持ち込むことにしたのだ。以上が乗組員たちの訴えであり、その弁護のために二人の弁護士オーバン氏とラボリ氏が雇われた。皇帝は、ブノワとかいう士官のひとりを通して、調停に持ち込もうと抗弁を行なった。彼の考えるところでは、これはフランス共和国とサハラ帝国の間の訴訟であり、そうであるからには第三者の国の法廷で争われるべきである。よって、この訴訟の裁判は、イングランドかベルギーかオランダに委ねることを請願する、というのである。この訴訟が今後どのように進行しようとも（そしてこれに附随する特殊な状況が判決を極めて難儀にしていることは明らかだが）、この新帝国が公判によって物質的に繁栄したり「威信」を獲得するということは、まずあり得まい。事実この論争は、ひょっとすると植民地計画と呼べたかもしれないものを、商業的利害の問題に還元する傾向にある。しかし実のところ、植民地主義の精神はフランス人に訴えるところがほとんどないという点を勘案すれば、物好きという批難からルボディ氏を擁護することは容易ではない。この新しい計画には、背後に国家（State）があったようには見受けられない。つまりこの新帝国は、たとえばベチュアナランド委員会から南アフリカ帝国が築き上げられたように、なんらかの有能な管理統制下で発展を始めそうだとは思えない。(5)しかしたとえそうではあっても、この計画は確かに奇抜なもので、独立国家の新たなる候補者に国際的な興味を呼び集めるには十分である。そしてこれほど風変わりな争点を抱く訴訟を耳にすれば、パリジャンたちも間違いなく、関心の半分はこちらに向けることだろう。残りの半分は比較的小さな問題――レジャーヌと「小鳥たち」の話題である。(6)

ジェイムズ・A・ジョイス

セント・ピーターズ・テラス　七番

カブラ、ダブリン

註

(1) この手紙は、コーネル大学図書館にあるスタニスロース・ジョイスの日記中に、ジョイスの自筆で保存されている。『ジェイムズ・ジョイス・アーカイヴ』第二巻八〇―八三ページ所収。

(2) メイスン＝エルマンはつぎのように註記している。「ダブリン国立図書館の書籍管理人パトリック・ヘンチー氏には、御親切にもアイルランドの新聞をつぶさに調べて頂いたが、この手紙が掲載されたことはなかったとのことである」。

(3) ポールとピエールのルボディ兄弟による、半硬式飛行船の実験飛行は、当時かなりの注目を集めた。

(4) 召喚状は一一月六日に発行されたと伝えられている。ジャック・ルボディのヨット名は、Frosquetta と綴られているが、Frasquita の誤り。

(5) 一八九五年、英領ベチュアナランド（現在のボツワナ）はケープ植民地に組み入れられ、南アフリカ連邦のケープ州の一部となった。

（6）　レジャーヌは、フランスの女優ガブリエル・レジャーヌ、本名ガブリエル・シャルロット・レジュ（一八五七―一九二〇）のこと。一九〇三年一〇月、彼女の離婚が報道された。「小鳥たち」はフランス語でLes petits oiseauxと表記されている。『ル・フィガロ』紙の一九〇三年一〇月一日付けの記事には、ルボディの滞在していたロンドンのサヴォイ・ホテルに、華やかな色の鳥たちを入れた無数の鳥小屋が届けられた、とある。この語句は、あるいはラシーヌの『アタリー』第二幕第七場にあるセリフ「神は小鳥たちをも養い給う」という格言的な言い回しを用いた、痛烈な皮肉であるかもしれない。

21　新しいフィクション（『アーガ・ミルザ王子の冒険』(1)）（一九〇三年）

"The Adventures of Prince Aga Mirza." By Aquila Kempster. Fisher Unwin: London.

この薄めの一冊は、おもにインドの生活を題材にした短篇集である。多少なりともインドの魔術の話に興味を抱く読者であれば、最初の五つの物語――アーガ・ミルザ王子の冒険――が、この本のなかでは一番面白いと思うことだろう。しかしこういった物語の魅力は、率直に言ってセンセーショナルなものであり、オカルトの専門家が用いる長たらしい説明は、われわれには不要である。キャンプ生活を扱ういくつかの物語は、つねに男らしさと見誤られることを欲する未熟な残忍性で、色濃く染まっている。しかしフィクションへの欲求を抑えきれる人びとは、自らが貢献して築き上げてきた文化によって、日々大変な抑制を被っているから、マンデヴィル(2)の時代の人間たちのようなわけにはいかない。その時代であれば彼らには、魔法や怪物や勇敢な振る舞いといったものが、実に気前よく提供されたものであった(3)。

註

(1) 一九〇三年九月一七日、ダブリンの『デイリー・エクスプレス』に掲載された。初版のファクシミリ版は *The Works of James Joyce*, 6, Minor Works, 89 に収録されている。「新しいフィクション」というタイトルは、次項(『牧場の気骨』の書評)と合わせて二つの書評を包含するものとなっている。この項は、アクウィラ・ケンプスター(一八六四—一九一〇)の『アーガ・ミルザ王子の冒険』(一九〇三)の書評。

(2) ジョン・マンデヴィル卿(一三〇〇?—七二)は、「聖地」への幻想的な巡礼案内である『旅行記』(英語版は一三七五年頃)の作者と考えられている。

(3) メイスン＝エルマンはつぎのように註記している。「ジョイスは、視覚的に顕現する魔術は必要としなかった。『ユリシーズ』では、〈太陽神の牛〉の挿話において、機を捉えてはマンデヴィルやマンク・ルイスその他の寓話作家が用いた魔法の術の、パロディを行なっているが、〈キルケー〉挿話においては、精神の内部で起こる、より奇蹟的な変身や喚起作用を描き出した」。

22　新しいフィクション（『牧場の気骨』(1)）（一九〇三年）

【ジェイムズ・レイン・アレンの小説について、ジョイスの論じ方は意想外に甘い。ケンタッキー生まれのアメリカ人アレンが思い至った主題は、たとえそれがアレンらしい古臭い技法で扱われていようと、ジョイスの興味を大いに掻き立てるものだった。『牧場の気骨』において、主人公は婚約者の女性に自身の不道徳な過去を告白する。婚約者は即座に彼を捨て、彼が死に瀕するときまで二度と戻ってくることはない。男女間の完璧な誠実さという同種の主題を、ジョイスは『エグザイルズ』において展開することになる。ジョイスがアレンの前作『増大する目的』（*The Increasing Purpose*, 1900）を最大の共感を覚えながら読んでいたことは明らかであり、すでにしてジョイスはアレン贔屓だった。この小説はある若者の知的・情緒的成長を描いたもので、彼はケンタッキー・バイブル・カレッジ在学中にダーウィニズムと出会う。その結果生ずる教授陣や両親との口論は、芸術的には劣るものの、スティーヴン・デダラスのプロテスタント版といった趣がある。最後にジョイスは、アレンには珍しい器用な言葉遣いと、リズミカルな散文を褒め讃える。ジョイスには、アレンの長々と続く散漫な箇所が気にならなかった。それが物語的には希薄な糸で結び合わされているわけだが、『肖像』におけるジョイスもまたこの希薄さをわがものとした。】

"The Mettle of the Pasture," by James Lane Allen. Macmillan and Co., London. 6s.

『増大する目的』の作者による新作が、公衆から思いやりのある傾聴を得ることは確実である。自分たちに寄与してくれる作家には、公衆も感謝の念を抱くことがあるからだ。アレン氏はいまだ、特に優れた長所のある作品は書いていないものの、これまでに執筆してきた多くの作品は、少なくとも現時点では、同国人に関する真面目で忍耐強い解釈を提供している。作者に存するにせよ主題に存するにせよ、読者はかならずや、そこに自己を頼みとした健全さがあることに気づく。まさしく（作者がタイトルに用いたシェイクスピアの語句を使えば）牧場の気骨がある。(2) 文体はほとんどつねに明瞭かつ透明であり、装飾性に走るときのみ失敗している。技法は心理的で、ごくわずかに説話的（narrative）である。この形容辞は、数多の文学的過ちを含意するものとして用いられてきたが、アレン氏の場合、この語を無難に当て嵌めることができる。その点ではヘンリー・ジェイムズ氏から大きく隔たっている。

これは恥辱の悲劇、情事の物語である。この情事は男の告白により唐突に終わりを迎えるが、数年後、数々の試練を経て後更新される。いかなる関係をも更新し、そうすることで時の流れと変化に無礼を働こうとする者に対して、世界はそうした試練を用意するのである。この物語の周囲には、その他二、三の情事も用意されてはいるが、おおよそありきたりなものだ。だが登場人物は、たとえば老コンヤーズ夫人に見られるように、しばしば極めて独創的である。そして全体の流れが阻止されるのは、読者につぎの点が示唆される時である。すなわち、ある種の情熱的な激しい人種は、ほかの人間たちとは異なり、曖昧な汎神論的精神――それは時折奇妙なほどに悲しげだ――とでも呼ぶべきものの影響により、自らの運命を切り開こうとする、ということである。彼はつぎのように言う。これは実に魅力的な箇所だ——「彼女にしてみれば、それはああした瞬間のひとつに過ぎない。つまり、われわれの人生はわれわれ自身の手中にはないということ、われわれに降りかかることは何であれ、われわれの力の及ばないところに発しているということを、ふと思い出してしまう瞬間だ。われわれの意志は、たしかにわれわれが手を伸ばせるところまでしか辿り着けないかもしれない。われわれの声が届くところまでしか行き着けないかもしれない。しかし、われわれの外部と内部ではひとつの宇宙が動いていて、その宇宙自らの目的のみに沿って、われわれを救いもすれば破滅させもする。(3) そしてその法則のなかでは、われわれの自由など、森の木の葉以上のものではない。どのような形になるか、どの季節に開くか、葉には自分で決める自由などない。滋養の雨を降らせることもできず、終には自らを散らせる嵐を、どうすることもできない(4)」。

註

(1) ジェイムズ・レイン・アレン(一八四九—一九二五)の『牧場の気骨』(一九〇三)の書評。一九〇三年九月一七日、ダブリンの『デイリー・エクスプレス』に、「新しいフィクション」というタイトルで前項(『アーガ・ミルザ王子の冒険』の書評)とともに掲載された。初版のファクシミリ版は *The Works of James Joyce*, 6, Minor Works, 89 に収録されている。初版では一パラグラフだが本書では『書評集』に従う。

(2) 「そして汝ら/イングランドで四肢を鍛え上げた卿士らよ、ここで我々に/牧場仕込みの気骨を見せてみよ」『ヘンリー五世』第三幕第一場二八—三〇行。

(3) 「絶えずおまえの外部で脈打つ鼓動、絶えずおまえの内部で脈打つ鼓動。おまえが歌うおまえの心臓。ぼくは二つの間にいる。どこにだ? 二つの鼓動が渦巻く、二つのどよめく世界の間で、ぼくは。」『ユリシーズ』第一〇挿話八二一—二四行。

（4）アレン（125）からの引用。メイスン＝エルマンは、ジョイスがこれを暗記していた、と註記している。カンマが二箇所で加わっている以外、原文通りの正確な引用となっている。

23 歴史への一瞥[1]（一九〇三年）

"The Popish Plot." By John Pollock. Duckworth and Co., London.

カトリック陰謀事件[2]に関する解説としてはほかのどのフィクションよりも面白い、と語ったところで、ポロック氏によるこの本の主題や主題の扱い方に対する皮肉な言及とはなるまい。ポロック氏は歴史的な方法の秘訣について入念な手ほどきを受けたと思しいが、この「陰謀事件」については、明晰にして詳細かつ（少なくとも批評としては）寛大な説明に取り組んだ。

この本で特段に面白い箇所は、エドマンド・ゴドフリー卿殺害の物語である。[3]実に技巧的な暗殺であったため、ド・クウィンシーの賞讃を得たほどであり、ほとんど証拠が残っておらず、しかも数々の偽証に圧倒されてしまったため、アクトン卿はこの殺人を、解決不可能なミステリーであると宣言した。[4]しかし、正義が容易に政治的・宗教的怨恨から取り扱われた当時のこと、グリーンとベリーは極刑を言い渡された。やがて（少なくともこの一点については異口同音であった）後代の人びとが、彼らの嫌疑を晴らすことになる。[5]

哀れな犠牲者に対し不利な証言を行なった者たちに関して言えば、プランスとベドローが同じ罪を宣告されることはあり得ない。プランスは結局のところ、自身の極めて危うい立場から逃れようと嘘をついたに過ぎない。[6] だがベドローのほうはより詐術に富む悪漢であって、極悪非道の丸顔の親分、恐るべきオーツの、一の子分だった。[7] この陰謀事件に関して行なわれた告訴と反訴の一切は、読めば当惑するばかりである。そしてチャールズの振る舞いは、同情の溜息を持って読むしかない。「混乱のさなか、王は突然ニューマーケットの競馬へ出かけた。この無作法な軽挙には誰もが憤慨した」。[8] だがそうは言っても、彼は実に巧みな手腕でオーツの取調べを行なった。そしてオーツをいとも簡潔に「最大の嘘吐き悪党」と呼んだ。

教唆の廉で告訴された者たちに対するポロックの扱いは、この書の扉に掲げられたマビヨン[9]の簡明なる言辞に見られる通り、正当なものである。[10] そして読者は、これをあのレストレーンジによる、歪曲された愚かしい説明と比較してみれば、[11] これがどれほど勤勉な著者による学術的な書であるかがわかるだろう。

註

（1）ジョン・ポロック『カトリック陰謀事件――チャールズ二世の治世の研究』（一九〇三）の書評。一九〇三年九月一七日、ダブリンの『デイリー・エクスプレス』に掲載された。初版のファクシミリ版は *The Works of James Joyce*, 6, Minor Works, 93-94 に収録されている。初版では一パラグラフだが、本書では『書評集』に従う。

（2）イングランドのチャールズ二世暗殺を狙い、カトリシズムの再建を目した、とされる架空の陰謀。タイタス・オーツ（一六四九―一七〇五）の証言は、一六七八年から八〇年の間に多くの無実のローマカトリック教徒を処刑することに繋がった。

（3）エドマンド・ベリー・ゴドフリー卿（一六二一―七八）はイングランドの治安判事で政治家。一六七八年九月、彼の前でタイタス・オーツらは、自分たちの情報が真実であることを誓った。翌一〇月のゴドフリー卿殺害は、「陰謀」の信憑性を高めるものと見なされた。

（4）ジョイスが要約しているのは『カトリック陰謀事件』の序文vii、3、83である。トマス・ド・クウィンシー（一七八五―一八五九）の有名なエッセイは「ひとつの芸術と見なされる殺人について」と題されている。アクトン卿ことジョン・エメリック・エドワード・ダルバーグ・アクトン第一代男爵（一八三四―一九〇二）は「ホイッグ党の勃興」と題されたエッセイでこの殺人事件を論じた（*Lectures on Modern History*, London, 1930, 213-14）。だがここにはジョイスの記憶違いがある。ポロックの引くところでは、この謎が「解決不可能」と述べたのはヒュームであり（83）、アクトン卿は「実に混乱を極めたミステリー」と述べた（vii）。

（5）ロバート・グリーン、ヘンリー・ベリー、ロレンス・ヒルは、マイルズ・プランスとウィリアム・ベドローの証言により、一六七九年に殺人罪で絞首刑となったが、プランスはその後偽証罪で訴えられた。

（6）プランスがイエズス会のスパイであったという議論は、本書でかなりのページを割いて展開されているが、ジョイスはこのポロックの議論の詳述を差し控えている。

（7）これは誤りである。オーツとベドローの間に繋がりはなかった。ベドローは単にオーツのやり方に従っただけであった。

（8）ジョイスはここで本文に手を加えている。本文はつぎの通りである。「誰もが混乱していることに加えて、王はニューマーケットの競馬に出かけてしまった」（80）。

（9）フランスのベネディクト会士・古文書学者ジャン・マビヨン（一六三二―一七〇七）。

（10）「確かなるものは確かなるものと見なせ。誤ったものは誤ったものと見なせ。疑わしいものは疑わしいものと見なせ」。

（11）ロジャー・レストレーンジ卿（一六一六―一七〇四）は王党派のジャーナリスト、パンフレット作者で、自身の定期刊行物『ザ・オブザーヴァー』（一六八一―八七）において、ホイッグ党とタイタス・オーツを攻撃した。陰謀事件に関するレストレーンジの解説は、ポロックが本書で引用している。

24　アーノルド・グレイヴズ氏の新作(1)（一九〇三年）

【ジョイスは嬉々として著名な年長者を批難した。アーノルド・グレイヴズと、その本を紹介したR・Y・ティレル教授も、よく知られたアイルランド人であった。この書評は、ユニヴァーシティ・カレッジ時代からジョイスがたゆまず展開してきた戦い、芸術対道徳的偏向の戦いを継続させるものであり、ここでも彼は、『肖像』の有名なくだりと同じく、芸術家は登場人物が不貞を働こうが殺人を犯そうが、その人物に対しては「偏頗のない共感」を抱くものだ、と弁じている。】

"Clytemnæstra: A Tragedy," by Arnold F. Graves. Longman, Green and Co: London.

ティレル博士(2)はグレイヴズ氏の悲劇に寄せた序文で、『クリュタイムネストラ』(3)が、『カリュドンのアタランテー』(4)のような英語で書かれたギリシア悲劇ではなく、むしろ現代の劇作家の視点から描かれたギリシアの物語である、と指摘している。言い換えれば、単にそれ自体の価値によって受け入れられるべき作品であり、文学的骨董品として評価されてはならない、ということだ。言語に関わるこの二次的な問題はしばし措くことにして、扱い方がこの主題に相応しい、というティレル博士の意見には、容易に同意できない。むしろ逆で、構成自体にいくつかの致命的な欠陥があるように思われるのだ。グレイヴズ氏はこの戯曲の題名に、アガメムノンの不貞な妻の名を用い、名目上は彼女を主要な関心点に据えた。だが弁舌の流れからして、またこの戯曲が大半は罪過に続く返報のドラマであり、オレステースが復讐の神の遣いである以上、王妃の罪多き性質がグレイヴズ氏の共感を得なかったことは明らかである。

事実この戯曲は倫理的な観念に沿って決着がつけられるのであり、ある種の病的な状態――巷間の神学者たちがしばしば呪詛するそれ――に対する偏頗なき共感によって解決されるのではない。品行の規則は道徳学者の本のなかに見出せるものだが、エリザベス朝の喜劇のなかにそれを見出せるのは「専門家」だけである。さらに、愛人〔アイギストス〕のためにすべてを危険に晒そうとしているクリュタイムネストラが、彼をほとんど明け透けな軽蔑をもって扱う様子、またアガメムノンが、勝利の夜、自分の城で自分の妃によって今まさに殺されようというとき、痛風のせいとしか思えないほど、娘のエレクトラを馬鹿げた残酷さで扱ってしまう様子――これらを見れば、観客の興味は誤った方向に導かれる。実のところ全五幕のうちでもっとも説得力を欠くのが、殺人の起こるこの幕である。その効果もまた実に怪しい。というのも、オレステースがトランス状態(5)で見た場面の二つめは、観客にとっては、第三幕の実際の殺人場面の効果を損なうだけである。観客の側は、血に手を染めたクリュタイムネストラとアイギストスを目にしたばかりなのであるから。

こういった過ちは軽微と呼べる類のものではない。というのも、それは芸術作品の構造の死活に関わる地点で起きるからである。グレイヴズ氏は説明的な記述で一切を取り込もうとしたのであろうが、律儀にも極力平明な言葉を用いようとした挙句、すべてのいびつさを即興の救済のなかに投げ入れてしまった。とはいえ詩文に関しては、昨今書かれる大概の詩文に比して、咎めるべき点はほとんどない。そして予言者テイレシアースがつぎのように叫ぶとき、それは単に、千里眼を持つ者に起こりがちな、精神の迷いを暗示しているだけなのかもしれない。

　気をつけろ！　気をつけろ！
おまえが丘の上から押し転がした岩だ、
おまえが行く道を変えねば、おまえを押し潰すかもしれない。(6)

註

(1) アーノルド・F・グレイヴズ（一八四七―一九三〇）『悲劇クリュタイムネストラ』（一九〇三）の書評。一九〇三年一〇月一日、ダブリンの『デイリー・エクスプレス』に掲載された。初版のファクシミリ版は *The Works of James Joyce*, 6, Minor Works, 105-06 に収録されている。初版では一パラグラフだが、本書では『書評集』に従う。メイスン＝エルマン編およびバリー編では、同じ紙面に掲載された次の二つ「フランスの宗教小説」「ふぞろいな詩」の後に来ている。先述の通り『書評集』の掲載順に従う。

(2) ロバート・イェルヴァートン・ティレル（一八四四―一九一四）はトリニティ・カレッジ・ダブリンのアイルランド古典学者。

(3) ジョイスは終始 Clytæmnestra を Clytemnæstra と誤記している。

(4) イギリスの詩人・劇作家アルジャーノン・チャールズ・スウィンバーン（一八三七―一九〇九）による一八六五年の戯曲。

(5) オレステースがデルポイにて神託のヴィジョンを得た場面を、ジョイスは科学的な語彙で語っている。

(6) ジョイスは好んでこの種の自家撞着の語句を蒐集した。一九〇二年のパリでは、イェイツやその他同時代の作家たちから拾い集めた破格の語法を、ジョン・ミリントン・シング（一八七一―一九〇九）に見せては当惑させた。

25　フランスの宗教小説(1)（一九〇三年）

【ジョイスの書評のなかで、このマルセル・ティナイエールの小説に対するほど賞讃に溢れたものはない。この小説は、ヤンセン派の教育に、半ば反抗しながらも屈従して行く若者の姿を描いたもので、彼は人生と愛を肯定しながらも、最終的にはこれを拒絶する。ジョイス自身の主題に極めて近似しており、強く惹きつけられたのも頷ける。ジョイスが自身の作品の二つの原型的な要素に向かっていたことは、この書評から窺われる。ティナイエールによる、純朴な青年と世知に長けた女性を巡るプロットは、いささか陳腐であると批判しているが、このときジョイスの心中にはおそらく、『スティーヴン・ヒアロー』や『肖像』の、構想中のプロットがあった。後者において主人公は、この世の虚飾にもあの世のそれにも飲み込まれることなく、女や宗教よりも芸術を選ぶ。ティナイエールの主人公が、悲しくも確実に、自身の葛藤ゆえに分裂・崩壊していく一方で、スティーヴン・デダラスは喜ばしい統一を達成する。ジョイス作品の第二の原型的要素は、この書評でジョイスがティナイエールの文体を過度に褒め讃えていることからわかる通り、文体は主題の表現であって作者の表現ではない、という文体観である。ジョイスはこの観念を、『ユリシーズ』において、いまだ知られざる極地にまで突き詰めて行くことだろう。】

"The House of Sin." By Marcelle Tinayre (translated by A. Smyth). Maclaren and Co., London.

この小説は、フランスの主要な文芸評論誌のひとつに連載されていたものから再版され、今回見事に英訳されたものであるが、パリよりもロンドンにおいて、より多くの注目を集めたように思える。扱われているのは妥協を許さぬ正統的信仰の問題であり、それはとりわけ現代的な、もしくは病的(2)（と聖職者ならば呼ぶであろうが）な懐疑に取り囲まれ、あの魅惑的で美しく神秘的な、地上の魂によって大いに試練を被ることになる。この地上の魂からの呼び声は、いつの世も聖人たちの祈り(3)を中断させ、ときにはそれを鍛えもするものである。

オギュスタン・シャントプリーは、これまでパスカルの弟子も多く輩出してきた、あるカトリック旧家の末裔である。厳格で実践を伴う信仰に囲まれて育ち、たとえ聖職者の人生を歩まずとも、少なくとも悪魔の誘惑は周到に斥け、無垢で敬虔な人生を送ることが運命(4)づけられていた。しかし彼の先祖のなかには、若き日、聖職に就くようにという勧めを断り、世の過度なる気取りに塗れた者がひとりいた。一族の沈鬱な家に対する反抗心から、快楽の阿房宮を建て、これは後に「罪の家」として知られるようになった。不幸なことにオギュスタンは、そんな二重の気質を受け継いでおり、霊的生活のための防壁は徐々に効力を失い、人間の愛というものが、密かに忍び寄る不可思議な炎であることに気づかされる。オギュスタンとマノール夫人との肉体関係は、美しい着想のもとで美しく達成されている。奇蹟のような優しさの、白熱の輝きに包まれている。素朴な語りはつねに独特の魅力となっており、これを読むわれわれは、その語りのもたらす人生が、それ自体あまりに豊かで、またあまりに複雑であるため、全体を表現することなど不可能なのだ、と推測できるのである。

オギュスタンとファニーは今二人きりとなった。シェヌ・プルプル〔赤紫のコナラ〕の方角に引き返したが、突然街道の真ん中で立ち止まり、口づけを交わした。……光も音もなかった。蒼穹の下、生きているのはただ、口づけに酔い痴れるこの男と女だけであった。時折二人は、手を結び合わせたまま、体を引き離しては見つめ合った。(5)

終盤の章では、何世代にも亘る伝統が恋する者を圧倒することになるが、それはあまりに残酷であるため、人間のあらゆる感情を囲繞する神殿は粉々に打ち砕かれてしまう。文体にも語りにも目覚しい変化が起こる。活力が刻一刻と失われていくごとに、言葉はいや増しに立ち止まることが多くなり、ついには（どことなく幻想的な印象を伝えるためにこう言ってよければ）消え入ってしまう。祈りを呟きながら、哀れな震える魂を、見知らぬ世界へと導いて行く散文なのである。

政治《ポリティコ》・宗教《レリジャス》小説に対する興味は、もちろん今日的なものである。そしておそらくは、ユイスマンスが日々、自身の作品によってより無定形になり、より明確に喜劇役者の姿を取るようになってきているせいで、パリはこの文学的修道士にうんざりし始めたのだ。(6)この『罪の家』の作者もまた、倒錯した経歴という強みは持っておらず、改宗者のひとりとも見なされてはいない。無垢な男と世慣れた女との複雑な関係には、おそらくさほどの新しさもない。しかし、その主題はこの作品において実にみごとな扱いを受けており、物語はブールジェの『嘘』(7)と比べてもはるかに勝っている。後者はいかに詳細な筆致で冷笑に満ちていようと、雑駁な作品である。

「マルセル・ティナイエール」――彼は大概の新カトリック教徒（neo-Catholics）以上に、カトリシズムに対して洗練された共感を抱いているように思われる。人生を愛し、この世の美と好運を愛する者である。この作品において敬虔と無垢は、あらゆる愛情の変化、人間の多様な本性が抱くあらゆる気分と織り交ぜられてはいるものの、読者は、この作家が人間の悲劇の上に、悲しみと荒廃の亡霊として、恐ろしいヤンセン派のキリスト像を掲げていたことに気づくだろう。(8)(9)

註

（1）一九〇三年一〇月一日、ダブリンの『デイリー・エクスプレス』に掲載された。初版のファクシミリ版は *The Works of James Joyce*, 6, Minor Works, 97-98 に収録されている。初版では引用箇所以外パラグラフの区切りがないが、本書では『書評集』に従う。ジョイスがここで書評しているのは、フランスの女性作家マルセル・ティナイエール（一八七〇—一九四八）の『罪の家』*La Maison du péché*（一九〇〇）のA・スミスによる英訳である。この小説は一九〇二年五月から八月まで、『パリ・レビュー』*La Revue de Paris* に連載されていた。

（2）イプセンの『あたしたち死んだ者が目覚めたとき』には、「地上の生」（the life of earth）という語句があり（本書八六ページ）、ジョイスはこれをマンガン論（本書一一七ページ）でも用いている。本項では「生」ではなく「魂」（spirit）だが、同種の語彙と見なし得る。

（3）ブレーズ・パスカル（一六二三—六二）はフランスの哲学者・数学者で、ヤンセン主義を擁護した。

（4）『リア王』第一幕第二場一一六行。

（5）ティナイエールのスミスによる英訳（162-63）からの引用。中略箇所以下（163）はつぎの通りである――「光も音もなかった。家々の壁の背後に眠っている者たちの存在を明かすものは、何もなかった。蛙ももはや鳴いてはいなかった。蒼穹の下、生きているのはただ、口づけに酔い痴れるこの男と女だけであった。時折二人は、手を結び合わせたまま、体を引き離しては恍惚の表情で見つめ合った。月に照らされた小道を数歩進んでは、何度も何度も立ち止まり、唇を重ねた」。ジョイスは「蒼穹」と「口づけに酔い痴れる」という描写は受け入れたが、「恍惚の表情で」という言葉は差し控えたようである。

（6）ジョリス＝カルル・ユイスマンス（一八四八―一九〇七）はフランスの小説家。その「政治・宗教小説」五部作、『さかしま』（一八八四）、『彼方』（一八九一）、『出発』（一八九五）、『大伽藍』（一八九八）、『修練者』（一九〇三）は、大きな反響を呼んだ。

（7）フランスの作家ポール＝シャルル＝ジョゼフ・ブールジェ（一八五二―一九三五）作、『嘘』（一八八七）。

（8）ヤンセン主義は、スコラ派の哲学に反対を唱えたコルネリス・ヤンセン（一五八五―一六三八）に発する。予定説と神の意志による「転向」に重きを置いた。パスカルはイエズス会に対してこれを擁護する者となった。

（9）作品では、文字通り十字架像が寝室に掛けてあるが、恋人たちはこれを取り除く。

26　ふぞろいな詩(1)（一九〇三年）

"Ballads and Legends." By Frederick Langbridge.
George Routledge and Sons, London.

ラングブリッジ氏がこの詩集の序文で告白しているところによると、自分は数多の先達詩人に負っている弟子であり、そのためこの詩集を様々な文体と主題で満たすことができた、とのことである。実際、ラングブリッジ氏の最悪の手法はまことに酷いもので、ここではブラウニングの最悪の欠陥が、情操の病と結び合わされている。この病に関しては、「師」になんら責任はない。たとえばここでは、「涙が地上に迸り」（tears splash on ground）、盲目の物乞いたち、母親に連れられた娘たち、哀愁に満ちた事務員たち、不具の者たちが、不吉な困惑のなかで群がっており、彼らの容易に想像のつく冒険譚を彩るために、米語混じり、コックニー混じりの口語体が用いられている。その結果もたらされるもの以上に嘆かわしい事態は思いつかない。というのも、ラングブリッジ氏がこの詩集に収めているいくつかのソネットは、ある種の注意深さと少なからぬ技量の証左となっているので、それだけにいっそう嘆かわしい結果がもたらされるのである。「モーリス・メーテルリンクに捧ぐ」(2)という詩行は、したがって、この陳腐な叙事詩の寄せ集めのなかでは奇妙に場違いである。テーマにおいても実に威厳があり、その扱い方においても抑制が利いている。[3] したがって読者が望み得ることと言えばただ、ラングブリッジ氏がつぎに詩集を出す際には、「感傷劇」への好みは犠牲にすることに決め、彼が詩神に告白するその愛を、真面目な詩のなかで立証することであろう。

註

（1）フレデリック・ラングブリッジ（一八四九―一九二三）『歌謡と伝説』（一九〇三）の書評。一九〇三年一〇月一日、ダブリンの『デイリー・エクスプレス』に掲載された。初版のファクシミリ版は *The Works of James Joyce*, 6, Minor Works, 101に収録されている。

（2）『歌謡と伝説』3。

（3）ジョイスがこのソネットを褒めたのは、そこにイェイツの詩の響きがあったからかもしれない。

26　ふぞろいな詩

モーリス・メーテルリンクに捧ぐ

ああ、汝ほの暗き亡霊の住処に住まう者よ
そこでは肉も半ば霊と化し、若き目も
無垢なる悲劇にて大きく重く見開かれ、
見慣れぬ哀愁の薄明は、
不吉な水面を覆い隠し、日付のない塔の土台を、
人間の姿をした悲しみで打ち壊し、
問と答のいにしえの森は

運の尽き果てた種族の悲しみを噂する。――
神秘なる、独特なる汝の予言夢の
足元には敢えて運ぼうとはすまい、
わが詩集を。そこでは騒々しい欠乏が競い合い、
大気はすべて市場の取引で腐敗している。
しかし、汝のように、わたしは白い羽が羽ばたくのを聞き、
暗い水と、心の崩れ落ちるを聞く。

27　軽んじられた詩人(1)（一九〇三年）

【一八世紀終盤に日常生活に対する興味が復興した事実は、必然的にジョイスの格別の関心を惹くこととなる。無味乾燥な観察録に向かおうとする努力は、『ダブリナーズ』のいくつかの作品にも見出し得る。この書評では、ジョイスはクラッブを、リアリストとしてゴールドスミスに勝ると讃美しているが、その後はゴールドスミスを、英文学における偉大なアイルランド作家のひとり、と認めることになる。(2)『フィネガンズ・ウェイク』においても、ジョイスはゴールドスミスから好んで引用している。書評の最後に見られる「オランダ人たち」への洞察に富む仄めかしは、本来絵画にはほとんど関心を寄せることのなかったジョイスの、この芸術に対する数少ない言及のひとつである。ジョイスがその画家たちに見出し、また偶然クラッブにも見出した「壮麗さ《スプレンダー》」は、ジョイス自身のリアリズムが、単に迫真性のみで満足するものではなかったことを示唆している。】

"George Crabbe," by Alfred Ainger.
Macmillan and Co., London.

テニソンはつぎのように言ったと伝えられている――神が田舎を作り人間が都市を作ったのであれば、田舎の町を作ったのは悪魔であったに違いない(3)。侘しい単調さ、みすぼらしさ、避け難い道徳的退廃――ようするに「地方的」(provincial)(4)と呼ばれるものの一切が、クラッブの詩のつねに変わらぬ主題である(5)。若い頃はエドマンド・バークや(6)、スコットの友人チャールズ・ジェイムズ・フォックス(7)、ロジャーズ、フィッツジェラルド(8)の文学的名親ボウルズ(9)らの後援を得たが、今日クラッブはその高みからはるかに失墜してしまい、文学案内では単なる好意で言及されるに過ぎない。

この軽視は、容易に説明が可能ではあるけれども、おそらく最終判断とはならないであろう。もちろんクラッブの多くの作品は退屈で平凡であり、批評家たちに対しつねに抗弁できたワーズワースのように、そういった抗弁の機会を持つこともなかった(10)。それどころか、彼の主要な特質は、ポープのように非常に均等な韻律を用い、ポープほどの輝かしさをほとんど持ち合わせていなかったことにある。それゆえ彼は、地方の卑賤な悲劇を語ることにかけて、実にみごとな成功を収めている。したがって彼の物語は、英語で書かれたフィクションの伝統内に、立派に場を得ることができる。誤った情操や「お上品」な文体が流行った時代、あるいは、田舎の生活が現代の「菜園派」(11)による利用を思わせるほど、熱心に利用されようとしていた時代、クラッブはリアリズムの王者と見えた。田舎の題材を、牧歌的な優雅さで扱うという点に関しては、なるほどゴールドスミスが彼の先駆者であった。しかし、オーバンの村を、『村』『自治都市』『教会区記録』といった作品に登場するそれと比べてみれば、前者はどれほどよそよそしく、真の洞察や共感に欠けていることか(12)。後者の作品名は今日の世代には聞き慣れない名前である。だからこそ、このもっとも軽んじられている英国作家のひとりに、少なくとも耳を貸す機会を生み出そうというのが、本研究書の目論見である。

著者は現代においてもっとも誉れ高くもっとも勤勉な批評家のひとりであり、彼であればひょっとすると、数ある派や理論のなかに、クラッブのような作家のための適切な場を確保することができるかもしれない。クラッブは、世の意見を二分しそうないくつかの箇所は除いて、健全な判断と落ち着いた手法を備えた詩人の典型であり、鋭い眼識と迫真性をもって村人の生活を陳述した。ときにその壮麗さは、あのオランダ人たち[13]を思い出させるのである。

註

（1）一九〇三年一〇月一五日、ダブリンの『デイリー・エクスプレス』に掲載された。初版のファクシミリ版は *The Works of James Joyce*, 6, Minor Works, 109-10 に収録されている。初版では一パラグラフだが、本書では『書評集』に従う。アルフレッド・エインジャー（一八三七—一九〇四）はヴィクトリア女王に常任で仕えた牧師・文人。その『ジョージ・クラッブ伝』（一九〇三）（Alfred Ainger, *Crabbe*, London: Macmillan & Co., 1903）の書評。ジョイスは書名を *George Crabbe* としているが、正確には *Crabbe* である。ジョージ・クラッブ（一七五四—一八三二）は英国の詩人。

（2）本書「アイルランド、聖人と賢者の島」二七三ページ、および「ジェイムズ・クラレンス・マンガン（2）」二九三ページを参照のこと。

（3）エインジャーの著書（118）にある言。

（4）エドマンド・バーク（一七二九—九七）はアイルランド生まれの政治家・政治哲学者。

（5）スコットランド生まれの小説家ウォルター・スコット（一七七一—一八三二）のこと。

（6）チャールズ・ジェイムズ・フォックス（一七四九—一八〇六）はイングランドのホイッグ党の政治家。

（7）サミュエル・ロジャーズ（一七六三—一八五五）はイングランドの詩人。

（8）エドワード・フィッツジェラルド（一八〇九—八三）はイングランドの詩人・翻訳家で、クラッブの詩の選集を編纂した。

（9）ウィリアム・リール・ボウルズ（一七六二—一八五〇）はイングランドの詩人。

（10）エインジャーは、多くの箇所でウィリアム・ワーズワース（一七七〇—一八五〇）との比較を行なっている。

(11)「菜園派」Kailyard school。kailyard は「キャベツ畑」の意味で、一八九〇年代、方言を多く用いてスコットランドの日常生活を描いた、小説家の一派を指す。スコットランドの菜園派の作品は、地方的な感傷性で知られる。これを擁護した代表的な人物として、『ピーター・パン』(一九〇四)の作者J・M・バリー(一八六〇―一九三七)がいる。バリーについては「イギリス俳優劇団のためのプログラム解説」四六一ページも参照のこと。

(12) オーバンは、アイルランドの作家オリヴァー・ゴールドスミス(一七二八―七四)による『寒村』(一七七〇)の村名。『村』(一七八三)、『自治都市』(一八一〇)、『教会区記録』(一八〇七)はクラッブの作品。

(13) アドリアン・ヴァン・オスターデ(一六一〇―八五)からメインデルト・ホッベマ(一六三八―一七〇九)までのオランダの風景画家たちを指している。

28　メイスン氏の小説(1)（一九〇三年）

【大衆小説を書評させられることとなり、ジョイスは穏やかな皮肉を語ることでこれに甘んじた。冒頭でダ・ヴィンチを引き合いに出しているのは、文脈にそぐわない重みを醸し出す皮肉である。だが『ユリシーズ』の「スキュラとカリュブディス」挿話で、ジョイスはこの同じ理論を敷衍し、シェイクスピアが己の人生を戯曲に利用した点を詳述している。】

"The Courtship of Maurice Buckley," by A. E. W. Mason.(2)
"The Philanderers," by A. E. W. Mason.
"Miranda of the Balcony," by A. E. W. Mason.
Macmillan and Co., London.

これらの小説は、主題においても文体においてもそれぞれ大いに異なってはいるが、レオナルドの考察のひとつが真実であることを奇妙にも例証してくれる。半ば汎神論的な心理学のために、意識の暗い内奥にまで探求を進めたレオナルドは、精神が自らの似姿を、自らの創造物のうえに刻み込む傾向があることに気がついた。

彼によれば、多くの画家が他人の肖像画を描きながら、そこにあたかも画家自身の鏡像のごときものを描き入れてしまうのは、この傾向ゆえなのである。(3) おそらくはメイスン氏も同様の方法で、紛れもなく「自身の理解力の鋳型」のひとつであるものに、これらの物語を流し込むことにしたのであろう。

メイスン氏が用いる「小道具」のなかに、早めに消し去られる夫というものがあることには、読者も気づかずにいられまい。『モリス・バックラーの求婚』ではジュリアン・ハーウッドであり、『恋をあさる人びと』では寄る辺のないゴーリーであり、『バルコニーのミランダ』ではラルフ・ウォリナーである。三作のいずれにおいても、前歴の怪しい気まぐれな娘が、ひとりの若者と関わりを持つ。若者もまたいずれの小説にも共通するタイプで、つまりはたくましい、頭の鈍いイギリス人である。この種の物語が、ひょっとすると作者の同意もなく、これほど異なる場所と時間で再生産されてしまうというのは、見ていて奇妙な気がしてくる。

些細な現象として、いずれの物語にもホラティウスが現れる。『モリス・バックラーの求婚』では、この物語で重大な関心事となるティロルの城の平面図が、小型エルゼヴィル版のホラティウスのページに描かれる。(4) 『恋をあさる人びと』では、クラリスの古典的な美しさに相応しい直喩が、再三ホラティウスの言葉のなかから捧げられる。そして『バルコニーのミランダ』においてもまた、あの興味深い人物、「少佐」ウィルブラハムが、襲撃と恐喝の合間にホラティウスの翻訳に従事する男として描かれている。

メイスン氏は、大都市からいくぶん離れた場所や時間を描くときのほうが、はるかに成功している。『恋をあさる人びと』(このタイトルを、メイスン氏はジョージ・バーナード・ショー氏から貰い受けた)(5) における(6) ベルグレイヴィアの雰囲気は、機知に富む話や出来事が多く描かれたところで、活き活きとしたものにはなっていない。だが『バルコニーのミランダ』では、スペイン風の情景とムーア風の情景が一連の心地好い場面を生み出している。とはいえ、メイスン氏の傑作はやはり『モリス・バックラーの求婚』である。ケープと剣を身に着けた騎士団の話であり、時代はセッジムアの戦い直後となっている。[7] ドイツは城郭と陰謀にはもってこいの場所であるし、現代生活を語るあまりに多くの小説を読んできた読者には、この種のロマンスの胸ときめかす雰囲気が、ありがたい気晴らしとなることだろう。しばしば実に美しい筆致にも出会える。『バルコニーのミランダ』というのも、美しい名前ではないだろうか。

註

（1）アルフレッド・エドワード・ウッドリー・メイスン（一八六五―一九四八）の三つの小説『モリス・バックラーの求婚』（一八九六）、『恋をあさる人びと』（一八九七）、『バルコニーのミランダ』（一八九九）の書評。一九〇三年一〇月一五日、ダブリンの『デイリー・エクスプレス』に掲載された。初版のファクシミリ版は *The Works of James Joyce*, 6, Minor Works, 113-14 に収録されている。初版では一パラグラフだが、本書では『書評集』に従う。

（2）小説のタイトルは *The Courtship of Morrice Buckler* が正しい。この誤りはジョイスによるものではなく、『デイリー・エクスプレス』による。

（3）ジョイスはダ・ヴィンチの『ノートブック』にあるつぎの言を思い浮かべていた。「人はつい、自分に似たところのある顔を選んでしまい、真実から目を逸らすことになる。そのような類似がしばしば喜ばしいものに思えるからだ。そして、自分が醜い場合には美しい顔を選ぼうとせず、醜い顔を描きがちである」（ジョイスが参照したのは別の版であるはずだが、以下の版が現在参照可能である――*Leonardo Da Vinci's Note-Books*, Arranged and rendered into English with Introductions by Edward McCurdy, M. A., New York: Empire State Book Company, 1923, 191, MS. 2038, Bib. Nat. 27 r.）。したがって、できるだけ美しい顔を心に刻み込め、とダ・ヴィンチは勧めている。また同書 167-68, MS. 2038, Bib. Nat. 24 v. には、「画家は鏡を師とすべきである」との言が見られる。

（4）エルゼヴィル一族は、一七世紀、オランダのライデンで印刷業に従事し、他に追随を許さない美しい本を発行した。総数はおよそ一六〇〇部と推定され、そのなかにはホラティウスのような古代ローマの著作シリーズも含まれている。

（5）ショーの戯曲『恋をあさる人』は一八九三年初演。イプセン風の作品であり、「新しい女」を描いている。ジョイスはショーの仕事には注意を怠らない。

（6）ロンドンのハイドパークに隣接する高級住宅地。

（7）一六八五年、イングランド南西部サマセット州の平原セッジムアで、チャールズ二世の庶子モンマス公ジェイムズ・スコットは、ジェイムズ二世に敗れた。

29　ブルーノ哲学(1)（一九〇三年）

【弟スタニスロースによると、かつてジェイムズ・ジョイスは俳優になろうと思い、芸名まで考えたほどであった。ゴードン・ブラウン（Gordon Brown）というその名は、ジョルダーノ・ブルーノ（Giordano Bruno）への敬意の証しであった。以下の書評を書く以前から、ジョイスはブルーノの著作に親しみ、パンフレット『喧騒の時代』においてもブルーノからの引用を行なっている。ジョイスはユニヴァーシティ・カレッジでイタリア人の教授ゲッツィ神父と、ブルーノについて議論を交わした。ゲッツィはブルーノが恐るべき異端者であると言って譲らず、ジョイスはブルーノが恐るべき火炙りの刑に処せられたと言って譲らなかった。(2)

一六〇〇年に死んで後、ブルーノは二世紀に亘り顧みられることがなかったが、一九世紀に入り再び注目を集めるようになる。一八八九年、ブルーノが火炙りに処せられたローマのカンポ・デイ・フィオーリ広場では、彼の銅像の除幕式が行なわれた。ジョイスはブルーノの性格と哲学のいずれにも感銘を受けた。すなわち、投獄の危険などものともせず自身の見解を曲げなかった英雄的な不屈の精神、索漠たるスコラ哲学と修道院生活との絶縁、相反するものの一致という理論である。この理論は『フィネガンズ・ウェイク』におけるシェムとショーンの関係を基礎づけるものである。だが、この作品においては常のことながら、ジョイスはその名をダブリンの書店ブラウン・アンド・ノーラン（Browne and Nolan）との地口にし、ノーラの人ブルーノ（Bruno the Nolan）をアイルランド人に変えている。】

"Giordano Bruno." By J. Lewis McIntyre.
Macmillan and Co., London. 1903.

英国・海外哲学叢書に収められた、もっぱら伝記的な一冊(3)を除けば、これまでイングランドで、このノーラの異端首謀者・殉教者の生涯と哲学を語ってくれる枢要な本は一冊も出ていなかった。ブルーノは一六世紀半ばの生まれであるから、彼に対する正しい——しかもイングランドで初めての——評価も、いささか遅きに失した感は否めない。本書においてブルーノの生涯に割かれているページは三分の一以下に留まり、残りは彼の体系の解説と比較検討に捧げられている。その生涯は、百万長者の多い今日では、英雄物語のように読める。ドミニコ会修道士であり、放浪の教授であり、古い哲学の解説者、新しい哲学の考案者でもあり、劇作家であり、論客であり、自己の抗弁の弁護者であり、そして最後に、カンポ・デイ・フィオーリ広場にて火刑に処せられた殉教者である。こうした存在の様態と偶有性（と彼なら呼んだであろうもの）に与りながらも、ブルーノは終始不変の精神的統一体に留まっている。

原初的人文主義の勇気を持って伝統を放擲したブルーノは、自己の哲学的探求に逍遥学派の方法を持ち込むことはほとんどなかった。活発な頭脳は絶えず仮説を語り、激しい気性は絶えず自らを反訴に駆り立てた。そして、たとえその仮説が、思弁する哲学者によって有効に利用され、また折に触れ喧嘩腰の反論がその哲学者に可能となったとはいえ、仮説と反訴がブルーノの書のあまりに多くのページを占めているため、その書からは、知を愛するひとりの偉人に関して、不適切で不公正な観念を抱くことが何よりも容易になってしまう。彼の哲学のある種の部分は——というのもそれは実に多面的であるから——、放置しても良かろう。記憶に関する論文、ライムンドゥス・ルルスの技に関する註釈、そしてあの油断のならない領域への探訪——すなわち、皮肉屋のアリストテレスでさえ信用を損なわずにそこから帰還することはなかった、道徳の科学——、これらが興味深いのは、単に幻想的で中世的であるからに過ぎない。[4]

しかしながら、独立した観察者として、ブルーノは高い栄誉を受けるに値する。ベーコンやデカルト以上に、彼はいわゆる近代哲学の父と見なされねばならない。[5] 彼の体系は、合理主義的であったり神秘主義的であったり、また一神論的であったり汎神論的であったりするが、いずれにおいても、その高貴なる精神と批判的知性が刻み込まれており、あるがままの自然——ルネサンスの息吹である所産的自然《ナトゥーラ・ナトゥラータ》[6]——に対するあの熱烈な共感に溢れている。スコラ学者たちの言う質料と形相——恐るべき名称のこれは、ブルーノの体系にあっては肉体と精神の調いであり、その種の形而上学的な性質などとは無縁である[7]——を和解させようとして、ブルーノは大胆にもある仮説を唱えるが、それは奇しくもスピノザを先取りするものである。[8] したがって、コールリッジがブルーノを二元論者、ヘラクレイトスの後裔[9]と見なし、実際つぎのように彼を評したというのも、もっともな話ではなかろうか?——「自然もしくは霊魂のすべての力は、その発現のための唯一の条件・手段として、反対物を生み出さねばならない。したがって、すべての対立は再結合に向かう[10]」。

とはいえ、ブルーノのそれのような体系の場合、複雑なものを単純にしようと努めることこそ、その中心的な要請であるに違いない。アクィナスの言う第一質料[11]がいかなる物質的な事物にも関係しているように、究極的な原理は、霊的で公平で普遍的であり、いかなる魂にも、またいかなる物質的な事物にも関係している、という考え方は、批判哲学[12]の観点からは認めがたいものであろう。だが、これは宗教的な恍惚を知る歴史家[13]にとっては、明確な価値を持つものである。神に酔える男とは、スピノザではなくブルーノのことなのだ。彼は物質界から内面へと移行する。とはいえ彼にとってこの物質界は、ネオプラトニストのように、魂の病の王国とは見えず、またキリスト教徒にとってのように、試練の場所とも見えなかった。彼にはむしろ、霊的な活動の機会を与えてくれるものであった。こうして彼は、英雄的な熱狂から、自らを神と合一させようという熱狂へと移行するのである。彼の神秘主義は、モリノスや十字架の聖ヨハネのそれとはほとんど関係がない。(14) つまり、ブルーノのそれには、静寂主義や暗い修道院生活は皆無である。それは強く、突然の狂喜を知っており、好戦的なのである。彼にとって肉体の死は存在の一様態の停止に過ぎず、したがってこの信仰と、この信仰の証しとなる、「言い逃れはしても頑なにそうする」逞しい性格のおかげで、彼はあの、気高く死を恐れなかった人びとの、仲間入りを果たした。われわれにとって、彼が行なった直観の自由の擁護は、不朽の記念碑と見えるに違いない。そして名誉ある戦いを遂行した人びとのなかで、(15) 彼の伝説はもっとも名誉ある伝説であり、アヴエロエスやスコトゥス・エリウゲナのそれ以上に、神聖化された純真なものと見えるに違いない。(16)

註

(1) J・ルイス・マッキンタイア『ジョルダーノ・ブルーノ』(一九〇三)の書評。一九〇三年一〇月三〇日、ダブリンの『デイリー・エクスプレス』に掲載された。初版のファクシミリ版は *The Works of James Joyce*, 6, Minor Works, 117–19 に収録されている。初版では一パラグラフだが、本書では『書評集』に従う。

(2) 『肖像』V・二六四九―五一行。

(3) ジョイスはI・フリス『ノーラ人ジョルダーノ・ブルーノの生涯』を読んでいたらしい。「喧騒の時代」の註5も参照のこと。

(4) ここでジョイスが言及しているのは、ブルーノの初期パリ時代の著作、『記憶術』『建築について、およびルルスの技に関する註釈』『勝ち誇る野獣の追放』であるように思われる。ライムンドゥス・ルルス（一二三五？―一三一五）は、カタロニアの著述家・神秘主義者。

（5）これはマッキンタイア『ジョルダーノ・ブルーノ』324にある評価である。フランシス・ベーコン（一五六一―一六二六）はイングランドの政治家・哲学者。ルネ・デカルト（一五九六―一六五〇）はフランスの哲学者。

（6）「所産的自然《ナトゥーラ・ナトゥラータ》」は、生産し活動する自然「能産的自然《ナトゥーラ・ナトゥランス》」に対して言われる、あるがままの自然。

（7）スコラ学者たちは、中世においてキリスト教ヨーロッパの神学・哲学体系を講じた。「恐るべき名称」とは、ここでは「質料と形相」を指している。

（8）ベネディクトゥス・デ・スピノザ（一六三二―一七七）はオランダの汎神論的哲学者。ジョイスはマッキンタイアの見解（338-39）をなぞっている。

（9）ヘラクレイトス（前五四四？―前四八三）はギリシアの哲学者。

（10）ジョイスは、サミュエル・テイラー・コールリッジ（一七七二―一八三四）が書いた週刊新聞『友人』（一八一八）「エッセイ13」の脚注から、わずかに変更を加えて引用している。コールリッジは、ヘラクレイトスとジョルダーノ・ブルーノに関してこのように論じている。コールリッジは、ジョイスのブルーノとヴィーコ両者への興味を先取りしていた。

（11）すべての源である根本的な質料。

（12）イマヌエル・カント（一七二四―一八〇四）およびその後継者たちによる哲学を指す。

（13）この言はマッキンタイアの110に見られる。スピノザはその汎神論ゆえに、しばしば「神に酔える人」と呼ばれた。

（14）ミゲル・デ・モリノス（一六二八―九七）と十字架の聖ヨハネ（一五四二―九一）はともにスペインの神秘主義者。

（15）アヴェロエスの名で知られるイブン・ルシュド（一一二六―九八）は、スペインのコルドバのイスラム哲学者。ヨハネス・スコトゥス・エリウゲナ（八一五？―七七？）はアイルランドの哲学者、神学者。

（16）この比較はマッキンタイアによるものだが（305）、これほど力のこもった結論は出していない。

30　ヒューマニズム(1)（一九〇三年）

Humanism: Philosophical Essays, by F. S. C. Schiller.
Macmillan and Co., London. 8s. 6d.

シラー教授によれば、(2)野蛮（barbarism）は、哲学において二つの装いで現れる。スタイルの野蛮と気質の野蛮だ。そして野蛮に対峙するものが、シラー教授の哲学的信条、ヒューマニズムである。これを彼は時折「プラグマティズム」とも呼ぶ。それゆえ、気質においてもスタイルにおいても礼儀正しいヒューマニズムを期待していた読者は、つぎのような言明を読めばある種の驚きを禁じ得ないであろう。「先験的な哲学(3)はすべて皆、見出されている」。「プラグマティズムは、……〈殴るがよい、だがその前に聞け〉という段階に達している」。「それ（＝スコラ哲学の竜）は……ぬかるんだ専門用語のなかを這い回り、価値のない研究という無益な穴掘りで自らを埋め、自身の巻き起こす無味乾燥な戯言から成る塵雲によって、人間の洞察から（だが人道に適った洞察からではないのだ、シラー教授よ！）姿を隠す……亡霊である(4)」。

だがこれらは些細なことに過ぎない。プラグマティズムは、実際はきわめて重要なものである。論理を修正し、純粋思惟の不条理を示し、形而上学の倫理的基盤を確立し、実践的有効性を真理の基準とし、絶対者をこれを最後にお払い箱にする。言い換えれば、プラグマティズムは良識なのである。したがって読者は、「〈無益な〉知」と呼ばれるポスト＝プラトン的な対話において、ウィリアム・ジェイムズの弟子が、プラトンとアリストテレスの亡霊を完全に駆逐し、これを取るに足りないものとしているのを見ても、驚くことはないだろう。感情の心理学が出発点とされ、哲学者の手続きには統制がもたらされる。もしシラー教授が合理的な心理学を出発点に据えようとしていたならば、彼の立場も基盤のしっかりしたものとなっていたことだろう。しかし合理的な心理学など、彼にしてみれば聞いたこともないし、言及する価値すらないものなのだ。不死の欲望に関する論文で、彼はひとつの事実を確証している。すなわち、人類の大半は、自身の生命が身体の死滅によって終わりを迎えるか否かに、関心がない、という事実である。しかし、有効性を真理の基準として確立し、人間性という判事を最高裁に据えた後で、彼はマイノリティのために、心理研究協会(5)の主張を弁護し、これを支持することで論を結んでいる。どうやら彼は長年この協会のメンバーであったらしい。

結局のところ、論理をこれほど過激に修正することは、うまく行ったのだろうか？　しかしこのプラグマティストは、楽観主義者でない限り意味をなさない。彼は哲学をひとしなみに否定しながら、悲観主義とは「つねに否定する精神《デア・ガイスト・デア・シュテッツ・フェアナイント》(6)」であると宣言するのである。ゲーテのメフィストフェレスは、この本でもっとも楽しいいくつかの論文の、主題となっている。シラー教授は独特の文体でつぎのように言う。「彼〔メフィストフェレス〕の偽装のうちもっとも陰険なもの、もっとも生来の姿に近い仮面は、『ファウスト』においては、主《しゅ》以外のすべての登場人物を惑わすものである。そしてわたしの知るかぎり、わたしを除くすべてのゲーテ読者を惑わしてきた(7)」。だが明らかにシラー教授は、ゲーテの『ファウスト』に関する発見を主なる存在と共有しているという知識から、さほどの満足を得ることができない。なぜならこの存在は、〔英国の煽情的神学者たちの用語に対して、英国の懐疑主義者が用いた言い方をすれば〕一体全体なんなのか（what the devil it can be）われわれには知り得ないがゆえに、神と見なされているものであるからだ。(8) さらにこの存在は、ブラッドリー氏の言う「絶対者」、スペンサー氏の言う「不可知なるもの」(9)と同様、実に効率の悪い、プラグマティックには消し去られたはずの存在に、きわめて類似しているからである。

註

（1）ファーディナンド・キャニング・スコット・シラー（一八六四―一九三七）『ヒューマニズム――哲学的論考』（一九〇三）の書評。一九〇三年一一月一二日、ダブリンの『デイリー・エクスプレス』に掲載された。F. C. S. Schiller が正しいが、ここでは F. S. C. と誤植されている。初版のファクシミリ版は *The Works of James Joyce*, 6. Minor Works, 123-24 に収録されている。初版では一パラグラフだが、本書では『書評集』に従う。

スタニスロース・ジョイスはつぎのように書いている。「プラグマティズムに対する兄の興味はわずかなもので、哲学の一派に関するある種の好奇心といった域を出るものではなかった。……兄の考えるところ、この一派は巧みに横道に飛びのいて哲学的難解さを回避している。ここに述べられる真理の相対性と、知を目的に照らした有効性により実践的に篩に掛けるという方法は、兄の抱くアリストテレス的な論理の原則に反するのみならず、何より兄の性格に合わなかった。……トリエステで兄は、一度こう語ったことがある――百科事典はイギリスのものよりもイタリアのもののほうが好きだ。自分には何の役にも立たない面白い情報に溢れているから……」（『書評集』四三ページ）。「プラグマティズム」は、チャールズ・S・パース（一八三九―一九一四）によって創始され、ウィリアム・ジェイムズ（一八四二―一九一〇）によってさらに展開された哲学思想である。

（2）シラーは、ウィリアム・ジェイムズの哲学の、ヨーロッパにおける主要な唱道者であった。

（3）「先験的な」（a priori）とは「前にあるものから」の意で、つまりは既存の原因に発し、予想される結果を論じる哲学。

（4）三つの文はいずれもシラーの著書の序文からの引用（それぞれ、xviii, ix, xxiii）。ブルーノに関する論評が示している通り、ジョイスはけっして、スコラ学に対する無条件の信奉者ではなかった。だが新しい哲学よりはこの古い哲学のほうが好ましいと思っていたようである。これはちょうど、いずれも信じてはいないものの、プロテスタンティズムよりはカトリシズムのほうが好ましい、と思ったことに似ている。

（5）超自然現象の研究のために一八八二年に設立された団体。一九一四年、シラーはこの協会の代表となった。彼の前任者がウィリアム・ジェイムズであった。

（6）ジョイスはフランク・バジェン宛ての書簡でこの『ファウスト』（第一幕第一場一八〇八行）からの語句と戯れている。つまりモリー・ブルームを「つねに肯定する肉体」と呼んでいる。『書簡集』［第一巻］一七〇ページ。

（7）シラー168からのこの引用は、全二二篇の書評のなかで、ジョイスがまったく間違わずに引用している数少ない例である。

（8）「英国の懐疑主義者」とは、イギリスのヘーゲル哲学者フランシス・ハーバート・ブラッドリー（一八四六―一九二四）のこと。彼はこの言い方で、イギリスのダーウィニストの哲学者ハーバート・スペンサー（一八二〇―一九〇三）の根本原理という概念を斥けた。このブラッドリーの言、スペンサーの「不可知なる存在」への言及は、シラーの191で引用されている。

（9）ブラッドリーとスペンサーは終始シラーの攻撃対象となっている。

31　シェイクスピア解題(1)（一九〇三年）

"Shakespeare Studied in Eight Plays." By Hon. A. S. Canning. Fisher, Unwin, London.

著者が短い序文のなかで語るところによれば、この書は、数多くの研究や批評をよく知っているシェイクスピア学者のために書かれたものではなく、八つの戯曲を一般読者にもっと面白いもの、もっとわかりやすいものにするために書かれたそうである。この本に賞讃すべき点を見出すのは容易いことではない。本自体が大変長い。小さい活字で五百ページに近い。しかも高価である。八つに分かれた章はシェイクスピアのいくつかの戯曲に関する長々と引き延ばされた解説であり、戯曲自体も任意に選ばれているように見える。批評を目指すところが一切なく、解釈は無味乾燥、言わずと知れた平凡なものである。シェイクスピアからの「引用」がおそらくは全体の三分の一に相当するだろう。だから著者によるシェイクスピアの扱いが、著しく不遜である（あるいはそう見えてしまう）ことは認めざるを得ない。たとえば著者は『ジュリアス・シーザー』第一幕の(2)マルセラスの弁舌を「引用」するが、オリジナルの一六行を大変巧みに要約し、そのうちの六行を何の断りもなく省略している。

一般大衆には偉大な詩人の一六分の一〇以上は与えまい、というキャニング氏の決断を促したものはおそらく、彼らの文学的消化力に対する用心深い配慮であろう。以下のような言い方をするのも、おそらくは同様の配慮からである。「その高潔な僚友は、知においても剛勇においても、アキレウスに十分匹敵する。二人が最大の情熱を傾けて行なったトロイ攻囲戦の間、彼らはともに哲学的な弁舌を揮うことになる。明らかに二人は、深遠な知の言葉を発するために、自分たちの大きな目的から束の間顔を背けるのである……」(3)。この本の内容は、昔の劇場のビラに倣ったもの、と見えることだろう。心理学的な複雑さ、目的の食い違い、複雑に入り組んだ動機といった、下賤な群衆を当惑させそうなものが、ここには一切ない。誰それは「高潔な性格である」とか、誰それは「悪者だ」とか、この句は「偉大だ」、「雄弁だ」、「詩的だ」と書かれている。たとえば『リチャード三世』を解説する一ページには、一行のセリフや二行の対句、そしてつぎのような何の言質も与えない言葉が並んでいる——「そしてヨークは言う」、「グロスターは、驚いた様子で答える」、「そしてヨークは返答する」、「そしてグロスターは返答する」、「そしてヨークは言い返す」。この本には実に素朴なところがあるけれども、(悲しいかな！) 一般大衆がこのような素朴さに一六シリングを払うことはまずあり得まい。そして同じく蒙昧な大衆が、引用ミスだらけで解説された「返答」と「言い返し」の五〇〇ページを、最後まで読むこともあり得まい。加えて本書自体のページ番号にまで誤りが見られる。

註

(1) アルバート・ストラトフォード・キャニング（一八三二—一九一六）『シェイクスピアの八つの劇の研究』（一九〇三）の書評。一九〇三年一一月一二日、ダブリンの『デイリー・エクスプレス』に掲載された。初版のファクシミリ版は *The*

Works of James Joyce, 6. Minor Works, 127-28に収録されている。初版では一パラグラフだが、本書では『書評集』に従う。

（2）ジョイスはMarcellusと記しているが、マララスMarullusの誤り。

（3）ジョイスは「ユリシーズ」という固有名以外、キャニングの原文通りに引用している——「その高潔な僚友ユリシーズは、知においても剛勇においても、アキレウスに十分匹敵する」(6)。ジョイスにとっては、このときも、またそれ以後も、知者ユリシーズは暴漢アキレウスと何ら共通するものを持っていなかった。

32 （ボーラスと息子）(1)（一九〇三年）

Borlase and Son, by T. Baron Russell. John Lane, London. 6s.

『ボーラスと息子』には、第一に「現実性《アクチュアリティ》」という強みがある。序文には五月末日の日付があるので、著者には予知能力があると思ってもよいかもしれない。あるいは少なくとも、現実の出来事、ひとを夢中にさせる話題に対する、特殊な親和力かもしれない。これはメロドラマ作者にはまさしく必要不可欠な特質である。物語の舞台となっているのはペッカム・ライ辺りの郊外地であり、ここではつい最近アルメニア人たちによるいざこざが起こった(2)。さらに、この物語の（ベン・ジョンソン呼ぶところの）展開部(3)は、南米のラテン民族の間で起こった革命に附随する株価暴落に発している(4)。

しかし、この作者の興味は、そのような仄めかしから推論できる以上のものに向かっている。彼は「キャンバーウェルのゾラ」と呼ばれてきた。不適切な異名ではあるが、『ボーラスと息子』がそのひとつの典型となっている類の小説で、おそらくは最高の偉業であるものを見るためには、われわれもゾラに目を向けねばならない。『ボヌール・デ・ダム百貨店』(5)においてゾラは、大商店の栄光と恥辱を緻密に描き出し、また事実、反物商人たちのための叙事詩を執筆した。そしてそれよりは遥かに小さいキャンバスである『ボーラスと息子』

において、われらが作家はきわめて忠実に、もっと小さな「百貨店」の絵を描いた。そこには、あさましい貪欲、低賃金の労働、陰謀、「商売上の慣習」なるものが描き込まれている。

都市近郊特有の精神は、つねに美しいというものではない。そしてそこでの労働が、ここでは感傷に流されない活力で詳述されている。おそらく、老ボーラスの気取りにはどこかしら誇張があるし、女主人たちの姿にはディケンズを思わせるものもあろう。その「二重の円を描く」プロットにもかかわらず、『ボーラスと息子』には独特の長所が多い。ストーリーとしてはいささか痩せ衰えているが、実に巧妙に、またしばしば実にユーモラスに語られている。その他もう一言付け加えれば、装丁は誰もが驚くほどに見苦しい。(6)

註

(1) T・バロン・ラッセル『ボーラスと息子』(一九〇三)の書評。一九〇三年一一月一九日、ダブリンの『デイリー・エクスプレス』に掲載された。初版のファクシミリ版は *The Works of James Joyce*, 6, Minor Works, 131-32 に収録されている。初版では一パラグラフだが、本書では『書評集』に従う。書評にタイトルはない。

(2) 一九〇三年一〇月二六日、ロンドンの郊外ナンヘッド・グローヴで、亡命アルメニア人のサゴウニ (Sagetel Sagouni) が殺された。彼はロンドンのペッカム・ライに亡命アルメニア人協会の支部を創設し、その代表を務めていた。

(3) 『魅力の女』(一六三二)、第一幕エピローグより。「導入部、展開部、錯節部、大団円」と語られている『ユリシーズ』第九挿話一〇〇三―〇四行と比較できる。

(4) 一一月三日、長く待望されていた革命が勃発し、パナマはコロンビアからの独立を宣言した。アメリカ合衆国はこれを了承した。

(5) エミール・ゾラ『ボヌール・デ・ダム百貨店』(一八八三)。

(6) このコメントは『デイリー・エクスプレス』の編集者ロングワースに対する嘲弄と思われる。「アイルランドの今日と明日」末尾を参照のこと。ともあれこれはジョイスの最後の書評となった。語られるところでは、その後ロングワースは、今度新聞社にやってきたら階段から蹴落としてやる、とジョイスを脅したらしい。

33 美学（一九〇三年／一九〇四年）

【ひとつには、劇とその他のジャンルとの関係を確立しようという野心に衝き動かされ、ジョイスは雄々しくも自身の美学を合成的に作り上げようと考えた。最初にアリストテレスに向かったのは必然であるが、つぎに向かったのは驚くべきことにトマス・アクィナスであり、最後に、これは当然予想されようがフローベールに向かった。[1] 最初期のものは、一九〇三年の二月と三月、二度目のパリ滞在中に執筆された。[2] 一冊のノートに書き留めると、それぞれの所見の下には自身の署名と日付を記したが、それは自らが著者であることを明示するとともに、その重要性を保証するためであるかのように見える。一九〇四年一一月には、ポーラ（当時はオーストリア）（現在はクロアチアのプーラ）のベルリッツ・スクールで教鞭を執りながら、考察を続けた。翌年の三月から七月の間、ジョイスは『スティーヴン・ヒアロー』のために、初期のエッセイと、ノートに書き留めた所説を纏めた。『肖像』にある美学に関する議論は、その数年後に書かれたものである。したがってジョイスは、まずパリ・ノートブックとポーラ・ノートブックの大胆な意見から始めて、つぎに『スティーヴン・ヒアロー』で物語風エッセイと自身の理論の劇的提示の混合物を作り上げ、最後に、『肖像』でそれをまったく劇的に提示することとなった。

パリ・ノートブックのジョイスは、主題のみならず方法においても、徐々にアリストテレスに従うようになる。彼は後のスティーヴン・デダラスのように「剣のような定義」を振りかざし、対照するにはうってつけの、悲劇と喜劇の差異を丹念に語る。彼は悲劇に対する喜劇の優位を論じるが、それは悲劇が悲しみに向かうのに対して、喜劇は喜びに向かうからである。喪失の感覚は不完全なものであり、したがって、彼の仄めかすところでは、所有の感覚よりも劣るものであるからだ。さらに独創的なことに、彼は憐憫と恐怖を巧妙に再定義し、これらの情緒の停止のなかに、ちょうど喜びという情緒のなかにあるのと同じ、芸術に不可欠な静《スティシス》性を見出す。つぎに彼は、抒情詩、叙事詩、劇という三つの形態に着目し、劇がもっとも主観をまじえないものであるとして、密かにこれに軍配をあげる。最後に彼は、芸術は美を目指すものであり、道徳的な目的を目指すものではない、と主張する。

道徳の問題は、つぎの段階で、ポーラにおいて取り上げられることになる。トマス・アクィナスの言葉を典拠として(3)、善は望ましいものであるから、そして真と美はもっとも根気強く追い求められるものであるから、したがって両者は善であると考えられねばならない、と論じる。これが、芸術の倫理的側面に対して彼が行なった唯一の譲歩であるけれども、ここでは彼が、善、真、美を、ともにもつれ合ったものと見なしていた点のみ確認しておけば足りる。芸術が教訓的なものではないということは、それが好色文学的であるべきだということを意味しない。実際彼はパリ・ノートブックのなかで、好色文学を等し並みに不快なものとして斥けている。芸術は不道徳なものでも道徳と無縁なものでもなく、その目的が因襲的な道徳をはるかに超越しているので、道徳をすっかり忘却するほうがよいのである。

つぎに彼は何が美しいものであるかと問い、アクィナスの別の箇所からの引用により、あるものを認識することが快い場合、それが美しいものである、と結論づけようとする。彼の主張するところでは、美しいものとは、日常会話で醜いと名付けられるものをも含んでいると解されねばならない。ここではおそらく、自身が将来主題とするものが念頭にあった。ジョイスは、美（beauty）が単なるきれいさ（prettiness）に堕するのを回避したいと切望していた。ここから、彼は美しいものの認識における三段階を考え始める。これは『スティーヴン・ヒアロー』における、美の三要素の分離の、序曲である。

後に『スティーヴン・ヒアロー』において、ジョイスはこの美学理論を芸術家に適用し、自身のマンガン論および「劇と人生」論を用いて、芸術家の役割に関する主人公の考察を展開して見せる。シェリーの言を復唱し、すべての時代はその認可を詩人と哲学者に求めねばならないと主張する。だが、芸術は明示的な教訓性を具えるものではない、という点は明確に述べている。アクィナスからの三つの言葉、全一性《インテグリタース》、調和《コーンソナンティア》、光輝《クラーリタース》のなかに、彼は美の三つの側面を見出す。そしてそれぞれが、徐々に強度の高まる三つの段階で、どのように認識されるものであるかを具体的に述べる。キリスト教からは「エピファニー」という言葉を借用し、美しいものがもっとも活き活きとその姿を顕わにする様を記述することになる。

最後に、ジョイスは『肖像』において、ノートブックと『スティーヴン・ヒアロー』から新たなものを混成する。以前の論文を削除し、スティーヴンには、美学理論を独自の理論的な用語で展開させることにする。だがジョイスは同時に、スティーヴンがこの理論にさらなる機知と力強さを加えてこれを公表できるよう、またスティーヴンが、神としての芸術家という研ぎ澄まされたイメージ——これはジョイスがかつてフローベールの書簡から引き継いだものである——でこの論にひとつの頂点をもたらせるよう許らう。昨今ではスティーヴンを単なる唯美主義者として語る風潮もあるようだが、これは誤解である。彼は美と同時に真にも意を注いでおり、善に関する議論を省いたのはこれを無視したからではなく、前提としているからである。『肖像』の終盤でスティーヴンが、己が民族の良心を鍛造すると宣言するとき、彼は、自らが定式化した美学理論と完全に一致しているのである。】

欲望(5)とは、われわれを何ものかに向かわせる感情であり、嫌悪とは、われわれを何ものかから離れさせる感情である。そして、喜劇によってであれ悲劇によってであれ、われわれのなかにそれらの感情を掻き立てることを目的とした芸術は、不適切なものである(6)。喜劇については後述する(7)。だが悲劇は、われわれのなかに、憐憫と恐怖の感情を掻き立てることを目的とする(8)。さて、恐怖とは、何であれ人間の運命のなかにある厳粛なるものの前にわれわれを押し留め、その秘められた原因にわれわれを結びつける感情である(9)。そして憐憫とは、何であれ人間の運命のなかにある厳粛なるものの前にわれわれを押し留め、苦しむ人間をわれわれに結びつける感情である(10)。さて、嫌悪とは、不適切な芸術が悲劇の方法を借りて掻き立てようとするものであり(11)、したがってこれは、悲劇的芸術に固有の感情、すなわち恐怖と憐憫とは、異なっている。なぜなら、嫌悪は、われわれを何ものかから追い立てるがゆえに、静止状態からわれわれを追い立てるものであるが、恐怖と憐憫は、いわば魅惑によって、われわれを静止状態に留め置くものだからである。悲劇的芸術がわたしの体を縮み上がらせるとき、わたしは静止状態から追い立てられるがゆえに、恐怖はこのときのわたしの感情ではない。さらに、この芸術はわたしに、厳粛なるもの、つまり人間の運命において一定不変で取り返しのつかないものを、見せつけてくれることはなく、またわたしを何らかの秘められた原因と結びつけることもない。というのもそれは(12)、単に普通でない、取り返しのつくものをわたしに見せてくれるのであり、わたしを、単にあからさまに過ぎるばかりの原因と結びつけるからである(13)。人間の苦しみを回避するようわたしを衝き動かす芸術は、本来の意味での悲劇的芸術ではない。それは、人間の苦しみのあからさまな原因に対し、わたしを怒りへと駆り立てる芸術が、本来の意味での悲劇的芸術ではないのと同じである。[14] 結局のところ、恐怖と憐憫は、悲しみのなかで認識された悲しみの諸相であり、[15] 何らかの善きものの喪失がわれわれのなかに掻き立てる感情である。[16]

さて、[17] つぎは喜劇についてである。不適切な芸術は、喜劇の方法を借りて欲望という感情を掻き立てるが、喜劇的芸術に固有の感情は、喜びという感情である。[18] すでに述べたように、欲望はわれわれを何ものかに向かわせる感情であるが、喜びとは、何らかの善きものの保持が、われわれのなかに掻き立てる感情である。欲望は、不適切な芸術が喜劇の方法を借りて掻き立てる感情であり、したがってこれは、喜びとは異なっている。なぜなら、欲望は、われわれが何ものかを保持しているかもしれない静止状態から、われわれを追い立てるものであるが、喜びは、われわれが何ものかを保持している限り、われわれを静止状態に留め置くものだからである。したがって欲望は、それ自体では十分ではない喜劇（喜劇的芸術作品）によってのみ、われわれのなかに掻き立てられるに過ぎない。なぜならそれは、われわれに、その喜劇自体を越えた何ものかを求めるよう追い立てるからである。しかし、それ自体を越えたところのものをわれわれに追い求めさせることのない喜劇（喜劇的芸術作品）は、われわれのなかに喜びという感情を掻き立てる。われわれのなかに喜びの感情を掻き立てる芸術はすべて、その限りにおいては、喜劇的なものである。そして、この喜びの感情が、人間の運命における本質的もしくは偶発的な何ものかによって掻き立てられるその度合いに応じて、[19] 芸術の優劣は判定され得る。そして悲劇的芸術でさえ、悲劇的芸術作品（悲劇）を保持することがわれわれのなかに喜びの感情を掻き立てる限りにおいて、喜劇的芸術の性質に与っている、と言ってよい。この点から、悲劇は芸術における不完全な様式であり、喜劇は芸術における完全な様式である、ということがわかる。[20] また、すべての芸術は静的なものである。なぜなら、いっぽうの恐怖と憐憫の感情、および他方の喜びの感情は、いずれもわれわれをその場に押し留める感情だからである。[21] 後述するように、美しきものの認識――悲劇であれ喜劇であれ、すべての芸術の目的——にとって、この静止状態は欠かすことができない。なぜなら、この静止状態という唯一の条件があってこそ、われわれのなかに恐怖や憐憫や喜びを掻き立てることになるイメージが、われわれに正しく提示され、われわれによって正しく見られ得るのだからである。というのも、美は目で見られる何ものかの質であるが、恐怖や憐憫や喜びは精神の諸状態だからである。[22]

ジェイムズ・A・ジョイス、一九〇三年二月一三日。

……芸術の様態には三種類ある。抒情的、叙事的、劇的の三つだ。芸術家が、自身との直接的な関係においてイメージを提示する芸術は、抒情的である。芸術家が、自身および他者と間接的な関係においてイメージを提示する芸術は、叙事的である。芸術家が、他者との直接的な関係においてイメージを提示する芸術は、劇的である……[23]

ジェイムズ・A・ジョイス、一九〇三年三月六日、パリ。

律動《リズム》とは、何らかの全体における部分と部分との、もしくはひとつの全体とその一部分ないし諸部分との、あるいはひとつの部分とそれが含まれる全体との、第一義的関係もしくは形式的関係であるように思われる……複数の部分は、それが共通の目的を持っているかぎりにおいて、ひとつの全体を構成する。[24]

ジェイムズ・A・ジョイス、一九〇三年三月二五日、パリ。

e tekhne mimeitai ten physin[25]——この句は誤って、「芸術は自然の模倣である」と訳されている。アリストテレスはここで芸術を定義しているわけではない。彼は単に、「芸術は自然を模倣する」と言っているに過ぎ

ず、芸術形成の過程は自然の過程に類似している、という意味で言っている……たとえば、彫刻は動きとは無関係である、という意味で、彫刻は静止の芸術である、と語るならば、これは誤りである。彫刻は、それが律動的であるかぎり、動きと関係している。なぜなら、彫刻芸術はその律動に応じる目で精査されねばならないのであり、この精査は、想像力による空間的運動だからである。彫刻という芸術作品が、それ自体空間のなかを動き回るものとして提示することは叶わず、彫刻という芸術作品であり続ける、という意味でなら、彫刻は静止の芸術である、と語ることは誤りではない。[26]

ジェイムズ・A・ジョイス、一九〇三年三月二七日、パリ。

芸術とは、感知可能もしくは理解可能な事物を、審美的な目的のために、人間が処理することである。[27]

ジェイムズ・A・ジョイス、一九〇三年三月二八日、パリ。

問——[28]排泄物、子ども、虱は、なぜ芸術作品ではないか？

答——排泄物、子ども、虱は、人間の産物である。つまり、感知可能な事物を、人間が処理することである。これらが生み出される過程は自然なものであり、芸術的なものではない。それらの目的は、審美的目的ではない。それゆえこれらは芸術作品ではない。

問——写真は芸術作品であり得るか？

答——写真は感知可能な事物を処理することであり、審美的な目的のために処理される場合もある。ただしそれは、感知可能な事物の、人間による処理ではない。それゆえこれは芸術作品ではない。

問——もしひとりの男が怒りに任せて木片を切り刻み、たまたまそれが（たとえば）牝牛の像になったとしたら、男は一個の芸術作品を作り上げたことになるか？

答——怒りに任せて木片を切り刻む男によって作り出された牝牛の像は、感知可能な事物を人間が処理したものであるが、それは感知可能な事物を、人間が審美的な目的のために処理したものではない。したがってこれは芸術作品ではない。

問——家、衣服、家具、等々は、芸術作品であるか？

答——家、衣服、家具、等々は、かならずしも芸術作品ではない。それらは感知可能な事物を人間が処理したものである。それらが審美的な目的のために処理されたものであるならば、それらは芸術作品である。

Ⅱ　ポーラ・ノートブック(29)

Bonum est in quod tendit appetitus. 聖トマス・アクィナス(30)

善とは、その所有に、欲望が向かうところのものである。つまり、善とは望まれるものなのだ。真と美は、望まれるもののなかで、もっとも不変的なものである(31)。真理とは、知的欲望によって望まれるものであり、この知的欲望は、理解可能な事物間のもっとも満足のいく関係によって、鎮められる。美とは、審美的欲望によって望まれるものであり、この審美的欲望は、感知可能な事物間のもっとも満足のいく関係によって、鎮められる。[32] 真と美は精神的に所有される。つまり、真は思惟作用によって、美は認識によって所有されるものである。したがって両者を所有したいと望む欲望は、知的かつ審美的欲望であり、それゆえ精神的な欲望である……

J・A・J、ポーラ、〇四年一一月七日。

Pulcera sunt quae visa placent. 聖トマス・アクィナス[33]

それを認識することが快い事物は、美しい事物である。それゆえ美とは、感知可能な対象物の性質であり、その性質ゆえに、それを認識することが快を与え審美的欲望を満足させる。この審美的欲望は、感知可能な事物間のもっとも満足のいく関係を、認識することを望むのである。[34] さて、認識作用は、少なくとも二つの活動を含んでいる。認知すなわち単純な知覚活動と、再認の活動である。単純な知覚活動が、その他のあらゆる活動のように、それ自体で快いものであるならば、認識されたすべての感知可能な対象物は、第一義的に、ある程度は美しかったしまた現に美しい、と言い得る。そしてもっとも醜い対象物でさえも、それが認識されるかぎりにおいては、美しかったしまた現に美しい、と言い得る。したがって、認識作用のうち単純な知覚活動と呼ばれる部分に関してならば、ある程度美しいと言い得ない感知可能な対象物は、存在しないことになる。[35]

認識作用のうち、再認の活動と呼ばれる第二の部分に関しては、さらにつぎの点が指摘できる。すなわち、いかなる単純な知覚活動にも、程度の差こそあれ、再認の活動がかならず後続する。なぜなら、再認の活動は判定の活動だからである。そして、考えられ得るすべての場合において、感知可能な対象物は、この判定活動にしたがって、満足のいくものであるか不満なものであるかが決められる。[36] しかし再認の活動は、その他のあらゆる活動のように、それ自体で快いものであり、それゆえ、認識されたすべての感知可能な対象物は、第二義的に、程度の差こそあれ、美しいものである。その結果、もっともおぞましい対象物でさえ、この理由により美しいと言われることがある。この点は、対象物が単純な知覚活動と出会うかぎりにおいて、それは美しいと先験的《アプリオリ》に言われ得たのと、同様である。

しかしながら因襲的には、感知可能な対象物が美しいかそうでないかが言われるのは、前述のいずれの理由にもよらず、むしろそれらの認識からもたらされる満足の、性質、程度、持続という理由に依存している。そして実際上の美学では、「美しい」や「醜い」という語は、単にこの後者の理由にしたがって用いられている。したがってつぎのように附言せねばならない。すなわち、これらの語は単に、結果としてもたらされる満足の程度のみを指し示しているに過ぎず、何であれ実際に「醜い」という語があてがわれる感知可能な対象物——つまりその認識が少量の審美的満足しかもたらさない対象物——は、それを認識することが程度の差こそあれ何らかの満足をもたらすものである以上、第三義的に、美しいと言われ得るのである……

J・A・J、ポーラ、〇四年一一月一五日。

認識作用(37)

これまで、認識作用は少なくとも二つの活動を含んでいる、と語ってきた。認知すなわち単純な知覚活動と、再認の活動である。しかしながら認識作用は、そのもっとも完成された形態においては、三つの活動を含んでいる。その第三のものとは、満足という活動である。(38)これら三つの活動はすべてそれ自体で快いものであるという理由により、認識されたすべての感知可能な対象物は、二重の意味で美しいとされねばならず、三重の意味で美しいと言われ得る。実際上の美学においては、「美しい」および「醜い」という形容辞は、おもに第三の活動に関して、すなわち、感知可能な対象物の認識からもたらされる満足の、性質、程度、持続に関して、用いられるものである。したがって、実際上の美学で「美しい」という形容辞が適応されるいかなる感知可能な対象物も、三重の意味で美しいとされねばならず、つまりはもっとも完成された形態における認識作用に含まれる、三つの活動に遭遇していなければならない。それゆえ美という特質は実際上、この三つの活動のそれぞれに遭遇すべき三つの構成要素を、自らのなかに含んでいなければならない。

J・A・J、ポーラ、〇四年一一月一六日。

註

(1) フローベールは、ルロワイエ・ド・シャントピー嬢に宛てた一八五七年三月一八日付けの手紙で、つぎのように書いている。「お嬢様、あなたのような読者、しかも共感してくださる読者に対しましては、誠実さは義務であります。ですからあなたのご質問にお答えいたしましょう。『ボヴァリー夫人』は一切事実に基づくものではありません。まったくの作り話です。そこには自分の感情も自身の生活も、一切注ぎ込むことはありませんでした。〔事実と思わせるほどの〕幻惑は（仮にそれがあったとして）、逆に作品の非個人性から来るものなのです。これはわたくしの信条のひとつです。つまり、自らを語ってはならない、ということです。芸術家は、自らの作品のなかに、創造の神のように、目に見えずしかも全能で、存在していなければなりません。ひとはその存在をいたるところで感じるのですが、目にすることはありません。／さらに、芸術は、個人的な愛情や神経質な感受性を超越した高みにまで上らねばなりません！　今こそ、芸術には、ひとつの冷徹な方法によって、自然科学の展望を与えるべきときです！　わたくしにとって主要な困難は、やはり文体です。すなわち形式です。概念そのものから生じる、美しい定義できないもの――これはプラトンの言うように、真実の輝きなのです」。

(2) ジョイスは一九〇二年のクリスマス休暇にダブリンに戻った。

(3) ジョイスとアクィナスとの関係については、異なる見解もある。以下の複数の論文も参照のこと。William T. Noon, *Joyce and Aquinas*, New Haven & London: Yale University Press, 1957; Thomas E. Connolly, "Joyce's Aesthetic Theory," *University of Kansas City Review*, 23/1 (Oct. 1956), 47-50; Maurice Beebe, "Joyce and Aquinas: The Theory of Aesthetics," *Philological Quarterly*, 36 (1957), 20-35.

(4) イェール大学図書館のスローカム・コレクションには、両面に手書きで記された原稿が一枚残されており、これは最初の二つの項目の元原稿と考えられるが、字体は読み易く、清書されたものと思しい。それぞれ二月一三日と三月六日の日付がある（『ジェイムズ・ジョイス・アーカイヴ』第七巻一〇六―〇七ページ所収のイェール原稿）。だが本訳稿は、その後手を加えられた版によっている。後にハーバート・ゴーマンが『ジェイムズ・ジョイス伝』(Herbert Gorman, *James Joyce: A Definitive Biography*, 1939; repr. London: John Lane and Bodley Head, 1941) 九六―九九ページに引用したもので、メイスン＝エルマンもこちらを編書に収めている。だがこの原稿は現存しない。いっぽうケヴィン・バリーは、最初の二項目についてのみ、このイェール原稿から収録している（手書き原稿が現存しているのだから、という理由によるものであろう）。以下では必要に応じて、イェール原稿とゴーマン版の相違を註記する。なお、一九〇三年三月二〇日、ジョイスがパリから母に宛てた手紙には、つぎのようにある。「ぼくの詩集は一九〇七年の春に出版されることでしょう。最初の喜劇はおよそ五年後の予定。ぼくの〈美学〉論はさらにその五年後くらいになります（きっ、と面白がってくれるはず！）」（『書簡集』第二巻三八ページ）。

(5) イェール原稿では「……」から始まっている。

(6) 『肖像』V・一〇九五―一一六九行でも、スティーヴンは好色文学や教訓的な作品は「不適切」な芸術である、と言っている。ジョイスはトマス・アクィナスによる美の定義を応用している。すなわち「それを認識することによって欲望が鎮められるというのは、美の本来の性質である」（『神学大全』第一部二、第二七問題、第一項）。

(7) イェール原稿では「恐怖と憐憫」terror and pity の語順であった。

(8) アリストテレス『詩学』1449b.

(9) イェール原稿では、「さて」Now ではなく「しかし」But となっている。

(10) 『肖像』V・一〇八七―九二行。ジョイスは、擬似アクィナス的静性の美学と一致させるために、アリストテレスをも修正し、「カタルシス」を「押し留めること」(arresting)と定義し直している。つまりは、「傍観者」たることを静性の条件としている。スティーヴンは、「アリストテレスは憐憫と恐怖を定義しなかった。ぼくは定義する」(『肖像』V・一〇八二行)と語っているが、アリストテレスは憐憫と恐怖についてつぎのように述べている。「恐怖とは、それが訪れることで痛みや崩壊がもたらされる可能性のある、悪しきものを、想像することによって生み出される悲しみや困難である」(『修辞学』1382a)。「憐憫とは、それに値しない人物に起こる、あるいはわれわれやわれわれの縁者が被るかもしれないと予測できる、破壊的で痛ましい悪しきものによってもたらされる、悲しみである」(『修辞学』1385b)。ジョイス自身の定義は、以下のアリストテレスの主張を暗に含んだところから発しており、こちらのほうがジョイスの意に適っていた。「詩人がもたらそうとする喜びは、模倣による憐憫と恐怖から発するものであるから、その効果は明らかに、話の筋のなかで起こる出来事において、実現されるものでなければならない」(『詩学』1453b)。

(11) この箇所ではイェール原稿のほうが文法的に正しい(ゴーマンの版では節の主語 an improper art の前に不必要な in が入っている)ので、これに従う。

(12) イェール原稿では、ここにも「人間の運命において」が入っている。

(13) イェール原稿ではここに「……」が挿入されている。

(14) イェール原稿ではここに「……」が挿入されている。

(15) イェール原稿では、「悲しみのなかで認識された悲しみの諸相であり」ではなく、「悲しみと関係があり」となっている。

(16) イェール原稿では、このパラグラフの最後は「……」で終わっている。

(17) イェール原稿ではこのパラグラフも「……」で始まっている。

(18) これはアリストテレスの簡潔な定義からまったく逸脱している。アリストテレスは喜劇を「平均以下の人物たちの模倣」と定義している(『詩学』1449a)。

(19) イェール原稿ではこの後ろにさらに「一般的なもしくは思いがけない」と加わっている。

(20) イェール原稿ではここに「……」が挿入されている。

(21) ここでジョイスは「カタルシス」を「静性」と読み替えている。喜びは喜劇のみならず悲劇からも訪れるという点は、彼の論旨から十分に納得できる帰結ではない。『肖像』において、ジョイスは議論をほぼ完全に悲劇に限り、「喜び」を

「美的快楽の光り輝く沈黙の静性」（the luminous silent stasis of esthetic pleasure）（『肖像』Ｖ・一四〇一―〇二）と言い換えている。

(22)　イェール原稿では、このパラグラフの最後も「……」で終わっている。

(23)　『スティーヴン・ヒアロー』八一―八二ページ。『肖像』Ｖ・一四四四―六九行。ボーザンケト『美学史』にはつぎのようにある。「彼〔プラトン〕は、叙事詩、抒情詩、劇詩という、それ自体は新しくない区別に対し、それぞれの劇的人格化の度合いに応じた分析によって、存在理由を与えている」(55)。ケヴィン・バリーによると、ヴィクトル・ユゴー（一八〇二―八五）は、劇『クロムウェル』（一八二七）の序文において、詩は古代から近代まで、抒情的、叙事的、劇的、という順で進化してきたと述べている。『ザ・ネイション』誌（一八四五年二月一五日号）にある匿名の記事「最近のイングランドの詩人（一）アルフレッド・テニソンとＥ・Ｂ・ブラウニング」では、このユゴーの歴史的雛形がアイルランド文学に適用されている。記事の筆者は、「アイルランド文学の健全な成長」が、英国支配によって「阻止され遅らされ」たことを嘆き、つぎのように断じる。「社会的な発達の様々な段階は、精神の発達に、そのはっきりとした性格を書き記すものである。最初に、素朴で直接的で飾りのないバラッドがあった。その後、抒情詩、叙事詩、劇、歴史、哲学、と続き、それぞれのものは自ずと他のものから成長してくることになる。こうして、すべての偉大なる国民文学が築き上げられるのだ。……われわれがいやしくも自分自身の文学を持とうというのであれば、こうでなければならないのである」。

(24)　『肖像』Ｖ・一一五四―五七行。

(25)　アリストテレス『自然学』194a 21-22。

(26)　これはおそらく、芸術作品の創造は「芸術的受胎」「芸術的懐妊」「芸術的出産」という三つの段階を経る（『肖像』Ｖ・一二七〇―七一行）、というスティーヴンの理論を先取りするものである。スティーヴンが、「美の神秘は万物の創造の神秘のように成就される」（『肖像』Ｖ・一四六六―六七行）と語るときも、この考え方が敷衍されている。

(27)　『肖像』Ｖ・一一八二―八三行。この言は、バーナード・ボーザンケト訳『ヘーゲル美学概説』第三章「芸術的美の概念」（'The Conception of Artistic Beauty', 43-106）を凝縮したものである。

(28)　この議論の形式については、『肖像』Ｖ・一四三八―三九行でリンチが揶揄している。「――素晴らしいじゃないか、とリンチは再び笑いながら言った、真のスコラ派臭がぷんぷんする」。

(29) パリ・ノートブック同様、イェール大学図書館のスローカム・コレクションには、一九〇四年一一月七日の日付が附された、最初の項目の手書き原稿のみ収められている(『ジェイムズ・ジョイス・アーカイヴ』第七巻一〇八ページ所収のイェール原稿)。これにも削除等の跡はなく、字体から見て、清書と思われる。その後加筆されたもの全体はゴーマンの133-35に収録されたが、やはり原稿は現存していない。メイスン゠エルマンはゴーマンから、バリーは現存する箇所のみ手書き原稿から、これ以外はゴーマンから引用している。本訳稿はメイスン゠エルマン編によるが、ポーラ・ノートの場合、現存する原稿とゴーマン収録の(完成?)稿の間に、ほとんど異同はない。なお、一九〇四年一一月一九日、ジョイスがポーラからスタニスロースに宛てた手紙には、つぎのようにある。「小説はあまり書かなかった。チューリッヒで一一章の最後を書いただけ。『クリスマス・イヴ』を半分ほど書き、それから『美の哲学』は長々とおよそ五ページも書いてしまった」(『書簡集』第二巻七一ページ)。

(30) 「善は欲望が向かうところのものである」(『神学大全』第一部、第五問題、第四項)。これはアクィナスが、アリストテレスの『ニコマコス倫理学』冒頭の一文から展開したものである。ジョイスはこの箇所および以下に続くパラグラフにおいて、アクィナスのつぎの箇所に言及している。「事物における美と善は根本的に同一である。なぜなら両者は同じもの、すなわち形式に、基づくからである。その結果、善は美として賞讃される。だが両者は論理的には異なっている。なぜなら善は本来欲望に関係しているからである(善はすべての事物が望むものである)。したがって、それはひとつの目的の様相を帯びている(欲望は、ある事物に向かう、一種の運動である)。いっぽう美は、認識能力に関係している。なぜなら美しい事物は目に見て快いものだからである。それゆえ、美は正しい均整に存する。五感は、自らに似たものに喜ぶように、十分に均整の取れた事物に喜ぶからである。あらゆる感覚は、あらゆる認識能力と同様、ある種の理性(゠比例 ratio)だからである」(『神学大全』第一部、第五問題、第四項)。『肖像』V・四二〇—二八行、一一九三—一二〇三行、および『スティーヴン・ヒアロー』一〇〇ページを参照のこと。

(31) シェリーの『詩の擁護』にはつぎのようにある。「詩人であるとは、真と美を、一言で言えば善を、認識できるということである。善は、第一に存在と知覚の間の、第二に知覚と表現の間の、内在的な関係に存している」。ジョイスは『肖像』の美学論議において、この論文にある一句を利用している。

(32) 『肖像』V・一二〇九—一三行、一三四二—四五行。

(33)「目にして快いものは、美しい」。『肖像』V・四二〇―二一行、一一九六行、および『スティーヴン・ヒアロー』一〇〇ページにも表れるが、いずれもPulcraとなっている。ゴーマンはPulceraと表記しているが、メイスン＝エルマンはPulchraに修正している。アクィナスの原文は、*pulchra enim dicuntur ea quae visa placent*――「美しい事物は目に見て快いものである」（『神学大全』第一部、第五問題、第四項）。以下に述べられる認識の三段階は、アクィナスの定義した、美に必要な三つの条件、全一性《インテグリタース》、調和《コーンソナンティア》、光輝《クラーリタース》（『神学大全』第一部、第三九問題、第八項）に由来する。

(34) ゴーマン134では、「その結果生じる満足」（consequent satisfaction）の語句が線で消されている。当初は「再認の活動」ではなく「その結果生じる満足という活動」とされていたことになる。

(35)「美と善に与らないものは何もない」（偽ディオニシウス・アレオパギタ『神々の名』704b）。

(36)『肖像』V・一二五四―六〇行。

(37)『肖像』V・一三四二―一四六九行。

(38) メイスン＝エルマンはつぎのように註釈を加えている――ジョイスはここでアクィナスを超えている。アクィナスは「快」を語っており、「満足」を語ってはいない。ジョイスはドラマにおける静性《スティシス》という自身の理論を、自身の光輝《クラーリタース》の理論と結びつけている。後者は、芸術作品の最終的な特質であると同時に、芸術作品に対する反応の、最上の局面である。満足は、静止・静穏を含意しており、したがって彼の認識の理論にとっては根本的なものである。

34　ザ・ホーリー・オフィス(1)（一九〇四年）

【ジョイスがこの諷刺的なブロードサイド詩を執筆したのは、一九〇四年、ダブリンを出立するおよそ二カ月前のことであった。印刷はしたものの、その支払いができなかったため、翌年ポーラにおいて今一度印刷し、弟スタニスロースに郵送して、ダブリンにいるこの諷刺の的となる人びとに配るよう言った。

この詩でジョイスは、イェイツやラッセルおよびその追従者たちを一括りにして、彼ら全員の偽善と自己欺瞞を告発する。彼らの書いたものを読めば、書き手が身体をまったく欠いているように思うことだろうし、彼らの精神性は女性の淑女ぶりにそっくりだ、というのである。ジョイスはつねに自身の率直さと誠実さを誇りとしてきたし、このとき彼はそれを『スティーヴン・ヒアロー』および最初の短篇集『ダブリナーズ』において、はっきりと表明しようとしていた。アリストテレスをキリスト教の儀式と繋ぎ合わせ、自身の務めはカタルシス、すなわち、無言劇の役者どもが隠蔽していることの暴露である、と宣言する。そして隠喩を募らせ、イプセンとニーチェの助けを得て登りつめた山の頂から、彼らを糾弾するのである。】

わが身に自ら与うるは
この名、カタルシス＝パーガティヴ。(2)

われは怠惰な暮らしを捨てて、
手には詩人の文法書。[3]
酒場と娼窟に持ち込むは、
賢しきアリストテレスの精神。
詩人どもらがその試みに、過たぬよう心がけ、
われの言葉の解釈者を、ここに登場させねばならぬ。
つまりは今さらわが唇から
逍遥学派の学を聞け――。
天に入るも地獄を行くも、
哀れたるとも恐ろしくとも、
ひとに絶対必要なのは、
天下御免の免罪符抱きし者の気安さだ。
由緒正しき神秘家は、
誰もがダンテさながらに、偏見などは持ちもせず、[4]
ぬくぬく炉端で安楽に、代理人をもってして
極度の異端を思い切り吐かせる輩なのだから。
それはさながら食卓で、自身は楽しくやりながら、
不快なることあれこれと思い浮かべるかのごとし。
良識によりて人生を律する者であるならば、

どうして己が真摯さを逸することがあり得よう？
けれどもわれをどうしても[5]、数え入れてはなりませぬ、
あの黙劇のともがらに。
たとえば[6]彼は駆けずり回り、
軽佻浮薄な御婦人方[7]の、浮気心を鎮めにゃならぬ。
御婦人方のほうはといえば、金の刺繍のケルトの裾[8]で、
めそめそしているあの人を、宥めてくれはするのだろう。
あるいは、一日しらふのくせに、
芝居のなかでは小瓶の酒を、ちょいと混ぜ合わせる男。[9]
あるいは、「気品」のある[10]ひとが好きだと言ってる「かのように」
振る舞うことのできるひと[11]。
あるいは、ヘイゼルハッチの長者に
襤褸着て芝居を見せながら、
断食期間が終わったら、さめざめ涙を流しては、
過去の異端のあれこれを、すべて告解する男。[12]
あるいは、麦芽や十字架には、
帽子を取りさえせぬものの、
貧しい身なりの相手とくれば、
誰であろうがカスティーリャ式最敬礼をする男。[13]

34　ザ・ホーリー・オフィス

あるいは、師匠を崇める男。(14)
恐々パイント飲む男。(15)
あるいは、ベッドで就寝中、
首なしイエス・キリストを目にして後は、われわれに
遠い昔に消え去った、アイスキュロスの作品を
取り戻そうと励むひと。(16)
ところがこうした男はみんな
われを、彼ら徒党にとっての、下水溝へと変え給う。
彼らが、朧な夢多き夢を見ること叶うよう、
われは彼らの汚物を浚う。
なぜならわれが彼らのために、それをやってやれるから。
かくなることをしたがゆえ、われ王冠を失いき。
かくなることをしたわれを、偉大な祖母なる教会は
無情に窮地に追い落とす。
かくしてわれは安堵させせん、彼らの気弱な肛門を。
カタルシスなるわが務め、見事果たして見せようぞ。
緋色のわれが、羊毛のごとき白さに彼らを変える。(17)
われのおかげでこの男らは、腹いっぱいぶん浄化する。
ご婦人役者の方々のひとりひとりにはこのわれが

総代理役[18]を務めよう。
そして恥らう臆病なすべての乙女に対しても、
われが同じく愨ろな務めを果たして進ぜよう。
なぜならわれには、当然と、見て取ることができるのだ、
女の目にある、ほの暗きあの美しさの語るもの、
優しき乙女の「いけないわ」は
堕落をもたらすわが言葉「したい」に対する返答と[19]。
人目のある場で出会えばいつも、
けっして女はそのことを思っているように見えはせぬ。
夜にベッドでぴったりと女が隣に横たわり、
腿の間に差し挟まれるわが手を感じたそのときに、
薄着の愛しの恋人は、
欲望という柔らかな焔が燃えているを知る。
されどマモンは禁じるのだ、
このリヴァイアサン[20]の登用を。
かくて気高き魂は、絶えず戦をけしかける、
マモンの無数の従僕どもに。
彼らにしても、免れはせぬのだ、
マモンに課せらるる、軽蔑なる名の税金を。

かくしてわれは遠くから、振り向き彼らを眺めやる、
道化のまだら服の群れが、よろめき歩くその姿。
彼らの心が憎むは強さ――われの心が古の
アクィナス一派に鋳出された、鋼のごとくであるがゆえ。
彼らがしゃがみ、うずくまり、腹這い、祈るその場所で、
われは起立し、わが運命を恐れずわが手に引き受けて、
仲間も友もなく、ひとり
矢筈のごとく偏頗なく、
尾根のごとくに揺るぎなく、
尾根行くわれは煌かす、虚空に雄鹿の枝角を。(21)
これまで通り彼らには、続けてやらせておけば良い、
収支きちんと帳尻を合わせよ、貸借対照表。
たとえ墓穴に入るまで、彼らが奮闘しようとも、
わが魂を得ることは、彼らに叶うはずもなし。
またわれの心を、彼らと同じくするも叶うまい。
たとえマハマンヴァンタラ(22)が、ひとつの終わりを遂げようと。
そして彼らがその戸から、われを足蹴にしようとも、
われは彼らを永遠に、わが心より蹴放さん。

註

(1) The Holy Officeというこのタイトルは皮肉であり、(一)「聖なる務め」=「告解の祈り」を表すと同時に、(二)かつて異端審問を始めたカトリック教会の部局、「検邪聖省」(別名「聖務聖省」)を指す。これは今日では検閲機関の役割を果たしている。また『ユリシーズ』第九挿話六六四行では、スティーヴンが「馬丁が種馬に行なう聖なる務め」(the holy office an ostler does for the stallion)という言い方をしている。イェール原稿とコーネル原稿およびタイプ原稿(プリンストン大学所蔵)は、『ジェイムズ・ジョイス・アーカイヴ』第一巻二七八―八五ページ所収。初版のファクシミリ版は *The Works of James Joyce*, 5, Poetry and Drama, Tokyo: Hon-No-Tomosha, 1992に収録されている。

(2) Katharsisは「浄化」であるが、「瀉下・便通」の意味を持つ。Purgativeは「下剤」。

(3) ジョイスは著名な同時代の詩人たちの作品から、破格の語法を収集していた。本書一九五ページ、「アーノルド・グレイヴズ氏の新作」の註6を参照のこと。

(4) 本書一五九ページ「カティリナ」を参照のこと。

(5) 「どうかわかって欲しいのだ、わたしを数え入れてくれ、/アイルランドの痛手を癒す、歌を歌ったともがらの/真の同胞のひとりに……」(イェイツ「来るべき時代のアイルランドへ」より)。「黙劇のともがら」mumming companyという語句は、一般に蔑称として用いられるが、ここではとくに、その後アビー劇場劇団となる、イェイツらのアイルランド国民演劇協会を指していよう。アビー劇場は一九〇四年八月に営業許可を得、アニー・E・ホーニマン(一八六〇―一九三七)の経済的援助を受け、オーガスタ・グレゴリー夫人によって主催されたが、舞台芸術を実際に取り仕切ったのはイェイツであった。ジョイスを除くすべての若手アイルランド作家たちが、何らかの形でこれに加わった。

(6) イェイツのこと。

(7) グレゴリー夫人、ミス・ホーニマン、そしておそらくはモード・ゴン・マックブライド(一八六五―一九五三)を指している。

(8) イェイツが一八九〇年代に出版した書物に施されていた金箔の装飾への仄めかし。

（9）ジョン・ミリントン・シングのこと。
（10）オリヴァー・セント・ジョン・ゴガティ（一八七八―一九五七）のこと。
（11）キルデア州とダブリン州の州境に位置する地域。
（12）ポードリック・コラム（一八八一―一九七二）のこと。
（13）ジョン・エグリントン、本名ウィリアム・カークパトリック・マギー（一八六八―一九六一）のこと。
（14）ジョージ・ロバーツ（一八七三―一九五三）のこと。ジョージ・ラッセルの献身的な追従者であり、ラッセルに熱烈に呼びかける詩も書いている。
（15）シェイマス・オサリヴァン、本名ジェイムズ・S・スターキー（一八七九―一九五八）のこと。
（16）ジョージ・ラッセルのこと。
（17）「たとえお前たちの罪が緋のようでも、雪のように白くなることができる。たとえ紅のようであっても、羊毛のようになることができる」（『旧約聖書』「イザヤ書」第一章一八節）。
（18）司教の補佐であり、教区の細々とした仕事を処理する。
（19）マクベス夫人のセリフ「魚は欲しいが脚は濡らしたくないという猫みたいに／〈やりたい〉と言っては〈いや、いけない〉とおっしゃるのね」（『マクベス』第一幕第七場四四―四五行）。
（20）英雄的な、個人主義者のサタン、すなわちジョイス自身のこと。
（21）「それが彼の攻防の拠点であった。そして彼は煌く枝角から、彼ら軽蔑すべき連中を振り払った」（『スティーヴン・ヒアロー』三九ページ〔邦訳一〇ページ〕）。
（22）ヒンズー教において、宇宙の一サイクル、もしくはその終わりを意味する。

35 アイルランド、聖人と賢者の島(1)(一九〇七年)

【ジョイスは一九〇四年一〇月、ノラ・バーナクルとともにダブリンを発ち、二年半の間、ポーラ、トリエステ、ローマに暮らした。ローマでは銀行員として不幸な九カ月間を過ごし、その後一九〇七年三月にトリエステに戻った。この頃には彼もトスカーナ方言を自由に操れるようになっていたため、市民大学でイタリア語による一般向けの講義を三回行なうよう依頼された。市民大学は、トリエステの、いわば社会人教育センターである。四月二七日の一回目の講義〔本稿〕で、ジョイスはアイルランドの政治史と文化史を語り、二回目の講義ではマンガンを論じ、三回目ではアイルランド文芸復興運動を語った。この三回目の内容については、ジョイスが聴衆に、マンガンの講義で予告したものであるが、原稿は残されていない。(2)

トリエステの聴衆は反教権的で、ほとんど不可知論的と言ってもよく、イレデンティズモ〔イタリア未回収地回復運動〕に魅力を感じていた。これはオーストリア勢力を駆逐し、この都市をイタリアに奪回しようという運動である。もっとも、聴衆たちが必ずしもこの運動に全身全霊を傾けているというわけではなかった。ともに外国の支配下にあり、ともに征服者たちとは異なる言語があることを主張し、ともにカトリックである以上、ジョイスが彼らに、アイルランドとトリエステの共通点を強調する必要はなかった。だがジョイスはどうしても、アイルランドが裏切りの歴史にまみれていること、能弁なだけの怠惰な人びとに溢れていること、不合理で狭量な信仰の国であることを、強調せずにはおれなかった。自らの態度を客観的と呼んではいるものの、それは、かたやアイルランドへの愛執の念と、かたやこの祖国への不信感との間で揺れ動いている。

当初ジョイスは即興の講義をするよう言われていたが、誤りを犯したくなかった彼は、手書き原稿を読み上げる形を選んだ。彼の話しぶりは、イタリアの標準に照らせば、いささか冷淡でそっけないものであった。だが聴衆は、一部にはジョイスに英語を教わっている者や友人が含まれていたとはいえ、彼に熱烈な拍手を送った。】

民族は、個人と同様、自身のエゴを持っている(3)。ある人民が、自分たちにはほかの人民にはない資質や栄光を具えているのだ、と考えたがるのは、昔から珍しいことではない。われわれの祖先たちも、自分たちをアーリア民族すなわち高貴なる民族と呼んだし、あるいはギリシア人たちも、不可侵の地ヘラス〔ギリシアの古代ギリシア語名〕の外に住む者たちを蛮族と呼んだ。アイルランド人も誇りを抱いて——上記よりはいささか説明に難儀しそうな誇りではあるけれど——、自国を聖人と賢者の島と呼ぶことを好む(4)。

この栄誉ある称号が考え出されたのは、けっして昨日今日の話ではない。それはまさに、この島が真に知性と聖性の中心地であった古代の時代、つまりは、その文化と旺盛な活力を大陸にまで波及させていた時代のことである。巡礼や隠者として、学者や魔術師として、国から国へと知識の松明を運んだアイルランド人のリストは、容易に作ることができよう。今日でさえ彼らの痕跡は、打ち捨てられた祭壇に見ることができる。すなわち、主人公の名前さえわからない伝承、伝説のなかに、あるいは、たとえばダンテの『地獄篇』の詩句のような、詩的仄めかしのなかに。ダンテの案内者は、地獄で永遠の責め苦に遭っているケルトの魔術師を指差し、つぎのように言う、

あの両方の脇腹がひどく痩せている男は、
ミケーレ・スコットという名で、邪悪な術を
実によく知っていた。(5)

事実、この聖人と賢者たちの行ないを物語るには、悠長なボランディストたち(6)の学識と忍耐が必要となろう。少なくともわれわれは、聖トマスに対する悪名高き敵対者、ジョン・ドゥンス・スコトゥス(7)を思い起こすことができる(彼は天使的博士の聖トマス、熾天使的博士の聖ボナヴェントゥラと区別して、精妙博士と呼ばれる)。彼は無原罪の宿りという教義を戦闘的に擁護し、この時代の年代記が語るところによれば、無敵の弁証家であった。当時のアイルランドが、ヨーロッパの様々な土地から学者が集まる巨大な神学校であった点は疑いようがなく、したがって彼も、霊的な事柄の師として極めて誉れ高かったのであろう。こういった主張は大いに用心して受け止めるべきだとしても、この輝かしい過去が、自己讃美の精神に発する虚偽でないということは(いまだアイルランドで隆盛を極めている宗教的熱情――これは過去数年来懐疑主義によって培われてきた皆さんには、想像することさえ困難かもしれないが――を見ても)確かであろう。ともあれ、本当に確信が欲しいというのであれば、ドイツ人たちによる埃にまみれた古文書記録なるものがつねに存在している。今ではフェレーロが、これら善良なるドイツの教授陣による発見は、ローマ共和国およびローマ帝国の古代史に関する限り、最初から最後まで誤りである、あるいは、ほとんど誤りと言って良いものである、と指摘している。(8)ひょっとするとそうかもしれない。けれども、誤りであろうとそうでなかろうと、この学識あるドイツ人たちこそが最初に、シェイクスピアが世界的に重要な詩人であるという事実を、狼狽するその同国人たちの目の前

に突き付けてやった、という点は誰も否定できない（同国人たちはそのときまで、ウィリアムを二流の人物と考え、抒情詩には好ましい素質を具えたいいやつだが、多少イギリスのビールを飲み過ぎてやしないか、と考えていた）。同様に、このドイツ人たちこそがヨーロッパで唯一、五つのケルト民族の言語と歴史に頭を悩ませた人びとであった。(9)

ほんの数年前、ゲール語連盟がダブリンで創設されるまでは、ヨーロッパに存在するアイルランド語の文法書と辞書は、ドイツ人たちによるもののみであった。(10)印欧語族に属するとはいえ、アイルランド語は英語と異なっている。その違いは、ローマで話される言語がテヘランで話される言語と異なるがごとくである。アイルランド語は独特のアルファベットを持ち、その文学も歴史もほぼ三千年に及んでいる。一〇年前、これを話していたのは、大西洋に面した西部地方の農民や、南部地方、およびヨーロッパの哨兵のように東半球の前線に位置する小さな島々の、ごく少数の人びとであった。現在ではゲール語連盟がその使用を復興しようとしている。ユニオニストの機関紙を除くすべてのアイルランドの新聞が、アイルランド語によるコラムを最低ひとつは掲載している。主要都市の間で交わされる通信文はアイルランド語で書かれ、大半の小・中学校でアイルランド語が教えられ、また大学でも、この言語は、フランス語やドイツ語、イタリア語、スペイン語のような近代の言語と、対等レベルで扱われている。ダブリンではストリートの名前もアイルランド語と英語の両方で表記されている。連盟は祝典やコンサート、討論会や集会を開催しているが、これに「ブルラ」（つまり「英語」）の話者が参加しようものなら、陸に上がった魚のように感じることだろう。耳障りな喉頭音だらけの言語でまくしたてる群衆に囲まれ、途方に暮れることとなる。街を歩けば、しばしば若者のグループがアイルランド語を話しているのを目にするだろうが、その話し振りにはおそらく、いささか必要以上に熱がこもっているものだ。連盟の会員たちは手紙のやり取りもアイルランド語で行なうため、かわいそうに宛名の読めない郵便配達人は、この難問を解いてもらうため上司に相談せねばならないことしばしばである。

この言語の起源はオリエントにあり、多くの文献学者は古代フェニキア語と同系列であると言っている。歴史家によれば、フェニキア人は交易と航海術の発見者であった。海をわがものとしていたこの冒険好きの人びとは、アイルランドにひとつの文明を築き上げたが、その文明も、最初にギリシアの歴史家が筆を執る前に衰退し、ほとんど消え去ってしまった。その学問の秘密は怠りなく守り伝えられたため、アイルランド島に関する言及が国外の文学作品で最初に現れるのは、キリスト紀元前五世紀のギリシアの詩においてである。このなかで歴史家は、フェニキアの伝統を繰り返し語っている。批評家のヴァランシーによれば[11]、ローマの喜劇作家プラウトゥスが、喜劇『ポエヌルス』[12]のなかでフェニキア人たちに語らせている言語は、現在のアイルランドの農民が話している言語とほとんど同じであるという。この古代の人びとの宗教と文明は、後にドルイド教として知られることになるが、本来はエジプトのものであった。ドルイド僧たちは野外に寺院を設け、オークの森で太陽と月を崇めた。学問が未熟であった当時、アイルランドの祭司たちは学識に富む者と見なされ、プルタルコスもアイルランドについては、聖なる人びとの棲家と呼んでいる。四世紀のフェストゥス・アウィエヌス[13]が、これに「聖なる島《イーンスラ・サクラ》」という称号を与えた最初の人物である。その後スペインとガリアの部族による侵入を被り、また聖パトリックとその信奉者たちによって無血でキリスト教徒に改宗されたアイルランドは、今一度「聖なる島《イーゾラ・サクラ》」の称号に値するものとなった。

わたしはなにもここで、キリスト教時代の最初の数世紀からアイルランド教会史を隈なく語りおこそうというつもりはない。それはこの講義が本来及ぶところではないし、しかもさほど面白いものでもない。けれども、「聖人と賢者の島」というこのタイトルについてはある程度説明せねばなるまいし、その歴史的な前提も示しておく必要がある。もっぱらアイルランド国内に限られる業績を残した無数の聖職者たちの名前はさて置き、わたしがここでしばし傾聴を賜りたいのは、ほとんどすべての国々で、多くのケルトの宣教師たちが残した足跡の数々に纏わる話である。今日平信徒にとっては取るに足りないものと見えようが、こうした事実は簡潔に説明しておくことが必要と思われる。というのも、そうしたことが起こった時代、ならびにそれに続く中世という時代にあっては、歴史そのもののみならず、学問や様々な芸術がすべて、すっかり宗教的な性格を帯びていたのであり、「母なる」どころではない教会の庇護のもとに置かれていたからである。そして実際のところ、ルネサンス以前のイタリアの学者や芸術家は、主《しゅ》の従順なる端女《はしため》、聖なる書物の博学なる註釈者、キリストの喩え話を詩や絵画で語る解説者でなかったとしたら、いったい何であったというのか？

アイルランドのように文化の中心から遠く隔たった島が、宣教師たちにとっての優れた学問所となり得たことは、奇妙に思えるかもしれない。しかし、少し考えてみただけで納得できるのは、アイルランド民族が独自の文化を築き上げたいと願う欲求は、全ヨーロッパと足並みを揃えたいと願う若い民族の欲求であるよりむしろ、過去の文化の栄光を刷新し、新しい形を得たい、という古の民族の欲求だ、ということである。

聖ペトロを教皇としたキリスト紀元第一世紀においてさえ、われわれはマンスエトゥスなるアイルランド人がいたことを知る。これはロレーヌに宣教し、教会を建て、半世紀に亘り説教を行なって、後に列聖されている。(14) カタルドゥスはジュネーヴで神学を講じる教師となり、後にタラントの司教となった。(15) 偉大なる異端の始祖ペラギウスは、(16) 疲れを知らない旅行者にして布教者であったが、仮にアイルランド人ではなかったとしても（多くの人はそう主張しているが）、スコットランド人かアイルランド人のどちらかであることは確かであり、この点は彼の右腕であったケレスティウスも同様である。セドュリウスは世界中を旅した挙句ローマに落ち着き、ここでおよそ五〇冊もの神学書を執筆し、数多くの聖歌を作曲した。後者は今日でもカトリックの儀式において用いられている。(17) フリドリヌス・ヴィアトル、すなわち旅行者フリドリヌスは、アイルランドの王族の血を引く者であり、ドイツ人たちを相手に布教活動を行ない、ゲルマニアのゼッキンゲンで死に、ここに埋葬された。(18) 火のような性格のコルンバヌスはフランスの教会の改革を使命とし、自身の説教によって惹き起こされたブルゴーニュでの内戦を逃れイタリアに赴き、そこでロンバルディア人のための宣教師となり、ボッビオに修道院を築いた。(19) アイルランド北部の王の息子フリジディアヌスはルッカの司教の座に就いた。(20) 聖ガルスは、最初はコルンバヌスの教え子となり、同胞となったが、その後スイスのグリゾンで隠者の生活を送り、ひとりで自分の畑を耕し、狩りと漁をして暮らした。コンスタンツの町の司教職にという申し出を断り、九五歳で亡くなった。(21) 彼が隠棲していた場所には修道院が建てられ、そこの大修道院長は、神の恩寵によりこの州の君主とされ、またベネディクト修道会の書庫を実に豊かなものとした。(22) サン・ガル〔St. Gall＝ザンクト・ガレン〕の古都を訪れる人びとは、今でもその廃墟を目にすることができる。識者と呼ばれたフィニアンは、アイルランドのボイン川の土手に神学の学問所を作り、ブリテン島、フランス、アルモリカ、ゲルマニアからやってきた何千もの学生にカトリックの教義を教え、全員に（ああなんと幸福な時代であったろう！）授業と書物のみならず、無償で部屋と賄いを提供した。(23) しかし、彼はときどき勉強部屋の灯りに油を補給するのを忘れたらしい。ある学生は、突然部屋の灯りが消えてしまい、もはや神の御加護を祈るしかなくなったけれども、祈りを唱えると不思議なことに自分の指が光り始め、そのため指でページを追うことにより、この学生は知識への渇望を癒すことができた。パリの聖マチュラン教会にその記念銘板がある聖フィアクルは、フランス人たちに教えを説き、死後は宮廷の出費で壮麗な葬儀が執り行なわれた。(24) ファージーは五カ国に修道院を築き、彼の祝日は今でも、彼の亡くなったピカルディ地方のペロンヌで祝われている。(25) アルボガストはアルザスとロレーヌに多くの聖地と礼拝堂を作り、五年間司教としてストラスブールの司教区を治め、(26) その後自らの死期が迫っていることを感じると、自身が模範としてきた人物〔キリスト〕の生涯を思い出し、罪人が処刑される地にあった小屋に移り住んだ。その後ここに、この町の大聖堂が建立されることになる。聖ウェルスはフランスで処女マリア崇拝の擁護者となった。またダブリンの司教ディジボードは四〇年以上に亘ってゲルマニア全土を旅し、最後にベネディクト会の修道院を建て、これをディジボード山と名付けた。これは今日ディゼンベルクと名を変えている。(27) ルモルドはフランス〔ベルギーの誤り〕のメヘレンの司教となり、殉教者となった。(28) アルビヌスはシャルルマーニュの援助を得、パリにひとつ、古都ティキヌム（現代のパヴィア）にひとつ、学問所を設立し、後者を長年取り仕切った。(29) フランケンで宣教したキリアヌスは、ゲルマニアのヴュルツブルクの司教になったが、ゴスベルト公とその情婦との間で洗礼者ヨハネの役回りを演じようとしたため、刺客によって殺された。(30) 小セドュリウス(31)は、教皇グレゴリウス二世によって、聖職者たちの不和を鎮めるためスペインに派遣されたが、スペインの司祭たちは、彼が外国人であるからという理由で耳を貸そうとしなかった。(32) これに対しセドュリウスは、自分はアイルランド人であり、したがって古のミレシウスの血を引く者であるから、事実上スペイン人である、と答えた。反対者たちには実に説得力のある論法だったので、結局彼らは、セドュリウスがオレトの司教となることに異議を唱えなかった。総じてアイルランド史は、スカンディナヴィア諸部族の侵入によって八世紀に終わりを遂げるまで、布教と宣教と殉教の、途絶えることのない記録である。そしてこの地を訪れたアルフレッド大王は、「王の旅」と題された詩で、自身の印象をわれわれに伝えている。第一聯で彼はつぎのように語る――

流離の身にありしとき、われは
アイルランドにて、美しき
多くの女たち、真摯なる群衆、

平信徒と祭司たちの、溢るるを見出せり。

そしてこの絵柄は、千二百年が経った今も、さほど変わってはいないと言わねばならない。もっとも、当時平信徒と祭司たちが溢れているのを目にした善良なるアルフレッド大王が、もし今のアイルランドを訪れれば、平信徒よりは祭司たちで溢れているのを目にすることだろうが。

英国人の到来に先立つ三百年間の歴史を読もうとするなら、誰であれ強靭な神経を持つ必要がある。というのも、互いに殺し合う内紛と、デーン人とノルウェー人との闘い――彼らは黒の異人と白の異人と呼ばれた――が、交互に絶え間なく繰り返され、その間断のなさと残忍さは壮絶なものであったから、この時代のアイルランドは文字通りの屠殺場と化した。デーン人は、アイルランドのこちら側の海岸の、主要な港をすべて占領し、ダブリンに王国を建設した。これは現在でもアイルランドの首都であるから、二千年以上もの間大都市であったことになる。当時土着の王侯たちは互いに殺し合うことに忙しかったけれども、当然のことながら、ときには休息してチェスに勤しむこともあった。最後に、簒奪者ブライアン・ボルーが現れ、ダブリン城外の砂丘で、北方人の大群に血腥い勝利を収めた。これでスカンディナヴィア人の侵攻は終わりとなるが、しかしながら彼らはこの国を捨てることなく、徐々にこの土着の共同体に同化していった。現代のアイルランド人の奇妙な性格を説明したいなら、この事実は心に留めておくべきである。この間、当然のことながら文化は衰退したものの、アイルランドが三人の偉大な異端者、ヨハネス・スコトゥス・エリウゲナ、マカリウス、ウィルギリウス・ソリウァガスを生み出したことは栄誉である。この三人目に挙げた人物は、フランスの王によってザルツブルクの大修道院長に推薦され、その後この司教区の司教とされ、この地に大聖堂を建立した。哲学者であり、数学者であり、またプトレマイオスの著作を翻訳した。地理学の論文では、当時として破壊的な、地球は丸いという説を唱え、この種の大胆さゆえに、ボニファティウスとザカリアスの両教皇によって異端者とされた。マカリウスはフランスに暮らし、聖エリギウスの修道院は現在でも彼の論文『霊魂について』を保管している。このなかで彼は、後にアヴェロエス主義として知られることになる原理を説いている。その見事な研究は、今日エルネスト・ルナン(36)（彼もまたブルターニュのケルト人である）によってわれわれの手に伝えられている。パリ大学総長のスコトゥス・エリウゲナは汎神論的神秘主義者であり、偽ディオニシウス・アレオパギタによる神秘主義的な神学の著作をギリシア語から翻訳し、フランス人の守護聖人となっている(37)。この翻訳は、オリエントの超越的な体系をヨーロッパに初めて紹介したものであり、ヨーロッパの宗教思想に多大な影響を与えたが、その影響たるや、後にピコ・デラ・ミランドラの時代、プラトンの翻訳がイタリアの神聖冒瀆的文明を発達させたことに比肩できる(38)。この種の新機軸は、不可侵の聖なる土壌に蓄えられた正統派神学の死んだ骨たちを、肉体的に蘇らせる生命の息吹――アルダトの野(39)――のようなものであったが、教皇の認可を得られなかったことは言うまでもない。教皇は禿頭王シャルルに、この著書と作者をともにローマまで送り届けるよう要請した。おそらくは教皇に歓待される喜びを味わわせようという魂胆であった。しかしながらスコトゥスは、己が知力に意気揚々としながらも、分別は失っていなかったように思われる。というのも、この懇切丁寧な招待には一切耳を貸さず、そそくさと祖国に帰ったのだった。

英国人による侵略の時代から今日まで、ほぼ八百年が経過している。アイルランド人の気質の根底にあるものを理解してもらおうと、わたしはいささか冗長にそれ以前の経緯を述べてきたわけだが、それはなにも、外国〔イギリス〕の占領下にあったアイルランドの変遷を語らずにおこうとしたわけではない。まずは何よりこの時代、アイルランドはヨーロッパにおける一大知的勢力であることを止めたのであるから、これを語らずにはおれない。古代のアイルランドが秀でていた装飾芸術は見捨てられ、神聖な文化も冒瀆的な文化も一気に廃れてしまった。

ここでは二、三の輝かしい名が異彩を放っており、それはまるで、晴れやかな夜に最後まで輝いていた星が、夜明けの到来とともに色褪せてしまうかのごとくである。前述の、スコトゥス学派の創始者であったヨハネス・ドゥンス・スコトゥスは、言い伝えによると、パリ大学の全教授陣の議論を丸三日に亘って傾聴し(40)、その後すっくと立ち上がっては、記憶だけでそのひとりひとりを論駁していった。サクロボスコのヨハネスは、プトレマイオスによる地理学・天文学理論の最後の擁護者であり、ペトルス・ヒベルニクスは(41)、スコラ学派の弁論『対異教徒大全』の著者トマス・アクィナスの精神を養うという、きわめて重要な使命を果たした神学者である。アクィナスはおそらく、人類の歴史上もっとも先鋭で明晰な精神を具えていた。しかし、こうした最後の星たちがヨーロッパの諸国民にアイルランドの過ぎ去った栄光を思い出させるにせよ、いっぽうではまた、古のケルトの種族と、スカンディナヴィア、アングロ＝サクソン、ノルマンの民族が混じり合ったなかから、新しいケルト民族が生まれてきた。古の気質を土台として、もうひとつの民族的な気質が生じ、様々な要素がそこで混じり合い、老いた身体を新たなものに変えた。かつての敵同士は英国人の横暴に共同戦線を張った。いまや「ヒベルニス・ヒベルニオレス」すなわちアイルランド人以上にアイルランド的となったプロテスタントたちは、カトリックのアイルランド人たちを煽動し、海を越えてやって来るカルヴァン派やルター派の狂信者たちに立ち向かった。かくしてデーン人とノルマン人の子孫たち、およびアングロ＝サクソンの入植者たちは、ブリテンの暴政に抗して、新しいアイルランド民族の大儀を擁護することとなった。昨今、アイルランドの代議士たちは選挙の前夜になると選挙民たちに熱弁を揮い、自分は古の民族の血を引くものであると自慢し、これに引き換え対抗馬はクロムウェルの時代の入植者だ、と批難する。この批難が広くジャーナリズム一般に笑いを惹き起こすのは、実のところ今日この民族において、外国人一族の血を引く者をすべて排除するなど、到底不可能だからである。アイルランドの血統でない者を愛国者と呼んではならない、というのであれば、近代の政治運動の英雄たちはほとんど皆、愛国者と呼べないことになる。エドワード・フィッツジェラルド卿しかり、ロバート・エメットしかり、ティオボルド・ウルフ・トーンしかり、ナッパー・タンディしかり——いずれも一七九八年の叛乱の指導者たちである。またヤング・アイルランド運動の指導者トマス・デイヴィスとジョン・ミッチェルしかり。多くの反教権主義的フィニアンたちもしかり。議事妨害策の生みの親たち、すなわちアイザック・バットとジョーゼフ・ビガーしかり。そして最後に、チャールズ・スチュアート・パーネルしかりである。彼はアイルランド人を指導した人物のなかで、おそらくはもっとも手ごわい男であったが、そのなかにケルトの血は一滴も流れていなかった(42)。

愛国者たちによると、この国民の暦には二つ、不運と明記すべき日がある。ひとつはアングロ＝サクソンとノルマンによる侵攻の日、もうひとつは百年前の、二つの議会の併合の日である(43)。これに関しては、辛辣で意義深い二つの事実を指摘しておくのが有益であろう。アイルランドは心身ともに、国民の伝統と同じく教皇庁にも忠実であることを誇りにしている。大多数のアイルランド人は、この二つの伝統に対する忠誠が、枢要な信仰箇条であると考えている。しかし実のところ、英国人はアイルランド土着の王(44)から繰り返し要請があったからこそやって来たのであり(45)、彼らのほうとしては特段来たくもなかったし、君主の認可もなかったようである。しかしながら彼らは、教皇ハドリアヌス四世の大勅書と教皇アレクサンデルの手紙を与えられていた(46)。アイルランドの南岸に上陸した七百の軍勢は、人民にとっては傍若無人な徒党であった。土着の部族にはこれを歓待したものもあり、その後一年足らずで、イングランド王ヘンリー二世は、ダブリンの町で派手にクリスマスの祝宴を催した。さらに、二国の議会の併合は、ウェストミンスターで承認されたものではなく、ダブリンにおいて、アイルランドの人民が選んだ議会によって、可決されたのである。この堕落した議会は、英国首相の代理人たち(47)による教唆を大いに被ってはいたが、アイルランド議会であったことに変わりはない。私見ながら、以上二つの事実が完全に説明されないかぎり、それが起こったこの国は、自国の息子の誰に向かっても、距離を置いた観察者であるより確信を抱いた愛国者たれ、と説くもっとも基本的な権利さえ、持ち合わせていないのである(48)。

いっぽう、公平性は容易に、御都合主義的な事実の忘却と混同されてしまう。仮に、ヘンリー二世がやってきた時代のアイルランドは、すでにして残忍な闘争によりずたずたに引き裂かれていたのであり、ウィリアム・ピットの時代のアイルランドは、すでにして腐敗した邪悪なものであった、と確信しきっている観察者が、この確信ゆえに、したがってイングランドは今日であれ将来であれアイルランドに対して償うべき負債はない、などと考えるとしたら、これは誤りであり、しかも重大な誤りである。勝利に酔い痴れる国が他国に暴政を揮う場合、支配される側の国が叛乱を起こすことは、論理的に悪しきことと̇は見なし得ない。人間とはそうしたものである。そして、私利私欲や単純さで盲目になっているのでないかぎり、植民地開発を進める国が異国の岸を占領したとき、その国は純粋にキリスト教的な動機からそうしたのだ、などといまだに考えている者は皆無である。軍隊と機関銃の到来に数カ月先立って宣教師やポケット聖書がやってきたところで、やはりそうなのである。アイルランド人たちがこれまで、アメリカの同胞たちの行なったことを成し得なかったとしても、それがすなわち、今後もアイルランド人には成し得ないだろう、ということにはならない。また英国の歴史家たちが、ジョージ・ワシントンの思い出に敬意を表し、オーストラリアにおいて自律的で事実上社会主義的な共和国が進展していることに大いに満足を表明し、いっぽうでアイルランドの分離主義者たちを狂人として扱うというのは、論理的ではない。

すでに二つの国の間には、精神的な分離が存在している。わたしの記憶するかぎり、英国国歌「国王陛下《ゴッド・セイヴ・》万歳《ザ・キング》」が公衆の面前で歌われれば、かならずや口笛と叫喚と罵声の嵐が巻き起こり、この荘重で謹厳な曲がまったく聞き取れなくなったものである。しかしこの分離の存在を確信するためには、故ヴィクトリア女王がその死の前年ダブリンを訪れた際に、この首都の通りに居合わせるべきであったろう(49)。何よりもまず、つぎの点に注意せねばならない。英国の君主が政治的な理由でアイルランドを訪問したいという場合、市の城門でこれを歓迎するよう市長を説得するには、必ず一騒動持ち上がるのである。そして事実、最後に訪問した君主は、市長が表敬の儀を拒否したため、州長官による非公式な歓迎の辞で満足せねばならなかった(50)（これはまったくの好奇心から附言するに過ぎないのだが、現在のダブリン市長はイタリア人のナネッティ氏である(51)）。ヴィクトリア女王は半世紀前にも一度、結婚後にアイルランドを訪問したことがあった(52)。当時のアイルランド人は、不運なスチュアート王家への忠誠心を忘れてはいなかったし、スコットランド女王メアリー・スチュアートの名も、伝説の亡命者ボニー・プリンス・チャーリー(53)のことも忘れてはいなかったので、女王の配偶者を嘲笑しようと姦策を弄した。無一文で婿入りしたドイツ人の小君主をからかい、片言英語の口真似をするばかりか、彼がアイルランドの土を踏むや否や、陽気に騒ぎ立てて採れたてキャベツの芯を投げつけたのである(54)。アイルランド人の態度と性格は、女王にとっては虫の好かないものだった(55)。彼女はお気に入りの大臣ベンジャミン・ディズレーリの、帝国主義的で貴族主義的な理論に育まれていたから、アイルランド人民の命運に関しては、軽蔑的な言辞を弄しただけで、ほとんど何の興味も抱いていなかった。アイルランド人民もまた、当然この言辞に激しく応酬したのだった。実際つぎのようなこともあった。ケリー州で大飢饉が起こり、州全土で食べ物も住む家も失われたとき、巨万の富を握っていた女王は、救済委員会宛てに総額一〇ポンドの王室小切手を送った(56)。委員会の側はすでにあらゆる階層から数千ポンドの寄付を得ていた。さほどありがたくもない贈り物を受け取った委員会は、この小切手を封筒に入れ、謝辞の一筆を添えて、そのまま折り返し便で返送した。このような些細な事実からもわかる通り、ヴィクトリアと彼女のアイルランド臣民との間には、最初から損なわれるような愛など存在していなかったのであり、彼女が人生の黄昏時にこの臣民訪問を決めたときも、それが政治的な動機によるものであったことは確かである。実際のところ、彼女が自らやってきたというよりも、顧問たちによって送り込まれたのである。当時イングランドはボーア戦争により南アフリカで大難を喫しており、このためヨーロッパのジャーナリズムでは笑いものにされていた。危機に瀕した威信を回復するためには、二人の指揮官、ロバーツ卿とキッチナー卿の天分に頼るしかなかった（二人とも、アイルランド生まれのアイルランド人である）[57]。これはちょうど、一八一五年、力を盛り返したナポレオンをワーテルローで打ち破るには、もうひとりのアイルランド人、ウェリントン公爵が必要だったのと同じである[58]。それはまた、今ではよく知られた戦場での豪胆さを発揮するにも、その実アイルランドから新兵、義勇兵を募らなければならなかった、という事実と同様である。この事実を認めたイングランド政府は、この〔ナポレオン〕戦争が終結すると、アイルランドの連隊に対し、聖パトリックの祝日に、アイルランド愛国の象徴である三つ葉〔シロツメクサのこと〕を身に付けることを許可したのだった。事実、女王がやってきたのは、この国民の気さくな共感を勝ち取り、徴兵軍曹のリストを増やすことが目的であった。

　二つの民族をいまだに隔てている溝を理解するには、女王のダブリン訪問に居合わせるべきであった、とは先に述べた。行幸の道沿いには小柄な英国兵が並んでいた（なぜなら、ジェイムズ・スティーヴンズ率いるフィニアンの叛乱以来、政府はアイルランドにアイルランド連隊を送ることはけっしてなかったからだ）[59]。そしてこの防壁の背後に、市民の群れが立っていた。飾り立てられたバルコニーには、夫婦同伴の官吏たち、夫婦同伴のユニオニストの勤め人たち、夫婦同伴の旅行者たちが立っていた。そして行列が姿を現すと、このバルコニーの人びとは声を上げて挨拶し、ハンカチを振った。女王の馬車は、抜き身のサーベルを持った実に印象的な護衛たちによって四方八方厳重に防護されており、通り過ぎるときには、中に小人と見紛うばかりの小柄な女が見えた。背中を丸め、馬車の動きと一緒に揺れ、灰白色の虚ろな顔に角ぶち眼鏡をかけ、喪服に身を包んでいる。ときおり、思い出したように挨拶の声が掛かると、これに答えて突然会釈を返すのだが、まるで出来の悪い女生徒のような仕草だった。稀に見る機械的な動作で左右に頭を下げるのだ。女王が通り過ぎるとき、英国兵たちは気をつけの姿勢で恭しく直立不動。その背後では群衆が、好奇の眼差し、むしろ哀れみと言ってよいほどの眼差しで、この豪奢な馬車と、中にいる悲しみの主人公を眺めた。馬車が過ぎ去ると、彼らはなんとも言えない表情で、馬車の轍を目で追った。今回は爆弾もなければキャベツもなく、イングランドの女王は静かな人びとの間を抜けて、アイルランドの首都に入って行った。

＊

フリート・ストリート(60)のコラムニストの間では今やきまり文句となっている、こうした気質の差異は、ひとつには民族的な、もうひとつには歴史的な理由に拠っている。われわれの文明は、様々な要素の混じり合った広大な布地であり、そのなかでは北欧人の強欲さがローマの法と帳尻を合わせ、新興ブルジョア階級の因襲がシリアの宗教の名残(61)と帳尻を合わせている。こうした布地であってみれば、そこに、ほかの近隣の糸の影響を受けていない、純粋で純潔なままの糸を捜そうなどというのは、まるで意味を成さない。アイスランド人のように、自然の諧謔が冷凍保存してしまったような、わずかな人びとを例外として、今日どのような民族が、あるいはまた言語が、純粋であるなどと主張できるのだろうか？　そして、現在アイルランドに住んでいる民族ほど、こうしたことを誇る権利などない民族はいない(62)。民族性とは（仮にそれが本当に、好都合なだけの虚構――現代の科学者たちが振るったメスの一撃で終わりを遂げた虚構は数多い――ではないというのなら）、血や話し言葉といった変わりやすい事物を、凌駕する、超越する、活気づける何ものかに、その存在理由を見出すのでなければならない。ディオニシウス・アレオパギタの偽名を名乗った神秘主義の神学者は、どこかでつぎのように語っている、「神は自分の天使に従って諸民族の境を配した」。これはおそらく、純粋に神秘的なだけの概念ではない。(63)アイルランドにおいてわれわれは、デーン人が、フィアボルグ人が、(64)スペインのミレシウスの血族が、ノルマンの侵入者たちが、アングロ＝サクソンの入植者たちが、そしてユグノー教徒たちが、こぞってここにやってきては新しい実体を形作った――一個の地方神〔ユダヤ・キリスト教の神の意〕の影響のもとで、と言ってもよかろう――ことを知っている。そして現在のアイルランドの民族は二流の後進民族ではあるけれども、全ケルト族のなかでは唯一、一杯のレンズマメの煮物で生得権を売ることは拒否した民族である、(65)と考えてみるのがよい。

アイルランドで行なった悪事ゆえにイングランド人に侮辱を加えるというのは、いささか子どもじみている、とわたしは思う。征服者というものはディレッタントではあり得ない。アイルランドにおいて数世紀に亘ってイングランドが行なってきたことは、今日コンゴ自由国においてベルギー人たちが行なっていることとなんら変わりはないし、明日には日本の小人たちが、どこか他所の土地で同じことをやるだろう。イングランドはアイルランドに内紛を煽り、その富を手に入れた。

イングランドは様々な民族のなかに紛争の種を蒔いた。たとえば農業に新しい生産システムを導入することで、土着の指導者たちを弱体化させ、自国の兵士たちに広大な地所を与えた。ローマ教会が刃向かえばこれを迫害し、またこれが征服の道具になると迫害を止めた。イングランドの主要な関心は、アイルランドを分裂させておくことにあった。将来イングランドの有権者たちの全面的な支援によって、自由主義政府がアイルランドにそれなりの自律性を承認するようなことになれば、保守のジャーナリズムは躊躇なくアルスター地方を煽動し、ダブリンの新しい執行部を攻撃させることだろう。(66) イングランドは残酷であると同時に狡猾であった。その武器は昔も今も、破城槌と棍棒と首吊り用の綱である。パーネルがイングランド側には悩みの種であったとしたら、それは彼が幼い頃ウィックローで育ち、乳母から英国人の残忍さに纏わる物語を聞かされたせいである。パーネルが自ら語ったところによると、物語のひとつにはたとえば、異教徒刑罰法《ピーナル・ローズ》を破った農夫が大佐の命令で連行され、服を剝がれ、馬車に縛り付けられて一隊から打擲された、という話がある。大佐の命令で執行された打擲は腹部におよび、この不運な男が恐るべき苦悶のうちに死に絶えたとき、腸は道に溢れ出ていた。(67)

現在英国人は、アイルランド人を、カトリックであり、貧しく、無知であるからと言って冷笑する。しかしながら、誰であれこの嘲笑を正当化することは難しかろう。アイルランドが貧しいのは、イングランドの法がこの国の産業を――とくに羊毛業に関しては悪名高い――破壊したからである。馬鈴薯の収穫が落ち込んだ年に、イングランド政府の怠慢が大多数の人民を餓死させたからである。(68) 国中の人口が激減しているときに、犯罪などほとんど存在しなかったというのに、裁判官どもは現行の行政府のもとでトルコの高官並みの給料を受け取り、政府と公的機関の官僚どもは、ほとんど何もせずに巨額の報酬でポケットを膨らませていたからである。ダブリンだけの例で見ても、総督は年に五〇万フランを受け取り、ダブリン市民は警官ひとりあたりに年三五〇〇フランを支払っている（イタリアの教師の給与の倍に相当しよう）。(69) いっぽう哀れなことに、市の職務を果たしている事務長は、せいぜいのところ一日六ポンドという惨めな給与でやって行くことを余儀なくされている。

したがってイングランドの批評家が言うことは正しい。アイルランドは貧しく、しかも政治的に立ち遅れている。アイルランド人にとっては、ルターの宗教改革の日付もフランス革命の日付も意味を持たない。イングランドにおいて貴族戦争の名で知られる、君主に対する封建領主たちの闘争は、アイルランドでも起こった。イングランドの貴族たちが、隣人たちの高貴な殺し方を知っていたとすれば、アイルランドの貴族たちもまったく同様にそれを知っていた。当時のアイルランドは、貴族の血の所産である残忍な行ないに事欠いていなかった。アイルランドの領主シェーン・オニールは、あまりに高潔な性格だったので、欲情が高まってくると母なる大地に首まで埋めてもらわなければならないことしばしばであった[70]。しかしアイルランドの貴族たちは、外国人の政策によって狡猾に分断されていたため、共同で練った計画に従って行動する、ということがまったく叶わなかった。自分たちの間の幼稚な戦で鬱憤を晴らし、内紛で国の精力を使い尽くし、いっぽう聖ジョージ海峡の向こう側にいる兄弟たちは、ラニミードの草原[71]でジョン王にマグナカルタ（近代的自由の第一章）の調印を迫っていた。下院の創始者シモン・ド・モンフォールの時代にイングランドを押し流した民主主義の波は、その後クロムウェルによる護国卿政治の時代に、アイルランドの海岸にも弱々しく辿り着いた。そのためアイルランド（真面目な世界の永遠の戯画たることを神によって運命づけられた国）はいまや、貴族階級のいない貴族社会の国なのである。古代の王族たちの子孫（彼らは尊称のない姓だけを名乗る）は、法廷で目にすることができる。鬘を被り公正証書を抱え、どこかの告訴された男を弁護するわけだが、そこで彼らの訴える法は、まさに彼らから王家の称号を取り上げた法なのである。哀れな堕ちた王族たち――彼らはその凋落した状態にあってさえ、現実に疎いアイルランド人として認識されている。なぜなら彼らは、類似した立場にあったイングランドの同胞の例に倣おうとは思い及ばなかったからである。驚異のアメリカに渡り、別な種類の王であれ、そこの娘に求婚する、という例――たとえそれがペンキ王やソーセージ王[72]だったとしても――である。

　アイルランドの農民が反動的であり、かつカトリックである理由、あるいはまた、悪態をつく際にクロムウエルと悪魔の皇帝の名を混合して用いる理由は、さほどの難なく理解できる。アイルランドの農民にとって、公民権の偉大な擁護者〔クロムウェルのこと〕は残酷な獣であり、アイルランドにやってきて炎と剣により己の信仰を広めた男である。アイルランド人はドロヘダとウォーターフォードの略奪を忘れようがない。無数の男女の群れはこの清教徒によって島々の端にまで追い詰められた。そしてこの清教徒は言った、「大海もしくは地獄へ行くがよい」。あるいはまた、リメリックの割れた岩のうえにイングランド人が記した偽の誓いについても、忘れようがない。(73) どうして忘れることなどできようか？　奴隷の背中が鞭を忘れるだろうか？　イングランド政府は、カトリック信仰を禁じることによって、カトリック信仰の道徳的価値を、かえって高めることになった、というのが真実である。そして現在、ひとつにはけっして止むことのない議論のおかげで、またひとつにはフィニアンの暴力のおかげで、恐怖による支配は終わりを遂げた。異教徒刑罰法は廃止された。今日のアイルランドでは、カトリック教徒も投票ができ、政府の役人にもなれるし、公立学校で教鞭を執ることもでき、議席に就くこともでき、三一年以上土地を保有でき、厩には五ポンド以上の馬を飼うことができ、カトリック教会のミサに参列しても、町の死刑執行人の手で、吊るされたり腸を抜かれたり四つ裂きにされたりという危険もなくなった。だがこれらの法が廃止されたのはつい最近のことであったから、今でも存命のあるナショナリストの代議士は、実際にイングランドの法廷で大逆罪を言い渡され、あやうく町の死刑執行人によって吊るされるか腸を抜かれるか四つ裂きにされるところであった（イングランドにおいて死刑執行人は、州長官によって、傭兵のなかからとくに優れた能力もしくは勤勉さの認められた者が選出された）。アイルランドの人口は九〇パーセントがカトリックであり、もはやプロテスタント教会の維持には貢献することがない。したがって、プロテスタント教会は数千人の入植者のためだけに存在している、というのが実情である。これはつまり、イングランドの財政がいくらかの損失を被り、いっぽうローマ教会にはもうひとり娘が増えた、ということになる。そうした間にも、教育制度は、ある種の近代思想の流れがこの土壌にゆっくりと浸透して行くことを可能にしている。ひょっとすると、やがてはアイルランド人の良心も徐々に覚醒するかもしれず、そしてまたヴォルムス国会から四、五世紀も経てば、あるいはわれわれも、アイルランドの僧侶たちが、フードをかなぐり捨てて尼僧たちと遁走するのを目にするかもしれない。僧侶たちが、カトリシズムという首尾一貫した不条理の終焉と、プロテスタンティズムという矛盾だらけの不条理の始まりを、声高に宣言するのを目にするかもしれない(74)。

しかし、プロテスタント・アイルランドというのはほとんど考えられない。疑問の余地なく、アイルランドはこれまで、カトリック教会にとってもっとも忠実な娘であった。おそらくは、最初のキリスト教宣教師たちを礼儀正しく迎え入れた唯一の国、新たな教義を受け入れて行く過程で一滴の血も流されることのなかった唯一の国であろう。これは、かつてカッシェルの司教が、ジラルドゥス・カンブレンシスの愚弄に対し、誇らしく返答した点である(75)。七、八百年の間、アイルランドはキリスト教の精神的中心であった。この国はその子息たちを世界のすべての国々に送り出し福音を説かせ、また学識ある者たちに聖典を解釈させ更新させたのだった。

この国の信仰は、以下のいくつかの例外を除けば、一度たりとも深刻な揺らぎを見せたことがない。なるほど一五世紀には、イエス・キリストの二つの本質〔神性と人性〕を結びつけようという、位格に関する教義がネストリウスによって唱えられ、これに賛同する傾向は見られた。また聖職者の剃髪の様式や復活祭の日取りといった、当時としては人目を引いた、儀式に纏わる些細な議論も起こった。また最後に、エドワード六世の使者が執拗に宗教改革の必要を迫ったため、数人の司祭は変節を被った。しかし、教会が何らかの危機に直面しているというわずかな兆しが見られると、アイルランドの使者は文字通り隊を成し、直ちにヨーロッパの沿岸に出帆して、そこでカトリック勢力を結集しては異端に対抗すべく強力な活動を展開したのである。さて教皇庁は、このような忠誠心に対して独自の方法で返報した。まず教皇大勅書と指輪の印璽により、ヘンリー二世にアイルランドを贈呈した。後にグレゴリウス一三世が教皇となり、プロテスタントの異端説が頭をもたげてくると、忠実な島を異端のイングランド人に与えたことを後悔し、過ちを埋め合わせるために教皇庁の庶子をアイルランドの最高君主に指名した。[76] 後者は当然のことながら「不信心者の地《イン・パルティブス・イーンフィデーリウム》」の君主に留まったが、教皇はこれによって、別段無作法なことをしたつもりはなかった。ともあれ、アイルランド人はあまりに御人好しで愛想がいいため、たとえ明日にでもヨーロッパにおいて不慮の事態が起こり、すでにイングランド人とイタリア人にこの島を与えてしまった教皇が、アルフォンソの宮廷からやってきた目下失業中のスペイン小貴族[77]にこの島を手渡そうとも、不平ひとつ言うことはあるまい。しかしながら、教皇庁は教会の名誉にかけてははるかに倹約家であった。つまり、これまで述べたように、過去にどれほどアイルランドが聖人伝の古文書記録を豊かにしてきたにせよ、ヴァチカンの議会はこの事実を認めようとさえしなかった。そして教皇聖下がアイルランド人の司教を枢機卿にしようと思い至るまでには、千四百年以上の歳月が経過せねばならなかったのである。

　ところで、教皇に忠実であったこととブリテンの王冠に不実であったことから、アイルランドは何を得たのだったか？　実に多くものを得はしたが、自分のためとはならなかった。一七―一八世紀に英語という言語を採用し、祖国のことをほとんど忘れ去ったアイルランドの物書きのなかには、たとえばつぎのような名が見出せる――観念論哲学者のバークリー、『ウェイクフィールドの牧師』を書いたオリヴァー・ゴールドスミス、著名な二人の喜劇作家リチャード・ブリンズリー・シェリダンとウィリアム・コングリーヴ。彼らの傑作は今日でも、不毛なイングランドの舞台において賞讃の的となっている。『ガリヴァー旅行記』を書いたジョナサン・スウィフト、その諷刺は世界文学においてラブレーのそれと首位を分け合っている。そしてエドマンド・

バーク。イングランド人のほうが現代のデモステネスと呼んでおり、かつて下院で演説をしたなかで、もっとも学識の深い雄弁家と考えられている。(78)様々な障害にもかかわらず、今日でもアイルランドは英国の芸術と思想に貢献している。アイルランド人は実に無能でバランスを欠いた白痴だ、という意見は、『スタンダード』紙や『モーニング・ポスト』紙の社説で目にする意見だが、これは、英文学史上三人の偉大な翻訳家の名前をあげれば、嘘であると判明する。(79)すなわち、ペルシアの詩人オマル・ハイヤームの『ルバーイヤート』を翻訳したフィッツジェラルド、アラビアの名作を翻訳したバートン、『神曲』の古典的な翻訳で名高いケアリーである。(80)同様につぎのアイルランド人の名もまた、その言を反証する。現代英国音楽の第一人者アーサー・サリヴァン、チャーティスト運動の創始者エドワード・オコナー、小説家ジョージ・ムア――イングランドでは心霊主義的で神秘主義的な探偵小説が無数に溢れ、まるでサハラ砂漠の様相を呈しているが、そこにあって彼は知のオアシスたり得ている。(81)そして二人のダブリン市民《ドゥブリネーシ》、逆説家にして偶像破壊者の喜劇作家ジョージ・バーナード・ショーと、革命派女流詩人の息子、あまりにも有名なオスカー・ワイルドである。(82)最後に、実務的な分野においても、上記の侮蔑的な意見を反証する事実がある。アイルランド人は故国を離れ別の環境にあるとき、非常にしばしば、自らを価値あるものとする方法を見出した。(83)祖国の経済的・知的状況は、個人に対して成長することを許さない。この国の精神は、何世紀にもおよぶ無益な闘争と数々の破約によって弱められてしまい、個々人の自発性は教会の権勢と叱責によって麻痺させられてしまい、いっぽう身体のほうは、警官と徴税人と兵隊によって制縛されてしまった。自尊心のある人間であればアイルランドに留まりたくはない。怒れるエホバの訪れた国から逃れるかのように、遥か遠くに逃亡することだろう。リメリック条約の時代から、あるいはむしろ、背信のイングランド人によってそれが破られた時代から、何百万というアイルランド人が故国を捨て他国の岸を目指した。数世紀前「野鴨」と呼ばれたこの逃亡者たちは、ヨーロッパ列強、とくにフラン

筑摩選書

7月の新刊　●14日発売

0046
寅さんとイエス
清泉女子大学教授
米田彰男

イエスの風貌とユーモアは寅さんに類似している。聖書学の成果に「男はつらいよ」の精緻な読みこみを重ね合わせ、現代に求められている聖なる無用性の根源に迫る。

01545-7
1785円

0047
災害弱者と情報弱者
早稲田大学准教授
田中幹人／
総合研究大学院大学助教
標葉隆馬／
科学ジャーナリスト
丸山紀一朗

▼3・11後、何が見過ごされたのか

東日本大震災・原発事故をめぐる膨大な情報を精緻に解析、その偏りと格差、不平等を生み出す社会構造を明らかにし、災害と情報に対する新しい視座を提示する。

01546-4
1575円

好評の既刊　＊印は6月の新刊

グローバル化と中小企業
中沢孝夫　海外進出への要件を実際の企業現場から考察する
01535-8
1575円

反原発の思想史——冷戦からフクシマへ
絓秀実　3・11が顕在化させた現代史の新たな水脈
01536-5
1890円

生老病死の図像学——仏教説話画を読む
加須屋誠　イコノロジーの手法を駆使した画期的論考
01537-2
1890円

伊勢神宮と古代王権——神宮・斎宮・天皇がおりなした六百年
榎村寛之　なぜ伊勢だったのか。神宮の誕生と変容をたどる
01538-9
1785円

主体性は教えられるか
岩田健太郎　自分で考え行動するには、何が必要なのか
01539-6
1575円

救いとは何か
森岡正博／山折哲雄　人生の根本問題をめぐり徹底討論！
01540-2
1575円

長崎奉行——等身大の官僚群像
鈴木康子　江戸幕府の要職、エリート官僚の実像に迫る
01541-9
1575円

100のモノが語る世界の歴史 1——文明の誕生
ニール・マクレガー　大英博物館の至宝に秘められた物語
01551-8
1995円

悪の哲学——中国哲学の想像力
中島隆博　悪にあらがい、乗り越えるための方途を探る
01543-3
1575円

さまよえる自己——ポストモダンの精神病理
内海健　「歴史の終わり」を一歩踏み出せ！
01544-0
1680円

＊100のモノが語る世界の歴史 2——帝国の興亡
ニール・マクレガー　大英博物館、文明史の再構築に挑む
01552-5
2205円

＊北朝鮮建国神話の崩壊——金日成と「特別狙撃旅団」
金賛汀　北朝鮮現代史の虚構を崩すノンフィクション
01542-6
1890円

価格は定価（税込）です。6桁の数字はJANコードです。頭に978-4-480をつけてご利用下さい。

ス、オランダ、スペインのあらゆる外人部隊に入隊し、数多くの戦場で、その養子に入った主人たちに勝利の栄冠をもたらしたのである。アメリカでは、アイルランド人たちはもうひとつの祖国を見出した。独立のために蜂起したアメリカの軍隊では、古いアイルランド語が耳にできた。そして一七八四年には、マウントジョイ卿自らがこう語った——「アイルランド移民ゆえに、われわれはアメリカを失った」(84)。

今日、合衆国へ移民したアイルランド人は千六百万人を数えており、裕福で権力を具えた勤勉な入植者集団となっている。あるいはこの点が、アイルランド再起復活の夢が単なる妄想ではないことの、証左ではなかろうか？　仮にアイルランドが、これまで他国に功労者たちを提供し得たとするなら——たとえば、その名がイギリス海峡を越えた数少ない科学者のひとりティンダル、カナダ総督でインド太守のダファリン侯爵、植民地総督のチャールズ・ギャヴァン・ダフィーとヘネシー、近年スペインの首相を務めたテトゥアン公爵、合衆国で大統領候補となったブライアン、フランス共和国大統領となったマクマオン総司令官、英国艦隊の事実上のトップで、最近海峡艦隊の指揮を任されたチャールズ・ベレズフォード卿、そして英国陸軍でもっとも高名な三人の将軍、総司令官ウルズリー卿、スーダン作戦で勝利し現在インド陸軍の指揮官であるキッチナー卿、アフガニスタンと南アフリカの戦闘で勝利したロバーツ卿——、仮にアイルランドが、こうした実務的な才能のある人材すべてを、他国への奉仕に捧げてこれたのであれば、アイルランドの現状のほうに、有害で不幸で専制的な何かが存在するはずである。息子らが自らの祖国に、自身の技能をもって貢献することのできなかった現状のほうに、である(85)。

というのも、今日でさえこの「野鴨」の飛翔は続いているのだ。すでに多くの命が奪われたアイルランドは、今でも毎年四万人の息子らを失っている。一八五〇年から今日まで、五百万人がアメリカに移住し、郵便配達人はつねに、これら移民たちが祖国アイルランドに住む友人・親類に宛てた、こちらに来ないかという勧誘の手紙を配達している。老人、落伍者、子ども、貧者が故国に留まり、二重の頸木が従順な彼らの首にまたひとつ溝を刻み込んでいる。貧しい、血の気のない、ほとんど生命を欠いた身体の横たわる床の周りでは、愛国者たちが煽動演説をぶち、統治者たちが命令を下し、司祭たちが臨終の儀式を執り行なっている。

この国はいつの日か、北方のヘラス〔ギリシア〕と呼ばれた古の地位を、再び回復する運命にあるのだろうか[86]？　ケルトの精神は、多くの点で類似しているスラヴ族の精神のように、将来その文明の意識を、新たな発見と洞察によって豊かにして行く運命にあるのだろうか？　あるいは、より強力な種族によって大陸の端に追いやられ、まさにヨーロッパ最果ての島々となったこのケルト世界は、すなわちケルトの五民族は、数世紀の紛争の後、ついに大海へと没する運命にあるのだろうか？　悲しいかな、われわれ素人の社会学者は二流の予言者でしかない。人間という動物の内部を覗き込み、隈なく探し回ってその挙句、そこには何も見出せなかったと白状するしかない。未来の歴史を書き得るのは、われらのうちでは超人のみである。

今宵わたしが据えた目的を超え出てしまう主題ではあるが、以下の諸点を考察することは興味深い――この民族が復興することで、われわれの文明にはどのような結果が生じるか。イングランドの隣に位置し、そのライバルであり、バイリンギュアルであり、共和主義であり、自己中心的であり、進取の気性に富んだ島が、世界中の港に商船隊と領事を派遣するようになれば、経済的にどのような結果が生じるか[87]。古いヨーロッパ世界にアイルランドの芸術家や思想家が現れればどのような結果が生じるか。彼らは奇矯な精神の持ち主で、冷徹な熱血漢であり、芸術的・性的に無学で、理想主義に溢れ、そのくせその理想に執着し続けることもできず、子どもの心を持ち、忠誠心に欠け、純真で、諷刺を好む。彼らは「ザ・ラヴレス・アイリッシュメン」――愛のないアイルランド人、と呼ばれている。しかし何より、そうしたアイルランド民族の復興に思いを馳せたときに、わたしが白状せざるを得ないのは、ローマの専制がいまだに霊魂の住処を牛耳っているというのに、イングランドの専制を痛罵したところで何の意味があるのか、という点だ。略奪者イングランドに対する辛辣な罵倒や、広漠たるアングロ＝サクソン文明への軽蔑も、たとえそれがほぼ完全に物質文明であるとしても、まったく無益であろうと思う。なるほど『ケルズの書』や『レカンの黄書』や『ダン・カウの書』は、イングランドがいまだ野蛮な国であった時代にまで遡れる、アイルランドの所産ではあるが、それが緻密さの芸術として中国ほどにも古い、と誇ってみたところで虚しい。あるいは、フラマン人がロンドンにやってきて、初めてイングランド人に生地の織り方を教える何世代も前から、アイルランド人は布地を生産しヨーロッパに輸出していたのだ、と誇ってみたところで虚しいのである。こんなふうに過去に訴えることが意味をなすのであれば、カイロの農夫も現在の世界で、イングランド人旅行者のポーターを務めることなど誇らかに拒絶する権利を持っていよう。(88)古代エジプトが滅んだように、古代アイルランドも滅んだのだ。そのために葬送歌が歌われ、墓石には封印が刻まれたのだ。伝説の予言者、放浪の吟遊詩人、ジェイムズ派の詩人たちが、何世紀にも亘って歌い継いできた古代の民族の魂は、ジェイムズ・クラレンス・マンガン(90)の死とともに、この世から消え失せたのである。(89)彼の死とともに、古代ケルト吟唱詩人の属していた三つの階級の、長きに亘る伝統も潰えたのである。そして今日では別の詩人たちが、別の理想に鼓舞されて、新たな叫び声をあげている。

一点だけはっきりしているように思われる。アイルランド人は、もうこれを限りに、そうした誤りの一切を終わりにすべき時にある。仮にこの国が真に再生可能であるのならば、再生させればよい。だがさもなければ、頭を覆いおとなしく墓穴のなかで永遠に横たわっていればよいのである。ある日のこと、オスカー・ワイルドはわたしの友人〔W・B・イェイツのこと〕につぎのように語った。「われわれアイルランド人は何もしてこなかった。でも古代ギリシアの時代から、話し手としてはもっとも偉大だったのだ」。しかし、アイルランド人が雄弁であるとはいっても、革命は人間の声から生まれるものではない。それにアイルランドはすでに、多くの汚名や勘違いや誤解を被ってきた。われわれが実に長い間待ち望んできた見世物を、ようやくアイルランドが舞台にかける気になったというのであれば、今度ばかりは完璧に、最初から最後まで完全版で上演してもらいたい。だが、アイルランドの興行主たちに向かって、急げと言ってみたところで無駄である。われわれの父祖たちもまた、つい先だってそう言って急かしたのだった。わたしとしては、その幕が上がるのを見ることはけっしてあるまいと思う。すでに最終列車で帰宅している頃であろうから。

註

(1) 原文はイタリア語。『ジェイムズ・ジョイス・アーカイヴ』第二巻八五―一三〇ページ所収。ジョイスのこのタイトルは、ラテン語のきまり文句 *Insula sanctorum et doctorum* から来ており、これは通常、「聖人と学者の島」Island of Saints and Scholars と英訳される。上記『アーカイヴ』掲載のイェール大学図書館スローカム・コレクションには、四六ページからなる手書き原稿、'Irlanda, Isola dei Santi e dei Savi' が収められている。これにはジョイス自身がかなり推敲を加えた跡がある。また別の筆跡による修正も加えられており、これはおそらく、ジョイスの友人アレッサンドロ・フランチーニ・ブルーニによるものであろう。なお、本稿を含む計三回の講義をジョイスに依頼したのは、もうひとりの友人アッティーリオ・タマーロであった。

(2) この第三回の原稿は、その後一枚のみ現存が確認された。スローカム・コレクションでは、当初マンガン論の附録と解釈されていたからである。本書には三七篇めに「アイルランド文芸復興運動」として収めた。

(3) 「パトリオティズムとは、個人で言えばエゴイズムにあたるものが民族の観点から言われたものであり、事実上両者の根は同じである」(ハーバート・スペンサー『社会学の研究』Herbert Spencer, *The Study of Sociology*, Seventeenth Edition, London: Kegan Paul, Trench, Trübner & Co., 1894, 205)。

(4) ケヴィン・バリーによると、古代キリスト教時代に関する研究として広く知られていたものに、P・W・ジョイスの

『ゲーリック・アイルランドの歴史概観』（P. W. Joyce, *A Short History of Gaelic Ireland*, 1893）があり、ジョイスもここから多くの情報を得ていた。以下に言及される聖人や学者たちのほとんどが、この書の162-89で述べられているという。中世アイルランドの「黄金時代」の回復は、一九世紀後半から二〇世紀初頭にかけて盛んに唱えられた。これら多くの聖人、学者、英雄たちの名はまた、『ユリシーズ』第一二挿話一七三―九九行、一六七六―一七三九行においても呼び起こされている。

（5）『地獄篇』第二〇歌一一五―一一七行。

（6）ボランディストと呼ばれるベルギーのイエズス会士たちは、一七世紀以来、『聖人伝集』（*Acta Sanctorum*）の編纂に多大な労力を費やした。この書は『ボランディスト語録』（*Analecta Bollandiana*）と並んで、聖人伝の研究に史料編集の規範を提供することとなった。

（7）哲学者、神学者のヨハネス・ドゥンス・スコトゥス（一二六六？―一三〇八）は、精妙博士 *Doctor Subtilis* と呼ばれたが、アイルランド人ではない。ジョイスはヨハネス・スコトゥス・エリウゲナ（八一五？―七七？）と混同している。後者は禿頭王シャルル（八二三―七七）の宮廷に仕えたアイルランドの哲学者で、偽ディオニシウス・アレオパギタの書の註釈者として名高い。ヨハネス・ドゥンス・スコトゥスと同じく、パリ大学の学生監であった。

（8）グリエルモ・フェレーロ（一八七一―一九四二）はイタリアの歴史家で、『ローマの偉大と衰退』は一九〇二年から〇七年の間に出版された。

（9）バリーによれば、ジョイスの脳裏にあったのは、たとえばヨハン・カスパー・ツォイス（一八〇六―五六）であった。P・W・ジョイスによると、ツォイスはその著書『ケルト語文法』（*Grammatica Celtica*, 1853）において、「古代ケルトの四つの方言に関する完璧な文法」を抽出し、「ブリテン諸島のケルト人たちが大陸のケルト族と同じであることを証明した」（『ゲーリック・アイルランドの歴史概観』3）。

（10）ゲール語連盟は、アイルランド語の復興と保存を通してアイルランドの脱英国化を目指す、という目的で、一八九三年に創設された。

（11）バリーによれば、チャールズ・ヴァランシー（一七二一―一八一二）の『アイルランド語の古代遺跡に関するエッセイ――アイルランド語と古代カルタゴ語との照合』（Charles Vallancey, *An Essay on the Antiquity of the Irish Language.*

Being a collation of the Irish with the Punic Language, 1722, 29ff）を指しているらしい。メイスン＝エルマンによると、ヴァランシーは、アイルランド語の知識がほとんどなかったことが明らかになって以来、長年信用の置けないものとされていた。

(12)「ポエニ」はラテン語で「フェニキア人」の意。

(13) ルフス・フェストゥス・アウィエヌス（三六〇頃）はローマの詩人で、その著書『世界について《デスクリプティオ・オルビス・テルラールム》』は、アレクサンドリアのディオニュシオスによる『ペリエゲシス』（世界周遊記）の翻案である。

(14) マンスエトゥス（?—三七五）はロレーヌ地方トゥールの最初の司教。伝説では聖ペトロの弟子のひとりとされており、アイルランド人では最初の聖人。

(15) 聖カタルドゥス（四〇〇／四〇五—四八〇／四八五）はタラント（古代名タレントゥム）の司教。

(16) バリーによると、ペラギウス（三六〇頃—四二〇頃）についても、P・W・ジョイス『ゲーリック・アイルランドの歴史概観』(11)において「偉大なる異端の始祖」と語られている。

(17) 初期キリスト教会の詩人セドュリウス（三五四—四二〇／四四〇）がアイルランド人だったという証拠はない。あるいはリエージュのセドュリウス・スコトゥス（八五〇頃）と混同されているのかもしれない。

(18) 旅行者の聖フリドリン（=フリドリヌス、?—五四〇頃）はスイスのグラールスの守護聖人であり、ライン川に浮かぶゼッキンゲン島の、男女共同礼拝修道院の創設者と考えられている。

(19) 聖コルンバヌス（五四三?—六一五）は、ケルトの教会とローマの教会における復活祭の日取りに関する問題、修道院の戒律の問題、メロヴィング朝ガリアの司教たちと王侯たちの道徳の問題について、日々論争に暮れる人生だったが、その後はボッビオに修道院を設立し、ここが彼の安らぎの場となった。浜辺を歩くスティーヴンはつぎのように独白している。「おまえは奇蹟を行なうつもりだったんじゃないのか、どうなんだい？ 火のような性格のコルンバヌスを追っかけてヨーロッパで宣教師になろうってわけだ。フィアクルとスコトゥスが三脚椅子に腰掛けて……」（『ユリシーズ』第三挿話一九二—九三行）。

(20) 聖フリジディアヌスもしくはフレディアーノは、五六〇年頃ルッカの司教となった。アイルランドの聖人伝では（そしてまた「アランの漁夫の蜃気楼」本書四二五ページにおいても）、しばしばモーヴィルの聖フィニアンと同一視される。後者は聖エンダのもと、アラン島について研究した。

(21) 聖ガルス（五五〇頃—六四五）はコンスタンツ湖（＝ボーデン湖）で隠遁生活を送り、その後彼の名を冠して建てられた修道院の守護聖人とされた。

(22) ここに言われているのは、八一六年から八三七年までザンクト・ガレンの大修道院長であった聖ゴッツベルトのこと。

(23) クロナードの聖フィニアン（四七〇—五四九）は、伝説では「アイルランドの聖人たちの個別指導者」として描かれる。

(24) 聖フィアクル（?—六七〇?）はフランスのブリー地方の守護聖人であるが、またフランスの御者の守護聖人ともされる。これは一六五〇年、パリのホテル「オテル・ド・サン・フィアクル」が最初に貸し馬車を始めたから、とも言われるが、バリーのあげるもうひとつの説は、これはP・W・ジョイスの主張するところだが、「何年も後のこと、聖フィアクルの墓に詣でる際には、ある種の馬車を用いる習慣があり、そこからこの馬車が〈フィアクル〉と呼ばれるようになった」そうである（『ゲーリック・アイルランドの歴史概観』188）。またスティーヴンはつぎのように独白している。「フィアクルとスコトゥスが三脚椅子に腰掛けて、白目の一パイントポットからビールを零しながら、ラテン語で大笑い、〈うまい《エウゲ》！　うまい《エウゲ》！〉」（『ユリシーズ』第三挿話一九三—九四行）。

(25) 聖ファージー、または聖フルサ（六四〇頃）は、ペロンヌのアイルランド人居留地に住み、その著書『幻想録』は名高い。「アランの漁夫の蜃気楼」（本書四二五ページ）でも言及されている。

(26) ジョイスはArbogastとしているが、聖アルゴバストSt. Argobastの間違い。六七〇年頃のストラスブールの司教。

(27) 聖ディジボード（六一九—七〇〇）は隠者となり、伝説によるとディジボード山すなわちディゼンベルクに隠棲した。

(28) 聖ルモルド（?—七七五）はベルギーのメヘレンで宣教した。

(29) 聖アルビヌス、または聖アルクイン（七三五—八〇四）は、バリーによると、シャルルマーニュによって「二つの大神学校の長」とされた（P・W・ジョイス『ゲーリック・アイルランドの歴史概観』188）。

(30) 聖キリアヌス（六四〇—八九）はヴュルツブルクの司教であったが、ゴスベルト公の妻ガイラナの教唆により殺された。キリアヌスは彼女に、公と別れるよう説得していた。

(31) セドュリウス・スコトゥスSedulius Scottus（アイルランド語名はSiadhal）は、九世紀半ばに活躍したアイルランドの学者で、ラテン語文法、聖書解釈学を専門に教授した。『四導師の年代記』（*The Annals of the Four Masters*）の七八五年から八五五年の項に言及がある。五世紀の詩人コエリウス・セドュリウス Coelius Sedulius と区別し「小セドュリウス」（Sedulius the Younger）と呼ばれる。

(32) ミレシウス Milesius（またはミーレ Miledh）は、イベリア半島からアイルランドに渡り、この島を征服してアイルランド人の祖となった、と伝えられる。

(33) ジョイスはここで costa citeriore という語を使っている。話者の側から見た「こちら側の海岸」すなわち東岸である。

(34) バリーはP・W・ジョイスからつぎのように引用している――「デーン人の来襲以後、民族の性格は悪化したように思われる。首領たち人民たちは、生き残るために絶えず戦い、殺し合うことを余儀なくされた。戦争のために戦争を愛し、それが人生の主要な仕事であると考えるようになった。もって生まれた礼儀正しさや穏やかな慰みごとへの敬愛の念が、ほとんど消え去った。人民は、野蛮な侵入者たちの残虐さに残虐さで応酬したため、ついにはお互いに対しても残忍で冷酷となることを学んだ。彼らは学舎や修道院に対する古の崇敬の念をほとんど失ってしまった」（P・W・ジョイス『ゲーリック・アイルランドの歴史概観』193）。ジョイスは『フィネガンズ・ウェイク』において、主人公イアウィッカーがスカンディナヴィア人の血を引く者である点を強調している。

(35) 聖ウィルギリウス（七〇〇頃―八四）は幾何学者でザルツブルクの司教。ジョイスは「フランスの王」と言っているが、ウィルギリウスを庇護したのはフランク王国の王ピピンである（バリーによれば、同様の誤りはP・W・ジョイス『ゲーリック・アイルランドの歴史概観』187にある）。

(36) バリーは、八世紀にマカリウスが心霊一元説を唱えた、と註記している。心霊一元説とは、すべての人間の心は単一の普遍的な心の一部に過ぎない、という説である。ここでジョイスが触れているのは、エルネスト・ルナン（一八二三―九二）の『アヴェロエスとアヴェロエス主義』（一八五二）であるらしい。

(37) ジョイスはここでも、アイルランド人の哲学者であり偽ディオニシウス・アレオパギタの註釈者であったヨハネス・スコトゥス・エリウゲナを、パリ大学の「学生監」であったヨハネス・ドゥンス・スコトゥスと取り違えている。また、偽ディオニシウス・アレオパギタ（＝アテネのディオニシウス、または聖ドニ）は、フランスの守護聖人、聖ドニ（＝パリのディオニシウス）としばしば混同されるが、ジョイスもこの混同を犯している。

(38) ピコ・デラ・ミランドラ（一四六三―九四）はイタリア・ルネサンス期の新プラトン主義哲学者。

(39)　この野で預言者エズラは野草を食べ、第四の幻を得る。『旧約聖書（続）』「エズラ記（ラテン語）」第九章二六節。

(40)　ヨハネス・デ・サクロボスコ、別名ジョン・ホリウッド（もしくはハリファックス）（?—一二五六）は、数学者、天文学者。

(41)　一二二四年頃、ナポリ大学の法学教授であったとされる、ペテル・ヒベルニクスのことであろう。このイタリア語の講演でジョイスは人名をラテン語化する傾向がある。

(42)　エドワード・フィッツジェラルド卿（一七六三—九八）。ロバート・エメット（一七七八—一八〇三）。ティオボルド・ウルフ・トーン（一七六三—九八）。ジェイムズ・ナッパー・タンディ（一七四〇—一八〇三）。トマス・デイヴィス（一八一四—四五）。ジョン・ミッチェル（一八一五—七五）。アイザック・バット（一八一三—七九）。ジョーゼフ・ビガー（一八二八—九〇）。チャールズ・スチュアート・パーネル（一八四六—九一）。パーネル家の系図は、リチャード・バリー・オブライエンの『チャールズ・スチュアート・パーネル伝』（Richard Barry O'Brien, *The Life of Charles Stewart Parnell, 1846-1891*, 2 volumes, New York: Harper and Brothers Publishers, 1898）i.31 にある。またD・P・モランは、ウィリアム・モリノー（一六五六—九八）、スウィフト（「彼にはアイルランドの血が一滴も流れていなかった」）、ヘンリー・グラタン（一七四六—一八二〇）によるアイルランドのイギリス化を批難し、つぎのように語っている。「アイルランド人は様々な源流から混じり合ってきた民族であり、誰もが自分の良しとする信仰を告白すればよい、という〔トマス・〕デイヴィスの包括的な意見を否定したがる者はおるまい。また人種的な偏見を掻き立てて人を害しようと思う者もおるまい。われわれはグラタンを、〔ヘンリー・〕フラッドを、トーンを、エメットを誇りに思う。独立国を夢み、その達成のために働いたすべての人間たちを誇りに思う。たとえ彼らがアイルランド民族という概念を持っていなかったとしてもである。しかし、彼らを相応しい場に置くことは必要である。……アイルランドの土台はゲール人にある。……九八年と四八年の蜂起も、フィニアンたちの運動も、パーネル派による煽動も、本質的にはペイル内の〔つまりはダブリンとその近郊の〕運動であった。彼らがもっとも激しく反逆的であったときでさえも、やはりそうだったのだ」（D.P. Moran, *The Philosophy of Irish Ireland*, Dublin: James Duffy & Co., 1905, 34, 36-37）。

(43)　リチャード・ストロングボウを指導者としたノルマン゠ウェールズの侵攻は一一六八年。一八〇〇年のアイルランド併合法は、アイルランド議会を廃し、ウェストミンスターの下院と上院にアイルランドの議員を送ることを定めた。

(44) ダーモット・マクマラー（一一一〇?―七一）はレンスターの王で、ブレフニ公の妻を誘拐した。この件については、『ユリシーズ』第二挿話においてデイジー氏が混乱したことを述べている。「最初に不実な妻が、このわが国の岸辺に外国人を引き入れたんだ。マクマラーの妻と、その愛人、ブレフニの皇子オルークさ」（三九二―九四行）。また第一二挿話では、「市民」がつぎのように語る。「外人どもめ、と市民は言う、おれたちが間違ったんだ。おれたちがやつらを入れちまったんだ。おれたちが連れ込んじまった。姦婦とその情人がサクソンの盗っ人どもをここに連れてきやがった」（一一五六―五八行）。

(45) イングランド王ヘンリー二世（一一三三―八九）のこと。

(46) 教皇ハドリアヌス四世（ニコラス・ブレイクスピア）による大勅書「ラウダビリテル」（「賞讃の辞」の意）（一一五五）は、ヘンリー二世にアイルランドの統治権を授与する、というものであった。『ユリシーズ』第一四挿話五七八―九一行も参照のこと。教皇アレクサンデル三世による三通の手紙と管轄許可証は、イングランドによるアイルランド支配を確立するものであった。

(47) ジョイスの念頭には、アイルランド長官を務めたカースルレー子爵ロバート・スチュアート（一七六九―一八二二）や、アイルランド総督兼最高司令官の第一代侯爵・第二代伯爵チャールズ・コーンウォリス（一七三八―一八〇五）があった。いずれも首相ウィリアム・ピット（一七五九―一八〇六）のために併合法成立を請け負った。なお、一八〇〇年以前のプロテスタント・アイルランド議会を、「アイルランドの人民が選んだ」と語ることには、いささか時代錯誤がある。

(48) 「ぼくらの先祖たちは……一握りの外国人たちが自分たちを支配することを許した。先祖たちの負債を、このぼくが命と体を賭けて支払うとでも思っているのかい?」（『肖像』V・一〇三一―三四行）。「愛国者たちの計画は、彼を実にもっともな疑念で満たした。彼はその記事に、まったくもって知的に同意することができなかった」（『スティーヴン・ヒアロー』八一ページ〔邦訳三一ページ〕）。

(49) ヴィクトリア女王は一九〇〇年四月四日から二六日までアイルランドを訪問した。ナショナリストたちの抗議にもかかわらず、女王はダブリン市議会から歓迎の辞を受けた。ジョイスが「パーネルの影」（本書四〇七ページ）で述べているように、パーネルは市当局に対し、公式に王族を受け入れることを禁じていた。

(50) 一九〇三年七月二一日から八月一日までの、エドワード七世とアレクサンドラ王妃の訪問の際、ダブリン市議会は、慣例となっていた歓迎の演説を拒否した。王の顧問たちは、好意的な歓迎を受けられないことを懸念し、一九〇二年の訪問を延期していたのだった。また『ダブリナーズ』「委員会室の蔦の日」一一四―一二二行、および四四一―八〇行も参照のこと。

(51) ジョーゼフ・パトリック・ナネッティは一九〇六年、ダブリンの市長となった。『ユリシーズ』第一二挿話八二五―五九行では、バーニー・キアナンのパブで議論の的となっている。

(52) ヴィクトリア女王の最初のアイルランド訪問は、一八四九年六月、結婚の九年後であった。

(53) 英国の王位僭称者チャールズ・エドワード・スチュアート(一七二〇―八八)。

(54) 女王の夫君アルバート(一八一九―六一)は、サックス・コーバーグ・ゴータ公アーネストと、ザックス・ゴータ・アルテンブルク公アウグストゥスの娘ルイーズとの間に生まれた。『ユリシーズ』ではつぎのように愚弄されている。「それからあのプロシアだのハノーヴァーだのといった連中とくりゃ、とジョーは言う、選帝侯ジョージから、ドイツの若造と死んだ自惚れババアに至るまで、あんなソーセージ喰らいのやつらが王座に坐ろうなんてのは、もうたくさんだ」(第一二挿話一三九〇―九二行)。

(55) ベンジャミン・ディズレーリ(一八〇四―八一)は、保守派の政治家で文人。一八六八年および一八七四―八〇年に英国首相となり、グラッドストンのアイルランド政策に反対するヴィクトリア女王を支持した。

(56) 世の噂話に反して、ヴィクトリア女王は一八七八―八〇年の飢饉の際、五〇〇ポンドを寄付している。一八四八―四九年の大飢饉の際、女王が救済のために五ポンドを送った、という話はアイリッシュ・フォークロアである。手書き原稿では、「10」ポンドの数字に下線が引かれ、余白には別の筆跡で「5」の数字が書き込まれている。

(57) 英国の軍人、ロバーツ卿サー・フレデリック・スレイ(一八三二―一九一四)は、アイルランド生まれではなく、インドのカーンプルの生まれ。アイルランドにおける英国陸軍の司令官だった。『ユリシーズ』ではつぎのように語られている。「可愛い小さなボブジー(南ア戦争におけるわれらが名高き英雄、ウォーターフォードとカンダハールのボブズ卿の名にちなんで)」(第一四挿話一三三一―三二行)。また第一五挿話七九六行、第一八挿話三七八行も参照のこと。キッチナー第一代伯爵ホレイショー・ハーバート(一八五〇―一九一六)は、アイルランドのケリー州に生まれ、南ア戦争終結時には最高司令官だった。

(58) ウェリントン第一代公爵アーサー・ウェルズリー（一七六九—一八五二）は、ミース州サマーヒルのダンガン城に生まれた。『ユリシーズ』第一二挿話一四五九—六〇行も参照のこと。

(59) この箇所の余白には、「なぜ兵士たちが英国人であるのか説明が必要」という、おそらく弟スタニスロースによると思われる英語の注意書きがある。同じ余白に書き込まれたイタリア語での括弧内の説明はジョイスの筆跡であるので、ここに訳出した。フィニアン会員のジェイムズ・スティーヴンズ（一八二四—一九〇一）は、一八六七年の叛乱の首謀者であり、アイルランド共和国兄弟団（IRB）を創始し、新聞『ザ・アイリッシュ・ピープル』を創刊した。

(60) ロンドンのストリート。ほとんどの新聞社がここにある。

(61)「シリアの宗教の名残」とは、キリスト教のこと。ジョイスは、エルネスト・ルナンがアイルランドに関して主張した例外的状況——「とりわけアイルランドは（そしておそらくはこの点に、この国の取り返しのつかない弱さの秘密があるのだが）、土着民が血統を名乗れる、ヨーロッパ唯一の国である」——に、異議を唱えている。ルナンは（そしてその仮説はある程度ジョイスの仮説にも類似しているのだが）、「高貴な」民族は複数の要素の混じり合いから生まれる、という見解を抱いていた。「したがって人種を考察することは、現代の国家の機構については意味がない。……純粋な人種など存在しない、というのが真実である。……もっとも高貴なる国々、イングランドやフランスやイタリアは、もっとも血が混じり合っている国々である」（エルネスト・ルナン『ケルト民族の詩、その他の研究』Ernest Renan, *The Poetry of the Celtic Races, and Other Studies*, Translated with Introduction and Notes by William G. Hutchinson, London: Walter Scott, 1896, 5, 72）。

(62) D・P・モランはつぎのように主張する。「国民の個性を切り離すこと、われわれを近隣からはっきりと区別できるよう、できるだけ多くのことを明確にしておくこと……われわれはわれわれの足跡を辿りなおさねばならない。そしてわれわれ自身の国と歴史から、われわれの霊感の多くを受け取らねばならない。われわれは元来のアイルランド人でなければならず、イングランド人の模造品であってはならない。何にも増して、われわれはわれわれの言語を学ばねばならない。バイリンギュアルな人民にならねばならないのだ」（*The Philosophy of Irish Ireland*, 26）。ジョイスはまた、オリヴァー・セント・ジョン・ゴガティによる、『シン・フェイン』に連載された記事「醜いイングランド」（一九〇六年九月一五日号、一一月二四日号、一二月一日号）における主張も論駁している。ゴガティはイングランドの「性欲過剰」と「ユダヤ人支配」

を批判した。ジョイスはスタニスロースに宛てた手紙で、ゴガティの「愚かな戯言」を撥ねつけ、つぎのように言っている。「誰かがアイルランド人の性欲状況に関する本でも出版してくれないものだろうか。連中は、その点に関しては十分免疫がある、などと誇りにしているわけだから。むしろイングランドよりよっぽど悪いはずだとぼくは思う」（『書簡集』第二巻一七〇ページ）。また、『ユリシーズ』第五挿話七一—七二行、第一二挿話一一九七行も参照のこと。

(63)　偽ディオニシウス・アレオパギタ『天上位階論』（*The Celestial Hierarchy*）261aより。これはまた、イェイツが『善悪の観念』所収「劇場」（一九〇〇）のなかでも引用している。

(64)　伝説上のアイルランドへの移住民。

(65)　『旧約聖書』「創世記」第二五章二九—三四節。空腹の長子エサウはこの煮物と引き換えに、弟のヤコブに長子権を譲る。本書「植民地の詩集」および註2も参照のこと。

(66)　これは一九一二年、第三次自治法案が提案された際に現実となった。

(67)　これはオブライエンのパーネル伝（i. 53-54）に記されている物語である。

(68)　『ユリシーズ』において「市民」はつぎのように言う。「おれたちアイルランド人はどこに行っちまったんだ？　本当なら四百万じゃなく、二千万いるはずなんだ、わが失われし種族は。それからおれたちの陶器はどこだ、織物はどこだ、世界中で一番上出来だったんだぞ！　ユウェナリスの時代にローマで売られたおれたちの羊毛、アントリムの織機で織られたおれたちの亜麻布、おれたちのダマスク、それにおれたちのリメリックのレース……」（第一二挿話一二四〇—四四行）。またD・P・モランはつぎのように言う。「われわれはこれまでつねに、わが国が物不足であることを、貧困の歴史に委ねてきた……毎日でも出会うことができるのは、つぎのように言う輩だ——イングランドが何百年か前にここから羊毛産業を盗み取ったことを考えれば、実際アイルランドは、どれほど裕福だったことだろうか、と……政治演説でさんざん聞かされる、服従に対するこの種の激しい憎しみは、いまさら掻き立てたところで虚しい」（*The Philosophy of Irish Ireland*, 2-3）。

(69)　『シン・フェイン』一九〇六年九月二二日号の社説「財政と権限委譲」に同種の記載がある。

(70)　シェーン・オニール（一五三〇？—六七？）はティローンの第二代伯爵。

(71)　シモン・ド・モンフォール（一二〇八？—六五？）はレスターの伯爵。

(72)「新聞王」や「缶詰王」といった、成功した企業家の意味であろう。
(73)オリヴァー・クロムウェル(一五九九—一六五八)は一六四九年、最高司令官、兼アイルランド総督として、アイルランドに送られた。ドロヘダの襲撃と大虐殺は同年九月二日、ウォーターフォードへの攻撃は一一月二日から一二月二日の間に行なわれた。アイルランドにおけるウィリアム派の戦闘を終結させたリメリック条約(一六九一年)は、アイルランド人にカトリック信仰の自由を約束するものであった。だがプロテスタントからなるアイルランド議会はこの条項を破棄し、体系的な一連の刑罰法を可決した。これによりカトリック教徒は、一八世紀の間、経済的にも政治的にも無力化された。
(74)マルティン・ルターは一五二一年、シャルル五世によってヴォルムスの町に召喚され、自身のプロテスタント教義の棄却を迫られたが、これを拒絶した。いっぽうスティーヴンは、『肖像』においてクランリーに向かい、つぎのように言う。「論理的で首尾一貫している不条理を捨て、非論理的で矛盾している不条理を受け入れたところで、それがどういう解放になるというんだ?」(V・二四六七—六九行)。
(75)バリーは、ジラルドゥス・カンブレンシス、別名ウェールズのジェラルド(一一四六?—一二二三?)の『アイルランドの歴史と地誌』(Giraldus Cambrensis, *The History and Topography of Ireland*, ed. John O'Meara [Penguin, 1982], Third Part, 107, pp. 115-16)からの引用としている。
(76)ジョイスはおそらくジアコモ・ボンコムパーニのことを言っている。教皇グレゴリウス一三世(一五〇二—一八五)の庶子で、エリザベス一世に対する反宗教改革闘争において、アイルランドを利用した。
(77)アルフォンソ一三世(一八八六—一九四一)は一九〇二年にスペインの王位に即いた。
(78)オリヴァー・ゴールドスミス、リチャード・ブリンズリー・シェリダン(一七五一—一八一六)、ウィリアム・コングリーヴ(一六七〇—一七二九)、ジョナサン・スウィフト(一六六七—一七四五)、エドマンド・バークは、いずれもアイルランド生まれであるが、文筆家としての活動の拠点はロンドンにあった。
(79)いずれもロンドンの新聞。
(80)エドワード・フィッツジェラルド(一八〇九—八三)は、『オマル・ハイヤームのルバーイヤート』という翻案を出版した。リチャード・フランシス・バートン卿(一八二一—九〇)は、『千一夜物語』を翻訳した。ヘンリー・フランシス・ケアリー（一七七二―一八四四）は、『神曲』を翻訳した。

(81) ムアについては、「喧騒の時代」（本書一〇〇―〇一ページ）におけるジョイスの評価も参照のこと。

(82) アーサー・シーモア・サリヴァン（一八四二―一九〇〇）は、台本作家W・S・ギルバート（一八三六―一九一一）とともに、喜劇オペラを作曲した。ファーガス・エドワード・オコナー（一七九四―一八五五）は、チャーティスト運動の指導者で、チャーティストの新聞『ザ・ノーザン・スター』を編集した。オスカー・ワイルドの母ジェイン・フランシスカ・ワイルド（一八二一―九六）は、『ザ・ネイション』誌に、スペランザの偽名で詩を投稿した。

(83) D・P・モランはつぎのように言っている。「現代の時代のアイルランド人は、自国以外のあらゆる国で成功を収めている。というのも、故国が唯一、自分が英国人であるかアイルランド人であるか、心を決められない場所なのである」（*The Philosophy of Irish Ireland*, 113）。

(84) マウントジョイ子爵ルーク・ガーディナー（一七四五―九八）は、ダブリン州議員でアイルランド枢密顧問官であったが、ニュー・ロスの戦いで戦死した。

(85) ジョン・ティンダル（一八二〇―九三）は自然哲学者であり、大衆向け科学記事を執筆した草分けである。ダファリン侯爵とは、ダファリン・アンド・アーヴァ侯フレデリック・テンプル・ブラックウッド（一八二六―一九〇二）のこと。チャールズ・ギャヴァン・ダフィーはヤング・アイルランド運動の一員で、『ザ・ネイション』の創始者のひとり。一八五六年にオーストラリアに移住し、当時英国王室によって任命されていたオーストラリア総督Governor-General of Victoriaとなった。ジョン・ボバノー・ニカルー・ヘネシー（一八二九―一九一〇）はインドの公有地監督官代理。テトゥアン公レオポルド・オドンネル（一八〇九―六七）はスペインの将軍で政治家。ウィリアム・ジェニングズ・ブライアン（一八六〇―一九二五）は巧みな政治演説家で、国務長官を務め、一八九六年、一九〇〇年、一九〇七―〇八年の三回、民主党からの合衆国大統領候補となった。マクマオン伯マリー・エドメ・パトリス（一八〇八―九三）はフランスの総司令官で、一八七三年から七九年までフランス共和国大統領を務めた。ベレズフォード男爵チャールズ・ウィリアム・ドゥ・ラ・ポエール卿（一八四六―一九一九）は海峡艦隊の総司令官。ウルズリー第一代子爵ガーネット・ジョーゼフ（一八三三―一九一三）は陸軍元帥で、軍隊の改革に取り組んだ。

(86) 「なあおい、キンチ、もしおれとおまえが手を組みさえすりゃあ、この島にはそれなりのことをしてやれるかもしれん。

ヘレニズム化してやるのさ」（『ユリシーズ』第一挿話一五七―五八行）。

（87）『シン・フェイン』一九〇六年九月一五日号、および本書「フィニアニズム」（三一四―一五ページ）を参照のこと。『ユリシーズ』第一二挿話一五七二―七六行では、かつてブルームが、アイルランド産業の輸出というこのアイデアをグリフィスに語り、グリフィスの新聞『シン・フェイン』に掲載するよう示唆した、と語られている。

（88）『ユリシーズ』第七挿話九一〇―一一行において、マッキュー教授はスティーヴンにつぎのように語る。「数あるこの世の王国。地中海の長《おさ》たちも今では農夫なんだ」。

（89）この言は、つぎのマンガン論講義を予示するものである。

（90）かつては、ギリシアとラテンを模範として、ケルト世界には三つの階級の学問的職業、ドルイド司祭（*druidh*）、語り部（*filidh*）、吟唱詩人（*baird*）があった、と考えるのが一般的であった。

36 ジェイムズ・クラレンス・マンガン (2)[1] (一九〇七年)

【イタリア語による二回目の講義はマンガンを論じたもので、ここではマンガンの限界という問題を腹蔵なく語っている。これは五年前のユニヴァーシティ・カレッジでの口頭発表ではないがしろにされた問題だった。今回ジョイスは、マンガンが、外部から求められるものであれ自らに課すものであれ、「偶像」たることから自身を解放することはなかった、としている。ジョイスにとって、マンガンはもはや、第一義的には偉大なる詩人ではない。むしろ偉大なる象徴的人物であり、その詩は、自国の人民の悲しみと大志と限界を、聖櫃に収め祭り上げるものなのだ。この講義のいくつかの箇所で、ジョイスは以前書いた〔英語の〕論文をそのまま活かし、〔イタリア語に〕翻訳している。だがまたいくつかの箇所では——とくに冒頭では——、はるかに力強い表現で、自身の個性を、マンガンの弱く消え入りそうなリズムと、明確に切り離して見せる。】

ある種の詩人たちは、自分たちの時代までは未知であった人間の意識のいくつかの局面を、われわれに暴いて見せてくれる、という利点のみならず、さらに問題含みの利点も具えている。すなわち、その時代の相対立する数多の趨勢を自らのうちに体現し、自らを、いわば新たな力の蓄電池と化してしまう、という利点である。[2] 大衆は大概の場合、詩人を、前者よりも後者の利点によって認めるものである。大衆というのは本質的に、率直な自己表出から生み出された作品はいかなるものであれ評価することができないので、詩人の個人的な主張が大衆に人気のある運動に何らかの価値ある支持を与えたとなると、いとも気前良く、急いでこの支持に敬意を表そうとする。そうした場合、気前の良い振る舞いとして好まれるのが、記念碑の建立である。というのも、記念碑であれば、死者を讃えるいっぽうで生者にも阿ることができ、さらに決着という至上の恩恵をもたらしてくれるからだ。実のところそれが、死者の忘却を永続化させる、これまで発見されたなかでもっとも効果的にしてもっとも礼儀に適った方法だからである。真面目で論理を重んじる国であれば、記念碑は礼儀に適った形に仕上げられ、その除幕式には、これを造った彫刻家や町の有力者、演説家や大勢の群衆が押し寄せるものである。ところが、真面目な世界の永遠の戯画たることを神によって運命づけられた国アイルランドにおいては(3)、記念碑は、たとえそれが、人びとの間で極めて人気が高く、その性格も一般大衆の意志にもっとも従順、という人物を象ろうとしたものであっても、礎石を築くより先まで進行することはめったにない。こうした点を勘案すればおそらく、ジェイムズ・クラレンス・マンガンという名が闇夜の国の暗黒に包まれている点もご理解頂けるだろう。寛大さで名高いエメラルドの島であるというのに、その燃えたぎる魂を具えた人びとのうち、これまでのところまだ誰ひとりとして、この国民詩人の落ち着きのない亡霊を、いつもの礎石と花輪で宥めようとは考えつかないでいる(4)。

おそらくは誰にも妨げられることのない平安のうちに横たわり、それがあまりに心地好いものであるため、(仮にこの世の人間の訛りが墓石を越えてあの世にまで聞こえたとしての話だが)祖国を追放された同国人(5)によってその亡霊ならではの平安を掻き乱され、しかもこれが好意的な異国の方々に向かって、奇妙な外国語で自分について未熟な講義をやっているのを耳にすれば、彼は怒り出すかもしれない。

*

ヨーロッパ文学に対するアイルランドの貢献は五つの時代に分けることができ、これらはさらに、大きく二つに区分することができる。すなわち、文学作品がアイルランド語で書かれた前半期と、英語で書かれた後半期である。前半期は最初の二つの時代を含み、このうち古いほうの時代は、時の流れの深い闇のなかに半ば失われてはいるものの、神聖で勇壮な太古の書物や、法典、地誌、伝説が書かれた時代である。より近いほうの時代は、ヘンリー二世とジョン王のもと、アングロ＝サクソン人とノルマン人が侵入してきて以降、長期に及んでいる。放浪の吟遊詩人の時代であり、その象徴的な詩歌は、古代ケルトの吟唱詩人も属していた三つの階級の伝統を伝えている。これについては、数日前の晩にお話しした通りである。(6) アイルランド文学が英語で書かれた後半期は、三つの時代に分けることができる。第一の時代は一八世紀であり、そこに含まれる多くのアイルランド人のなかでも、とりわけ輝かしい名を以下に挙げる。有名な小説『ウェイクフィールドの牧師』の作者オリヴァー・ゴールドスミス、(7) 二人の有名な喜劇作家リチャード・ブリンズリー・シェリダンとウィリアム・コングリーヴ――今日でさえ彼らの傑作は不毛な現代英国演劇界において賞讃されている――、『ガリヴァー旅行記』の作者でラブレー的な英国国教主席司祭ジョナサン・スウィフト、イングランドのデモステネスと呼ばれるエドマンド・バーク――彼については、(8) 英国の批評家さえ、かつて下院で演説をしたなかでももっとも深遠な雄弁家と考えており、奸智に長けたブロンドのアルビオン〔ブリテン島の異名〕の政治屋たちでさえ、国中でもっとも学識の深い男のひとりと見なしている――。第二と第三の時代は、過去百年のうちに属している。ひとつは一八四二年と四五年のヤング・アイルランドによる文学運動であり、もうひとつは今日の文学運動である。これについては、次回の講義でお話しすることにしたい。(9)

一八四二年の文学運動は、分離主義の雑誌『ザ・ネイション』創刊の日に遡る。この雑誌を創刊したのは、三人の指導者、トマス・デイヴィス、ジョン・ブレイク・ディロン（アイルランド議会党の前党首の父）

《手書き原稿一ページが欠落》

……〔マンガンは〕中流階級であった。そして家庭内暴力と不運と困窮に包まれた子ども時代を経て後、三流の公証人事務所の筆耕となる。子どもの頃の彼はつねに陰気で無精な性格であり、密かに様々な言語を学び、厭世的で、寡黙で、宗教の問題に熱中し、知人も友人もいなかった。ものを書き始めるとたちまち教養ある人びとの関心を捉えた。人びとは彼のなかに、高邁な抒情的音楽と燃えるような理想主義があることに気づいた。それは、並外れた、無自覚な美しさを具えたリズムのなかに、はっきりと現れていた。おそらくはシェリーの霊感が生み出した詩歌を除いて、イギリス文学ではまず目にすることのできないものであった。幾人かの文壇の人間の助力により、彼はトリニティ・カレッジ・ダブリンの巨大な図書館の、司書助手の職に就いた。この図書館は、ローマのヴィットーリオ・エマヌエーレ図書館[10]の三倍もある、実に貴重な宝庫であり、『ダン・カウの書』や『レカンの黄書』[11]――これは、アイルランドのソロモンとして知られる博学なコーマック大王による、有名な法律論である――、『ケルズの書』といった、アイルランド太古の書を収蔵している。これらの書はキリスト紀元第一世紀にまで遡れるもので、その細密画は中国のものと同じくらいに古い芸術作品として有名である[12]。マンガンの友人で伝記作者のミッチェルは、ここではじめてマンガンに出会った[13]。マンガンの詩集の序文で、ミッチェルは彼の第一印象を述べている――痩せた小柄な男で、顔は蠟のように青白く、髪には色がない。階段の一番上に脚を組んで坐り、薄暗い灯りの下で、大きくて分厚い埃まみれの本を熱心に解読しようとしている[14]――。この図書館でマンガンは勉学の日々を送り、かなりの数の言語に通じるようになった。イタリア、スペイン、フランス、ドイツの言語と文学に精通するようになり、これに加えてアイルランドとイングランドのそれにも詳しくなった。また東洋の言語、おそらくはサンスクリット語とアラビア語の素養も身につけたようである。ときにはこの篤学の平安から離れ、革命的な雑誌に詩を投稿することもあったが、その党の夜の集会にはほとんど興味を示さなかった。彼らとは離れてひとりの夜を過ごした。彼の住まいは、古い街区にある暗くて狭い部屋で、このダブリンの一郭は今日でも「自由区《リベルタ》」という意味深い名で呼ばれている。(15) 彼の夜は、この「自由区」にある様々な悪名高い安酒場を渡り歩く十字架の道行きであった。そこに現れた彼の姿は、この都市の下層の人間たちからなる選りすぐりの花々――コソ泥、追いはぎ、指名手配犯、女衒、そして穏当な額しか求めない娼婦――に囲まれて、実に奇妙な風貌と見えたに違いない。奇妙に聞こえるかもしれないが(だがこうした問題にはつねに目を光らせている同国人の間でも、意見は一致している)、マンガンはこの闇の世界とは、ごく形式的な付き合いしか持っていなかった。彼はほとんど酒は飲まなかったが、体が非常に弱かったため、酒を飲めば多大な影響が及んだ。さらに、われわれが目にすることのできる彼のデスマスクは、洗練された、ほとんど貴族のような顔立ちを伝えており、その繊細な輪郭には、憂鬱と大いなる倦怠以外の何ものをも見出すことは不可能である。わたしの理解するところでは、病理学者はアルコールの快楽とアヘンの快楽を共に得ることは不可能としているようだが、マンガンもこの事実にはやがて気づいたらしい。というのも、彼はこの麻薬性の薬をがむしゃらに接種するようになった。ミッチェルの語るところでは、晩年のマンガンはまるで生きた骸骨のようだった。顔の肉は落ち、磁器のように透明な皮に辛うじて被われ、体は痩せ細り、夢を見ているような大きくて不動の目は、その稀に現れる微光の背後に、幻覚からもたらされた身の毛のよだつ官能的な記憶を包み隠しているかのよう。話し声は緩慢で、かすかで、ぞっとするほどに物悲しかった。彼は墓穴に向かう最後の石段を、恐るべき速さで下って行った。彼は口のきけない襤褸を纏った乞食となり、心身を維持するに足る食べ物もほとんど口にしなくなり、ある日ついに、道を歩いていて突然ばたりと倒れたのだった。病院に運ばれたとき見つかったのはわずかの小銭、そして別のポケットには擦り切れたドイツ語の詩集があった。彼が死んだとき、哀れな遺体は病院の助手たちを震え上がらせ、その後善意の友人たちの出資で、貧相な埋葬が行なわれた。以上が、わたしが現代のケルト世界でもっとも卓越した詩人と考える人物、叙事詩の形式を使用した、世界中でもっとも霊感に溢れた歌詠み人と考える人物の、生と死である。思うに、彼が今後も永久に、忘却の無色の牧場に住み続けるであろう、と断定することは早急に過ぎる。しかし、仮に今後彼が、当然受け取るべき死後の栄誉を獲得することになったとしても、それは同国人の努力によることはないであろう、とわたしは確信している。マンガンがアイルランド人によって国民詩人として認められる日が来るとすれば、それはアイルランドと外国の諸権力――つまりはアングロ＝サクソンとローマカトリック教会――との間の確執がひとつの和解に辿り着き、それが土着のものであれ純粋に外国のものであれ、新たな文明を生み出す日のことになるだろう。そのときまでは彼も、忘れられ続けるか、あるいは祝祭日に辛うじて思い出されるだけの存在に留まるであろう。(16)それは他の多くの詩人や英雄たちと同じ、あるいはそれ以上〔に思い出されることが少ない〕かもしれない。というのも、彼はパーネルのように、あの手のつけようがない純潔さに対して、罪を犯したのであるから。アイルランドは自身に洗礼を授けてくれようという第二のヨハネに対しても、あるいは自身を解放してくれようという第二のジャンヌに対しても、そうした純潔さを求める。それは、かほどの高潔なる務めを行なうに相応しいか否かを問う、第一の、本質的にして神聖なる試金石なのだから、というわけである。(17)

＊

ある種のイギリスの批評を読むと、そのたびにわれわれは、ヴァーグナーが間抜けたパルジファルに言わせた問い[18]を思い出してしまう。それはイギリスの批評が、もっぱらカルヴィニズムの盲目で未熟な精神の影響を受けたがゆえである。力強い革新的な天才を扱おうとすると、こうした批評が現れるというのは、容易に説明がつく。このような天才の登場というのはつねに、腐敗し私利私欲に満ちた権力の一切に向かって、古い秩序を守るために結束せよ、と呼びかける合図になるからだ。たとえば、ヘンリック・イプセンの全作品が抱く、破壊的で猛烈に自己中心的な性質を理解するひとであれば、ロンドンでもっとも影響力のある批評家が、あるイプセン劇初演の翌朝、この劇作家を痛罵するのを聞いても、驚くことはあるまい。この批評家は（『デイリー・テレグラフ』の今は亡き批評家の言を正確に引用しよう）イプセンを「泥に鼻を突っ込む汚らしい犬」と呼んだのだった[19]。けれども、哀れにも批難される男がおおよそ無害な詩人であり、その咎と言えばせいぜいのところ、世間体崇拝に細心の注意で準じなかった、というに過ぎないとなれば、いささか説明しがたいものがある。かくしてつぎのようなことが起こる[20]——マンガンの名が祖国で言及される場合（時折文壇で彼が話題に上ることは認めねばなるまい）、アイルランド人は、これほどの詩的才能がこれほどのふしだらさと結びついてしまったことを嘆き、そして、異国趣味という悪徳を具えた、愛国心が極めて低い男のなかに、詩的才能の現れを発見して純朴に驚くのである。彼に関して筆を執った者たちは、大酒飲みとアヘン常用者の間でバランスを取ることに小心翼々とし、「トルコ語からの翻訳」とか「コプト語からの翻訳」といった語句の背後にあるのが、学識であるのかペテンであるのかを見極めようとしてきた。そしてこうしたささやかな追憶を除けば、マンガンは己が祖国でも知られぬ人物であり、街では稀代の変わり者であった。古の罪の償いをしている者のように、街を悲しげにひとり行く姿が目にされた。確かに、ノヴァーリスが魂の病弊と呼んだ人生は、マンガンにとっては重たい償いであった——償いが彼に科されているその罪を、彼のほうではひょっとすると、忘れてしまっていたかもしれない。また彼のなかの洗練された芸術家は、彼を憎しみと軽蔑の眼差しで見つめる人びとの顔に、残酷さと弱さの輪郭を正確に読み取っていたから、人生はいっそう痛ましい遺物でもあった。彼が残してくれた伝記的な短い要約では、彼は自分の若い頃の人生――つまり幼少期と少年期――しか語っていないが、子ども時代は惨めな貧窮と下品さ以外何も知らなかったと言い、知人は嫉妬の毒液で彼の人格を汚し、父親はガラガラへビと化した人間であった、と言っている(21)。こういった激烈な断言のなかには、われわれもオリエントの薬物の影響を認めることはできよう。だがそうは言っても、彼の話が調子の狂った脳の生み出すただの絵空事と考える人びとは、粗野な自然との交わりが敏感な少年にどれほどの痛みを与えるかが、まるでわかっていないか、あるいは忘れてしまっているのだ。その苦しみゆえに、彼は隠者とならざるを得なくなった。そして事実彼は人生の大半を、夢のなかで過ごしたのである。それは何世紀にも亘って、悲しみの人と賢しき人が、自ら閉じ籠ることを選んだ魂の聖域である。ある友人が彼に向かい、上記のような経験談はひどい誇張であり、ところどころ嘘もある、と語ったところ、マンガンは、「たぶん夢にでも見たのだろう」と答えた。現実の世界は明らかに、彼にとっては実在しない、ほとんど価値のないものになってしまった。

若い無邪気な心を具えた者たちにとって、夢がそれほど貴重な真実味を持つようになれば、どういうことが起こるだろうか。あまりに敏感な性質を具えた者は、揺るぎのない、奮闘を要する人生にあっても、その夢を忘れることができない。彼はその夢を疑い、しばしそれを自身から遠ざける。だが人びとがそれを断じて嘘だと言い出せば、彼は誇り高くそのことを認める。そして敏感さが弱さをもたらす場合、あるいはこのマンガンのように、敏感さが弱さに磨きをかける場合、彼は世界との妥協も辞さない。そして代わりに世界のほうからは、少なくとも沈黙という代価は得ようとするのである――それはあまりにか弱過ぎて激しい侮蔑には耐え切れぬものであるかのような、あのあまりに冷笑的な扱いを受けてしまった心の望みへの、あの激しい虐待を受けた観念への、沈黙である。彼の態度は、そのぼんやりとした顔つきに現れているのが、誇りであるのか謙虚さであるのか誰にもわからない、といった体のものだ。その顔はただ、あの明るく輝く目と、彼がいささか誇りにしていた絹のような金髪によってのみ、生きているように見える。この慎みは危険を排除するものではなかった。そして最終的に彼を無関心から救ったのは、彼の行き過ぎた行ないのみである。ドイツ語を教えていた女生徒との間の恋愛事件については、これまでにも何らかのことが言われてきた。そして、どうやら彼は、その後三人による恋愛喜劇にも出演した。とはいえ、男たちに対して打ち解けなかった彼は、女たちに対しても奥手だった。彼はあまりに自意識が強く、あまりに批判的であり、伊達男になるには、物柔らかな会話といったものにあまりに無知であった。その奇妙な衣装——高い円錐形の帽子、華奢な脚には何サイズも大き過ぎるダブダブのズボン、バグパイプを思わせる古い雨傘——、こうした衣装も、彼の自信のなさをほとんど喜劇的に表現したもの、と考える者もいよう。数多くの土地に関する知識が、つねに彼とともにあった。東方の物語や、不思議な印字の中世の写本の記憶が、彼を同時代から運び去った。日ごと蒐集されたそれらは、ひと機の織物のように刺繍を施された。彼は二〇カ国語に通じ、折に触れてそれを気ままにひけらかした。そして数々の海を渡り、いまだいかなる地図にも見出せないペリスタンにまで入り込み、数多の文学を読み耽った。彼はまた、プレフォルストの巫女の生涯に興味を抱き、また、中間的自然と現世で起こる、あらゆる現象に興味を抱いた。そこは何より魂の柔和さと堅固さが力を持つ場所であるから、彼は虚構の世界のなかに——その世界はワトーが探求したであろう世界と大いに異なってはいたが、両者はともにある種の独特な気紛れを具えていた——、(ペイターによる巧みな言い回しを借りれば)「まったく不満足な程度にしか存在しないもの、あるいはまったく存在しないもの」を探し求めたのである。

いまだ決定版と言える形で編まれたことのない彼の作品群には、秩序のかけらも見当たらず、しばしば思想さえ見当たらない。散文のエッセイは、はじめての読者には面白いかもしれない。けれども実のところそれは、無味乾燥な試みに過ぎない。文体は最悪の意味で気取っており、ひねくれていて陳腐だ。議論は粗野で大仰で、ようするにその散文は、どこかの地方新聞のローカル・ニュースの文体である。だが忘れてならないのは、マンガンが、己を導いてくれる土着の文学伝統など何もないところで書いていたということ、しかも、日々の暮らしの瑣末事にしか頓着しない大衆、せいぜいのところそんな瑣末事を説明してくれる詩にしか興味を抱けない大衆に向かって、書いていたということだ。彼は、稀な例外はあるものの、書いたものを書き直すということはできなかった。しかし、いわゆる戯れ歌や気まぐれに作った推敲もされていない詩は別にして、彼が書いたもののうち優れた作品は、確かに訴えかけるものを持っている。なぜならそれは、想像力によって孕まれたものであったからだ。この想像力を、彼は事物の母と呼んでいたように思う。その母の夢がわれわれであり、その母はわれわれのイメージを自分に似せて作り、またわれわれに似せて作る。そして自らのイメージをわれわれのなかに作り出すのである。その力の息吹を前にすれば、創造の精神は（シェリーによるイメージを用いれば）消え行く炭火のように美しく燃え上がる。マンガンの最上の作品においてさえ、しばしば異質な情緒の存在が感得されるが、想像的な美の光を映し出す想像的な個性の存在は、なおいっそう活き活きと感じられる。その人格のなかで、東洋と西洋が出会う（どのように出会うのかをわれわれは知る）。つまり、そこではイメージが柔らかな光沢のあるスカーフのように織り合わされ、言葉は燦爛たる鎖帷子のように鳴り響き、その歌はアイルランドのものであろうとイスタンブールのものであろうと、同じ繰り返し句を持ち、平安を失った女——彼の魂である、月のように白い真珠、エイミーン——に再び平安が訪れんことを、という祈りを具えているのである。彼が崇めるこの女性像は、中世の精神的な憧憬や空想上の恋愛を思わせる。マンガンはこの婦人を、旋律と光と芳香に満たされた世界のなかに置く。この世界が必然的に大きなものとなっていくのは、詩人の愛に溢れた眼差しが見詰める顔はすべて、その額縁の内に収めようとするからである。ヴィットーリア・コロンナ、ローラ、ベアトリスの顔のうえに光を投げかけるのは、唯一の騎士道の理念、唯一の男性的献身であるが、同様に、痛烈な幻滅と自己卑下が同じひとつのものとして、その章を閉じる。とはいえ、マンガンが自分の女性を住まわせたい世界は、ブオナルロッティ〔ミケランジェロ〕の築いた大理石の聖堂や、フィレンツェの神学者が描いた平安の赤色聖旗とは異なっている。(22) それは未開の世界、オリエントの夜の世界である。アヘンからもたらされた精神活動は、この世界に不可思議で恐ろしいイメージを鏤める。そして、アヘン常習者の天国である、炎に包まれた夢のなかで、詩人が創造しなおしたオリエント世界は、一切がこれらのページのなかで、黙示録を背景とした語句や直喩となって脈打つことになる。彼が語るのは、群れなす星に囲まれ生気なく消え入る月、炎の印で赤く燃え上がる空を描いた魔術の本、サフラン色の砂のうえで泡立つ海、バルカンの頂にある寂しいヒマラヤスギ、黄金の月の象嵌がいくつも輝いている夷狄の大広間である――そこには王の薔薇園からのバラの息吹が贅沢に溢れている――。

マンガンのなかでもっとも名高いいくつかの詩は、自国の堕ちた栄光を神秘主義のベールで包みながら歌ったものであり、夏の日に水平線を覆う霧に似ている。細かで蝕知できず今にも消え入りそうだが、小さな光の斑点に満ちている。ときにその歌は、気だるいまどろみから目を覚まし、戦闘の忘我状態で叫び声を上げているように見える。非凡な力量を示す長詩、ティローンとティルコンネルの君主たちへの哀歌の最終聯に、マンガンは、己が民族の自暴自棄の活力一切を注ぎ込んだ。

かくて霜は今宵、男の目に浮かぶ澄んだ雫を覆い、
白い氷の長手袋は、高貴な白く細い指を包み込んでしまう。
だが温かな衣服は、彼にとっては初めて身に纏う、雷光の衣装だ。

空からの雷光ではなく、魂の雷光の。

ヒューは戦へと歩を進め、わたしは旅立つその姿を見て哀哭した。

そして見るがよい！　今宵彼は彷徨いながら、凍りつき雨に濡れ悲嘆に暮れ裏切られ――

しかし、右手で灰の中に横たえておいた、白亜の館の思い出が、
英雄の心を温める。(23)


わたしは、英語で書かれた文学作品のうち、復讐の精神がこれほどの旋律を極めた詩をほかに知らない。なるほど、雄々しい調べはときとして耳障りになり、一群となって押し寄せる不作法な情熱がそれを嘲弄的に響き渡らせる、という点は事実である。だが時代の精神と国の精神を自身のなかに包摂しているマンガンのような詩人の場合、創作の目的はディレッタントを楽しませることではなく、ぞんざいに拳を振り回し、己が人生の活き活きとした理念を後続の者らに伝えることなのだ。とはいえ、マンガンがつねに自分の詩人としての魂を、いかなる汚れにも染まらせなかったことは否定できない。あれほど見事な英語を書きながら、イギリスの雑誌や新聞に寄稿することは拒んだ。時代精神の震源でありながら、烏合の衆に身を売ることも、政治屋のための弁士となることも拒絶した。彼はあの、常軌を逸した異様な精神の持ち主たち――芸術的な人生とは、精神的な人生を絶え間なく真に啓示して行くことにほかならないと信じていた者たち、内的な人生があまりに尊いものであるため大衆の支持など一切必要ないと信じ、それゆえ信仰の告白など慎んだ者たち、ようするに、詩人とは自らに満ち足りた者であり、何世紀にも亘る遺産の相続者であり所有者であり、それゆえ街頭の呼び売り屋や伝道師や香水売りになるなどという差し迫った必要はない、と信じていた者たち――のひとりであっ

た。

　では、マンガンが後代に伝えたかった、その中心的な理念とは何であろうか。彼の詩はすべて、虐待と大志を記憶している——悲しみの時を再び心の内で目にしたとき、大きく身体を震わせ悲痛な叫びを上げる者の、大志である。これは多くのアイルランドの詩歌の主題となっているものだが、そのうちのどれひとつをとっても、マンガンの詩ほどに、高貴に堪え抜かねばならぬ不運と、修復不可能な魂の荒廃に、満ち溢れている詩はない。ナオミがその名をマラに変えたのは、死すべき人間の存在がいかに苦しみに満ちたものであるかを知り過ぎたからだ。ならばマンガンの場合、彼が我を忘れようと没頭した翻訳への熱狂、彼の詩の数々の名前や表題を説明してくれるのは、悲哀と苦痛の深甚な感覚ではないだろうか？　というのも、彼は自らのなかに孤独への信仰を見出さなかったからだ。この信仰は、あるいは中世であれば、勝利の歌声のように天にもとどく尖塔を作り出していたものである。だが彼は、自分の時を——悲しみに満ちた償いの日々が終わりとなる時を——待ち望むのである。彼はレオパルディよりも弱い。自らの絶望を受け入れる勇気は持たず、好意を示されればあらゆる不幸を忘れ軽蔑を捨て去るからである。おそらくはこの理由からであろう、彼は抱きたい記念碑を持ち

《手書き原稿一ページが欠落[24]》

……〔詩とは〕ある意味で事実性《アトウアリタ》に対する叛乱である。それは、現実性《レアルタ》の試金石である純然たる直観を失った人びとに、幻想的で非現実的に見えるものを語る。詩は、多くの市場の偶像《イドラ》——世俗の成功、時代の精神、民族の使命——を重視しない。詩人の欠くべからざる努力は、自らを内側からも外側からも腐敗させるそうした偶像の不吉な力から、自らを解放することにある。そして確かに、マンガンがこの努力を怠らなかったと言えば嘘となろう。祖国の歴史は彼をあまりに窮屈に囲い込んでしまったので、過度の私的な熱情に襲われたとき

でさえ、彼はその壁を打ち破ることができない。彼もまた、人生において、また哀悼の詩文において、略奪者たちの不正に対する叫び声を上げる。だが格子縞の肩掛けや装身具を失うこと以上に深く喪失を嘆くことはない。彼が継承しているのは、神の手が境界線を引くことのなかった伝統、様々な伝承を生み出すにつれ図らずも溶解し枝分かれして行く伝統の、最新にして最悪の部分である。そして彼にはこの伝統がひとつの強迫観念になっていたため、彼はこれを、その一切の挫折と後悔もろとも受け入れることとなり、今度はそれをあるがままに遺贈しようとする。つまり、専制君主に怒りをぶつける詩人は、未来に対し、より根深い、はるかに残酷な専制を築き上げるものなのである。最終的には、彼の崇拝する人物は卑屈な女王であったことがわかる。自らの為した血腥い犯罪と、他者の手で自らに為された血腥い犯罪ゆえに、この女王には狂気が訪れ、死が訪れつつある。だが彼女は、自分に死が近づいているとは信じようとせず、単に、自分の神聖な庭と美しい花々に挑む声がある、という噂を思い出すだけである。その花々はすでに、パブールム・アプロールム、すなわちイノシシの餌食となっているのだ。悲しみと絶望と仰々しい威嚇への愛──これらが、ジェイムズ・クラレンス・マンガンの民族の、偉大なる伝統である。そして、その痩せ衰えた惨めな姿のなかに、ヒステリックな国民性は［これぞまさしく正統的なアイルランド人であったという］最終的な証拠を認めることになる。

われわれは、栄光に輝く神殿のどの壁龕に、彼の像を据えるべきであろうか？　彼が同国人の共感さえ勝ち得なかったというのなら、いかにして外国人のそれを勝ち得るというのだろう？　彼が自ら望んでいたとも言える忘却が、あるいは彼を待ち受けているようにも見えるだろうか？　確かに彼は、あの勝ち誇れる美を──古代人が神と崇めたあの真理の輝きを──啓示する力など、自分のなかに認めてはいなかった。彼はロマン主義者であり、先駆者の成り損ないであり、国民の成り損ないの原型である。だがそれにもかかわらず、堂々たる形式で自己の魂の神聖な憤りを表現した者は、自身の名を水の上に記すことなどあり得ない。われわれを取り巻く多様な生命の計り知れない流れのなかでは、そしてわれわれの記憶よりも偉大で寛大なあの大いなる記憶のなかでは、おそらくいかなる生も、いかなる高揚の瞬間も、けっして失われることはない。そして、高貴なる侮蔑の念をもって書き記した者たちは皆、その筆を無駄に費やすことはない。たとえ疲れ果て……

《手書き原稿の最終ページは欠落》[25]

註

（1）原文はイタリア語。原題は"Giacomo Clarenzio Mangan"。『ジェイムズ・ジョイス・アーカイヴ』第二巻一三一―五四ページ所収のイェール原稿およびコーネル原稿。当初イェール大学のスローカム・コレクションには、1-4, 6-10, 12-22, 24-26のページ番号が附された、二四枚の手書き原稿（かなりの修正が加えられている）が収められていたが、これに新たに、スタニスロース・ジョイス文書からページ番号のない原稿（コーネル原稿四二、『アーカイヴ』第二巻一四〇ページ）が見出された。これがページ番号11に相当する。前半部の結論に相当する箇所であり、メイスン＝エルマン編の段階では［one page missing］とされていたが、バリー編ではじめて英訳された。（現段階で欠落しているのは、5, 23, 27の計三ページということになる）。トリエステの市民大学における第二回目の講義であるこれは、二部構成になっている。一九〇二年のマンガン論のイタリア語訳、加筆・修正版であって、とくに後半第二部は原型を多く留めている。また「アイルランド、聖人と賢者の島」と重複する箇所も見られる。

（2）「詩人は自分の時代の生の強烈な中心であり、詩人とその時代との関係は何にも増して重要である。ひとり詩人のみが、自らを取り巻く生を自らのなかに吸収できる」（『スティーヴン・ヒアロー』八五ページ（邦訳三三ページ））。

（3）この表現は「アイルランド、聖人と賢者の島」（本書二七〇ページ）にもある。

（4）ここでもジョイスは、一九〇二年の論文と同様、マンガンが無名であることを誇張している。一九〇二年の口頭発表以後も、D・J・オドノヒューはマンガン生誕百年を記念して二冊の作品集を編んでいる。D.J. O'Donoghue ed. *Poems of*

James Clarence Mangan, with biographical introduction by John Mitchel, Dublin: O'Donoghue, M.H. Gill, 1903 および D. J. O'Donoghue ed., *The Prose Writings of James Clarence Mangan*, with an essay by Lionel Johnson, Dublin: O'Donoghue, M. H. Gill, 1904.

（5）ジョイスが自らを「追放された者」と呼んでいる箇所は稀少である。

（6）「アイルランド、聖人と賢者の島」二七七ページおよび註90を参照のこと。

（7）ジョイスはエインジャー『ジョージ・クラッブ伝』の書評「軽んじられた詩人」（本書二〇六ページ）ではゴールドスミスをあまり買ってはいないが、「アイルランド、聖人と賢者の島」（本書二七三ページ）では賞讃している。

（8）政治家が被る鬘の色か。

（9）「次回の講義」は「アイルランド文芸復興運動」（本書三〇八ページ）であった。

（10）ローマ国立中央図書館。正式名称はヴィットーリオ・エマヌエーレ二世図書館。

（11）コーマック・マックアートは、「大王」と呼ばれることはなかった。紀元三世紀における彼の治世は、アイルランド中が異教徒の王に溢れていた時代であり、イタリア・ルネサンスの全盛期とは比べようがない。『レカンの黄書』は法律論ではなく、ジョイスは『アキルの書』と混同している。後者は、コーマックの法律に関する意見の集成と考えられている。

（12）「アイルランド、聖人と賢者の島」（本書二七七ページ）の言が繰り返されている。

（13）ジョン・ミッチェルは、ヤング・アイルランド運動の指導者であった。

（14）ミッチェル編（一八五九）13。

（15）「ラ・メゾン・クレール礼装店の前でブレイゼズ・ボイランは、ジャック・ムーニーの義弟——猫背の酔っ払いで、自由区《リバティーズ》に行こうとしている——を呼び止めた」（『ユリシーズ』第一〇挿話九八四—八五行）。

（16）これより以下、この段落の最後までが、後に発見されたコーネル原稿四二であり、メイスン＝エルマン編には未収録。

（17）この箇所ではマンガンの麻薬常習癖とパーネルのキャサリン・オシーとの関係が仄めかされている。潔癖症的なアイルランド人がこれらを容赦なく糾弾したという意味である。

（18）「誰が善人であるのか？」という問い。この箇所は、最初のマンガン論にある部分（本書一〇九ページ）を敷衍したものである。

（19）実は正確な引用ではない。「イプセンの新しい劇」（本書六四ページ）および同箇所の註3を参照のこと。
（20）以下には初期のマンガン論から翻訳された部分が多い。だがかなりの加筆がなされており、一九〇二年から〇七年までの五年間の成長ぶりが窺われる。
（21）かつてのマンガン論では父親を「大蛇」（boa-constrictor）と語っていたが、ここでジョイスは"caudisona"の語を充てている。だがこれはイタリア語ではなく、ラテン語の「ガラガラヘビ」である。
（22）「フィレンツェの神学者」とはダンテの意。「赤色聖旗」は「天国篇」第三一章一二七行、聖母マリアを見る場面に現れる。『ユリシーズ』第七挿話七二一―二二行も参照のこと。
（23）この聯は、実際は"O'Hussey's Ode to the Maguire"（オドノヒュー編、一九〇三、では8-11）の最終聯であり、"Lament for the Princes of Tyrone and Tyrconnell"（同17-24）とは別の詩である。
（24）欠落部分は、おおよそ一九〇二年のマンガン論（本書一一五ページ）から推測可能である。
（25）欠落部分は、おおよそ一九〇二年のマンガン論（本書一一八ページ）から推測可能であり、「たとえ疲れ果て絶望した者たちが、叡智のさんざめく笑いを耳にすることはないとしても。」と続くものであったろう。講義は残り数行で締め括られたと考えられる。

37 （アイルランド文芸復興運動(1)）（一九〇七年）

〔原稿のページは文の途中から始まっている〕……物理的なもの、あからさまなもの、もしくは隠されたものである。一八世紀最後の大暴動の時代以後(2)、二つのナショナリズム勢力は、三度も決定的な衝突を見る。一八四八年、ヤング・アイルランドの一派は、尊大にもオコンネルの隊から分離した(3)。一八六七年、フィニアニズムがその頂点に達し、「共和国」がダブリンで宣言された。そして今日、アイルランドの若者の大部分は、パーネルが道徳的暗殺で葬り去られて後、議会戦術の無力さに幻滅し、より広義の、同時により過酷なナショナリズムの側に、ますます与するようになっている。このナショナリズムには、日々の経済戦争、道徳的・物質的ボイコット、独立した産業の創造と育成、アイルランド語の普及活動、イギリス文化の追放、ケルト古代文明というもうひとつの古着を羽織った復興運動、が含まれている。これら妥協を許さぬ政治運動には、いずれも文学的な運動が伴っている。つまり、ときにはそれが流行りの雄弁術であったり、またときには〔原稿はここで終わっている〕

註

（1）原文はイタリア語。メイスン＝エルマン編には未掲載。『ジェイムズ・ジョイス・アーカイヴ』第二巻一五六ページ所収。イェール大学図書館スローカム・コレクションの、ノート内の自筆原稿。一枚のみでページ番号はなく、綴じられていない。かつてはジョン・J・スローカムにより、一九〇七年のマンガン論講義の附録とされていた。一九〇七年五月、トリエステの市民大学においてジョイスが行なうつもりであった連続講義の、第三回の講義ノートのうち、唯一現存するページと思われる。当然タイトルはないが、オックスフォード版の編者ケヴィン・バリーは"Il Rinascimento Letterario Irlandese"/"The Irish Literary Renaissance"としている。

（2）一七九八年のユナイテッド・アイリッシュメンによる叛乱のこと。

（3）ヤング・アイルランドの一派は、武力行使という問題でダニエル・オコンネル（一七七五―一八四七）と袂を分かち、暴動を起こした。これは一八四八年、飢饉と大陸での事件が引きがねになったものである。

38 フィニアニズム――最後のフィニアン(1)（一九〇七年）

【ジョイスの時代のトリエステでもっとも重要な新聞は、テオドーロ・マイヤーによって一八八一年に創刊された『イル・ピッコロ・デラ・セラ』であった。この新聞は、トリエステをオーストリアの支配から解放しイタリアとすべきだ、という立場を明らかにしていた。イレデンティズモの大義を擁するこのマイヤーの熱意は第一次大戦後に顕彰され、彼をイタリアの上院議員としたほどである。マイヤーは、如才ない小粋なジャーナリスト、ロベルト・プレツィオーソを編集者に選んだが、ジョイスはトリエステに来て間もない頃、このプレツィオーソに英語を教えていた。プレツィオーソはジョイスが気に入ったが、その経済的な困窮も知っていた。一九〇七年三月にローマからトリエステに戻って以後、その困窮は一段と酷いものになっていた。ジョイスがアイルランドについて語るのを聞き、プレツィオーソはジョイスに、アイルランドに関する連載記事を書かないかと提案した。アイルランドにおけるイギリス帝国支配の悪を提示することは、トリエステにおける帝国の支配者たちへの戒めとなるだろう、と期待してのことだった。ジョイスはその稿料に喜んだ。プレツィオーソが、他の寄稿者以上の額を支払うことに同意したからである。また自身の、優美でいかにもイタリア語らしい表現を披露できる、というのも、ジョイスには喜ばしいことだった。

一九〇七年に書かれた最初の三つの記事（「フィニアニズム」「自治法案は成年に達す」「裁かれるアイルラン

ド」）は、アイルランドの政治的状況を概観したうえで、イギリス人の側のみならずアイルランド人の側にも非を認め、とは言えシン・フェイン党を支持し、その独立運動を支持している。三つ目の記事はそれまでの二つとは極めて異なる筆致で書かれており、それはあたかもジョイスが、アイルランド人の欠陥について言うべきことはすべて語ったのであるから、今度は彼らの立場を可能な限り雄弁に擁護したい、と望んだかのように見える。

　つぎの二つ（「オスカー・ワイルド——『サロメ』の詩人」「バーナード・ショーの検閲との闘い」）は、一九〇九年に折にふれて書かれた記事である。最初のものは、リヒャルト・シュトラウスがオスカー・ワイルドの戯曲『サロメ』に基づいて作曲した同名のオペラが、トリエステで初演された際に執筆された。ジョイスはこの機に乗じて、ワイルドを、裏切られた芸術家の典型として描き出している。二つめは、一九〇九年の夏、ダブリンに帰郷した際に書かれたものである。ジョイスはショーの『ブランコ・ポスネットの正体』がダブリンで上演された初日にこれを観劇したが、イングランドではこの戯曲は上演禁止処分を受けていた。ジョイスは戯曲自体は気に入らなかったが、劇場側の検閲に対する攻撃を賞讃している。

　つぎの二つ（「〈自治〉の彗星」「パーネルの影」）はそれぞれ一九一〇年と一九一二年に書かれたものだが、両者においてジョイスは、アイルランド自治法案の可決を遅らせているイギリスに対しても、偉大な指導者パーネルを見捨てたアイルランド人に対しても、同等の憤りを露にしている。最後の二つ（「諸部族の町」「アランの漁夫の蜃気楼」）は旅行記であり、ジョイスはそれまでとは異なる語り口で、ゴールウェイとアラン諸島について、巧みで魅力的な記事を物している。ジョイスは一九一二年に初めてここを訪れたのであった。】

先だって、ダブリンでジョン・オリアリーが亡くなった。アイルランド国民の祝日である聖パトリックの日(2)、フィニアニズムという動乱の舞台の、おそらくは最後の役者が逝った。フィニアンという名は古代アイルランド語で王の衛兵を意味し、これに由来する伝統的な名称フィニアニズムは、アイルランドの叛乱、武力による独立運動を意味するようになった。

一九世紀アイルランドの革命の歴史を研究する者は誰でも、二重の闘争を目にすることになる。ひとつはイングランド政府に対するアイルランド民族の闘争であり、もうひとつは、ことによるとそれ以上に激しかったかもしれない、穏健派のナショナリストといわゆる武闘派のそれとの間の闘争である。この武闘派には様々な名称がある――「ホワイトボーイズ」「九八年の男たち」「ユナイテッド・アイリッシュメン」「無敵革命党《インヴィンシブルズ》」「フィニアン」(3)。この派はつねに、イングランドの政党ともナショナリストの議員とも、一切関係を持つことを拒否してきた。彼らの主張するところでは(そして歴史は彼らの主張を十分に支持しているわけだが)、アイルランドに対するイングランドの譲歩はいかなるものであれ、いわば銃剣の切っ先を突き付けられてはじめて、不承不承に与えられたものだった。その非妥協的な新聞は、ウェストミンスターにおけるナショナリスト代議士の努力を遇するに、つねに皮肉と悪意に満ちた記事でもってした。そして、イングランドの強大な権力ゆえに武力による叛乱は叶わぬ夢となったことを言明しながらも、この新聞はけっして、分離主義のドグマを新しい世代に教え込むことをやめない。

ロバート・エメット(4)の馬鹿げた叛乱や一八四五年の熱烈なヤング・アイルランド運動とは異なり、一八六七年のフィニアン運動は、いつものケルト気質の爆発といった類――闇の中で一瞬明るく燃え、過ぎ去れば後にはそれまで以上に深い暗闇が残される――ではなかった。この運動の当時、エメラルドの島の人口は八百万人を上回っていたが(5)、いっぽうイングランドの人口は千七百万人を越えていなかった。フィニアンの首領ジェイムズ・スティーヴンズの指揮のもと、国中で二五人の男たちからなる小隊が組織された。これは裏切り者が出る可能性を最小限に留める、実にアイルランド人の性格に適った作戦計画である。(6) これらの小隊は広範に及ぶ複雑なネットワークを形成し、そのいずれのラインもスティーヴンズの手元に束ねられていた。同時に、アメリカのフィニアンたちも同じ方法で組織され、両者は一致した行動を取ることができた。フィニアンのなかには、多くのイギリス軍兵士、警官、警備員、看守がいた。

すべては順調に進んでいるように思われた。そして、共和国がまさに創始されようとしていた矢先――事実、共和国はスティーヴンズによって公然と宣言されていた――、フィニアンの新聞の編集者であったオリアリーとルービーが逮捕された。(7) 政府はスティーヴンズの首に懸賞金を懸け、フィニアンが夜間に軍事訓練を行なっている場所はすべて知っている、と公言した。スティーヴンズは逮捕され投獄された。しかし忠実なフィニアンの看守のおかげでなんとか脱獄することができた。そして全島の港に配置された諜報員や密偵が出航する船を見張っているなか、スティーヴンズは、(言い伝えによると)白い縮緬のベールとオレンジの花を身に着けた新婦付添い人に扮して、小さい荷馬車で首都を後にした。そして小さな木炭船に案内され、急ぎフランスに向けて出航した。(9) オリアリーは裁判で二〇年間の重労働の刑に処せられたが、後に恩赦を与えられ、一五年間アイルランドから追放の身となった。

*

これほどみごとに組織されていた運動がなぜ瓦解したのか？　理由は簡単である。アイルランドではかならず、肝心なときに密告者が現れる。(10)

フィニアン解体の後、伝統的な武力行使の原理が間歇的に現れ、激しい暴力を生んだ。あの「無敵革命党」(12)は、クラーケンウェル刑務所を爆破し、(11) マンチェスター警察の手から仲間を奪い返し、護衛を殺し、そしてダブリンのフィーニックス・パークでは昼日中に、イギリスからの長官と次官、フレデリック・キャヴェンディッシュ卿とバークを刺し殺した(13)。

こうした犯罪が起こるたびに、全体の憤りは多少鎮まり、イギリスの大臣はアイルランドのための何らかの改革案を下院に提出し、フィニアンとナショナリストの議員は互いに激しく中傷しあう——後者はその改革案が議会戦術の成功ゆえだと言い、前者は短剣と爆弾の持つ潜在的説得力ゆえだと言う。そしてこの悲喜劇の舞台裏では、毎年数学的な規則正しさで、人口の減少劇という奇観が呈されることになる。アイルランド人は合衆国やヨーロッパ大陸に絶え間なく流出して行く。彼らには、自国の経済的・知的状況が、もはや耐え難いものとなるのである(14)。そして、ほとんどこの人口減少を際立たせるためであるかのように、一群の教会、大聖堂、修道院、寄宿学校、神学校が、大挙して人びとの精神的窮乏に救いの手を差し伸べる。この人びとは単に、クイーンズタウンからニューヨークに渡るための、勇気もしくは費用に事欠いていた、というだけのことである。

無数の義務に苦しんできたアイルランドは、それまで不可能な課題と見なされていたものを達成した。神と富の邪神の両者に仕えることである。イギリスに搾取されるがままになり、同時に聖ペトロ〔=カトリック教会〕への献金を増やしてきた。おそらくは偉大なる教皇ハドリアヌス四世への感謝の念からであろう。およそ八百前のこと、彼はふと寛大の念に駆られ、この島をイギリスのヘンリー二世に贈呈したのだった。

今日の状況下で、フィニアニズムのような過激で血腥い原理がそのまま生き続けることは不可能である。実際、土地を巡る暴力的な犯罪が減少してくると、フィニアニズムも今一度、その名前と外見を変えることになった。いまだ分離主義の原理は保持しているが、もはやダイナマイトを使うことはない。新しいフィニアンたちは、「われわれ自身」という名を持つ一団を再結成した(15)。彼らの目的はアイルランドをバイリンギュアルの共和国にすることであり、この目的を達成するために、彼らはアイルランドとフランスの間に直行便の蒸気船を就航させた。イギリスの商品にはボイコット運動を行ない、ブリテンの王権のために兵士となることや、これに忠誠の誓いを立てることを拒絶する。(16) 全島の産業を発展させることを企図し、イギリス議会に八〇人の代議士を送り続けるために毎年百二十五万ポンドを支出するよりも、生産物をイギリスに干渉されることなく売れるよう、世界中の主要な港の近くに領事館を開設することを望んでいる。

*

多くの点から見て、フィニアニズムのこの最後の局面が、おそらくはもっとも侮りがたい。(17) その影響力は確かに、アイルランド人の性格を今一度鋳直すものであった。かつての首領オリアリーが、パリで勉学に励んだ数年の亡命生活から祖国に戻ったとき、彼は、一八六五年のそれとは大いに異なる理想に鼓舞された、新しい世代に囲まれていることを知った。彼は同国人たちから恭しく迎えられ、ときには公衆の面前に現れ分離主義者の講演会や祝宴で司会を務めた。しかし、彼は失われた世界の人物であった。しばしば川沿いを歩いている姿が目にされたが、それは概して明るい色の服を着た老翁の姿であった。純白の髪は垂れ下がり、体は老齢と苦痛で二つに折れんばかりであった。古書を売る暗い小店の前で立ち止まり、それから何かを買っては、川沿いの道を戻って行った。だが、陽気でいられる理由などほとんどなかった。彼の計画は霧消した。友人たちも死んでしまった。そして同国人のなかでも、彼が誰であるか、彼が何を為したのか、知る者はほんのわずかになってしまった。彼が死んだ今、同国人たちは実に華麗な葬列をなし、彼を墓所まで見送ることだろう。というのもアイルランド人は、たとえ祖国のために命を捧げた者たちの心を打ち砕くことはしても、死者たちに大いなる敬意を表することだけは忘れないからである。(18)

ジェイムズ・ジョイス

註

（1）原文はイタリア語。トリエステの新聞『イル・ピッコロ・デラ・セラ』一九〇七年三月二二日号に掲載された。原題は“Il Fenianismo: L'ultimo Feniano.” 初版のファクシミリ版は *The Works of James Joyce*, 6, Minor Works, 161-66 に収録されている。パラグラフの組み方はこの初版に従っている。タイプ原稿は『ジェイムズ・ジョイス・アーカイヴ』第二巻六五三—五五ページ所収。

ナショナリズムの色濃いこの新聞は、「トリエステの読者にイタリアの最新情報を提供することを目指し、国際的な政治情勢、ファッション、文化、ゴシップに関する記事を載せ、数々の人気小説を連載し、漫画を掲載した。外国の支配に苦しむ国に関してならばほぼ確実に発言した『イル・ピッコロ・デラ・セラ』であったから、アイルランド問題は、たとえそれが多くの場合イギリスの報道機関というフィルターを通したものであったにせよ、何度も紙面で取り上げられた。したがってジョイスが社説を書いた際には、自分の読者層がすでにアイルランド問題に関して適度な知識をもっている、と仮定することができた」（John McCourt, “Joyce on National Deliverance: The View from 1907 Trieste,” *Prospero: Rivista di Culture Anglo-Germaniche*, 5, 1998, 34）。ジョイスの教え子であったロベルト・プレッツィオーソは、ジョイスのアイルランド観を熟知していたので、これらの記事を依頼したのだった。一九一二年、弟のチャールズ・ジョイスは、兄スタニスロース・ジョイスとの手紙のやり取りのなかで、つぎのように回想している。『ダブリナーズ』が祖国や祖国の人びとを改善する本ではないという批難に対して、ジョイスはこれらの新聞記事を引き合いに出した——「ジムは、自分がおそらくは、イタリアの新聞に社説を書いた唯一のアイルランド人であり、『イル・ピッコロ』に寄せた記事はいずれも、アイルランドとアイルランド人に関するものだ、と返答した」（『書簡集』第二巻三二六ページ）。一九一四年三月二五日、イタリアの出版者アンジェロ・フォルトゥナート・フォルミッジーニに宛てた手紙のなかで、ジョイスは以下のような提案をしている——「今年アイルランド問題は深刻な局面を迎えました。最新の報道によれば、実際イングランドは自治問題のせいで内戦の危機に瀕しているそうです。アイルランドを論じた論集が一冊出れば、イタリアの民衆には興味深いものとなるでしょう。わたくしの書いた論文（全九篇）は、過去七年間にトリエステの『イル・ピッコロ・デラ・セラ』紙に著者署名付きで掲載された社説です」。またつぎの論文も参照のこと——Giorgio Melchiori, "The Language of Politics and the Politics of Language," *James Joyce Broadsheet*, 4 (Feb. 1981), 1. なお、『ジェイムズ・ジョイス・アーカイヴ』第二巻六五三—七〇三ページには、これら九篇の記事のタイプ原稿と、署名のない英訳タイプ原稿（しばしば部分訳に留まる）が収録されている。

（2）ジョン・オリアリー（一八三〇—一九〇七）は、聖パトリックの祝日（三月一七日）の前日、一六日の午後五時二〇分に亡くなった。

（3）ホワイトボーイズは一八世紀の農地改革論者たちによる秘密結社。無敵革命党（Invincibles）は一八八一年にアイルランド共和国兄弟団（IRB）から離脱した過激派集団。以下の記述でも、ジョイスの用語法は歴史的な正確さを欠いている。

（4）ロバート・エメットの叛乱は一八〇三年。この叛乱のパロディとエメットの処刑については『ユリシーズ』第一二挿話五二五—六七八行。

（5）これはジョイスの誇張である。一八四一年に八百万人を超えたアイルランドの人口は、飢饉の結果減少を続け、一八六〇年代には六百万人を下回っていた。

（6）ジェイムズ・スティーヴンズ（一八二四—一九〇一）はフィニアンの主導者で、アイルランド共和国兄弟団の創設者。ブルームはつぎのように独白している。「ジェイムズ・スティーヴンズのアイデアは最上だった。みんなを知っていた。一〇人のグループにしておけば、自分の知り合い以外を密告できるやつはいない」（『ユリシーズ』第八挿話四五七—五八行）。

（7）ジェイムズ・スティーヴンズは一八六三年、オリアリーとトマス・クラーク・ルービー（一八二二—一九〇一）とともに、新聞『ザ・アイリッシュ・ピープル』を創刊した。

（8）結婚式では純潔の象徴として花嫁が髪に飾る。

（9）「ヘッド・センターがどうやって逃げたかっていう、正真正銘の話だ。若い花嫁に扮してだ、ベール被ってオレンジの花を持って」（『ユリシーズ』第三挿話二四一—四二行）。デズモンド・ライアンが語るところでは、「クリスタベル」の名で知られる女性詩人ワシントン・ダウニー夫人が、ロンドンの自宅に戻る道程でスティーヴンズの逃亡を援助し、この物語を語った。「ワシントン・ダウニー夫人はスティーヴンズに付き添われてサバニア号に乗り込んだ。スティーヴンズは夫人の召使の役で、彼女の幼い男児を抱いていた。ここから、スティーヴンズが婦人のメイドに扮して逃亡した、という伝説が生まれた。だがこれは実際に練られた計画でもあった。というのも、一八六五年九月二一日付けの『キルケニー・モデレイター』紙が伝えるところでは――悪意あるこの新聞はこの神話を広めることに嬉々として取り組んだ――、〈背が低く、痩せた体格で、見た目も女っぽく、髭もない男であるから、彼の逃亡を支援する者たちに、彼を女装させるというアイデアが浮かんだのも当然である。つまり彼は、婦人のメイドという役柄で、実にお上品な女性に付き添って、コークの港で乗船した。ドーヴァー汽船で無事にフランスに運ばれる女性と、似たような度量の人物なのだ〉」(『フィニアンの首領』Desmond Ryan, *The Fenian Chief*, Dublin: Gill and Son, 1967, 42)。スティーヴンズはこの話を断固として否定した。またジョン・デヴォイはその著書『アイルランドの叛乱回想録』第一三章「スティーヴンズの救出」(John Devoy, *Recollections of an Irish Rebel*, New York: Chas. P. Pound Company, 1929; Shannon: Irish University Press, 1969, 77-87) で詳細な説明を行なっている。スタニスロース・ジョイスによれば、父は反パーネル派であったこの船の船長を知っており、ジョイスと同じくらいこの話がお気に入りで、よく語っていたらしい(『兄の番人』七七―七八ページ、九三ページ〔邦訳八四ページ、一〇二ページ〕)。「あそこにいる男がジェイムズ・スティーヴンズを逃がしてやったんだ」はダブリンでの常套句であり、『ユリシーズ』でも繰り返される(第四挿話四九一―九二行、第一二挿話八八〇―八一行、第一五挿話一五一―三三行)。

(10) 『肖像』のスティーヴンはデイヴィンとの会話で、「必要不可欠な密告者」(V・九九五行)という言葉を使っている。フィニアンたちの場合、その失敗には他の要因もあった。就中、スティーヴンズをはじめ主導者たちは、『ザ・アイリッシュ・ピープル』紙において、一八六五年は謀反の年になるだろうと公言していた。

(11) 一八六七年一二月一三日、ロンドンのクラーケンウェル留置場から、リチャード・オサリヴァン・バーク大佐を救い出そうとした試み。一二人が死亡した。『ユリシーズ』第三挿話二四五―五〇行も参照のこと。

(12) 一八六七年九月一八日、マンチェスターに拘留されていた三人のフィニアンを救出したが、その結果巡査部長チャールズ・ブレットを殺すことになった。この事件で一八六七年一一月二三日、三人の男が処刑されたが、彼らは「マンチェスターの殉教者」と呼ばれた。

(13) フレデリック・キャヴェンディッシュ卿とトマス・ヘンリー・バークは、一八八二年五月六日、ダブリンのフィーニックス・パークにある総督公邸近くの路上で暗殺された。
(14) アイルランドの人口は、一九〇七年には四百五十万人を下回っていた。
(15) 「シン・フェイン」(Sinn Féin——文字通りの意味は「われわれ自身」)運動は、アーサー・グリフィスを中心に一九〇五年から一九〇八年の間に展開された。これは、グリフィスがウィリアム・ルーニーと一九〇〇年に創始した「ゲール協会」(Cumann na nGaedheal)から発展したものである。
(16) 一九〇六年の『シン・フェイン』紙(五月二六日号、六月九日号、六月一六日号、九月一五日号)より。
(17) ジョイスは武力行使には反対の立場であり、これはアーサー・グリフィスが主導していた時代のシン・フェイン党の非暴力政策と一致している。だがこの政策は、バルマー・ホブソン(一八八三—一九六九)の主催する週刊新聞『ザ・リパブリック』において、ホブソンやその他のシン・フェイン党員から反対を被った。この新聞は一九〇六年一二月一三日から一九〇七年五月一六日まで発行され、ジョイスもローマ時代に読んでいた。『書簡集』第二巻二〇五ページを参照のこと。
(18) オリアリー自身がこのように述べているが、それは、盛大な葬儀だけがアイルランドの指導者に許された顕彰である、という趣旨であった。つぎの書を参照のこと——Danis Gwynn, *Edward Martyn and the Irish Revival*, London: Jonathan Cape, 1930, 297. ジョイスはオリアリーの孤独を誇張している。一八八五年に帰国して後、オリアリーは新しい世代と距離を置くようになったが、いっぽうで文壇やヤング・アイルランド協会では活動的であった。パーネルに対しては離婚訴訟後もこれを活発に支持した。一八九二年、イェイツらによって国民文芸協会が創設されると、オリアリーはその会長となった。一八九八年、ユナイテッド・アイリッシュメンとその叛乱(一七九八年)百年を記念していくつかの式典が開かれたが、スティーヴンズ・グリーンにウルフ・トーンの碑を築くに際しては、オリアリーが定礎式を執り行なった。『肖像』においてスティーヴンは、かつて父とともにこの式典に参列したことを回想している(V・三五五—六一行)。オリアリーは一九〇〇年、アーサー・グリフィスの創設したゲール協会の会長となった。オリアリーが露天の古書屋で本を買う場面は、ジョイスによる正確なスケッチである。オリアリーの蔵書については、イェイツが一八八九年、「わたしが知るなかで最上」と述べている。

39　自治法案は成年に達す(1)（一九〇七年）

二一年前、一八八六年四月九日の夕刻(2)、ダブリンのナショナリストの新聞社に通じる路地は人で溢れていた。時を追うごとに、壁にはブロック体の大きな文字で印刷された速報が貼り出され、こうして群衆はウェストミンスターで展開されているドラマを知ることができた。この傍聴席は夜明けから満員であった(3)。首相の演説は四時に始まり、八時まで続いた。数分後、最後の速報が壁に貼り出された。「グラッドストンは堂々たる熱弁によってつぎのように宣言し、演説を終えた――イギリス自由党は、アイルランドに自治の施策を与えないかぎり、イングランドのための立法措置を拒否する」。この知らせに、通りの群衆は熱狂的な歓声を上げた。八方から、「グラッドストン万歳」「アイルランド万歳」の声が上がった。見知らぬ者同士がこの新しい国家協定を承認するために握手を交わし、老人たちは喜びで涙さえ流した。

七年が経過し、第二次自治法案が提出される。グラッドストンはその間、アイルランドの司教たちの助力を得てパーネルの道徳的暗殺を完遂し、下院ではその法案の三度目の朗読を行なう。今回の演説は以前より短く、ほんの一時間半で終わる。そして自治法案は通過する。喜ばしい知らせは電文でアイルランドの首都に届き、そこで新たな熱狂の渦を巻き起こす。カトリック・クラブのサロンでは人びとがこれについて話し、議論し、笑い、祝杯を挙げ、予測を語る。

つぎの一四年が経過し、われわれは一九〇七年にいる。一八八六年からは二一年が経過した。したがってイギリスの慣習に従えば、グラッドストンの法案は成年に達したことになる。(4) だがこの間グラッドストン本人が死んでしまい、彼の法案は生まれてさえいない。法案の第三読会直後に彼が見事に予見した通り、上院では警鐘が打ち鳴らされ、すべての聖職者議員と世俗議員はウェストミンスターに集まり、固く結束して、この法案にとどめの一撃を加えた。イギリス自由党は彼らが加担していたことを忘れた。一八八一年から八六年の間アイルランドに対するあらゆる高圧的な法案に賛成票を投じてきた四流の政治屋が、今ではグラッドストンの衣を着ている。(5) イギリス人たちのほうが政治的名声の墓場と呼んだ、アイルランド長官の地位には、ある文学的な法学者が就くこととなったが、彼は二年前に初めてブリストルの有権者たちの前に姿を現したとき、おそらくアイルランドの州名などほとんど知らなかっただろう。(6) その加担と約束にもかかわらず、二五年に亘るアイルランドの支持票にもかかわらず、そしてイギリス議会史上前例のない圧倒的多数を誇っているにもかかわらず、イギリス自由党内閣は、一八八五年に帝国主義者チェンバレンが出した提案を超えることのない、権限委譲法案を提出している。(7) ロンドンの保守系の新聞は、それが真剣なものであるとは認めない姿勢をあからさまに示している。この案は第一読会において三百票に近い過半数で可決された。そして、ゴシップ新聞が見せかけの憤怒で煽り立てるいっぽう、上院議員たちは寄り集まって、今まさに論戦に加わろうとしているこのふらした案山子法案が、本当に自分たちの剣に相応しい相手かどうかを話し合っている。

おそらく上院議員たちはこの法案を殺すことだろう。それが彼らの仕事なのだから。だがもし彼らが賢明であれば、とりわけインドとエジプトが騒乱状態にあり、海外の植民地が帝国との連邦を強く求めている現在、政体の動揺という懸念から、アイルランド人の共感を失うことには躊躇うであろう。彼らの観点に立てば、執拗な拒否で人民の反発を引き起こすことは好ましくない。ほかの何につけても貧しいが政治的見解だけは豊かに具えているこの人民は、これまで組織的妨害の戦術を実行に移してきたし、「ボイコット」なる言葉を国際的な闘争の喊声としたのだった[8]。

そうは言っても、イングランドに失うものはほとんどない。この法案（それは自治法案の第二〇部ではない）は、ダブリンの行政委員会に立法権を与えるものではなく、租税決定権も監督権も与えることなく、四九行政部局のうち三七部局――これには、武装警官隊や警察署、最高裁判所や農政委員会が含まれる――を統制する権限も与えない。そのうえユニオニストの権益は抜かりなく保護されている。自由党の首相が注意深く議論の最前列に置いたのは、イギリスの有権者はこの法案の代償として年間五〇万ポンドを支払わなければならない、という事実である。新聞の論説や保守派の弁士は、彼らの同国人の意図を推し量り、この主張を巧く利用した。敵意あるコメントによって、イギリスの有権者たちのもっとも敏感な部分――すなわち懐具合――に訴えたのである。だが自由党の大臣たちも反対派のジャーナリストたちもイギリスの有権者たちに説明しなかったのは、この出費はイギリスの国庫からの支出ではなく、むしろイングランドがアイルランドに負っている負債の未払い額である、という点だ。いずれも、イギリス王立調査委員会の決算書を引用することはない[9]。これが証明するところでは、アイルランドは、主要国との比較で八千八百万フランの付加税を課されている。またつぎの事実も忘却されている。アイルランド中央部の広大な沼沢地を調査した政治家や科学者が断言するところでは、アイルランドのすべての炉端に居据わる二つの亡霊、結核と狂気は、イギリスのあらゆる主張の反証となる。つまり、イギリス政府がアイルランドに負っている道徳的負債――まるまる一世紀の間この有害な沼地に再植林することなど考えてもみなかったという事実――は、五億フランに上るのである。

さて、自治の歴史をぞんざいに眺め渡しても、二つの結論は導き出せるように思われる。第一の結論はつぎの通りである――イングランドがアイルランドに対して用い得るもっとも強力な武器は、もはや保守主義のそれではなく、自由主義と教皇絶対権主義のそれである。保守主義は、それが専制的である限り、率直で、有害であること明らかな原理である。その立場は論理的だ。グレート・ブリテン島の隣で競合する島が成長することは望まない。アイルランドの工場がイングランドのそれと競い合うようになること、煙草とワインが今一度アイルランドから輸出されること、そしてアイルランド沿岸の大きな港が、自国政府の管轄下にあろうと異国の保護領の管轄下にあろうと、敵の軍事基地へと成長することを望まないのである。この立場が論理的であるのは、すべての点でこれと食い違うアイルランド分離主義者の立場もまた論理的であるのと同様である。誰にも容易に理解できるのは、グラッドストンはディズレーリ以上に、アイルランドに大きな打撃を与えた、ということであり、(10)カトリックのアイルランド人にとってもっとも執拗な敵は、イングランドの教皇絶対権主義の首領、ノーフォーク公だ、ということである。(11)

第二の結論はさらに明白なものだ。アイルランド議会党は破産に至った、ということである。(12)彼らは二七年間騒ぎ立て、ものを言ってきた。その間、支持者たちからは三千五百万フランを徴収し、その騒乱の実りと言えば、アイルランドへの課税が八千八百万フランに跳ね上がり、アイルランドの人口が百万人減少した、ということだ。(13)この議員たち本人は、数カ月投獄されるとか長時間坐らされるといったささやかな不都合を除いて、自らの境遇を改善してきた。農夫の息子、広場の売り子、顧客のいない弁護士から、高給の行政官、工場や会社の取締役、新聞の所有者や大地主になった。一八九一年だけは、彼らも自らの利他主義を証し立てた。イギリス非国教徒というパリサイ人の良心に、銀貨三〇枚も要求することなく、彼らの師パーネルを売り渡したのだった。(14)

ジェイムズ・ジョイス

註

（1）原文はイタリア語。トリエステの新聞『イル・ピッコロ・デラ・セラ』一九〇七年五月一九日号に掲載された。原題は"Home Rule maggiorenne"。初版のファクシミリ版は *The Works of James Joyce*, 6, Minor Works, 169-73 に収録されている。パラグラフの組み方はこの初版に従っている。タイプ原稿は『ジェイムズ・ジョイス・アーカイヴ』第二巻六五八―五九ページ所収。

このタイトルは、『シン・フェイン』一九〇七年四月一三日号からジョイスが借用したものである。また冒頭の段落を「二一年前」の話題から始め、その後「七年」「一四年」と語って行く修辞的な技法は、『シン・フェイン』一九〇七年五月一一日号のアーサー・グリフィスによる記事「権限委譲」（"Devolution"）に範を取っている。

（2）第一次自治法案は一八八六年四月八日、自由党の首相ウィリアム・ユーワート・グラッドストンによって下院に送られた。第二次自治法案も同じくグラッドストンにより、一八九三年一月に下院に送られている。いずれも棄却された。

（3）「本日の下院（電文）――今朝五時半、下院の扉が開く前に、あるいは使用人が起き出すよりも早く、議員たちは入場口に集まり始めた」（『ダブリン・イヴニング・メイル』一八八六年四月八日木曜）。

（4）「その発行の翌日に生まれた赤子は成年に達した。すでに大人である以上、生得の権利を要求することになる」（『シン・フェイン』一九〇七年四月一三日号）。

（5）グラッドストンの後、ローズベリー第五代伯爵アーチボルド・フィリップ（一八四七―一九二九）が自由党党首の地位を継ぎ、一八九四年三月に首相となった。

（6）オーガスティン・ビレル（一八五〇―一九三三）は弁護士で政治家となった文人。一九〇七年から一六年までアイルランド長官。

（7）一九〇七年五月七日、オーガスティン・ビレルはアイルランド議会法案を下院に提出したが、同月二一日、国民代表者会議はこれを棄却した。ジョーゼフ・チェンバレン（一八三六―一九一四）は、グラッドストン率いる自由党に対抗した、自由ユニオニスト党の党首で、一八八五年に「中央評議会」（Central Board）を置くという案を提示した。これはごく限られた権力者に任されるアイルランド国民議会、という発案であった。

(8)「ボイコット」という言葉は、チャールズ・ボイコット大尉（一八三二―九七）に由来する。彼は一八七三年の土地同盟による動乱期に、メイヨー州マスク湖畔にあるアーン卿の地所で土地差配人を務めた。

(9)『シン・フェイン』一九〇六年五月一七日号、七月一四日号、九月二二日号より。

(10)「アイルランドにおいて、トーリー党は公然の敵、ホイッグ党は二心のある友、と見なされている。アイルランド議員団の誠実さを不断に切り崩してきたのは、トーリーではなくホイッグである」（オブライエン i: 90）。

(11)「現在起こっているのはつぎのような事態だ――ノーフォーク公は毎年三回、〈連合王国〉のカトリック教徒代表としてヴァチカンを訪問している。もちろん、アイルランドとアイルランド人への憎しみがおそらくはもっとも顕著な性質となっているこの卑劣な精神の持ち主は、アイルランドのカトリック教徒を〈代表〉などしていない。……この男がアイルランドのナショナリズムに浴びせる中傷はすべて、ヴァチカンにおいて、公認の代表者の見解として受け取られている」（『シン・フェイン』一九〇六年一二月一五日号）。

(12)『シン・フェイン』一九〇六年八月一一日号および八月二五日号。また以下も参照のこと――Arthur Griffith, *How Ireland Is Taxed*, Dublin: National Council Pamphlets, No. 6, 1907, 3.

(13)『シン・フェイン』一九〇六年六月六日号、八月二五日号、九月二九日号。

(14)「それから十二使徒のひとり、イスカリオテのユダと呼ばれる男が、祭司長のもとへ行き、言った、〈もしわたしがあの方をあなたに引き渡せば、あなたはわたしに何をくださるおつもりですか?〉彼は銀貨三〇枚を受け取り、そのときから、彼は師を裏切る機会を窺った」（「マタイによる福音」第二六章一四―一六節）。パーネルは一八九〇年一二月に、アイルランド議会党の党首の地位から引き下ろされた。グラッドストンの要求に応えてパーネルを「売った」というジョイスの解釈は、つぎの物語を典拠にしている――パーネルは、自分の罷免と引き換えにアイルランド議会党がグラッドストンに要求すべきものと言えば、自治以外ではあり得ない、と主張した。「レドモンド氏は言った、〈イギリスの協力を維持するためにわれわれの指導者を売れと言われたならば、われわれは、その見返りに何を得られるのか、と問い質さねばならないと思います〉。〈わたしをただで売るようなことはするな〉とパーネルは遮って言った、〈わたしの代価を得られるのであれば、明日にでも交換するが良い〉」（オブライエン ii: 278）。

40　裁かれるアイルランド(1)（一九〇七年）

数年前のこと、世間を騒がせる裁判がアイルランドで行なわれた。西部地方の、マームトラスナと呼ばれる僻地で、殺人事件が起こった(2)。村の四、五人の農夫が逮捕されたが、いずれも太古からの一族ジョイス家の者たちだった。とりわけ警察が容疑をかけたのは、最年長のマイルズ・ジョイスという、六〇歳の男だった。世論は当時彼を無実と見なしていた。そして現在では殉教者と考えている。老人もその他の被疑者も、英語を知らなかった。裁判は通訳に頼らざるを得なかった(3)。この通訳なるものを通しての尋問は、喜劇的であると同時に悲劇的であった。一方には形式主義者の通訳がおり、他方には惨めな部族の族長がいた。後者は公のしきたりにほとんど慣れておらず、こうした裁判という格式の一切に、茫然自失の様子であった。

判事は言った、

——その日の朝、被告はその女性を見たか、尋ねてくれたまえ。

この問が彼にアイルランド語で繰り返され、老人は入り組んだ説明を口早にまくしたて、身振りを交え、他の被疑者に訴えかけ、そして天を仰いだ。それからその緊張で精根尽き果て、口を閉ざした。すると通訳は判事のほうに向き直り、言った、

——ノー、と断言しております、閣下《ユア・ワーシップ》(4)。

――その時間、彼が近くに居たかどうか、尋ねたまえ。

老人はもう一度話し始め、抗議し、叫び、理解できずまた理解されずにいることの苦悶から、ほとんどわれを忘れて、怒りと恐怖で涙を流した。そして通訳は、再び、そっけなく言った、

――ノーと申しております、閣下《ユア・ワーシップ》。

尋問が終わると、老人の有罪が立証されたと宣言され、老人は最高裁判所に送られ、最高裁判所は老人に絞首刑の判決を下した。死刑執行の日、拘置所の前の広場は人で埋め尽くされた。彼らは跪き、マイルズ・ジョイスの魂の平安のために、泣き叫びながらアイルランド語で祈りを唱えた。言い伝えによると、死刑執行人でさえこの犠牲者とは言葉が通じず、怒ってこの不幸な男の頭を蹴り上げ、綱の輪に押し込んだという[5]。

この茫然と佇む老人――われわれのものではない文化の遺物であり、裁判官を前にすれば聾唖者となってしまう男――の姿は、世論という法廷に立たされたアイルランド民族の、象徴的な姿である。彼と同様に、イングランドやその他諸外国の現代の良心には、訴えることができない。イギリスの新聞は、アイルランドとイギリス民主主義の間を取り持つ通訳の役割を果たす。民主主義者たちは、たとえ時折その通訳に耳を貸しても、登院したナショナリスト代議士の永遠に続きそうな苦情に、最後にはうんざりしてしまう。代議士たちは秩序を乱して金をせしめるだけ、と思えてしまうからだ。数日前ひとをぎょっとさせるような電文が飛び込んだように、かの地で暴動が勃発したときを除いて[6]、海外でアイルランドが話題に上ることはない。ロンドンから届く、公衆のための軽い言及は、辛らつさに欠けてはいるものの、上述の通訳を思わせるある種の簡潔さを具えており、したがって、歪んだ顔つきの強盗アイルランド人が、すべてのユニオニストを殺そうと夜な夜なうろつき回っている、というイメージが生み出される。そしてアイルランドの真の支配者、ローマ法王のもとには、こうした知らせが、多くの教会の犬どものようにやってくる。つまり、長旅で衰弱した叫び声は、青銅の扉に

到着する頃には、すでに半ば消えかかっている。過去に一度も教皇庁を否定したことのない人民、信仰はすなわち信仰の実践を意味すると考える唯一のカトリック人民の使者たちは、帝国君主の使者たちに益するよう拒絶される。この君主は背教者の末裔であり、戴冠式のその日に、貴族と大衆の前で、ローマカトリック教会の儀式は「迷信と偶像崇拝」であると宣言して、厳かにその信仰を捨てたのだった。

＊

世界各国に散らばっているアイルランド人は二千万人いる。エメラルドの島はそのほんの一部を集めているに過ぎない。しかし、イングランドがアイルランドを内政問題の中心に置き、いっぽうで植民地行政のもっとも複雑な問題を、鷹揚な判断基準で手早く片付けようとしている点を考えれば、ひとは果たしてセント・ジョージ海峡が、アイルランドとその横柄な支配者との間で、大海以上に深い海淵になっているのだろうか、と問わずにはおれない。

実のところアイルランド問題は、軍による占領から六世紀が経過し、イギリスによる立法措置から百年以上が経過している今日でさえ、いまだに解決していない。その法制はこの不幸な島の人口を八百万から四百万に減らし、租税を四倍にし、農政問題にはさらに多くの余分な縺れを生じさせた。

実際、この農政問題以上に複雑に絡まりあった問題は存在しない。アイルランド人自身がほとんどそれを理解していないし、イングランド人であればなおさらであり、その他の国民にしてみればまったく闇の中である。だがその代わりアイルランド人は、彼らの苦しみの一切の原因がそれであることは知っており、したがって解決のためにしばしば暴力的な手段に訴える。たとえば二八年前、大地主からの不当な取立てによって貧窮状態に追いやられていることを知ると、彼らは地代を払うことを拒否し、グラッドストンから法的措置と改革を勝ち取った。(7)今日、実に元気な牛で溢れる牧草地を目にすれば、いっぽうで人口の八分の一が生計手段を奪われた者として登録されている以上、彼らは農場からその牛たちを追い立てることになる。怒った自由党政府は、保守党の圧政的な方策を再施行する決意を固め、ロンドンの新聞はかなりの週に亘って、この農業危機が深刻なものであると語る無数の記事を掲載した。農村の暴動に関して不安を抱かせるニュースを広めたため、海外の新聞までがこれを報道することになった。

わたしはアイルランドの農政問題に註釈を加えようというつもりはないし、政府の面従腹背の政策の舞台裏を論ずるつもりもない。だがささやかな訂正を行なうことは有益であろうと思う。ロンドンから送られてくる電文を読んだ者であれば確かに、アイルランドは異例の犯罪行為の時代に突入している、と考えることだろう。大いに誤った判断である。アイルランドにおける犯罪は、ヨーロッパのほかのどの国におけるそれよりも少ない。アイルランドには悪の組織は存在しない。パリのジャーナリストが冷酷な皮肉を込めて「赤い牧歌」と呼んだあの一連の事件が最初に起こったときは、国中が衝撃を受けたのだった。確かに、アイルランドではここ数カ月の間に二人が殺された。だがそれはイギリス軍によるものである。ベルファストにおいて、兵士たちは無防備の群衆に警告もなく発砲し、男女二名を殺害した。家畜に対する暴挙もあったが、それさえもアイルランドにおいては、小屋を開け家畜を追い出して二、三マイル歩かせることで群衆は満足した。しかしイングランドのグレート・ワイアリーでは、(8)六年間、凶暴な血迷った犯罪者たちが家畜を襲っている。あまりのことにイギリスの〔保険〕会社は、これ以上保障はしたくないと言っている。

現在は釈放されているが、五年前無実の男が、大衆の怒りを鎮めるために強制労働の刑を宣告された。だが彼が牢獄に入れられている間も、犯罪は続いた。そして先週も二頭の雌馬が死体で発見された。いつものように下腹部が切り裂かれ、腸は牧草のうえにばら撒かれていた。

註

（1）原文はイタリア語。トリエステの新聞『イル・ピッコロ・デラ・セラ』一九〇七年九月一六日号に掲載された。原題は"L'Irlanda alla sbarra"。初版のファクシミリ版は *The Works of James Joyce*, 6, Minor Works, 177-81 に収録されている。パラグラフの組み方はこの初版に従っている。タイプ原稿は『ジェイムズ・ジョイス・アーカイヴ』第二巻六六二―六三ページ所収。

タイトルが表しているのは、被告席につき、国際世論や大衆の意見に責め立てられ抗弁できずにいるアイルランドの姿である。一九一四年、ジョイスがそれまで『イル・ピッコロ』に掲載した記事を一冊に纏め、イタリアの読者向けに出版しようと計画した際、彼はこの記事を巻頭に据え、書名もこの題にすることを考えていた（Giorgio Melchiori, "The Language of Politics and the Politics of Language," *James Joyce Broadsheet*, 4 [Feb. 1981], 1)。

（2）一八八二年八月一七日、ジョン・ジョイスとその妻子および母が、コネマラ地方のマスク湖畔にある孤立した村、マームトラスナの自宅で殺害された。この犯行は、秘密結社による、農地をめぐる暴動と考えられた。近隣の村に住む、ジョイス家の者とケイシー家の者、計一〇人が捕えられ、一一月に裁判が行なわれた。一二月一五日、三人がゴールウェイ刑務所で絞首刑となった。このうちのひとりマイルズ・ジョイスは、その後無実と考えられた。この事件に対するジョイスの興味、およびこれが『フィネガンズ・ウェイク』で用いられているであろう点については、つぎの研究に詳しい――John Garvin, *James Joyce's Disunited Kingdom*, Dublin: Gill and Macmillan, 1976, 159-69.

（3）裁判記録については、ジョイスは噂以上に正確なところを知らなかった。裁判記録は T. Harrington, *The Maamtrasna Massacres*, Dublin, 1884 に詳しい。だがゲール語しか話せない被告につけられた通訳の役割については、ジョイスの述べた通りであったらしい。

（4）ジョイスの原稿では、"your worship"だけが引用符付きの英語で記されている。判事を前にした通訳の卑屈さを強調するものと解することができる。

（5） 処刑の様子に関する数少ない目撃証言のひとつは、以下の書に収められている――Frederick J. Higginbotham, *The Vivid Life*, London: Simpkin Marshall, 1934, 40-43. 処刑の際にも、マイルズ・ジョイスは無実を主張し続けた。執行人マーウッドは輪を正確に首に掛けることができず、ロープはマイルズの片腕に絡まった。このため落とし戸への落下は勢いをなくし、通常は輪が首の骨を折るのだがそうはならなかった。マーウッドはロープを蹴って絡まりを解いた。マイルズは時間を要する異例の窒息死を被ったのだった。

（6） ジョイスが語っているのは、家畜襲撃事件とベルファストでの暴動（これは八月四日に始まり九月まで続いた）である。一連の事件は、一九〇七年七月から九月、小作農民の追い立てに関連して起こった。この間『ザ・タイムズ』は、一連の事件をアイルランドの「暴動」として報じた。八月一五日、ゴールウェイの地主の家が襲撃され、八月二七日にはクレア、ゴールウェイ、レトリム、ロスコモンの各州で、非常事態が宣言された。八月末にはイギリス議会が事態収拾のために追放借地人法案の検討に入った。

（7） ジョイスは一九世紀最後の四半世紀における、土地同盟とその政策のことを言っている。

（8） グレート・ワイアリーにおける家畜への残虐行為事件（Maiming Outrages）は、一九〇七年八月二八日から九月一六日まで、『ザ・タイムズ』で報道された。

41 オスカー・ワイルド――「サロメ」の詩人(1)（一九〇九年）

オスカー・フィンガル・オフラハティ・ウィルズ・ワイルド。これが、若者らしい尊大さで最初の詩集の扉(2)に印字されることを望んだ、彼の仰々しい称号である。同時に彼は、それが自分に威厳をもたらすだろうと信じ込んだ同じ尊大さによって、己が虚しい自惚れと、やがて訪れる己が運命の印を、おそらくは象徴的に刻み込んでしまった。名前は彼を象徴している。オスカーとは、無定形なケルトの叙事詩ではフィンガル王の甥、オシアンのひとり息子であり、痛ましくも食卓についているときに主人の手で殺された。オフラハティとはアイルランドの獰猛な部族の名であり、中世の諸都市の城門を襲撃することが彼らの宿命であった。その名は平和を好む人びとに恐怖を抱かせるものであり、疫病や神の怒りや姦淫の魂が漂っている時には、聖人に捧げる古い連禱の最後でいまだに唱えられる名である。すなわち「オフラハティ族の怒りより、神よわれらを救い賜え《リーベラー・ノース・ドミネ》」といった具合に。(3)かのオスカーと同様に、彼もまた人生の盛りに、公衆から死を宣告されなければならなかった。ブドウの葉の王冠を被って食卓につき、プラトンを論じている最中であった。かの野性的な部族と同様に、有益なる因習という隊列を前にしては、彼もその逆説に満ちた雄弁の槍を、折らざるを得なかった。そして追放され名誉を失い、心正しき人びとが彼の名をその不潔な魂の名とともに唱えるのを、耳にせねばならなかった。

このワイルドは、アイルランドの眠たげな首都に五五年前に生まれた。父親は優れた科学者で、現代の耳科学の父と称されている。母親は一八四八年の革命的文学運動に参加した。スペランザの偽名でナショナリストの機関誌に寄稿し、その詩や記事でダブリン城奪取を民衆に訴えた。ワイルド夫人の妊娠とその息子の幼年期に関わっては何らかの事情があり、伝え聞くところではそれが、後に彼を破滅に引きずり込んだ（もしそう呼んで良ければ）悲しい偏執の一部を、説明するものであるらしい(4)。少なくとも、少年が不節制と放蕩の環境で育ったことは確かである。

オスカー・ワイルドの公的生活はオックスフォード大学で始まった。彼の入学した当時、ラスキンという名の厳格な教授は、一群のなよなよしたアングロ＝サクソンの青年たちを、来るべき社会、約束の地に導いていた。二輪の手押し車を押させていたのだった(5)。

何かと感化されやすい母親の性質は若者にも引き継がれた。美の理論を、まずは自ら実行に移す決意を固めたのである。その理論の一部はペイターとラスキンの著作から得たものであり、一部は彼のオリジナルであった。公衆の愚弄などものともせず、衣服と住居の審美的改革を宣言し、実践した。合衆国およびイギリスの各地方で一連の講演を行ない、審美派の代弁者となるいっぽう、彼の周りでは美の伝道者に纏わる空想的な伝説が作り上げられていった。彼の名が大衆の精神に呼び起こすのは、繊細な陰影という漠然とした観念、花で美しく飾られた生活であった。彼お気に入りのヒマワリの花は、有閑階級の間でも広く崇拝されるものとなり、下層の人びとは、彼の有名な純白の象牙の杖にはぴかぴかのトルコ石が鏤められている、といった話や、その皇帝ネロ風の髪型に関する話を聞いたものだった。

このまばゆい絵画の背景は、ブルジョア階級が想像する以上に惨めなものであった(6)。アカデミックな青年期のメダルやトロフィーは、時折哀れみという名の聖なる山〔＝質屋〕に上った。そしてこの諷刺詩人の若い妻は、一足の靴を買う金を、何度か隣人に貸してもらわねばならなかった。ワイルドのほうは、実につまらない雑誌の編集者という職を引き受けざるを得なくなった。(7)そして輝かしい喜劇の上演によってはじめて、彼は人生で最後から二番目にあたる短期間の段階――奢侈と富裕の段階に入った。『ウィンダミア夫人の扇』がロンドンを沸かせたのだった。ワイルドは、アイルランドの喜劇作家というこの文学伝統に参与することとなった。それはシェリダンとゴールドスミスの時代からバーナード・ショーにまで続く伝統であり、彼らと同様、ワイルドもまたイギリス宮廷の道化となったのである。首都において優美なるものの専決者となり、自身の書いたものから入る年収は五〇万フランに達するほどであった。その稼いだ金を、彼は一連の破廉恥な友人たちの間に撒き散らした。毎朝高価な花を二つ買った。ひとつは自分のため、もうひとつは彼の御者のためであった。そしてあの人騒がせな裁判の日でさえ、彼は自分の二頭立て四輪馬車で裁判所に赴いた。御者には盛装させ、下僕には粉白粉を塗らせていた。

彼の転落は清教徒的歓喜の喚声で迎えられた。有罪判決の知らせを聞き、裁判所の前に集まっていた群衆は、ぬかるんだ道でパヴァーヌ(8)を踊り出した。新聞記者は刑務所内への立ち入りを許可され、独房の小窓越しに、羞恥の見世物を堪能することができた。芝居の看板にあった彼の名は白く塗りつぶされた。友人たちは彼を見捨てた。彼が牢獄で二年の強制労働の刑に服している間、手書き原稿は盗まれた。母親は汚名のなかで死んだ。妻も死んだ。破産を宣告され、身の回りの品は競売にかけられ、息子たちは取り上げられた。出獄すると、気高いクイーンズベリー侯爵にけしかけられたならず者たちが待ち伏せしていた。(9)猟犬たちに追われる野兎のように、宿から宿へと追い立てられた。宿屋の主人は次から次へと入り口で彼を追い払い、食事も部屋も与えることはなかった。そしてついにある日の夕暮れ、兄の家の窓の下に辿り着いた。まるで子どものように泣きじゃくり、口ごもりながら何かを訴えていた。

エピローグは急流のように終わりを迎えた。もはやこの不幸な男を、ナポリのスラム街からカルティエラタンの安宿までわざわざ追いかける価値もない。カルティエラタンで、一九世紀の最後の年の最後の月に、彼は髄膜炎で亡くなった。(10) かつてパリのスパイがしたように、わざわざ彼を尾行する価値もない。彼はローマカトリック教徒として死んだ。自身の公的生活の破滅に付け加えたものは、己が大胆な教義の、自身による撤回であった。(11) 公共広場の偶像たちを嘲笑った後、彼は跪いて、かつては喜びの神聖さを歌った流行歌手であった自分を、深く憐れみ哀悼した。そして霊的献身の振る舞いで、己が魂の反抗の一章を閉じたのである。

＊

本稿はオスカー・ワイルドの人生という奇妙な問題を研究する場ではないし、彼の神経に巣食った遺伝や癲癇性の症状が、彼を有罪とした咎に対し、どの程度彼を弁護し得るかを決する場でもない。なされた告発に関して彼が無実であろうと有罪であろうと、彼はまぎれもなく贖罪の山羊であった。彼の最大の過ちは、イングランドにスキャンダルを巻き起こしたことだった。つまり、イギリス当局が彼に、逮捕状が出る前に逃げるよう、あらゆる手を尽くして説得を試みたことはよく知られている。裁判の期間中、ある内務省の事務官が明言したところによると、ロンドンだけでも二万人以上の人間が警察の監視下にあるが、スキャンダルを引き起こすまでは投獄されずにいる。ワイルドの友人に宛てた手紙が法廷で朗読され、手紙の書き手は変質者であり、異国趣味の頽廃に取りつかれている、との告発がなされた。「時代は君に闘いを挑んでいる。つまりは君の百合と君の薔薇を妬ましく思っているのだ」。「ぼくは君がスミレの谷を彷徨っている姿を見るのが好きなんだ。そこは蜜色に染まった君の髪で輝いている」。だが実を言えば、ワイルドは、現代イギリス文明の中心に不可解な仕方で現れ出た頽廃の怪物、といったものとはまったく違う。彼は、アングロ＝サクソンの寄宿学校および大学の制度から、つまりは隔離と隠匿の制度から、論理的かつ必然的に生み出された産物なのだ。民衆からの告発は多くの複雑な原因に発している。だが純粋な良心からの素朴な反応ではなかった。壁の落書き、あからさまな素描、民衆の意味ありげな仕草のひとつひとつを根気強く研究した者であれば、民衆を心清き者と考えることには躊躇いを覚えよう。兵隊の駐屯所であろうと商社の巨大なオフィスであろうと、人間の生活と言語を間近で観察した者であれば、ワイルドに石を投げつけたすべての者たちが汚れなき人びとであったと考えることは、躊躇われるであろう。実のところ、誰もが他人とこの話題を語ることには半信半疑であり、ひょっとすると相手のほうがこのことをもっとよく知っているのではないか、と恐れることになる。『スコッツ・オブザーヴァー』誌でのオスカー・ワイルドの自己弁護[12]は、公平なる批評という裁きの前では、有効と見なさねばならない。誰もがドリアン・グレイ（ワイルドのもっとも有名な小説）のなかに己の罪を見ることになる、とワイルドは書いた。ドリアン・グレイの罪が何であったかは、誰も語っておらず、また誰も知らない。それを発見する者は、それを犯したのである。

　ここでワイルドの芸術の中心的なモチーフに触れておこう。すなわち罪というモチーフである。彼は自分が、責め苛まれる人びとに新しい異教思想という福音をもたらす者である、と思い違いをしてしまった。彼は自身の性格的な特質、（おそらくは）己が民族の特質の一切を――機知、衝動的な寛大さ、無性の知性を――美の理論に捧げた。彼によればその理論は、世界に黄金時代と青春の喜びをもたらすはずのものだった。しかし、アリストテレスに関する彼の主観的な解釈や、三段論法ではなく詭弁に発する彼の落ち着きのない思索、ならず者や下賤の者といった、自分とは相容れない他者の性質の同化吸収から、仮に何らかの真実が引き出せるとしたら、それは結局のところ、カトリシズムの精神に固有の真実である。すなわち、〔神との〕離別と喪失というあの感覚――これが罪と呼ばれる――を通してでなければ、人は誰も神の御心に達することはできない、と

いう真実である。(13)

*

彼は最後の作品『深淵より』において、『柘榴の家』という外典のページから蘇ったグノーシス派のキリストの前で膝を屈する。そして、打ち震え畏まり悲嘆に暮れた彼の真の魂は、エラガバルスのマントの間から光り輝く。(14)彼に纏わる架空の伝説、彼の作品、自身の精神の暴露であるよりは芸術と自然との関係に関する多声楽的な変奏曲、金箔に覆われた本――その警句の煌きゆえに、人目には彼が、前世紀でもっとも機知に富んだ雄弁家と映った――、これらも今となっては分配された略奪品である。

バニューの貧相な墓地にある彼の墓石には、ヨブ記からの一節が刻まれている。それは彼の雄弁――*eloquium suum*――を讃えている。この伝説の大きなマントも、今となっては分配された略奪品なのだが。将来あるいはそこに、さほど尊大ではない、はるかに哀れをそそる別の詩句が刻まれているかもしれない――*Partiti sunt sibi vestimenta mea et super vestem meam miserunt sortes.*――彼らはたがいにわたしの衣服を分け、わたしの着物をくじ引きにする。(15)

ジェイムズ・ジョイス

註

(1)　原文はイタリア語。トリエステの新聞『イル・ピッコロ・デラ・セラ』一九〇九年三月二四日号に掲載された。原題は“Oscar Wilde: il poeta di 'Salomé'”。初版のファクシミリ版は *The Works of James Joyce*, 6, Minor Works, 185–91 に収録されている。パラグラフの組み方はこの初版に従っている。タイプ原稿は『ジェイムズ・ジョイス・アーカイヴ』第二巻六六六―六八ページ所収。

この記事は、リヒャルト・シュトラウス（一八六四―一九四九）によるオペラ『サロメ』（一九〇五）がトリエステで上演された際に掲載された。このオペラは、一八九二年にワイルドがフランス語で書いた同名の戯曲に基づいている。

（2）オスカー・ワイルドの詩集 *Poems* は一八八一年に出版された。

（3）ゴールウェイの町の中世の城門にはこの言葉が刻まれている。

（4）ワイルド夫人は、二番目の子が女であることを強く望み、生まれる前から娘と決めてかかってその準備をしていた。そのため、オスカーが生まれたときには酷く失望した。女装させられた幼いワイルドの写真は今日でも写真集で目にすることができる。『ユリシーズ』第三挿話四五一行には「ワイルドの口にすべからざる愛」への言及がある。

（5）ジョン・ラスキン（一八一九―一九〇〇）は批評家で社会主義者。彼は学生を組織してオックスフォード界隈の田舎道の修復工事に当たらせていた。

（6）イタリア語で「山」monte は「質屋」の意味を持つ。

（7）ワイルドは一八八七年一一月、雑誌『ザ・ウーマンズ・ワールド』（*The Woman's World*）の編集者となった。

（8）一六―一七世紀に流行った四拍子のダンス。

（9）ワイルドは第八代クイーンズベリー侯爵を文書誹毀で訴えたが、悲惨な結果となった。侯爵はアルフレッド・ダグラス卿（一八七〇―一九四五）の父親である。アルフレッド・ダグラスはイギリスの詩人で、ワイルドの恋人でもあり、ワイルドの『サロメ』を一八九四年に英訳した。

（10）正確には、ワイルドは一九〇〇年一一月三〇日にパリで死んだ。

（11）ジョイスは一九〇二年、ワイルドの死の床での回心に関してイェイツに語った。イェイツはつぎのように伝えている。「ジョイスは、ワイルドの回心は誠実なものではなかったと考えたい、と言った。ジョイスは、ワイルドが最後の最後で自身に不実なことをした、とは考えたくなかったのだ」（『ジェイムズ・ジョイス伝』一〇二ページ〔邦訳一一七ページ〕）。

（12）『ドリアン・グレイの肖像』（一八九〇）に対する否定的な批評に返答して、ワイルドはつぎのように書いた。「誰もがドリアン・グレイのなかに自分の罪を認めるのだ。ドリアン・グレイの罪が何であったかは誰も知らない。罪を見出す者がその罪をもたらしたのだ」(『スコッツ・オブザーヴァー』所収「ワイルド氏の答弁」"Mr Wilde's Rejoinder," in *Scots Observer*, 4/86 [12 July 1890], 279)。

(13)「そして悲嘆に暮れるわたしに明らかとなったのは、その御心に到達するには、われわれが罪と呼ぶところの、そこから離れるという離別の感覚を通してのみである、ということだった」(W・B・イェイツ『掟の銘板』)。ジョイスはイェイツのこの作品を暗記するほどに愛読していた。

(14) オスカー・ワイルド『深淵より』(*De Profundis*)は一九〇五年の死後出版。『柘榴の家』(*A House of Pomegranates*)は一八九一年の作品。ヴァリウス・アウィトゥス・バッシアヌス(二〇三—二二二)はローマの皇帝で、シリアの神エラガバルス(もしくはヘリオガバルス)を名乗った。彼はエラガバルスがローマの神であると宣言し、この神に放蕩三昧の崇拝を捧げたが、憤慨した市民によって母親とともに惨殺された。

(15)『旧約聖書』「詩篇」第二二章一八節より。バニュー(一九〇九年、彼の遺骨はこの地からパリのペール・ラシューズ墓地に移された)にあるワイルドの墓石にはつぎのように刻まれている——*Verbis meis addere nihil audebant et super illos stillabat eloquium meum*——「わたしの言葉に彼らは何かをつけ加えようとはしなかった。そしてわたしの言葉は彼らのうえに降りそそいだ」(「ヨブ記」第二九章二二節)。

42 バーナード・ショーの検閲との闘い——『ブランコ・ポスネットの正体』(一九〇九年)(1)

ダブリン 八月三一日

ダブリンのカレンダーには、毎年誇らしい一週間がある。有名な「ホース・ショー」の行なわれる八月の最終週、アイルランドの首都は様々な肌の色、様々な言語を話す群衆を引き寄せる。姉妹島から、大陸から、さらには遠く日本からでさえやってくる。ほんの数日間、淀んだ懐疑的な町は花嫁のように装い、暗褐色の道は熱のある活気に溢れ、尋常ではない騒音が老人ダブリンの眠りを妨げる。

しかし、今年はある芸術に関わる一事件が、この見本市の重要性をほとんど圧倒してしまい、至るところでバーナード・ショーとアイルランド総督との間の悶着ばかりが語られている。周知のように、ショーの最新の戯曲『ブランコ・ポスネットの正体』は、イギリスの宮内長官によって汚名の印を押されてしまった。長官は連合王国内でのこの上演を禁じたのだった。(2)おそらくこの検閲官の決定は、ショーをさほど驚かせるものではなかった。というのも、同じ検閲官がショーのほかの二つの戯曲、『ウォレン夫人の職業』とさらに新しい『新聞の切抜き』にも、同様のことをしていたからだ。そしておそらくはまた、イプセンの『幽霊』、トルストイの『闇の力』、ワイルドの『サロメ』とともに、自分の喜劇にも横暴な禁止令が下されたことを、ショーはさらなる光栄と感じたことだろう(3)。

だが彼は降伏することなく、検閲官のおずおずとした監視の目をうまく回避する方法を見出した。奇妙な理由から、ダブリンという町は、ブリテンのすべての領土のなかで唯一検閲が及ばない場所であり、実際古くからの法は、文字通り「ダブリンの町を除いては」という一句を具えている。そこでショーは自分の作品をアイルランド国民劇場〔アビー劇場〕の劇団に提供し、劇団はこれを受け入れ、まるで何ごともなかったかのように単にその上演を公示した。検閲官はまったく無力であることが明らかとなり、そこでアイルランド総督が、当局の威信を守ろうと介入してきた。王国の代理人とこの喜劇作家との間で活発な手紙のやり取りがなされた。一方は厳格で威嚇的な手紙、他方は無礼で冷笑的な手紙であった(4)。かたや、芸術のことなら無視しても論争であれば過度に好むというダブリンの人びとは、喜びで両手を擦り合わせた。ショーはと言えば自身の権利を主張し頑として譲らず、小さな劇場には文字通り客が押し寄せ、初演の段階で優に七回以上もチケットが売り切れとなった。

＊

この夜アビー劇場の周りには群衆が押し寄せ、大掛かりな警備隊が秩序維持に努めたが、選り抜きの民衆であるからには、当初から敵意ある示威行動が起こるはずもないことは明らかで、彼らはこの革命的小劇場の四隅を埋め尽くした。実際この夜に関する報道は、ほんのささやかな抗議の呟きさえ伝えていない。そして幕が下りると、轟々たる拍手喝采が、何度も役者たちを舞台の前面に呼び出した。

ショーが自ら粗削りのメロドラマによる説教と述べたこの喜劇は、御存知の通り一幕物で、筋は西の果ての粗野な未開の町で展開する。主人公は馬泥棒で、劇はその裁判の場面に終始している。彼は馬を一頭盗んだのだが、それが兄の馬だと思っていた。兄に不当に奪われた財産を取り返すためであった。だが町から逃げているときに、彼は病気の子どもを抱えたひとりの女に出会う。女は幼児の命を救うために病院のある大きな都市に行きたがっている。女の訴えに心動かされた彼は、盗んだ馬を女に与える。その後彼は捕らえられ、絞首刑にされるべく町に連れ戻される。裁判は簡略で乱暴なものである。州長官が断固たる裁判官の代理を務めるのであり、彼は被告を大声で怒鳴りつけ、机を叩き、手にはリボルバーを握って証人たちを威嚇する。馬泥棒のポスネットは、原初的な神学を少しばかり講じる。すなわち——、〔病気の子の〕哀れな母親の祈りに屈するという、一瞬の感傷的な弱みが、自分には命取りになってしまったのだ。神の指が脳に触れたのだ〔＝判断を誤ったのは神罰だったのだ〕。その出会いの直前まで自分が送ってきた、残酷で身の毛のよだつ人生を、もはやそれ以上生きる力など自分にはない——。彼の口から長くとりとめのない弁論が溢れ出る（そして敬虔なるイギリスの検閲官が耳を塞いだ箇所がここである）。弁論は神が主題となっている点においてのみ神学的であるが、用語に教会への敬意はほとんど見当たらない。確信に満ちた率直さで、ポスネットは炭鉱夫の隠語を使い出す。あれこれと思いを巡らせながら、神は人間の心に秘かに働きかけるものだと言おうとし、神を馬泥棒とさえ呼ぶ。

劇はハッピーエンドで閉じられる。ポスネットが救おうとした子どもは死に、その母親が呼び戻される。彼女はその件を法廷で語り、ポスネットは無罪放免となる。これ以上取るに足らないものは想像のしようがない。そして聴衆は、なぜこの作品が検閲に引っ掛かってしまったのか、と驚くばかりである。

＊

ショーは正しい。これは確かに説教である。ショーは生まれながらの説教師である。饒舌で快活な彼の精神は、現代の劇作家に益する気高く控え目な様式を課されることに耐え切れない。そして雑然とした序文や長大な演出の指示に表れているように、彼は対話小説の要素を多く具えた劇形式を生み出している。彼が具えているのは状況に対する感覚であり、論理的かつ倫理的に結末へと導かれていく劇《ドラマ》、というものへの感覚ではない。この作品の場合、中心的な出来事は自身の『悪魔の弟子』から取られており、[5]それを彼は説教に変換したのだ。その変換はあまりにめまぐるしいため、説教として人を納得させるものにはなっていない。それはちょうど、技巧があまりにお粗末なため劇として人を納得させるものになっていないのと同様である。

この劇は、ひょっとすると作者の精神の危機に符合してはいないだろうか？　すでに、『ジョン・ブルのもうひとつの島』[6]の結末でこの危機は告げられていた。彼もまた最新作の主人公と同じく、不節制で冒瀆的な過去を背負ってきた。フェビアン主義、菜食主義、禁酒主義、音楽、絵画、劇――芸術であろうと政治であろうと、革新的な運動はすべて彼をその代表的な闘士としてきた。そして今、ひょっとすると神の指か何かが、彼の脳に触れたのかもしれない。そして彼もまたブランコ・ポスネットと同様、正体を露わにするのである。

ジェイムズ・ジョイス

註

（1）　原文はイタリア語。トリエステの新聞『イル・ピッコロ・デラ・セラ』一九〇九年九月五日号に掲載された。原題は“La battaglia fra Bernard Shaw e la censura: 'Blanco Posnet smascherato'”。初版のファクシミリ版は *The Works of James Joyce*, 6, Minor Works, 195–98 に収録されている。パラグラフの組み方はこの初版に従っている。タイプ原稿は『ジェイムズ・ジョイス・アーカイヴ』第二巻六七二―七三ページ所収。この記事は、当時『ダブリナーズ』の出版を決定的なものにできると期待して帰国していたジョイスが、ダブリンから郵送したものである。

（2）バーナード・ショーの『ブランコ・ポスネットの正体』はイングランドで禁止処分となった。W・B・イェイツとグレゴリー夫人は、宮内長官の権威はアイルランドにまでは及ばないという点に乗じて、総督の反対を押し切り、八月二五日からアビー劇場でこれを上演した。これをジョイスがイタリアで記事にしたことについては、ダブリンでも『イヴニング・テレグラフ』紙が一九〇九年九月八日に報じている（『書簡集』第二巻二三八ページ、二五二ページを参照のこと）。

（3）バーナード・ショー『ウォレン夫人の職業』は一八九三年、『新聞の切抜き』は一九〇九年の作品。トルストイの『闇の力』は一八八六年の作品。ワイルドの『サロメ』はパリで一八九六年二月に初演、ロンドンでは一九〇五年五月であった。

（4）ケヴィン・バリーによると、イェール大学図書館のスローカム・コレクションに収められたこの記事の英訳タイプ原稿（『アーカイヴ』には未掲載）には、ショーによる手書きメモが以下のように記されている。「わたしとダブリン城との間には一切手紙のやり取りはなかった。作戦行動はグレゴリー夫人とW・B・イェイツによるものだった。わたしは介入しなかった。G・バーナード・ショー、一九四九年七月二一日」。ジョイスはショーを手紙の書き手としているが、いささか脚色を加えたのであろう。以下も参照のこと——Lady Gregory, *Our Irish Theatre*, New York and London, 1913, 140-68 and Appendix II および "The Blanco Posnet Controversy," in *Shaw Bulletin*, 7 (January 1955), 1-9.

（5）バーナード・ショー『悪魔の弟子』は一八九七年の作品。

（6）バーナード・ショー『ジョン・ブルのもうひとつの島』は一九〇四年の作品。

43 「自治」の彗星(1)（一九一〇年）

アイルランド自治という観念は、少しずつ、薄い青白い物質に囲まれ始めた。そして数週間前、ちょうど国王の通達がイギリス議会を解散させたとき(2)、色褪せて震える何ものかが、東の空に白く光っているのが観察された。これが「自治」の彗星である。ぼんやりと遠くに見えはするが、いつものように時間には正確だ(3)。たちまちウェストミンスターの半神たちのうえに薄暮を落とした君主の言葉は、暗闇と虚空のなかから、従順で無自覚なこの星を呼び出したのだった。

しかしながら今回は、曇天ゆえあまりはっきりとは見えなかった。いつもブリテン島の岸を覆っている霞があまりに濃くなってしまい、厚く見通しの利かない雲海となってこれを包み隠してしまった。その向こうには不和を奏でる選挙民たちの管弦楽が聞こえる。興奮《アジタート》(4)しヒステリックになった貴族たち〔上院〕の弦楽器、耳障りな民衆の角笛、そして時折あちこちでティンホイッスルのフレーズが飛び交う。

イングランドの取る政治姿勢があてにならないものであることは、行政機関が朝から晩まで、矛盾し合うばかりの不可解な特報を発表している事実からも明らかである。実際、連合王国における最近の弁論の口調は、この問題の公平な審査が難しいものであることを明らかにしている。愚かな指導者には相応しい、ある種の威厳ある態度を最近まで保つことのできた三人の党首、アスキス、バルフォア、レドモンド(5)の顰に倣ったのか、先日終了した選挙運動は、イギリスの公的生活が著しく品位を落としていることを明示している。こういった弁論がこれまで財務府長官〔ロイド・ジョージ〕の口から発せられたことがあったろうか、と保守派は訝しんだ。だがこのウェールズ出身の好戦的な大臣の即興劇も、保守派三巨頭――代議士の典型スミス、有名な弁護士カーソン、そして『ナショナル・レビュー』の編集長――の罵倒の前ではかすんでしまう。かたやアイルランドの二つの徒党は、共通の敵を忘れ、珠玉の猥談集をすっかり使い尽くさんばかりの隠然たる戦闘に明け暮れてきたのだった。(6)

しかし（これが混乱のもうひとつの原因だが）イギリスの政党はもはやその名前に合致していない。現行の自由貿易に基づく関税政策を継続したがっているのは急進党のほうであり、かたや保守党は関税表の改定を声を限りに支持している。議会から立法権を取り上げ、代わりに国民投票によって全国民にこれを委ねようと目論んでいるのは、保守党のほうである。そして最後に、反聖職権主義の自由党政府で過半数を占めているのが、聖職権を擁護する狂信的なアイルランド党なのである。

この逆説的な状況は、代表者たちの人格に正確に反映されている。チェンバレンとローズベリーは言うまでもなく――かたや極端な急進派、かたやグラッドストン的自由主義者であったが、両者ともに帝国主義者の列に加わるほどまで突き進んだ（いっぽう若い大臣チャーチルは逆方向への観念的な旅に出た）(7)――、われわれはイギリス・プロテスタンティズムと懐柔主義的ナショナリズムの大義が、背教者と改宗フィニアン教徒によって導かれているのを目にする。(8)実際バルフォアは政治家というよりむしろ懐疑論者であり、スコットランド学派〔常識哲学学派〕の門弟と呼ぶに相応しい。祖父すなわち今は亡きソールズベリー侯の死後、彼は保守党の指揮を執っているが、個人的な趣味というよりはセシル家持ち前の閥族主義の本能によって動かされている。(9)気もそぞろで屁理屈ばかり捏ねる彼の態度については、記者たちが報道しない日はない。彼の奸策は自身の追随者たちをも微笑ませた。そしてまた、たとえ頼りない旗の下、正規の軍隊が三度連続の敗北を、それも回を重ねるごとになおさら堂々たるものとなる敗北を被ろうとも、彼の伝記作者は（これもまたおそらくはセシル家の者となろうが）、彼のことをつぎのように語れるであろう――その哲学的なエッセイにおいては、宗教的原理と心理学的原理の隠れた内奥を、実に巧みに切り分けては明るみに出し、そして議会という車輪の回転が、彼をさらにその道の代表格にしたのであった、と。アイルランドの反主流派の「リーダー」であり、一〇人の代議士からなる自分の小部隊を「すべてはアイルランドのため《オール・フォー・アイルランド》」の党と呼んだオブライエンは、すべての善良な狂信者が、己が狂信が先に死んでしまったときに辿る道を、やはり辿ることになった。今ではユニオニストの行政官たちと同盟を結んで戦っている。彼らはおそらく二〇年前であれば、自分に対して逮捕令状を出していたことだろう。痙攣しているかのような激しい性急さを除いて、彼に血気盛んな青年の面影は一切残っていない。

こうした矛盾の只中にあれば、特報の発表とその撤回が繰り返されるのも容易に理解できる。つまり、自治は目前に迫っている、と宣言されたかと思えば、その六時間後には自治法案の死亡記事が出されるといった始末だ。門外漢としてはこの彗星の存在を鵜呑みにすることはできないけれども、いずれにせよ大いに待ち侘びていた天体の通過は、公の観測所から公式発表された。

*

先週、アイルランドの指導者レドモンドは、漁夫の群衆に向かって嬉しい知らせを告げた。イギリスの民主政体は、これを限りに上院の権力を打ち砕き、おそらくほんの数週間のうちに、アイルランドは自治を獲得するであろう、と語ったのである。現状では、これほどのご馳走を平らげるには余程大食漢のナショナリストでなければならない。自由党内閣は、大臣たちの椅子を割り当てるや否や、それなりの量の困難に直面することとなろう。なかでもとりわけ、二重の勢力バランスという問題がある。(10)この件が良好に解決しようとそうでなかろうと、上院と下院は、ジョージ五世の戴冠式に敬意を表して、休戦を宣言することとなろう。(11)ここまでは道が平坦でも、現在のようにこれほど不均質な政府であれば、これがどこに行き着くことになるかは予言者にしかわからない。権力の座に留まるために、教会や大地主の手を借りて、ウェールズ人やスコットランド人をなだめようとするだろうか？　もしアイルランド人が彼らの票による支持を代価として自治を要求するのであれば、内閣は、大量の「自治法案《ホーム・ルール・ビルズ》」のひとつから急いで埃を払い、今一度議会にこれを提出するのであろうか？

アングロ＝サクソンの自由主義の歴史は、こうした要求、あるいはこれに似た純真な要求に、どのような返答をするか実にはっきりと教えてくれる。自由党の大臣たちは用心深い連中だ。今一度アイルランド問題が内閣の内部に症候的な対立を引き起こし、その結果として、イギリスの有権者は実のところ、政府がこの方面で法律を制定することなど認めてはいなかったのだということが、完全に証明されることになろう。そして、分離主義の感情が緩慢かつ密やかに衰弱して行くのを眺めながら、いっぽうで同じく緩慢かつ秘かに、一部の認可によって、危険な熱意など持たない隷属的で飢えた社会階級を新たに作り出す、という自由党の戦略——仮に政府がこの戦略を継続し、改革つまりはアイルランドが尊大に拒否するであろう改革の模造品を持ち込むことになれば、そのときこそ保守党の介入する絶好の機会となるのではなかろうか？　冷笑的不誠実という長年の伝統に誠実なこの党は、この機を捉えアイルランドの専制は我慢がならないと宣言し、アイルランドの議席数を八〇から四〇に減らすためのキャンペーンを開始するのではないだろうか？　そのとき削減の根拠とされるのは、文明国にしては珍しい、というよりむしろ比類ない、人口減少であろう。これは悪政によって生み出された――そして今も生み出されている――未熟な果実である。

したがって、上院の「拒否権」の廃止と、アイルランドに自治権を認めることとの繋がりは、一部の人びとがそう信じさせたがっているような、直接的なものではない。ようするに、これはイギリス人自身の問題なのであり、イギリスの人民がもはや、地上の霊的な父たち〔聖職者や政治家〕にかつてのような崇拝の念を抱いていない点を考えれば、中世からの法の改革や、尊大で偽善的な文芸の改革、奇怪な裁判制度の改革が、いずれは慎重かつ緩慢に進むであろうと思われるのと同じく、上院議会の改革が、やはり慎重かつ緩慢に進むということもあり得よう。そしてこうした改革を期待している間は、アイルランドの軽信的な農夫たちにとって、外務省の運命を握っているのがロード・ランズダウンであろうとサー・エドワード・グレイであろうと(12)、ほとんどどうでも良いのである。

＊

アイルランドが目下ブリテンの民主政体と共通の大義を抱きたいと望んでいる事実は、驚くには値しないが、また説得力を持つものでもない。七世紀に亘って、アイルランドがイングランドに誠実な臣下であったことは一度もない。いっぽう自らに対しても誠実であったことはない。ブリテンの支配下に入ったにせよ、その枢要な部分を形成することはなかった。自身の言語をほぼ全面的に捨て去り、征服者の言語を受け入れたものの、その文化に同化することも、その言語が伝達する精神構造に適応することも、できなかった。自国の勇者たちが危急に瀕すればつねにこれを裏切り、しかもつねにこれに報いることがなかった。自国の精神的創造者を追放し亡命の身に処しては、その後これを自国の誇りとした。アイルランドが忠実に仕えたものと言えばローマカトリック教会という女主人以外なく、彼女はしかしつねに、その忠誠心には長期手形で支払ってきた。

この奇妙な人民とアングロ＝サクソンの新しい民主政体との間に、どのような持続的同盟があり得るというのか？　今日かくも熱心にこれを語る雄弁家たちは、やがてつぎのことに気づくであろう（すでに気づいているというのでなければだが）――イギリス貴族とイギリス労働者との間には、神秘的な血の交わりが存在しており、上述の洗練された貴族ソールズベリー侯が「アイルランド人であれば自分たちの肉汁のなかで勝手に煮立たせておけ」と語ったとき、彼は自身の階級のみならず、自身の民族をも代弁していたのである。

ジェイムズ・ジョイス

註

（1）原文はイタリア語。トリエステの新聞『イル・ピッコロ・デラ・セラ』一九一〇年一二月二二日号に掲載された。原題は"La Cometa dell' 'Home Rule'"。初版のファクシミリ版は *The Works of James Joyce*, 6, Minor Works, 201-06 に収録されている。パラグラフの組み方はこの初版に従っている。タイプ原稿は『ジェイムズ・ジョイス・アーカイヴ』第二巻六七六―七八ページ所収。この記事のジョイスによる清書はイェール大学のスローカム・コレクションに所蔵されているが（『アーカイヴ』第二巻一五八―六九ページ）、印刷に出されたものではない。『アーカイヴ』第二巻 xxvii-xxviii も参照のこと。この記事のタイトルは、『シン・フェイン』一九一〇年六月一一日号掲載の戯画から取られた。

（2）解散の原因は、デイヴィッド・ロイド・ジョージ（一八六三―一九四五）による「人民予算」案が上院で否決されたことにあった。ロイド・ジョージはウェールズの自由党議員で、一九〇八年から一五年までは財務府長官の任にあった。

（3）自治法案が定期的に現れては消滅する点は、本書「自治法案は成年に達す」にも語られている通りである。

（4）「激情的に」「急速に」という意の音楽用語でもある。

（5）ハーバート・ヘンリー・アスキス（一八五二―一九二八）は首相を務めた自由党党首で、立法を阻止できる上院の権利と戦うために、ジョン・レドモンド（一八五六―一九一八）の協力を要請した。レドモンドは再結成されたアイルランド議会党党首であった。一九一〇年の選挙運動で、アスキスはアイルランド自治を公約に掲げた。一九一一年の議会法で、上院の権限は狭められ、立法措置に関する至上権は下院にあり、と定められた。このときのレドモンドへの見返りが、一九一二年の自治法案である。アーサー・ジェイムズ・バルフォア（一八四八―一九三〇）はスコットランドの政治家で、一九〇二年から一一年まで保守党の党首を務めた。

（6）バーケンヘッド伯フレデリック・エドウィン・スミス（一八七二―一九三〇）とエドワード・カーソン卿（一八五四―一九三五）は、ともにユニオニストのオピニオン・リーダーであった。『ナショナル・レビュー』の編集長とはレオポルド・ジェイムズ・マックス（一八六四―一九三二）のこと。アイルランドの二つの徒党とは、ナショナリストとユニオニストを指す。

（7）ウィリアム・オブライエン（一八五二―一九二八）のナショナリズムに対する揶揄。次註を参照のこと。

（8）ジョイスが言っているのは、一九一〇年に内務大臣になったウィンストン・チャーチル（一八七四―一九六五）、『哲学的懐疑の擁護』（一八七九）という著書も出したアーサー・バルフォア、そしてウィリアム・オブライエンである。オブライエンは土地同盟で活躍したナショナリストの政治家でジャーナリストでもあったが、ユニオニストの「懐柔」と彼らとの「協議」のために新党「すべてはアイルランドのための同盟」（All-for-Ireland League）を結成し、その後一九一〇年に再登院した。

（9）ソールズベリー第三代侯爵ロバート・アーサー・タルボット・ギャスコイン・セシル（一八三〇―一九〇三）は保守党の政治家で、首相も務めた。

（10）この年の選挙では自由党が二七二議席、対する保守党とユニオニスト党も二七二議席を獲得した。その結果この均衡は、四七議席を持つ労働党と、八四議席を持つアイルランド党に依存することとなった。

（11）イギリス国王ジョージ五世（一八六五―一九三六）は一九一〇年に即位した。

（12）ランズダウン第五代侯爵ヘンリー・チャールズ・キース・ペティ＝フィッツモーリス（一八四五―一九二七）は一九〇〇年から一九〇五年まで外務大臣を務めた。その後継者がグレイ・オブ・ファロドン第一代子爵エドワード・グレイ（一八六二―一九三三）であり、一九〇五年から一六年までその任にあった。

44　英文学におけるリアリズム《ヴェリズモ》とアイデアリズム《イデアリズモ》（ダニエル・デフォー／ウィリアム・ブレイク）(1)（一九一二年）

【一九一二年、ジョイスは再び、トリエステ市民大学での夕方の連続講義を依頼された。四年前にはここでアイルランド問題を語ったのだったが、今回は「英文学におけるリアリズムとアイデアリズム（ダニエル・デフォー／ウィリアム・ブレイク）」を主題としたい、と述べた。一九一二年三月上旬、ジョイスは二回の講義を行なった。最初の講義は、重要ではあるが、今のところ断片だけしか見ることができず〔だがその後大部分が閲覧可能となった〕、二回目については、ほぼ全体を見ることができる(2)。

ジョイスのデフォーとの類似は明らかであり、また一見そうは見えないかもしれないが、実はブレイクに近似している(3)。〔デフォーのように〕自身の芸術が非情で偽りのない事実に基づいていることを誇りに思ういっぽう、ジョイスはまた、その芸術が精査した一切に対し、〔ブレイクのように〕精神は至高の位置にあると主張した。こうした全般的な類似に留まらず、ジョイスの講義はさらに二つの特殊な親和性を示唆している。デフォーとブレイクは、それぞれ異なる方法で、原型的な人間という概念に取り組んだ、と語るのである。ロビンソン・クルーソーは、ブルームと同じく、人間なるもの、時代なるものを要約している。ブレイクの、永遠を象徴する普遍的な人間アルビオンは、あのもうひとりの巨人、フィネガンの姿に繋がっている。後者の生と死と復活の

なかに、ジョイスはあらゆる人間の企図と大志を見出すのである。】

ダニエル・デフォー[4]（1）

時はキリスト紀元一六六〇年、亡命者、逃亡者にして王位を剝奪された者チャールズ・スチュアート〔チャールズ二世〕は、ドーヴァーにてイングランドの土を踏んだ。そしてファンファーレと松明の行列に付き添われ、歓喜に湧く民衆に囲まれて、再び王冠を戴くため首都へと進んだ。その王冠は一一年前、殉教者となった父王より奪われたものである。父はかつて将軍たち、すなわち王殺したちの命により、ホワイトホールの断頭台にて罪を贖わされたのであった。クロムウェルと〔ヘンリー・〕アイアトンの遺体は掘り起こされ、タイバーン（英国史のゴルゴタ、すなわち髑髏の地）まで引き摺られて行き、そこで絞首台にぶら下げられ、その後、腐敗していたものの死刑執行人によって斬首された。陽気なイングランドに陽気さが戻り、スチュアート家の宮廷の寛容、文化、豪奢、淫蕩が戻ってきた。若い王は、こびへつらう男たち女たちに、己が王宮の扉を開いた。子犬を抱きながら、大臣たちの拝謁を許した。上院議会の暖炉に凭れて、この最高会議の議論に耳を傾け、御神体に賭けて（とは陛下お気に入りの悪態）この貴族らは喜劇役者らより余を楽しませてくれるぞ、と宣った。

だがこの華やかな勝利は思い違いであった。ほんの短期間でスチュアート家の星は永久に沈んでしまい、ナッサウ[5]のウィリアムという人物によって体現されたプロテスタントによる王位継承が、ブリタニアの政体の礎石となった。教科書に従えば、往古の歴史の章はここで閉じられ、近代史の章の始まりとなる。[6]

しかし、このとき王室と教会と議会との間の休戦という形で解決を見た政体の危機は、この君主——回想録では敬虔で誉れ高く不朽の名声を抱くと語られる(7)――によって終止符の打たれた唯一の事件というわけでも、またもっとも興味深い事件というわけでもなかった。彼の勝利はさらに、人種の危機、民族の復讐を意味するものである。ウィリアム征服王の時代以来その日まで、ゲルマンの血を引くいかなる王家も、イギリスの王権を握ることはなかった。ノルマン人はプランタジネット家に引き継がれ、プランタジネット家はチューダー家に引き継がれ、チューダー家はスチュアート家に引き継がれた。人民の権利と自由を守る護民官オリヴァー・クロムウェルでさえ、ケルトの血を引いていた。父はウェールズ人、母はスコットランド人であった。したがって、ヘイスティングズの戦いから六世紀以上が経ってはじめて、アングロ＝サクソン王朝の真の後継者はイングランドの玉座に上った。ぎこちない寡黙なオランダ人指導者の到来を喝采で迎えた人民はまた、自らに喝采を送っていたのであり、人間の姿を取った、自身の再興の象徴に、敬礼したのである。

そしてこのときはじめて、真のイングランド魂が、文学のなかに出現し始める(8)。かつての時代、この魂がどれほど重視されなかったかを考えてみるがいい。上品で飾り立てられた文体を具える宮廷作家チョーサーの場合、土着民の魂は、立派な人びと、すなわちノルマンの聖職者や外国の英雄たちの冒険譚がはめ込まれた、その枠組みとして、かろうじて識別できるに過ぎない。チョーサーの二百年後に執筆したウィリアム・シェイクスピアの場合、その多彩な劇のなかで、イギリスの偉大なる人民がどれほど映し出されているだろうか？ がさつな農民、宮廷の道化師、狂人と愚か者の間の襤褸を纏った人間、墓掘り人夫。シェイクスピアの重要人物は皆、海外から、あるいは山の向こうからやってくる。ムーア人の隊長オセロ、ヴェネツィアのユダヤ人シャイロック、ローマ人のカエサル、デンマークの王子ハムレット、ケルトの簒奪者マクベス、ヴェローナの住人ジュリエットとロミオ。こうした絢爛豪華な画廊のなかで、イングランド的と呼び得る唯一の偉大な肖像はおそらく、怪物のような腹をした肥満の騎士、ジョン・フォルスタッフ卿であろう。フランス人による占領以後数世紀間のイギリス文学は、ボッカッチョ、ダンテ、タッソー、そしてルドヴィーコ氏[9]らを師匠として養育された。チョーサーの『カンタベリー物語』は『デカメロン』や『短篇説話集』の翻案である。[10]ミルトンの『失楽園』は『神曲』の清教徒的書き換えである。ティツィアーノ風のパレット、能弁、痙攣的な情熱と創造的な怒りを具えたシェイクスピアは、イタリア化されたイングランド人であるし、いっぽう王政復古期の劇場はスペインの劇場から、すなわちカルデロンやローペ・デ・ベガの作品から始まる。[11]外国の作品の写しでも翻案でもないものを書いたイングランドの最初の作家、文学モデルなどなしに創造し、自身の筆で真に国民的な精神を作品に吹き込んだ作家、サルスティウスとプルタルコス[12]の概括的な研究論文という例外を除いて、おそらくは前例のない芸術様式を自ら作り上げた作家は、イギリス小説の父、ダニエル・デフォーである。

*

ダニエル・デフォーは一六六一年に生まれた。チャールズ・スチュアート帰還の一年後である。父親はクリプルゲイト出身の裕福な肉屋で、良き市民階級に相応しく、息子を聖職に就けようと考えていた。だが息子のほうは聖人君主から程遠く、キリストによる平和の福音を説くことなど不向きな好戦的な男だった。その人生は揺り籠から墓場まで、厳しい、大胆な、そして無益な闘争であった。

学業を了えるとこの若者は政治の深淵に身を投じ、モンマス公爵（陽気な君主の数ある私生児のひとり）が蜂起の旗を掲げると、この王位要求者の隊列に加わった。[13]蜂起は失敗に終わり、デフォーも危うく命を失うところだった。その数年後には、ニット製品仲買の商売に従事している姿が見出される。そして一六八九年、有志の軽騎兵から成る連隊に加わって馬に跨り、ロンドン市庁舎《ギルドホール》での厳かな祝宴に向かう新君主ウィリアム〔三世〕とメアリー〔二世〕を護衛した。[14]その後は東洋の薬の取引に従事した。フランス、スペイン、ポルトガルに旅して、しばらくそこに留まりもした。商用でオランダやドイツにまで旅行したが、イングランドに戻ると、長期に亘る一連の災いの、最初のものが彼を待ち受けていた。破産を宣告され、債権者たちに残酷に追い回されたため、彼はブリストルに逃亡するのが得策と考えた。この町で人びとは彼に、「日曜日の旦那」というあだ名を付けた。日曜日以外、あえて家から出ようとしなかったからだ。法律により日曜日だけは、裁判所からの使者も彼を検挙できなかったからである。債権者たちとの合意が彼をこの抑留から解放し、そしてまるまる一二年間、彼は総額一万七千ポンドという莫大な借金を返済するために間断なく働いた(15)。

この解放からウィリアム王死去までの間、デフォーはオランダ瓦の工場を経営しながら、積極的に政治に関わった。パンフレット、評論、諷刺文、小論文を出版したが、すべてはこの外国人の王の一派を擁護するものであり、また『生粋のイギリス人』という詩を除いて、すべてが文学的価値に乏しい。アン女王即位の後、議会は非国教会派のプロテスタント（これはすなわち、国教会の優位を承認しない者たちである）に対する抑圧的な法令を採決した。そこでデフォーは過激な国教会派を装い、かの有名な諷刺詩『非国教徒簡易処理法』を出版した。これは、国教会の教義と儀式を受け入れない者たちは皆、絞首台か牢獄に送られるべきであり、イエズス会の神父たちは磔刑の栄誉に浴するべきだ、と提言するものである(16)。この諷刺詩は多大な物議を醸した。当初は大臣たちのほうが騙され、提案の誠実さと思慮深さを褒め讃えた後、自分たちが甚だしい誇張を相手にしていたことに気がついた。デフォーに対して拘留令状を出し、ロンドンの新聞は以下のようにこの諷刺作家の特徴を記述した。

痩せ型の男、中年で四〇歳くらい。色黒で、髪は栗色だが鬘《かつら》を被る。鉤鼻、尖った顎、目は灰色。口の近くに大きなホクロあり。ロンドン生まれで、長年コーンヒルにてニット製品の仲買をやっていたが、現在はエセックス州ティルブリーでレンガと瓦の工場を経営している(17)。

警察は彼の首に懸賞金を賭け、その後一カ月のうちにデフォーはニューゲイトに投獄された。彼の本は執行人によって焼かれ、作家は三日連続で、株式取引所の正面、チープサイドの通り、そしてテンプルバーにあったシティの城門で、さらし台の刑に処された。この刑の間も、彼が意気阻喪することはなかった。王の慈悲によって、彼の耳が切り取られることもなかった。花売りたちは拷問器具を花綱で飾った。新聞売りがわずかの小銭で売る『さらし台への賛歌』は飛ぶように売れ、いっぽう町の下層民たちは広場に群がり、その詩を朗誦し、囚人の健康と言論の自由に祝杯を挙げた(18)。

その後投獄されてからも彼の文学的活力は衰えを見せなかった。イギリスで最初のジャーナル『ザ・レビュー』を（獄中にありながら）創刊して世に送り出し(19)、当局を宥める方法を熟知していた彼は、やがて釈放されたのみならず、政府から密使としてエディンバラに赴くという任務まで与えられた。

これに続く七年間、作家は政治の灰色がかった薄明かりのなかに姿を消す。そして政府がジャーナルに過酷な税を課すと、『レビュー』誌も九年間の命を閉じる。疲れを知らない三文文士デフォーは、今一度論戦に身を投じた。ジェイムズ二世の王位継承に関するパンフレットは再び彼に召喚令状をもたらし、そして欠席裁判で有罪となり、ニューゲイトへの二度目の投獄となった(20)。釈放は激しい卒中のおかげであった。危うく命を落とすところだった。仮にこの発作が致命的であったならば、世界の文学は大傑作をひとつ失っていたことだろう。イングランドとスコットランドの統合が完了し、ハノーヴァー家によってイギリス王位が安定すると、デフォーの政治的重要性は急速に減退する。このとき、（すでに六〇年を生きてきた）彼は本来の意味で文学に向かう。ジョージ一世の治世の最初の年に（起伏の多いデフォーの人生は七つの治世に亘っている）、彼はロビンソン・クルーソーの第一部を書き印刷する。この本は作者から、首都のほとんどすべての出版社に送られたが、実に炯眼なる出版社はこれをことごとく拒絶した。陽の目を見たのは一七一九年四月のことだった。八月の末にはすでに第四版が出回っていた。八万部が売れるというのは、当時として前例のない部数であった。大衆はデフォーの主人公の冒険に飽き足りることがなく、さらに多くを欲した。今日の大衆の執拗な要求に応じて痩せこけた傀儡シャーロック・ホームズを蘇生させ、たかり屋とならず者のさらなる追跡に今一度取り掛からせたコナン・ドイル[21]のように、六〇歳のデフォーは自分の小説に第二部を書き加えた。そこでは主人公が旅愁に誘われ、「故郷の島《アイランド・ホーム》」へと戻るのである。この第二部に続いて、第三部『ロビンソン・クルーソーの真剣な省察』が書かれた[22]。デフォー——その魂に幸いあれ——は遅まきながら、自身の散文的なリアリズムが、主人公の精神的な側面をあまり語っていなかったことに気づき、この第三部に、人間や人間の運命、創造主に関する一連の反省を収めることになった。この反省と考察は、まさしく、奇蹟を起こす聖母の首や差し出された手の回りからぶら下がっている、奉納の護符のように、この無骨な船乗りの姿を飾るものである。この有名な本は、あるロンドン子の諧謔によってパロディにされるという、最高の幸運にさえ浴した。このロンドン子のほうも、その風変わりな諷刺作品によって財を成したのだった。これはつぎのようなタイトルである——『ダニエル・デフォーという羊毛商人の驚くべき奇妙な生涯と冒険——彼はたったひとりで無人島グレート・ブリテンに暮らした[23]』。

　衒学者たちは、リアリズム運動のこの偉大な先駆者が犯した取るに足らない誤りを、やっきになって見つけ出そうとした。浜辺から座礁した船に泳いで行く前に服を脱いだとしたら、どうしてクルーソーはポケットにビスケットを詰めることができたのか？　洞穴の真っ暗闇のなかでどうして雄山羊の眼を見ることができたのか？　インクも鵞ペンも持っていなかったとしたら、どうしてスペイン人たちはフライデーの父親に契約書を書いて渡すことができたのか？　西インド諸島に熊はいるのかいないのか？　等々。[24]衒学者たちが言うのももっともだ。確かに誤りはある。だが瓶もイグサも洪水で押し流されて行くごとくに、新しいリアリズムの広大な川は、威風堂々とそうした誤りを押し流して行く。

一七一九年から二五年まで、この老作家の筆はけっして休むことがなかった。一ダースにもおよぶほどの小説、いわゆる一代記、パンフレット、学術論文、ジャーナル、旅行記、霊媒の研究を書いた。痛風と老齢がやむを得ず筆を擱かせた。一七三〇年には三度目の投獄を被ったと考えられている。一年後われわれはケントの要塞に、[25]逃亡者となった彼を目にすることになる。彼の死はどこかしら謎に包まれている。おそらくは逃亡中であった。おそらくは息子（父親の著作に登場するほどの価値がある、札付きのならず者）との不和ゆえに、惨めな放浪生活を強いられた。それはいささかリア王の悲劇を思わせる。おそらくは長い人生の労苦が、あまりにも多くの執筆活動が、策謀が、災いが、そしてつねに増大していった貪欲さが、その機敏で肥沃な知性に、老衰のようなものをもたらしてしまったのだろう。はっきりはしていない。今後もはっきりはわからないだろう。しかし、ムーアフィールズの小さな宿におけるその孤独で奇妙な死には、何かしら意味深長なものがある。奇妙で孤独なクルーソーや、その他多くの孤独な人びと――クルーソーが海に飲まれてしまったように、彼らもまた社会的困窮という大海に飲まれてしまった――を不滅の存在にしたデフォーは、おそらく自らの終わりに近づくにつれ、孤独への郷愁を感じたのだろう。老獅子は最後のときが近づくと、群れから離れた場所に赴く。弱り果て活力を失った己が身体に嫌悪を感じ、誰の目にも触れられない場所で死ぬことを望むのだ。そしてときには人間も、恥辱のなかで生まれ再び死という恥辱に身を屈するとき、他人がその淫らな現象――残酷で人を愚弄する自然は、人間の生命を淫らに終わらせるものだ――を目の当たりにして悲しむことを望まない。[26]

ジェイムズ・ジョイス

多産な作家に関して、ましてや手動の印刷機に二百十回も呻き声を挙げさせたダニエル・デフォーのような作家に関して、適切な研究を行なうことはけっして容易な仕事ではない。だが最初に政治的な性格の作品とジャーナリスティックな評論の類を除外してしまえば、デフォーの作品は自ずと二つの関心を中心としたものに分けられる。いっぽうの側には、何らかの日々の出来事を扱った著作が来る。そしてもういっぽうの側に、伝記が来る。(27) これは、恋愛のプロットもなく、心理学的な検討もなされておらず、登場人物の性格や性癖にバランスの取れた研究もなされていないという点で、われわれが理解している意味での真の小説ではないものの、(28) その内部には現代リアリズム小説の精神が垣間見え、それが不完全で無定形な有機体のなかにまどろんでいるという点で、文学作品となり得ている。たとえば『暴風雨』(29) は、一七〇三年一一月末、二度に亘ってブリテン諸島を襲った恐ろしいハリケーンによってもたらされた破壊を描いた作品である。現代の気象学者は、デフォーによって克明に伝えられた詳細から、きわめて正確な気圧図〔天気図〕を作成することができた。(30) 彼の方法は単純さそのものだ。まず風の原因の調査に始まり、つぎに人類史上で有名な暴風雨について要約し、そして最後に、物語は大蛇のように、書簡と報告書の縺れ合った文面のうえにゆっくりと這い出して行く。これらの文書は次々と果てしなく現れる。連合王国の各地から寄せられた手紙には、すべて同じことが書かれてある。つまり、こちらでは多くの樹木（林檎、柳、オーク）が根こそぎにされ、あちらでは多くの家の屋根が飛ばされ、またある場所では多くの船舶が堤防に激突して壊れ、また別の場所では多くの尖塔が崩れ落ちたという記述。さらに、様々な村落が被った損害——家畜や家屋、死者や救助された者——の几帳面な列挙と、教会の屋根から剝がれ落ちたすべての銅の正確な長さ。言うまでもなくこの本は、並外れた退屈な書となっている。現代の読者は結論部に達する前に相当の不平をもらすことになる。だが最後に、この年代記作家の目的は達成される。反復、矛盾、細目、数字、騒音が、執拗に語られることで、暴風雨が立ち現れてくる。破壊がありありと目の前に広がる。

『疫病日誌』(31)でデフォーはさらに大きく翼を広げる。サー・ウォルター・スコットは、デフォー著作集の決定版に添えた序文で、つぎのように述べている。

たとえ『ロビンソン・クルーソー』を書いていなかったとしても、デフォーはこの疫病の日誌で立証した天分により、不朽の名声を得ていたことだろう。(32)

黒死病はチャールズ二世治世下の初期、ロンドンの町を荒廃させた。犠牲者の正確な数は確認されていないが、おそらく一五万人を超えていた。デフォーが語るこの恐るべき大虐殺は、その冷静さと陰気さゆえにいっそう読む者を震撼させる。感染した家の扉には赤い十字の印がつけられ、そこに「主よ、われらを憐れみたまえ！」と記された。公道にも草が伸びた。陰鬱な静寂は悪臭を放ちながら、天蓋のように荒廃した町を覆った。夜間には霊柩馬車が通りを横切った。ベールを被った荷馬車屋に先導されているが、彼らも消毒された布で口を覆っている。叫び屋が彼らの先を行き、時折鐘を鳴らしては、闇夜に向かって大声を出す——「死体は運び出すぞー！」オールドゲイトの教会の裏には巨大な穴が掘られた。ここに荷馬車屋は荷を降ろし、大量の黒くなった遺体に憐れみの石灰を振りかけた。(33)やけになった者たちやごろつきたちは昼も夜も安酒場で飲み騒ぎ、瀕死の人間たちは急いで死体の山に身を投げた。身籠った女たちは助けを求めて泣き叫んだ。街角や広場ではつねに、大きな炎が煙を上げていた。宗教的錯乱は頂点に達していた。炭の燃える火鉢を頭に載せた狂人が素っ裸で町を歩き、われは預言者なりと叫びながら、交誦を唱えるように、「おお、偉大なる、恐るべき神よ！」と繰り返していた。

デフォーのフィクションでこの恐怖を語る人物は、ロンドンの無名の馬具屋である。だが語りの文体はどこかしら威厳があり、（もしこう言ってよければ）管弦楽的であり、トルストイの『セバストポリ』やハウプトマンの『織工』を思い出させる。(34) しかしこの二作には、詩情の高まりや自意識的な技巧があり、人間的もしくは超人的な悪意に対し、現代人が情緒の攪乱を覚えることを狙った、音楽的なモチーフがある。デフォーにそうしたものは一切ない。詩情も、芸術のための芸術も、社会的な感情もない。この馬具屋は見捨てられた町を歩き、苦悶の叫びを耳にし、患者たちを避け、知事の布告を読み、ニンニクやヘンルーダを噛んでいる寺男たちと談笑し、ブラックウォールの渡し舟の船頭と議論し、統計を忠実に纏め、パンの値段に興味を抱き、夜警に関して不平を言い、グリニッジの丘の頂上に登り、テムズ川に停泊した船に避難している人びとのおおよその人数を計算し、賛美し、非難し、たびたび涙し、何度か祈りを捧げる。そしてぎこちない自作の四行詩には、善良な馬具屋らしく読者の寛恕を請いながら、これをもって物語を終える。その詩は彼が言うように、粗野ではあるが正直である。つぎのような詩だ。

ロンドンの、身の毛もよだつ疫病は、
六五年のことだった。
一〇万人の魂が、あっという間に消え去った。
けれどもわたしは生きている！

デフォーの文体はいかなる気取りもない感嘆すべき明瞭さを具えてはいるが、彼の場合その詩情の星は、見ての通り、いわばその不在ゆえに輝いている。そしてこれは、『ロビンソン・クルーソー』や『ダンカン・キャンベル』[35]のいくつかのページのうえで突然、束の間の甘美な光を四方に放つ。だからこそ『悪魔の政治史』は、ひとによっては吐き気を催させもしたのだろう。[36]デフォーの描く悪魔は、「至高者」の目的に永遠の戦闘をしかける「混沌」の奇妙な息子とはほとんど関係がない。むしろ、悲惨な財政難を被った、ニット製品の仲買人に類似している。デフォーは悪魔の立場になって考えるのであり、そのリアリズムがわれわれには、たちまち調和を乱すものと見えてしまうのだ。『失楽園』の厳めしい主人公と、勇ましく争い合うのである。彼は自問する――悪魔が天国から地獄の底に墜ちるまで何日を要したか、いくつの魂が彼とともに落下したか、彼はいつ世界の創造に気づいたのか、彼はどのようにイヴを誘惑したのか、できればどこに住みたかったのか、なぜ、そしてどのように、彼は翼を作ったのか――。超自然的なものと向き合うときの、こうした精神の構えは、彼の文学的指針からすれば当然の帰結なのであって、それは覚醒した夷狄の構えである。ときには哲学者『ディコリー・クロンケ』のぎこちないせっかちな物語[37]のように、間の抜けた語り手が狂人の功績を物語っているように見える場合もある。またときには『ダンカン・キャンベル』のように――これはスコットランドの千里眼者に纏わる、興味深い事例を扱った霊媒研究と呼べるものだが――、作家の構えが、語られる主題にことのほか適合しており、子どもの質問の的確さや純真さをわれわれに思い出させる場合もある。

この物語は、スコットランドの高地もしくは島に逗留した際の産物に違いないが、一般に知られているように、この地ではテレパシーが人びとの関心事である。物語は、その没個性的な筆致において、デフォーの方法の限界を示すものである。幻視者の少年の枕元に坐り、その開いた両の瞼を見詰め、その呼吸に耳を傾け、その頭の位置を調べ、その健康な顔色に注目するデフォーは、未知のものを目の前にしたリアリストである。それは夢を目の前にしてその夢に欺かれることを恐れ、頭を悩ませては勝利を収める人間の経験である。ようするに、ケルト人を前にしたアングロ＝サクソン人なのである。

＊

デフォーの作品のうち第二のカテゴリーに属し、より個人的な関心を湛えた作品の場合、われわれは時折、間欠的な伴奏として太鼓の連打や戦場の大砲の大音響を耳にする。『ある王党員の回顧録』[38]は、デフォーがその独特な序文で、これはウィリアム三世の国務長官の書類のなかに見出されたものだとしているが、〔スウェーデン王〕グスタヴス・アドルファス〔四世〕の指揮下で戦い、その後チャールズ一世の軍隊に入った、ある仕官の個人的な物語である。この本は、その疑わしい出所に少なからぬインクを費やしているものの、今日ではもはや、この動乱と流血の時代を研究する者以外の興味を惹くことはない。この王党員がわれわれに語るのは、われわれが別の箇所で読んだことのある話である。われわれはそれを、ここでさほど気遣いなく再読し、せいぜい活き活きとした描写や生彩のある箇所を記憶にとどめるくらいである。

これにひきかえ、『カールトン隊長の回顧録』[39]のスペインの章は、色事、闘牛、死刑がふんだんに描かれ、昨今の映画用語で言えば、「撮り方」がリアルである。もしデフォーが今でも生きていれば、その厳密さと想像力の天分、種々雑多な経験、平明で正確な文体ゆえに、おそらくは英米のどこかの大新聞社の特派員として、偉大な名声を勝ち得ていたことだろう。[40]

こうした背景のなかで断然人目を惹くことになる最初の女性像は、マザー・ロスと呼ばれるクリスチャン・デイヴィーズ夫人である。[41]この婦人は、大胆不敵なロクサーナ、忘れ難き娼婦モール・フランダースとともに、現代の批評家たちを茫然自失の状態に陥れる、女性三人組のひとりである。実際、優雅な文人・愛書家のサー・レズリー・スティーヴンは、いったいデフォーはどこからこの女たちのモデルを見つけてきたのだろうか、と良家の作家らしい好奇心を示しながら自問している。[42] 最近デフォーの著作を編集した、詩人のジョン・メイスフィールドも、どうやってデフォーが——この作家は王政復古に続く時代、つまりは陽気な時代、多くの従順な御婦人方の自由な魅力を堪能できたことで際立っている時代、内輪の歴史のほうはルーシー・ウォルターズ、ネル・グウィン、マーサ・ブラント、スキャンダルで名高いスザンナ・セントリヴァー、機知に富むレディ・メアリー・モンタギューといった女性の名前が星のように鏤められている時代を、生きていた——、これほど冷笑的で粗野で節度のないリアリズムにより、こうした女たちを作り出したのか、うまく説明できずにいる。[43] 先述のお歴々の批評家方にとって、『クリスチャン・デイヴィーズ夫人の生涯』は、なるほど、馬丁によるジャンヌ・ダルクの生涯の書き直しのように見えることだろう。

ダブリンの宿屋の美しい女主人クリスチャンは、店の酒瓶は見捨てて、男の服を着、夫を探すために、マールボロ公の軍隊の竜騎兵としてヨーロッパ中を彷徨う。ヘヒシュテットの戦いで夫を見つけるが、それまでに夫のほうはオランダ人の情婦を作っていた。安宿の一室でクリスチャンが不実な夫と顔を合わせる場面は、思いがけない光で永遠の女性像を照らし出してくれる。ここで、クリスチャン自身はつぎのように語る。

彼が台所でオランダ人の女と飲んでいるのを見ましたが、わたしは彼を見なかった振りをして女将のところに行き、自分の部屋に案内してくれと頼みました。女将はわたしを部屋まで先導してくれ、その後わたしが頼んだ一パイントのビールを持ってきてくれました。それからひとりにしてくれたので、わたしは悲しい思いに浸りました。坐ってテーブルに肘をつき、片手に頭を凭れて、熟考を始めました。……（中略）……でもどうして彼はこれほど変わってしまったのだろう?……（中略）……それから夫のオランダ女に対する愛情はわたしの涙の堰を切り、豊かに涙を溢れさせましたから、わたしにはいくらか慰めがもたらされました。この奔流は抑えることができず、たっぷり一五分間は流れ続けました。ついにそれは止み、そしてフーガルデ（乳漿のような色をした白ビール）を少し飲み、泣いていたことを隠すために残りのビールで目と顔を洗いました。それから、女将を呼んで、もう一パイント注文しました。

トリスタンとイゾルデどころではない![44] 無学であろうと文学的素養があろうと、現代の音楽家にとっては、この女の物語が提供してくれるものはほとんどあるまい。彼女は未だ若い女性なのだが、斜面を転がり落ちるように、まずは年配のC伯爵（イニシャルを使う細やかさに注意されたい）を夢中にさせることで自身のキャリアを開始する。そして、六二歳でチェルシーの陸軍病院で死去する。不具の、腺病結核の、水腫を病んだ、恩給を受給している、酒保の女主人として生涯を閉じるのだ。またモール・フランダースの生涯と比べても、提供してくれるものはさらに少ないだろう。後者は唯一無比の女で、（古い本の扉の言を引用すると）ニューゲイトの監獄で生まれ、六〇年間の絶え間なく移り変わる人生を生きた女、一二年間は娼婦、五度の結婚（そのうち一度は実の兄との）、一二年間はスリ、八年間はヴァージニア州の終身牢獄で服役、その後裕福になり、正直者の人生を送り、悔悛者として死ぬ。ようするにこの作家のリアリズムは、音楽の持つ魔術的な奸詐に挑戦し、これを超越しているのである。

現代のリアリズムは、おそらくひとつの反動なのだ。オルレアンの乙女〔ジャンヌ・ダルクのこと〕の伝説を崇拝していた大国フランスは、その後ヴォルテールの口を介して彼女の美観を損ねる。一八〇〇年代には彫刻家[45]たちの手で彼女を下品に汚し、二〇世紀にはアナトール・フランスの鋭利な文体で穴だらけにし、切り刻んだ。

フランス・リアリズムの激烈さと洗練はそれ自体、その起源が精神的なものであることを暴露している。しかし、ユイスマンスの陰鬱なページを有害な燐光で照らし出す、あの怒り狂った激しい頽廃は、デフォーの作品に探し出そうとしても無駄である。ゴーリキーとドストエフスキーの二世紀前、ヨーロッパ文学に最低の人間集団——捨て子、スリ、贓物故売人、売春婦、やり手婆、強盗、敗残者——を持ち込んだこの作家に、ひとを苛むと同時にいとおしむ、あの激しくも用意周到な義憤と抗議を、探し出そうとしても無駄である。仮に何かを見出すとすればそれは、登場人物の粗削りな外見の下に現れる、人間の本能と予言であろう。彼の描く女たちは動物的な破廉恥さと禁欲とを兼ね備えている。彼の描く男たちは樹木のように逞しくかつ寡黙である。そしてイギリスのフェミニズムとイギリスの帝国主義は、かの動物的な王国から浮かび上がってきたばかりのこうした精神のなかに、すでに潜んでいることがわかる。アフリカの植民地総督セシル・ローズはシングルトン船長の直系の子孫であり、前述のクリスチャン・デイヴィーズ夫人はパンクハースト夫人の高祖母と推定されている。(46)(47)

＊

デフォーの代表作『ロビンソン・クルーソー』は、上記の本能と予言の、完璧な芸術的表現である。デフォーは、海賊であり探検家である『シングルトン船長』の人生によって、そして『ジャック大佐』の物語によって——そこには実に寛大で物悲しい隣人愛が溢れている——、偉大なる孤高の人物の研究と素描を提示したのだ。彼は後に、多くの大人や子どもの素朴な心から賞讃を得て、文学の世界の市民権を獲得した。(48)船で遭難し孤島に四年間暮らした船乗りの物語は、長い英文学の歴史のなかでもおそらくは他に類を見ない本であり、理性的な動物の持つ慎重で勇ましい本能と、帝国の予言を、明らかにしている。

ヨーロッパの評論家たちは、何世代にも亘って、かならずしも好意的ではない執拗さで、この雑種の民族によって成し遂げられた広大な世界征服の神秘を、解き明かそうと奮闘してきた(49)。この民族は北の海の小さな島で苦労の多い生活を送り、ラテンの英智という天性にも恵まれず、セム族の忍耐もなく、ゲルマン民族の熱意もなく、スラヴ民族の感受性も具えていなかった。ヨーロッパの諷刺漫画は、もう何年にも亘って、物悲しさがなくもない陽気さを湛えつつ、サルのような上顎をした誇張された人間の姿を描くことに打ち興じてきた。あまりにも短くあまりにもタイトなチェックの服を着、巨大な足をした人間の姿である。さもなければ伝統的なジョン・ブル、つまりは太った差配人の姿だ。半月のような間抜けな赤ら顔をし、小さなシルクハットを被っている。こうした二種の人物であれば(50)、一〇万年経とうとほんのわずかな土地さえ手に入れることはできなかっただろう。ブリテンによる征服の真の象徴はロビンソン・クルーソーである。孤島に漂着した彼はナイフとパイプをポケットに入れ、建築家、建具屋、研ぎ師、天文学者、パン屋、船大工、陶芸家、馬具屋、農夫、仕立て屋、傘屋、聖職者になった。彼はブリテンの植民地建設者の原型であり、それはちょうどフライデー（不吉な曜日に現れる忠実な未開人）が、支配される民族の象徴であるのと同じである。アングロ＝サクソンの精神すべてがクルーソーのなかにある。すなわち、雄々しい自立心、無自覚の残酷さ、頑固さ、遅まきではあるが有効な知性、性に対する無関心、実用的で熟慮を伴った宗教性、計算された寡黙さ。この単純で感動的な本を、その後の歴史の光に照らして再読する者は、その予言の魔力に魅せられざるを得ない(51)。

福音書記者の聖ヨハネはパトモスの島で、宇宙の黙示的崩壊と、緑柱石、エメラルド、オニキス、碧玉、サファイア、ルビーで輝いた永遠の都市の壁が屹立するのを見た(52)。クルーソーは、彼を取り囲む豊饒な森羅万象のなかに、たったひとつの驚異しか見なかった。前人未到の砂浜に残された裸足の足跡である。これが前者ほど重要ではないと、誰が知り得ようか(53)？

ジェイムズ・ジョイス

〔ウィリアム・ブレイク〕(54)

〔最初の一〇ページは欠落。文の途中から始まっている〕倫理的、実践的解釈の〔……〕は、道徳的な箴言ではない。セント・ポール大聖堂を見詰めながら、ブレイクは、魂の聴覚で小さな煙突掃除人の叫びを聴く。この煙突掃除の少年は、その聞き慣れない文学言語によって、押し殺された無垢を象徴している。バッキンガム宮殿を見詰めながら、ブレイクは、精神の目で悲しみの兵士の溜め息を見る。その溜め息は一滴の血となり王宮の壁から滴り落ちる。(55)まだ若く溌剌としていた頃、こうしたヴィジョンから意識を回復すると、ブレイクはそのイメージを、力強いスタッカートの詩行に、あるいはまた銅版に、刻み込むことができた。言葉か金属板によるこうした彫刻術は、しばしば完全な社会学の体系を約言している。監獄は法の石で造られ、遊郭は宗教の煉瓦で造られている、と彼は書く。(56)だが、こうした未知への旅と、そこから自然な生活に突然帰還することからもたらされる絶え間ない労苦が、ゆっくりとではあるが着実に、彼の芸術的能力を蝕んでいく。増殖するヴィジョンは彼の目をくらませてしまう。そして死すべき命の尽きる頃、彼が追い求めた未知なるものは、その広大な翼の闇で彼を覆ってしまった。彼の語りかけた天使たち――彼は自ら不死なる者としてその不死なる者たちに語りかけた――は、沈黙のベールというその衣で、彼を覆ってしまった。

もしわたしが耳障りな言葉と激しい詩行によって、死霊の群れのなかから、息切れした二流か三流の煽動者の姿を呼び出してしまったとしたら、わたしはブレイクの人格に関して誤った観念を与えてしまったことになる。彼は若い頃から革命的文学サロンに参加していた。これにはウルストンクラフト女史や、『人間の権利』

の著者として有名な（あるいは悪名高いと言うべきか）トマス・ペインがいた。[57] いや単に参加していたというよりも、ブレイクはこのサークルの会員のなかで唯一、新時代の象徴である赤い帽子を、街なかで被る勇気を持っていた。だが彼はやがてここを去り、二度とそれを被ることもなかった。一七九二年の九月に起こった、パリの複数の監獄における大虐殺ゆえである。[58] この世の権力に対する彼の精神的な叛乱は、多少はわれわれも知っている、あの水で溶けてしまう火薬ではなかった。一七九九年には、王家より図画教師の地位を提供されたが、宮廷の人工的な環境のなかでは自身の芸術が衰弱死してしまうのではないかと恐れて、これを断った。だが同時に、君主の機嫌を害さないよう、ほかのいかなる庶民の徒弟に教えることもやめてしまった。それは彼の最大の収入源であった。[59] 彼の死後、王女ソフィアは未亡人に、私的な贈り物として百ポンドを送った。夫人は丁重に礼を述べ、これを送り返した。自分はこれがなくともやって行けるし、受け取りたくもない、なぜなら、このお金を別な方法で使えば、自分よりもっと不幸な誰かに、ひょっとすると再び命と希望を与えることになるかもしれないから、と書き送った。[60] 明らかに、この無政府主義的で幻視家の異端者と、あの正統的な教会の哲学者たち――「ヨーロッパの師にして全世界の師、キリスト者の目《エウローパエ・アトケ・オルビス・ウーニウエルシ・マギステル・エト・オクルス・ポプリー・クリスティアーニ》」であるフランシスコ・スアレスや、〔ブレイクの〕前世紀に、暴君誅殺を冷酷かつ論理的に弁護する書を書いて後代を驚愕させたドン・ジョヴァンニ・マリアーナ・ディ・タラヴェラ[61]――との間には、かなりの違いがある。人間の悪意と悲しみに雷《いかずち》を投げ下ろすときのブレイクを、恍惚に浸らせ、また支えもしたのと同じアイデアリズムが、罪人の肉体に対してさえも、彼が残酷になることを押し留めた。[62] 神秘の本『セルの書』に言われるように、われわれの欲望という新婚の床に横たわる、肉という脆いカーテンに対してさえも、である。ブレイクの人生の物語は、彼の心の根源的な善良さを表すエピソードに事欠かない。苦しい生活を送り、小さな家に住み、毎週半ギニーで辛うじて生計を維持していたにもかかわらず、窮した友人には四〇ポンドを貸し与えた。貧しく肺を病んでいるような画学生が、毎朝手に折り鞄を抱えて窓辺を通りかかるのを見ると、哀れみを覚えてこれを家に呼び入れ、食事を与え、その悲しく意気消沈した人生を活気づけようと努めた。(63)ブレイクの弟ロバートとの関係は、ダビデとヨナタンの物語を思い出させる。(64)ブレイクは弟を寄宿させ、扶養し、愛し、長患いの間世話をし、永遠の世界の話を語って彼を慰めた。弟が死ぬまで、何日も間断なくその枕元で眠らずに過ごし、最後の瞬間、愛する魂が不動の肉体から解放され、歓喜して両手を打ち鳴らしながら天に昇って行くのを見た。それから衰弱と安堵で身を横たえ、昏睡状態に陥り、その眠りは七二時間続いた。(65)

ブレイク夫人についてはすでに二、三の言及を行なったが、ここでおそらく、詩人の結婚生活について、いくらか語っておくべきであろう。ブレイクは二〇歳のときに一度恋をした。いささか頭の足りない（ように見える）この娘はポリー・ウッズという名だった。(66)この青春時代の恋愛の影響は、ブレイクの初期の詩集『詩的素描』および『無垢の歌』に見ることができる。だがこの恋は突然乱暴に終わりを迎える。彼女はブレイクを狂人か何かと考えたし、ブレイクは彼女を、媚を売る女、もしくはそれ以上の悪女と考えた。(67)この娘の容貌は、『ヴァラ』(68)という預言書のいくつかのスケッチに再登場する。柔和に笑みを浮かべたその顔は、女性の甘美な残酷さと、官能的な幻惑の象徴である。この挫折から立ち直るために、ロンドンを離れ、ブーシェという名の青物商の小さな邸宅に暮らすことになる。この青物商にはキャサリンという名の二四歳の娘がおり、若者の不遇な恋の話を聞き、その心は憐れみに満ち溢れた。この同情の念と、彼の側の感謝の念から生まれた愛情は、ついに二人を結び合わせた。(69)ブレイクの生涯のこの章を読むとき、われわれの記憶にはつぎの『オセロ』の詩行が蘇る。

わたしが被った艱難ゆえに、彼女はわたしを愛し、そして彼女がそれを憐れんでくれたゆえに、わたしは彼女を愛したのです。[70]

ブレイクは、大いなる天分を具えた他の多くの人間たちと同様、教養ある洗練された女性に魅力を感じることはなく、（芝居じみたありふれた言葉を借用することをお許し願えば）サロンの優雅さやゆったりとした幅広い教養を具えた女性よりも、官能的で雲に覆われた精神を具えた、素朴な女性のほうを好んだ。あるいは、限りないエゴイズムゆえに、愛しい者の魂全体が、ゆっくりと骨折って作られる、自分の被造物となることを望んだ。[71] 日々自分の目の前で、（彼自ら語っているように）雲に隠れた悪魔の前で、[72] 愛しい者の魂が自身を解放し浄化することを望んだのだ。いずれにせよ、ブレイク夫人は、さほど美しくもなければさほど知的でもなかったというのが事実である。実際、読み書きができなかったので、詩人が懸命な努力で彼女にこれを教えた。だが彼はこれに成功を収め、それゆえ数年のうちに妻は、夫の版画の作業を手伝うようになり、デッサンの修正を行ない、さらには自ら幻視の能力も培うほどとなった。原初的な存在物や偉大なる死者たちの魂は、夜更けにたびたび詩人の部屋を訪れ、彼に芸術や想像力について語りかけた。するとブレイクはベッドから飛び起き、ロンドンの冷たい夜に何時間も鉛筆を握り、幻視した目鼻や四肢をスケッチした。その間妻は彼の肘掛椅子の傍にうずくまり、優しく彼の手を握り、幻視者の陶酔を妨げぬよう静かにじっとしていた。夜明け頃ヴィジョンが消えると、妻は布団に戻り、喜びと慈愛に顔を輝かせたブレイクは、素早く炉に火を熾しては、二人のための朝食を準備した。[73] ロス、ユリゼン、ヴァラ、ティリエル、エニサーモンといった象徴的な存在や、ミルトンやホメロスといった亡霊が、[74] 彼らの理想的《イデアーレ》な世界から、ロンドンの貧しい一室にやって来たこと、そして彼らの到来を迎えた香料が、インドのお茶とラードで焼いた卵の匂いに他ならなかったことは、驚くべきことではなかろうか？　永遠なる存在が下賤の者の口を通して語ったのは、世界の歴史上、あるいはこれがはじめてだったのではないか？

ウィリアム・ブレイクの、現世での限りある生は、このように過ぎていった。夫婦生活の船は、哀れみと感謝の助けを得ながら帆を上げ、ほぼ半世紀の間、岩礁を常とする海を漂った。二人に子どもはいなかった。共同生活の最初の数年間には、不和があった。若い夫婦を隔てる教養や気質の大きな違いを考慮に入れれば、容易に理解できる類の誤解である。実際ブレイクは、前にも言ったように、ほとんどアブラハムの例に倣うような決心をし、サラが拒絶したものをハガルに与えようとしたほどであった。(75) 妻のウェスタの巫女のような純真さは、ブレイクの気質と折り合えなかった。彼にしてみれば、命尽きるその日まで、充溢なるものが唯一の美であった。二人の間に生じた涙と非難の言い争いで、妻は失神し、子を持つ可能性を阻むほどに身体を害してしまった。(76) 幼児の無垢を歌った詩人、子どもの魂で子どものための歌を書いた唯一の詩人、『水晶の小部屋』という不思議な詩においては、かくも柔らかく神秘的な光で懐胎という現象を照らし出したこの詩人が、自身の炉端で人間の子どもの顔を見ることができない運命にあったとは、なんとも悲しい皮肉である。(77) ハエ、ウサギ、煙突掃除の子、コマドリ、果ては蚤に至るまで、(78) 生きて植物界の幻惑に苦しみかつ喜ぶすべてのものに対して、計り知れない哀れみを抱いた彼には、精神的な父性以外の父性が拒まれていた。その精神的な父性はしかし、実に自然なものとして、『箴言』の詩行のなかに今なお息づいている。

子どもの信心を嘲笑う者は
老齢と死のなかで嘲笑われる。
子どもに疑いを教える者は
腐敗する墓穴から出ることはない。

子どもの信心を敬う者は
地獄も死にも打ち勝てる。[79]

腐敗する墓穴と恐怖の王も、恐れを知らない不死の魂ブレイクには、力を及ぼすことができない。年老いてからの彼は、ついに友人や弟子や賞讃者たちに囲まれることになったが、大カトーのように、ある外国語の勉強に取り掛かった。[80]その言語は、わたしが今宵皆さんのご好意で、わたしの力の及ぶ限り、世界霊魂の黄昏[81]からその魂を呼び戻し、しばしこれを押し留め精査しようと努める際に用いている言語と、同じである。彼は『神曲』を原文で読み、秘法のデッサンでダンテのヴィジョンを図解しようと、イタリア語の勉強に取り掛かった。[82]病で体は衰弱し、ぐったりと疲弊していたものの、枕の山で体を支えた。大きなスケッチブックを膝のうえに広げ、力を振り絞り、最後のヴィジョンの線画を白いページのうえに描いていった。ロンドンのナショナル・ギャラリーにあるフィリップスによる肖像画は、この姿勢のブレイクを今もなおわれわれに伝えている。[83]彼の脳が衰えることはなかった。彼の手が旧来の腕前を失うことはなかった。死は、コレラの震えにも似た氷の冷たさを装って、彼のもとに訪れた。それは彼の四肢を襲い、一瞬彼の知性の光を消した。それはまるで、空間と呼ばれる冷たい暗がりが、星の光を覆い隠し、消してしまうかのようだった。彼は、天井の梁にこだまする力強い朗々たる声で歌いながら、死んでいった。いつものように、理想《イデアーレ》の世界を、知の真実を、そして想像力の神性を歌った。彼は妻に言った、「わたしの歌ではないんだよ、なあお前、わたしが歌っているのは。違うんだ、いいかい、わたしの歌ではないんだ」[84]。

＊

　ブレイクの人格に関する総合的な研究であれば、論理的に三つの局面から行なわれねばなるまい。すなわち、病理学的、神智学的、芸術的局面である。このうち最初のものは、排除してもさほどの後悔はあるまいと思われる。偉大なる天才に関して、その芸術的才能は認めながらも、彼の頭がおかしかったと語ることは、彼がリユウマチであったとか糖尿病を患っていたと語る程度の価値しかない。ようするに狂気とは医学的表現なのであって、これに対しては、たとえば神学者から異端であるとの非難を受けているものや、警察署から不道徳であるとの非難を受けているものに対する以上の配慮を、冷静な批評家に強要することはできない。昨今高く評価されている性急な物質主義を、厳密な科学を専攻する大学生の気楽な軽薄さで信じることはない、あらゆる偉大な天才を、奇人と呼んで咎めねばならないとしたら、われわれには芸術も卓抜な哲学もほとんど残されることはない。無実の者たちのそうした大虐殺は、逍遥学派の体系の大部分を、中世の形而上学の一切を、巻き添えにすることだろう――天使の学者、聖トマス・アクィナスによって構築された、均斉の取れた巨大な建造物の完全なる翼面も、バークリーの観念論《イデアリズモ》も、そして（この同時発生に注目して頂きたい）ヒュームのものであるあの懐疑論でさえも[85]――。そうなれば芸術に関する限り、せいぜいのところ、議会の写真家や速記者といったあの役に立つ人びとが、命拾いをするまでのことだろう。今日の株式市場で高く評価される二つの社会的な力――すなわち女性と大衆――の穏やかな結びつきのもと、いくぶん遠い将来花開くであろう、そうした芸術と哲学の予感は、少なくともすべての芸術家と哲学者を、たとえ今はそれぞれ別様に考えていようとも、この世の人生のはかなさに関して和解させることだろう。

　また西洋の神秘主義者の序列のなかで、ブレイクをどの場所に位置付けるべきかという検討も、この講義の目的からは逸脱してしまう。わたしには、ブレイクが偉大な神秘主義者であるとは思えない。神秘主義の本拠地は東洋なのであり、言語の研究が東洋の思想をある程度まで理解することを可能にした現在（『ウパニシャッド』が語る、精神の能動性と受動性の遠大な周期を生み出す、心象形成のエネルギーなるものを、仮に思想と呼び得るのであればだが[86]、西洋の神秘主義の著作も、ことによると反射した光で輝き出すことはあろう。ブレイクはおそらく、インドの神秘主義にはさほど霊感を受けなかったろうし、パラケルススやヤコブ・ベーメやスウェーデンボリほどではなかったことだろう[87]。いずれにせよ彼のほうが退屈はしない。ブレイクの場合、幻視の能力は芸術的な能力と直結している。パラケルススやベーメが説いたような概念――彼らは水銀、塩、硫黄、また身体、魂、精神の、退化と進化に纏わる宇宙論を開示した――を形成するためには、まず第一に神秘主義的な傾向を持ち、さらにヒンドゥー教の行者のような忍耐がなければならない。ブレイクは当然のことながら、別のカテゴリーに属する。すなわち芸術家のそれである。そしてこのカテゴリーのなかでも、彼は特異な位置を占めているように思われる。知的な明敏さを神秘的な感覚と結び合わせるからである。前者の性質は、神秘の芸術にはまったくと言ってよいほど欠けている。たとえば十字架の聖ヨハネは、ブレイクに比肩する数少ない夢想家・観念論者《イデアリスタ》の芸術家だが、その著作、かほどの激しい法悦で身を震わせ卒倒してしまう物語『暗夜』においても、形式に対する生得の感覚や、調和の取れた知の力は、けっして示してくれない[88]。こうした点は、つぎの事実によって説明できよう。ブレイクには精神的な師が二人いた。互いに大いに異なってはいるが、形式に関する精密さという点では似通っている二人、ミケランジェロ・ブオナルロッティとエマヌエル・スウェーデンボリである。われわれが目にできるブレイクの初期の神秘的なデッサン『アルビオンの岩間に佇むアリマタヤのヨセフ』には、隅に〈Michelangelo pinxit〉〔ミケランジェロ描けり〕の文字がある。これはミケランジェロがその『最後の審判』のために用意したスケッチに範を取ったもので、官能の哲学という大権における詩的想像力を象徴している。このデッサンの下に、ブレイクはつぎのように書いた――これはゴシック芸術家のひとりである。われわれが暗黒時代と呼ぶ時代に大聖堂を建立し、羊皮と山羊皮を着て彷徨った。

彼に世界は価値のないものであった――[89]。ミケランジェロの影響はブレイクのすべての作品に感じられ、とりわけ断片集として集められた散文の一節一節に顕著である。そこで彼がいつも主張しているのは、未だ創造されざる虚空を背景に、人物の姿を呼び起こし創造する、純粋で明るい線の重要性である[90]。スウェーデンボリは、ちょうどブレイクが詩や絵を描き始めた頃、ロンドンにて放浪の身で亡くなったが、その影響は、ブレイクの全作品に刻まれている、人間性賛美のなかに見ることができる。スウェーデンボリは、長年に亘りあらゆる目に見えぬ世界に足繁く通い、人間のイメージのなかに、天空そのものを見る[91]。彼によれば、ミカエルもラファエルもガブリエルも、三人の天使ではなく、天使の三つの聖歌隊である。永遠は、最愛の使徒〔ヨハネ〕と聖アウグスティヌスには天の国と見え、〔ダンテ・〕アリギエーリには天の薔薇と見えたが、この天上人にも似たスウェーデンの神秘家――その身体は一切が、永遠に出入を繰り返す天使の流動的生命によって動かされている――にとっては、愛と英智の収縮と拡張に見えた。このヴィジョンから、彼はあの広大な体系を築き上げていった。照応と呼ばれるこれは、彼の代表作『天界の秘儀』全体に語られている。この新たな福音書は、彼によれば、聖マタイによって預言された、天に現れる人の子の印となるべきものであった[92]。

この両刃の剣――ミケランジェロの芸術とスウェーデンボリの啓示――で武装して、ブレイクは、経験と自然の英智という龍を退治した。空間と時間を無に帰し、記憶と感覚の存在を否定し、神の胸という虚空に自らの作品を浮かび上がらせることを欲した。彼にとって、一回の鼓動よりも短い一瞬一瞬が、その周期と持続において六千年に相当した[93]。なぜなら、限りなく短いこの瞬間に、詩人の作品は受胎し出生したからである。彼にとって、人間の血の赤い一滴よりも大きな空間のひとつひとつが、幻想であり、ロスの鉄槌によって作り出されたものであった。いっぽうわれわれは、血の一滴よりも小さい空間のひとつひとつにおいて、永遠へと入って行く。われわれの植物界がその影に過ぎないところの、永遠にである。したがって魂は、目に、よってではなく、目の向こうを、見詰めなければならない。なぜなら、魂が光線のなかでは眠ってしまうのにひきかえ、夜に生まれた目は、やはり夜には死んでしまうものだからである。[94]偽ディオニシウス・アレオパギタは、その著書『神々の名』において、あらゆる道徳的、形而上学的属性を否定し超克して神の玉座に到達し、そして最後の章において、神の暗黒を前にして——永遠の秩序における至高の英智と至高の愛を予示し包含する、言葉に尽くせぬ広漠を前にして——、恍惚となり地に平伏す。[95]ブレイクが無限の戸口に到達した精神の過程も、これと同様の過程である。彼の魂は無限小のものから無限大のものへと、血の一滴から星々の世界へと飛翔し、その飛翔の速度に自らを消尽し、神の暗い海の果てで、刷新され翼を具え不滅となっている己が姿を発見する。そして、永遠は時間の産物に恋をしているとの確信を抱き、[96]自らの芸術をあれほどまでに観念論的な前提に基づかせていたものの、……の娘たちの神の子らは……〔原稿はここで終わっている〕

註

(1) 原文はイタリア語。原題は "Verismo ed idealism nella letteratura inglese (Daniel De Foe-William Blake)"。原稿の詳細については「デフォー」論と「ブレイク」論の各タイトルに附した註4と註54を参照のこと。

(2) メイスン＝エルマンの編著（この梗概はこれに附されたものだが）には、一回目の「デフォー」論講義は掲載されておらず、二回目の「ブレイク」論のみが掲載されている。この書の編集段階（一九五九年）では、「デフォー」論は、スタニスロース・ジョイスが兄の手書き原稿から書き写したと思しい四枚の断片（33-36）のみ、コーネル大学図書館で閲覧できるに過ぎなかったからである。「デフォー」論の手書き原稿全体は、一九五〇年にジョン・スローカムがスタニスロースより買い取り、シルヴィア・ビーチ（一八八七—一九六二）に贈呈された。メイスン＝エルマンはつぎのように補註している——「ジョイス・エステイトによる事前の取り決めゆえに、デフォー論講義はここに掲載することができなかった」。おそらくは「エステイト」側が、シルヴィア・ビーチとなんらかの「取り決め」を行なったものと推測できる。したがって一九七八年出版の『ジェイムズ・ジョイス・アーカイヴ』や、二〇〇〇年出版のバリー編には全文が掲載されている。また多くの研究者に閲覧可能となったのは、一九六四年の『バッファロー・スタディーズ』（第一号）に掲載された、ジョーゼフ・プレスコットによる英訳が最初である。

（3）ジョイスとこれら二人の作家との類似性については、以下の論文でも扱われている――Harry Levin, *James Joyce*, Norfolk: New Directions Books, 1941, 18–19（邦訳――ハリー・レヴィン『ジェイムズ・ジョイス――その批評的解説』飛田茂雄・永原和夫訳、北星堂書店、一九七八、二四ページ）; Northrop Frye, “Blake and Joyce,” in *James Joyce Review*, 1/1 (Feb. 1957), 39–47; Richard Ellmann, “The Background of *Ulysses*,” in *Kenyon Review*, 16 (Summer 1954), 371–77.

（4）『ジェイムズ・ジョイス・アーカイヴ』第二巻一七四―二一三ページ所収。バッファロー大学図書館所蔵のバッファロー原稿（Buffalo VII. A. 1-1-2-23）。“Daniele Defoe”と題された四〇ページからなるイタリア語の完成原稿の、著者自身による清書であり、二部に分かれている。第一部には1から17まで、第二部には1から22までの番号が附されている。また後者には8の番号が附された原稿が二枚ある。これらとは別に、四枚の手書き原稿も存在する（『アーカイヴ』第二巻一七〇―七三ページ所収、Buffalo VII. A. 3）。これには33から36の番号が附されているが、草稿の断片と見受けられ、当初考えられていた結論部を含んでいる。これについては後述の註53を参照のこと。デフォーに関してジョイスがおもに参照した文献は、ウィリアム・ミントーおよびジョン・メイスフィールドのデフォー伝――William Minto, *Daniel Defoe*, London: Macmillan and Co., 1879; John Masefield ed., *Defoe*, London: George Bell and Sons, 1909――と思われる。

（5）現在のラインラント・プファルツ州にある町で旧公国。

（6）オラニエ公ウィリアム三世（一六五〇―一七〇二）はハーグで生まれ、権利の宣言によってイギリス国王となった。したがってこの一六八八年の「名誉革命」以後、プロテスタントによる王位継承が確立される。

（7）『ユリシーズ』第二挿話二七三行には、「誉れ高く敬虔な不朽の思い出に」というウィリアム三世に捧げられる、オレンジ会員による乾杯の言葉が引用されている。

（8）ジョイスはデフォーの『生粋のイギリス人――諷刺詩』（*The True-Born Englishman: A Satyr*）（一七〇一）の主題を詳述している。この詩においてデフォーは、「外国人」ウィリアム三世に対するイギリス人たちの反論を、皮肉に切り崩して行く。「デフォーは、外国人を嘲っているイギリス人とはそもそも何か？　と問う。彼らこそこの地球上に生きたなかでももっとも雑駁な種ではないか。生粋のイギリス人などというものは存在しない。彼らはあらゆる外国人たちの子孫なのであり、しかもクズの外国人たちの子孫なのだ」（ミントー 26）。

（9）ルドヴィーコ・アリオスト（一四七四―一五三三）はイタリアの詩人。

（10）ジョヴァンニ・ボッカッチョ（一三一三―七五）はイタリアの詩人、『デカメロン（十日物語）』（一三五〇頃）を書いた。トマソ・グアルダーティ（一四一〇―七五）はマスッチョ・サレルニターノの偽名で五〇の短篇から成る説話集 *Il Novellino* を残した。

（11）フェリックス・ローペ・デ・ベガ（一五六二―一六三五）はスペインの詩人・劇作家。

（12）プルタルコス（四六？―一二〇）はギリシアの伝記作家。ガイウス・サルスティウス・クリスプス（前八六―前三五）はローマの歴史家。

（13）モンマス公ジェイムズ・スコット（一六四九―八五）はチャールズ二世の庶子で、父王の弟ジェイムズ二世が即位するとこの殺害を企て、ロンドン塔で処刑された。

（14）メイスフィールド xi に同様の記述がある。

（15）メイスフィールド xi–xii。

（16）デフォーの『非国教徒簡易処理法』（*The Shortest Way with the Dissenters*）は一七〇二年の作品。

（17）ミントー（39）の記述のイタリア語訳と思われる。

（18）デフォー『さらし台への賛歌』（*A Hymn to the Pillory*）は一七〇三年の作品。ミントー（41–42）はつぎのように述べている――「彼の耳が切られることはなかった……『生粋のイギリス人』の作者は民衆のお気に入りであったし、さらし台にさらされたことは彼にとって不名誉ではなく、勝利の式典となった。賞讃者たちは輪になってさらし台を取り囲み、普通なら手に手に残飯を投げつけるところが、この罪人には花束を投げた。群衆はエールのジョッキとワインの杯を掲げて彼の栄誉を讃えた。彼は生彩のある詩で群衆を楽しませ、権力をものともしない大胆さで彼らを魅了したのだった」。

（19）デフォーの編集した『レビュー』誌は一七〇四年の創刊で、発禁処分となる一七一三年まで続いた。

（20）デフォーの反ジャコバン派のパンフレットは一七一二年から一三年の間に出版されている。

（21）アーサー・コナン・ドイル（一八五九―一九三〇）はイギリスの作家で、『緋色の研究』（一八八七）などのシャーロック・ホームズものを書いた。

（22）デフォーの『ロビンソン・クルーソーの生涯と驚くべき冒険に関する真剣な省察――彼が見た天使の世界の幻想を含む』（*Serious Reflections during the Life and Surprising Adventures of Robinson Crusoe: with his Visions of the Angelick World*）は一七二〇年の作品。

（23）これはチャールズ・ギルドン（Charles Gildon　一六六五―一七二四）によるもので、正確なタイトルは『ロンドンのメリヤス商人ダ□□□・デフ□□□氏の生涯と奇妙な驚くべき冒険――彼は五〇年以上ひとりで南北ブリテン王国に暮らした』（*The Life and Strange Surprising Adventures of Mr D―― De F――, of London, Hosier, Who Has liv'd above fifty Years by himself, in the Kingdom of North and South Britain*）であり、一七一九年に出版されている。したがって『省察』のパロディではあり得ない。ジョイスの誤りはミントー（151-52）に依拠したせいであろう。

（24）ミントー（146）は、デフォーの生涯をパロディにしたギルドンの記述を要約している――「彼は敵意ある批評家の冷笑など気にしなかった。批評家たちは物語のつまらない矛盾点をからかった。たとえば、難破船まで泳いで行く前にすっかり服を脱いだのに、クルーソーはどうしてポケットにビスケットを詰められたのか？　船には選べるほど備えがあるというのに、脱いだ服が上げ潮に浚われてしまって、どうしてそれほど途方に暮れるのか？　真っ暗闇の洞窟のなかで、どうして山羊の眼を見ることができたのか？　紙もインクもないというのに、どうしてスペイン人たちはフライデーの父親に、契約書を書いて渡すことができたのか？　西インド諸島に熊は住んでいないのに、フライデーはどうして熊の習性にそれほど詳しくなれたのか？」

（25）ジョイスはここで「要塞」（una cittadella）という特異な語を使っているが、これはミントーがデフォー伝の最終章「謎に包まれた結末」において、デフォーは「ロンドンから遠く離れたケントで」「誰からも訪問を受けることの不可能な」生活環境にあると記した、と語っているからである（ミントー164）。

（26）ジョイスはミントーの記述とほぼ同じ順序で事実を詳述しているが、デフォーの放浪と孤独な死については、ミントーに見られない神秘的な記述を行なっている。この箇所については、『ユリシーズ』第六挿話八三七―三八行も参照のこと。

（27）ミントー（134-35）はデフォーの小説を「伝記」（biographies）と呼んでいる。

(28) ジョイスのこの見解は、レズリー・スティーヴン（一八三二―一九〇四）から得たもののように思われる。Leslie Stephen, "De Foe's Novels," in *Hours in a Library*, 3 volumes, London, 1874-79, i. 1-58（esp. 24-25, 47, 56-58）.

(29) ダニエル・デフォー『暴風雨――最近の恐ろしい嵐によってもたらされたもっとも顕著な損害と不幸に関する概要』（*The Storm: or, a Collection of the Most Remarkable Casualties and Disasters Which Happened in the Late Dreadful Tempest*）は一七〇四年の作品。

(30) メイスフィールドのデフォー伝（xvi）には、『暴風雨』によって「現代の気象学者は、この嵐の進行経路を完璧に図面化することが可能である」との記述がある。

(31) ダニエル・デフォー『疫病の年の日誌』（*Journal of the Plague Year*　邦題『ペスト』）は一七二二年の作品。

(32) これはスコットが全集に寄せた一文である。Sir Walter Scott, "Advertisement," in *The Novels and Miscellaneous Works of Daniel De Foe* (London, 1855), vii.

(33) 『ユリシーズ』第六挿話九八五―八六行にはつぎのようにある――「疫病の時代。熱病患者用の穴には生石灰を」。

(34) ゲアハルト・ハウプトマンについてはつぎの言及もある。「彼は二、三の傑作を書きました。たとえば『織工』は〈不滅の小品〉と言えるでしょう」（『書簡集』第二巻一七三ページ）。レフ・トルストイは『セバストポリ物語』（一八五六）で有名になった。スタニスロースは、この作品と、ブルームに見られるような内的独白の手法に関して、ジョイスにコメントしている（『書簡集』第三巻一〇六ページ）。

(35) ダニエル・デフォー『ダンカン・キャンベル氏の生涯と冒険の物語』（*The History of the Life and Adventures of Mr Duncan Campbell*）は一七二〇年の作品。

(36) ダニエル・デフォー『悪魔の政治史――古代から現代まで』（*The Political History of the Devil, as well Ancient as Modern*）は一七二六年の作品。メイスフィールド（xx）はつぎのように言っている。「彼の『悪魔の政治史』は吐き気を催させる」。

(37) ジョイスは作品名として記しているが、デフォーによるディコリー・クロンケの物語は、『呆けの哲学者――もしくはグレート・ブリテンの驚異』（*The Dumb Philosopher: or, Great Britain's Wonder*）という一七一九年の作品である。

(38) ダニエル・デフォー『ある王党員の回顧録――ドイツの戦闘とイングランドの戦闘における軍事日誌』（*Memoirs of a

Cavalier: or, a Military Journal of the Wars in Germany, and the Wars in England）は一七二〇年の作品。

（39）『ジョージ・カールトン隊長の軍隊回顧録』（*The Military Memoirs of Captain George Carleton*）（一七二八）は、一般的にデフォーの作品とは見なされていない。

（40）「デフォーは本質的にジャーナリストであった」（ミントー 134）。

（41）『一般にマザー・ロスと呼ばれたクリスチャン・デイヴィーズ夫人の生涯と冒険』（一七四〇）は、デフォーの作ではあり得ない。デフォーはこの本の出版の九年前、ヒロインのクリスチャン・デイヴィーズ（一六六七—一七三九）の死の八年前に亡くなっているからである。

（42）レズリー・スティーヴンによる批評「デフォーの小説」（"De Foe's Novels"）は、デフォーのヒロインたちを非難しているわけではない。

（43）メイスフィールド xxvii。ルーシー・ウォルター（一六三〇—五八）は（ジョイスは「ウォルターズ」Walters と記しているが誤り）、チャールズ二世の愛妾で、モンマス公の母親。エリナー（ネル）・グウィン（一六五〇—八七）は女優で果物商。チャールズ二世の愛妾で、セント・オールバンズ公の母親。マーサ・ブラント（一六九〇—一七六二）は文人で、アレグザンダー・ポープは自作の「女たちの書簡」（"Epistle of Women"）を彼女に捧げた。スザンナ・セントリヴァー（一六六七?—一七二三）は女優で劇作家。レディ・メアリー・ワートリー・モンタギュー（一六八九—一七六二）は文人で、駐コンスタンティノープル大使の妻。

（44）ここにはリヒャルト・ヴァーグナーの『トリスタンとイゾルデ』（一八六五）が仄めかされている。

（45）ジャンヌ・ダルク（一四一二—三一）は、オルレアンを解放しシャルル七世を王位に就けた。一九〇九年に列福され、一九二〇年には列聖されている。ヴォルテール（一六九四—一七七八）による嘲笑とは彼の著書『オルレアンの乙女』を指す。一九世紀の図像については、A・マルビーによる『ジャンヌ・ダルクの物語』（A. Marby, *L'Histoire de Jeanne D'Arc*）が一九〇七年に出版されている。アナトール・フランス、本名ジャック・アナトール・フランソワ・ティボー（一八四四—一九二四）は、『ジャンヌ・ダルクの生涯』（一九〇八）を書いた。

（46）マクシム・ゴーリキー、本名アレクセイ・マクシーモヴィチ・ペシコフ（一八六八—一九三六）はロシアの作家。フョードル・ドストエフスキー（一八二一—八一）はロシアの小説家。

（47）デフォーの描いたシングルトン船長はアフリカで兵役に就いた。セシル・ローズ（一八五三―一九〇二）はアフリカで活躍した帝国主義者の政治家であり、ダイアモンド会社のデビアス社社長となり、イギリス南アフリカ会社を創設した。南アフリカ会社は複数の領地を併合し、これがローデシア（現在、北部はザンビア、南部はジンバブウェ）となった。エメライン・パンクハースト（一八五八―一九二八）はイギリスの婦人参政権運動の活動家であり、一九〇三年に「婦人社会政治同盟」を創設した。

（48）デフォーの『シングルトン船長』（*Captain Singleton*）は『ロビンソン・クルーソー』の翌年、一七二〇年の出版。『ジャック大佐』（*Colonel Jack*）は一七二二年の出版。

（49）これ以降（『ジェイムズ・ジョイス・アーカイヴ』第二巻二一〇―二一三ページ、Buffalo VII. A. 2-20-2-23）の箇所に、四ページからなる第二の手書き原稿（『ジェイムズ・ジョイス・アーカイヴ』第二巻一七〇―七三ページ、Buffalo VII. A. 3-33-3-36）が存在している。初期の草稿の断片である。

（50）いずれの戯画も通常は「ジョン・ブル」の名で呼ばれる。

（51）この点はレズリー・スティーヴンのクルーソー論と対照的である。彼は、クルーソーが「世界を駆け巡った不屈の英国人たち」の寓意であり、「彼らが人類に素晴らしい貢献を為すことを可能にした」と論じている（"De Foe's Novels," *Hours in a Library*, i. 43-44）。

（52）『新約聖書』「ヨハネの黙示録」第一章九節以降には、ヨハネがパトモス島で見た幻が語られている。宝石で飾られた城壁は、第二一章一九節以降で語られる。

（53）草稿（Buffalo VII. A. 3-33-3-36）では、この結語に続いて、ジョイスは講義をつぎのように締め括ろうとしている。「この素朴な驚異を軸に展開する物語は、実に長大で、調和の取れた、首尾一貫した国民の叙事詩であり、未開で無垢な魂の哀悼歌が伴奏を勤める、厳かな凱旋の音楽である。進化論の真性を今一度確かめたいがために――進化論がわれわれに教えているのは、われわれが小さかった頃は大人になってはいなかったということだ――、現在の現象をその起源にまで辿ることを愛するわれわれの世紀は、ロビンソン・クルーソーとその従者フライデイの物語を今一度読み返すことで、大いなる利益を得ることができよう。そこに見出されるのは、現代のあの国際的な産業――つまりはイギリスの帝国主義者が好む安価な製造行程や、捨て値での商品販売――のための、数多くの極めて有益な忠告であろう」。

(54)『ジェイムズ・ジョイス・アーカイヴ』第二巻二一四―二三五ページ所収のコーネル原稿（Cornell 45-11-45-30）。ウィリアム・ブレイクを論じた講義原稿の一部で、二二ページから成る手書き原稿である。11から30の番号が附されており、このうち28と29の裏面にも、これは番号なしで、記されている。ダニエル・デフォーの講義とともに、トリエステの市民大学にて一九一二年三月に講じられた。

(55)ウィリアム・ブレイク『無垢と経験の歌』（一七九四）所収「ロンドン」にはつぎのようにある――「煙突掃除の叫び声は／すべての黒ずむ教会を愕然とさせる。／そして不運な兵士の溜め息が／血となって宮殿の壁を流れ落ちる」。

(56)ウィリアム・ブレイク『天国と地獄の結婚』（一七九三）所収「地獄の箴言」より。

(57)メアリー・ウルストンクラフト（一七五九―九七）はイギリスのフェミニストで、『女性の権利の擁護』（一七九二）を書いた。トマス・ペイン（一七三七―一八〇九）はイギリスの過激な思想家で、『人間の権利』（一七九二）を書いた。

(58)この記述はエドウィン・エリス『ブレイクの実像』（Edwin Ellis, *The Real Blake*, London: Chatto & Windus, 1907, 164-65）に見られる。

(59)エリス（184）はブレイクが教え子を失ったことを述べているが、「庶民の」と付け加えたのはジョイスである。

(60)エリス437。

(61)フランシスコ・スアレス（一五四八―一六一七）はスペインのイエズス会の神学者。『肖像』でスティーヴンはクランリーにつぎのように語る。「イエスも、公衆の面前では母親をすげなく扱ったけれど、イエズス会の神学者でスペインの紳士、スアレスは、そんな彼を弁護している」（V・二四一七―一九行）。ファン・デ・マリアーナ・タラベラ（一五三六―一六二四）はスペインのイエズス会の歴史家で、『暴君と専制について』（*De Rege et Regis Institutione*）（一五九九）を書いた。同じく『肖像』でスティーヴンはつぎのように語る。「イエズス会の神学者ファン・マリアーナ・デ・タラベラに聞いてみるがいいさ。どんな状況でなら合法的に王が殺せるか、盃に毒を盛るのと衣服か鞍の前弓に塗るのとでどっちがいいか、教えてくれるだろうさ」（V・二五五三―五七行）。ファン・デ・マリアーナはタラベラ生まれであるため、『肖像』でジョイスは「マリアーナ・デ・タラベラ」と綴っている。本講演でジョイスはこの名をイタリア人風に綴りなおしている。

(62)「われわれの欲望の床に横たわる、小さな肉のカーテン」という句は、ウィリアム・ブレイク『セルの書』（一七八九）プレート六、二〇行に現れる。

(63) こうした慈善についてはエリス(185)に述べられている。

(64)「ダビデがサウルに語り終えたとき、ヨナタンの心はダビデの心に結びつき、ヨナタンは自分の命のようにダビデを愛した」(『旧約聖書』「サムエル記上」第一八章一節)。

(65) エリス(100)の記述はつぎの通りである――「彼は、動かない、目を閉じた体から、突然魂が立ち現れ、歓喜して両手を打ち鳴らしながら、上方へ舞い上がって行くのを見た。そしてこの光景を胸に抱きながら、ブレイクは床に就き、三日三晩眠り続けた」。

(66) ウィリアム・ブレイク『詩的素描』は一七八三年、『無垢の歌』は一七八九年の出版。

(67) エリス37-38。

(68) ウィリアム・ブレイク『ヴァラ、もしくは四人のゾアたち』は一七九七―一八一〇年の出版。

(69) ジョイスはキャサリン・ブーシェ(Boucher)の綴りを誤ってBouchierと綴っているが、これはエリス(38-39)の誤りを踏襲してしまったものである。ここでは二人の恋に関するエリスの記述がほぼそのまま用いられている。

(70) シェイクスピア『オセロ』第一幕第三場一六七―六八行。オセロがヴェニス公に語る言葉。ジョイスは自身でイタリア語に訳して提示している。

(71) ジョイスの戯曲『エグザイルズ』第二幕において、ロバート・ハンドはバーサについて、リチャード・ローワンにつぎのように語る――「君はこの女性を愛している。君が随分前ぼくに言った言葉を、ぼくはすっかり覚えている。彼女は君のものだ、君の作品だ」。あるいはまたこうも言う、「今ある彼女をすっかり作り上げたのは君だ」。ジョイスのノラ・バーナクルとの関係は、彼がブレイクとキャサリンとの関係について語っている内容と、漠然とではあるが類似している。

(72)「雲に隠れた悪魔」という句は、ウィリアム・ブレイク『無垢と経験の歌』所収「幼子の悲しみ」にある。

(73) エリス435。

(74) いずれも一七八九年以後のブレイクの預言書に登場する。

(75) エリス(90)はつぎのように語っている――「彼は、サラが拒絶したものをハガルに与えるという、アブラハムの権利を主張した」。これは「創世記」のつぎの物語への言及である――「アブラハムの妻サラは子を生まなかったが、彼女にはハガルという名のエジプトの仕え女がいた。そこでサラはアブラハムに言った、〈どうか聞いてください、ヤーウェはわたしに子を生ませてはくれませんので、わたしの仕え女のところに行ってください。おそらくわたしは彼女を通して子を持つことができましょう〉。アブラハムはサラが言ったことに同意した」（『旧約聖書』「創世記」第一六章一―二節）。
(76) エリス91。
(77) ウィリアム・ブレイク「水晶の小部屋」は一八〇三年頃の詩。
(78) この生き物の羅列は、ウィリアム・ブレイク「無垢の予兆」（一八〇三年頃の詩）の一三―四六行から取られているが、ジョイスは「ブヨ」（gnat）の代わりに「蚤」（pulce）を用いた。
(79) 「無垢の予兆」八五―九〇行。ジョイスはここでも、自身でイタリア語に訳して提示している。
(80) マルクス・ポルキウス・カトー（前二三四―一四九年）はローマの政治家。
(81) 「世界霊魂」については、「ジェイムズ・クラレンス・マンガン」の註65を参照のこと。
(82) エリス402-03。
(83) この肖像画はイギリスの肖像画家トマス・フィリップス（一七七〇―一八四五）による。
(84) エリス436。
(85) ジョージ・バークリー（一六八五―一七五三）はアイルランドの哲学者。デイヴィッド・ヒューム（一七一一―一七七六）はスコットランドの哲学者、歴史家。
(86) 『ウパニシャッド』（前八〇〇―前二〇〇）はヒンドゥー教の聖典的論集で、一元論的、多神教的である。魂の転生過程に関する理論を展開している。
(87) スイスの医師テオフラストゥス・ボンバストゥス・フォン・ホーエンハイム（一四九三―一五四一）は、一般にフィリップス・アウレオールス・パラケルススの名で知られる。ヤコブ・ベーメ（一五七五―一六二四）はドイツの神秘主義者で、『アウローラ』（一六一二）を書いた。
(88) ファン・デ・イエペス・イ・アルバレス（一五四二―九一）は、一般に十字架の聖ヨハネとして知られる。彼の著作『暗夜』（一五八五）は、神秘主義の詩の傑作とされる。
(89) これは『最後の審判』ではなく、パオリーナ礼拝堂にあるミケランジェロの『聖ペトロの磔刑』から取られた細部である。ジョイスの誤りはエリス（22-23）に由来している。

(90) ウィリアム・ブレイク『解説付き図版カタログ』(*A Descriptive Catalogue of Pictures*)(一八〇九)。

(91) スウェーデンボリは、天には死者の魂のみが住むと言った。彼の人間中心の神秘主義は、すべての人間を「最大の人間」(maximus homo)という姿で思い描く。

(92) ジョイスがここで仄めかしているのは、使徒ヨハネの見た新しいエルサレムのヴィジョン、ヒッポの聖アウグスティヌスの『神の国』、ダンテの『天国篇』、スウェーデンボリの『天界の秘儀』(一七四九—五六)で定義される人間の姿をした神、そして「マタイによる福音」第二四章二六—四四節である。

(93) ウィリアム・ブレイク『ミルトン』(一八〇九)より。詳細は「ジェイムズ・クラレンス・マンガン」の註53を参照のこと。

(94) ウィリアム・ブレイク『ミルトン』プレート二九、一九—二二行にはつぎのようにある。「なぜなら人間の血の赤い一滴よりも大きな空間のひとつひとつが、/幻想であり、ロスの鉄槌によって作られたものなのだから。/そして人間の血の一滴よりも小さな空間のひとつひとつは、/永遠に向かって開かれている。この植物界がその影に過ぎないところの、永遠に向かって」。また「無垢の予兆」一二五—二八行にはつぎのようにある。「われわれは虚偽を信じ込まされる、/目の向こう側を見ぬときは。/目は夜に生まれて夜には死に絶える、/魂が光線のなかで眠るときに」。

(95) 偽ディオニシウス・アレオパギタ『神々の名』(981b)にはつぎのようにある。「だがこれらの問題の真実は、実際われわれの手の届かないところにある。だからこそ、これらの問題は否定を通して上昇して行く方法を良しとする。というのも、この方法は魂を、自らの有限の性質と相補的である一切のものの、外側に置いてくれるからである。こうした方法こそが、魂をあらゆる神聖なる観念へと導いてくれる。これらの観念はそれ自体、あらゆる名前、あらゆる理性、あらゆる知識をはるかに超えたところにあるものによって、超越されるのである。魂は、世界のもっとも外側にある境界を越えて運ばれて行き、神自身との合一を果たす。それはわれわれの誰にとっても可能なことである」。

(96)「永遠は時の産物に恋をする」(『天国と地獄の結婚』プレート七、一〇行)。

45　文芸におけるルネサンスの世界的影響力[1]（一九一二年）

われわれの社会がその光明に恩恵を浴しているところの、進化の学説なるものは、つぎの点をわれわれに教えてくれる。すなわち、われわれが小さかった頃は、まだ大人になってはいなかったということである。[2]したがって、われわれがヨーロッパのルネサンスを分岐点と捉えるなら、つぎのように結論せねばならない。すなわち、その時代まで、人間性は単に子どもの精神と肉体を具えていたに過ぎず、この時代を経てはじめて、それは肉体的にも道徳的にも、成人の名に相応しい地点にまで成長した、ということだ。これは実に思い切った結論であり、またいささか説得力に欠ける結論である。いやむしろ（もしわたしが *laudator temporis acti*〔過去の讃美者〕[3]と思われることを恐れないならば）、わたしはこの結論に対し剣を抜いて戦いを挑みたい。大いに吹聴されている今世紀の進歩は、もっぱら機械の群れに存するものであり、その目的は、利益と知識の元となる散在物を迅速かつ猛烈な勢いで掻き集め、少額の税しか払えない階級にある集団のひとりひとりに、これを再分配することである。この社会制度が、機械による大征服事業、利益をもたらす大発見を成し遂げた、と誇りにできる点はわたしも認めよう。これを確信するには、われわれが現代の大都市で目にするものを簡単にリストアップするだけで十分だろう――電動トラム、電線、謙虚で必要不可欠な郵便配達人、新聞の売り子、大企業等々。だがこの複雑で多面的な文明のなかで、人間の精神は物質的な壮大さに震えあがるほどとなり、当惑し、自らを否定し、萎れてしまう。ならばわれわれはつぎのような結論に至らねばならないのだろうか？すなわち、ルネサンスから直線的に降り来たっている今日の物質主義は、人間の精神的能力を萎縮させ、その発達を阻止し、精巧さを鈍らせるものである、と。考えてみよう。

ルネサンスの時代、人間の精神はスコラ派の絶対主義と格闘した。それは冷たく明晰で超然としたアリストテレスの思想に根本的な起源を持つ、計り知れない（そして多くの点で賞讃すべき）哲学の体系であるが、いっぽうその頂上は、キリスト教イデオロギーの朧げで神秘的な光を目指している。だが仮に人間の精神がこの体系と格闘したとすれば、それはこの体系自体が人間の精神と相容れないものであったからではない。その頸木は快く軽かった。(5) だが頸木は頸木であった。したがって、ルネサンスの偉大な叛逆者たちがヨーロッパの人びとに向かい、もはや専制は終わった、人間の悲しみや苦しみは日の出の霧のように消え去った、人間はもはや囚人ではない、という善き知らせを宣言したとき、人間の精神はおそらく、見知らぬものへの魅惑を感じたのだ。目に見える、触ることのできる、変わりやすい世界の声を聞いたのだ。人が生き、死に、罪を犯し、悔い改める世界である。そして、衰えて行くだけの修道院生活の平安を捨て去り、新たな福音を抱いたのだ。その平安を、その真の住居を、それに厭きてしまったがゆえに、捨て去ったのである。ちょうど神が（いささか不遜な言い方を許して頂けるのなら）自らの完璧さに倦み、無からの創造を行なったのと同じように。ちょうど女が、心を萎えさせてきた平安と静寂に倦み、誘惑の人生に眼差しを向けるように。ジョルダーノ・ブルーノもまたつぎのように語っている——力とはすべて、自然の力であろうと精神の力であろうと、それに反対する力をも作り出さずにおかないのであり、それがなければいかなる力も自らを実現することはできない——。そしてまたつぎのように付け加える——そういった分離の作用のなかに、再結合に向かおうとする傾向がある——。この偉大なノーラ人の二元論はルネサンスの現象を忠実に映し出すものである。そして、彼がその作者である作品を批難（あるいは少なくとも判定）するために、彼に対する反対証言を引用すること、つまりひとりの革新者の言葉そのものを引用することが、いささか恣意的に見えるとしたら、わたしは単に、ブルーノ自身の例に倣っているに過ぎないのである。ブルーノは、長く執拗で屁理屈に満ちた自己弁護において、告発者の持っている武器を告発者自身に向けたのだった。

ここで、ルネサンスの波が雲の高みにまで（あるいはその附近まで）持ち上げた偉大な作家たちの名を羅列してページを埋めることは簡単だろう。誰であれ、ともかくも偉大な作品であることは疑わないその偉大さを賞讃し、儀礼的な祈りの言葉で終わりにすることは容易だ。だがこれは臆病な行ないとなろう。連禱を唱えることは哲学的な探求ではないからだ。問題の要は別のところにある。見極めるべきは、ルネサンスという言葉が、文学に関して真に意味しているものは何か、陽気なものであれ悲劇的なものであれ、それはどのような目的地にわれわれを導こうとしているのか、である。簡潔に言えば、ルネサンスはジャーナリストを僧侶の椅子に坐らせた。換言すると、（舞台情報誌の言い方を借りれば）軽妙で視野の広い精神の持ち主、つまりは落ち着きがなくいくぶん無定形でもある精神の持ち主に笏を握らせるために、鋭い、限られた、形式ばった精神の持ち主を斥けたのである。シェイクスピアやローペ・デ・ベガは、ある程度、映画撮影法に対する責任を負っている。疲れを知らない創造力、熱く活き活きとした情念、見たい、感じたいという強烈な欲望、奔放で広範に亘る好奇心は、三世紀を経て熱狂的な煽情主義に堕した。実際、現代人に関しては、魂よりむしろ表皮を持っている、と言っていいかもしれない。身体組織の知覚力は桁外れに発達したが、その発達は精神的な能力を損なうに至った。われわれは道徳観を欠いてしまっており、おそらくはイマジネーションの力をも失っている。現代のわれわれが手にしているもっとも特徴的な文学作品といえば、単純に道徳規準を失している。たとえば、マルコ・プラーガの『危機』、メーテルリンクの『ペレアスとメリザンド』、アナトール・フランスの『クランクビーユ』、ツルゲーネフの『煙』である。[6] ひょっとすると、いささか無作為に作品名をあげてしまったろうか。だが構いはしない。これらは、わたしの掲げる命題を証拠立てるに十分であろう。愛の感情に曲をつけようと望む、現代のある偉大な芸術家は[7]、己が芸術の許す限り、あらゆる脈動、あらゆる震動、最小の身震い、最小の溜め息をも再現する。和音は絡み合い、互いに密かな戦闘を開始する。ひとは残酷に振る舞いつつ愛し、歓喜しつつ歓喜と同じだけ苦悶し、二つの身体がひとつの肉と化した恋人たちの眼の中で、怒りと疑いが煌くのだ。『トリスタンとイゾルデ』を『地獄篇』の隣に置いてみれば、詩人の憎しみが、ある強まり続ける観念の跡を追い、深淵から深淵へと己が道を辿っていることが見て取れよう。そして詩人がその憎しみという観念の炎のなかで強烈に焼き尽くされればされるほど、この芸術家が自身の情念を伝えるための媒体としている芸術は、ますます残酷なものとなって行く。一方は状況の芸術であり、他方は心象形成の芸術である。中世盛期〔一一―一三世紀〕における地図編纂者は、苦境に至っても平静を失うことはなかった。よくわからない地帯にはこう記した――*Hic sunt leones*〔この地にはライオン住めり〕[8]。寂寥の観念、見慣れぬ獣の恐怖、不可知なるものは、それだけで彼を満足させた。われわれの文化はまったく異なる目論見を抱く。われわれは貪欲に詳細を求めるのだ。この理由から、われわれの文学用語は、もっぱらローカルカラーを、環境を、隔世遺伝を語ることになる。それゆえ、新しい見慣れないものを熱心に捜し求め、観察されたものや文献で見つけられたものの詳細を蓄積し、普遍の文化をひけらかすことになる。

　言葉の厳密な意味でルネサンスとは死後の復活でなければならない。〔アブラハムの妻〕サラのように、長期間不妊であった後の予期せぬ生殖力である。事実、ルネサンスが訪れたのは、芸術が形式上の完璧さゆえに死に絶えなんとし、思想が徒《いたずら》に微に入り細を穿つなかで失われつつあるときであった。詩は代数の問題になり、人間の用いる記号の規則に従って考案され解決されるものとなった。ベラルミーノやジョヴァンニ・マリアーナのように、哲学者は衒学的なソフィストとなった。(9) 彼らは大衆にイエスの言葉を説きながらも、暴君殺しに対する道徳的擁護を構築しようと骨折ったのである。

この澱みの直中に、ハリケーンのごとくルネサンスは訪れた。ヨーロッパじゅうに暴動の声が湧き起こり、歌い手はもはや消え去ったものの、彼らの作品は海の貝殻のごとくに残った。われわれがそれを耳にあてがえば、鳴り響く海の声を聞くことができるのである。

それは哀歌のように聞こえる。あるいは少なくとも、われわれの魂はそのように解釈する。まったく不思議なものだ！　天、地、海、病、無知に対する近代の征服は皆、いわば精神試練の溶鉱炉のなかで溶解してしまい、一滴の水、一滴の涙に姿を変えるのである。ルネサンスはただひとつ、大いなる貢献を成した。すべての存在――生き、希望を抱き、死に、惑わされるすべての存在――に対する哀れみの念を、われわれとわれわれの芸術の内部に作り出したのだった。少なくともこの点においては、われわれのほうが古代人に優っている。この点においては、世俗のジャーナリストのほうが神学者よりも偉大なのである。(10)

ジェイムズ・ジョイス

註

（1）原文はイタリア語。メイスン＝エルマン編には未掲載のパドヴァ原稿。これは一九一二年四月下旬、パドヴァ大学で行なわれた教員資格試験において、ジョイスが提出したイタリア語の論述試験の答案、"L'influenza letteraria universale del rinascimento"である。大学所定の答案用紙六枚にジョイスがページ番号を振ったこの手書き原稿は、『ジェイムズ・ジョイス・アーカイヴ』第二巻二三七―四七ページに収められている。英訳としては、原稿の発見者ルイス・ベロンによるものも存在している（Louis Berrone, ed., *James Joyce in Padua*, New York: Random House, 1977）。

（2）デフォー論の草稿で語られた点が繰り返されている。「英文学におけるリアリズムとアイデアリズム（ダニエル・デフォー／ウィリアム・ブレイク）」の註53を参照のこと。

（3）ホラティウス『詩の芸術について』一七三行。

（4）ジョイスはここでラテン語の「起源」ima の複数形 ime を用いている。

（5）「わたしの頸木は快く、わたしの荷は軽いからである」（「マタイによる福音」第一一章三〇節）。

（6）イタリアの小説家・劇作家、マルコ・プラーガ（一八六二―一九二九）の『危機――三幕の喜劇』（一九〇四）。アナトール・フランスの『クランクビーユ事件』（一九〇一）。イワン・ツルゲーネフの『煙』（一八六七）。

（7）デフォー論の講演と同様、ここでもリヒャルト・ヴァーグナーの『トリスタンとイゾルデ』が仄めかされている。

（8）「古代の地図作成者は未開の地域にこう書いた、〈この地にはライオンが住む〉」（W・B・イェイツ『ケルトの薄明』〔一八九三〕所収「村の幽霊たち」）。

（9）聖ロベルト・ベラルミーノ（一五四二―一六二一）はアクィナスを解説したイエズス会士で、パドヴァ大学の卒業生。ジョヴァンニ・マリアーナとは、ファン・デ・マリアーナ・タラベラのこと。ブレイク論（本書三七〇ページ）を参照のこと。

（10）デフォー論末尾（本書三六八ページ）における福音書記者ヨハネとロビンソン・クルーソーとの比較を思い出させる箇所である。

46　チャールズ・ディケンズ生誕百年(1)（一九一二年）

英語という言語に及ぼしたディケンズの影響は（彼を凌ぐ者はおそらく、シェイクスピアただひとりであろう）、もっぱら彼の作品に登場する人物の人気に依存している。文学という芸術的観点からして、あるいは文学的技巧という観点からしても、彼を最高位に位置づけることはほぼ不可能である。執筆にあたって彼が選んだ形式は、散漫であり、些細かつしばしばちぐはぐな所見に満ち、あやまつことのない諧謔の調べが規則的に割り込むことで慎重に読者を安堵させようとするものであり、最大の確信を抱かせてくれる類の小説形式ではない。ディケンズは、熱烈に過ぎる賞讃者たちに少なからず苦しめられてきた。生誕百年が訪れる前までは、彼を公然とけなす傾向もいくらかはあったかもしれない。ヴィクトリア朝期の終盤、文学的イングランドの泰平は、芸術の理想に鼓舞されたロシアやスカンディナビアの作家たちの侵入によって脅かされることになった。彼らの理想は、主要な作家たちの（少なくとも前世紀の）文学作品を形作ってきたものとは、大いに異なっていた。荒々しく無鉄砲な誠実さや、読者の目の前に裸の、いや皮を剝がれ血を流すほどの、リアリティを提示しようという断固たる決意が、ヴィクトリア朝的思考様式・執筆様式を仕込まれた人びとの取り澄ました中流階級的センチメンタリズムを揺さぶってやりたいという、いささか子どもじみた欲望と相俟って、――つまりは、これら一切の驚愕すべき性質が一丸となって、審美眼の基準を、転覆させるほどに、あるいはこう言ったほうが良いかもしれないが、退かせるほどになったのだ。トルストイ、ゾラ、ドストエフスキー、ビョルンソン、その他、超モダン《ウルトラ・モダン》な傾向を備えた小説家たちの、仮借のないリアリズムと比べてみたとき、ディケンズの作品は色褪せ、新鮮さを欠いているように見えてしまった。それゆえ、前述の通り、彼に対して反動が起こり、また文学に対する大衆の判断はあまりに移り気であるから、以前不当に賞讃されたのと同じくらい、不当に攻撃されてしまったのだ。彼本来の場所が、これら二極の批評の中間に位置することは言うまでもない。つまり彼は、帰依者がその名声を崇め奉るほど、雅量のある、有能な、高潔な作家というわけではないし、かといって、新派の批評家の偏見に満ちた目に映るほど、センチメンタルな家庭劇と感情に訴える場当たり的な文章を物す通俗的な売文屋、というわけでもない。

　彼は「偉大なるロンドン子《ザ・グレート・コックニー》」と渾名されてきた。これほど彼を端的かつ十全に言い表す名もあるまい。彼が故国を離れアメリカに（『アメリカ紀行』に見られるように）あるいはイタリアに（『イタリアのおもかげ』に見られるように）行くと、きまって彼の魔法は効かなくなってしまい、筆を持つ手は老練の手際を失ってしまうらしい。『マーティン・チャズルウィット』のアメリカを描いた章以上に陰鬱で、それゆえディケンズらしくないものは、想像するのも難しい。(2) ディケンズに感動させられたいなら、彼をボウ教会の鐘が聞こえないところまで行かせてはならない。(3) そこが彼の生まれ故郷なのであり、彼の王国がそこにあり、彼の力がそこに宿っている。ロンドンの生活が彼の活力のもとであり、彼以前の作家も以後の作家も、誰ひとり彼のようにそれを感じ取った者はいない。大都市の生彩が、聞き慣れた騒音が、悪臭そのものが、彼の作品のなかでは力強い交響曲のように結び合っており、そこではユーモアとペーソスが、生と死が、希望と絶望が、解き難く絡み合っている。われわれは現在、この点を正当に評価できなくなっている。それはわれわれが、彼の描いた場面とあまりに近いところに立っているからであり、彼の生んだ愉快で感動的な人物たちと、あまりに親密になってしまったからだ。しかし確かなことは、最終的に彼が立っていられるか倒れるかは、自分の時代のロンドンを描いた、彼の物語自体による、という点である。『バーナビー・ラッジ』(4)でさえ、なるほど場面は主としてロンドンに設定されているし、デフォー(ちなみに、一般に思われているよりはるかに重要な作家である、と言わせて頂こう)の『疫病の年の日誌』と並べても見劣りしない箇所を備えてはいるものの、われわれには最高のディケンズを垣間見せてくれるものではない。彼の領分はジョージ・ゴードン卿の時代のロンドンではなく、選挙法改正法案の時代のロンドンである。(5)地方の町、まさに「まだらのヒナギクに縁取られた牧草地」(6)であるイングランドの田舎町は、彼の作品に登場はするものの、それはつねに背景であるか予備的なものである。より大いなる真実と妥当性をもってしてディケンズが自らにあてがうことができたのは、パーマストン卿のかの有名な「われはローマ市民なり」という言葉であった。ちなみに、実を言えばこの議員閣下は、あの記憶すべき機会に、(わたしの記憶違いでなければ、グラッドストンが気を利かせて指摘した通り)言おうとしていたのとは反対のことを言って成功を収めたのだった。(7)自分は帝国主義者であると言いたかったのだが、自ら小英国主義者であることを白状してしまったのである。事実ディケンズは、その語の持つ最上、最大の意味で、ロンドン人《ロンドナー》である。陰鬱で惨めな少年時代も、奮闘努力した青春時代も、精力的で意気揚々たる成人期も、頭上で鳴り響いていた教会の鐘は、つねに彼を呼び戻したように思われる。借用証書と紙入れを握り締め、この都市を出て二度と引き返すまいと心に決めたときはいつでも、その鐘が彼を呼び戻し、ホイッティントンよろしく、三倍の偉大さを彼に約束したように思われる(そしてその約束は十分に果たされたのだ)(8)。彼が同じロンドン市民の心に永遠に留め置かれたのは以上の理由によるのであり、またこの大都市が彼に対して抱いている正当な愛情が、彼の作品に加えられる批評にほとんど影響を与えないのも、以上の理由によっている。ディケンズに対して正しい評価を下し、いわゆる英文学のナショナル・ギャラリーではどこに彼を位置づけるべきかをもっと正確に見積もるためには、ロンドン生まれの人びとの賛辞のみならず、スコットランドや旧大英帝国領やアイルランドの代表的な作家たちの意見もまた、読んだほうが良い。出自を同じくするいわば適切な視点から、彼と同じ階級に属し（たとえいくぶん劣るとはいえ）彼と同様の器量を備えた作家たちによって書かれたディケンズ評価が聞ければ面白いことだろう。狙いにおいても形式においても語り口においても、彼を理解するに足るだけ彼に近い作家たち、そして精神においても血筋においても、彼を批評するに足るだけ彼からは遠い作家たちによる評価を、である。R・L・S〔ロバート・ルイス・スティーヴンソン〕やキプリング氏(9)やジョージ・ムア氏の手にかかれば、偉大なるロンドン子がどのように扱われるかは、興味深い点である。

　そうした最終判断は措くとして、われわれは少なくとも、彼を偉大な文学創造者たちのなかに数え入れることはできる。彼の小説の数と長さは、この作家がある種の創造的憤激に捉えられていたことを明白に証明している。そのような憤激で創造された作品の性質について語るのであれば、われわれは、ディケンズが偉大なるカリカチュアリストであり、偉大なるセンチメンタリストである、と言うのが無難であろう（わたしはこれらの語を厳密な意味で使っているのであり、いかなる悪意もない）。つまり、ホガース(10)が偉大なるカリカチュアリストである、という意味でディケンズもまた偉大なるカリカチュアリストなのであり、ゴールドスミスがこの語を与えられるに相応しいという意味で、ディケンズはセンチメンタリストなのである。ある人物を提示する技法において彼に匹敵する者は（皆無とは言わないまでも）ほとんどいない、という点は、彼が生んだ一連の登場人物を見ればわかる。基本的には自然であり、よくありがちな人物である。ただちょっと、奇矯でわがままで強情な道徳的欠陥、もしくは肉体的欠陥を持っている。そうした欠陥が、均衡を崩したり、退屈なリアリティだらけの世界からその人物を引き離し、ややもすればファンタジーの世界の住民にしてしまう、というだけのことだ。あるいは人間のファンタジーと呼ぶべきかもしれない。というのも、文学作品において、ミコーバーやパンブルチュク、サイモン・タッパーティット、ペゴティ(11)、サム・ウェラー（彼の父については言うまでもない）、サラ・ガンプ、ジョー・ガージェリー(12)といった人物以上に、人間的で温かい血の通った人物などいるだろうか？　これらの人物を、あるいはまた超満員のディケンズ・ギャラリーにいるその他の作品の主人役を、われわれは、たとえばシェイクスピアの登場人物について考えるときのように、悲劇的もしくは喜劇的な人物と見なすことはないし、さらには国民的もしくは地方的な原型と見なすことさえない。われわれは彼らを、その創造者――敏感で繊細な観察力を備えたあの巧妙な精神の持ち主――の目を通して眺めることさえしない。たとえば陣羽織亭(13)の巡礼者たちであれば、われわれはそうした眼差しで観察し、衣服や話し振りや歩き振りのなかに、もっとも素晴らしい点、もっとも捉えどころのない点を（寛大に微笑みながら）見出すのであるが。ディケンズは違う。われわれはディケンズのいずれの登場人物をも、強烈に目立つ、あるいは誇張とさえ言える、道徳的もしくは肉体的特質という観点から眺めることになる。嗜眠性、異様なずうずうしさ、化け物的な肥満、始末に負えない無謀さ、爬虫類を思わせる卑屈さ、目を丸くして驚く者の強烈な愚かさ、涙もろい馬鹿げた憂鬱症、といった特質である。とはいえ、なかには素朴な読者もいて、彼らはディケンズがとても好きで、リトル・ネルの悲運や交差点掃除夫の浮浪児ジョー(14)の死に涙し、ピックウィックとその仲間のマスケット銃兵による気ままな冒険譚に笑い転げ(15)、ユーライア・ヒープやユダヤ人フェイギンを憎んだりする（というのも皆善良な読者であるから）ものの、ディケンズは結局のところいささか誇張が過ぎる、と不平を漏らすのである。実のところ彼についてこのように語ることは、あの奇妙な言い回しに溢れる土地アメリカでならそう呼ばれるだろうと思われるもの、すなわち、不滅の地位《ビレット》なるものを、彼に与えることになる。彼の作品を大衆の好みにしっかりと据え付けるもの、登場人物を大衆の記憶にしっかりと留め置くものは、まさしくこの、いささかの誇張なのである。まさしくこの、いささかの誇張によって、ディケンズは大英帝国の住民の話し言葉に、シェイクスピアの時代以来いかなる作家もなし得なかったほどの影響を与えたのであり、同国人の心の奥底に自らの場を勝ち取り、偉大なライバル、サッカレーには与えられなかった栄誉を、勝ち取ったのである。[16] しかし、最盛期のサッカレーはディケンズより偉大ではなかろうか？　この問は無駄である。イギリス人の好みはディケンズに君主の地位を授けたのであり、トルコ人のように玉座の傍には昆弟など一切近寄らせまい。

ジェイムズ・ジョイス　文学士

註

（1）メイスン＝エルマン編には未掲載のパドヴァ原稿。これは一九一二年四月下旬、パドヴァ大学で行なわれた教員資格試験において、ジョイスが提出した英語の論述試験の答案である。大学所定の答案用紙八枚にジョイスがページ番号を振ったこの手書き原稿は、『ジェイムズ・ジョイス・アーカイヴ』第二巻二四九―六七ページに収められている。一九一二年二月七日がチャールズ・ディケンズ生誕百年に当たった。

（2）チャールズ・ディケンズ『アメリカ紀行』（一八四二）、『イタリアのおもかげ』（一八四六）、『マーティン・チャズルウィット』（一八四三―四四）。

（3）チープサイドにあるセント・メアリー・ル・ボウ教会の鐘が聞こえる範囲に居る、ということは、ロンドンのシティの中心部に居る、ということを意味し、したがってこの鐘の音が聞こえるところで生まれた、ということが「ロンドン子」の定義となる。

（4）チャールズ・ディケンズ『バーナビー・ラッジ』（一八四一）。

（5）ジョージ・ゴードン卿（一七五一―九三）は、一七八〇年のカトリック教徒禁圧軽減立法に反対し、同年いわゆる「ゴードン暴動」を起こした。一八三二年の選挙法改正法案は裕福な中流階級にまで選挙権を拡大するものであった。

（6）ジョン・ミルトン「快活の人」七五行。

（7）「小英国主義者」とは、二〇世紀初めの二〇―三〇年間、英帝国の領土的発展志向に反対を唱える作家たちに向けられた呼称である。「われはローマ市民なり」（Civis Romanus sum）は、ローマ市民の権利がローマ帝国によって守られていることを意味し、ここでは、ローマと同様、英国人の権利は大英帝国によって守られるべきである、という主張を意味する。パーマストン第三代子爵ヘンリー・ジョン・テンプル（一七八四―一八六五）は、外相として一八五〇年六月二四日、下院議会において「わたしはローマ市民である」という演説を行なった。これに対しグラッドストンは、世界を支配下に置きたいという〔ローマ的〕帝国主義者は、他国との交渉に当たるべき外相としては相応しくなく、そのような発想こそ島国根性である、と論難した。このグラッドストンの演説は、G・バーネット・スミスの『ウィリアム・ユーワート・グラッドストン閣下の人生』（George Barnett Smith, *The Life of the Right Honourable William Ewart Gladstone*, New York: G. P. Putnam's Sons, 1880, 115-16）に収録されている。

（8）伝説によると、リチャード（通称ディック）・ホイッティントン（一三五八？―一四二三）は、「戻って来い、ホイッテイントン、三度ロンドン市長になるぞ」と呼びかけるル・ボウ教会の鐘の音を聞いたという。

（9）ラドヤード・キプリング（一八六五―一九三六）はボンベイ生まれの作家で、帝国の問題を主題に据えた。

（10）ウィリアム・ホガース（一六九七―一七六四）は、イギリスの諷刺画家・版画家。

（11）ジョイスはPeggotyと綴っているが、Peggottyの誤り。

（12）いずれもディケンズの小説の登場人物で、順に、『デイヴィッド・コパーフィールド』『大いなる遺産』『バーナビー・ラッジ』『デイヴィッド・コパーフィールド』『ピックウィック・ペーパーズ』『マーティン・チャズルウィット』『大いなる遺産』に登場する。

（13）陣羽織亭は、チョーサーが『カンタベリー物語』において、巡礼に出かける者たちを集結させた、サザークに実在した旅亭。

（14）ジョイスはJoeと綴っているが『荒涼館』の登場人物はJo。

（15）それぞれ以下のディケンズ作品の登場人物である。『骨董屋』『荒涼館』『ピックウィック・ペーパーズ』『デイヴィッド・コパーフィールド』『オリヴァー・トゥイスト』。

（16）ウィリアム・メイクピース・サッカレー（一八一一―一八六三）は英国の小説家で、『虚栄の市』（一八四七―四八）の作者。

47 パーネルの影(1)(一九一二年)

第二読会の後、アイルランド自治法案に賛成票を投じることで、下院はアイルランド問題を解決した。この問題は、まるでムゲロの雌鶏(2)のように、発生から百年は経つというのに生後一カ月のように見える(3)。

ダブリン議会の売買で始まった世紀は今、イングランドとアイルランドと合衆国の三国条約で閉じられようとしている(4)。それはアイルランドの七つの革命運動に彩られた世紀であり、ダイナマイト、雄弁、ボイコット、議事妨害、武装蜂起、政治的暗殺によってこの運動は、イングランド的自由主義の、緩慢で懸念に満ちた良心を、なんとか目覚めさせておくことができた(5)。

当該の法令が承認されたのは、半世紀以上に亘り英国立法府の管制を妨害してきた、ウェストミンスターにおける〔アイルランド〕国民党と、極めて需要の高かった英米同盟を大西洋越しに妨害してきたアイルランド党の、二重の圧力によって、その時がいよいよ熟したからである。実に狡猾な芸術的手腕により考案され鋳造されたこの法案は、過去完璧形(6)の自由主義政治家ウィリアム・グラッドストンによって後世に伝えられた伝統に、堂々たる栄冠を授与するものである。この点はつぎのように言うだけで十分であろう――この法案は、現在ウェストミンスターに送られている、アイルランド一〇三の選挙区から選ばれた強力な一団を、たった四〇人の代議士に削減するいっぽうで(7)、自動的に彼らを小さな労働党の抱擁に委ねることとなり、そのため、この近親相姦的抱擁からはおそらく連立が生まれ、極左としての役割を果たすこととなろう。言い換えれば、さらなる命令を受けるまでは、この連立は保守党の政策との闘いにおいて自由党員の政策拠点となるものであろう。複雑な財政上の条項にまで踏み込む必要はない。何はともあれ未来のアイルランド政府は、ブリテンの財源によって巧みに作り出された赤字を、地方税と帝国税の再配備や、公共支出の削減、あるいは直接税の増税といった方法で、埋め合わせる必要が生じよう。いずれにせよ、幻滅した中産階級と下層階級からの敵意に直面することとなろう。(8)

アイルランドの分離主義の党であれば、この油断のならない贈り物を拒否したがることだろう。この贈り物はダブリンの財務府長官を肩書きだけの大臣にする。納税者に対しては全面的に責任を負いながらも、いまだブリテンの内閣に依存している大臣である。税金を集めておきながら、この自分の省の収益を自分ではどうする力も持たない。相応しい電圧の電流をロンドンの電力源が送ってくれないことには何もできない、変電送信機械のようなものである。(9)

だがこんなことは問題にならない。自律性の外見だけはあるのだから。最近ダブリンで行なわれた国民の集会では、ジョン・ミッチェル率いる辛辣な懐疑派に属するナショナリストたちの弾劾も抗議も、大衆の祝賀会をさほど妨げることはなかった。立憲闘争のうちに年老い、長年の失望のうちに疲弊してしまった代表者たちは、演説の中で、長期に亘った誤解の終焉を寿いだのである。グラッドストンの甥という若き弁士は、聴衆の熱烈な喝采を浴びながら、伯父の名を喚起しては新生国家の繁栄を讃えた。遅くとも二年以内には、上院の合議があろうとなかろうと、古のアイルランド議会の扉は今一度開かれるであろう。そして一世紀に亘る拘禁から解放されたアイルランドは、楽の音に伴われ婚礼の松明に囲まれて、新生の花嫁のごとくに、王宮に進み行くことだろう。そのときはグラッドストンの大甥が（仮に生まれたとして）、その君主の足元に花を撒くであろう。しかし、その宴にはひとつの影も列席していよう。チャールズ・パーネルの亡霊である。[10]

＊

最近の批評はこの異質な幽霊の偉大さを過小評価しようとし、彼の機敏な議会戦略はもともと別人の発案によるものだと指摘する。だがたとえ歴史批評家の言う通り、議事妨害はビガーとロネインの発明であり、アイルランド党の独立の原理はギャヴァン・ダフィーが唱え始めたものであり、土地同盟はマイケル・ダヴィットが作ったものである、と認めたところで、こうした譲歩も結局のところ、ひとりの指導者の並々ならぬ人格をなおさら際立たせることになる。[11] 弁論の才も独創的政治手腕もないこの男は、イングランドの偉大な政治家たちを、自分の命令に従わせたのだった。もうひとりのモーゼとして、激しやすい気紛れな人民を恥辱の家から追い立て、約束の地のほとりにまで導いたのである。[12] パーネルがアイルランドの人民に及ぼした影響は批評家の分析など寄せつけない。[13] 回らぬ舌と華奢な体格をしたこの男は、自国の歴史に無知であった。短くたどたどしい演説は、雄弁さも詩情もユーモアもまったく欠いていた。[14] その冷たく礼儀正しい挙措は、彼を自分の仲間からも孤立させた。プロテスタントであり、貴族の末裔であり、（何より不幸なことに）はっきりとイングランド訛りで話した。委員会の会合に一時間、一時間半といった遅刻は頻繁で、それで弁解することもなかった。文書に数週間返信を怠ることもしばしばだった。群衆の喝采も怒りも、新聞の罵倒も賞讃も、イギリスの大臣からの弾劾も擁護も、彼の性格の孤独な平穏を掻き乱すことはけっしてなかった。議席で自分の隣に坐るアイルランドの議員たちについても、その多くの顔を知らなかったとまで言われている。一八八七年、アイルランドの人民が国に四万ポンドの寄付を行ない、その小切手をパーネルに差し出したとき、彼はこれを財布に収め、その後巨大な群衆に向かって演説を行なった際、彼は受け取ったばかりの贈り物について一言も言及しなかった。[15] フィーニックス・パークでの残虐な暗殺事件に関して、彼の共謀を証明するとされたあの有名な自筆の手紙が『ザ・タイムズ』紙に掲載されたときも、この記事を見せられた彼は、その手紙の署名を指差して、単につぎのように言っただけだった——「その形のSは一八七八年以来書いていない」。[16] その後王立委員会の調査により、パーネルに対して目論まれた陰謀が明らかになり、偽証者で偽造者のピゴットは、マドリッドのホテルで頭を打ち抜いて自殺した。[17] 下院はパーネルが入場すると党派の違いを超えて拍手喝采で出迎えたが、これはイギリス議会の年次記録上、いまだ後にも先にも例を見ない出来事である。この喝采にパーネルが、にこりともせず、会釈も頷きも返さなかったことは、この期におよんで語る必要もあるまい。通路を横切り自分の席に坐っただけであった。グラッドストンがこのアイルランドの指導者を、非凡な知的人物と呼んだとき、おそらくはこの出来事を思い出していたのだろう。[18]

この非凡な知的人物が、ウェストミンスターの精神的倦怠の真ん中に姿を現したことほど、異常な事態は想像できない。今そのドラマの場面を振り返り、聴衆の魂を震わせた演説に今一度耳を傾ければ、あの雄弁も戦略上の大勝利も、一切が味気ないものに思われてくることは否定しようがない。けれども時間は、剽軽者や雄弁家に対してよりも、この「無冠の王」に対してのほうが慈悲深いものである。[19] その穏やかで誇らしげで寡黙で悄然とした君主の光に照らせば、ディズレーリはまるで、できるだけ金持ちの家で食事をしたがる成り上がりの外交家と見えてくるし、グラッドストンはまるで、夜間学校に通った押し出しのいい執事のように見えてくる。ディズレーリ的機知やグラッドストン的教養は、今日どれほどの重みがあるというのだろうか！　今日、ディズレーリのわざとらしいおどけた仕草、脂染みた髪、くだらない小説が、あるいはグラッドストンの仰々しい文章、ホメロス研究、アルテミスやマーマレードに関する演説が、どれほど取るに足りないものであることか！[20]

パーネルの戦術は、自由党であれ保守党であれ、イングランドのいずれの党をも意のままに利用するものであったが、一連の状況が彼を自由党の動きに巻き込んでしまった。グラッドストンの自由主義は、いわば不定代数記号であり、係数はその時々の政治的圧力、冪指数は自身の個人的利益であった。内政においては、彼のほうが時間稼ぎに議論を引き伸ばし、前言を撤回し、自らを正当化し、そのいっぽうで他国の問題においてはつねに、自由への真摯な賞讃を（自分に可能なかぎりではあったが）保持しようとした。このグラッドストンの自由主義が持つ変動的な性質は、パーネルの負わされた課題の大きさを理解するためには、是非とも心に留めて置かねばならない。一言で言えば、グラッドストンは政治屋だったのだ。(21) 一八三五年、彼はオコンネルの悪意に怒りで身を震わせた。(22) だが、アイルランドの自立が道徳的にも物質的にも必要であることを宣言する、イングランドの立法者となった。彼はユダヤ人が公職に就くことには声高に反対を唱えたが、イングランド史上はじめてユダヤ人に貴族の爵位を与えた大臣となった。(23) 一八八一年のボーア戦争では、反逆者のボーア人に対して乱暴な言葉を吐いた。だがその後マジュバの闘いでイングランドが敗れると、トランスヴァールと協定を結ぶこととなり、これはイングランド人たちからも臆病な降服と呼ばれた。(24) 最初の議会演説においては、自分の父親を容赦なく批難したグレイ伯爵を、(25) 熱く論駁した。グラッドストンの父親は、デメララの裕福な奴隷所有者であり、人身売買で年二百万フランを稼いでいた。だがいっぽう、「幼馴染」のウェストミンスター公に宛てた最後の手紙では、可能なかぎりの悪態をついてコンスタンチノープルの大暗殺者の頭《かしら》(26) を批難した。

パーネルは、こういった自由主義は力に屈するだけであると確信し、己が背後にある国民生活のあらゆる要素を結集し、反乱の淵すれすれの進軍を開始した。ウェストミンスターに登庁して六年で、彼はすでに政府の命運を握っていた。投獄はされたが、キルメイナムの独房から、自分を投獄した大臣たちと協定を結んだ。(27) ピゴットの自白と自殺で偽造書簡による陰謀が失敗して後、自由党政府は彼に閣僚の地位を提示した。パーネルはこれを断ったのみならず、すべての党員たちに対して、自分同様いかなる大臣の地位も拒絶するようにと命じた。そしてアイルランドの庁舎や自治体に対し、イギリス政府がアイルランド自治を回復しない限り、イギリスの王族を誰ひとり公式に受け入れてはならぬ、と禁令を出した。[28] 自由党はこうした屈辱的な事態に甘んじざるを得なくなり、一八八六年、グラッドストンは最初のアイルランド自治法案を議会で朗読することとなった。

　パーネルの失脚は、こうした一連の出来事のさなか、青天の霹靂のごとくに起こった。彼は既婚の女性を遮二無二愛した。そして夫オシー大尉が離婚を請求したとき、グラッドストンとモーリーの両大臣は、この罪人を国民党の党首としておくなら、アイルランドのための立法措置は行なわない、とあからさまな拒否を示した。[29] パーネルは裁判には出頭せず、自己弁護も行なわなかった。彼は、アイルランドの内政に対して拒否権を行使する権利など大臣にはない、とこれを突っ撥ね、辞任も拒絶した。彼を退陣させたのは、グラッドストンに服従した国民党員たちであった。八三人の議員のうち、彼に忠実だったのはわずか八人に過ぎなかった。[30] 聖職者は高きも低きも、パーネルにとどめの一撃を加えんとこの闘技場にやってきた。アイルランドの新聞は彼と彼の愛した女に、妬みの薬瓶をぶちまけ鬱憤を晴らした。カースルカマーの農夫たちは彼の目に生石灰を投げつけた。[31] 彼は田舎から田舎へ、都市から都市へと、「狩り立てられた雄鹿のように」[32] 移り住んだ。額に死の印を刻まれた幽霊のような姿であった。一年もせずに、彼は悲嘆のあまり四五歳で亡くなった。

　この「無冠の王」の影は、やがて新しいアイルランドが「様々な金糸の房べりに囲まれた《フィムブリイース・アウレイース・キルクムアミクタ・ヴァリエターティブス》」[33] 宮殿に赴くとき、彼を思い出す者たちの心を覆い尽くすことだろう。だがその亡霊は、復讐に燃えてはおるまい。彼の魂を打ちのめした悲しみはおそらく、自分と同じ鉢で指を洗った弟子のひとりが、危急のときに自分を裏切ろうとしている、という深い確信であったろう。[34] 己が魂のうちにこの侘しい確信を抱きながらも、文字通り最後まで闘い抜いたことが、彼を高貴なる者とした第一の、最大の理由である。人民たちへの最後の誇らかな呼び掛けのなかで、彼は同国の仲間たちに懇願した。どうか、周りで吠え立てているイングランドの狼たちの間に、自分を投げ込まないでもらいたい、と。この絶望的な訴えをきちんと聞き入れたことは、この同国の仲間たちの名誉に寄与するであろう。彼らはイングランドの狼の群れに彼を投げ込むことはなかった。自分たちで八つ裂きにしたのである。(35)

ジェイムズ・ジョイス

註

(1) 原文はイタリア語。トリエステの新聞『イル・ピッコロ・デラ・セラ』一九一二年五月一六日号に掲載された。原題は"L'ombra di Parnell"。初版のファクシミリ版は *The Works of James Joyce*, 6, Minor Works, 215-21 に収録されている。パラグラフの組み方はこの初版に従っている。タイプ原稿は『ジェイムズ・ジョイス・アーカイヴ』第二巻六八〇―八三ページ所収。ジョイスはこのタイトルを、『シン・フェイン』一九一〇年一月八日号に掲載された戯画のタイトル"The Shade of Parnell"から取っている。

(2) ムゲロ鶏はトスカーナ地方ムゲロ原産の鶏。チャボ種で、一九五〇年代まではよく見られたが現在は絶滅。雌鶏は繁殖力が強かった。トスカーナ地方には「ムゲロの雌鶏は二〇歳でも生後一カ月に見える」という諺があった。

(3) 第三次自治法案は、一九一二年四月に下院にかけられた。第三読会を通過したのは一九一三年一月のことである。上院は決定を遅らせ、一九一四年九月にようやく可決される。大戦期間中執行が延期された挙句、一九二〇年に、アイルランド政府法案に取って代えられた。

(4) ジョイスが言っているのは、一八〇〇年のアイルランド(議会)併合法と、イングランドと合衆国の間で一九一一年八月に結ばれた仲裁協定のことである。一九一二年の自治法案がこの協定に関連している、というジョイスの見解には根拠がない。もっとも、仲裁協定の成立は、少なくとも一九〇四年以後に結ばれた、イングランドと合衆国の同盟に関するいかなる仄めかしに関しても、アイルランド系アメリカ人たちの反感を促した、というのは事実である。

（5）ここで言われる運動には、ダニエル・オコンネルによるカトリック解放運動と、その後も彼が展開した併合法撤廃運動、一八三四年の十分の一税戦争、一八四八年のヤング・アイルランド運動と蜂起、一八六七年のフィニアン会設立と蜂起、一八八二年の無敵革命党の暴挙、一八八〇年代の土地戦争、パーネル率いるアイルランド議会党の議事妨害、といったものが含まれていよう。

（6）原文のイタリア語では"più che perfetto"と記されており、これはpiuccheperfetto（英語のpluperfect）すなわち「大過去・過去完了」との地口になっている。これは『ユリシーズ』第二挿話におけるデイジー氏の新造語"pluterperfect"を思わせるものであるため、二種の英訳はいずれもこの語を充てている。デイジー氏は「農業部門の過去完璧形の冷静さ」（第二挿話三二八—二九行）を語っている。なお、以下の論文も参照のこと。Giorgio Melchiori, "Two Notes on 'Nestor,'" in *James Joyce Quarterly*, 22/4 (1985), 416–17.

（7）この見解は、「自治法案がイギリス議会におけるアイルランド議員の数を一〇三から四二に削減することになった」（アーサー・グリフィス『自治法案の検証』Arthur Griffith, *The Home Rule Bill Examined*, Dublin: The National Council, 1912, 15）理由の説明としては、混乱があるように見受けられる。

（8）「アイルランド金融委員会は黒字となることを提示し、政府は赤字となることを提示した。……自治によってアイルランドがいよいよ裕福になると期待する楽天主義者もいる。所得税、関税、物品税により、いかなる増税も行なわずに必要な額が生み出されるというのだ。他方、経済を刺激することで問題が解決されると考える者もいる」。もしアイルランド自治政府が増税を行なえば、「頑迷な反対のための経済基盤を保持する、オレンジ党派の北アイルランドからの敵意に、直面することとなろう。南の都市部で発生する産業間の対立と、すべての階級においてあまねく発生するであろう不満に、直面せねばなるまい。ようするに、事実上アイルランド政府は、提案された財政案を擁護するかぎり政治的自殺行為に向かわざるを得ないのである」（アーサー・グリフィス『自治法案の財政学』*The Finance of the Home Rule Bill*, Dublin: The National Council, 1912, 5-6, 7, 9）。イングランドはアイルランドに利益をもたらそうとしているのであり、自己に損失をもたらそうとしているのではない、という知見から、グリフィスはトマス・ケトルの『自治の財政学——正義の実験』

(Thomas Kettle, *Home Rule Finance: An Experiment in Justice*, Dublin: Maunsel and Co., 1911) に反論している。ジョイスはこの本をトリエステからグリフィスに郵送した(『書簡集』第二巻二八七ページ)。

(9) 「分離主義の党」シン・フェインの指導者アーサー・グリフィスは、イギリス議会がアイルランドへの課税権を保持し続けていることに異議を唱え、また「ウェストミンスターでアイルランドの議席数が大幅に減ったことを容認しながら、いっぽうアイルランドの行政と歳入をウェストミンスターが牛耳っている」事態を批難している(『自治法案の検証』3.15)。

(10) アーサー・グリフィスも同様に、新たな自治法案に対する警告として、パーネルの記憶を喚起している。「しかし、パーネル氏のことを思い出さねばならない。彼は自治を達成した後のアイルランドが、イギリス議会に議員を送るべきではない、という見解を抱いていた。そして同時に、アイルランドの行政がイングランドに掌握されているかぎり、イギリス議会におけるアイルランド代議士の数は削減されるべきではない、という見解も抱いていたのである」(『自治法案の検証』15)。ジョイスがグラッドストンの「甥」と語っているのは、実はグラッドストンの息子、ハーバート・ジョン・グラッドストン子爵(一八五四—一九三〇)であった。

(11) パーネルの力は政策ではなく性格にあった、という批判は、マイケル・ダヴィットが『アイルランドにおける封建制度の崩壊』(Michael Davitt, *The Fall of Feudalism in Ireland, or the Story of the Land League Revolution*, London & New York: Harper & Brothers Publishers, 1904, 654-55)で語っている。またパーネル伝においてオブライエンは、議事妨害の発明をアイルランド人の下院議員ジョーゼフ・ビガーとジョーゼフ・ロネイン(一八二三—七六)に帰している(i. 83-84, 92-93)。アイルランド党の創設者はチャールズ・ギャヴァン・ダフィー卿であり(ii. 229)、土地同盟設立を主導したのはダヴィットのほうであった(i. 194)、とも語っている。

(12) アイルランド独立運動の指導者をモーゼに喩える方法は、『ユリシーズ』第七挿話八四五—七〇行でも語られることになる。その箇所でジョイスは、一九〇一年に大学の討論会で聞いた弁士ジョン・F・テイラーによるこの比喩を潤色している。『ジェイムズ・ジョイス伝』九〇ページ(邦訳一〇三ページ)も参照のこと。

(13) ブルームはつぎのように呟いている。「ある種の魅力が必要なんだよ、パーネルみたいに。アーサー・グリフィスは馬鹿正直だが、大衆に訴えるものを持ってない」(『ユリシーズ』第八挿話四六二行)。

(14) パーネルの「冷血さと事務的な演説」、およびそれが聴衆に与えた効果については、オブライエンのパーネル伝(i. 193)

に詳しい。
(15)　一八八三年のパーネルへの献金は三万七千ポンドを超えていた。
(16)　オブライエンのパーネル伝（ii. 198-99）によると、パーネルはそのSに指を置き、「まるで一番どうでもいいことであるかのように言った、〈わたしはそんな形のSは一八七八年以降書いていない〉」。
(17)　リチャード・ピゴット（一八二八―八九）は、手紙を偽造しこれを『ザ・タイムズ』に売り、農政の犯罪とフィーニックス・パーク殺人事件にパーネルとその政党が連座していることにしようと試みた。この陰謀発覚とその後のピゴットの自殺については、オブライエンのパーネル伝（ii. 217）に語られている。ピゴットの息子らはジョイスと同時期、クロンゴウズ・ウッド・カレッジで学んでいた。
(18)　グラッドストンはつぎのように述べた。「パーネルはわたしがこれまで出逢ったなかでもっとも驚くべき男である。もっとも有能な男とは言わない。もっとも驚くべき、もっとも興味深い男だ。非凡な知的人物であった」（オブライエン ii. 357）。
(19)　「人びとが彼に与えた称号は、〈アイルランドの無冠の王〉であった」（オブライエン i. 105）。剽軽者と雄弁家とは、それぞれディズレーリとグラッドストンを指す。
(20)　ディズレーリは、『コニングズビー』（一八四四）や『シヴィル』（一八四五）といった、大量の小説を出版した。グラッドストンの著作物も数多く、『ホメロスとその時代に関する研究』（一八五八）や、『昔年の拾遺集』（一八七九年、全七巻で刊行、一八九七年に第八巻が刊行される）などがある。
(21)　パーネルはグラッドストンを「無敵の詭弁家」と呼んだ（オブライエン ii. 279）。
(22)　ダニエル・オコンネルは、他の改革案に加えて、併合法撤回を迫っていた。グラッドストンは、一八三四年の十分の一税戦争の間にオコンネルがメルバーン第二代子爵ウィリアム・ラム・メルバーン（一七七九―一八四八）と交わした協定に、抗議した。
(23)　ネイサン・メイヤー・ロスチャイルド男爵（一八四〇―一九一五）は、一八八五年、ユダヤ人としてはじめてイギリスの上院議員となったが、男爵の爵位はそれ以前に伯父から受け継いだものであった。
(24)　第一次ボーア戦争において、一八八一年二月、イギリス軍はマジュバ・ヒルの闘いで壊滅的な大敗を喫した。一八八一年三月、プレトリア協定で終戦となる。この協定によってイギリスはトランスヴァール共和国の独立を承認した。

(25) このグレイ伯爵とは、グレイ第三代伯爵ヘンリー・ジョージ・グレイ(一八〇二—一九四)のこと。ホイッグ党で指導的立場にあり、イギリスとアイルランドの間に自由貿易を導入した。父親はグレイ第二代伯爵チャールズ・グレイ(一七六四—一八四五)で、一八三〇—三四年、ホイッグ党の首相を務めた。

(26) トルコ皇帝アブデュルハミト二世のこと。グラッドストンは一八九七年三月一三日の手紙でその「非人道性」を弾劾した。この手紙は後に、『ウェストミンスター公への手紙』という題のパンフレットとして公刊された。その主要な論点は、ギリシア=トルコ戦争期間中のトルコ人の振る舞いであった。

(27) 一八八二年のキルメイナム条約は、アイルランドにおいて日増しに激化する暴力を鎮めるために、パーネルとグラッドストンとの間で交わされた取り決めである。

(28) 本書「アイルランド、聖人と賢者の島」註49、50を参照のこと。

(29) ジョン・モーリー(一八三八—一九二三)はイングランドの政治家で文人。アイルランド担当大臣を務めた。ウィリアム・オシー大尉(一八四〇—一九〇五)とキャサリン(キティ)・オシー夫人(一八四五—一九二一)の離婚訴訟でパーネルが召喚されて後、グラッドストンはモーリーに手紙を書き、アイルランド議会党が党首を罷免することを要求した。パーネルはその後一八九一年六月にキャサリンと結婚した。グラッドストンの手紙がその後公開されると、これはイングランドの大臣からの、アイルランド議員に対する最後通牒と受け取られた。この事情についてはオブライエンのパーネル伝(ii. 248-52)に詳しい。

(30) 下院の第一五委員会室で行なわれた投票では、パーネルの党首継続賛成が二六、反対が四四であった。

(31) オブライエン(ii. 300-03)が伝えるこのエピソードに生石灰への言及はないが、ジョイスは「火口からのガス」一九一二〇行でこのエピソードを不滅のものとした。これに関して、バリーはリヴィジョニストのつぎの意見を引用している。「パーネルはキルケニー州のカースルカマーで演説をすることになっていた。いっぽう、キルメイナム条約以後パーネルと訣別し、離婚訴訟後はパーネルが党首であることに反対していたマイケル・ダヴィットも、同日同じ場所で演説をすることになっていた。この町で気に入られていたダヴィットは、支持者たちにパーネルの集会には参加しないようにと言った。群衆にとってこの言は、一種の戦闘の呼び掛けと聞こえた。この土地では〈クルースト合戦〉(croosting match)の名で知られる闘いである。〈クルースト〉とは、アイルランド語で石などを投げつけるという意味である」。ついに焼き石膏がパーネルに投げつけられ、「その粉がパーネルの目に入った。パーネルに付き添っていたハケット医師は、いつもの応急措置でパーネルの目からこれを舐め取った。この町を離れると、彼らは善良な婦人の農家に逗留した。婦人は、炎症を起こした目に、卵の白身で作ったこの土地ならではの洗浄液を処方した。ハケット医師が、石膏の粉を〈生石灰〉と言ってこの物語を劇化したのであり、パーネルもその後の集会では眼帯を付け、その劇的な効果を高めた。パーネルは会場に近づくまで眼帯を付けようとしなかった、と断言する者もいる」(Tom Lyng, *Castlecomer Connections*, Castlecomer, 1984, 132-33)。

(32)「彼は狩り立てられた雌鹿のようであった」とは、第一五委員会室での敗北の後、コークを訪れたときのパーネルに関する報告である(オブライエン ii. 298)。ジョイスは「雌鹿」(hind)を、イタリア語で「雄鹿」(cervo)に変えたことになる。だがイェイツもつぎのように回想している。「パーネルの墓石をめぐる論争の最中には、われらアイルランド人の嫉妬心を表現すべく、ゲーテからの引用が複数の新聞紙上に現れた。〈わたしには、アイルランド人は猟犬の群れのように思える。つねに高潔な雄鹿を引きずり倒そうとするのである〉」(W. B. Yeats, *Autobiographies*, New York, 1953, 190)。同様の姿は、イェイツの詩「パーネルの葬儀」にも繰り返し現れる。バリーによれば、いずれにも共通する原典は、ヨハン・エッカーマン『ゲーテとの会話』の以下の言であるらしい。「カトリック教徒は、自分たちの間では意見の一致を見ていないものの、プロテスタントを敵に回すとつねに団結する。彼らは猟犬の群れのようで、雄鹿が目に入るまでは互いに牙をむいて噛み合っているが、これを目にすると団結して突き倒そうとするのである」(Johann Eckermann, *Conversations with Goeth*, 7 April 1829)。また本書「ザ・ホーリー・オフィス」八八行も参照のこと。

(33)『旧約聖書』「詩篇」第四五章一四―一五節より。この句は「聖母マリアのための小聖務日課」にも現れる。スティーヴンは『肖像』において、この「小聖務日課」の先唱役を務めている(『肖像』Ⅲ・八七―九五行)。

(34)ここで背信の弟子ユダに喩えられているのは、ティモシー・ヒーリー(一八五五―一九三一)である。ナショナリストの政治家であり、初代アイルランド自由国長官となった。パーネルの党首存続に反対を唱えた主導者であり、九歳のジョイスの最初の出版物とされる「ヒーリー、おまえもか」("Et Tu, Healy")で攻撃の的となった。「ヒーリー、おまえもか」は、父ジョン・スタニスロース・ジョイスがブロードサイド版で印刷し友人に配ったが、現存していない。二つの断片はそれぞれ、一九三〇年一一月二二日付けのハリエット・ウィーヴァー宛ての書簡（『書簡集』［第一巻］二九五ページ）、および弟スタニスロース・ジョイスの『兄の番人』六五ページ（邦訳六九ページ）に引用されている。その後この二つの断片は James Joyce, *Poems and Shorter Writings*, London: Faber and Faber, 1991, 71 に収められた。

（35）「ひとりのイングランド人が最初の石を投げたゆえに、彼は〈イングランドの狼たち〉のなかに投げ込まれることとなったのか?」（オブライエン ii. 273）。また『フィネガンズ・ウェイク』四七九ページ一四行には、「二狼に獲物投げはやめよ！」（Do not fiingameijg to the twolves!）とある。パーネル自身が、一八九〇年の声明『アイルランドの人民に告ぐ』のなかで、この言葉を最初に使った。「どの程度の損失であるかを理解して頂きたい。わたしの破滅を求めて吠え立てるイングランドの狼たちに、もしわたしを投げ与えなかった場合、あなたがたがどの程度の損失に脅かされるというのか」。

48

諸部族の町
――アイルランドの港におけるイタリアの記憶(1)（一九一二年）

ゴールウェイ、八月

あまり旅行もせず、自分の祖国を噂で知るだけの無為なダブリン人は、ゴールウェイの住民がもともとはスペイン人の血を引き、諸部族の古い町の暗い路地を歩けばかならず、褐色の顔と烏羽色の髪をした真のスペイン人タイプに出会える、と考えている。このダブリン人、間違ってはいるが正しくもある。少なくとも今日では、ゴールウェイで黒い眼と黒い髪は減ってきており、概してティツィアーノ風の赤毛が支配的だ。古いスペインの家々は朽ち果て、出窓の隅切りには雑草の群れが生い茂っている。町の城壁の外側では、新しい、陽気な、過去を意識しない郊外住宅地が発達している。しかし、その「スペインの町」の歴史を薄明かりのなかで見詰めるには、このせわしない当世風の町並みに一瞬目を閉じてみるだけで十分である。

すべての方角に小さな川、滝、沼、運河が走り、無数の小島のうえに散らばっているようなこの町は、大西洋に面した、イギリスの全艦隊が停泊できるほど広大な入り江の、奥に横たわっている。湾の入り口にはアランの三つの島が、まどろむ鯨のように、灰色の水のうえに浮かび(2)、自然の堤防となって大西洋の荒波の襲撃を防いでいる。北の島の小さな灯台は、旧世界から新世界への最後の挨拶のように、西方へとその弱い光を投げかけ、もはやこの島にはもう何年も前から上陸することのなくなってしまった外国の商人たちに、虚しくも執拗に呼びかけている。

しかし、中世この水域には、無数の外国船の航跡が刻まれた。狭い通りの角で見かける標識は、この町のラテン・ヨーロッパとの関係を思い出させる。マデイラ通り、商人通り、スペイン小路、マデイラ島、ロンバルディア通り、ベラスケス・デ・パルミラ大通り。オリヴァー・クロムウェルの書簡集は、ゴールウェイの港が連合王国の第二の港であり、スペインやイタリアとの交易では王国全土で第一の商業都市である、と証言している。(3) 一四世紀の最初の一〇年間、フィレンツェの商人アンドレア・ジェラルドは市の徴税人を務めた。また一七世紀の市長名簿には、ジョヴァンニ・ファンテの名が見出せる。(4) この町自体、バーリの聖ニコラスをその守護聖人として据え、組合も、船乗りと子どもの庇護者であるこの聖人の肖像を、いわゆる印章に用いている。(5) 法王の使者リヌッチーニ枢機卿は、殉教者である王〔チャールズ一世〕の裁判中にゴールウェイを訪れ、この町を教皇の勅令下に置いた。聖職者と修道会はその権威を認めることを拒絶し、怒った枢機卿はカルメル会の教会の鐘を壊し、教会の門には自分の従者であった二人の司祭を置いて、信者の入場を阻止した。(6) 聖ニコラス教会の教区司祭館はいまだに、中世イタリアのもう一人の高位聖職者の記録を保持している。つまり悪名高いボルジアの自筆の手紙である。(7) 同じ司祭館には、一六世紀のイタリア人旅行者が残した興味深い資料もある。彼はつぎのように書き記している――わたしは世界中を旅してきたが、ゴールウェイで目にしたようなものを一度に目撃してしまうことなどなかった。聖体を掲げる司祭、牡鹿を追う猟犬の群れ、帆を張って港に入る帆船、槍で殺される鮭――。(8)

スペイン、ポルトガル、カナリア諸島、そしてイタリアから、王国に輸入されるほとんどすべてのワインが、この港を経由していた。毎年の輸入量は千五百タン、すなわちおよそ二百万リットルに上る。(9) この交易がきわめて重要であるため、オランダ政府は、この町の近くに広大な土地を購入したい、代価はその土地を覆うだけの銀貨で支払うから、と自治体に申し入れた。外国との競合をおそれた自治体の側は、使節を送り、銀貨はその土地に縦に敷き詰める、というのであれば同意しよう、と返答した。この実に礼儀正しい対案へのオランダからの返答は、いまだに届いていない。(10)

何世紀にも亘って、町と教会の管理運営全体が、一四の部族の子孫たちの手に委ねられていた。その部族の名は、韻律の整わない四行詩に記録されている。(11) 町の古文書のなかでもっとも奇妙な、もっとも興味深い歴史資料は、ロレーヌ公のために一七世紀に作られた、町の詳細を記述した地図である。公は、イギリスの同志すなわち陽気な君主が貸与を求めてきた際、(12) 町の大きさを確かめたいと思った。版画や図示説明満載のこの地図は、町の司教座聖堂参事会長ヘンリー・ジョイスによって作成された。(13) 羊皮紙の縁は全体が高貴な部族の紋章で飾られ、地図そのものがまるで、部族の数を主題にした、地形学のシンフォニーといった様相を呈している。かくしてこの地形学者は、一四の稜堡、一四の城壁の塔、一四の主要な街道、一四の修道院、一四の城、一四の路地を列挙し描写する。そして、滑るように短調に転じて、城壁の七つの勾配、七つの庭園、聖体節の行列のための七つの祭壇、七つの市場、その他七つの驚くべき事物を、列挙し描写する。この最後のもののなかでも、一番最後に来るものとして、この立派な参事会長は、「南の街区にある古い鳩小屋」を挙げている。(14)

全部族のなかでもっとも有名なものはリンチ一族である。町の創設からクロムウェル軍の破壊的な侵攻に至るまでの一世紀半の間、この一族の者は八三回に亘って執政官の任に就いた。町の歴史のなかでもっとも悲劇的な出来事は、一四九三年、ウォルター・リンチという若者が犯した罪の贖罪に纏わるものである。この若者は、市長ジェイムズ・リンチ・フィッツスティーヴンの一人息子であった。(15) 裕福なワイン商人であった市長は、この年スペイン旅行に出かけ、ゴメスという名のスペイン人の友人の客となった。このスペイン人の息子は、毎夜旅人の話を聞き、遥か遠くのアイルランドに魅惑され、父親に、この客が祖国に帰る際、自分もこの客に付き添って旅行させて欲しい、と許可を求めた。父親は躊躇った。当時は危険な時代であり、旅行に出るときは、既知の国であれ未知の国であれ、出発の前に遺言状を書くのが習慣であった。だが市長のリンチは、自ら若者の安全は保証すると言い、二人して出発した。ゴールウェイに到着すると、スペインの若者は、市長の息子ウォルターと懇意になった。ウォルターは腕白で衝動的な性格であり、町のもうひとつの豪族の娘、アグネス・ブレイクに言い寄っていた。たちまちアグネスと外国の若者との間には愛が芽生え、そしてある晩、ゴメスがブレイクの家から出てくると、待ち伏せていたウォルター・リンチは、背中に短剣を突き立ててこれを殺した。怒りで盲目になっていた彼は、遺体を引き摺って道を歩き、池に放り投げた。犯罪が発覚し、青年ウォルターは逮捕され、告訴された。裁判官は市長である父親であった。彼は肉親の情に訴える呼びかけにも耳を塞ぎ、ただ町の名声と自身の誓いの言葉だけを思い出し、殺人犯に死刑を宣告した。友人たちは彼を思い留まらせようとしたが、無駄であった。不幸な若者への哀れみに満たされた人びとは、市長の家の周りを取り囲んだ。この薄暗い悲しみの館は、今でも主要街道に黒々と佇んでいる。[16] 市長は、死刑執行人が刑の執行を拒んだときでさえも、峻厳であった。死刑の前日、父親と息子は、ともに監獄の小部屋で、眠らずに夜明けまで祈りを捧げた。処刑の時刻になると、父親と息子は家の窓に姿を見せた。[17] 接吻を交わし、いとまを告げ、そして驚愕する群衆の目の前で、父親は自ら、息子を窓の梁で縛り首にした。

古いスペインの家々は朽ち果てている。部族たちの館は半壊状態である。窓や広い中庭には、伸びた雑草が前髪のように覆い被さっている。玄関ポーチのうえでは、黒ずんだ石に彫られた貴族の紋章が色褪せている。双子の兄弟とともにいるカピトルの丘の狼、ハプスブルク家の双頭の鷲、シャルルマーニュの血を引くダーシー家の黒い雄牛。[18] 古の年代記作者は書いている――ゴールウェイの町では、尊大と淫欲の熱情が支配している。[19]

*

夜は静かである。遠くから、滝の向こうから、ざわめきが聞こえてくる。まるで巣箱の回りを飛び交うミツバチの羽音のようだ。近づいてくる。七人の若者が見えてくる。一団の先頭で、バグパイプを吹いている。尊大に、雄々しい姿で通り過ぎて行く。むき出しの頭で、ぼんやりとした奇妙な音楽を奏でている。不確かな光で、右肩からぶら下がる緑の肩掛けと、サフラン色のキルトが、辛うじて見分けられる。彼らは聖母御奉献女子修道院の通りへと入って行く。そしてぼんやりとした音楽があたりの夕闇に溶け込んで行く間、女子修道院の窓には、ひとつまたひとつと、修道女たちの白い垂れ頭巾が姿を現す。[20]

ジェイムズ・ジョイス

註

(1)　原文はイタリア語。トリエステの新聞『イル・ピッコロ・デラ・セラ』一九一二年八月一一日号に掲載された。原題は“La città della tribù: Ricordi italiani in un porto irlandese”。タイプ原稿は『ジェイムズ・ジョイス・アーカイヴ』第二巻六九二―九四ページ所収。パラグラフの区切りはこれに従う。

ここでジョイスが用いている情報の多くは、ジェイムズ・ハーディマン（一七九〇?―一八五五）の『ゴールウェイ州とゴールウェイの町の歴史』（一八二〇）（James Hardiman, *The History of the Town and County of Galway, from the Earliest Period to the Present Time*, Dublin: W. Folds and Sons, 1820）から取られている。ハーディマンの主題はおもにスペインとの関連であったが、ジョイスはイタリアとの関連を強調し潤色している。この記事とつぎのアランに関する記事は、一九一二年の七月から九月、ジョイスにとっては最後のアイルランド帰郷となった期間、彼が滞在していたゴールウェイのノラの母親の家から送付したものである。ハーディマンはその書で、ゴールウェイを「諸部族の町」と呼んでいる。「この表現は、最初にクロムウェル軍の兵士たちが町の土着民たちに対する非難として用いたもので、比類なき紛争と虐待の時代、この部族の者たちだけが互いに親密な関係にあることを揶揄した表現であった。しかしその後はアイルランド人の側が、その残酷な支配者たちと自らを区別する、誉れ高き呼称として用いることになった」（ハーディマン 6-7）。

（2）「二人は立ち止まり、眠る鯨の鼻先のような、水面に横たわるブレイ・ヘッドの鈍角の岬を眺めやった」（『ユリシーズ』第一挿話一八一―八二行）。ジョイスは「アランの漁夫の蜃気楼」第二パラグラフの冒頭（四二三ページ）でも、これに類似した比喩を用いている。

（3）実のところハーディマンが引用しているのは、オリヴァー・クロムウェルの息子でアイルランド総督であった、ヘンリー・クロムウェル（一六二八―七四）の書簡である（ハーディマン 25）。

（4）「この町の商業は非常に遅れていたので、一三二〇年に収税官であった、フィレンツェの商人アンドリュー・ジェラードは、かなりの減税措置を取った」（ハーディマン 52）。一七世紀の市長、行政官、州長官の名簿（ハーディマン 211-21）には、〈ジョヴァンニ・ファンテ〉Giovanni Fante の名はない。

（5）トルコ南部のミラの司教であった聖ニコラス（二七〇―三四三）の遺品は、その後一〇八七年に、イタリア南東部バーリの港から、商人たちによって盗み出された。ゴールウェイの聖ニコラス教会は、ロンバード・ストリート（ロンバルディア通り）とボウリング・グリーンの交差点の真向かいに建っている。ノラの母親はボウリング・グリーンに住んでおり、この記事を執筆中のジョイスもここに滞在していた。

（6）ジョヴァンニ・バッティスタ・リヌッチーニ（一五九二―一六五三）は、教皇大使としてアイルランドを訪れ、チャールズ一世、すなわち「殉教者たる王」の治世下でカトリックの叛乱を支援するために資金と武器を提供した。ゴールウェイでのリヌッチーニの努力とその結果に関しては、ハーディマンが詳述している。「怒った彼は鐘を引き摺り下ろすよう命じ、聖堂の入り口には二人の司祭を置いて、人びとが祈りを捧げに来られないようにした」（ハーディマン 124）。

（7）「肉付きのいい陰になった顔と陰気な卵形の顎は、中世に芸術を庇護した高位聖職者を思い出させた」（『ユリシーズ』第一挿話三一―三三行）。ハーディマンは、二つの勅書がこのボルジア、すなわち教皇アレクサンデル六世（一四三一―一五〇三）のものである、としている（ハーディマン 237）。

（8）「年代記が語るところによると、あるイタリア人旅行者が、その外地での名声に惹かれこの町を訪れた。彼はこの町の情勢や環境を事細かに述べ、建造物のスタイルや住民の慣習や風俗、その他様々な注目すべき点を丹念に記録した。年代記はさらにつぎのように述べている。ある個人宅でのミサに参列した際（公共の場所での儀式が最初に禁じられたのは一五六八年のことである）、彼は、司祭が両手で聖体を掲げて祝福し、小舟が川を行き来し、港に帆を張った船が入港し、鮭が槍で殺され、猟師と猟犬が牡鹿を追っているのを、一度に目撃した。これを見て彼はつぎのように言った――これまでヨーロッパじゅうを旅してきたが、これほどの多様さと美しさが結び合った光景は、一度も目にしたことがない――」（ハーディマン 85）。

（9）『ユリシーズ』第一二挿話で市民はつぎのように言う――「おれたちは、あの雑種の犬どもが生まれる前から、スペイン人やフランス人やフラマン人たちと取引してきたんだ、スペインのビールはゴールウェイで、ワインの帆船はワイン色の水路で」（一二九六―九八行）。

（10）「物語の伝えるところでは、オランダ人たちは、ある種の銀貨で覆えるだけの土地を入手する契約を申し入れてきた……当初この華麗な提案には、町の住民たちも同意した。しかしさらに熟考を重ね、彼らは慎重な結論を出した。この勤勉な入植者たちはすべての取引を独占するかもしれず、そうなれば町には害を及ぼす。そこで住民たちは、契約が実行に移される前に、当初の同意を無効にする巧妙な方策を考えついた。土地は銀貨で覆われるぶんだけ売るとしても、銀貨は当初考えられていたように寝かせた状態ではなく、立ててぎっしりと重ねた状態で敷き詰めるべし、と主張したのである。この予期せぬ返答は状況をまったく変えてしまい、契約は反故となった。この話は、完全にというわけではないにしても、おおよそ作り話であろうが、もし契約していればこの国のためになったかもしれない」（ハーディマン 101-02）。

（11）「一四の部族があり……その名は以下のような詩に見出せる――〈アサイ、ブレイク、ボドキン、ブラウン、ディーン、ダーシー、リンチ、／ジョイス、カーワン、マーティン、モリス、スカーレット、フレンチ〉（Athy, Blake, Bodkin, Browne, Deane, Darcy, Lynch,/Joyes, Kirwan, Martin, Morris, Skerrett, French）。一四番目はフォント（Ffont）であった」（ハーディマン 7, footnote）。

（12）チャールズ二世のこと。

（13）ジョイスは自身の父祖の名の登場にはつねに特段の注意を払った。「一六五一年、当時王国の次官であったクランリカード侯爵は、ロレーヌ公と契約を結び、アイルランドにおいて、二万ポンドを王〔チャールズ二世〕のために受け取った。この額と引き換えに、侯爵はリメリック市とゴールウェイの町の安全を保障し、長官たちには、〈とりわけ公に対し、安全という価値、土地の繁栄と安定、港の良好さと利便性……を与えよ〉と命じた。このために、町の地図が作成された。この地図は王政復古後（昔からの住民たちは王によって、その自由と地所を回復された）、当時監督官であったヘンリー・ジョイス司祭によって細かに描かれ、紋章入りで完成された。これはその後自治体の出費によって優雅な版画として刷られ、国王チャールズ二世に献上された」（ハーディマン 23）。「ジョイス」家については、ハーディマン 14-16。ハーディマンの著書にはこの地図の複写が掲載されている。

（14）ハーディマンによる地図の詳細説明は24-30にある。そのうち、七と一四の事項リストでその均斉美が語られている箇所では、やはり最後に鳩小屋の描写がきている（ハーディマン 29）。ここにはまた、地図からの引用が翻訳で紹介されている。「ローマは七つの丘を誇り、ナイル川は七つ折りの流れを誇る。／北極星の周りには、きらきらと七つの惑星が輝く。／ローマの姉妹、ゴールウェイは、その倍の数を誇る」（ハーディマン 25, footnote）。

（15）この物語もハーディマン（70-76）が語っている。ジョイスは『肖像』と『ユリシーズ』において、友人のヴィンセント・コズグレイヴをモデルとした人物に「リンチ」の名を与えているが、この一族の歴史が脳裏にあってのことだろう。

（16）リンチの館は、ショップ・ストリートとアビーゲイト・ストリートの交差する角にある。

（17）「彼は不幸な息子を抱きしめ、永遠へと送り出したのだった！」（ハーディマン 75）。

（18）ゴールウェイの一四の部族の紋章は、ハーディマンの著書（6-7）に掲載されている。ロームルスとレムスに授乳した狼は、ここには含まれていない。ハプスブルク家の双頭の鷲は、ブラウン家とジョイス家の紋章の一部となっている。

（19）「クランリカード卿が一六四一年に記したところによると、彼らは〈暴慢さなしではいられない〉」（ハーディマン 314）。ハーディマンは淫欲については述べていないが、ジョイスは以下の記述を意識していたと思われる。「つぎの引用は、フランスの旅行者が活き活きと伝えている観察録である……〈毎日手ごろな値段で公衆の集会が開かれる。婦人たちがときには服を着、ときには半裸で、ときには全裸で集まる。その程度に応じて、こうした集まりは、「集会」「パーティ」「行進」と呼ばれている。入場料はその呼び名によって異なる〉」（ハーディマン 315, footnote）。

（20）ジョイスの妻ノラは、一二歳のときこの聖母御奉献女子修道院（Presentation Convent）で受付の仕事をした。

49　アランの漁夫の蜃気楼
――戦時のイギリスの安全弁(1)（一九一二年）

ゴールウェイ、九月二日

行楽客という少量の積荷を載せた小型蒸気船は、スコットランド人経営者の注意深い眼差しに見守られながら――彼はその実暗算に夢中なのだ――波止場を離れる。船はゴールウェイの小さな港を離れて沖に出る。右手にはクラダーの村、つまりは町の城壁の外にあるあばら家の群れを後にする。あばら家の群れ、とはいえひとつの王国である。ほんの数年前までは、この村も独自の王を選出していた。独自の衣装を持ち、自ら法を制定し、独自の暮らしを立てていた。住民の結婚指輪は、今でも王の紋章で飾られている。すなわち、二つの結び合った手が、冠を被った心臓を支えている紋章である(2)。

われわれが向かっているのはアランモア島〔イニシュモア島〕、大西洋の灰色の水域に大きなサメのように眠っている聖なる島である(3)。島民たちはこの海を、老いた海と呼んでいる。この湾と海岸線一帯の海の底には、不運なスペイン無敵艦隊の分隊の残骸が眠っている。イギリス海峡で敗北した後、この船隊は北に向けて帆を上げたが、そこで突風と大波が彼らを打ち砕いた。ゴールウェイ州の農民たちは、スペインとアイルランドの長きに亘る友好関係を思い出し、イギリス駐屯部隊の復讐から逃亡している者たちを匿い、水死者たちの遺体は白い亜麻布で覆って、手厚く葬った。海は悔い改めた。毎年、ニシン漁の始まる聖母被昇天の祝日（八月一五日）の前日、この湾の水域が祝別される。帆船の漁船団は、旗の立つ船に先導されてクラダーを出る。この旗船の甲板にはドミニコ会の修道士が乗っている。しかるべき場所まで来ると船団は止まり、漁夫たちは跪き、帽子を取り、修道士は魔除けの祈りを囁き声で唱え、海に向かって聖水器を振り、薄暗い空に十字を切る。

右手にある白い砂の一角は、大西洋横断のための新港がおそらくは築かれるであろう場所を、指し示している。(4) わたしの連れは大きな地図を広げる。そこには、ゴールウェイからカナダの複数の大きな港まで計画されている数々の航路が、枝分かれし、曲がり、交差する線で描かれている。ここに書かれた数字によると、ヨーロッパからアメリカへは三日以内の旅である。蒸気船は、ヨーロッパで最後の港となるゴールウェイからセントジョン（ニューファンドランド）までに、二日と一六時間をかける。またゴールウェイからカナダ最初の港となるハリファックスまでは三日と一〇時間である。地図の附録になっている小冊子の本文には、数字、支出の推定額、海洋学の図表が満載だ。この書き手は、ブリテンの海軍省、鉄道業界、商工会議所、アイルランド人一般に、熱心に訴えかけている。新港は、有事の際はイギリスの安全弁になるというのだ。連合王国の穀倉地帯であり食糧貯蔵庫であるカナダから、大量の小麦をアイルランドの港に運び入れ、かくしてセントジョージ海峡を航行する危険、敵の艦隊の危険を回避しようというのである。平和時であればこの新しい航路は、二つの大陸を最短で結ぶものとなる。現在リヴァプールで下船している商品や乗客の大部分が、将来はゴールウェイで下船することとなり、ここからダブリンやホーリーヘッド経由で直接ロンドンに運ばれることとなろう。(5) 凋落した古の町が蘇ることだろう。新世界から、富と漲る生命力が、血の失せたアイルランドに、この新しい動脈を通って流れ込んでくることだろう。今一度、千年を経て、聖ブレンダンの追随者にして好敵手であるアランの貧しい漁夫を盲目にした、あの蜃気楼が、大海の鏡面で遥か彼方にぼんやりと、揺らめきながら

立ち現れる。(6)

*

誰もが知るように、クリストファー・コロンブスは、アメリカを発見した最後の人間であったゆえに、後世の人びとから尊敬されている。このジェノヴァの航海者がサラマンカで嘲笑される千年前に、聖ブレンダンは、われわれの蒸気船が着岸する不毛の浜辺から、未知の世界へと錨を上げた。そして大海を横断し、フロリダの海岸に上陸した。当時この島は森に包まれた肥沃な島であった。(7) 森の薄明かりで、アイルランドの修道士たちの隠棲所が見分けられた。それはキリスト紀元四世紀に、王家の血を引く聖人エンダによって築かれたものだ。フィニアンはこの隠棲所を出て、その後ルッカの司教となった。幻視者の聖フルサは、ここに暮らして夢を見た。アイルランド聖人伝の暦では、これがダンテ・アリギエーリの先駆と述べられている。(8) フルサの幻視を語る中世の写本は、この聖人の、地獄から天国への旅を描いている。悪魔の隊列に囲まれた、四つの炎が燃える暗い谷から、人間界を上昇して行き、最後に、無数の天使の翼に反射する神の光へと至る旅である。この幻視は、神曲の詩人に模範を提供したらしい。その詩人は、魂の三つの王国を訪問し記述した最後の詩人となったがゆえに、コロンブスと同じく後世の人びとから尊敬を集めている。

入り江の浜辺には、張りつめた布で作る脆弱な手漕ぎ舟が、何艘か引き上げられ干してある。四人の島民が、すみれ色とさび色の海草で覆われた岩場の隙間から、素早く海に入って行く。ゴールウェイの八百屋の店先で見かける海草だ。アランの漁夫は熟練の足を持っている。牛の生皮で作った粗野なスリッパ〔パンプーティと呼ばれる〕を履いている。土踏まずは開いていて、(9) 踵は無く、鞭の紐で結んだものだ。フェルトのような厚い羊毛の服を着、鍔の広い黒い帽子を被っている。

わたしたちは、足元の覚束ない、険しい路地で立ち止まる。まったく自己流の英語を話す島民は、こんにちはと言い、酷い夏でしたな、神に感謝、と付け加える。最初はアイルランド人によくある英語の誤用と思えるこの語句は、その実人間の諦念という心の奥底からやってくるものなのだ。これを言った男は王家の名前を持っている。オフラハティという、若きオスカー・ワイルドが尊大にも最初の本の扉に印刷させた名前である。(10) しかし時と風は、彼の属する過ぎ去った文明を地表に薙ぎ倒してしまった――島の聖なるオークの林も、父祖たちの領土も、言語も、そしておそらくは、教会の鳩《コロンボ》と呼ばれたアランの隠者の名前も(11)――。島の小丘のうえに辛うじて生い茂る低木の周りで、彼の想像力は、精神の欠陥を露にする伝説やおとぎ話を編んだ。彼は見かけの素朴さの下に、懐疑と諧謔からくる幽霊のような怪しげなものを蓄えている。話し終えると別の方角を見詰め、熱心な研究家が手帳に不思議な出来事を書き留めようが意に介さない。アリマタヤのヨセフが若木を切ってステッキにしたのは、そこのサンザシからだ、と言うのである。(12)

ひとりの小柄な老婆がわれわれのほうに近づいてきて、自分の家に招き入れてくれる。テーブルに巨大なティーポットを置き、丸パンと塩気のあるバターを置く。島の男は彼女の息子で、炉のそばに坐り、ぎこちない控え目な態度で、わたしの連れの質問に答える。彼は自分の年を知らない。だが間もなく年寄りになる、と言う。なぜ妻を娶らなかったかは彼にもわからない。おそらく彼に向いた女がいないのだ。わたしの連れはもう一度、なぜ彼に向いた女がいないのかを尋ねる。すると島の男は、被っていた帽子を取り、柔らかい羊毛に顔をうずめ、当惑して笑みを浮かべる。アランは世界でもっとも不思議な場所、貧しい場所だと彼は言う。だがどれほど貧しくとも、わたしの連れが金を払おうとすると、老婆はほとんど怒ったようにこれを拒絶し、この家の体面を汚したいのか、と言う。

＊

細かく濃い霧雨が灰色の雲から降ってくる。雨を含んだ靄が西から近づいてくる。かたや小型蒸気船は、遅れている客たちに、やけになって呼びかけている。島はゆっくりとした煙のベールに包まれながら、少しずつ見えなくなる。斜面の高みに平然と坐っていた、三人のデンマークの船乗りたちもまた、見えなくなる。彼らは夏の漁のために大海に出、アランに停泊していたのだ。無口で憂鬱そうな彼らはまるで、八世紀にゴールウェイの町に火をつけたデンマークの蛮族の群れのことを考えているかのようだ。伝説によると、デンマークの娘たちの持参金には、このアイルランドの大地が計算に入れられていたとのこと。その奪回を夢見ているかのようである。島のうえに、海のうえに、雨が落ちてくる。アイルランドでの降り方を心得ているかのように降っている。ひとりの娘が船乗りを膝に抱き騒がしく戯れている船首楼の下で、われわれは今一度地図を広げてみる。夕暮れの光では、港の名前が見分けられない。だが、ゴールウェイから発する線は枝分かれしてして伸び広がり、記された一文の象徴的図示であるかのようだ。すなわち、神秘主義者にしておそらくは預言者であった司教座聖堂参事会長による一文が、彼の生まれた町の紋章のすぐ隣に記されている。'*Quasi lilium germinans germinabit et quasi terebinthus extendens ramos suos*.'〔「芽ぐむ百合のように繁茂し、テレビンの樹のようにその枝を伸ばす」。〕(14)

ジェイムズ・ジョイス

註

（1）原文はイタリア語。トリエステの新聞『イル・ピッコロ・デラ・セラ』一九一二年九月五日号に掲載された。原題は"Il miraggio del pescatore di Aran: La valvola dell'Inghilterra in caso de guerra"。タイプ原稿は『ジェイムズ・ジョイス・アーカイヴ』第二巻六九八―七〇〇ページ所収。パラグラフの区切りはこれに従う。『ユリシーズ』でデイジー氏は、口蹄疫に関する手紙のなかで、「ゴールウェイ築港計画」に言及している（第二挿話三二六行）。また、『フリーマンズ・ジャーナル』（一九一二年九月一〇日）にジョイスが書いた論説「政治と口蹄疫」の真下には、アランとゴールウェイの築港計画に関して「アイルランド系イタリア人ジャーナリストのジェイムズ・ジョイス氏」が書いた『イル・ピッコロ』の記事についての、簡略な紹介記事が置かれている。

ジョイスのこのタイトルは、第一にハイブラジル（Hy-brasil）への言及である。これはアラン島民が大西洋にあると想像した幻の大陸であり、現在のブラジルはこの名に因む。第二にはゴールウェイの新港建設計画への言及である。ケヴィン・バリーによると、この計画の詳細は地図付きの小冊子として出された趣意書『大西洋横断の拠点としてのゴールウェイ』（*Galway as a Transatlantic Port*〔出版年月は不記載だが一九一二年刊〕）に記されており、ジョイスはアラン島への船旅に際してこれを参照したらしい。有事の際に起こり得る事態を強調するものとなっているこの冊子と地図は、現在「ゴールウェイ港湾委員会」の古文書として保管されているとのことである。バリーはつぎのように引用している。「帝国の立場から見た問題……ゴールウェイへの支出は、表記の観点のみからしても、単に推奨されるというに留まらず、誰の目から見ても、帝国にとって絶対的な必要性を備えた事業、と言えよう。……マトン島との間の桟橋をゴールウェイに建設することは、仮に多少の支出を伴うとしても、この海岸線一帯にとっての、強固な防壁を作り出すこととなろう。マトン島に城砦を建築すれば湾全体を防御することとなり、また湾内の艦隊を保護できる。……近年ドイツ艦隊は、軍事作戦のためにアイルランド周辺を航行中、ゴールウェイを訪れた。……通商の覇権を握るイギリスにとっては抜け目のないライバルであるこの国が、何を考えているかは、この点からも知ることができる」（『大西洋横断の拠点としてのゴールウェイ』30-32）。

（2）この指輪「クラダリング」は、現在でもアイルランドの物産品として広く知られている。クラダーの村とその儀式に関するジョイスの説明も、やはりハーディマンの著作（『ゴールウェイ州とゴールウェイの町の歴史』292-96 および同ページ footnote）に基づいている。

（3）ジョイスは「諸部族の町」第二パラグラフ（四一五ページ）でも同種の比喩を用いている。同箇所の註2も参照のこと。

（4）ゴールウェイ湾のマトン島への言及。一八五二年以来新港の建設予定地であった。

（5）バリーによると、ジョイスは、『大西洋横断の拠点としてのゴールウェイ』で提唱されている議論と統計を綿密に要約している。この冊子は、アメリカに独占されている航路に代わる新しい輸送ルートと、海洋戦略の統制が、イングランドにとって重要であることを説いている。「この新航路の問題でおそらく何にも増して重要なのは、カナダの目を見張る急速な発展である。昨今グレートブリテンの穀物倉庫となったその産業成長ゆえに、この自治領は、自らの利権のために新しい開口部とより良い貿易ルートを探求することになる」。「ゴールウェイはアメリカへの幹線であり、アメリカは将来の大いなる産業貯蔵庫である。その大いなる繁栄した土地に、ヨーロッパでもっとも近いのがゴールウェイだ。ニューファンドランドやニューヨークあるいはボストンと、ゴールウェイの間の連絡は、リヴァプールやクイーンズタウンと比べ、時間にして二日短く、距離にして数百マイル短い。その結果時間とコストが削減できれば、イギリスとアメリカの商業にとって利益は計り知れない。だがこれはあくまでゴールウェイでありアイルランドであるから、神が祝福してくれるその利益は、けっしてアイルランド人の役に立つことはない」（『大西洋横断の拠点としてのゴールウェイ』1-4）。

（6）ジョイスは、ゴールウェイを大西洋横断のための大きな港にしようという、歴史上何度も繰り返されてきた野望を、神話的なハイブラジルの眺望に譬えている。『聖ブレンダン航海記』の著者である聖ブレンダン（四八四—五七七）は、「聖人たちの約束の地」発見を海図にして記録している。この地はしばしば、西方の神話上の島とされたり、アメリカとされたりする。

（7）イニシュモア島のこと。三島のなかでもっとも大きく、ハーディマンによると「古代は森に覆われていた。今でもその証拠が残っている」（ハーディマン 319）。

（8）聖エンダ（?—五三〇頃）はアラン島の守護聖人であり、ここでブレンダンやフルサや（モーヴィルの）フィニアンを教えた。ジョイスの言う「聖人伝の暦」とは、ジョン・オハンロンによる『アイルランドの聖人伝』（Very Rev. Canon John O'Hanlon, *Lives of the Irish Saints, with special Festivals, and the Commemoration of Holy Persons. Compiled from Calendars, Martyrologies and various sources*, 10 volumes, Dublin: James Duffy, 1875–1903）である。オハンロンはつぎの

ように語る。「フルサは生涯に亘って天使の幻を見た。かの崇高なるダンテさえも、この聖人の名高い幻視から、神曲の粗筋を借りたほどである」(i. 223)。モーヴィルの聖フィニアンが、ルッカの司教、聖フリジディアヌスと同一視される点については、本書「アイルランド、聖人と賢者の島」の註20を参照のこと。

(9) シングによるアラン島民の描写は、ジョイスのそれとはまったく異なる評価を示しているものの、衣装の点では共通している。「彼らのフランネルのシャツ、それから彼らのタモ・シャンター〔ベレー帽〕とパンプーティのきびきびとした色と形」(『アラン島』一九〇七)(J.M. Synge, *Collected Works*, 4 volumes, London: Oxford Univeristy Press, 1966, ii. 54)。また『ユリシーズ』では、マリガンがスティーヴンにつぎのように言う。「浮浪者シングがお前を探してるぞ、殺してやるってな。あいつのグラスチュールの家の玄関ドアにお前が小便したのを聞きつけたんだ。パンプーティ履いて、お前を殺そうと歩き回ってる」(第九挿話五六九―七一行)。

(10) 本書三三二ページ(「オスカー・ワイルド――『サロメ』の詩人」)を参照のこと。

(11) 聖コルンバ(五二一?―九七)のこと。伝説によると、彼はアラン島にイェルサレムの大修道院長の墓所を発見した。

(12) アラン島の語り部に関するシングの素朴な説明と対照的である。「彼はわたしに、ピートリーやウィリアム・ワイルド卿、その他多くの現存の好古家を知っている、と言い、フィンク博士やペダーセンにはアイルランド語を教え、アメリカのカーティン氏にも話を聞かせた、と言った。……わたしたちが話している間、彼は暖炉の前で背中を丸めている。身体を震わせ、目は見えない。だがその顔は言いようもなく柔軟だ。機知や悪意を孕んだ話を語るときにはユーモアの極みで顔が輝き、宗教や妖精の話を語るときには再び陰気で侘しい表情になる。彼は自分の力量と才能に大きな自信を持っていた。自分の話は世界中のどんな話よりも優れている、と確信していた」(シング『アラン島』)(*Collected Works*, ii. 50)。

(13) 「ゆっくりとした煙のベール」(un velo fumolento) のうち、fumolento は fumo (煙) + lento (ゆっくりした) という、ジョイスの造語である。

(14) この文には実のところジョイスの手が加わっている。ゴールウェイの地図に関するハーディマンの詳細な記述によると、シート二枚目の上方には、アイルランド四地方(アルスター、レンスター、マンスター、コナハト)にミースを加えた、五つの地域の紋章が描かれ、その間に、「テレビンの樹のようにその枝を伸ばす」(*Quasi terebinthus extendens ramos suos*) と記されている。またシート三枚目の上方には、ヴァージニア、ジャマイカ、モントセラト等の植民地の名前が記され、その間に、「芽ぐむ百合のように繁茂し、砂漠と道のない土地を喜ばせる」（*Quasi lilium germinans germinabit, et lætabuntur deserta et invia*）と記されている（ハーディマン 24-25）。ジョイスはこの二つのラテン語の文を繋ぎ合わせ、地図に描かれた航路の曲線の比喩に用いた。

50　政治と口蹄疫[1]（一九一二年）

【一九一二年七月、ダブリン再訪のためにトリエステで出発の準備を進めていたジョイスに、友人でアルスター出身のヘンリー・N・ブラックウッド・プライスは、下院議員ウィリアム・フィールドのアイルランドの住所を調べて教えてほしいと頼んだ。プライスはアイルランドでの口蹄疫発症を大いに気に病んでおり、もともとブラックロックの肉屋であるフィールドもこの件とは無縁でなかったため、オーストリアで考え出されたという噂の治療法をフィールドにも知ってもらいたい、と望んだのだった。ジョイスは住所を知らせ、プライスはフィールドに手紙を書き、フィールドはこの手紙を一九一二年八月一九日の『イヴニング・テレグラフ』紙に掲載させた。ジョイスはこの手紙を『ユリシーズ』でパロディに用いたが、そこでは手紙の書き手はデイジー氏となり、ブラックウッド・プライスはデイジー氏の従兄弟とされた。[2] だがジョイス自身、この問題には大いに興味を抱いており、一九一二年九月六日付けの弟チャールズの手紙によると、ジョイスはこの件に関して『フリーマンズ・ジャーナル』紙に論説記事を書いた。[3] 一九一二年九月一〇日のこの記事は、自分が興味を抱いた主題を、ジョイスがどれほど迅速かつ完璧に纏め上げることができたかを示すものであり、また彼が『ユリシーズ』で表明していた、家畜への同情を浮かび上がらせもする。】

アイルランドのいくつかの地域で口蹄疫が発症するという国家的災難に乗じて、政治的資金を獲得しようという、ユニオニストと分派主義者たちの浅ましい努力に関しては、この国も今のところ騙されてはいない。とはいえディロン氏の貢献には価値がある。離間を策する者たちがかまける不誠実な喧騒が、危害をもたらすものであることを指摘しているからだ。彼の指摘によると、連中はヘンリー・チャプリン氏やバサースト氏のようなイギリスの保護貿易主義者の術中に陥っている。この保護貿易主義者たちの目的は、イギリスの牛・羊の安全ではなく、アイルランドの畜産物をイギリスの市場から排除し続けることなのである。アイルランドの酪農家という敵たちに、可能なら何らかの規制緩和がなされるべきだ、という叫び声を上げさせることで——しかもそれが、現状から見て緩和が妥当であるというランシマン氏の公平な意見によるものではなく、「アイルランドからの指図」によるものである、とすることで——、保護貿易主義者たちはいとも簡単に、アイルランドの畜産農家・取引業者の要求ならば公正に扱うべからず、という新たな妨害戦略を開始した。アイルランド党に対して「政府を打倒せよ」と呼び掛ける愚かな威嚇は、これまでにもあますところなく、イギリスの排他主義者たちに攻撃手段を提供してきた。『グローブ』紙がこれまでそれをどれほど利用してきたかは周知の通りである。また血の気の多いユニオニストたちが、自分たちの党に対しては、実は誰もこの件に関する支援を訴えてこなかった、という点にも注意してよい。『アイリッシュ・タイムズ』のロンドン通信員が書くところによれば、「様々な意見を抱くアイルランドの議員たちも、こぞって規制緩和を求めてはいるが、まったく成功していない」とのことだ。多くの人にとってこれは驚きのニュースであろう。ユニオニスト側の意見を抱くアイルランドの議員たちは、これまでこの件に関しては、もっぱら沈黙を守ることで際立っていた。アイルランド・ユニオニスト党の誰ひとりとして、ランシマン氏の意見を代弁する者はいなかった。チャプリン氏とバサースト氏は、アイルランド・ユニオニスト党の議員からは一言も抗議されることなく、暴れ回ることを許されてきた。それでも、ユニオニストの地主や土地管理人、一一カ月地主、(10)シュプレヒコールに賛同して敗北した分派主義の候補者たちは、アイルランド・ユニオニスト党の指導者たちに対し、チャプリン氏の口にハミを嚙ませよという抗議や要求を、一言も発していない。こうした事実は、この件に関してユニオニストがした一切の発言の動機や目的を、簡潔に説明して余りある。

ディロン氏は、アイルランド党が彼らに求められている類の行動を取れば、その結果がいかなるものとなるかを指摘する。つまり、それは自治法案と自治運動を犠牲に供するのみならず、この忠告者たちが主張している当の目的自体を、打ち砕くことになるであろう。そうなればイギリスの大臣は、数カ月間は、イギリスの港を敢えて開こうとはすまい。そうする動機が直ちに問い質されるだろうからである。同様に有害で危険なのは、この病気がたいしたことではないと語ることであり、またどこかの愚か者たちが、畜産農家に、この病を隠すよう勧めていることである。幸運にもアイルランドの畜産農家は、こうした忠告には耳を貸していない。いかなる疑わしい症例も報告することで、自らの良識を証明している。公共機関の権威を支持したいという彼らの思いは、報告される症例の大半が、その他の軽い病気であることが判明する、という事実によって証明されている。ここで明らかなのは、こうした行動によってのみ、貿易業界の信頼が回復され、かくしてイギリスの担当相も、開示された事実に基づいて行動する自由が得られる、ということである。この病気が単に「子どもの麻疹《はしか》のようなもので、いずれの家畜も罹ってしかるべきものである」などと語ることはおそらく、病気の発症は隠せという農家への愚かな忠告と同様、「状況がさらにはっきりするまでは」病気に冒されていない地域も権利を剝奪されるべきだとする、法外な公式見解を説明するものであろう。状況はきわめてはっきりしている。アイルランドの畜産農家はこの件に関してまったく公明正大だからである。彼らは、これまで引用してきた類の無責任な話者たちによる愚見に関して、責任を負わされてはならない。だが少し考えてみるだけで、畜産農家の人びともつぎの点は容易に確信することができるだろう。すなわち、その種の愚かな連中は、ヘンリー・チャプリン閣下やチャールズ・バサースト氏のような人物にとっては、病気の発症の一〇倍も価値がある、ということである。

われわれは、アイルランドの農家や取引業者が努力を緩めるべきだとか、世論の喚起をやめるべきだと主張しているわけではない。まったくその逆である。状況は危機的だ。そして彼らには、健康なアイルランドの家畜のために港を再開するよう要求できる、堅固で信頼に足る根拠がある。この堅固で信頼に足る根拠を弱めるものはただ、自らを破滅に至らしめる脅しと、この病気はアイルランドでは隠蔽されている、という誹謗中傷を許してしまうような供述だけである。畜産農家の側はつぎの事実を指摘することができる。すなわち、病気の存在が微塵も疑われなかったときに最初に発症して以来、警察と担当部局の役員たちは全国で熱心にこの病気の兆候を探し回ったが、隠蔽という告発は一度たりともなかった、ということである。この種の事実は、イギリスの病気に冒されていない地域と平等の扱いをせよという要求を、完全に正当化するものであり、アイルランドの畜産農家および取引業者が要求しているのもこれである。この要求を推し進めるにあたっては、彼らもアイルランド党とその指導者から、誠心誠意の十分な協力が得られよう。党の力は、それが合法的で理に適った方法で行使され、かつ排他主義者たちに誹謗中傷の隙を許さない手法で行使されるのであるから、けっして弱いものではないだろう。アイルランド省も、けっして及び腰ではない。われわれにはそう信じる根拠がある。ラッセル氏は、アイルランドの畜産農家からの要求を支持することを隠さなかった。[11] いやむしろ彼は、自身の合意を公に宣言するという、強硬な一歩を踏み出したのだった。ラッセル氏の宣言は、根拠のない輸入禁止の延長に対しては、世論を精力的に喚起することが正しい、と見事に立証している。この世論喚起を推し進めることは重要であるが、いっぽうでこれに劣らず重要であるのは、愚劣で悪意に満ちた言語の使用者たちを恥じ入らせることだ。ランシマン氏を脅迫する者たちは、こうした言語によってのみ、自己の態度が正しい、と立証し得るのだから。

註

（1）『フリーマンズ・ジャーナル』一九一二年九月一〇日号掲載。この記事自体に書名はないが、以下の梗概でメイスン＝エルマンが述べているように、ジョイスのものであることは明らかである。アイルランドの畜産業における口蹄疫の解決に、ジョイスが長年興味を示してきた点は、『ジェイムズ・ジョイス伝』三三五―三七ページ（邦訳三七三―七五ページ）、および『書簡集』第二巻三〇〇ページに見ることができる。また『ユリシーズ』第二挿話三三一―四二〇行、第一二挿話八三一―四五行も参照のこと。

（2）リチャード・エルマンは、プライスの実際の手紙とジョイスのパロディの比較を行なっている。Richard Ellmann, "The Backgrounds of *Ulysses*," *Kenyon Review*, 16 (Summer 1954), 354-56.

（3）コーネル大学図書館所蔵、スタニスロース・ジョイス宛て書簡。『書簡集』第二巻三一七―一八ページ。九月六日以降『フリーマンズ・ジャーナル』に掲載された口蹄疫に関する論説記事はこれのみである。ジョイスがこの新聞の編集長と親しかったことは、「政治と口蹄疫」のすぐ後に続く短い記事に明らかである。それは「アイルランド系イタリア人ジャーナリストのジェイムズ・ジョイス氏」が、『イル・ピッコロ・デラ・セラ』紙に、ゴールウェイ築港計画に関する記事を載せた、と報じるもので、その記事の一部を要約している。この「アランの漁夫の蜃気楼」は、トリエステにおいてイタリア語で五日前に発表されたばかりであったから、この情報はジョイスから直接編集長に伝わったものとしか考えられない。

（4）分派主義者 factionist とは、ジョン・レドモンド率いるアイルランド議会党に与しない（しばしば反パーネル派の）下院議員たちを指す。

（5）ジョン・ディロン（一八五一―一九二七）は、アイルランドの政治家で、ジョン・レドモンドの支持者であった。

（6）チャプリン第一代子爵ヘンリー・チャプリン（一八四〇―一九二三）と、ブレディスロー第一代子爵チャールズ・バサースト（一八六七—一九五八）は、ともにイギリスの政治家で、農業の利益代表であった。

（7）ランシマン第一代男爵ウォルター・ランシマン（一八四七—一九三七）はイギリスの船主で、チャプリンやバサーストの保護貿易政策に反対した。

（8）『ザ・グローブ』はロンドンの保守的な新聞であった。

（9）『アイリッシュ・タイムズ』は、一八五九年の創刊以来ユニオニストの利に資してきた新聞である。

（10）「一一カ月地主」（an eleven-months' man）とは、土地の転貸制度を利用して、年一一カ月の借地契約により、借地人に十分な権利を与えずに土地を貸す人間のこと。

（11）ジョージ・ラッセル、別名AEは、『アイリッシュ・ホームステッド』の編集者であり、これはジョイスの最初の三つの短篇作品を掲載したが、ほとんどの紙面が農業経済問題に充てられていた。

51　火口からのガス〔1〕（一九一二年）

【一九〇九年九月、ダブリン再訪中のジョイスは、モーンセル社というダブリンの出版社と、『ダブリナーズ』の出版契約を結んだ。だがこの社の経営者ジョージ・ロバーツは、最初はあれこれと遅延の理由を並べ、つぎには原稿検閲の必要を言い始めた。交渉は三年に及び、一九一二年七月、ついにジョイスはダブリンに戻り、事態は重大な局面を迎えた。ジョイスもロバーツもそれぞれが事務弁護士に相談した。弁護士の忠告に従い、ロバーツはパブなどの実名の使用が名誉毀損にあたると指摘し、合意が不可能なほど数多くの変更を要求した。ロバーツは、印刷したものを買い取りたいというジョイスの申し出をようやく受け入れることとし、ダブリンの印刷業者ジョン・ファルコナーがこれを印刷した。だが、こうした争議を耳にしたファルコナーは、それほど不愉快な本ならば関わりたくないと言い、印刷物を裁断機にかけた〔ジョイスは「燃やされた」と言っている〕。ジョイスは痛恨の思いでダブリンを去るが、その思いの丈をぶちまけたものが、このブロードサイド詩である。ジョイスがこれを、モーンセル社との『ダブリナーズ』出版契約書の裏面に書いたのは、ヴリシンゲン―ザルツブルク間の列車のなかでのことであった。】

紳士淑女の皆様方が、ここにお越しになったのはなぜに天地が揺らいだか、お聞きになりたいためでしょう。
それというのも、異国に暮らすアイルランドの物書きの
黒き不吉な術のせい。
かれこれ一〇年前のこと、あやつはわたしに一冊の本を送ってくれました。(2)
わたしは百度かそれ以上、
後ろからだって前からだって、上から下から読みました。
望遠鏡でも両側の穴から覗いて読みました。
まさしく最後の一語まで、わたしはすべてを刷りました。
ところが主の御憐れみで、
わたしの心の暗闇は、二つに引き裂かれたのです。
そしてわたしに、その物書きの不潔な意図が見えました。
けれどもアイルランドへの義務をわたしは負う者です。
祖国の誉れの守り手です。
この麗しき国はいつも、
物書き・芸術家の類を、流刑に処してきましたし、
アイルランド的戯れの精神によって、この国の
指導者たちもひとりずつ、裏切ってやったものでした。
たとえばアイルランド的ウェットでドライな諧謔で
生石灰をパーネルの目に投げつけてやりました。(3)

はたまたアイルランド的頭脳が救い出したのです、
ローマの司教のぼろ舟が、水漏れし出した危険から。
なぜなら誰もがご存知のように、ローマの法王様は、
ビリー・ウォルシュ[4]のご許可がないと、ゲップも出せない始末です。
ああアイルランド、初恋の、たったひとりの恋人です。
キリスト様もカエサルも、ここでは手と手袋のよう！
ああ麗しきこの国にシロツメクサは生え育つ！
（ちょいと失礼、淑女方、鼻をかませてくださいな。）
酷評などは露ほどもわたしが気にせぬ証拠には、
山の羊の詩でさえも、わたしは印刷しましたし[5]、
彼の芝居も刷りました。（どなたもきっとお読みでしょう。）
「私生児」「男色」「売春婦」、そんな言葉が満載です[6]。
それから、神の御言葉や聖パウロまで登場し、
よくは覚えていませんが、女の脚が語られる芝居もわたしは刷りました。
真の紳士のムアさんが、お書きになったものでした[7]。
全財産の一割で、日ごろ暮らしておいでです。
何十冊も刷ったのは、神秘主義の本でした。
カズンズのテーブル・ブックも刷りました[8]。
もっとも（言わせて頂きますと）その詩に関する限りでは、

お尻に胸焼けしそうです[9]。
わたしは民話も刷りました。北や南のフォークロア、
集めた人は、黄金の口をお持ちのグレゴリー[10]。
悲しい、愚かな、厳かな詩人もわたしは刷りました。
パトリック・何がしコラムも刷りました[11]。
偉大なるジョン・ミリセント・シング氏は、
モーンセル社の社長がかつて旅行で使ったバッグから[12]
プレイボーイのシュミーズ[13]くすね、今頃天使の羽根を付け、
天に昇っておりますが、わたしはそれも刷りました。
けれどもわたしは、くそ忌々しいあの男だけは許せない、
オーストリア風イエローの服を着こんでやってきて、
オリアリー・カーティス[14]およびジョン・ワイズ・パワー[15]に、かれこれ一時間
べらべらイタリア語でしゃべり、
おまけにどれほど真っ黒の印刷屋でさえ堪えぬほど、
汚い愛しいダブリンの話を書き連ねる男。
くそったれめのタマネギ野郎[16]！　わたしが刷るはずありますか？
ウェリントンの記念碑だとか、
シドニー・パレイドだとかの名前、あるいはサンディマウント・トラム、
あるいはダウンズ菓子店や、ウィリアムズのジャムだとか。

印刷しようものならば、地獄に落ちても構わない、地獄で燃えたほうがまし！
『アイルランドの地名事典』なんて馬鹿げた本を出す(17)！
それにつけても驚きなのは(18)、おやまあどうしたことだろう、
あいつはカーリーズ・ホールを言うのは忘れてるじゃないか。
いえいえ淑女の皆様方、わが社は加担いたしません、
継母エリン(19)に対してのあれほど酷い中傷に。
わたしは貧者を哀れみます。だから雇ってやったのです、
帳簿係に赤い毛のスコットランドのあの人を(20)。
哀れな妹スコットランド！　その運命は酷なもの。
かつて売り飛ばしたような、スチュアート家もありません。
わが良心は、中国の絹のごとくに素晴らしい。
わが心根は柔らかで、まるでバターミルクのよう。
コルムは知っているでしょう、
彼がやってるアイリッシュ・レビューの額を見積もって、
そこからさらに百ポンド、わたしが値切ってやったのを(21)。
わたしは国を愛します。ニシンに賭けて誓います(22)！
わかっていただきたいものです、移民列車・移民船を
考えるだけで、どれほどの涙をわたしは流すやら。
だからわたしは出したのです、広く世間に大々的に

とっても判読困難な鉄道時刻案内を。
わたしのやってる印刷の会社の玄関ポーチでは、
貧しく援助の必要な娼婦が毎晩やってきて
ぴっちりズボンのイギリスの砲兵相手にいろいろと
なりふり構わずがんばって、フリースタイルやってます。
そして異国の殿方が、おしゃべりのコツを学ぶのは、
裾を引き摺る泥酔のダブリン自堕落女から。
誰が言ったのでしたかね、悪に逆らうなかれとは(23)？
燃やしてやります、あの本は。後は野となれ山となれ。
燃え上がるのを眺めつつ、歌ってあげましょ賛美歌を。
それから灰は、柄のついた壺に収めてあげましょう。
おならと呻き声を上げ、骨の髄まで跪き、
罪の償いいたしましょう。
今度の四旬節が来たら、わたしの悔悛した尻を
空に向かって晒しましょう。
それからうちの印刷機の横で涙にむせびましょう、
わたしの恐る(24)べき罪を告解するといたしましょう。
バノックバーン出身のアイリッシュの職工長は、
右手を壺にちょいと浸け、

敬虔なるその親指で、十字の印をつけるでしょう、
「人よ、忘るるな」と唱え[25]、わたしのおケツの上にです。

註

（1）原題は"Gas from a Burner"で、『ダブリナーズ』の製本前の印刷物に対してなされた行為（一種の「焚書」）を連想させるが、同時に火炙りの処刑人である「焼き手」（ロバーツおよびファルコナー）の「おなら」というニュアンスも強い。『ジェイムズ・ジョイス伝』三二四―三七ページ（邦訳三八四―八七ページ）にも抜粋され、執筆当時の状況が説明されている。草稿から清書までのコーネル原稿および印刷されたブロードサイド版（カンサス大学所蔵）は『ジェイムズ・ジョイス・アーカイヴ』第一巻二八八―三〇四ページ所収。また初版のファクシミリ版は *The Works of James Joyce*, 5, Poetry and Drama に収録されている。執筆の経緯については、本書「ある奇妙な歴史」も参照のこと。

（2）ここでの語り手はジョージ・ロバーツと解すべきだが、やがてファルコナーの姿を帯びる。

（3）このエピソードは「パーネルの影」にも言及されている。詳細は本書四〇七ページ、および同ページの註31を参照のこと。

（4）ウィリアム・J・ウォルシュはダブリンの大司教。

（5）アイルランドの詩人ジョーゼフ・キャンベル（一八七九―一九四四）の詩集『山の歌い手』（*The Mountainy Singer*）は、一九〇九年にモーンセル社から出版された。

（6）キャンベルの二幕ものの戯曲『審判』（*Judgment*）は、モーンセル社から一九一二年に出版された。あるページに、「私生児」（bastard）や「売春婦」（whore）という言葉が出てくる。

（7）ジョージ・ムアの『使徒』（*The Apostle*）はモーンセル社から一九一一年に出版された。この芝居では、キリスト（＝神の御言葉）の死後、パウロがキリストと出会う。キリストとマリアの対話もあり、マリアは自分の美が失せたことを嘆いている。長い序文のなかでムアは、自分は聖書を調べた挙句、そこに官能性が描かれていることに気づいた、と言って

いる——「サムエル記では、ダビデが、入浴中のバテシバの脚に魅せられた」(9。これは「サムエル記下」第一二章の記述に基づいていよう)。またつぎのようにも言う——「パウロがつねに肉の欲望を鎮めることに成功したか否かは疑わしい。だがだからといってわれわれは、それだけ彼を愛さなくなるというわけではない。たとえわれわれが、彼がエウニセを愚かしいほど熱烈に愛したことを知ってもである」(26)。

(8) ジェイムズ・ヘンリー・スプロール・カズンズ(一八七三—一九五六)はダブリンの神智学者で詩人。「テーブル・ブック」は卓上装飾用書籍(美本)の意だが、おそらく彼の詩集『愛しきエーディン、その他の詩』(*Etain the Beloved and Other Poems*)を指していよう。これはモーンセル社から一九一二年に出版された。

(9) ジョイスの父が使った言い回し。『ユリシーズ』第七挿話二四一行にも現れる。

(10) モーンセル社はグレゴリー夫人の『キルタータンの歴史の書』(*The Kiltartan History Book*)を一九〇九年に、『キルタータンの驚異の書』(*The Kiltartan Wonder Book*)を一九一〇年に出版した。

(11) ポードリック・コラムのこと。

(12) ロバーツはかつて女性の下着の行商人であった。このあたりから、語り手はファルコナーを思わせるものとなる。あるいは、かならずしも単一人物の声を想定する必要はないかもしれない。

(13) 「シュミーズ」(shift)という語は、ジョン・ミリントン・シングの『西国のプレイボーイ』第三幕でクリスティが口にする。一九〇七年のアビー劇場では、これがきっかけで暴動となる。「シュミーズ姿の〔アイルランドの〕若い娘たち」という言及が、祖国の女性への冒瀆と見なされた。だが、モーンセル社はこの戯曲を同年に出版した。

(14) ダブリンのジャーナリスト。

(15) ダブリン城にあった王立アイルランド警察の役人で、かなりの教養があった。『ユリシーズ』に登場するジャック・パワーやジョン・ワイズ・ノーランの人物造形に大いに寄与している。

(16) これもジョイスの父の言い回し。『ユリシーズ』第七挿話三二九行でスティーヴンの父が使っている。

(17) P・W・ジョイス(一八二七—一九一四)『アイルランドの地名の起源と歴史』(*The Origin and History of Irish Names of Places*, 3 vols, Dublin: McGlashan & Gill, 1869-70)のこと。もちろんジェイムズ・ジョイスとの繫がりはない。

(18) クロンターフのドーリーマウントにある海水浴場。

（19）オリヴァー・ゴガティはその著書でこの詩を引用し（Oliver St. John Gogarty, *Mourning Became Mrs. Spendlove and Other Portraits, Grave and Gay*, New York: Creative Age Press, 1948, 59-61）、ロバーツはアルスターのスコットランド人であり、したがってエリン（アイルランド）は、彼にとっては継母に過ぎなかった、と註記している。

（20）ロバーツのこと。ロバーツはファルコナーの帳簿係だった（印刷業者の地位は、出版業者に比してけっして低いものではなかった）。したがって、ここでの語り手はファルコナーということになる。

（21）『アイリッシュ・レビュー』は、一九一二年三月から一九一三年七月まで、ポードリック・コラムが編集していた。

（22）「ニシン」（herring）は（とくに red herring が）、「強い臭いで猟犬の注意を逸らすもの」であったことから、「誤謬」「嘘」のニュアンスを持つ語である。ジョイスの唯一の戯曲『エグザイルズ』終盤では、魚売りの女が「ニシン」と連呼している。

（23）イエスの山上の垂訓の一節。「マタイによる福音」第五章三九節。

（24）スコットランドの地名。

（25）灰の水曜日の儀式。司祭は「人よ、忘るるな、己が塵芥であることを」と唱え、信者の額に灰で十字の印をつける。

52　ある奇妙な歴史(1)（一九一三年）

ある短篇集の歴史を語る以下の手紙は、わたくしが二年前に連合王国の新聞社に送付したものです。これはわたくしの知る限り『シン・フェイン』（ダブリン）と『ノーザン・ホイッグ』（ベルファスト）という二つの新聞に掲載されました。

＊

バルリアーラ・ヴェッキア通り　三二一、Ⅲ、トリエステ（オーストリア）

拝啓

イギリスとアイルランドの作家が置かれている現状に、何らかの光を投げかけるであろうこの手紙を、貴紙に掲載してはいただけないでしょうか？

六年ほど前のこと、ロンドンの出版者グラント・リチャーズ氏(2)は、わたくしの執筆した『ダブリナーズ』という短篇集の出版に関して、わたくしと契約を結びました。一〇カ月ほど後、彼はわたくしに、一篇の削除と、その他の作品内のいくつかの箇所を削除するよう、要請してきました。彼の話では、印刷業者が版組みを拒絶した、というのです。わたくしはいずれも受け入れることができず、グラント・リチャーズ氏とわたくしとの間で手紙のやり取りが始まり、これは三カ月以上も続きました。わたくしは（当時住んでいた）ローマの国際弁護士を訪ねてみましたが、削除するよう勧められました。(3) わたくしがそうすることを拒むと、原稿が送り返されてきました。出版者は、誓約し印字された言葉にもかかわらず、出版を拒否しているわけです。その契約書もわたくしの手元にあります。

その六カ月後、ホーン氏という方(4)がマルセイユから手紙をくださいました。ダブリンのモーンセル氏たちの出版社に原稿を委ねる気はないか、というのです。わたくしはそうしました。そしておよそ一年後の一九〇九年一月、モーンセル社は、一九一〇年九月一日かそれより前にこの本を出版する、というわたくしとの契約に署名しました。一九〇九年一二月、モーンセル社の支配人(5)が、短篇「委員会室の蔦の日」の一箇所を書き換えて欲しいと依頼してきました。エドワード七世に関する言及があったからです。自分の意志には大いに反するものでしたがわたくしはこれに同意し、一、二の語句を書き換えました。モーンセル社は出版の日を延期し続け、仕舞いにはその箇所を削除するか徹底的に書き直せという手紙を寄越しました。わたくしはいずれも断り、ロンドンのグラント・リチャーズ氏はエドワード七世が生きているときでさえその箇所に反対を唱えたことはなかった、なのにエドワード七世がもはや歴史上の人物になっている現在、なぜアイルランドの出版社がこれに反対するのか理解できない、と言ってやりました。わたくしは仲裁案を提示しました。つまり、その箇所を削除はするが、わたくし自身で書いた補註を序文に添える、という手立てです。しかしながらモーンセル社はこれにも同意しませんでした。ホーン氏（最初に手紙を寄越したのはこのひとでした）はこの件に関するいかなる責任も放棄し、会社とのいかなる関係も否認しましたので、わたくしはダブリンの事務弁護士の意見を求めましたが、弁護士はその箇所を削除することを勧め、つぎのように教えてくれました。わたくしは連合王国に居住していないので、百ポンドを法廷に支払わないことには、契約不履行でモーンセル社を訴えることはできない。そして仮に百ポンドを支払い彼らを訴えたところで、件の箇所が何らかのかたちで逝去した王に対し不敬であると受け取られた場合、わたくしがダブリンの陪審から有利な評決を得る見込みはないだろう、というのです。そこでわたくしは現王ジョージ五世に手紙を書きました。問題の箇所に印を付けた短篇のゲラを同封し、現王の目から見て、その箇所（短篇では、ある人物が、自らの属する社会階層の言い回しで、ある種の間接的な言及を行なう場面です）が御父上の思い出に対し不敬となるゆえ出版を差し控えるべきか、御教示願いたいと頼んだのです。国王陛下の秘書は以下のような返事を寄越しました。

バッキンガム宮殿

当秘書は、本月一日付けのジェイムズ・ジョイス氏からの手紙を、受領したことをお伝えし、また、このような事例に陛下が意見を表明することは法規に沿うものではない点もお伝えするよう、命じられました。同封物はここに返却いたします。

一九一一年八月一一日

（問題の箇所は以下[6]）

――だがいいかい、ジョン、――ミスタ・オコナーは言った。――どうしてイングランド国王を歓迎しなきゃならんのだ？　パーネルはむかし、どうした……？――

――パーネルは――ミスタ・ヘンチーが言った、――死んだんだ。いまじゃ、おれはこんなふうに考えるんだ。やっとこの男は王位に就くことができた、老齢の母親はあいつの頭が白くなるまでそうさせなかったんだからな[7]。陽気でなかなかいい、ちゃんとした男だよ、こう言ってよけりゃな。だからあいつについてはくだらんことは言うな。あいつはただこう思ってるだけなんだ、「老王は一度も野育ちのアイルランド人なるものを見に行ったことがなかった。よーし、じゃあこのおれが、自分で行ってどんな連中だかこの目で見てやろうじゃないか」。でおれたちのほうは、わざわざ親善訪問しようっていう男を、侮辱しようってのか？　ええ？　それは正しいことかね、クロフトン？――

ミスタ・クロフトンは首肯した。

――でも結局のところ、――とミスタ・ライアンズは、論争の構えで言った、――エドワード王の生活ぶりは、まあその、あまり褒められた……――

――むかしのことは水に流せ。――ミスタ・ヘンチーは言った――おれは個人的には敬服してるんだ。おまえやおれとおんなじように、普通にバカ騒ぎをやったってだけじゃないか。安酒が好きで、ひょっとするとちょいとばかり放蕩者で、おまけになかなかのスポーツマンときてる。それがなんだ、おれたちアイリッシュはフェアプレイができないってのか？――

わたくしがこの本を書いたのは七年前のことであり、その出版に関する二つの契約書も保持しています。わたくしは自分の置かれた状況を、序文で説明することさえ許されておりません。したがいまして、自分の権利が守られる機会はどこにも見当たりませんので、この手紙をもって公けに、わたくしはモーンセル社に対し、彼らの喜ぶよう変更および削除を施した短篇を出版する許可を、与えたいと思います。そして望むべくは、彼らの出版するものが、わたくしがその執筆に思考と時間を捧げた書き物に、似ていますように。アイルランドの出版社としての彼らの態度は、アイルランドの公衆の意見によって判定されても良いでしょう。わたくしは、作家として、わたくしをこのような窮境に追い込んだ（法的、社会的、形式的）制度に抗議いたします。

貴殿の御好意に深謝いたしておりますのは、

わたくし、

貴殿の従順なる僕《しもべ》、

ジェイムズ・ジョイス

一九一一年八月一八日

＊

わたくしは、この手紙を公刊して九カ月待ちました。その後アイルランドに行き、モーンセル社と交渉に入りました。彼らはわたくしに、短篇集のなかから「ある邂逅」全体と、「二人の伊達男」「下宿屋」「痛ましい事件」のいくつかの部分を削除し、本全体からレストラン、ケーキ屋、鉄道駅、パブ、洗濯屋、バー、その他商業施設の名前一切を変更するように、と要請してきました。六週間に亘って来る日も来る日も彼らの見解に対して議論を重ね、また問題を二人の事務弁護士にも委ねた後（弁護士たちは、この出版社が契約違反を犯しているとは教えてくれたものの、わたくしの訴えを取り上げることは拒み、自分たちの名前をあげることも一切許しませんでした）、わたくしは、この本が直ちに出版され、かつ、将来その必要が生じた場合、再版ではオリジナルの形が回復されるという条件で、それら一切の変更を泣く泣く受け入れることに同意しました。するとモーンセル社は、今度はわたくしに、千ポンドの保証金を彼らの口座に支払うか、五百ポンドずつ二人の保証人を探せ、と要求してきました。わたくしはいずれも断りました。すると彼らは、変更しようがしまいが本は出版しない、と告げる手紙を寄越しました。そしてもしわたくしが、その印刷で生じる損失を保証する、という申し出を行なわないならば、同額を賠償するようわたくしを訴える、と言ってきました。わたくしは、初版がわたくしの注文どおりに印刷されるならば、初版千部の印刷費用の六割を支払う、と申し出ました。この申し出は受け入れられ、わたくしはダブリンの弟とともに、自分で本の出版と販売の準備を始めました。手形と同意書にサインをすることになっていた朝、出版社側はわたくしに、印刷業者が刷ったものを渡すことを拒否したので交渉は終わりである旨を伝えてきました。この件に関して法的な助言を請いましたところ、印刷業者は印刷物を渡さない限り、出版社から彼に支払われるべき金額を要求することはできない、と教えられました。わたくしは印刷業者を訪ねました。職工長の話では、印刷業者は、自分にかかった費用は一切要求しないことに決めている、とのことでした。わたくしは印刷業者が、全額を補償されれば、完成した版を、ロンドンもしくは大陸の出版社か、あるいはわたくしの弟かわたくしに、譲ってくれないだろうか、と尋ねました。印刷業者は、印刷したものは自分の印刷所から一歩も外に出ることはない、と言い、版組みはすでに崩してしまった、千部すべてを明日焼却する予定だ、と付け加えました。わたくしは翌日、出版社から手に入れた、印刷された一冊分だけを抱えて、アイルランドを発ちました。

ジェイムズ・ジョイス

ドナート・ブラマンテ通り　四、II、トリエステ

一九一三年一一月三〇日

註

（1）　メイスン＝エルマン編には未掲載。『エゴイスト』（*The Egoist*, ed. Dora Marsden [and Harriet Shaw Weaver from July

1914], London, 1914-19）一九一四年一月一五日号二六―二七ページ所収。これは複数の出版者の手にかかった『ダブリナーズ』の運命を物語るものである。一九一三年一一月、ジョイスは『ダブリナーズ』の初版の序文にこの手紙を組み込もうとしたが、グラント・リチャーズが同意しないことを見越して、エズラ・パウンドにもこの手紙を送った。パウンドはこれを「ある奇妙な歴史」というタイトルで、『エゴイスト』一九一四年一月一五日号の週刊コラムに掲載した。

　以下に述べられている通り、ジョイスは最初の一九一一年八月一八日付けの手紙をいくつかの新聞社に送った。『シン・フェイン』紙は一九一一年九月二日に全文を掲載し、『ノーザン・ホイッグ』紙は問題のある部分を省いて一九一一年八月二六日に掲載した。

　『エゴイスト』では、これら全体が、前後に置かれたパウンドのコメントで囲まれている形であるが、肝心の「委員会室の蔦の日」からの引用は省かれ、代わりに『ダブリナーズ』のページ数と、最初と最後の語が提示されている。『ジェイムズ・ジョイス・アーカイヴ』第四巻二六九ページに、この箇所の切り抜きが収録されている。また、パウンドの執筆部分を含む全体は、ガーランド版『ダブリナーズ』（158-62）に再録されている。

（2）ジョイスは一九〇五年一二月三日、『ダブリナーズ』の原稿をはじめて出版者グラント・リチャーズに送った。リチャーズは何度も方針を転換しつつ、最終的には一九一四年六月一五日にこの短篇集を出版する。

（3）ジョイスがローマの弁護士サント・ロー・マレットを訪ねた件については、『ジェイムズ・ジョイス伝』二三一ページ（邦訳二六五ページ）を参照のこと。

（4）ジョーゼフ・モーンセル・ホーン（一八八二―一九五九）はアイルランドの文学史家・伝記作家。

（5）モーンセル社の社長ジョージ・ロバーツのこと。「火口からのガス」（本書四三八ページ）を参照のこと。

（6）上述（註1）の通り、この引用箇所は『アーカイヴ』第四巻二六九ページによった。『アーカイヴ』に収録されているのは印刷された切り抜きであるが、ジョイスは各社に手紙を送る際、手紙にこの切り抜きを貼り付けた。

（7）その後出版された版では、もう一文がここに加わっている。「あいつは世慣れた男だ。それにおれたちには好感を持ってる」。『ダブリナーズ』「委員会室の蔦の日」四五四―五五行を参照のこと。

53　ドゥーリーの分別《ドゥーリーズプルーデンス》(1)（一九一六年）

【第一次大戦中のジョイスは、スイスのイギリス領事当局から見れば腹立たしいほどに、中立の立場を保った。彼は一九一五年六月末までオーストリア領トリエステに留まり、その後抑留を避けてスイスに入った。オーストリアの官吏に対しては、自分は戦争に加担するつもりはない、と言い、この約束を守ることには何の困難もなかった。「ドゥーリーの分別」は、彼がどちらの側に対しても、平和主義者らしい苛立ちを感じていたことを窺わせる。孤高の亡命者を擁護する弁は、「ザ・ホーリー・オフィス」を思わせるが、ここでは『ユリシーズ』のように、芸術家は英雄的な雄鹿ではなく、平凡な男の姿を取っている。】

雄々しき世界の諸国民みんなが戦に出るときに、
一番早いケーブルカーで、食事に帰る男は誰？
それからメロンを食べながら、歓喜に体をねじらせて、
地上の支配者たちの書く露骨な官報読んでいる。
　それはドゥーリー、
ドゥーリーさん、

お国で一番冷めてる男。
「どいつもこいつも大銭・小銭を
稼ぎに出かけて行くんだなぁ」
ドゥーリーさんはそう話す、ウーリー、ウーリー、ウー。

法皇も神父も牧師も貧しい人を見捨てたうえに、会衆には
全人類の魂を救う方法はひとつだけ、
ダムダム弾で体中穴だらけにおなりなさいと、そんな説教するものだから、
教会なんかにゃ行かないと、言ってる変な男は誰？
それはドゥーリー、
ドゥーリーさん、
お国で一番優しい男。
「愛国主義者のイエス様から
どなたかわれらを救い給え」
ドゥーリーさんはそう祈る、ウーリー、ウーリー、ウー。

黄色人種もシャム人も、別に怖くはありゃしない。
それにイギリスのタールが、命の泉だなんてこと、
信じるはずもありゃしない。ドイツの山上の福音、

鵜呑みになんかしやしない、柔和な哲学者って誰？
　それはドゥーリー、
　ドゥーリーさん、
　お国で一番寛大な人。
「モーゼの呪いがお前らの
　どっちの家にも落ちるがいい」
　ドゥーリーさんはそう叫ぶ、ウーリー、ウーリー、ウー。

法令全書や刑法典や土地台帳のページを千切り
長キセルの火をつけている、陽気で愚鈍な人は誰？
禿頭の裁判官が、他人の髪で作った鬘かぶってトーガを着るように、
法で決まっているなんて、どうしてだろうと不思議がる。
　それはドゥーリー、
　ドゥーリーさん、
　お国で一番素敵なおばか。
「連中のあの身づくろいは
　ポンショ・ピラトの真似なんだ」
　ドゥーリーさんはそう思う、ウーリー、ウーリー、ウー。

犬の鑑札代金や所得税を払う前に、
おれはとことん完璧にやるぞと言う男は誰？
それから切手を舐めながら、侮蔑の笑みを浮かべつつ、
王や皇帝の顔とか、あるいはユニコーンの鼻を、まじまじ見詰めている男。
　それはドゥーリー、
　ドゥーリーさん、
　お国で一番野蛮な道化。
「ああ、ポンポンはぺこぺこで、
　こやつの裏はベタベタだ！」
　ドゥーリーさんはそう呻く、ウーリー、ウーリー、ウー。

国旗に敬礼しようとしない、あの静かな紳士は誰？
ネブカドネザルやプロレタリアに、仕えようともしやしない。
人と生まれてきたからにゃ、人生の川を下るには、
一人乗りのカヌーを漕いで行ければいいさと思う人。
　それはドゥーリー、
　ドゥーリーさん、
　お国で一番賢い男。
「屠畜場行き羊のように、

哀れ欧州全土は進む」
ドゥーリーさんはそう嘆く、ウーリー、ウーリー、ウー。

ノアの箱舟が嫌いな、陽気な懐疑主義者は誰？
ドイツでマルクス、エンゲルスが、いくつも造船してるのに。
だけど社会の大洪水が始まり雨が降り出すと、
上着もズボンも脱ぎ捨てて、岸まで泳ごうとする人。
それはドゥーリー、
ドゥーリーさん、
お国で一番果敢な男児。
腰に手をあて肘を張り、
「その虹はおれが見つけよう！」
ドゥーリーさんはそう叫ぶ、ウーリー、ウーリー、ウー。

註

（1）原題“Dooleysprudence”は、「法体系」“jurisprudence”との地口。この詩のタイプ原稿は、イェール大学図書館のスローカム・コレクションに収められている。おどけたタイトルが含意しているように、ジョイスはここで、社会の法的な慣例の愚かさに、個人の良識を対置している。『ジェイムズ・ジョイス・アーカイヴ』第一巻三一〇—一五ページ所収（全七聯からなるが、メイスン＝エルマン編『ジェイムズ・ジョイス評論集』には第六聯までしか掲載されていない）。表題の下には括弧内に「ドゥーリー氏」のメロディで、と附記されており、『アーカイヴ』第一巻三一四―一五ページおよび第二巻六二四―二五ページにはジョイス手書きの譜面が残されている。「ドゥーリー氏」（"Mr. Dooley"）はウィリアード・デニー作曲（一九〇二年）の流行歌で、現在ウェブサイトで試聴できる（http://www.archive.org/details/mrdooley1902）。なお、メイスン＝エルマンは、ビリー・ジェローム作詞（一九〇一年）と註記している。もともとドゥーリー氏（Mr. Dooley）とは、アメリカのユーモア作家フィンリー・ピーター・ダン（一八六七―一九三六）の一連の作品に登場する、機知に富む架空の人物。

54　イギリス俳優劇団のためのプログラム解説（一九一八年／一九一九年）

【一九一八年春、ジョイスはクロード・サイクスという名のイギリス人の俳優とともに、イギリス俳優劇団（English Players）を結成し、チューリッヒやその他スイスの都市で公演を開始した。大概はジョイスが演目の選択に当たり、おもにアイルランドの作品が選ばれ、柿落としの演目はワイルドの『真面目が肝心』であった。一九一八年六月、劇団ははじめて三本立ての上演を行ない、ジョイスがプログラム解説を書いた。お情けでバリーを取り上げたものの(1)、ジョイスがとくに興味を持っていたのはシングとショーの戯曲であった。シングとは一九〇二年パリで会っており、このときシングはジョイスに『海に騎りゆく者たち』の手書き原稿を見せている。ジョイスは破局のもたらされ方に異議を唱えており、プログラム解説においても、この芝居にはアリストテレスの言う欠点があるのではないか、と指摘している(2)。『ソネットの黒婦人(3)』への解説では、ジョイスのショーと異なるシェイクスピア観が示されており、これはたとえば、『ユリシーズ』「スキュラとカリュブディス」の挿話においてさらに展開されるものである。解説の最後の一文は死に言及しているように見えるが、おそらくはジョイス自身のシェイクスピア論に関する暗号めいた言及であろう。すなわち、シェイクスピアの人生はアン・ハザウェイの不義により翳りを帯びている、という説である。

一九一九年三月、ジョイスはこの劇団にもう一作の上演を勧めた。アイルランド人エドワード・マーティンの『ヒースの野』である。(4) マーティンはアイルランド文芸劇場の創設者のひとりで、この戯曲は一八九九年五月、イェイツの『キャスリーン伯爵夫人』とともに文芸劇場で上演された。マーティンはアイルランドの劇作家のなかではもっともイプセンの伝統に忠実であり、『ヒースの野』ではジョイスのみならず多くの人びとがマーティンの将来に期待を寄せたが、その後の作品はこの期待を裏切ることになる。】

J・M・バリー作『一二ポンドの目つき』

シムズという男はナイト爵に叙されようとしている。名前からすると、おそらく毛生え薬で特許を取ったせいだろう。妻とセリフの稽古をしている彼の姿がある。この妻の肖像画も壁に掛かっている。ロイヤル・アカデミー会員の画家が描いたもので、この画家もまた、おそらく毛生え薬のラベルの絵を描いたことで、ナイト爵に叙されている。タイピストの到着が告げられる。このタイピストはおよそ一四年前に出て行ったシムズの妻である。二人の会話から、妻が出て行ったのは他の男ができたからではなく、タイプライティングの仕事によって自力で救済策を講じたかったからだとわかる。彼女は一二ポンドを貯めてタイプライターを買ったのだった。彼女は言う(5)──一二ポンドの目つきは、妻の目に現れる独立の目つきだから、どんな夫も気をつけなければいけないものよ。新しいナイト爵の新しい妻は「機知で名高い」が、同時にその機知は慎重なものであり、時が経てばこの目つきを獲得しそうである。しかしながら、今のところタイプライターは随分と稀少なものだ。

ジョン・M・シング作『海に騎りゆく者たち』

シングの処女作は一九〇二年、アラン諸島の思い出からパリで執筆されたものである。この戯曲はひとりの母親と最後に残った息子の死を描いたもので、アナンケー(6)は無情の海だ。それは母親に、シェイマス、パット、スティーヴン、ショーンというすべての息子を要求する。短い悲劇なるものが可能か否かはさておき(アリストテレスはこの点に疑問を呈している)、厳かにも観客の耳と心は、「哀れなアラン」を描いたこの短い芝居が、どこかの悲劇詩人の作品ではないか、と思い惑うことだろう(7)。

G・B・ショー作『ソネットの黒婦人』

ショー氏はここで型どおりの三人の人物を提示する。処女女王〔エリザベス一世〕、深夜に素面で現れて〔衛士に〕気前よく金貨を振る舞うシェイクスピア、黒髪の侍女メアリー・フィットン——これは八〇年代、トマス・タイラーとハリス氏によって発見された(8)——である。シェイクスピアはメアリーに会いにホワイトホールを訪れるが、ある言葉巧みな衛士から、W・H氏(9)に出し抜かれたことを聞かされる。詩人は最初にすれ違った女性に当り散らす。これは女王であったが、女王は臆面もなく言葉をかけられるのが満更でもなさそうである。女王は侍女に下がるよう命じる。だがシェイクスピアが女王に自分の劇場を請うと、女王は優雅な残酷さで、それならば大蔵卿に頼め、と言って立ち去る。最大の王殺しとなる劇作家〔シェイクスピア〕は、女王に神の御加護をと祈って帰って行くが、軽い財布に比して足取りは重い。やがて訪れるのは、愛の裏切り、老女王の流し目、官吏の悪意の眼差し、そして恐怖であろう(10)。

エドワード・マーティン作『ヒースの野』

『ヒースの野』の作者エドワード・マーティンは、W・B・イェイツとともにアイルランド国民劇場創設にあたった(11)。彼は完成された音楽家でありまた文人である。劇作家としてはイプセンの一派に属し、それゆえアイルランドにおいては独自の地位を占める。国民劇場のために執筆している劇作家たちは、おもに農民劇に熱意を傾けているからだ。マーティンの戯曲のなかでもっとも有名な『ヒースの野』のあらすじは、つぎの通りである。

カーデン・ティレルは若き日に不幸な結婚をし、今でも妻グレイスと仲の悪い暮らしを続けている。彼は平凡な日常生活にはまるで頓着しない理想主義者である。自身の地所に定住することを余儀なくされ、だが隣人の多くと気性が合わないことに気づいた彼は、農業を理想的なものにしようと考える。舞台の幕開けで、彼はヒース生い茂る広大な荒れ野を開墾しようとしている。この仕事を成し遂げるためには莫大な借金をせねばならなかった。友人のバリー・アシャーと弟のマイルズは、危険を冒そうとしていると警告するが、彼は聞き入れない。二人はそんな仕事をしてもほとんど儲けは見込めない、と説得しようとする。アシャーは、ヒースの茂る地の耕地化がきわめて難しいことを知っているからだ。野生のヒースは除去してもたちまち生えてくるのである。グレイスは、カーデンがさらに莫大な借金を重ねようとしていることを知り、彼が身を亡ぼすのではないかと恐れる。カーデンは弟のマイルズに、どこからともなく不思議な声が聞こえる、毎日の生活が日に日に自分には非現実的なものになって行く、と白状していた。夫が理性を失っていることを確信したグレイスは、友人のシュルール夫人に、二人の医者を呼びカーデンを診てもらうことになっている、と打ち明ける。妻は、夫が狂人であることを証明し、精神病院に入れてしまいたいのだ。シュルール夫人は同情するものの、自身も夫も何ら手を貸そうとしない。カーデンの息子キットを診断する、という口実で医者たちが到着するが、グレイスの策略に陥る危険をバリー・アシャーが警告し、計画は挫かれる。だが事態はさらに悪化する。カーデンは借地人たちと喧嘩し、さらに金を失い、警察の保護を求めねばならなくなる。借金の利子を払うことができず、財政破綻の脅威に晒される。この危機的な状況で、キットが乗馬から帰宅し、ヒースの野で見つけた野生のヒースの種子を父親に見せる。カーデンは理性と記憶を失う。精神は結婚以前の幸福な日々に舞い戻るのである。グレイスが夫を飼い慣らそうとしたように、彼はヒースの野を飼い慣らそうとしたのだった。いずれにおいても、古き野性が立ち戻り、復讐を果たすのである。

註

（1）スコットランドの小説家・劇作家ジェイムズ・マシュー・バリー（一八六〇—一九三七）の『一二ポンドの目つき』（一九一〇）。

（2）ジョイスは弟スタニスロースに宛ててこれをつぎのように批難している。「これは島で溺死してしまう男たちの悲劇だ。だがありがたいことに、シングはアリストテレス派ではない」（『書簡集』第二巻三五ページ）。ジョイスはこの芝居のイタリア語への翻訳に協力し、一九〇九年に上演を試みたが、シング財団は上演権を与えなかった。

（3）ジョージ・バーナード・ショー『ソネットの黒婦人』は一九一〇年の作品。

（4）エドワード・マーティン『ヒースの野』は一八九九年の作品。マーティンの作品に対するジョイスの初期の言及については、本書「喧騒の時代」一〇〇ページを参照のこと。

（5）『フィネガンズ・ウェイク』五一一ページ一二—一三行にはつぎのようにある——"the divileen, (she's a lamp in her throth) with her cygncygn leckle and her twelve pound lach." なお、当時タイピストという職業が自立した女性を典型的に表すものであったことは、『ユリシーズ』からも窺い知ることができる。

（6）「アナンケー」はギリシア神話の女神で「運命の必然」が擬人化されたもの。

（7）ジョイスは一九〇七年五月五日、シングの芸術は「ぼくのものより独創的だ」と語った、と伝えられている（『ジェイムズ・ジョイス伝』二六七ページ〔邦訳三〇七ページ〕）。

（8）「黒婦人」の正体がメアリー・フィットンであると最初に論じたのは、シェイクスピア『ソネット集』初版四折判ファクシミリの序文におけるトマス・タイラー（一八二六―一九〇二）であった。フランク・ハリス（一八五六―一九三一）はこの説を自著『シェイクスピアという男、その悲劇的人生の物語』（Frank Harris, *The Man Shakespeare and His Tragic Life-story*, New York: Mitchell Kennerley, 1909）でさらに展開してみせたが、これが、『ユリシーズ』第九挿話においてスティーヴンが述べるシェイクスピアの人生の、原典となった。

（9）シェイクスピアの『ソネット集』（一六〇九）にはつぎのような献辞がある。「以下のソネットの唯一の生みの親W・H氏に、あらゆる幸福を」。

（10）梗概にも言われているように、この一文はジョイスのシェイクスピア観を述べたものであろう。ショーの戯曲自体は、シェイクスピアが門番によって城門に導かれるところで終わる。

（11）一八九九年、イェイツやマーティンらによって始められたアイルランド文芸劇場は、一九〇二年、アイルランド国民演劇協会に引き継がれ、これが一九〇四年、アビー劇場を設立する。

55　パウンドに関する手紙[1]（一九二五年）

【一九一三年から一九二二年にかけて、ジョイスが衆目を集めることにもっとも貢献したのは、誰よりもエズラ・パウンドであった。パウンドは、ジョイス作品に対して『エゴイスト』の編集者ドラ・マースデンの注目を促し、一九一四年から一五年にかけてこの雑誌が『若き芸術家の肖像』を連載することになる。パウンドはジョイスの本について語り、書評を書き、友人に読むよう勧め、また他の友人には、ジョイスに王室文学基金ならびに英国財務基金からの交付金を得させるよう説得した。ジョイスに他の作家たちを紹介し、彼の『ユリシーズ』執筆を励まし、一九二〇年、はじめて会ったときには、トリエステを出てパリに行くよう説き伏せた。パウンドは『フィネガンズ・ウェイク』にはさほどの興味を示さず、ジョイスにもそう語って彼を悩ませたが、その後も友人であり続けた。ジョイスのほうとしてはパウンドの作品をあまり読んでおらず、『ジス・クウォーター』の編集者アーネスト・ウォルシュがパウンドを絶賛する記事を依頼した際も、ジョイスはパウンドの人柄が親切であることを賞讃するに留めた。】

一九二五年三月一三日　シャルル・ピケ通り八番、パリ、フランス

拝啓　ウォルシュ様

貴誌創刊号まもなく発刊とのこと嬉しく存じます。この号をエズラ・パウンド氏に捧げられるとのこと、たいへん素晴らしいご配慮と存じますし、これから掲載されようとしている記事に並んで、氏へのわたくしから氏の謝辞をも掲載してくださるとは、まことに光栄の至りです。わたくしが書いてきたものすべてに対する、氏の友人としての助力、激励、寛大なる興味には、わたくしが大いに恩恵に浴したところであり、ご存知の通りそれは、同じく氏に感謝の念を抱いている多くの作家たちと同様であります。氏に直接お会いする前の七年間、氏は、多大な困難に際してあらゆる可能な手を尽くしわたくしを助けてくださいましたし、お会いして以後も、つねにわたくしには助言を与え理解を示してくださいました。わたくしとしても、それはかの聡明さと眼識を備えた精神より湧出せるものとして、大いに尊重しております。

まことに素晴らしい誌名で創刊される貴誌が、今後当然収められるはずのご成功を、心よりお祈り申し上げます。

敬具

ジェイムズ・ジョイス

註

（1）『書簡集』第三巻一一七ページ所収。当初『ジス・クウォーター』第一巻第一号（一九二五年春号、219）に掲載された。

56 ハーディに関する手紙(1)（一九二八年）

一九二八年二月一〇日　パリ

拝啓

トマス・ハーディの追悼に捧げられる貴誌の特集号に、わたくしが一文を寄せてはどうかとの先だってのお申し出、痛く感銘を受けました。残念ながらわたくしは、ハーディの作品に関し何らかの価値ある意見を寄せる資格を、持ち合わせてはいないと懸念する次第です。その作品を読みましたのはもう何年も前のことで、それが何年であるのかはもはや数えたくないほどであり、またその詩作品に関することとなりますと、自分はまったく知らない、と認めざるを得ません。ですから、わたくしのほうに常軌を逸した厚かましさがないことには、亡くなったばかりの尊い人物につまらない意見を表明することなどできません。わたくしとしてはかの国の批評家の方々にお任せする、というのがより意義ある行為となりましょう。

しかしながら、その詩作品に関して起こり得る多様な意見の食い違い（仮にそれがあるとしてですが）にもかかわらず、ハーディが、公衆に対する詩人としての態度において、誠実さと自尊心のみごとな実例を示した、ということは誰の目にも明らかと思われます。この誠実さと自尊心は、われわれ後代の書生らがつねに、多少なりとも必要としているものであり、とりわけある時代においてはそうでしょう。すなわち、読者は貧しい書き言葉には満足を覚えることがだんだんと少なくなり、それゆえ作家は、けだし作家の助けなどなくともみごとに解決される大いなる問題に専念することがだんだんと多くなる、といった時代であります。

ジェイムズ・ジョイス

註

（1）原文はフランス語。『書簡集』第三巻一六九―七〇ページ所収。当初パリの『新批評《レヴュ・ヌーヴェル》』第四号（一九二八年一／二月号、38-39）に掲載された。この号はハーディ特集であった。若き日のジョイスは、ハーディの作品に厳しい留保を与えているが、ここではこれに言及することを避けている。

57 ズヴェーヴォに関する手紙(1)(一九二九年)

【エットレ・シュミッツ(筆名「イタロ・ズヴェーヴォ」)はトリエステの実業家で、一九〇七年にジョイスのもとへ英語を学びに来た。ジョイスは即座にこの教え子が、並々ならぬ文学的感受性の持ち主であることを悟り、自身の創作について語った。するとシュミッツは、自分も過去数年間に二冊の小説を書き出版したことを打ち明け、それをジョイスの手元に置いて行った。ジョイスはシュミッツがどのような作品を書いたのか興味を抱き、そしてその小説のなかにある繊細な皮肉に感銘を受けた。スタニスロース・ジョイスの回想によると、ジョイスはつぎの授業の折、シュミッツに向かって、『老人』には偉大なフランスの巨匠でさえそれ以上うまく書けなかったはずの数頁がある、と語り、長いくだりを暗誦して見せた。シュミッツは、これまで自作が注目を集めたことなどなく、また取り上げられても低い評価であったから、このジョイスの賞讃には大いに心を揺すぶられた。そこで今度はシュミッツが、ジョイスの書いた『肖像』にコメントを述べた。

シュミッツはその後も創作を続けたが、一九二〇年代に入るまで、まったく認められることはなかった。二〇年代になると、ジョイスは彼の作品をヴァレリー・ラルボーとベンジャミン・クレミューに紹介し、クレミューはこれを『ナヴィール・ダルジャン』誌で高く評価した。「ズヴェーヴォ」の小説は、徐々にイタリアにおいても、傑出したものとして受け入れられるようになった。シュミッツは一九二八年、自動車事故で亡くなり、文芸誌『ソラーリア』は彼の作品に捧げる欄をもうけた。寄稿を依頼されたジョイスは、パウンドに関する手紙と同様、シュミッツの作品に触れることはせず、もっぱら人格面のみへの言及に留めた。】

一九二九年五月三一日　パリ

拝啓　同僚の皆様へ

まずは、わが旧友イタロ・ズヴェーヴォの想い出に捧げられる『ソラーリア』誌の一項に、わたくしを含めてくださったご親切に、篤く御礼申し上げます。喜んでお引き受けいたしますが、わたくしの信じるところでは、いまや彼の文学的運命は、もっぱら彼の著作物にのみ委ねられるべきでありましょうし、またこれに関して判断を述べることは、とりわけ彼の祖国の批評家たちの関心事となるべきでありましょう。祖国の公衆ならびに国際的な公衆が、ズヴェーヴォを晩年に至って歓待するに及んだことに関して、たとえいかにささやかであったとはいえ、わたくしが一役を買うことになったという幸運は、今後つねにわたくしの喜びとなることでしょう。ひとりの愛すべき人物の想い出と、年追うごとに弱まるよりむしろ成熟して行くであろう、長きに亘る賞讃の念を、わたくしも今後抱き続けることとなります。

ジェイムズ・ジョイス

註

（1）原文はイタリア語。『書簡集』第三巻一八九ページ所収。当初フィレンツェの『ソラーリア』第四巻三／四号（一九二九年三／四月号、47）、「ズヴェーヴォへのオマージュ」と題された欄に掲載された。

58 禁制の作家から禁制の歌手へ(1)（一九三二年）

【一九二九年から三四年まで、ジョイスは多くの時間を費やしてジョン・サリヴァンの将来を確かなものにしようと画策した。これはアイルランド系フランス人のテノール歌手で、傑出した声の持ち主であった。サリヴァンの一族はコークからフランスに渡ったが、もともとはケリーに発していた。ジョイスはこの歌手とパリで知り合い、同国人としての熱意と元テノール歌手としての理解ゆえに、彼への援助を自らの大義とした。ジョイスは、サリヴァンが批評家や興行主たちからまったく正当な評価を得ていない、と確信し、彼のために新しい契約を取りつけようと献身的に立ち働いた。サリヴァンのためにジョイスが交渉した相手は、オットー・カーン、トマス・ビーチャム卿、キュナード夫人、等々何十人にも及ぶ。彼の運動がさほど功を奏さなかった主な理由は、サリヴァンの声が衰えつつあったことにある。未だ力強い声ではあったけれども、独自の持ち味が失われていた。サリヴァンもこのことは知っていたが、ジョイスは義理堅くこれを認めようとしなかった。

宣伝活動の一環として、ジョイスはこの「禁制の作家から禁制の歌手へ」を書き、一九三二年に『ニュー・ステイツマン・アンド・ネイション』誌と『ハウンド・アンド・ホーン』誌に発表した。ジョイスが同時代人について書いたもののなかではもっとも慈愛に溢れており、おそらくはもっとも魅力的な小品と言えよう。文体は『フィネガンズ・ウェイク』のそれだが、さほどの複雑さはない。この文体で彼はサリヴァンの主要な役

柄を評し、彼を同時代のほかのテノール歌手たちと比較している。】

（2）男は大股で進み出る。モンテ・ロッシーニの拍車を付けた怒りのブーツを履き、後に続くはフィデリオン（3）ひとり、すなわち彼の主人にして忠犬なるマスチフの声（4）。二人が絶えず子音で言い争うのは、風の母音の発声について。互いに相手の、そして他人の、名を騒がしく罵りながら（5）。

＊

単なる好奇心で聞くが、単なるケリー出のサリヴァンとは、どんな喚き声なんだい？　マルクス・ブルータスのようなフォルテの鉄面皮で（6）、翼と脚を広げた鷲のようにドサリとはばたき（7）、メトロポリタン・オペラ用の大都市警官の制服に身を包み（8）、コラード製グランドピアノ（9）のような真鍮の足を持つ男さ。北風のなか鷲鼻のようにクレッシェンドで舞い上がるかと思えば（10）、ディミヌエンドで南に下る（11）。それを最後に見て聞いたのは、マギリカディーズ・リークス山地の寂しい谷間に住む無骨者どもだった（12）。飛び去って行くときには、灰色の光をさらに濃く翳らせ（14）、叫びは曲がりくねった道（15）でさらにさらに木霊して行った——これが最後だ！《プール・ラ・デルニエール・フォア》（13）ってね。黒服の牛どもは角を引っ込め逃げ出して、仰天するやら動転するやら。やつらの上着に安ミルクがこぼれたのはそういうわけさ。

＊

バントリー湾に賭けて（16）言うが、連中は腕っ節だけのならず者だ！　ドン・フィリップ（17）しかり、ジェイ・ヘル（18）しかり、嵐を呼ぶどさ回り（19）ビッグ・オバリー（20）しかり、調子はずしたオルガン奏者のアーサーしかり。くそったれめ[21]。そして進め、進め、進め[22]。それからティー・デウムでサリヴァンたちを讃えよ[23]。

まず第一に、当然の呪い、劫罰のファウスト[24]。だがバラクラヴァ・ピアノ[25]付きの居間として、パリっ子たちのトロカデロ座[26]を与えられると、大音響のピアノ奏者のおかげで、声はパリ郊外向きに垢抜けなくなって、甘ったるく押し殺されてしまう[27]。実際ホットな出し物には、今日の暑さはあまりのことで、興行主[28]でさえも涼しい夕暮れどきに自分の庭を歩けるのをありがたがっている。汗だく尻尾で焦熱地獄顔を扇ぎながら[29]。ありがとう、甘い黄昏よ《メルシ・ドウ・クレピュスキュル》[30]！

＊

フィニステレ岬のイエス[31]のように、雌馬の血の色のカフタンを着て進み出る者は誰か[32]？　ペリシテ人と恋人によって目を抉られ辱められ[33]、背負う十字架は彼の顎骨[34]。ひとりの幼子が彼を導く[35]。なんと、怪力男のシンプソンではないか、ティモシー・ナタン、いまやグリルのうえでシンプソンのもの[36]。語れ、ティム・ナット[37]、禿げ頭[38]の葡萄酒絞りめ[39]、一曲残っているのではないか？　しかし、そう、彼は残した。見よ！　聞け！　彼は至上権を求め、奮起して最上界の磔柱に至り、彼を罠に掛け甚振った者どものところ、すなわちその神殿を訪れる。イタ公ダゴン[40]の崇拝者どもめ、ビー・フラッと[41]倒れるがよい！

＊

その長い長い調べに、彼は何を託して歌ったのか？　命のパンに賭けて[42]もわたしにはわからない。もう二ペンス増しのナンセンスと、君に歌ってあげた[43]つまらぬ甘い囁きの言い間違いか？　いやいやそんなものじゃない、ああ、歌の封筒から生まれ出た息子よ。医者よりＪ・Ｓへ[44]。肉とパンに飢えるブラウン・アンド・ブロットマン社(45)からは安っぽいラブレターが来ただけで、被告に第三訴答の必要はなし。リープフラウミッヒ夫人になら好きなだけ吠えていいけれど、パン屋を馬鹿にしてはいけない(46)。われらに日々の糧代を支払いたまえ。おたのもうします。

＊

生まれ故郷のヒースにて。スピーチを、スピーチを(47)！　と叫ぶ天上桟敷のお客様は神様(48)。われらはダンの国(49)にいる。だがマスケリー(50)の連中の言葉は、オセロの歌のあとでは荒々しいもの(51)。雄弁家にはなり得ない《オラトゥール・ヌ・プ》。偽者になることも潔しとしない《シャルラタン・ヌ・デニエ》。彼はサリヴァンなのだから《サリヴァン・エ》(52)。

＊

午後一一時五九分(53)。彼はこの虚ろな小路を通り抜けねばならないだろう《ドゥルヒ・ディーゼ・ホフレ・ガッセ・ミュス・エア・コンメン》(54)。ギヨームの矢は当たっテル、確かな手応えがあった。だがメルクタール(55)選出のあの労働党議員は、彼ほどC音の政変を、余分に二〇回以上も成し遂げ得るだろうか(56)？　まずは見てみよう《ヴァルテマル》！　舞台のスコールはヘルヴェティア人の背中のうえを水のように過ぎ去って行った。そしてそこではあの連中、ヨーデルのよく出る田舎者たちが、平気の平左で身を隠したり、いわば思いつくまま自由に故郷を捨て去って、ホームシックに家探し、世界中のあちこちに、アルプスのあちら側であろうが大西洋のあちら側であろうが、二流・三流のスイス風ホテルを建てまくる、そりゃもうリッツホテル(58)のプリンス様たちだ(57)。それに陽気なジョアッキーノ爺さん〔ロッシーニのこと〕は、どれほど連邦共謀好きなのか、同志ヴァーグナーが、自分の魔法の火《ファイアーツアウバー》の曲のためのフルート(60)を、簡単に見つけ出せるようにと、このフィナーレを作曲してやった(59)！　注意して聴け《パス・アウフ》！　あと四小節を残すのみ！　彼は呼吸の弓を引き絞る。

あの矢の調べが放たれるように。(61) よく狙え、アーノルド、ほらあの猫のように半盲のジミーも特等席にいる(62)！

だが大スコットよ、あれはなんの騒音だ？ 楽団の半トンもの金管楽器と、タルヴィル(63)からやって来た一万人の咽喉が、リベルテー〔自由〕と叫ぶ。国中でリベルテーが讃えられる（テー！）(64)。そして林檎がポンと飛ぶ！

＊

救うことは(65)信じること。だが本当にそうだろうか？ これは聖ヴァルトブルク教会(66)のわれらが模範的な牧師、ショートタイムの山(67)で極悪であることの発覚した、音楽学士のタウンハウザー尊師(68)であろうか？ 彼女がそれであることは明らかだ、三本脚のソファに坐り、半ヤードのG線バタフライを身につけた、マダム・ドゥ・ラ・ヤスショウフ《ピエルーズ》。なんとも見事な全音階的二重唱で、彼女は彼にハープを手渡す(69)。それはかつて彼に命じられたもの。女神が彼に望んだのだ、お願い牧師様、わたしといたしましょう！ と。彼女はそこらの娼婦《プッターナ》マドンナ(70)と同じくただのローマンカトリックに過ぎないけれど、問題はT尊師が改宗させられること。彼女は極めて純朴《シンプリチッシマ》な娘、尊師から小さなプレゼントをもらいたがる。なぜなら彼女はこれまで、それほどまでに素晴らしいお仕事を、彼相手にしてあげたことなんてなかったから。だが彼がハープで奏でるのは、サルヴェレジナのテラス(71)とリザ、わたしのリザ(72)、それから優しいマリア(73)についての曲ばかり。そこで彼女はついに叫び出す、インチキ野郎！ と。そこで彼も言い返す、不貞女！ と。かくしてはっきり決裂退場(74)！

＊

わたしたちは夕飯の着替えに行かねばならないが、あれは本当にタウンハウザー尊師だったのだろうか？ あまりに緑で忌々しいほど似ていたものだから。正体見えたり《エッコ・トロヴァート》(75)！ ターバートの教区司祭ルクルス・バリーザアッカー(76)神父だ。あれは鍵盤の前だと調子のいい男で、香炉のように葉巻を掲げ、演壇だろうと説教壇だろうと、狩場だろうと教会だろうと、補佐役なしで、シャトー・カーワン(77)を仕上げることができた。それにまた、自分のどんなマリアを斥けることもなかった(78)。決して《ヌロ・モド》。どでかいロンドンに、平服偽装の教区司祭がやってきた(79)。これは検閲済(80)。

＊

手ごろなナイフは持ってるかい？　と聖アンディ〔聖アンデレ教会〕の鐘つき男が尋ねる(81)。ほらよ、新品だ、とバーソロミュー〔聖バルトロマイ教会〕が答える。急いで急いで、とわれらが聖母〔ノートルダム大聖堂〕の鐘が叫ぶ。そしてみんながちゃんと殺されたか確かめろ(82)、と温和なクロティルダ〔聖クロティルダ教会〕が付け加える。お願いですから気をつけてくださいよ、と大きな修道士サプリス(83)が怒鳴る。信仰のため、信仰のため(84)、と偉大なオーセール(85)が声高に言う。

＊

実に壮観な咽喉切りの大博覧会、迫撃砲発射で殉教者皆殺し。これに昔風第一級の器楽曲が絢爛豪華な伴奏となる。もっともだ《バルディ》(86)！　そのセーヌのシーンでは、ギルドホールの市長マイヤーベーアのビール(87)より、もっとたくさんの血が歌われた(88)。彼はアイルランドの運を信じて飛び降りる男か(89)？　全賞金を掻っ攫い(90)、恋人ヴァランティーヌ(91)をダブリンに送り、これまでの咽喉切り者のなかで一番優しい博愛液者、大石頭ユグノーのクロムウェルがやってくる(92)日の晴れ着として、ほんとの青い(93)ポプリン(94)でワンピースを織ってやれるというのだろうか？　彼らの大義は十分聖なるもの(95)で、百対一で確実に勝つ。それでもわたしは半クラウンを、藤紫のダブレットを着てバフ色のカフスをつけている、ラウル・ド・ナンジに賭けましょう[96]。えらい娘だ[97]！　おお、おお、おお、おお、おお、おお、さあおいで[98]！　ピフパフ[99]、しかし彼はやってしまった。またも威勢のいいマスチフ犬だ[100]。そして彼と一緒に窓から飛び出し[101]、居たぞと叫ぶは説教修道士ども[102]、自分で皮を剝くやつら。神の杖、神の猟犬ドミニコ会士ら[103]。教皇大事のキャンキャン吠える犬どもめ、おまえらにそいつが殴れるか？　犬コロと一緒に吠えながら、地獄に落ちろ、教皇め！

＊

　エンリコ、ジアコモ、ジョヴァンニは[104]、われらが歌手のうちもっとも甘美で、ライオン使いの上着を着[105]、聖体拝領用ネクタイをつけ、徒党サクラ用帽子を被り[106]、ガス燈の下で落ち合う。このガス燈は壊れていて、このトリオのトゥスクルム合戦[107]にはなんら光を投げかけない。リコは馬上競技向き[108]、ジアコは口説き文句向き[109]、でも一番甘美で優しく歌うニノは[110]、テノールのなかでも音叉役で、すべてにもっとも向いている。飢えと性欲の後にやってくるのは、大事な昔からの夢《ソムニウム》。それは祈りによってもたらされる。彼らの歌は、宴と六月の薔薇とエーテルが混じり合い、明かりのない大気のなかで物憂げに結び合う。そこにひとりの男がやって来る。レディメイドの服を着て、取り付け式の胸当てと山高帽は常識有限会社製で、道具鞄を抱えている。慎重に前奏曲を奏でるように、彼はポルトガルカキを溝に吐き出し[111]、レチタティーヴォの叙唱で語り出す[112]、それでは皆さん、御免被りまして！　そうして仕事に取り掛かる。この働き者の男は誰だ？　ジョージ以外にあり得ない。ゴミ溜めを運ぶジョージ、機関室で火を焚くジョージ、ガスには一家言あるジョージ[113]（口を閉じろ《テ・グール》！）、だから天網恢々疎にして漏らさず車輪はうまく回り出し、世界を徐々に明るくして行くのだ。光あれ《ルクス》！　前述先唱したヘンリー〔エンリコ・カルーソー〕。ジェイムズ〔ジアコモ・ラウリ＝ヴォルピ〕とジョン〔ジョヴァンニ・マルティネッリ」は口を閉じて直立。わたしの言ったことがわからないのか？　帽子を取れ、超一流の歌手《プリミ・アッソルーティ》たちよ！[114]　われわれに与えたまえ、われわれの頭上に末永く肺の力の続く限り、天高く海越えて飛翔する、響き渡る声を！　われらのジョージを守り給え[115]！

註

（1）一九三二年二月二七日、『ザ・ニュー・ステイツマン・アンド・ネイション』（新版第3巻第53号260-61）に掲載された。また『ハウンド・アンド・ホーン』にも掲載されている。『ジェイムズ・ジョイス・アーカイヴ』第二巻三一〇—三〇ページには、"Sullivan" のタイトルで、何種類かの手書き原稿・タイプ原稿（Longhand copy: Buffalo IX. A. 6, Typescript: Southern Illinois, Manuscript: British Library Add. MS 50850c, Corrections: Southern Illinois）が収められている。初版のファクシミリ版は *The Works of James Joyce*, 6, Minor Works, 245-50 に収録されている。

この小品の技法は、後に『フィネガンズ・ウェイク』でさらに複雑にされ洗練されるものと言えるが、ジョイスがこれを書いたのは、アイルランド系フランス人テノール歌手ジョン・サリヴァンの、衰えつつある人気を回復しようとの目論見であった。ジョイスは一九二九年、パリでサリヴァンと親交を持った。ケヴィン・バリーによると、『ザ・ニュー・ステイツマン・アンド・ネイション』は、ジョイスのこの文につぎのような紹介を添えている。「この驚くべき文書は、ジェイムズ・ジョイス氏が、友人でパリのオペラ歌手であるサリヴァン氏に関し、後者がいくつかの作品で主要な役を演じた際の印象を綴ったものである。多くの有力な批評家たちが、サリヴァン氏はヨーロッパが半世紀に亘って耳を傾けてきたなかで、もっとも傑出した演劇的テノール歌手である、と認めている。ジョイス氏は、サリヴァン氏がイングランドでは〈禁制〉とされている、あるいは少なくとも、知られていない、と抗議している。ここに述べられている感想は、サリヴァン氏が『ギヨーム・テル』〔＝ウィリアム・テル〕の驚くべきパフォーマンスでマルセイユの観客たちを大いに沸かせた後に、ジョイス氏が手紙の形でサリヴァン氏に送ったものである。この強烈な賞讃と冷笑的な冗談に満ち溢れた手紙は、ほかに類を見ないものであり、たとえばマンゾーニからルビーニへの、あるはフローベールからジルベール・デュプレへの、はたまたイプセンからかのスウェーデンのナイチンゲールへの手紙にも、勝るものである。グランドオペラの愛好者であれば、この文書に鏤められているオペラの場面や語句を認めることができるだろうし、最後のカルテットにはクリスチャン・ネームに隠された三人の登場人物も看破できるだろう。サリヴァン氏が親切にもわれわれに託してくださったこの文書は、ジョイス氏の許可を得てここに掲載する運びとなった」。なお、メイスン＝エルマンは、註を附すにあたって以下の縁者や研究者に謝辞を述べている —— Walter B. Scott, Jr./Edmund Epstein/Helen Joyce/John V. Kelleher/Robert Mayo/W.M. Merchant/Vivian Mercier/T. W. Pugh/Louis Rossi/Fritz Senn, Jr./Claude Simpson/Gerald Slevin/Stuart Small/Norman Spector/Ruth von Phul/Lola Urbach/Daniel Weiss/Ottocaro Weiss. バリーの註もほとんどこれを踏襲したものであり、以下の翻訳でも可能な限りメイスン＝エルマンからの情報を活かした。

（2） ジョン・サリヴァンは、ジョアキーノ・ロッシーニ（一七九二―一八六八）のオペラ『ウィリアム・テル』（一八二九）で、村の長老の息子アルノルドの役を演じ、彼の一番の当たり役であった。ロッシーニは、かつてはGioacchino Rossiniと綴られていたため、ジョイスもこのスペルを用いている。現在ではGioachino。

（3） 「忠犬」の意のFidoとベートーヴェン（一七七〇―一八二七）のオペラ『フィデリオ』（当初『レオノーレ』のタイトルで改訂を重ねたが、最終的にこのタイトルで完成され、初演は一八一四年）との地口。チューリッヒの紋章である「忠実なライオン」Fide-lionでもある。スイスの愛国者ウィリアム・テルには相応しい。

（4） 原文はhis mastiff's voiceとなっている。ヴィクター・レコードのイギリス支社名は「主人の声」His Master's Voice（＝HMV）で、蓄音機のスピーカーから流れる飼い主の声に耳を傾けている犬の絵を商標にしている。ウィリアム・テルはスイス愛国者たちの指導者であり、アルノルドの「主人」である。

（5） 第二幕の二重唱への言及。ここでテルは、アルノルドがオーストリアの王女に恋をしていることを知り、アルノルドの忠誠心を問い詰める。「風」windには「ウィーン」Wienの意もあるか。

（6） ジョイスはハリエット・ウィーヴァー宛ての書簡（一九三〇年三月一八日付け、『書簡集』[第一巻] 二八九―九二ページ）で、サリヴァンのずうずうしさに言及している。またラテン語名Brutusはケルト語名Britoにあたる。サリヴァンはもっとも高貴なローマ系アイルランド人だ、という意味である。

（7） サリヴァンは肩幅が広かった。

（8）首都ダブリンの警官になるには体格が大きくなければならなかった。
（9）フレデリック・ウィリアム・コラード（一七七二—一八六〇）はロンドンのピアノ製造業者。
（10）北風 Aquilon（北風の神 Aquilo）と、サリヴァンの鷲鼻 aquiline nose にかけてある。
（11）austrowards という語は、南方 southward と南風（の神）Auster の複合である。ジョイスはサリヴァンの声の幅広さを言っているが、同時に、サリヴァンの一族が、最初はケリー州の西の果てマウント・イーグル（鷲）から南東のコークに移住し、その後サリヴァン自身がパリやイタリア（つまりは南方）で活躍したことも指している。
（12）マギリカディーズ・リークスはケリー州にある山地。サリヴァンがアイルランドを離れたのは幼少期であったが、当時コンサートのために帰国したことがあった。
（13）『ウィリアム・テル』第四幕冒頭でアルノルドが歌うアリア。父の家を「これを最後に」訪れる。またサリヴァンにとっても、それが最後のアイルランド訪問であった。
（14）黒服の司祭たちと教皇の大勅書（bull）に支配されている、アイルランド人一般を指すが、同時にケリー州の乳牛は小型の黒牛である。
（15）アイルランドの俗諺「ケリーの乳牛は長い角を持つ」にかけている。サリヴァンがアイルランドで歌えば、アイルランドの批評家たちはおとなしくなり、逃げ出して行った、という意。
（16）コークのバントリー湾のこと。「バントリー湾に賭けて！」は「むろん！　その通り！」の意。また、パーネルの離婚裁判後に反パーネル派となった、アイルランドの下院議員グループ「バントリー団」も仄めかされている。このグループにはティモシー・ヒーリーがいた。ヒーリーの伯父は、後述のティモシー・ダニエル・サリヴァンであった。
（17）フィリップ・オサリヴァン・ベア（一五九〇?—一六六〇）はスペイン軍に従軍し英雄的な活躍を果たした。
（18）「J・L」の意。ジョン・L・サリヴァン（一八五八—一九一八）はアメリカの有名なヘビー級ボクサー。
（19）第一には、ベアとバントリー（現在はそれぞれケリー州とコーク州）の領主ドナル・カム・オサリヴァン・ベア（一五六一—一六一八）を指す。彼は一六〇三年の冬、バントリー湾のダンボーイ城を急襲（storminig）するが、惨憺たる様で一七〇マイルを撤退することになる。兵は一〇〇〇から三五に減った。第二にはトマス・バリー・サリヴァン（一八二一—一九一）を指す。コーク出身の両親を持つイングランド生まれの俳優で、その力量には定評があったが、生涯旅役者として過ごした。アイルランドのみならず、スコットランド、イングランド、オーストラリア、合衆国でも巡業した（英語では地方巡業をbarnstormと言う）。バリー・サリヴァンは「癇癪」（アイルランド語ではborránといい、「怒り」や「嵐」を意味する）持ちで有名で、経営者たちとは激しく口論した。

(20) アーサー・シーモア・サリヴァン卿（一八四二―一九〇〇）はコヴェント・ガーデンのロイヤル・オペラでオルガン奏者として活躍し、「失われた琴線」"The Lost Chord"を作曲した。ここで「調子はずした」と訳した箇所は、loosed that chorで、弦・和音のchordのほかに、アイルランド語のcor「結び目」を、「緩める」という意味も加わっている。

(21) Damnenという一種の罵声だが、ギルバートとサリヴァンのオペレッタ『軍艦ピナフォア』では、海軍最高司令官サー・ジョーゼフ・ポーターが、damn等の罵声語を用いることのできない人物として登場する。

(22) ティモシー・ダニエル・サリヴァンは、「進め、進め、進め」（"Tramp, Tramp, Tramp"――これは南北戦争の時代、捕虜になった北軍兵のために作られた）のメロディに合わせて「アイルランド万歳」（"God Save Ireland"）の歌詞を書いた。『フィネガンズ・ウェイク』九三ページ三〇行には"I am the Sullivan that trumpeting tramp"とある。本書「あるアイルランド詩人」の註9も参照のこと。

(23) ここでは三人のサリヴァンが言及されている。ひとりは前註のティモシー・ダニエル・サリヴァン、二人目は、一八七二年にプリンス・オブ・ウェールズ、アルバート・エドワード（後のエドワード七世）のチフス回復を祝って「テ・デウム」（"Festival Te Deum"）を作曲したアーサー・サリヴァン卿、そして三人目がジョン・サリヴァンである。元来賛美歌の「テ・デウム」は、「われら神であるあなたを讃えん」"Te deum laudamus"に由来する。ジョイスはここで"T. Deum sullivamus"と書いている。

(24) フランスの作曲家エクトル・ベルリオーズ（一八〇三―六九）の作曲した『ファウストの劫罰』（一八四六）。

(25) バラクラヴァはウクライナの地名。テニソンの詩"The Charge of the Light Brigade"（一八五四）に歌われるクリミア戦争の古戦場。ここではドイツ語の「ピアノ」Klavierとの地口になっている。

(26) パリ一六区のトロカデロ宮にあった古いコンサートホールで、オペラ座よりもはるかに小さかった。その後一九三七年にトロカデロ宮は取り壊され、跡地にシャイヨー宮が建てられた。

(27) サリヴァンは、オペラ『ファウスト』で、ファウストとしてテノールを歌った。

(28) メフィストフェレスのこと。彼は興行主として地獄からバイオリン弾きを呼び、ファウストがマルガレーテを誘惑する手助けをする。フランク・バジェンはつぎのように述べている。「わたしはジョイスに、彼の友人で、ケリー出身のパリのテノール歌手サリヴァンについて、どうして彼は、国立アカデミーの予備番組にぴったりのオペラで歌おうとしないのか、と尋ねた。ジョイスは答えた。〈ダンの部族の土地からやってきたサムソンが言ったんだ、うんざりなのはファウストの劫罰じゃなくて、メフィストフェレスの劫罰のほうだ、ってね〉」(Frank Budgen, *James Joyce and the Making of Ulysses*, London, 1934, 16 note)。「ダンの部族」とは、サムソンの物語(『旧約聖書』「士師記」第一三—一六章)で語られる彼の部族だが、ジョイスは「ダニエル」・オコンネルの意味で用い、アイルランド人のサリヴァンをサムソンに譬えている。

(29) 『旧約聖書』「創世記」第三章八節「彼らは、涼しい風の吹く頃、園のなかに主なる神が歩く音を聞いた」。ジョイスはここで「神」を「悪魔」に変え、悪魔でさえ暑さに耐えかねている様子を描いている。

(30) オペラ『ファウストの劫罰』の第三部でファウストの歌うアリア。

(31) スペイン(フィニステレ岬)のイエス、もしくはブルターニュ(フィニステール県)のイエスの意。ルナンはブルターニュで反キリスト教的な『イエス伝』を書いた。カミーユ・サン＝サーンス(一八三五—一九二一)のオペラ『サムソンとデリラ』(一八六九—七二、初演一八七七)で、アイルランド人のサリヴァンがヘブライ人のサムソンを演じた奇妙さを言ったもの。また最後の審判(Finisterre にはラテン語の finis「終わり」と terra「この世」も読み取れる)に立ち会うイエスの意もあろう。

(32) 『旧約聖書』「イザヤ書」第六三章一—二節——「〈このエドムから来る者、深紅の衣を着て、ボズラから来る者は誰か。装い華やかに、大いなる力を持って進み来る者は誰か〉〈義を持って語り、救いを施す力あるわたしがそれだ〉〈なにゆえあなたの装いは赤く、あなたの衣は葡萄絞り桶を踏む者のように赤いのか〉」。

(33) 「ペリシテ人」Philistine と「恋人」Phyllis の意味で phyllistained という語が用いられている。サムソンを裏切る恋人がデリラである。

(34) 「士師記」第一五章一四—一六節、イスラエル人サムソンはペリシテ人の群れを驢馬の顎骨で殺す。サムソンはその後「盲目」という十字架を背負う。

(35) 「イザヤ書」第一一章六節より。オペラでは終盤、サムソンはひとりの子どもに、神殿の中央の柱まで導かれる。

(36) 怪力だったサムソンは、髪を切られ目を抉られて後、牢獄内で臼を碾かされる。またここには、ロンドンのストランド街にある有名レストラン、シンプソンも仄めかされている。
(37) 「士師記」第一四章五―一〇節、サムソンは最初の妻をテムナ(Timnath)で娶る。
(38) 「士師記」第一六章一九節、サムソンは髪を剃り落とされる。
(39) 「イザヤ書」第六三章三節にあるように、サムソンは神の怒りの道具になろうとした。「わたしはひとりで葡萄搾り桶を踏んだ。諸々の民のなかでわたしと事を共にする者はなかった。わたしは怒りによって彼らを踏む」。またサリヴァンの飲酒癖も仄めかされている。
(40) ペリシテ人は半人半魚の神ダゴン(Dagon)を崇拝していた。また dago は俗語でイタリア人を指す。サリヴァンの才能を認めようとしなかったイタリア人も指していよう。
(41) オペラで、サムソンの最後の歌はBフラットで終わる。これはサムソンがペリシテ人たちを叩きのめした(flat)後に歌われる。また犬(dog)への「おすわり!」(Be flat!)という命令にもかけていよう。
(42) ドイツ語の「パン一斤」Laib と「身体」Leib および「命」Leben にかけて、For the laib of me となっている。
(43) サリヴァンの「歌い方」delivery と「調べ」note にかけている。delivery は「配達」のほかに「出産」も意味する。note には「手紙」「便箋」の意味もあるので、「封筒」の語が現れている。
(44) 「医者」とした Dr はまた、「借方」debit の略号でもあるので、「サリヴァンに借り」の意もある。
(45) ドイツ語の Brot は「パン」。
(46) リープフラウミルヒは有名な白ワイン。ジョイスはここで、歌手は好きなだけ飲んで良いが、食事も忘れてはならない、と言っている。
(47) サリヴァンは一九三〇年四月二七日にダブリンで歌い、ジュゼッペ・ヴェルディ(一八一三―一九〇一)の『オテロ』(一八八六)を歌った後、スピーチを求められた。
(48) 天上桟敷の観客は、英語で the gods と呼ばれる。
(49) ダニエル・オコンネルはアイルランドで有数の雄弁家だった。オコンネルもまたケリー出身である。またアイルランドのカウンターテノール歌手ダニエル・サリヴァン(?―一七六四)も指していよう。

(50) マスケリーはコーク州の男爵領。
(51) シェイクスピアの『恋の骨折り損』最終行「アポロンの歌の後では、マーキュリーの言葉は荒々しい」にかけてある。サリヴァンは月並みなスピーチを行なった。
(52) アイルランド系のフランスの貴族ロアン家の家訓「わたしは王にはなり得ない。公爵になることも潔しとしない。わたしはロアン家のものである」にかけてある。
(53) ロッシーニの『ウィリアム・テル』の公演が終了に近づく時刻。
(54) ヨハン・クリストフ・フリードリヒ・フォン・シラー（一七五九―一八〇五）の戯曲『ウィリアム・テル』第四幕三場の最初のセリフ。
(55) スイスのウンターヴァルデンにある渓谷。またアルノルドの父の名でもある。ジョイスはアルノルドを左派の下院議員のような叛逆者として提示している。
(56) サリヴァンは高いCの音に長けていた。
(57) スイスのホテル王セザール・リッツ（一八五〇―一九一八）は世界中にリッツホテルを建てた。「二流・三流のスイス風ホテル」としたのは、chyberschwitzerhoofs で、スイス方言で「低級」の意の chaibe, アフガニスタンとパキスタンの国境にあるカイバル峠 Khyber Pass, ドイツ語の「スイス風ホテル」Schweizerhof の複合である。ここでジョイスは、スイス人が、ようやく手に入れた自由を濫用し、世界中に移住して各国の都市やリゾート地に一流から三流まで様々なホテルを建てた、と言っている。
(58) スイスは連邦制を取っているため。
(59) 「魔法の火の曲」は、ヴァーグナーの『ヴァルキューレ』に現れる。ジョイスはロッシーニが、ヴァーグナーのこのフィナーレに何らかの影響を与えた、と考えている。
(60) 『ウィリアム・テル』の終幕の大音響のこと。
(61) アルノルド役のサリヴァンが、終幕のコーラスに加わる準備をしている様子。その力強さが、前半でテルが息子ジェミーの頭に置かれた林檎を狙うときの激しさに譬えられている。
(62) 当時目の手術を繰り返していたジョイス自身の姿もある。

（63）スイスの都市名。「テルの町」Tell-ville を思わせる。

（64）オペラは「自由が再び天からもたらされる」という言葉で締め括られる。

（65）ヴァーグナーの『タンホイザー』第一幕への言及。ジョイスは、タンホイザーが快楽の女神ヴェーヌスを改善しようとしたのだ、と滑稽に想定している。

（66）ヴェーヌスの誘惑に会う前、タンホイザーはヴァルトブルク城（Castle Wartburgh）の立派な騎士であった。またルターはヴォルムス国会の後、ヴァルトブルク城（Castle Wartburg）に匿われた。また聖ワーバーグ教会（St Werburgh's）はダブリンにあるプロテスタント教会。

（67）ドイツのチューリンゲンにある山ヴェーヌスベルクのこと。この洞窟でヴェーヌスが謁見式を行なったという伝説があり、『タンホイザー』でもヴェーヌスはここに住んでいる。ジョイスは montagne de passe と書いているが、passe は売春婦の「ショートタイム」の意味で、maison de passe となれば「売春宿」の意味。

（68）「バタフライ」cachesexe は別名 G-string（Gの弦）とも言う。

（69）トマス・ムアの詩 “The harp that once thro' Tara's halls” も仄めかされている。ヴェーヌスはタンホイザーに、自分のためにハープを弾いてくれと頼む。

（70）puttana maddonna〔娼婦マドンナ〕は、トリエステの俗語・罵声語で、『ユリシーズ』第一六挿話三一四行にも現れる。

（71）「サルヴェレジナ」は聖母マリアに捧げられる交唱。ダブリンの通りの名前セント・メアリーズ〔聖母〕・テラスにかけている。

（72）エリーザベトのこと。ヴァルトブルク城でのタンホイザーの純潔な恋人。『フィネガンズ・ウェイク』四〇ページ一七行にも “Mildew Lisa” という語が現れる。

（73）第一幕でタンホイザーが最後に発するセリフは「わが望みはマリアにあり！」である。

（74）タンホイザーはヴェーヌスを捨てる。

（75）ジョイスは、サリヴァンがタンホイザーの役を演じたときも、その歌にアイルランド人らしさが現れていると思った。

（76）ターバートはケリー州にある村の名前。ルキウス・ルキニウス・ルクルス（前一一〇?—前五六）は、贅沢に暮らしたことで有名なローマの将軍。「バリーザアッカー」Ballytheacker は、Bally-the-acker で、アイルランド語の「町」baile と、ドイツ語の「畑・耕地」Acker の複合。田舎者という意味で言われている。また belly aches、つまりは「腹痛」も思わせ、食通の体型を暗示している。

(77)「シャトー・カーワン」は、ボルドー近郊の葡萄園産のワイン名。ゴールウェイ出身のカーワン家が開いた葡萄園は、ボルドーでも一級のワインを産出している。『ユリシーズ』第八挿話四九一—九二行には「カーワンの成金の家」という言及がある。

(78)聖母マリアを指すと同時に、女性一般も指していよう。ペテロがイエスを否んだように、彼が女を否むことはなかった、という意味。ジョイスは、歌とワインに関するタンホイザーの社会勉強を詳述して後、さらに女性に関する勉強も付け加えたわけである。

(79)流行歌 "It's a Long Way to Tipperary" の歌詞「ある日大きなロンドンに、アイリッシュマンがやってきた」より。

(80)サリヴァンのプライベートなお遊びであれば、教区司祭のそれと同様、詳述の必要はない、という意味。

(81)この文でジョイスは、ロンドンの鐘の音を語る童謡 "Orange and lemons, say the bells of St. Clement's" のリズムを用いている。以下でジョイスが主として語っているのは、パリでの新教徒の虐殺を扱った、ジアコモ・マイヤーベーア、本名ヤーコプ・リープマン・ベーア（一七九一—一八六四）作のオペラ『ユグノー教徒』（一八三六）である。この箇所では、聖バルトロマイの祝日の大虐殺の前に、パリの鐘が会話するように鳴り響いている。ジョイスは教会の名前をアルファベット順に並列している。

(82)シャルル九世は、母カトリーヌ・ド・メディシに大虐殺を公認するよう請われ、「殺すのならば全員をきちんと殺せ」と言った、と伝えられる。

(83)フランス語で supplice は「拷問」の意。またパリ六区のサンシュルピス教会との地口にもなっている。

(84)カトリック信仰のための大虐殺である、という言い分。

(85)オペラでは、オーセールのサンジェルマン教会が、虐殺開始の合図となる。

(86)フランス語の Pardi もしくは Pardieu は、直訳すれば英語の By God になる。「ユグノー教徒が殺されるのは神の意志によるものだ」というカトリック側の主張への皮肉。

(87)ジョイスは、マイヤーベーア Meyerbeer という名前が、Meyer と Beer を繋ぎ合わせたものであることを知っていたと思われる。ここでは「市長のビール」mayer's beer となっている。

(88)『ユグノー教徒』第三幕で、サリヴァン演じるところのラウル・ド・ナンジは、「見よ! セーヌ川は血と遺体で溢れている」と歌う。ここでは sang の語が用いられているが、英語の「歌う」の過去形であるのみならず、フランス語では「血」の意味になる。

(89)ラウルは第四幕で窓から飛び降りて逃げる。

(90)swhipstake という語が使われているが、一九三〇年代にはアイルランドの sweepstake（勝者が全賞金を獲得する富くじ）が有名だった。

(91)ユグノー教徒ラウルの恋人で、カトリック教徒。

(92)ラウルはヴァランティーヌを連れて逃げようとする。ジョイスが示唆しているのは、ラウルが彼女をダブリンに連れて行っても、そこではクロムウェル派のユグノーによる、カトリック大虐殺が待っている、という皮肉である。

(93)「青」はトーリー派、保守派の意味で、アイルランドではオレンジ派を意味する。

(94)ポプリンはもともと、一四世紀の教皇庁所在地であったアヴィニョン原産の織物である。「ポープの」という形容詞に由来する。一七世紀にダブリンにやってきたユグノー教徒たちは多くが織工であり、彼らがポプリン産業をアイルランドに広める。これがやがてアイルランドでもっとも重要な織物となる。

(95)第三幕では、サン・ブリ伯爵が「この聖なる大義に、われは恐れることなく従う」と歌う。ジョイスはおそらくイタリア語の台本を知っていた。そこには「大義は聖なるもの」というコーラス部が書かれてある。『ユリシーズ』でもブルームはつぎのように独白している。「……血の色のポプリン。光沢のある血。ユグノーたちがここに持ち込んだ。大義ハー聖ナルーモノータラータラー。あれは大コーラスだった。タレータラー。雨水で洗わなきゃなるまい。マイヤーベーア。タラー、ボムボムボム」（第八挿話六二二―二四行）。

(96)ラウルは、カトリック教徒がその印として身につける白いスカーフを失くしてしまう。ヴァランティーヌは、カトリック教徒の求婚者たちよりも、ユグノー教徒のラウルを選ぶ。

(97)ジョイスはヴァランティーヌの選択を讃えている。

(98)ヴァランティーヌは、ラウルがカトリックの包囲網を抜け、二人が無事に結婚できるようにと、ラウルに白いスカーフを持ってくる。

(99)　オペラの最初のほうでマルセルの歌うアリアのタイトル。カトリック教徒への憎しみを歌う。その場面でマルセルはラウルに、カトリックのスカーフを身につけないことを誓わせる。

(100)　マルセルはラウルの忠実な家臣で、舞台ではバス歌手が演じる。

(101)　ラウルはヴァランティーヌをおいて窓から飛び出し、ユグノー教徒とともに闘う。

(102)　ここでは friers pecheurs となっている。ユグノー教徒を「懲らしめる」fry「修道士」friar の意。pêcheur はフランス語で「漁師」すなわち人びとの魂を「漁る者」。また pécheur は「罪人」。ドミニコ会修道士には、「説教を行なう修道僧たち」les frères prêcheur の別名がある。

(103)　ドミニコ会修道士はまた、中世には「神の杖」Domini canes や「種の猟犬」hounds of the Lord として知られた。

(104)　エンリコ・カルーソー（一八七三―一九二一）、ジアコモ・ラウリ＝ヴォルピ（一八九二―一九七九）、ジョヴァンニ・マルティネッリ（一八八五―一九六九）、いずれも有名なテノール歌手。

(105)　一九〇九年、ジョイスがダブリンに初の映画館「ヴォルタ・シネマ」を開設しようとトリエステから連れてきた友人を、ジョイスの父は「ライオン使いの上着を着た機械工」と表現した。ここでは、ジョイスはこの語を、正装という意味で用いているように見える。

(106)　cliqueclaquehats となっている。clique は「徒党」、claque はフランス語でオペラハットの意味もあるが、演説や公演のときなどの、いわゆる「サクラ」。

(107)　tussletusculums となっている。Tusculum トゥスクルムは、ローマ近郊のアルバノ丘陵にある古代ローマ時代の町で、その廃墟は Tuscolo トゥスコロの丘にある。キケロが住んでいたことで有名で、キケロには『トゥスクルム荘対談集』という作品もある。

(108)　エンリコ・カルーソーにかけて、「カラセル」（carousel＝騎士が武技を披露した馬上競技大会）という語が用いられている。

(109)　ジアコモ・ラウリ＝ヴォルピは、恋の歌に長けていた。

(110)　ジョヴァンニ・マルティネッリのこと。ララバイ（子守唄）に長けていた。

(111)フランス語の portugaise は「ポルトガル牡蠣」を意味するが、『ユリシーズ』では、「牡蠣」がつぎのような意味で用いられている――「ケッ、やつは赤土手の牡蠣を店の隅に吐き出しやがった」(第一二挿話一四二三行)。ブルームにお前の国はどこだと尋ね、ブルームがアイルランドだと答えたときに、市民の取った行動を、無名の語り手が語っている場面である。

(112)この名は「ありふれた男」の意味で用いられている。だが当時の王はジョージ五世であった。ジョイスがかつてジョージ五世に手紙を書いたことについては、本書「ある奇妙な歴史」を参照のこと。

(113)サリヴァンは、彼より劣る三人のテノールの役をひとりで引き受け、三人は影のなかに沈み、サリヴァンは光をもたらす、という意味。

(114)「口を閉じて立っているだけでなく、サリヴァンには帽子も取って敬礼せよ」という意味。

(115)Guard safe our George! となっている。三人のテノール歌手が "God Save the King" (英国国歌「国王陛下万歳」)を歌って、サリヴァンの王位を祝う、という意味。最後の二文はこの国歌の歌詞を思わせるものとなっている。

59　広告書き(1)（一九三二年）

【ズヴェーヴォの死後、ジョイスはその寡婦リヴィア・ヴェネツィアーニ・ズヴェーヴォに、ズヴェーヴォの想い出のために自分にできることがあれば何でも喜んでする、との手紙を書いた。だが『老人』*Senilità* の英訳（『男が老いるにつれ』*As a Man Grows Older*）に序文をと依頼されると、ジョイスは頑なに拒んだ。おそらくは、これまでの生涯で回避してきた売文業者という役割なら演じたくない、と感じたのであろう。出版社は執拗だったので、ジョイスは数名の候補を挙げ、結局スタニスロース・ジョイスが序文を書くこととなり、この弟はそれを、主として兄のズヴェーヴォに対する熱意に捧げる、と書いた。ジョイスはこの序文に対するコメントを求められ、おどけた回避的答弁として「広告書き」を執筆した。】

一九三二年五月二二日　アヴェニュー・サン・フィリベール二番、パッシー、パリ

拝啓　ハンティントン様(2)、

わたくしの博識な友人、トリエステ大学英文科教授〔弟スタニスロースのこと〕（題扉のページを御覧下さい）が、『老人』の翻訳『男が老いるにつれ』に書いた序文に対し、わたくしが何らかの有益なものを書き加えることなど、できそうにありません。

『老人』の作者によるもう一冊〔『ゼーノの告白』のこと〕に関してでしたら、英国の読者層を惹きつけそうなことと して、つぎの点だけはわたくしにも提案できそうです。まず『わがレディ・ニコチン』の作者J・M・バリー卿による序文、つぎに、最近人気があるのももっともな二人の人物による評（ジャケットの裏表紙に印刷）、これにはたとえばスティッフキー[3]の教区牧師とプリンセス・オブ・ウェールズがいいでしょう。そして（ジャケットの表紙には）ロイヤル・アカデミーの会員による二人の若い御婦人のカラー写真。ひとりは金髪、ひとりは黒髪、でも二人とも極めつきの美女で、もちろん無作法ではないけれど優雅な姿勢でテーブルについている。テーブルの上にはタイトルが見えるように本が立ててある。で、写真の下のほうには、素朴な三行の会話が、たとえばこんなふうに印刷してある、というのがいいと思います。

エセル　シリルって、タバコにお金を使い過ぎなんじゃない？
ドリス　ほんとに使い過ぎよ。
エセル　パーシーもそうだったの（本を指差して）――あたしが彼にゼーノをあげるまではね。[4]

敬具
ジェイムズ・ジョイス

註

（1）ポール・レオン文書内に発見された署名のない手紙であり、マリア・ジョラス編『ジェイムズ・ジョイス年報』（*A James Joyce Yearbook*）（パリ、一九四九、170）に掲載された。『書簡集』第三巻二四五―四六ページ所収。ポール・レオンは、一九三〇年から四〇年にかけてパリでジョイスと親交の深かったユダヤ人。一九四〇年九月、レオンはナチス・ドイツ占領下のパリで、あえてジョイスのために危険を冒し、ジョイスのアパートから書簡等大量の私的な文書を確保しアイルランド公使に届けた。文書はその後アイルランド国立図書館に保管されることとなる。レオン自身は四一年八月にゲシュタポに捕らえられ、翌年シレジアの強制収容所で亡くなっている。

（2）G・プトナムズ・サンズ有限会社の代表コンスタント・ハンティントンのこと。

（3）Stiffkey――しばしば「ステューキー」とも発音される。英国ノーフォーク州北岸の教区で、一九三二年、ここの教区牧師ハロルド・デイヴィッドソンは、教会の旧弊な道徳法を撤廃したことで人気を博した。

（4）ズヴェーヴォの小説『ゼーノの告白』（邦題『ゼーノの苦悶』）は、遮二無二かつ滑稽なほど、禁煙しようとしている男の物語である。

60　イプセンの『幽霊』に附すエピローグ(1)（一九三四年）

【ジョイスは劇作家としてのイプセンに対する敬愛の念をけっして捨て去ることはなかった。だがイプセンに関する最後の発言では、そのいくつかの技法が奇態であると考えていたことも明らかになる。つまり、上演された『幽霊』を観た後の一九三四年四月、ジョイスはこれにエピローグを物し、「罪悪感の蔓延」と「恐怖の暗示」という二つの技巧をさらに追求し、イプセン以上にイプセン的になって見せた。アルヴィング大尉は、自分が二人の子どもの父親と見なされている、と語り出す。ひとりは庶子、ひとりは嫡子――前者（レギーネ）は健康で、後者（オスヴァル）は先天的に病んでいる――。罪悪の痕跡を『ハムレット』の亡霊のような熱意で追い求め、マンデルス牧師とアルヴィング夫人がかつて愛し合っていたという示唆から知恵を得て、大尉は邪悪にも、マンデルスがオスヴァルの父親ではないのか、と仄めかす。また厚かましくも、自分の罪こそが、傑作劇の比類なき素材を提供したではないか、と宣するのである。不品行な父親なるもの――それはシェイクスピアの死んだ王と、イプセンの死んだ悪人を合成したような姿を取る――に対するジョイスの興味は、『フィネガンズ・ウェイク』のなかにも見出すことができる。】

生者らよ、地中に埋もれる良心は

厳つい老いたる不平家に(2)、宥めてもらったことであろう。
さりとてお許し願いたい、今一言を幽霊に。
ここに現れ出でたるは、アルヴィング大尉の亡霊なり。

わが過去に、口を塞がれ揉み消され、
汚れた下着に包まれた、まるで淫らな騎士(3)のよう。
そこでわたしはもがき出て、役の鋳型を膨らませ、
長らく押し殺されてきた意見を吐き出すことにする。

婚礼の宴を通夜に変えるには、
どんな馬鹿でもマンデルス牧師に敵う者はない。
雌鴨と雄鴨の遊び(4)には、名手であったわたしさえ、
雄を立てるか喰らうかは、雌に任せておいたもの(5)。

連れ合いは、病軀の男子をひとり産み、
はねっ返りの牝犬を、女中はひとりひとり出した。
父性なるものよ、汝の名は歓喜(6)、
いずれが己の子であるか、賢父が知り得るものならば。

口をそろえて女中も妻も、わたしにほかならないと言う。
二人の子らを孕ませた男はわたしであると言う。
運命よ、ならば説明するがよい、
なぜにひとりは頑丈で、なぜにひとりは虚弱かを。

オーラフ(7)は、足取り重くこつこつと、石ころだらけの道を行き、
貞女スザンナを思わせる、清い暮らしをしていても、
どこかトルコの風呂場にて、拾ってくるやも知れぬのだ、
万国普遍の梅毒《ポックス・ロマーナ》の、割り当てられた少量《クアントゥム・エスト》を。

かたやサクラソウ咲く道を、軽やかに行くホーコンは、
道々浮かれて飲み騒ぎ、
己が末路に至っても、得意げな笑みを絶やさない。
鼻にはひとつも痘痕《あばた》なし。

いかんせん、とうにやめてはいるものの、
仮にそのままのらくらと、遊び惚けていたならば、
忘れてならないことがある——どれほどはにかむ乙女さえ、
やり返し方は知っている。

60　イプセンの『幽霊』に附すエピローグ

いや増しに、うろたえ続け、飲み続け、
火酒のパンチの盃が、深夜に数を増すごとに、
確たる思いをなおさら強め、考えることがひとつある——
あまりにしばしば昼食に、友マンデルスは訪れた。

ヴァイキングならばわたしがしたように、船を沈めたその後で、
誰が悪いか頓着しない。
Y・M・C・Aだろうとも、V・D、T・B[8]だろうとも。
あるいはポートサイド[9]の、港湾部長であろうとも。

誰もが責めを負うべきで、誰もが責めを負いはしない[10]。咎めるべきというのなら、
遊女の誘いか、田舎出の若い男の欲望だ。
手立てを尽くして癒すがよい。けれどもけっして問うなかれ、
こやつが罪を犯したか、あるいは父であったかと。

ぼろ屋が炎に包まれる。口先だけのならず者、
大工が牧師を出し抜いた[11]。
もしも火薬をわたしのように、酒浸しにしておいたなら、

放火も起こりはせぬものを。
またもし、わたしがあれほどの
優柔不断で淫乱な、濫費家でなくいたならば、
この世の拍手喝采もなかったろうし、そもそもが
書くべきことさえあるはずもなし。

註

（1）『ジェイムズ・ジョイス・アーカイヴ』第一巻三五六—五九所収（イェール大学およびサザン・イリノイ大学所蔵のタイプ原稿）。ゴーマンのジョイス伝（Herbert Gorman, *James Joyce: A Definitive Biography*, 1939; 1941, 224-25）にも再録されている。

（2）イプセンのこと。

（3）シェイクスピア『ウィンザーの陽気な女房たち』のフォルスタッフを思わせる。

（4）本来は水面に石を投げる「水切り」遊びの謂いだが、ここでは性的なニュアンスのほうが強い。

（5）つまり、大尉は妻に性的な規制は行なわなかった、という意味。

（6）「脆きものよ、汝の名は女」（『ハムレット』第一幕第二場一四六行）より。

（7）ノルウェーの歴史には、ダブリンの町を築いたとされる王のほか、「オーラフ」の名を持つ王が複数存在し、『フィネガンズ・ウェイク』にも度々登場する。いっぽう「ホーコン」も、ノルウェー王のほか複数存在する。ジョイスはオーラフとホーコンを、『フィネガンズ・ウェイク』のショーンとシェムのように、対照的な人物として扱っている。

（8）それぞれ、キリスト教青年会 Young Men's Christian Association, 性病 Venereal Disease, 結核 Tuberculosis の略称。

（9）エジプト北東部の、地中海側の港町。
（10）イプセンも仄めかしているように、ここでは誰もが責めを負っている。
（11）戯曲の終盤で、大工のエングストランは孤児院に火をつける。だが大工は、保険をかけなかったマンデルスに疑いがかかると仄めかし、火災の責任感を抱かせ、出火の責任を負う代わりに自分に融資しろと恐喝する。

61　作家に存する道義上の権利に関するジェイムズ・ジョイス氏からの提言(1)（一九二七年）

ジェイムズ・ジョイス氏（アイルランド）――わたくしとしては、合衆国での『ユリシーズ』出版の歴史に纏わる特殊な事情をお知らせするのが、面白くまた興味深いのではないか、と思われます。それは、これまで光をあてられることのなかった、自著に対する作者の権利という見地を、明確にするものでありましょう。『ユリシーズ』の合衆国への輸入は、一九二二年（『ユリシーズ』の出版年）からすでに禁じられていまして、この禁止は一九三四年まで、解かれることはありませんでした。このような状況下では、合衆国用の版権を取得することは不可能です。さて、一九二五年、ある不遜なアメリカの編集者が、『ユリシーズ』の削除版を発行しました。作者が版権を取ることはできなかったので、その版については作者が責任を持つことなどできなかったのです。一六七名の作家が署名した国際的な抗議文が公開され、訴訟が始まりました。訴訟の結果、一九二八年一二月二八日、ニューヨークの最高裁判所より判決が下されました。弁護側（編集者たち）には、「つぎの二項において、原告（ジョイス）の名前の使用を禁じる。（一）当該の編集者たちによって発行される、あらゆる雑誌、定期刊行物、もしくはその他の出版物において。（二）『ユリシーズ』と題された書物を含む、あらゆる書籍、著作、原稿に関して。」という判決です（判例「ジョイス対『トゥー・ワールズ・マンスリー』とサミュエル・ロス裁判」、ニューヨーク最高裁判所第二法廷、一九二八年一二月二七日）。

わたくしにはこの判決から、ある法的な結論を引き出すことが可能と思われます。すなわち、版権に関する法の条文によって保護されていなくとも、そしてたとえその作品が発禁となっていようとも、ひとつの作品は自然権の名においてその作者に属するのであり、したがって法の裁きは、かように作者をその著作の毀損や〔海賊版の〕出版から守ることができる。それは作者が、他人がその作者の名を用いて行ない得る悪用の危険から守られているのと同様だ、ということです。（盛大な拍手喝采）

註

（1）原文はフランス語。一九三七年六月二〇日から二七日の間にパリで開かれた、第一五回国際ペンクラブ会議における、ジョイスの行なった演説。『第一五回国際ペンクラブ会議』（パリ、一九三七、24）に掲載された。アメリカ人サミュエル・ロスは自身の月刊誌『トゥー・ワールズ・マンスリー』に無断で『ユリシーズ』を掲載した。このスピーチでジョイスが強調しているのは、すべての作家のために裁判所は出版差止め命令を出した、ということである。しかしながらジョイスは、スピーチに対する反応には失望した。「わたしはペンクラブには、合衆国で『ユリシーズ』の海賊版が出たことに関心を持ってもらいたかったのですが、一蹴されました。ずっと政治の話ばかりでした」（『ジェイムズ・ジョイス伝』七〇四ページ、〔邦訳八五六―五七ページ〕）。議長はジョイスの発言を議事録に記録することを命じたが、議題としては取り上げなかった。

訳者あとがき

本書はジェイムズ・ジョイス（一八八二―一九四一）による批評的作品六一篇の翻訳である。『ジェイムズ・ジョイス・アーカイヴ』全六三巻中の四巻（Michael Groden ed., *The James Joyce Archive*, New York & London: Garland Publishing, Inc., 1977-80, vols. 1, 2, 4 & 7）、およびエルズワース・メイスンとリチャード・エルマンの共編『ジェイムズ・ジョイス評論集』（Ellsworth Mason and Richard Ellmann ed., *The Critical Writings of James Joyce*, London: Faber and Faber, 1959）（五七篇収録）に基づき、閲覧可能な批評的著作はすべて、ジョイスの執筆順に収録した。なお「ある奇妙な歴史」のみ、雑誌『エゴイスト』一九一四年一月一五日号によった。詳細は本書四五二―五三ページを参照願いたい。またメイスン＝エルマンの編著では、秀逸な序文に加えて批評作品の冒頭に簡便な梗概が附されているため（ただしすべてに附されているわけではない）、これらも訳出した。

『アーカイヴ』にはない（原稿の残されていない）新聞掲載のみの書評については、スタニスロース・ジョイスとエルズワース・メイスン編の『初期のジョイス――書評集、一九〇二年―一九〇三年』（Stanislaus Joyce and Ellsworth Mason ed., *The Early Joyce: The Book Reviews, 1902-1903*, Colorado Springs: The Mamalujo Press, 1955）、および初版のファクシミリ版『ジェイムズ・ジョイス作品集』第六巻（*The Works of James*

Joyce, 6, Minor Works, Tokyo: Hon-No-Tomosha, 1992）も参照した。メイスン＝エルマン編『ジェイムズ・ジョイス評論集』に収録されているもののうち、英訳のみが掲載されている書簡については、『ジェイムズ・ジョイス書簡集』第三巻（*Letters of James Joyce*, vol. 3, edited by Richard Ellmann, London: Faber and Faber, 1966）の原文を参照した。近年出版された批評集としては、ケヴィン・バリー編『折々の批評的、政治的著作集』（Kevin Barry ed., *James Joyce: Occasional, Critical, and Political Writing*, Oxford & New York: Oxford University Press, 2000）（五二篇収録）が比較的入手しやすいものであるが、結果的にこれに収められた作品もすべてカバーすることになった。

　一九〇七年以降の一五篇はイタリア語で執筆されている。メイスン＝エルマン編『ジェイムズ・ジョイス評論集』とバリー編『折々の批評的、政治的著作集』は、それぞれ異なる英訳を掲載しているが、しばしば解釈が食い違い、稀ではあるが両者ともに（あるいは意図的とも思しい）文の欠落があった。この二種の英訳には大いに助けられたが、可能なかぎり『アーカイヴ』（および『ジェイムズ・ジョイス作品集』第六巻）収録のイタリア語原文（ジョイスのそれは基本的にトスカーナ語だが、稀にダンテ仕込みの古語やラテン語の語彙が混入している）に忠実な訳出を試みた。（なお、バリー編には Appendix としてジョイスのイタリア語原文が掲載されているが、少なからぬ誤植や脱落があるので注意が必要である。）パドヴァ原稿については、発見者ルイス・ベロンの著作（Louis Berrone, ed., *James Joyce in Padua*, New York: Random House, 1977）がこのイタリア語を活字に起こしているため重宝した。

　註については、やはりメイスン＝エルマンのそれがきわめて示唆に富み、研究者にとって実に刺激的であるが、バリーの註も多数の誤りがあるとはいえ詳細さに長ける。時折生じる両者間の矛盾には頭を抱えたが、最終的にはすべて、訳者の判断によって訳註として処理した。また本文内で処理できる訳註は〔　〕で示した。

＊　＊　＊

『若き芸術家の肖像』は、巧みに芸術的処理が施された自伝的小説ではあるが、語られる出来事の詳細やその正確な日付は、伝記的事実と照応させることで明らかとなり、さらなる現実味を帯びてくる。それによって作品の価値がどう変化するかはとりあえず保留するにしても、この多分に技巧的かつ自伝的な作家が、不思議なくらい外部の歴史的事象によって自らの芸術至上主義にまで疑いの眼差しを誘引している点は否めない。いっぽう、本評論集に収められた批評は、ときには『肖像』以上に、自身を取り囲むその折々の現実に敏感に反応していった、作家自身の成長過程を浮かび上がらせてくれる。つまるところ、批評がある種の自伝となることは避けられない。

いささか場違いかもしれない個人的な回想を御容赦願いたい。八〇年代はじめ、修士課程に入学して早々の指導教授の言である——「まずはエルマンの伝記を読んでみなさい。作家の人生を、一度生きて御覧なさい」——駆け出しの文学徒にとって当時〈テクスト主義〉はある種の洗礼であったし、「構造分析」や「脱構築」はさらなる堅信礼であったから、この言には虚を衝かれた。師もまた「新批評」の洗礼を受けた世代には違いないのである。以後エルマンのジョイス伝は共観福音書にも似て、座右の一冊となった。折しも改訂版（一九八二）が出たばかりの時代、いわゆる「ケンブリッジ事件」で知られるコリン・マッケイブの著作が一九七九年の出版であったから、両者は『ユリシーズ』批評にとっての「両極」もしくは「両輪」という意味合いも帯びていたように思う。

真の「共観」的な（だがむしろ作家本人がauthorizeした）ゴーマンによる伝記（一九三九）、それ以上に精密さを極めたエルマンの伝記（一九五九）、そしてその改訂版（宮田恭子氏による訳書『ジェイムズ・ジョイス伝』〔みすず書房〕は、本稿の註でも原書のページに該当ページを併記した）――後者が出て三〇年を経た現在、さらにユニークな伝記も手にできる。ピーター・コステロ、ジョン・マッコート、作家のエドナ・オブライエン、昨年BBCでも朗読されたゴードン・バウカー――いずれもエルマンにはない視点からジョイスの人生に光を当てている。そしていずれにおいても、ジョイス作品の理解にさらなる深みを加えることが企図されている。だが二〇世紀最大の伝記作家リチャード・エルマンには、もうひとつ重要な伝記的編著があった。エルズワース・メイスンとの共編『ジェイムズ・ジョイス評論集』は、初版のジョイス伝と同年の一九五九年に出版され、その後ジョイスやベケットの似顔絵で有名な画家ガイ・ダヴェンポートの緒言（これまた示唆的なエッセイではある。レ・ファニュの『墓畔の家』をはじめ、ジョイスが読んだ多くの作品に言及しつつ、〈読者〉としてのジョイスを語っている）を附して一九八九年に再版されている。ジョイスが一四歳から五五歳までの間に書いた評論を執筆順に収め、それぞれに梗概を添えたこの書は、序文にも言われている通り、作家ジェイムズ・ジョイスの「自伝的」著作集に他ならない。それがジョイスのフィクションを理解するうえでも極めて有効な糸口を提供している点は一読すれば明らかだろう。各章の梗概も、もっぱらこの点に読者の注意を促している。

『ドリアン・グレイの肖像』の序文で、オスカー・ワイルドは、「批評の最高にして最低の形式は自伝にほかならない」と言っている。強固なパラドックスである。「自伝」は「最高の批評」であるのか「最低の批評」であるのか――そもそも「最高」と「最低」はどのような基準で言われているのか――さらに、「批評」は「自伝」であるべきなのか、そうであってはならないのか――そもそも「自伝」とは何か？　これらの問に答えることは容易ではない。「ことば」からなる世界にあって、「自伝」と「フィクション」の境界があまりに曖味であることとは、ジョイスの読者であれば嫌でも気づかざるを得ない。そして「批評」とは何か？　ワイルドの問はジョイスによって繰り返される。「批評」の、「自伝」の、「フィクション」の、「最高」にして「最低」の形式？――問にもなり得ぬこうしたカオスを阻むためであるかのように、ジャンルという掟がある。詩というジャンルであるからか、戯れ歌・ブロードサイド詩の類は、メイスン＝エルマン版にはあってもバリー版には掲載されていない。だがこれらはやはり、ジョイスの創作方法（フィクションであれ批評であれ）を如実に示していて興味深い。たとえば「火口からのガス」においては、語り手の顔はいつかしら、（いずれもにっくき敵）ジョージ・ロバーツからジョン・ファルコナーへと（今ならCG合成で表現されようほどに）変貌して行く。彼はこの事件を最後に、二度とアイルランドの土を踏むことはなかった。大陸の車中で怒りに燃えるジョイスの脳裏ではおそらく、両者の顔が分かち得ぬほどに溶け合っていたことだろう。

概して小説家としてのジョイスは「引用符」を嫌った。クォーテイション・マーク、別名「逆さまコンマ」(inverted comma) で人間の言葉を囲むことが意に沿わなかった。したがってジョイスの小説では、登場人物の会話はフランス語風にダッシュで表示される。そのため小説の文は、それが語り手のものであるか登場人物の声であるか、少なからず曖昧になる。同種の技法は『フィネガンズ・ウェイク』になるとさらに夥しい成長を遂げ、ダッシュさえもほとんど存在せず、語り手の曖昧性はむしろ意図的なものとなっている。だが、それは結局のところ、語られた「ことば」が「だれのものであるか？」という根本的な問題に注目する、ジョイス自身の言語意識に発するものであったのだ。世界は「だれか」が語った「ことば」で溢れている。どのような「語り手」という主体が、「自分のことば」と称し得ることばを語っているだろう？　そしてこの問はさらなる難問を生む。その「ことば」はどのような境界（たとえば「ジャンル」）に位置付けられるものだろうか？ジョイスが生み出した「ことば」からなる世界は、それが小説であるのか詩であるのか、はたまた物語であるのか歴史記述であるのか、さらに、「芸術」であるのかそうでないのかという問を、宙吊りにしてしまう。そこでは氾濫した「ことば」が、語り手主体の境界からも溢れ出してしまう。

たとえば『フィネガンズ・ウェイク』執筆中に書かれた「禁制の作家から禁制の歌手へ」は、メイスン＝エルマンもバリーもともに編著に収めているが、明らかに『ウェイク』と同じ技法で執筆され、解読は困難を極める（本書では唯一、本文よりも註のほうが長くなってしまった一品である。御容赦願いたい）。歌手ジョン・サリヴァンへのオマージュという意味ではなるほど「批評的作品」であるかもしれないが、ジョイスの好んだ様々なオペラ作品のプロットに添って数々の歌手・音楽家名が鏤められ、史実への批判と皮肉に満ち、ときには楽器に留まらず野次や罵声も轟かせ、いわばジョイス独自の歌手評伝、オペラ紹介、オペラ讃美、テノール歌手讃美となっている。これを「批評」と呼ぶのであれば、それは「創作」にほかならない。ならば逆もまたしかり、と思われてくる。そもそも「ジャンル」なるもの自体が、いかに恣意的なものであることか。そしてジョイスは、おそらくこの恣意性とさえも戯れていたことだろう。

だが、とりあえず本書は、多くが『フィネガンズ・ウェイク』以前、『ユリシーズ』以前に書かれた若き日の「批評」的言説である。多読家で博覧強記な若者の文学観を多分に滲み出させている。直截な戦闘性はしばしば新鮮な驚きを与えてもくれる。

＊　＊　＊

青年ジョイスが自らの使命としたのは、手の間からたちまちすり抜けて行く精霊のごとき「劇《ドラマ》」を捉えることであった。当初イプセンはそれを成し遂げた唯一の作家と見えた。詩でも小説でも戯曲でも、あるいは絵画でもかまわない。芸術家が目指すべきはこの「劇」を捉えることであった。アーサー・シモンズが「誘惑する蝶」「夢の魂」と呼んだものにも似て、それを捉えるには「処女」の言葉——シモンズはマラルメの芸術を「言葉の処女性への空想的な追求」と呼んだ——、つまりは未だ何ものも表現したことのない言葉、「表現するというよりもむしろ存在する」言葉をもってせねばならなかったのかもしれない。彼の筆は生涯この「劇」と「人生」を捉えることに費やされた、とまで言えばいささか誇張が過ぎようけれども、この「劇」概念には、気負った青年の奇想と一蹴するには惜しい繊細さがある。古典文学を包括し得る美学理論の醸成が、世紀末を生きた文学青年には必須と思われた。しかも目の前には、オスカー・ワイルドという代表的劇作家にして批評家・美学論者、代表的"a man of letters"が、是が非でも乗り越えねばならない同国人として立ちはだかっていた。

先人たちの"a man of letters"という在り方——この場合「文人」という訳語が相応しいか否か、実はいまだに躊躇している——を揶揄して憚らなかったジョイスは、後年（とりわけ『ユリシーズ』以後）あらゆる作家に対して口を閉ざす。メイスン＝エルマンの収録した、作家たちに関する書簡での発言は、他者の文学作品に対する自身の批評的言説が、一定の価値判断として流通してしまうことへの厭いを垣間見せるものである。ならば彼は、いったいどのような書き手でありたかったのか。人生のいくつかの局面で、その理想は複数の変遷を被ってきたに違いない。だからこそ、規定のジャンルに収まりきれないジョイスの文字群を前にして、批評的言説は現在でも留まることなく産出され続けている。

「ジョイス自身の筆によるジョイス論」とさえ呼び得るほど、彼の評論は小説の理解を助けて余りある。オックスフォード版ケヴィン・バリーによる註釈は、メイスン＝エルマンによるそれ以上に、評論の言説が以後のジョイス作品のどこに一致しているか、どこで反復されているかを詳細に跡付けようとしている。小説作品との関連がわかるようにという研究者向けの配慮とも見えるが、同時に小説家バリーにしてみれば、実作者としての興味も掻き立てられた問題であったろう。本書の訳註も、各著作と照合のうえこの方法に範を取った。

＊　＊　＊

その他翻訳の作業自体に関しては、いまさら多弁を弄せば弁解にしかなるまいが、若干附記しておきたい。原題"The Holy Office"という諷刺詩には、これまである程度流布している「検邪聖省」という邦題を充てるか否かに逡巡した。文芸復興運動の担う清らかな務め《オフィス》に対して、自らが行なうスカトロジカルな務めを「聖なる務め」と呼ぶ諧謔と批判精神のほうが、同じ法王庁の省名以上に大きなインパクトを持っていそうだからである。しかし、さらに考えを進めれば、かつて異端審問を執り行なったこの法王庁の部局名も捨て難い。やがてジョイスは少なからず検閲という攻撃に晒されることになるが、それ以上に、当時の文芸復興運動が——より直接的にはイェイツの取り仕切る劇場の事務所《オフィス》が——ジョイスを異端として斥けた、あるいは少なくとも、ジョイスは自らをそのような立場に置かれていると考えることを好んだ、という点を勘案すれば、「検邪聖省」は「アイルランド国民演劇協会」の別名でもあったのだ、と思われてくる。結果的にこの言葉遊びについては、「ザ・ホーリー・オフィス」、と芸のない邦題になった。

多くの作品に関して、意想外に浮上した問題はパラグラフである。本文に註記しておいたが、版によってその区切り方はしばしば異なっている。たとえば若き日の新聞掲載の書評は、おそらくは紙面の都合によりすべてが一パラグラフにされているけれども、メイスンと弟スタニスロースの編集による『書評集』では、筆者の意図を推してか、いくつかのパラグラフに分けられている。メイスン＝エルマンの編著はどうかというと、書評は『書評集』を踏襲しているが、それ以外では明らかに編者の判断が加わっている。結果的に本書では、新聞掲載の書評については（読み易さも考慮し）『書評集』に従った。またそれ以外（とくにこれまで編者・英訳者による相違が多く見られたイタリア語の作品）では、初版印刷物の書式に従った。ジョイスの存命中活字に起こされることのなかったものについては、『アーカイヴ』の手書き原稿のパラグラフ構成に従っている。また『フリーマンズ・ジャーナル』掲載の「政治と口蹄疫」、劇場パンフレットである「イギリス俳優劇団のためのプログラム解説」、および最後の「作家に存する道義上の権利に関するジェイムズ・ジョイス氏からの提言」は、原稿も初版も閲覧が叶わなかったため、メイスン＝エルマンの編著に全面的に従っている。

また講演録・講義ノートに関して、本書では「です・ます」調の翻訳を避けた。事実ジョイスの講演は自筆原稿を読み上げる形であったし、しかもジョイスの、しばしば複雑・難解だが（頑固なほどに）一本筋の通った論理は、日本語の講演口調にそぐわないのではないか、と懸念されたからである。

かつて『筑摩世界文学大系67　ジョイスⅠ』および『68　ジョイスⅡ／オブライエン』には、主要な二六篇（ただし、『67　ジョイスⅠ』は、「デフォー論」と「ブレイク論」をそれぞれ一篇として扱っており、二七篇と数えることができる。ジョイスはこれらを「英文学におけるリアリズム《ヴェリズモ》とアイデアリズム《イデアリズモ》（ダニエル・デフォー／ウィリアム・ブレイク）」というタイトルのもとに連続講義として準備していたため、本書では併せて、執筆年順で四四篇めとして扱った。メイスン＝エルマン編には、本文に註記した通り、「ウィリアム・ブレイク」のみが掲載されている）の評論が訳出された。如上の恩師大澤正佳氏をはじめ、先人研究者の方々の翻訳は、今回も折に触れ参照させて頂いたが、にもかかわらずいくつかの解釈ではやはり頭を抱えた。本書に誤りがあれば飽くまで当方ひとりの責任である。またその他は、エルマンの『ジェイムズ・ジョイス伝』で抜粋された部分を除き、本書が本邦初訳となる（たとえば、奇しくもディケンズ生誕二百年に当たる今年、ジョイスがその生誕百年に執筆したディケンズ論を紹介できることは冥加に余るが、イタリアでの教員資格試験の答案という性質からか、scrupulous ではあってもしなやかさに欠ける文体となっており、それが翻訳でどの程度お伝えできたか不安である）。読者諸氏には御寛恕を請い、誤訳があれば改訂も検討したい。御教示頂ければ幸甚である。

＊　＊　＊

最後に、本書の完成までには、当然のことながら多くの方々のご協力があったことを、ここに記して謝したい。筑摩書房編集部長の渡辺英明氏には、ちくま学芸文庫の『初版金枝篇』以来お世話になり通しだが、ジョイスの三〇篇以上のエッセイが本邦未訳であること、そしてこの際すべてを訳出したい旨をお伝えしたところ、二つ返事でお引き受け頂いた。当初は学芸文庫からの刊行を思い抱いていたのだが、渡辺氏は単行本での出版を勧めてくださった。実に得がたい光栄に浴した。自ら編集の労まで取ってくださり、感謝の念に堪えない。また、かつて和光大学で指導した縁で、小幡操子氏、山田和佳菜氏には、高校教諭としてお忙しいなか一部の訳稿に目を通して頂き、貴重なご意見を賜った。さらに、群馬大学の三原智子氏には、フランス語からの拙訳に目を通して頂き、思わぬ誤りも指摘して頂いた。その他、脱稿までには、英文学に留まらない数々の研究者（日本ジェイムズ・ジョイス協会の面々は言うまでもなく、科研の基盤研究A「プラハとダブリン」、および基盤研究B「亡霊たちの近代」の面々、また今でも年に一度は文学を肴に御時間を割いてくださる大学時代の恩師北澤滋久氏、そして大学院にて自伝文学への視座を開いてくださった佐伯彰一氏）に多大な刺激を受けることができた。それがなければここまでの旅程を完遂する気力も失せていたに違いない。

謝辞を述べ始めれば——思えばけっして邪魔はしなかった妻にせよ息子らにせよ、いまどきの大学では珍しくさほど手のかからない学生たちにせよ、はたまた読書の捗った湘南新宿ラインにせよ——切りがない。三年に及ぶこの遅々たる訳出作業は、それだけ本業意識と命を繋ぐための糧であったとあらためて思う。この場を借りて上記の方々に心より御礼申し上げる。

二〇一二年二月二日、ジョイス生誕百三十年の日に

吉川　信

人名索引

ア

カ

ワ

事項索引

ア

カ

サ

ジェイムズ・オーガスティン・アロイシャス・ジョイス
(James Augustine Aloysius Joyce)
1882年2月2日　ダブリン市南郊のラスガーに生まれる。1904年10月、ゴールウェイ生まれのノラ・バーナクルとともに「自発的亡命」を果たし、以降、ポーラ（現プーラ）、トリエステ（いずれも当時はオーストリア＝ハンガリー帝国領）、チューリッヒ、パリに暮らし、『ダブリナーズ』（1914）、『若き芸術家の肖像』（1916）、『ユリシーズ』（1922）、『フィネガンズ・ウェイク』（1939）を発表。1941年1月13日、チューリッヒにて死去。チューリッヒのフルンテルン墓地に埋葬されている。

吉川　信（きっかわ・しん）
1960年2月23日、長崎市南山手に生まれる。山口大学助教授、和光大学教授を経て、現在群馬大学教授（教育学部）。2008年より日本ジェイムズ・ジョイス協会事務局長。著書に『死と来世の神話学』（共著・言叢社、2007）、『亡霊のイギリス文学』（共著・国文社、2012）など。訳書に『ジェイムズ・ジョイス事典』（共訳・松柏社、1997）、『初版 金枝篇』上・下（ちくま学芸文庫、2003）など。

ジェイムズ・ジョイス全評論《ぜんひょうろん》

2012年7月20日　初版第1刷発行

著　者…………………………ジェイムズ・ジョイス
訳　者…………………………吉川　信
発行者…………………………熊沢敏之
発行所…………………………株式会社筑摩書房
〒111-8755 東京都台東区蔵前2-5-3
振替 00160-8-4123
印　刷…………………………株式会社精興社
製　本…………………………牧製本印刷株式会社
装　幀…………………………神田昇和

乱丁・落丁本の場合は、下記宛に御送付下さい。送料小社負担でお取り替えいたします。ご注文・お問い合わせも下記へお願いします。
筑摩書房サービスセンター　〒331-8507 さいたま市北区櫛引町2-604　Tel 048-651-0053

ISBN978-4-480-83648-9 C0098